中国专业作家小说典藏文库

中国专业作家小说典藏文库

杨英国卷

崇德堂主

杨英国 ◎ 著

中国文史出版社

1

蓝天深处的几块云彩水煮了一样翻滚着,跃动着,折腾半天忽然停住,瞪着一双双雪白的大眼盯紧了城四门上的古城楼。古城楼年久失修,已经有些破败了。楼顶上瓦销檩烂,有的地方露出了天;周围墙上砖馊灰进,形成了大小不等的窟窿;地上满是灰土杂物,到处是深浅不一的坑洞。不过只消爬上城墙,走进城楼,站在早已没了遮挡并且长满绿苔的窗口朝前望去,四城半条街的景致尽收眼底。不算宽阔但却笔直的街道两旁店铺林立,店铺门前的幌子在微风中飘动摇曳,远远望去,很像古代战场上的旌旗。

城外运河上的船夫调子响起来:冲满了——嗨!跑远了——嗨!跑一天——嗨!冲到尖——嗨!嗨哟嗨哟嗨哟哟;远望大明星了——嗨!近望黄澄澄了——嗨!一看锅里饭了——嗨!苦面窝窝萝卜缨了——嗨!嗨哟嗨哟嗨哟哟……

船夫调子从早到晚,时断时续。一年中除了严寒封冻,这压抑、悲怆但却透着磅礴豪气的嗨哟嗨哟声总是穿过西城门或飘过西城墙送进城内,让人听了思绪悠远到近乎肉颤心悸。

站到十字街上朝东望去,视线所及之处——东城门到十字街的中段南侧再往西走,就是当地名医马天成的崇德堂。不时有病人和病人家眷相扶相携地从崇德堂里走出走进,间有车马毛驴载着病人在门前停下。

一辆马拉轿车停在崇德堂前,一个十七八岁的年轻人提着医匣,将马天成扶到轿车里。车把式甩了下鞭子,轿车便顺着大街由东往西驶去。车把式不时唰唰唰地甩着鞭子,辕马一溜小跑,行人急忙躲避。街两旁的店铺、幌子和卖零用品的小摊一一闪过。

赵家油坊的赵掌柜走出油店,两个街坊走过来与赵掌柜闲聊。马车已经驶过十字街,一位街坊指指坐在车门口的年轻人说:瞧,那不是丁大户家的狗少丁二泉吗?另一街坊说:不是他是谁,整天云里雾里跟个五爪鹰似的。赵掌柜说:平日里这小子走道悠闲自在得很,今儿坐着轿车疯窜,看样子有急事。

要说这世间还真没有三科同得的,这丁大户是州城数一数二的财主,城外

1

有良田百顷，城内四街都有店铺买卖。只是财旺人不旺，四代单传，到丁大户这一辈好容易有了两个儿子，可惜天不保佑，长子丁大泉从小病弱，长到十六岁刚娶了媳妇又患了痨病，至今躺在炕上不能动。这丁二泉虽然头脑基本正常，但却口吃顽劣，有时精神，有时糊涂，像个缺心眼的无良混。

看到赵掌柜等人站在街边，轿车渐渐慢下来。丁二泉从车门前探出头，看着街边几人直眨眼，那样子分明是想说话，但一时闹不清应该说什么。赵掌柜朝丁二泉施个礼，问：二少爷这是急匆匆地到哪里赴宴去。丁二泉拍拍脑袋终于想起说什么了，回手指指车内：还赴宴，赴个屁宴，老头子病了，七死八活的，我妈让我去东街崇德堂请马先生来看看，还让套了轿车，喊！

马天成从车内探出头来打招呼，赵掌柜等人急忙拱手，说：丁家急惶惶地套了轿车去接您，想是丁翁病重，马先生别客气，救人如救火，走吧，快走吧。马天成还个礼，车把式打了辕马一鞭，马车加快速度往西去了。赵掌柜望着马车远去的影子摇摇头和两个街坊说：丁大员外一向精明健壮，平时打理城内的生意，逢秋过麦到城外收租，怎么突然就患了重病呢，真是天有不测风云啊！

马拉轿车停在丁家的朱漆大门前，车把式和丁二泉先跳下车来。车把式把马天成扶下轿车，丁二泉提着医匣催促马天成快点儿进院，说他爹病得很重，请了四街郎中都不中用，就等马先生去定生死了。马天成一边快步朝大门里走一边埋怨着，说丁家应该就近请西街颐寿堂名医张道山诊治，不该舍近求远去找自己，因为这样会误了抢救病人的时间。丁二泉说：我去请你之前，郑管家已去颐寿堂了。马天成迈进大门松了口气：还好，还好。

丁家正厅三间，两明一暗。东边是一具黄木隔扇，隔扇两侧仅有尺许，遮住东边一间的少半部算作套间，隔扇的布帘拉开着，现出一张紫檀色雕花大木床。病势沉重的丁大户躺在床上，间或发出一两声气息微弱的呻吟。外厅里坐着三四位郎中，他们低声议论着丁大户的病情，并不时将眼光投向东边的套间。

上首坐着老郎中陶居正，下首坐着北街郎中吕之铭。陶居正眯着眼睛不说话，似在思虑着什么。吕之铭抻了一会儿说：陶老先生，谈资历论阅历，咱们这些人里就数着您了，我们几个都已看过丁员外的病势，这最后决断还是要听您的。

陶居正睁开眼：唉！之铭啊，医人医病，当尽全力，就让老朽再过过手吧。

陶居正起身走向套间，有两个年轻郎中跟在他后边。

丁大户躺在紫檀色雕花大木床上。床边端坐着丁夫人，一男一女两个仆人站在丁夫人身后。陶居正走进套间，坐在床头椅子上给丁大户把脉。丁夫人心慌神乱，一直在哭泣，陶居正摆摆手，意思请夫人止声。丁夫人依旧饮泣：唉，老头子,平日里你连个伤风感冒也没有,怎么说病就病成这样子了呢。你要有个三长两短,抛下我个妇道人家可怎么活呀?

床上的丁大户动了动身子,喉中发出咻咻的响声。

陶居正专注于三个指头上,见此情景禁不住皱皱眉头。丫头连忙俯下身子劝说:夫人不要哭了,否则老爷听了伤心,会妨碍病情好转的。丁夫人点点头,这才止住哭泣,丫头连忙递上手绢为她擦泪。

陶居正从椅子上立起身,微微摇头,然后站起身往外走。外厅的郎中见陶先生走出来,连忙立起身想问什么,陶居正摆摆手压低声音:俗话说治了病不一定保得了命,老朽也是方尽技穷。

几位郎中面面相觑,一时间相顾无语。这时,一个家人从门口探进头说:颐寿堂的张先生到了。话音落处,室门洞开,长身鹤立的颐寿堂堂主张道山跟着郑管家走进厅内。郑管家将张道山的医匣放在正中案上,请张道山上座。陶居正趋前两步握住张道山的手,连说:救星到了,救星到了,张家老弟医理深厚,想来必有回春妙术。张道山连忙还礼:不敢不敢,老前辈高抬,如果连您也束手无策,张某恐也是黔之驴也。

见他们相互寒暄谦让,性直的吕之铭稍稍抬高嗓门,说:救人如救火,还是请张先生赶紧给丁员外诊治吧。张道山点点头,冲几位同行拱拱手,撩起长衫底襟走进套间里。张道山站在丁大户跟前仔细观察了一番,然后坐下来给丁大户号脉。张道山号脉精到而沉着,三个指头不时地起起落落。六脉俱诊,张道山站起身往外走。张道山刚出套间,陶居正等人迎上来:张先生,丁翁病情如何?

张道山瞥了众郎中一眼,众郎中期待地看着张道山。张道山嗫着嘴唇重新入座,他呷了一口茶水,目视房梁,迟迟没有说话。性急的吕之铭沉不住气,问他丁大户之病是否还可救治,张道山又呷口茶水,像是自言自语,也是对众人说:病人元神俱散,时显芤脉,我想,便是华佗再世恐也无能为力了。

几位郎中听张道山一说,便要起身离去。丁夫人走出套间,告诉各位郎中说:已去请崇德堂的马先生了,请大家再等一等,待马先生到后共同商量斟酌,看是否还有救治的办法。张道山脸上透着讥讽,说:也许马家兄弟能够妙手回春,力压华佗。众郎中相互呆呆地望着,不知到底该走该留。陶居正俯身说:张先生,您是州城名医,给丁家留个念想,待马先生来后,好歹商量个搭救的办法。

到底人老面子重,张道山听陶居正一说,只好点头应允。丁府的管家赶紧给众人沏茶倒水,丁夫人也神情紧张地在一旁张罗,一只猫跑进来,当即被郑管家轰出去。就在这时,套间床上的丁大户忽然病情加重了,几声拽锯一样的呼咻声后,丁大户开始双手紧握,身子抽动。众人跑进跑出,套间内外一片慌乱。

马天成跟着丁二泉走进丁家大宅，连过三个角门才到达内院。内院很大，也很冷清，一直走到正厅门口才听到屋里传出乱糟糟或轻或重的说话声。走在前头的丁二泉冷不丁一头撞入，马天成随后跟进屋。众人眼光齐刷刷地望向马天成，马天成连忙冲大家拱手：诸位早到了，辛苦，辛苦。

陶居正迎上两步，说：马先生驾到，兴许丁员外能够绝处逢生了。马天成连说：过奖过奖，晚学后辈，岂敢在陶老面前做大。陶居正说：咱们同在州城，知根知底，马先生不必客气，救人要紧。马天成见张道山坐在椅子上喝茶，连忙问候，张道山看着马天成，欠欠屁股算是回礼了。他目视房梁，像是自言自语也像对马天成说：病人时显芤脉，便是华佗再世也无能为力了。也许你马天成能够妙手回春，力压华佗。马天成听张道山口气轻慢，有点儿尴尬地笑一笑：既然道山兄说丁翁已显危脉，我就不必多手多脚了吧。

陶居正和丁夫人赶紧走上来：马先生既已来到，无论怎样也得经经手啊。

张道山假意笑笑，手掌平端，朝套间指了指：信者为医，请吧，请吧！

马天成提起医匣，轻手轻脚走进套间站到床前。众郎中跟在马天成身后，看着马天成哈下腰观察丁大户的病情。丁大户身子抽动，昏迷不醒，面色晦暗，气息微弱。马天成点点头，坐下来给丁大户号脉。几位郎中同时盯住马天成的三个手指头。可是，马天成的三个指头刚刚搭上丁大户的手腕就又收回来，他开始专注地审视着丁大户抽动的四肢，并侧耳细听着丁大户的呼吸声。

马天成观察谛听片刻，皱起眉头思索着，几位郎中神色紧张地看看病人，又神色紧张地望望马天成。却见马天成面如止水，平静而沉着。

马天成沉思片刻微微颔首，麻利地打开自己的医匣，取出一支长长的银针。马天成将银针在丁大户的"天突"与"人中根"两穴深深扎入。银针在丁大户的两处穴上进出三次，马天成取出银针，丁大户呼噜之声轻些了。套间外这时传来张道山的提醒声：马家老弟，一进一退，可是担着病人的性命干系。

马天成没回答，他重新调息诊脉，右手三个指头反复在丁大户左腕关脉上按下又抬起。马天成的眼睛时而眯起，时而睁开，他的面色神情一如往常，看不出是欣喜还是紧张。马天成诊完脉，将耳朵附在丁大户的胸部听着，听着，听了好一会儿，忽然十分麻利地站起身看看左右众人说：病者但有一息，医者当竭尽全力，不才斗胆一试，也许能为丁翁争得一丝生机。

几位郎中和丁家众人不敢大声说话，只是相互频频点头。马天成让丁二泉和管家过来扶起丁大户。丁二泉稍稍慢了点儿，丁夫人摸过拐杖要打，丫头连忙摁住。丁二泉翻着白眼嚷嚷：我这不是去扶吗！

管家和丁二泉扶起丁大户坐在床上，马天成又让脱去病人上衣。丁夫人过来帮忙脱掉丁大户上衣，马天成站到病人对面，将银针再次刺入"天突"和"人中根"。马天成中指和拇指捏住针柄快速捻动,然后猛地提针再入针,再快速捻动,再提再入再捻动。银针在马天成手里颤动着,在丁大户的天突穴上出入着,一旁陶居正竖起大拇指,声音压低到身边人刚刚听到说:看呀,这针在马先生手上就像附了灵气,洒脱利落。

众郎中啧啧称奇。

马天成冲众郎中轻轻嘘了一声,室内复又鸦雀无声。

一屋子人屏息静气看着,等着。

奇迹会不会发生呢?

马天成一番行针手法后停住,丁大户喉中隐隐响起痰鸣声。马天成连忙绕到病人身后闭目调息片刻,双手的劳宫穴对准病人双侧的"肺俞"轻轻按下去。

丁大户喉中痰鸣声加剧,马天成让家人找块布来准备接痰。家人捧着一块布举在丁大户嘴下,随着马天成的双手劳宫穴继续在丁大户"肺俞"穴上按压,丁大户喉中痰鸣声越来越急,越来越大,丁大户身子忽然间挺了挺,一口浓痰噗地咳出,额上脸上渗出汗珠。丁大户接连咳出几口浓痰,喘息几下,神志慢慢清醒了。家人将咳出的浓痰连同布片捧出去,称奇声起,满屋皆惊。

马天成从丁大户背后站起身说:上苍辅佑,痰既出,丁翁总算再无性命之忧。

死而复生的丁大户躺在床上喘息着:二泉啊,摆大席,谢马先生!

丁夫人涕泪交流连连拜谢:要不是马先生及时赶到,我家掌柜的恐怕性命难保。谢谢马先生,谢谢诸位了。

陶居正将马天成摁在正位上,自己屈尊下座。几位郎中争相给马天成斟茶,张道山脸色阴沉,一声不语,只管低头喝茶。陶居正凑到马天成跟前,口气佩服中又带着十分虔诚:敢问马家兄弟,丁翁所患何病,您又缘何这般有把握?

马天成欠欠身子:昔日听家父说过,这是气郁化火之症,为肺壅痰阻所致。治宜重针重手,大开大合,借以疏通胸肺经络,所以我用了重针手法。

众郎中连连点头。

吕之铭也凑上来,问马天成刚才所用是什么手法。马天成笑笑说:医学古籍中早有记载,这叫"透天凉",属重针重手。吕之铭倒吸了口气,连说:佩服佩服,说曾听一位针灸高手讲过,这"透天凉"手法十分里夹着九分险,想病人病情如此危重,也就是马先生有这胆量,换谁也得先想想自己是否会担了干系的。

几位郎中把目光投向张道山。

张道山仍在低头喝茶。

陶居正环顾厅内众人,说刚才他见马天成给如此危重的病人诊治时,面不改色心不跳,医人有如此坦荡平静之心者,万里挑一呀。吕之铭接上道:古语曾云,胸有雷霆而面如平湖者可拜上将军。可惜,马先生当不了将军带不了兵,他只是一位名播城乡的大医郎中。

陶居正笑起来:呵呵,将军职在打仗杀人,马家兄弟却是在世间救人性命。

马天成一笑而已,他说:丁翁虽然病有起色,但还得服几剂药。郑管家慌忙取来笔墨纸砚,马天成执笔在手,稍加思索,药方一挥而就。马天成将开好的药方放到桌上,请大家再斟酌修改一下,自己则收拾药匣冲众人一揖:各位请谅,家中有事,马某先行一步了。

丁二泉吆喝车把式赶紧备车,陶居正等几位郎中一直把马天成送到二门之外。马天成连连拜辞请大家留步,并招呼几位有空到崇德堂喝茶。

几位郎中送走马天成,重新回到丁家正厅。他们之所以不同时离去,是为看看马天成开的药方。都说同行是冤家,其实那是少数同行间的摩擦,真正的同行之间,还是相互帮助、相互学习、相互提携的。

几位郎中回到厅内坐在桌前,相互传看着马天成开出的药方。陶居正仔细斟酌着方中的各味药物搭配,啧啧点头连连叫好:马家老弟出手不凡,你看他辨症施治条理分明,用药配方不拘一格。

吕之铭细细端详着药方:丁翁病愈之初理当补气,按我辈惯常用法,必要投以大剂量人参或太子参类。可是,人家马先生只拣黄芪一味重用,这样既可益精固表,又可补气升阳。

众郎中七嘴八舌,无不称赞马天成医术高超技压群雄。

之前判定丁大户已经回阳无望的张道山尴尬了好一阵子,此时只好咳嗽了一声道:诸位,知道马天成何以技高一筹吗?

众郎中齐齐地将眼光投向张道山。张道山故作神秘地抻了半晌,这才一字一顿地说:他所用经方、验方和成方,多是来自他家祖传的一部书。也许咱们这些人都不知道,这书的名字叫《天方秘籍》。

陶居正奇怪地眨着眼,说:这就奇了,我与马家相交多年,从没听说他家有这么一部书啊。张道山抬头看着几位同仁:我们张家和马家三代世交,都是从济宁来到此地,我年轻时随父亲到马家串门,曾亲眼见过这部《天方秘籍》。

张道山说完,起身拱拱手:各位,医堂内有病人坐等,我也得先行一步了。

郑管家赶紧走上来提起张道山的医匣往外送他,出于同道间的礼节,几位郎中也起身相送,张道山走出丁家正厅,回身抱拳:诸位请留步。

几位郎中再次回到厅内,一边问丁大户是否还留下郎中守候,一边议论刚才发生的一幕。谈到马天成和张道山在丁大户病情上的看法和施治,大家褒贬不一,都说张道山依仗世交弟兄长马天成一岁有意在众人面前做大。陶居正咂咂嘴:要说这张先生,与马天成相比虽然在医术上稍逊一筹,但是无论天赋学养还是对病人的辨症施治,特别是在治疗常见病多发病和骨伤外科方面,两个人其实不相上下。否则,他也不会在州城一带和马天成齐名并誉了,只是为人心胸窄了些。

吕之铭:呵呵,人各有别,圣贤难做。

丁家差人去药铺抓药。陶居正却要过药方说:且慢,丁翁病状奇异,马先生所开药方,大多可做验方施用,我何不抄录一份,以备日后不时之需。

陶居正取过笔墨纸砚,用心抄录马天成所开药方。陶居正抄完药方递给吕之铭,请他帮忙核对一下,看药物剂量是否有错。吕之铭将抄方与原方对照后惊呼道:陶老,一字不差。非但药物剂量不差,就连字迹也好像一个模子倒出来的。如果不是当场所见,真以为是马先生亲笔所写。

几个人探身观看:奇也,奇也!

陶居正笑起来:呵呵,我陶居正幼从家学,爷爷每日令我练字五百,欧柳颜赵,真草隶篆,无一不摹。最后没有练成自己的字,倒学会专门临摹别人的了。

几个人笑着起身离去。

东街中段一溜十间砖瓦房,西边穿堂门上方厦檐下高悬木质镶金字号"崇德堂"。崇德堂五间正房,东西各两间,中有一间开着穿堂门,透过穿堂门,看到里边有座套院。不时有病人和病人家眷相扶相携地走出来,又有病人和病人家眷走进崇德堂。崇德堂东边不远有座大门,走进大门是崇德堂堂主马天成的内院,时有马家的亲朋好友从大门里进出着。

走进崇德堂,此刻眼前一派忙碌景象。尽管堂主马天成不在医堂坐诊,崇德堂医堂里仍是病人络绎不绝。马天成之子马洪良在诊治病人,拿到药方的病人一个接一个地到西边药铺里取药,药铺那边时时传来药杵有节奏的叮当声。不时有离开崇德堂的病人返回医堂这边询问什么,马洪良都极尽详细地一一回答。太阳光透过窗棂格子照进来,马洪良感到有些疲惫,他站起来舒了下腰身,打算到桌子旁边喝杯水。恰在这时,和马家有着世交关系的贾二爷走进医堂,马洪良赶紧走上前:二爷,您请坐。

贾二爷没有入座,他打量了一下医堂内:洪良,你父亲呢?

马洪良告诉贾二爷,父亲去西街丁大户家出诊了。贾二爷回身要走,说到外边转一转回头再来。马洪良不放贾二爷走,他到医堂门口朝套院里喊来护院的李天鹏,李天鹏见到贾二爷慌忙施礼,问二爷怎么有空来了,贾二爷说他找马天成有点儿闲事。李天鹏说:既然马先生没在,到我屋里坐会儿吧。马洪良却拉住贾二爷的胳膊往里拽:天鹏哥,估计我爹也快回来了,你把二爷请到内院等一会儿。

李天鹏也劝贾二爷到内院等一等,贾二爷想了想,跟着李天鹏拐进内院。

内院和医堂这边的院子有月亮门相通,李天鹏陪贾二爷走进内院,进了客房。管家老邱端上茶水,马夫人听到动静赶紧从正厅那边走到客房门口问候:二叔来了,您喝着茶,我帮厨娘给您老人家做饭去。

贾二爷连说:天成家不必客气,我和天成见个面就走。马夫人说:您老人家这么长时间没来了,放您走了,当家的回来不埋怨我吗?马夫人说完也不听贾二爷分辩,转身奔厨房去了。李天鹏给贾二爷斟上茶端到他面前:二爷,请喝茶。

李天鹏之所以在马家立脚安身,多亏这位贾二爷。

李天鹏原是武林名宿毕玉升的关门弟子,得师真传,练了一身好本事,为人又忠勇好义,为救一对孤儿寡母得罪了土匪头子蓝司令。蓝司令为了报复李天鹏,派人跟踪盯梢一年多,瞅了机会用迷药将天鹏放倒后弄回匪窝慢慢折磨。李天鹏苏醒后拼尽全力杀出匪窝,挣扎逃到州城北大庙里。土匪随后追来,他不敢出,土匪也不敢进,双方就这么僵持着。也是合当有缘,贾二爷那天凑巧有事路过北大庙,得知此事,当即力救李天鹏。土匪知道贾二爷是州城皮匠,也是本地颇负盛名的武师,加之害怕惊动官府,不敢和贾二爷发生正面冲突,眼睁睁看着贾二爷把李天鹏救走。

贾二爷呷了一口茶水,抬头打量着李天鹏,问他是否还有心料理江湖事宜,李天鹏摇摇头说:已是心如死灰了。贾二爷纳闷,因为任何一个习武之人都不会让自己空怀一身绝技。李天鹏解释说,自己本想学艺功成后行走江湖,像其他的豪杰大侠一样除暴安良,杀富济贫,不想那年被歹人暗算,伤了身子,若不是贾二爷出手相救,又把他送到马先生这里治好内伤、外伤,恐怕连命也搭上了。他说那年已被歹人断了命根,再不想创业,更不能成家。当此乱世,如今只想留驻马先生家,为好人护院,以报救命之恩。

原来,贾二爷想把天鹏接出去,投奔张桥镇拉起队伍保境安民的张三太,一是让张三太有个刚猛强劲的好帮手,二是让李天鹏有个用武之地。听李天鹏这么一说,贾二爷便把这个念头打消了:这样也好,君子不强人所难。

西边套院里传来高药工的呼叫声,是让天鹏帮着把麻袋里的生药搬进仓库。李天鹏站起身:二爷您稍事歇息,马先生很快就回来了。

贾二爷:好好,你去忙吧。

来送马天成的轿车停在崇德堂门前。马天成下了轿车,从丁二泉手里接过医匣后站在门前:二少爷,令尊染病,我也不请你到家歇息了,请回吧。

丁二泉连说"好好好",便和车把式赶着轿车掉头走了。马天成转身朝内院门口走，身后不远处传来急促的脚步声和呼喊声。马天成转回身，只见北街盐店李掌柜的儿子愣头愣脑跑过来，跑到马天成跟前打个侧楞立住。李少爷口齿不灵，站在马天成面前一时说不出话。看到李少爷憋得满脸通红，马天成忍住笑说：李少爷你沉住气，别急，别急嘛。

李少爷嘴眼耳鼻乱动弹：我爹，马先生，他……

马天成让李少爷慢慢说，因为他实在听不明白对方说些什么。李少爷更着急，两只眼睛冲马天成直直地盯着，瞪着。马天成连忙把李少爷拽到跟前，用拳头沿李少爷后背督脉上下捶打着。捶打了一阵儿后，李少爷终于缓过劲来，喘着粗气：马先生，我爹发病，昏迷不醒，请马先生赶紧去救……救命。

马天成直起腰来，这才弄明白是他爹病了。就听李少爷的噪声噼啦着，哀求马天成快去救他爹，晚了怕是不行了。马天成纳闷，问他请医生看过吗？李少爷急得耳鼻口眼乱动弹：马先生，请了北门外鲁先生、孙先生，还有好几位坐堂的，他们看了病，把了脉，都说老人家病入膏……膏膏……

马天成赶紧接口道：病入膏肓。

李少爷想起了这个词：对对，是，病入膏、膏肓，治不好了。

马天成说：一口气百个指望，怎么能这么讲呢？李少爷跺着脚说：对呀，对呀，我妈急眼了，连骂带嚷地撵我来请您。马天成冲李少爷挥挥手：治病救命，快走！

马天成提起医匣，跟随李少爷前往北街。

李掌柜的盐店距十字街往北不远，前边是盐店，后边是住宅。崇德堂与十字街相距几十丈，加之两个人走得急，不大一会儿就到了李掌柜家。马天成走进屋里，只见鲁先生、孙先生两位郎中坐在椅子上，李夫人和女儿守在炕前。马天成和鲁先生、孙先生多年相识，他们见马天成走进来，赶紧起身让座。马天成朝二人拱拱手，双方算是打了招呼。三个人彼此客套两句，鲁先生性直，催促马天成说：不要多客气了，快看看病人吧。我和孙先生轮番施药，丝毫不见起色。

马天成走到炕前察看病人，只见李掌柜躺在炕上，身子露在外面，手脚裹着棉被，炕下虽然炉火升腾，可李掌柜仍然瑟瑟发抖。马天成凑到李掌柜跟前观察了一下，问李掌柜感觉哪里不舒服。李掌柜勉强打起精神：哦，马先生来了。我感觉手脚发冷，浑身冰凉。可也怪了，身外寒气逼人，这心里却躁得慌。

马天成坐下来诊脉。

马天成诊脉后察看李掌柜舌苔。

马天成：大便如何？

李夫人：有时正常，有时泻肚。

马天成：多长时间了？

李夫人：拖拖拉拉一个多月了，总不见好。

马天成：一直服药吗？

李夫人：一直请吕先生、鲁先生和孙先生号脉吃药。先前还冷冷热热，时轻时重，就跟发疟子似的。看看不行，昨天又请了颐寿堂张先生诊脉开方，不想吃了张先生的药后，手脚冰凉，冷热更厉害了。你看，整个人都缩成了一团。

马天成要过张道山开的药方看了看。

马天成：夫人，张先生来了可曾给李掌柜号脉？

李夫人想了想，摇摇头说：好像张先生只是稍微按了下脉，说了句什么是大寒之象就开了药方。

马天成瞧瞧鲁先生和孙先生。鲁先生说自己和孙先生、吕先生都是按寒症治的，可因为拿不准，一直蹑道下药。刚才看了张先生的药方，他重用附子，可见是回阳救逆、补火助阳了。马天成分析症候：病人脉象滑实有力，舌干苔黄。四肢虽凉，大便虽溏，但自感内里躁闷。这是阳极似阴的大热之症。初时如稍补虚益阴重在泄热，可能会慢慢康复。因用热药日久，今又回阳大补，致使热结于内。马某搪突，建议立下凉药，不知二位是否认可？

鲁先生、孙先生相互看了看。还是鲁先生说话了：马先生所言极是，我们脉力有限，难断寒热，病人又到了这个份儿上，岂有不认可之理。请马先生速出药方。

马天成说了句"承蒙二位相信"，开出药方递给李少爷催他快去抓药。李少爷接过药方，问是不是去崇德堂抓药。马天成摆摆手：就近颐寿堂抓药，越快越好。

李少爷小跑步出去了。

马天成转向李家人，他请李夫人赶紧烧壶开水倒在盆里凉凉备用。鲁先生和孙先生脸上现出疑惑之色，异口同声问马天成烧水何用。马天成解释说：待会儿服药后外引泄热。鲁先生看看孙先生，孙先生又看看鲁先生，二人不解其意，只好相顾无语。李夫人吩咐女儿快去烧水，女孩答应着走出去。

半支香工夫，李少爷提着药包回来了。出乎人们的意料，颐寿堂堂主张道山也随后急匆匆地进了屋。马天成赶紧迎上去：道山兄，兄弟恭候了。

张道山摆摆手坐下来：天成啊，守着同道及病家我本不该说你，李掌柜明明是大寒虚症，你为何还要开凉药泄热呢，这不是冰上加霜吗？

马天成笑笑：道山兄，你可曾诊过病人脉象看过舌苔？

张道山迟疑着。

马天成：请道山兄复脉。

张道山犹豫了一下，皱着眉走到病人跟前认真切脉。张道山切脉片时便吸

10

了口凉气,嘴里似乎嘟念着"莫非当时大意了!"李家女孩从厨房里走过来告诉马天成,说是水烧开了,也倒进了盆里。马天成说声好,吩咐借着炉火快熬药。李夫人走出屋去:熬药可不是随便闹着玩的,我自己来吧。

张道山切脉之后又看病人舌象,看罢舌象,他皱着眉头坐在椅子上。

鲁先生和孙先生走上来:张先生,你看这病人……

张道山勉强一笑:二位,让我想想,让我想想。

李夫人端着药碗走进屋。鲁先生和孙先生的目光同时朝张道山瞧过去,张道山仍旧低着头不说话。正在这时,院里传来吕之铭的声音——听说马先生到了,我得来看看啊。人随话到,吕之铭进了屋。马天成拱手说:吕先生,来到你的地盘了。吕之铭大笑:马先生开玩笑,这么说,合州城地儿上,都是你和张先生的地盘了。

张道山起身让座。

吕之铭:哟,张先生也在呀,坐,坐坐,都是同道,客气什么。

李夫人端着药碗立在屋内,看看马天成,又看看张道山,犹豫着。吕之铭看到李夫人的样子,问这是谁开的药。李夫人回说是马先生。吕之铭上前接过药碗:既是马先生开的药,那你还试量什么,喝!

李少爷和李夫人把李掌柜从炕上扶起来,吕之铭试了试药温,把药碗送到李掌柜嘴边。李掌柜哆嗦着慢慢喝下去,屋里的人都在注视着病人的情况。李掌柜喝完药,重又躺在炕上,用被子裹上手脚。过了一会儿,又过了一会儿,李掌柜的身子哆嗦减轻。室内的人们渐渐稳住了心神,脸上再无那种提心吊胆的担忧之色了。马天成起身走到张道山跟前,附耳对张道山说了些什么。张道山迟疑着还是点了点头。马天成转过身来:李少爷,把令尊扶到院里去。

李少爷一怔:马先生,你,你说什么?

马天成:把令尊扶到院里去。

李少爷犹豫。

吕之铭:马先生说什么,你尽管听就是了。

李少爷看看张道山和鲁先生、孙先生。

三位郎中都低着头。

李少爷一侧头,说了声"豁出去了!"便在吕之铭和马天成的帮助下把父亲挪到院子里坐下。更让李少爷吃惊的是,马天成竟然把他父亲的上衣脱去,让病人光着膀子露在光天化日之下。院子里有风,李掌柜的身子瑟瑟地抖,李家男女老少赶紧围上来守着李掌柜,同时用怀疑的目光盯着马天成。李掌柜嘴唇发抖:马先生,我有点儿受不住!

马天成大声说:李掌柜,再挺一会儿。

李夫人要给李掌柜穿衣服,被马天成拦住。马天成仔细注意着李掌柜的面色变化,待李掌柜脸上显出一丝暗红时,马天成让李少爷把凉好的水端过来。马天成接过瓷盆放在地上,伸手试了试水温,自言自语说差不多了,然后便端起水盆冲李掌柜头上慢慢往下浇。李掌柜的身子猛地一抖,惊叫一声"啊呀!"李家人大惊失色。李少爷冲上来:马先生,你,你这是干什么!

马天成并不作声,他面色平静,全神贯注地盯着李掌柜的上身。李掌柜的身子抽动了一下,又抽动了一下,不大会儿,李掌柜上身忽然冒出热气,热气像淡淡云雾一样罩在李掌柜的头上,随后慢慢散去。这时,只听李掌柜长长地呼了一口气:天哪,身子好久没这么松缓了!

马天成摸了摸李掌柜的脉,回头对李少爷说:把令尊扶回屋里吧。

院子里的人看得目瞪口呆。

张道山脸色惨白。

鲁先生、孙先生走到马天成跟前,朝马天成深深一揖,请马天成晓示医理。马天成还礼:二位客气了,李掌柜所患为真热假寒之症,容易为人所误解。我今用凉药攻泄其里,温水导引其表,热毒溢出,所以病症减轻。

鲁先生和孙先生连连叹息:马先生啊,您诊病下药,神鬼难测,如不亲眼所见,无人敢信,在下佩服,五体投地。

马天成连忙谦辞,说:世上只有良医,没有神医。尺有所短,寸有所长,若论骨科伤科,我马天成和道山兄相比差得远呢!

众人转身去寻张道山。

张道山已经低着头走到院门口了。

2

贾二爷坐在马家客房的椅子上,一边喝茶,一边将着长长的胡须低声唱着京剧《空城计》:

> 我本是卧龙岗散淡的人,
> 论阴阳如反掌保定乾坤。
> 先帝爷下南阳御驾三请,
> 算就了汉家业鼎足三分。
> 官封到武乡侯执掌帅印,
> 东西征南北剿博古通今。
> 周文王访姜尚周室大振,

诸葛亮怎比得前辈的先生。

闲无事在敌楼亮一亮琴音,

哈哈哈……

我面前缺少个知音的人。

贾二爷正唱得高兴,邱管家笑嘻嘻地走进来,跟在邱管家身后的是马天成的爱犬黄毛。贾二爷停止唱戏站起身:邱先生请坐,天成还没回来?

邱管家连忙搀住贾二爷的胳膊:二爷您请坐。听一个病人说,马先生刚从丁家回到门前,就让北街盐店李掌柜的公子给接走了。这郎中名气一大,就忙啊。

贾二爷呵呵一笑:反正我是个闲人,等他。

黄毛跑上来,绕着贾二爷的身子转着跳着,嘴里发出"呕呕儿"的轻叫。黄毛黄澄澄的眼睛眨巴着,似乎有莹莹的泪花儿。贾二爷爱抚地摸着黄毛的头:咦咦,一年多不见,长这么大了。

邱管家看着黄毛和贾二爷亲昵的样子笑了,黄毛重情重义,时间再长也记得贾二爷这位救命恩人,因为它是贾二爷前年秋天从街上抱到马天成家来的。当时贾二爷来找马天成,见街口趴着个小兔大小的黄毛狗,骨瘦如柴,气息奄奄,因为断了一条腿,别说走动,连哀号声都变得细如游丝了。当时路人有的走上去看看,有的连看也不看一眼,听人说是西街大混混刘四楞子扔到十字街上的。其实这事也不能怪那个四楞子,收成不济,城里乡下许多人吃饭都有一顿没一顿的,谁还顾得上一条小狗啊。贾二爷也是走出一段路后又返回去把小狗抱起来,抱到马天成这里,他想马天成他们行医之人性善心软,尽管是一条小狗,也仍会见死必救。果不其然,马天成把黄毛救活了。

邱管家记得,贾二爷把小狗带来后,马天成给它的断腿敷上接骨膏,又给它洗净身子梳理了毛,然后把稀粥盛在一个小盒里放在它面前。小狗还真通人性,看着马天成不敢下口吃食,就像刚刚懂事的孩子有什么话要说。马天成看着可怜的小狗,一边用手梳着它头上的黄毛,一边轻声说:吃吧,吃吧,小家伙你一定饿坏了。小狗试量了一下,开始舔食盒里的稀粥。几天后,黄毛身体稍稍壮实了一些,因为腿伤治愈,也能站立行走了。再后来,小狗渐渐长大,马天成把它送给街坊邻居,岂料接连送出几次它又跑回来,每次跑回来都要绕着马先生的身前身后转,一边转一边眼泪汪汪地哼哼着。马天成叹口气说:狗有记性,它是害怕再把它送走,留下养着吧。

邱管家凑上去用手抚弄着黄毛的脊背,半认真半玩笑地问道:哎,贾二爷,有件事多年来没问你,听说你的皮货作坊从来不收狗皮,这到底是什么缘由?

贾二爷点点头,说:这是我爷爷留下的遗训,老人家说他欠狗一条命。邱管家惊奇地看着贾二爷,弄不清贾二爷这话是真是假。贾二爷见邱管家神情疑惑,便将此事的来龙去脉大致说了说。

原来,贾家世代开皮货作坊,爷爷年轻时因为一笔生意上的事与人打官司输了,一气之下得了噎膈,后来渐渐水米不进。眼看性命不保,所幸遇到高人救治,方得绝处逢生。那高人不是神仙道士,也非大家名医,而是一位摇铃串乡的外地人。当时社会上这样行医的人很多,人们习惯称之为游乡郎中。这些游乡郎中手上拿一只"虎撑",天天穿行在城里乡间的街道小巷里行医谋生。那天,一位游乡郎中摇着虎撑背个药囊,药囊里面放着几样药材、几本医书、一盒银针和几个火罐,走街串巷正好串到贾家门口。贾二爷的奶奶抱着治治试试的想法,让贾二爷的父亲把这人请到家里。那郎中也不多说话,看了看问了问,就说病人能治。令人称奇的是,这郎中不针灸不开药,却从他家喂的狗身上取了一点儿狗血。郎中画了一道符,把符烧成灰之后给狗灌了半碗,另外的半碗用小勺给病人灌下去。说也奇怪,本来滴水难进的病人,吞了一两勺的符水,喉中打开一点儿缝,半碗符水慢慢全都吞咽了下去。

邱管家听得入神,往前探探身子:往后呢?

贾二爷说:往后这位郎中又让他奶奶每天熬米汤喂给爷爷,郎中在他家住了八天,给病人和狗分别吃了八次符水,他爷爷竟渐渐能够吞咽稀粥了。

邱管家惊奇地站起身问贾二爷,这情景是听老人传说还是亲眼看到。贾二爷说自己当时都十来岁了,是亲眼所见嘛。贾二爷告诉邱管家说:治到那个情况后,郎中就不再给爷爷吞符水,他给留了一个方子,让他爷爷按方服药半年,说半年之后噎膈自然会好。贾老爷子感念救命之恩,取大把金银相谢。让人感到惊奇的是,那郎中只取一锭银子装进背囊不说,另外却又照付了贾家八天的饭钱。贾老爷子大惊,取金银执意酬谢,那郎中面露惶恐之色,说祖师有训,凡能行此医术者,必要心正无邪,功德高尚,医风正派,不图名利。否则,不独医术尽失,他年还要遭报应。贾老爷子见对方口气恳切,也就不再勉强了。这位郎中临走之前特别交代,一定要看好照顾好那只狗,不要让它乱跑,要让它吃饱喝足。老人家谨记郎中的话,一直吃了半年药,并且特别注意照料那只狗。可是让老人家大感意外的是,半年之后,那狗却病了,不吃东西,迅速消瘦,没过多久就死了。而爷爷却一天天地好起来,一直活了八十多岁。

听完贾二爷的讲述,邱管家沉思良久点点头,说他曾听马先生说过,这世上有种医术叫祝由之术,不是巫术也不是神术,是古代轩辕黄帝所赐的一个官名。

马天成所言不差,祝由术的确是从古代传下来的。古代能施行祝由之术的都是一些学问很高的人,他们都十分受人尊敬。祝由术是包括中草药在内的借

14

符咒禁禳来治疗疾病的一种方法。"祝"就是咒,"由"就是病的缘由。历代以来中医体系都有祝由一脉,到了隋代,祝由术开始被纳入官家医学,唐代继承隋制,在医署设立"咒禁科"主管禁咒,除邪魅之法。那时有一部名为《外台秘要》的医书收载"祝由科",祝由术已成为中医体系独立一科。明代太医院设医术十三科:大方脉、小方脉、妇人、伤寒、疮疡、针灸、眼、口齿、咽喉、接骨、金镞、按摩、祝由。到了晚清民国,战乱不断,社会动荡,祝由术被很多的巫医和江湖术士加以利用,这帮人已经难得祝由之精髓了,到了现在,原本隶属于传统中医的祝由,竟然找不到自己的一席之地,通晓祝由术之人,更是寥若晨星。

贾二爷:祝由之术,那郎中给我爷爷用的医术叫祝由之术?

邱管家说马先生和他谈起过,有一部书上记载着这医术,那郎中就是用祝由之术把人的病转移到了狗的身上,救了老人家一命。而据邱管家观察,马天成就颇善祝由之术,因为他有时躲在书房里画符念咒,有时给病人治疗时,除了施以中药的膏丹丸散汤外,也曾用过一些离奇古怪的方法。

贾二爷拍拍手:我说呢,难怪我爷爷从那时起就嘱咐全家,见狗善待。同时叮嘱我爹,从他开始,无论皮货作坊开到何年何月,不许收一张狗皮熟一张狗皮,更不许切割制作一张狗皮的皮货,老人家说他欠了狗一条命啊!

邱管家叹息道:真是大千世界,无奇不有啊。

贾二爷低头瞧时,黄毛正摇着尾巴站在他面前。

贾二爷:看了没,我说狗通人性吧,黄毛一直在听着呢。

马天成从李掌柜那里回来后,走到崇德堂前站住。马天成抬头仰望太阳,看看天色已近正午,没有再进崇德堂医堂侍诊,从东大门径直进了内院。马天成刚进内院门,爱犬黄毛就摇着尾巴窜过来,在他腿上蹭来蹭去。马天成轻轻地抚弄着黄毛的头,音调舒缓温柔:黄毛啊黄毛,才半天没见,就这么黏缠,好孩子,我歇一会儿再和你玩。

黄毛伸着舌头原地蹦个高,像懂事的小孩一样跑进门洞里。这时,李天鹏从西跨院走过来,告诉马天成说城南关的贾二爷来了。马天成一脸喜色,问贾二爷在哪里。李天鹏说:贾二爷先是去了医堂,因为你不在,洪良就让我把老人家送到内院来了,此刻正在客房由邱管家陪着聊天喝茶呢。马天成连说:好好好,我去客房看老人家。马天成说着,快步朝作为客房的西跨间走去。

马天成走进客房时,贾二爷仍在和邱管家聊家常。见马天成走进来,贾二爷站起身:天成啊,回来了?

马天成赶紧扶贾二爷坐下:刚回来,让二叔您久等了。

贾二爷捋着胡子笑道:我是个大闲人,就等上一天半日又算得了什么。

马天成端起茶壶给贾二爷斟上茶:这可了不得,家父在日就曾多次嘱咐,说今生今世千万不要忘了贾二爷的恩德。当年马家在州城安家立业,全靠贾二爷这棵大树罩着,要不,哪会有崇德堂的今天啊。

贾二爷摇头说:过誉了,过誉了,那是当年你全家逃难初到此地,常受一些生痞子坏蛋欺负,我贾二看不过,挺身而出镇他们罢了。

马天成半带恭维地说:那当然啊,贾二叔当年做皮匠,当武师,手眼宽大,黑道白道上的混混们没有不怕你的。这话是为了让贾二爷高兴,贾二爷果然高兴了:哈哈,当时年轻,性子冲,加上腿脚有点儿功夫,确实能镇他们几下。

马天成问贾二爷忙什么呢,怎么快一年没来了。贾二爷说:又收了七八个徒弟,打算趁着腰身还使得动,想把这皮匠手艺连同身上本事传给他们,谁料想多是些能吃草料不长膘的,可让我煞费心思了。马天成和邱管家呵呵笑起来,说:都是些年轻人,就那么笨?贾二爷口气很认真,说:你们可别把这皮匠活看轻了,里边门道多着呢。马天成赶紧点头:隔行如隔山,这话我信,真信。

邱管家见马天成回来了,就借故走出去忙自己的事情。这时,马夫人出现在门口:当家的,你和二叔到厅里吃饭吧。

马天成站起身:二叔,请。

贾二爷:今儿中午就叨扰了。

马天成:二叔说哪里话呀,走。

马天成携了贾二爷的手走出客房。

马天成和贾二爷走进正厅,桌上已经摆着丰盛的菜肴。贾二爷居左,马天成居右,两个人举杯对酌。酒过数巡,马天成举起筷子让贾二爷多吃菜。贾二爷夹了块鸡肉放进嘴里,有滋有味地嚼着说:连吃加喝,不少了。

门口传来呜呜儿的狗吠声,两人扭头看时,黄毛站在门口摇尾巴。马天成大笑,说:二叔您看这小东西,见我们吃饭,它急眼了。进来吧,进来吧。黄毛真能听懂人话,马天成一招呼,它小跑着进了屋,站在马天成跟前继续摇尾巴。马天成将一块肉骨丢给它,黄毛叼起来跑了。

这一带的人,大都有午饭后小憩一会儿的习惯。这习惯在以后的年代里不断得到肯定,午饭后眯上一小会儿,能够消除疲劳,养足精神,下午无论看书学习还是继续劳作,都足以起到事半功倍的效果。马天成自打年轻时就有这习惯,哪怕仅仅是躺一会儿眯一阵儿,只要没有急病人,他都会一天不落。这天午饭后,他和贾二爷照例侧歪在炕上小憩。马天成没有睡意,贾二爷也没有睡意,两个人躺了一会儿就坐起来聊天。马天成笑问:贾二爷,您老人家今天恐怕不是光为了来看看我吧?贾二爷说:天成你可真有灵性,二叔今天的确不是为了来蹭你这顿饭的。马天成坐直身子:二叔有事尽管说。

贾二爷也坐直身子:前几天我去看了一位远方朋友,那朋友身患重病,屡治不愈,这个朋友和我情谊非同一般,如果他来人请你,你务必要前去为他治疗。

马天成摊了摊手说:二叔这话差矣,既是您的朋友,何来请我之说,你告诉我他家住哪里,今明两天我自己去就是了。贾二爷摇头,让马天成不必多问,他只是让马天成记住,只要来人提到他的名字,千万不要推辞。马天成皱着眉头思索,莫非……贾二爷口气更认真:天成你不要再多想,二叔我拜托了。

马天成连忙答应:好的好的,二叔放心,不管刮风下雨,也不管白天黑夜,只要来人提到您老人家的名字,我立马前往就是了。

贾二爷点点头溜下炕:既如此,我就放心回家了。

马天成要留下老人家在自己家里玩上半天,贾二爷说下午还有些要紧活须他亲自料理,几个徒弟跟五爪鹰一样,他不放心。马天成听他这么说,便也溜下了炕来。他让贾二爷等一等,说有件事还没交代呢。贾二爷不解地望着马天成,说:什么大事啊?还值得专门交代。马天成说:二叔莫急,您老跟我来,马上就知道了。马天成领着贾二爷出了客房直奔自己的书房。贾二爷大笑:天成,莫不是要教老夫识文断字?

马天成边走边笑:二叔,你小时就上过私塾背过"四书""五经",还用着我教?

爷儿俩说着笑着进了马天成的书房。书房两间,坐南朝北,门窗与正厅相对。室内墙上有几幅字画,靠东墙有一书橱,橱格里满是新旧医书。书橱一侧是红漆立柜,靠南墙有一八仙桌,桌上摆着茶壶茶盅,桌侧椅子两把。西边一间有窗,窗子雕棂花格。窗下放一书桌,桌上摆着医书和笔墨纸砚。贾二爷跟着马天成走进屋,就势坐在八仙桌旁的椅子上。

马天成走到立柜前打开柜门,从里边取出一个黄色绢包。马天成走到桌前,把绢包放到贾二爷面前说:二叔,这是我哥哥年初从东北给您捎过来的几支野山参,原想给您送过去呢,今天正好您老来了,带回去吧。

贾二爷有些吃惊:天刚为何给我捎这大补之品?

马天成看着绢包说,他去年和哥哥通信,哥哥问到贾二爷近况,马天成告诉哥哥说贾二爷虽然身体仍旧硬朗,但可能年龄关系,已是举动缓慢,时有气喘。哥哥马天刚得到这消息,就给贾二爷捎来了这些山参。贾二爷打开绢包,面前的山参主根粗短,两条支根呈人字形细而绵长。参体上纵纹明显,表面灰黄。贾二爷啧啧称赞:真是地道的野山参。

马天成点点头,说:二叔您闯荡江湖,果然见多识广。贾二爷迟疑了一会儿,说:照理讲老朽断不能收,可是感你哥哥一片心意,就要两支吧。马天成有些惊愕,问贾二爷这是为何。贾二爷说:早年你父亲和我说过,这大补之品适于年老力衰、久病体虚者。我虽年老,却不力衰,半辈子又极少生病沾灾。野山参极为难得,且又价格昂贵,你还是留给急需这药的病人才对。马天成有点儿急了:二叔,家兄谨嘱,您无论如何要收下。

贾二爷取了两支山参拿在手里:君子一言,不必多说,二叔我要走了。

马天成想了想说:二叔稍等,既然您老固执,晚辈也不好相强。可是,您知道野山参的用法吗?贾二爷笑笑说:不就是用水煮了吃吗?马天成一乐,说:二叔这就外行了吧。贾二爷一怔:哦?那你教教我。

马天成指着山参说:二叔带回去后,用棉线把参吊在热水壶盖上,悬在水上蒸一炷香工夫,参就变软,然后用快刀切成薄片晾干。

贾二爷接过话头:知道了,闲来无事嚼参片?

马天成连连摇头,说:不对不对,你得将参片放入壶中,沏上开水焖小半个时辰,然后当茶喝。贾二爷看着手中山参:这么好的东西,当茶喝可惜了的。马天成说:当然要物尽其用,你可反复沏泡,直到参茶变得没了参味,最后连渣嚼下。

贾二爷:让我吃人参,可惜了的,可惜了的。

马天成:二叔,你毕竟七十来岁的人了,身体再壮也有衰时,还是补补的好。

贾二爷沉吟片刻:嗯,这倒是实话,近两年是觉得精气神不如以前了,补补,补补,多活他几年,也好跟你们做个伴呀。我回去就按你说的办法切片泡茶。

马天成告诉贾二爷,说:现在正是夏湿之时,不能补,得等到入冬时才行。俗话说冬令进补,开春打虎。也不必多用,一年一支足矣。贾二爷看着山参眨巴眼:呵呵,这用药的规矩就是多,我明白了。

马天成:既然二叔明白了这个理,那就把这些参全带上吧。一年一支,也只够用几年的,用完后我哥哥还会捎来,他说让您活到一百岁呢。

贾二爷:天成啊天成,你从小灵透,二叔这是又让你绕进去了。

马天成将参包好,不由分说塞进贾二爷怀里。

张道山坐诊颐寿堂,病人一个接着一个。张道山悉心诊治着每一个病人,药房那边不时传来伙计小程对抓药人的客气声。张道山正专心应诊,颐寿堂外忽然传来邻近一个街坊的声音:哟,林家兄弟,大老远的,怎么从东街跑到这里来了?接着是那姓林的回答声——你没看到吗,眼下正是瓜果上市的季节,吃坏肚子上吐下泻的病人一个接着一个,崇德堂的马先生今天出外诊至今不归,这患病的大人孩子就全涌到了这里。

张道山摇摇头暗自嘀咕:马天成啊马天成,你总是压我一头啊!

在整个州城一带，最有名的医家是马天成的"崇德堂"和张道山的"颐寿堂"。两家医堂的堂主原籍都是济宁人，他们的祖父、父亲都是当地名医。清朝光绪年间，他们的原籍发生了一起百姓"抬官"事件——当地知县绰号李磕包的因为洪水淹涝却拒不赈灾，被百姓联名告到济南府而丢了纱帽，其中就有马、张两家的先人参加。李磕包为了报仇，让侄子捐官重赴旧地，并设计陷害了马、张两家。马家先人马建霖愤懑已极，坐船乘车挈妇将雏背井离乡一路北上，路经州城时因为医好了几例疑难怪病，被当地人留住落户在此。张道山祖上也受辱不过，此后全家也想逃难塞外，可巧在此遇到马天成一家，世交故旧相逢，岂能不相互照顾？在马家的帮助下，张家随之也在州城落户谋生。

几十年后，两家老人相继谢世，马天成和张道山分别成为两家医堂的堂主。

马天成和张道山都是齐名并誉的中医世家，俱为当地名医且是世交关系，然而由于各宗其道，性情各异，渐渐开始轩轾不和。张道山心高气傲，继掌颐寿堂以来，一心要把崇德堂压在自己之下。多年来，他也曾博览群书，发奋钻研医理医术，但每次和马天成有意或无意间的比试，总是稍逊一筹。张道山对此既愤懑又无奈，每每想起就如鲠在喉。

一拨病人处理完毕，张道山站起身甩甩胳膊伸伸腰。张道山转脸朝着药房那边轻声唤道：老姜啊，你过来一下。

药师老姜从穿堂门那边走过来，站在张道山跟前问他有何吩咐。张道山低着头来回在屋里溜达：老姜，你前两天不是说药材快要断档了吗，咱们计议一下，是去天津还是去济南进药好呢？

老姜看着张道山，不回答。张道山知道药师是在听他的决定，抬起头皱皱眉说话了，他让老姜忙过这一阵子，让伙计程立和二子支应着门面，亲自到济南宏济堂和天津津门大药房去一趟看看问问，货比三家，哪里货真价廉咱就要哪一家的。老姜嗯了一声，说：还是先生会算计，上次咱们在津门大药房进的那批货，不光价格高，有的都霉了，晾了好些天，用是能用，就是失了大半药性。

张道山：京油子，卫嘴子，不能光听他们说。

老姜：是啊，是啊……

外边街上传来锣鼓唢呐声，张道山和老姜同时把目光转向窗外。老姜很纳闷，嘴里咕哝着，这大热天，谁家还娶媳妇送闺女啊，去看看。张道山也好奇，跟在老姜身后走出颐寿堂。两个人朝锣鼓唢呐鸣响的方向望去，只见正西敲锣打鼓走来一帮人。那帮人越走越近，响声也越来越大，街上行人纷纷驻足观看，各胡同小巷里的人们也纷纷跑出来瞧热闹。离颐寿堂不远，张道山才看清，队伍最前边的竟是丁大户的二儿子丁二泉。丁二泉的身后，两个人抬着一块匾，匾上横镌八个大字——起死回生，妙手回春。匾的上檐红绸披挂，两侧悬着沉甸甸的缎带璎珞。几个穿红衣戴红帽的吹鼓手举着唢呐捧着笙,伴随着一直咚咚当当的锣鼓声,越过颐寿堂一直向东……

有个人大声嚷起来,说是丁大户病愈后差儿子去给救命恩人马天成送匾哪。又一个人跟着嚷,说这种酬谢礼仪百年难遇啊!张道山心里很不是滋味,只能眼睁睁看着送匾的队伍继续向东,向东,渐渐过了十字街,拐向崇德堂那里去了。张道山抽身躲回到医堂,老姜也随后跟进来。张道山退回到医案前坐下,老姜便立在张道山身侧。老姜为人比较憨直,他看出张道山的心思,却又不由自主地把此时不该说的话说出了口:张先生,您看他崇德堂好威风啊!

张道山双手捶着自己的脑袋:我为何就是技不如他!

老姜:张先生您说什么?

张道山:老姜啊,我现在心中是风寒暑湿躁火六淫俱全呢!

老姜忽然明白自己刚才说错了话,连忙变了口气纠正:张先生,他崇德堂也不过是逞一时之兴,您的颐寿堂早晚会压过他。

张道山说:难啊!嗯,《天方秘籍》,就是因为那部《天方秘籍》。张道山嘴里念叨着,双手从头上放下来,伸到面前的医案上胡乱摸索。老姜忽然想起一件事,连忙提醒张道山:张先生,按照行里礼数,您是不是应该前往崇德堂祝贺?

张道山:对对,不是你提醒,差点儿就把这大面上的事给疏忽了。

张道山赶紧洗了手脸换了鞋,衣冠整齐地往外走。张道山刚走出医堂,同样闻讯前往崇德堂恭贺的几位绅士和同仁已来到颐寿堂门口。大家相互施礼后,张道山强作欢颜:同往崇德堂恭贺道喜,医家之道上的规矩嘛。

丁二泉带领送匾的队伍在崇德堂门前站住。吹鼓手举着唢呐捧着笙,半条街上响着咚咚当当的锣鼓声。丁二泉立在当中吆喝:马先生听着,你救了我爹的命,我爹让我……给你送匾来了,快出来接着!

前来贺喜的人发出一阵哄笑。

马洪良走出来站在门前:二少爷,抱歉,家父外出尚未回来,在下代父受礼。

丁二泉白了马洪良一眼说:那好,你就接着吧。丁二泉让抬匾的人将匾送到马洪良面前,马洪良欲接又止,面现尴尬。这时,一绅士走到丁二泉身边说:二少爷,送匾又名挂匾,您不能把匾交给主人,得给人家挂上啊。

丁二泉看看房厦下“崇德堂”的牌子有些作难,说:这门口厦下已经有块匾了,咱们这……这一块可往哪里挂呀。张道山等几个人恰好来到,张道山立即走上前来:洪良世侄,你父亲不在家,我替你做主,把丁家送的匾挂在穿堂门的上方吧。

人们齐声赞成,说:这样的话,人们一进崇德堂就看到这块匾了。丁二泉听张道山这么说,就指指崇德堂里边的穿堂门对抬匾的人说:听张先生的话,你们……就挂到那里吧。

吹鼓手继续吹吹打打。

两个抬匾人在街坊的帮助下走进去将匾挂在穿堂门的上方。

挂匾的人走出来:二少爷,挂好了。

丁二泉立即高声喊道:好好,给,给崇德堂马家贺喜了!

众人相继走到马洪良跟前拱手致贺,马洪良一一还礼。张道山最后一个走上来说:洪良世侄,转达我对你父亲的贺意,愿马家弘德四方,恩泽八极,拯救苍生,甫为大医。马洪良深深一揖:世伯过誉,马家实不敢当。待家父归来,必要置宴摆酒,以谢各位世伯世叔及兄弟姐妹的深情厚谊。

丁二泉:咦咦,瞧你们这些话,酸不拉唧的。

人们又是哄笑。

哄笑声中,丁二泉带领送匾队伍吹吹打打顺街返回。

当天下午,马天成外诊回来,看到穿堂门上方挂着丁家送的感恩匾,轻描淡写地对家里人和病人们说:不就是治好了一点儿病吗,值得如此大张旗鼓?他让人摘下来,邱管家连说:不妥,因为不是任何人都可以送匾,也不是任何人都可以随便接匾。人家送匾给你却遭到你的白眼,无异于当面抽人家的脸。这消息要是传出去,送匾者会恨你一辈子,行好反致成仇,何必呢!

马天成听邱管家说得有理,也就不再提这匾的事了。

马家医堂设在穿堂门东边的两间,药铺设在穿堂门的西边。步入医堂,正中墙上挂着一幅装帧精美的字画,画中一位古装老人手持木杖,木杖上吊着一只硕大葫芦。画的上方横书"悬壶济世"四个大字,画的两侧榜书对联:几味君臣药,一丸天地心。字画之下是医案,马天成和儿子马洪良分坐两边。

此时,一位老年妇人正坐在马洪良跟前。马洪良看看病人的面色,轻声问道:您老人家哪里不舒服?

老人拍拍胁肋:这里疼,还头晕,耳朵响,眼睛发干。

马洪良点点头,又看老人的舌苔。看罢舌苔,又给老人把脉。马洪良眯起眼睛,凝神于自己的三个指头上。马洪良把完双侧六脉,指头又反复按压着左手寸脉。马洪良的眼睛慢慢睁开,笑嘻嘻地问老人:有时还感到脸上阵阵烘热,心里烦躁,口干咽干,夜里咳嗽出虚汗。对吗?

老妇人一怔,连说"对对对"。她很惊奇,马洪良年纪轻轻医道却如此之高,怎么就跟长到他身上似的,这些难受的毛病,自己也没说,这位年轻郎中却全知道。马洪良看出了老人的心思,就解释说:你老人家虽然没说,可脉象上带着呢。您老这是肝阴不足,气郁化火,开几服药吃吃就好了。

老人顿着手里的拐杖,连声叫绝。

马洪良开好药方递给老妇人,同时指指另一侧,让老妇人再到父亲那边查一下。老妇人连连点头,说:我知道,听人们说了,这是您崇德堂的规矩,少先生看完,老先生复查。老妇人说着,移坐到马天成跟前。

老妇人坐到马天成这边,又一位病人坐到马洪良跟前。

马天成冲老妇人点点头:老姐姐,常来诊治的,都知道这里的规矩了。

老人报之以笑:是啊是啊,城里乡下,都知道你这里的规矩了。

马天成照例认真望、闻、问、切。马天成诊断之后,仔细审视马洪良开出的药方。马天成看了一会儿药方,忽然问道:洪良啊,你用药的根据是什么?

马洪良从那边抬起头来:爹,这位老人先有肝阴不足,继之阴虚发热。虽是两个症候群,但其中相互关联着,我意先滋养肝阴,继之再清虚热。所以先用了枸杞地黄汤加减。

马天成的眼光又在药方上溜了一遍:嗯,辨症施治倒也正确。不过我问你,倘若病现"传经"该当如何处置?

马洪良毫不犹豫:投药截之,防微杜渐。

马天成指着药方:对,见肝之病,知肝传脾,当先实脾。这位老人先是肝阴不足,可再于枸杞地黄汤中酌加补脾药,以防饮食之碍。

马洪良说:孩儿知道了。马天成继续盯着药方,马洪良明白父亲仍有指点,连忙起身走到父亲跟前。果然,马天成指着药方说:病人另有咳喘,其脉滑数,肌肤甲错,且述胸中隐痛,这是肺痈先兆。如若不早投良药截之,大病铸成,虽用百药也难起疴。到那时,不光病人身体更加痛苦,金钱也是加倍枉花了!

马洪良连连点头。

马洪良回到自己的医案上重写药方。

一位穿着讲究的中年病人坐到马洪良跟前。

中年人一边等着洪良给老妇人重新开药方,一边和马天成攀谈。他看看医堂内的摆设,又看看窗外的套院,说:马先生,崇德堂远近闻名,每年不知要赚多少银钱呢。马天成笑了:君子爱财,取之有道。该赚的要赚,不该赚的能赚吗?先生有所不知,古时有个说法,开药铺的不能开医堂,开医堂的不能开药铺。我马家既开医堂又开药铺,已然有碍古训,哪里还敢奢望多赚银钱啊。

中年病人侧过身子:哦?这古时的规矩我还是第一次听说。

马天成叹口气:唉!能记得这条古训的也不多了。

中年病人:敢问马先生,古时医堂与药铺不能同开,这是为何?

马天成拿起案上一部医书:因为既开医堂又开药铺的医家,一些可用可不

22

用的药,稍一贪心就给病人加上了。这样坑了病人,坏了医德,于人有害,于己损阴。所以,先时药铺里顶多请个坐堂先生当门面,大部分是等着病家拿着单子来买药。开医堂的先生只开药方收诊费,至于你去哪家药铺抓药,他不管,也不问。

中年病人说:这么讲那时医生就是药铺的衣食父母了。马天成点点头说:所以呀,那时的药铺为了生意红火,常于年节十五的抬了礼盒拜谢医堂的先生,目的就是求医堂先生多往他的药铺里介绍"顾客"。再后来,医堂药铺为了盈利为了方便,就把二者合而为一了,自己看病自己卖药,虽则是肥水不流外人田,却是越来越损,越来越缺德。

中年病人:这话又怎讲?

马天成:因为古往今来,没听说谁在剃头理发和吃药的收费问题上讨价还价的呀!一个人的命难道不值几服药钱?一个人的脑袋莫非比二斤茄子还贱?这其中的道理任何人都明白。年深月久,这既开医堂又开药铺的就十有八九发了财。

中年病人用开玩笑的口气说:马先生,人随世事车随辙,现如今天下医者都如此,您也就别谨遵古训了。

马天成微微一笑,先生所言倒也有理,马某肉体凡胎,也没例外,既看病也卖药,年复一年,不想赚钱也比一般百姓富了。

中年人哈哈大笑:马先生真是坦诚君子。

马天成:先生过誉了,只不过我马家良知尚存,人病本为一难,再从银钱上增加不合适的负担,无异于落井下石。这种做法为医之大忌。另者,医人的纸笔,非同儿戏,只可谨之慎之,光明磊落。蝇营狗苟之为,为医德所不容。所以,诊病开方务必谨慎,可用可不用的药,横竖不用;能用针灸便方治疗的病,绝对不会施以膏丹丸散汤。

中年人起身作揖:马先生真乃苍生大医。

十字街西大油坊赵掌柜家里,形销骨立的赵大太太躺在炕上双目微眯,不吃不喝,对于家人的问询更是不理不睬。赵掌柜哈着腰立在炕前,千乞百求地说:太太呀,你不理谁都无妨,待会儿对张道山这样出名的大先生得客气点儿啊。

赵大太太依然不说话,赵掌柜苦苦哀求:大太太,你我年近半百,无儿无女,咱家总得有个延续香火的吧。我不就是娶了姨太太置了外宅吗?本想把她娶到家里,可你硬是一棒槌给打了出去。

赵大太太先是紧闭双眼,继之微微张目、睁大,恶狠狠地瞪了赵掌柜一下,伸手要抓炕头上的剪刀，丫头慌忙抢了藏到一边。赵掌柜赶紧躲到一边，声音更绵更软，说：太太我求你了好吗？赵掌柜左边点点头，右边施个礼，膝盖屈了屈要给太太跪下。门口传来油坊伙计的声音：赵掌柜，张先生到了。

赵掌柜连忙迎到外间，伙计已经把张道山让进屋里。赵掌柜连忙让座，吩咐伙计沏茶。张道山坐在桌边椅子上：赵掌柜，大太太怎么个病情？

赵掌柜压低声音：张先生啊，自从我娶了姨太太，大太太整天长吁短叹，胸胁或少腹胀满窜痛，嗓子里也感觉疙疙瘩瘩的。

张道山脸色阴沉：听伙计说，你已经找人看过了？

赵掌柜连忙解释说：别提了，前几天你没在家，我怕等不及误事，就到城西请了个郎中，他来到后摸摸脉看了看舌苔，就给开了几服药。头一服没喝下去，第二服吐了，第三服刚端到太太面前就让她打翻了。

张道山笑了：太太不喝药，你多说好话呀。

赵掌柜回头看看套间布帘：好话说尽，她就是依旧不依不饶。

张道山斜睨着赵掌柜：你没再去请那郎中？

赵掌柜：去了，那郎中听说太太吐了，说闹不好会是噎膈。这下把我吓出一身汗，这不，连买卖也顾不上打理了，整天守着她。

张道山揶揄道：肝痨气鼓噎，阎王请的客，如果真是这病，交待了。

赵掌柜说：所以我才害怕呀，大太太如有好歹，我必遭塌天大祸。张道山让他逗笑了，问这话怎讲。赵掌柜说：大太太有仗势啊，弟弟在二十九军当营长，是个出名的二杆子，如果大太太捎个信儿去，赵营长骑马挎枪带人赶来，闹不好就把赵家的里里外外全砸了。张道山：哦，是这样啊，那我给太太看看。

张道山起身往套间里走，赵掌柜赶紧在前头带路。

张道山给赵大太太诊断后，说这是肝郁气滞症候。他给赵太太开方柴胡疏肝散，嘱咐说连吃五天就可痊愈。赵掌柜喜出望外，诊金药费照付，另外又备了一份厚礼亲自送到颐寿堂。可是五服药吃罢，赵太太病情依旧，赵掌柜这下犯了愁，只好再去请张道山来诊治。张道山收了诊金药费另加厚礼不说，看在街坊面子上也当尽力呀。不犹豫，找个借口甩开找他诊治的病人，急匆匆又奔赵掌柜家来了。

套间里，赵大太太依旧躺在炕上一动不动。张道山给赵大太太诊脉，赵太太就伸出手。张道山要看舌苔，赵太太就张开嘴。但无论张道山问什么，赵太太就是不说话。张道山只好回到外间椅子上坐下来，摇摇头纳闷了。他自言自语道：明显的肝郁气滞症候，施以柴胡疏肝散为何就是不起作用呢？

赵掌柜：是啊张先生，已经用了五天药了，病情依旧。

张道山：急则治其标，缓则治其本嘛，我标本兼治竟不见效，怪哉！

赵掌柜:不过,最起码不是那郎中说的噎膈,这我就放下一半心了。

张道山摸起桌上的毛笔:我还就是不信这个邪了,再调方。

赵掌柜讪着脸:张先生且慢,在下和您商量一下。

张道山一怔,抬起头:怎么?

赵掌柜有点儿低声下气了:我说这话您可不要见怪,是不是再请崇德堂马先生来,您二人商量商量再开方?拙荆怪病已耽延数日,我心里实在没底。

张道山放下笔,脸上现出不屑之色:他马天成来了又能如何?

赵掌柜:在下也不是说马先生就比您高明,只是想多个人就多个商量。

张道山脸色渐缓:也好,你下午就去崇德堂请他,我吃过午饭就来你家等着。

赵掌柜:好嘞好嘞,张先生真是大人大量啊。

3

天交未时,马天成在医堂坐诊,病人越来越多。马天成轻车熟路地给每个病人望、闻、问、切。谢声不止,问声不断,病人一个接一个地走出医堂,有的去药铺那边抓药,有的则直接出了崇德堂回家。

正在忙碌着的马天成无意中抬头看了下医堂门口,却发现十字街西油坊里的赵大掌柜走进来。赵掌柜和马天成四目相对,连连点头哈腰,说了句可说可不说的客套话:啊,马先生,您、您正坐堂呢。

马天成被赵掌柜这句话逗笑了,为医者不坐堂,难道去大街上吆喝卖豆腐吗?当然这只是心里话,不会说到大面上。马天成明白对方有事找他,便请赵掌柜稍坐,说:这会儿病人忒多,不能亲自给您奉茶了。赵掌柜并不坐,哈着腰走到马天成近前,一脸的讪笑:马先生啊,你看,到底是树大鸟儿多,这才刚吃过午饭不久,你这医堂里的病人就扎堆了。

马天成看看医堂里的病人,笑笑说:这是乡亲父老看得起我,信得过我,所以才来找我看病治病。就像您的赵家油坊,因为货真价实,童叟无欺,这才顾客盈门,财源滚滚,整天打油的、换油的络绎不绝。赵掌柜被马天成恭维了几句,心里很是受用,连说:马先生您抬举,抬举我的油坊了。赵掌柜向来话多,此时只管喋喋不休,马天成却要继续诊治病人,又不能拂了对方兴致,只好指指一旁的凳子说:赵掌柜,站着说话多不方便,您坐呀。

赵掌柜看看室内的病人,说:您忙您忙,我不坐了,说实话,贱内病重病急,几天工夫就瘦成了一把骨头,我想请您去给诊治诊治。可是,眼下医堂里病人这么多,您肯定抽不开身子,所以嘛,所以嘛……赵掌柜作难地看看病人们,又瞧瞧马天成的脸色。马天成此时已在专心给病人诊治,也没抬头,顺口说道:赵掌柜,这就是你的不对了,夫人有病,你为何不请道山兄去给夫人看看,却大老远地跑到崇德堂来,你家和颐寿堂相距很近嘛。

赵掌柜朝马天成哈下腰去:不瞒马先生,早就请人看过,先是请的城西门外一位郎中,给断了个噎膈。后又请了张先生,说不是噎膈,只是肝郁气滞。马天成正专心号脉,没抬头,口气也很实在:有张兄在,我就不必去了吧。

赵掌柜连连摆手:不不不,张先生的药吃了四五天,内人病情依旧。

马天成刚好复诊清楚一个病人,他将儿子马洪良给病人开的药方看了看,沉吟片刻向儿子说了几句什么,这才转向了赵掌柜。赵掌柜见马天成重又注意到自己了,便习惯性地点头哈腰:马先生,实话讲,今天是张先生打发我来请您的,说是多个人多个商量。

马天成看看室内病人,说:既然是道山兄让你来的,我当然要去。不过,这些都是远道来的乡里人家,你得稍候片刻,先坐下等等,好吗?

赵掌柜:那行,我等着,就站着等吧。

天交申时,马天成在赵掌柜的陪同下来到赵家。因为有言在先,张道山此刻已经端坐桌旁等候马天成。见马天成走进屋,张道山起身让座。马天成连忙走上去按住他的身子:道山兄,有你在此,再让我来不是多此一举吗?

张道山一脸假笑,说:马家兄弟现在声名鹊起,正是春风得意马蹄疾,但凡遇到稍稍棘手的病人,你不到场,我不大敢出方了。马天成听出张道山话中含刺,但同为州城郎中,又是世交兄弟,依旧大度地笑笑说:这是道山兄在羞辱我。张道山以非常郑重的口气说:真的,你没看到丁大户给你送的匾吗?

马天成说:看到了,一进门就看到了。不过,起死回生办不到,妙手回春也是高抬了。张道山还是皮笑肉不笑:呵呵,咱们言归正传,先看看病人吧!

两个人相让着进入套间,州城两大名医同时走到赵太太的床前。赵太太终于慢慢睁开了眼,声音低微却清楚:马先生,有劳您了!

赵太太只谢马天成,感到受了轻慢的张道山脸色很难看。他朝旁边侧了下头,见赵掌柜正站在身后讪笑着向自己低头哈腰,明白对方看出了自己的不满。碍于近邻街坊,又是在重症病人面前,张道山喘了口粗气,脸色渐渐和缓。

马天成和张道山一样,照例问了病情的发展经过,看了赵大太太的面色、舌苔,之后就开始给赵大太太把脉。过了一会儿,马天成抬起手,站起身,和张道山相互望了一眼,两个人什么也没说,同时起身走出套间,同时坐回椅子上。赵掌柜迈着小碎步紧跟在两人身后:马先生、张先生,内人到底是何病症?

马天成没回答,赵掌柜只好立在桌旁等着。

重新入座后的马天成沉思了一会儿,隔着桌子探身到张道山脸前,问张道山对此症的看法。张道山说:马家老弟,我看赵太太是因情志不遂造成肝脉疏泄不及而致气机郁滞,很明显的肝郁气滞症候。我已施柴胡疏肝散五天,再有三五服药差不多就可康复,然赵掌柜求愈心切,非得麻烦你不可。

马天成连说:就是嘛,就是嘛,可是愚弟既然来了,你我就一块儿斟酌斟酌吧。

两人商议着治疗办法。张道山主张仍用柴胡疏肝散加减,马天成笑嘻嘻地看着张道山,一副商量的口气:道山兄,赵太太因为久病不愈,眼下已是病邪侵扰,肝脉阻遏,肝气失于疏理条达,如不早日克制,恐致肝火上炎或气滞血瘀,你看改用柴胡鳖甲煎一试行吗?

张道山一愣神,眉头微蹙似有所悟:哦哦,试试吧,试试吧。

马天成将纸笔送到张道山面前,请张道山开药方。张道山稍稍推让了一下,然后侧首膏墨,笔走龙蛇,药方一挥而就。

赵大太太服用柴胡鳖甲煎三天后,病情好转;服药五日,已能起床。赵掌柜是个留不住话的人,到处宣扬马天成医道神奇。不是刻意,也是有意,话里话外,对张道山的医术多少有所贬低。消息传到张道山那里,张道山憋了一肚子气。他不责怪自己医术欠佳,却认定马天成之所以能成名医,全仗家传的《天方秘籍》。

也是事有凑巧,那天下午,赵掌柜和几个街坊站在十字街上无事闲聊。赵掌柜眉飞色舞地对面前几个人说:你们猜怎么着,我太太一连病了好些天,请了个郎中诊治,报了个病名没把我吓死。请颐寿堂的张先生诊治呢,药没少吃,钱没少花,礼也没少送,可就是瞎驴撞槽找不到草料。这末了,还是人家崇德堂的马先生,三服药下去,病情好转。五服药吃过,已能起床。又用了几天成药,你猜怎么着,比得病前还壮实呢。

一个街坊笑起来,说:赵掌柜,你太太身体壮了,再用棒槌打你的小老婆可更有劲了。另一个街坊也借机打趣,我看也是,如果打得兴起,怕是连你也一块儿揍呢。赵掌柜一向好脾气,连忙又解释:我刚要说到这里呢,我太太病好后,身子壮了,脾气也变了,再也不像以往那样动不动就抡家伙。你说,是不是马先生医道高明,连人的脾气也能治呀。所以我说啊,合州城内外,没有哪个能赶上马先生本事大的,说到颐寿堂的张先生啊,也不过如此……罢了……

赵掌柜继续摆画着,一个街坊腆腆脸,直着眼睛朝他身后看。赵掌柜回过头,冷不丁怔住。不知何时,张道山已站在他背后。站在赵掌柜身后的张道山一声不响,只是直勾勾地瞅着这位背后败坏自己名声的家伙。几个街坊很知趣,各自找了借口慌忙走开了。赵掌柜孤身一人站在张道山跟前,脸扭曲着,嘴唇颤动着,半天才冒出一句话:哎哎,张先生,您咋在这里站着?

张道山不温不火:站在这里听赵掌柜夸我呀。

赵掌柜:我是说,您的本事和马先生不相上下。

张道山:明白,马先生在上,我在下,还用得着您提醒吗?

赵掌柜摊开双手:您瞧,这是咋说的。嗨,我呀,我呀。

赵掌柜把手掌立起来要扇自己的嘴,可指头挨着嘴边又放下了。他忙不迭地向张道山赔好话,说一时失口,大人不把小人怪,务请张先生原谅云云。张道山一向为人有些刻薄,此时更不领情,口气阴阴地说:您不是想扇自己的嘴巴吗?那好,随意!说不定什么时候您太太真得了噎膈,我一定不请自到。

张道山说完这话也不看赵掌柜什么反应,转身抬腿往北走去。

赵掌柜望着张道山远去的背影呆了好半天:呸,妈妈的,你老婆才得噎膈呢!

那个年月,患病的人特别多。原因很简单,人们生活艰辛,寒暑难抑。因为抵抗力差,无论城乡,除了官宦富户外,见到的人多是病恹恹的。所以进到医堂,特别是走进名医之家,病人总是前脚走了后脚进,如同河里的长流水。倘若赶上冬春伤寒之季或夏秋肠胃病的多发之际,医堂里有时就会显得很拥挤。但是,崇德堂或颐寿堂一年到头从无"旺季"或"淡季"之说,每天只要开了医堂门,病人就纷至沓来连绵不绝。今天,辰卯之时,崇德堂里的病人就坐满了。

马天成和马洪良父子分坐医案两侧,父子二人一如既往地分工合作。有病人在马洪良这边诊病开方,有病人在马天成那边复查调方。诊治中,马洪良将药方递给一位青年患者,青年患者起身便往门外走。马洪良一怔:等等,你怎么走啊?

青年患者立住了身子:去药房那边抓药啊。

马洪良指指马天成那边:让家父再给你查一查调调方。

青年患者:嗨,我这病,就是伤风感冒,您给看看,吃上几服药就好了。

马洪良:不行,您得让我父亲复查。

青年患者:少先生,没事的,您的医道不在老先生之下了。

马洪良:差得远呢,您还是听我的吧。

青年患者摇摇头,走到马天成跟前坐下。

马天成认真地给青年人诊脉,看舌苔后,仔细审看洪良开的药方。马天成审阅了一遍点点头:就是这个方吧。

青年患者站起身:少先生,我说什么呢,您的医道赶上老先生了嘛。

马洪良连说"夸奖了,夸奖了",他笑着请对方去药房那边抓药。青年患者走到门口又返回来,在马洪良跟前停了停走到马天成跟前,好像有什么话要说。马天成见状有点儿奇怪,就问:小伙子还有什么不放心的地方?没想到青年患者口气认真地对他说:马老先生,崇德堂病人这么多,要是你爷儿俩对每个病人都挨着个地查,耽误工夫不说,有些病人也等得着急。这规矩,改改吧。

有病人附和,说:是啊马先生,改改你医堂里的规矩吧。按规矩三年出徒,少先生随您坐堂至少四年了,您就放开手让他独撑门面算了。马天成朝病人们拱拱手:谢老少爷们如此信任小儿,不过,还得几年,啊,还得几年。到他能撑门面不致误人性命时,我必放手就是了。

有个病人站起身,说:马先生,刚才那位兄弟说得对,大伙心里都有个数,少先生医道越来越高,虽说不能和你齐名并誉,可也八九不离十了,你老不能总是搀着扶着的放不下呀。马天成朝病人拱拱手,但却依然摇头:俗话说,淹死的都是会浮水的,误人性命的郎中都认为自己是行家。这就像瓜园里的西瓜,熟不熟得让园把式拍拍瓜皮听听响声才知道。

那位病人笑起来:这么说,马老先生就是瓜园的把式了。

医堂里响起笑声。

马洪良听到病人们的赞誉非常兴奋,整个一天的时间里,都处在心情愉悦精神抖擞之中,有时还和个别病人讲起医理,谈起药性,俨然是功成名就的样子。

西天日落,暮色四合。药房伙计关上医堂大门,马天成父子也回到了内院正厅中。室内光线渐暗,马夫人点上灯烛,室内亮堂了许多。马天成坐在条山几前的椅子上,马洪良坐在斜对面的凳子上。马洪良依然说说笑笑,脸上满是得意之色。马天成看看洪良叹口气:小良啊,今天在医堂里病人们夸你医道大长,我看你面露喜色呀。

马洪良一脸兴奋:爹,人家夸孩儿,孩儿听着当然受用,能不高兴吗?

马天成声调平稳却郑重,他告诉洪良,说洪良这一年多来医术的确长进很快,可是,水满自溢,月圆必缺,这个道理永远也不能忘了。马洪良听着父亲的教诲,脸上的皮肉紧了紧:爹,你让我记在案头上的这句话,我每天都看上几遍。

马天成继续给儿子慢慢讲道理,说:要是别人说你行你就觉得自己能,觉得自己能就忘了面前的坎坷,那是要跌大跟头的。为何学会走路不久的孩子总是挨摔,就是因为大人们不顾事实夸他夸的——你看这孩子真行啊,自己会走了,能跑了!于是小孩子就忘了自己脚下不稳和拼命往前跑的凶险,冲撞几步有时就摔破头,馇破脸。你不是小孩子了,本事多大,自己几斤几两起码要心中有数。

马洪良低下头。

马夫人见儿子挨训,走过来打圆场:都说庄稼看着人家的好,孩子看着自己的好。当家的你就个别,闲下来就训良儿,就不能让孩子长长精气神吗?

马天成:我不是闲着没事训孩子,是时时提醒他。

马夫人:良儿做得够好了。

马天成点点头说:是啊,像今天那个青年人的伤风感冒,他照样"四诊""八纲"一丝不苟,每一个细微之处都认真对待,每一剂药方都谨慎小心。病人们夸他,我心里高兴,可作为年轻人,他却不能喜形于色。

马洪良:辨症施治深思熟虑,君臣佐使相辅相成。我时刻记着父亲的话。

马天成频频点头,他拿起条山几上的《伤寒论》翻到某一页。把其中一条指给马洪良看。马洪良接过来一看,上面写着这样一句话——病家死于医家……

马洪良仔细回味着这句话,他想,张仲景老先生所说是真话,如果学医不精,病人小病会给治成大病,大病更会让庸医治死的。

晚上的月光很亮,房屋庭院全都罩上一层淡淡的银色。院子里摆上一张小藤床,马天成脱去长衫,手端一只江西宜兴的紫砂小茶壶坐在藤床上。马天成一边啜饮一边乘凉,马夫人从正厅走出来,陪夫君坐着。

马家大院由两大一小三个院子组成,内院西边是跨院,跨院就是崇德堂的套院。医堂套院有五间南房、四间西房,西房存放药材、器皿和杂物。南房分成几小间,药铺伙计、管家老邱、高药工和护院武师李天鹏住在里面。内院的东南角上还有一个小跨院,月光朦胧中,可以看到小跨院里那棵大杏树的枝条。

内院有正房五间、东房四间、南房四间。南房四间一分为二,两间是书房,两间是儿子洪良的居室。内院与套院中间一条单砖竖墙隔成内外,竖墙北端一座月亮门将两院相通相连。

东西两院都是青堂瓦舍,方砖甬路,宽大而整洁。

马天成啜了一口茶水,看到南边书屋里儿子马洪良正在挑灯夜读。洪良在复习早已烂记于心的十问歌:一问寒热二问汗,三问头身四问便,五问饮食六胸腹,七聋八渴俱当辨,九问旧病十问因,再兼服药参机变,妇女尤问经带产,迟速闭崩皆可见,再添片语告儿科,天花麻疹全占验……

灯光下,可以清楚地看到洪良清秀的面庞和专注的神情,还有手中不停摇动的蒲扇。马天成夫妇看着儿子全神贯注读书的样子,满意地频频颔首。马夫人喜从中来:当家的,洪良是咱们的心肝宝贝,也是马家的传人、马家的盼望。

马天成点头道:嗯,儿子不负父望,在这条路上已经学有所成了。以洪良的资质和勤奋,假以时日,在我老而无用时,崇德堂的重任足可由他独立担当。当初我把洪良留在家里继承祖业算是对了,只是洪玉那个野丫头……

马夫人:那丫头从小让咱俩娇宠惯了,心高气傲又天资聪颖,跟她大伯天南地北地跑了两年,现在更野了。原本想她从国外回来后能安分些,没想到学了些洋文洋话,更不像大家闺秀。这不,又跑到济南什么洋医校教书去了。这以后,可怎么找个婆家呀?唉!

马天成:儿女大了不由爷,洪良不也是个犟种吗?都二十多了,别人家的孩子这年龄都当了爹了,他还一直抻着。没办法呀,儿子就认准了张家的姑娘。

老两口说的张家姑娘是张道山的爱女张秀贞,十几岁时和洪良洪玉同在济南育英学堂念过书,毕业后本想继续求学,可张道山两口子放心不下,硬是把秀贞强留在家。洪良和秀贞都是才貌双全,两个孩子看对了眼,也算天生一对。

马天成摇着扇子说自己也挺喜欢张家那丫头,别看进过洋学堂,可是为人仍旧中规中矩,一副大家闺秀的气派。可是,托人去和张道山说过两次了,张道山邪不啦唧的总是不给个痛快话。马夫人说:求亲嫁女哪有那么痛快应承的,再托人去说说看嘛,用你们文化人的话说,铁棒磨绣针,功到自然成。

马天成说:那好吧,这几天我再央人去张家说说。马天成抬头望望悬在高空的月亮,眯起眼睛呷了口清茶,扫一眼仍在南边书房里挑灯夜读的儿子,心中感到很知足,也很滋润,半生辛劳,终有所报。人生一世,特别是身为医者,除了救死扶伤行好积善望子成才外,你还指望什么呢?知足常乐,是这么个理。

院子很大,没有遮挡,小南风徐徐吹来。马天成伸了伸腰,感到身上说不出的舒怡清爽。马夫人看看月亮偏西,劝马天成说:天不早了,你也该歇着了。

马天成把手中的茶壶递给老伴,伸伸胳膊站起来。他也感到上了年纪,就像贾二爷说的精气神大不如前。你看,这天一热,连常年养成的夜读习惯也打了折扣,在这方面,就很难与儿子洪良相比了。这霎,院子里除了洪良那时高时低的读书声,里里外外一片寂静,马天成擦洗了身子,回到正屋躺在床上不一会儿就渐渐入睡。马天成睡得很踏实,睡眠中他做了个梦。

马天成很舒服,他悠闲自在地顺街往前走着,旁边一座高大的门楼吸引了他,这是谁家的新宅啊,我怎么从没见过呢?马天成疑疑惑惑地走进门楼,进到院子里。院子里有几位老者,有的在下棋,有的在看书,见马天成进来,几个人缓缓立起身,很和善也很礼貌地迎接他。马天成更为奇怪,这城里能够读书下棋的绅士贤达他都认识,咋就从未见过这几位呢?他环顾周围,有花,有草,有说不清楚是什么种类的古树。他想听听老者们说些什么,老者们的声音低而细微,有几分神秘,根本听不懂他们的谈话内容。马天成暗自好笑,心想这准是哪里的隐士高人,抛家舍业躲到州城自得其乐来了。几位老者此时和他打过招呼后仍旧下棋看书,马天成不想打扰这几位过惯清闲日子的老人,便小施一礼告辞。他没有返回到街上，而是不由自主地朝院落深处走下去，走下去，脚下很轻，轻得几乎要飘起来，不知不觉，他走到了院落的尽头。正茫然，面前出现了一座大门，大门开着，外边好像有人走动，马天成暗想这院落好大，竟然贯穿半个州城。似乎知道他要出去，大门自动打开，马天成步出大门的瞬间，一辆马拉轿车径直朝他驶来，他急忙躲到一边。可是，马拉轿车驶到他跟前停住，车上跳下一个大汉，连杆大鞭猛地朝他头上抽下。马天成惊得赶紧往后躲，他不明白这车这人何以如此仇恨自己，打个激灵坐在了地上。所幸，背后有堵墙。

马天成惊醒了，出了一身汗。他爬起身，靠在床头上坐着。

大约已到半夜时分，马天成仍旧背靠床头呆呆坐着，心里有几分疑虑、几分忐忑。院子里有轻微的响动，接着，黄毛从西跨院冲过来，开始汪汪乱叫，有什么东西噗地响了一下，黄毛"呕儿"一声不叫了。马天成很吃惊，起身凑到窗前望出去。马夫人也给惊醒：当家的，你看什么呢？

马天成没作声，朝后摆摆手。马夫人连忙穿上衣服，也凑到了窗前。

院子里月光如昼，马天成和马夫人瞧着窗外。月光下，只见三个灰衣人轻手轻脚走过来。马夫人心惊胆战，不由自主地靠在马天成怀里。马天成抱住夫人，老两口相互依偎着。马天成心里一阵哆嗦，莫非贼人入院找我的麻烦？我马天成行医多年，一心向善，无论黑道白道花花道，可是什么人也没得罪呀！可是，自从民国成立以来，名曰九达天衢的州城一带就没安生过。直皖大战、直奉大战、国民革命军北伐……虽然这一带不是正面战场，但这里是水陆要冲，有公路，有铁路，有贯通南北的京杭大运河，运粮船和运兵车常年不断，抓丁的催税的连绵不绝。更有强梁好汉拉竿子树山头自立为王者，抽冷子就夜入民宅，抢掠、绑票、打劫。上个月就有城中刘家富户被黑道上的人绑了肉票，卖了两家店铺才把人赎回。刘家富户一生勤俭拼命，好容易攒了这份家业，经此折腾，连惊带吓又心疼，回来不长时间竟一命呜呼了。

院子里依然很静，三个灰衣人开始向窗口靠拢。就在马天成胆战心惊而又惶惑不解的时候，旁边一条黑影轻灵闪动，李天鹏手持两条短棍出现在三个灰衣人的面前。三个灰衣人戛然止步。马天成那颗悬着的心终于落下来。

别看李天鹏是马家的护院，其实这是位武林高手，他是鲁北一带武林名宿毕玉升的关门弟子，自从那年被贾二爷救下，在命悬一线时又得马天成相救，便一直留驻马家，一边暗暗教授洪良武功，一边为马家护院。有他在此，别说三个人，即使十人也别想进得屋内。很显然，对于李天鹏的突然出现三个灰衣人感到很意外，他们好像怔了一怔，其中一人开始低声向李天鹏解释着什么。马天成听得清楚，李天鹏低声喝问对方什么来路，那人低声道：东西南北路滔滔，不爱农桑喜拳脚。李天鹏回说:既是道上人就懂道上规,不杀邮差,不劫郎中,这里是州城名医马天成府上,识相的快快滑了。

三人中的一人继续低声解释,但李天鹏不为所动,两条短棍横在身前,不许他们向窗口和门口靠近。那三个人不勉强也不出手,看来很怕弄出动静。双方就这么对峙着,相持着,看起来情势危急,却又毫无声息。对方显然不想僵持下去,一灰衣人走上两步:请问大侠是何来历,敢断我等路子。

李天鹏说:行不更名坐不改姓,我是李天鹏。听到李天鹏的名字,三个灰衣人急忙后退。那个灰衣人似乎不太相信,说:风闻李天鹏是武林名宿毕玉升的传人,缘何到了马先生这里?李天鹏说:一拳一脚为一人,为马先生护院,为好人卖力。那灰衣人说:你不是李天鹏,别冒牌了,李天鹏善使双刀,哪来这么一对短棍。李天鹏用双棍摆了个双刀开门式:是真英雄你就听着,为免伤人,我才将刀换棍。

灰衣人回头对同伴说:果是李大侠,有他在此,莫道我们三人,就是再有三五人相帮也别想靠近。灰衣人转而用恳求的口气说:李大侠,我们来此,只为请马先生赴诊救命,其实毫无歹意。

李天鹏仍然不为所动。

终于,另一灰衣人稍稍抬高了声音对着窗子说:马先生,在下几人并无歹意,是奉了当家的差遣来请您的。马先生,请您赴诊,想是贾二爷也打过招呼的吧。

室内窗下的马天成忽然想起贾二爷的嘱托,明白是怎么回事了,他连忙披上衣服,打开屋门,对仍在严阵以待的李天鹏说:天鹏,别难为几位朋友了,他们并非歹人。快去告诉高药工或邱管家,客房伺候几位。

李天鹏更是早就明白了个中隐情,收起短棍,向三人抱拳道:马先生安全要紧,几位休怪方才天鹏得罪。

三个人叉手而立:谢李大侠,谢谢马先生!

马天成把三人让进客房,牛油蜡烛光焰闪烁,照得室内通亮。烛光下,马天成和三个灰衣人分坐椅上和炕上。马天成见三人全是短衣打扮,一行一动,透着爽利洒脱,知道不是等闲之辈,便招呼药工老高来到内院,吩咐给几位上茶。三个人齐刷刷地站起身朝马天成施礼,说:马先生您不必多礼,当家的病情严重,特地差我们三人星夜来请马先生,如果马先生赏脸前往,也算我们三人不辱使命。

马天成借故把老高支出室外,低声问他们当家的是哪位豪杰。领头的灰衣人说:临来前当家的嘱咐过,面对马先生时行不更名坐不改姓,就说是鲁北冀东一带的张三太。马天成微微点头:马某明白,难怪三位夜入本宅。

灰衣人问马天成此话是什么意思，马天成讲他听贾二爷说过，大凡不能抛头露面公开身份的好汉患了病，总是差了部下夜间潜入医家，悄悄地把医生接去，治完病再悄悄送回。这样既不惊扰官府造成探子跟踪，也免了我们郎中承担是非。

灰衣人说：马先生医术高超，且又深谙江湖三昧，在下等佩服之至。

马天成听贾二爷说过，张三太早年在直隶总督曹锟手下当连长，后又投奔东北军当上营长。日本人占领东北后，张三太裹挟了大量钱财悄悄回到鲁北老家张家镇，拉起了一哨人马，名义上是过清闲日子保境安民，实际上或明或暗地和国民政府作对。他常常不动声色地派部下劫国库抢军需，让当地官府吃尽了哑巴亏。当地政府因为很难抓住他的把柄，师出无名，更不敢轻易发兵进剿这个曾经打过无数次硬仗的旧军人。政府一直把他视为眼中钉、肉中刺，他明白自己的身份处境，自然不会轻易透露有关自己的信息了。

马天成问他们什么时候进的城，灰衣人说：昨天就已到了，轿车停在一家店里，先生如果不嫌劳苦，现在即可启程。马天成摇头说：天还没亮，城门关着，若是步行，可借东城墙北端的残垣断壁处，只是这车马不便，还是等寅时过后再走吧。

三个灰衣人相互看了看，领头的一位说道：是我们考虑不周，就依马先生吧。

高药工端进点心放到桌上。马天成说：三位劳苦，先吃些点心喝杯茶水，累了就在炕上歇息一会儿，我去收拾脉枕医匣，约莫再有半个时辰就可走了。

晨曦微露，夜色尚存，城门"吱呀呀"打开了。随即，一辆马拉轿车载着马天成驶出州城西门，然后拐上北去的土路。车老板"啪"地甩了一鞭子，鞭声在夜色中响亮而清脆。驾车的大青马"咴咴儿"几声嘶叫，轿车像流星赶月一样飞驰而去。马天成坐在车内，领头的灰衣人陪伴着他。车内的马天成往前看去，一匹快马跑在轿车前边，和轿车始终相距百丈左右。骑马人有时回回头，由于距离远，马天成怎么也看不清那人的面孔。马天成回过头，透过后车窗看到，也有一个骑马者在后紧随。马天成自言自语：这张桥镇距州城八十多里，马车虽快，到镇上恐也将近中午了吧。

灰衣人问马天成是不是去过张桥镇。马天成说已经是二十年前的事了，当时曾随父亲到张桥镇给一大户诊治。灰衣人问是不是也坐轿车。马天成笑起来，说不是乘轿车，是骑毛驴去的。灰衣人也跟着笑起来，轿车在笑声中颠簸了一下。

天近正午，轿车驶进张桥镇，在一家高大的门楼前停住。灰衣人将马天成从轿车上扶下来说:一路上在车里蜷着,马先生一定累了,快伸伸腰踢踢腿吧。

马天成活动了一下腰身,灰衣人引着马天成走向大门。马天成刚到门口,贾二爷笑呵呵地迎出来。马天成吃了一惊,问贾二爷什么时候到的,贾二爷说:我和你们脚前脚后。马天成想了想:这么说……

贾二爷说:你车前骑马的就是我。马天成"哦"了一声,说:难怪我看着背影眼熟呢。贾二爷笑起来:快进院歇歇吧。

贾二爷和灰衣人引着马天成进入院中。

到得院中,马天成不由得吃了一惊。院落很大,院中长着几棵古树,树下一块石桌,石桌旁边的石凳上坐着几个人,有的看书,有的下棋。这情景他似曾相识,好像在哪里见到过,马天成竭力回忆,但怎么也想不起来了。他有些惊奇,有些惶悚,一时间恍若梦中。石桌前一个短须虬髯身材高大的中年男子见贾二爷和灰衣人陪同马天成走进来,目中精光一闪,由身边的两个人将他慢慢扶起。贾二爷走上前:三太,这就是马天成马先生。

那男子当即朝马天成施礼:谢马先生光临寒舍,未料先生能来得如此之快,在下张三太有失远迎,堪望见谅!

马天成赶紧还礼:张先生客气了。

马天成细细打量着张三太,只见张三太四旬以内年纪,虽在病中,举手投足仍是英气逼人。可是,英气逼人的张三太却是面色晦暗,与之对话间不停咳喘,噪声也显得赢弱无力。马天成看得出,张三太的身体已是极度虚弱,勉强起身与自己寒暄也是出于礼节。刚一接触,马天成仅凭望闻二诊便对张三太的病因病情有了大致了解。当然,他不会就此给张三太的病下结论,因为中医治病是治"症",也就是症候;西医施方是治"病",也就是以病论病。

马天成从贾二爷的介绍中得知,张三太的病已经迁延了两个月,方圆几十里的郎中几乎请遍了。吃几服药病情好一点儿,停了药又加重,再吃药再减轻,再停药又加重。折腾了两个多月,铁一样的汉子也给折腾怕了。如今他每天躺在床上不想动也动不了,前来诊治的医生无不摇头咂舌,认定他患的是奇病、怪病、不治之症。今天之所以能够坐在院中石桌前看人下棋,也是在几个朋友劝解下勉强支撑着到院子里提提精神换换空气。看看再无良方,张三太开始感到绝望。就在此时,听到此信儿的贾二爷来看他,说是州城崇德堂的马天成是一方名医,应该去请他。张三太少年时代曾在贾二爷手下学过几年拳脚,有着师徒情分,师父给他推荐的郎中,断断不会错的。张三太大喜,这才派了手下贴近的人前去州城夜请马天成。马天成听说过张三太的故事,对此人颇为尊重,又因是贾二爷推荐了自己,情谊更进一步。为了慎重起见,他决定在张桥镇住几天,从根本上治好张三太的病。马天成见张三太时作气喘,拱拱手说:先生坐下吧,你面色晦暗,身体已是极度虚弱,不必强拘礼节。

张三太:马先生真是神医,实不相瞒,贱恙已经迁延两月,整日力疲卧床。

马天成说:既如此,先生还是速回室内吧,待会儿再与你细诊病源。张三太连说:好的,好的。小陈,快把马先生请到客房伺候。被唤作小陈的灰衣人答应着,将马天成引去后院。贾二爷和张三太说了句什么,也随后跟上来。

张三太的后院同样宽大,两间装饰齐整的正房是为马天成准备的客房。家人沏上茶水端来糕点,贾二爷陪着马天成喝茶聊天。马天成坐了大半天车,有点儿累了,他歇息了一会儿,这才想起问贾二爷:二叔,那天你去找我就为张先生之病吧?

贾二爷点点头:没错,我确实是为这事去找你的。

马天成说:这人真硬实,一般人折腾这么长时间早就撑不住了。

贾二爷:嗨,治了这许多日,看看再无良方,三太也开始绝望。前几天他派人给我送信,说是临终前要见我一面,我赶来一看,差点儿哭了,这才推荐了你。

马天成:原来是这样,看来您老和张先生交情不浅。

贾二爷告诉马天成,张三太少时家贫,曾在他手下学过几年拳脚,也算有着师徒情分。后来张三太到了直隶当兵,再后来又下了关东,听说在张大帅帐下当差,因他忠义好勇,后来渐渐升为营长。前几年忽然回到老家,拉起了一哨人马,说是要过清闲日子,其实是为保境安民。

马天成说:这我倒听说过,自从张先生拉起队伍后,鲁北一带的大小土匪都缩了头。州城以北盛传张三太是条汉子,是个好人,听您老一说,果然不错。

贾二爷问张三太所患何病,马天成说:刚一接触,仅凭望闻二诊只是对病因病情有个大致了解,所以,这要慢从宽来。张先生患病这么久了,真要治起来怕得费些周折。贾二爷说:天成啊,你就安心在这里住几天,下实法子给三太治治吧。

马天成点头:二叔放心,天成会竭尽全力。

4

这两天马天成不在家,马洪良坐诊崇德堂,尽管医术日进人所共认,但许多人"老马识途"的观念依然很深。所以,医堂里的病人较之以往见少。更有个别熟人特别是年长者,进了崇德堂一问马天成不在,犹豫一会儿就退出去了。个中因由,不说自知,信者为医嘛,马天成德高望重医术精良,人们尊重他,相信他,马洪良虽然得他真传,但在某些人看来终究医道还浅,病人犹豫不定也情有可原。这不,药工老高走进来,说的既是风凉话也是实话:少爷,整天忙得昏头

36

涨脑,近几天难得时有清闲,终于能够喘口气歇息歇息了。

马洪良说:大叔不要笑话我了,想是家父外出,无人复诊,有些病人心存顾虑,望而却步,也在情理之中。这倒让我更加体味到水满自溢、月满必缺的道理,今后若遇夸赞我医术长进的,切记再不能自鸣得意。两人正说着,与崇德堂相距不远的杂货铺周掌柜走进医堂。周掌柜近日耳鸣如风,这几天耳道里更像是堵了块木塞似的,难受得又抠又揉。他到崇德堂来找马天成,昨天来了两次均未见到,让洪良诊治吧又不放心,今天又来找马天成,可马天成依然不在。正想离开,马洪良却叫住了他:周家叔叔,请坐,请坐。

周掌柜犹豫了一会儿,只好坐下。

马洪良口气恳切,他问周掌柜哪里不舒服,说着话就让周掌柜伸出手来,意思明显,是要号脉。周掌柜苦笑,但还是勉强把手伸到洪良面前。马洪良先是看了看周掌柜的面色、舌苔,随之才给周掌柜细心诊脉。周掌柜也不说话,静等马洪良询问病情。可是,马洪良始终笑嘻嘻地没问他。马洪良号完六脉,仍旧笑嘻嘻地看着周掌柜,周掌柜心里有点儿发毛:洪良,你只管盯着我看什么?

马洪良说:周叔,你前几天是不是耳朵鸣响?

周掌柜一怔,一时间不知应该回答什么。因为他就是耳朵鸣响才三番五次来找马天成的嘛。周掌柜有意试探洪良医道深浅,便支吾着说:也许……是吧!马洪良说:周叔怎么了,什么也许呀,你的耳朵前几天像有知了叫唤,后来像刮风一样,这几天更像有东西堵着。周掌柜大惊:对啊!洪良啊,你神了!

马洪良说:你还口干眼热有时心烦,对不对?周掌柜一拍桌子:半点儿不错!

马洪良说:周叔别怕,你这是虚火上炎,加之操劳过度所致,我给你开几服药吃吃吧。周掌柜喃喃连声,说:洪良啊,你没问我却说得卯榫扣对,医道一点儿不比你爹差呀。马洪良啧啧道:周叔过奖,我怎敢和家父相比。

周掌柜:洪良啊,老叔冒昧一问,治当何方?

马洪良说治以补肾填精,方为六味地黄汤加减。马洪良说着话开好了药方,然后把药方递给周掌柜,让他去药房抓药,说服上三两剂就好了。心服口服的周掌柜接过药方点头哈腰:好好好,好好好,真是虎父无犬子啊!

周掌柜走到穿堂门里,看看西边的药房,立住。他踌躇了一会儿,向西走走又退回来。周掌柜揣度再三,嘴里嘟哝着:俗话说嘴上没毛办事不牢,我还是到颐寿堂再找张先生看看吧。

周掌柜顺街西行,很快到了颐寿堂。走进颐寿堂,见张道山正在专心侍诊,医堂里病人络绎不绝,一拨病人诊治完成,张道山才抬起头来伸懒腰。张道山发现周掌柜站在面前,不禁一惊。因为周掌柜是崇德堂的近邻,不会舍近求远来此找他诊治疾病,心中疑惑,便连忙招呼:咦,这不是周掌柜嘛,请坐请坐。

周掌柜欠身坐下:不忙了张先生?

张道山说:这两天病人多,刚送走了一拨,周掌柜您怎么有空到颐寿堂来了?

周掌柜说:来您这里延医求药啊。

这有点儿出乎张道山的意料,周掌柜竟还真是来找他诊治疾病的。想到崇德堂的近邻竟然也跑到他的颐寿堂来,张道山心中大喜,立即坐到医案前给周掌柜号脉。周掌柜笑嘻嘻地看着张道山,张道山号完脉问他哪里不舒服。周掌柜说:你号脉号不出来吗? 张道山说:只能号出个大概情况来,是不是眼干耳塞?

周掌柜:对对,马……也这么说。

张道山瞧他一眼:什么马呀牛的?

周掌柜:呵呵,说话磕巴了。

张道山说:你这是虚火上炎,加之操劳过度所致,让我给你开几服药吃吃吧。周掌柜连说:好好好,一样的,一样的。张道山奇怪地看着周掌柜,周掌柜连忙掩饰自己的表情神态。张道山看了他一会儿没发现什么疑点,便低头开方。周掌柜问几服药能治好,张道山说:放心吧周掌柜,我张道山也是中医世家、州城名医,诊治这点儿毛病自然是手到擒来。

周掌柜:敢问张先生,治当何方?

张道山说:治以补肾填精,方为六味地黄汤加减。

周掌柜怔一怔又重复刚才的话:嗯,一样的,一样的。

张道山放下毛笔,疑惑地看看周掌柜的面色,又伸手摸摸他的额头,纳闷地问道:周掌柜,你不发烧啊,今天是怎么了? 跟说胡话似的。

周掌柜讪笑着。

张道山重又俯首认真开药方。

张道山仔细审视了一遍开好的药方,吸了口气忽然想起了什么。他转过脸问周掌柜,说:你和崇德堂相邻,干吗跑我这里求医,这不舍近求远了吗? 周掌柜很直爽:嗨,马先生这几天没在家,否则也不会跑挺远的路来麻烦您了。

张道山听对方说出这话,脸上现出大失所望的神色。他强压妒意,问马天成去了哪里,周掌柜说几天前就让人用轿车子请去了,可能去了很远的地方。张道山问周掌柜知不知道马天成到底去了什么地方。周掌柜说真不知道,只听说往北去了。张道山思忖着,嘟念着:往北去,往北去能有多远呢?

周掌柜向来话多,往往开了口就留不住嘴,他笑嘻嘻地问张道山:同是州城名医,您张先生怎么就是赶不上马先生名气大呢? 张道山很尴尬,不知道应该如何回答。他一脸羞愧,绷紧面皮把药方再看一遍,又哆嗦着手把药方改了两遍。这时,又有两个病人走进来,张道山把药方递给周掌柜:去那边药房抓药吧。

周掌柜去那边药房抓药,张道山给新来的病人诊疗。药师老姜举着周掌柜的药单走到医堂门口,像有什么话要对张道山说。张道山正在气头上,挥挥手让老姜走开。老姜犹豫着,走回药房去了。

药房那边传来伙计程立讨好的送客声:周掌柜,走好,走好。

周掌柜的客气声:多谢了,多谢了,张先生正忙着,我就不和他辞行了。

新来的两个病人处理完,张道山站起来伸伸懒腰,忽听那边传来姜药师的朗诵声:本草明言十八反,半蒌贝蔹芨攻乌,藻戟遂芫俱战草,诸参辛芍叛藜芦。

张道山伸了半截的懒腰猛然停住,两只胳膊举在空中久久地放不下来。他打了个冷战,拔腿就往门外跑,一边跑一边朝东喊:周掌柜,你站住,站住!

张道山连追带喊追到十字街。恰巧周掌柜因为生意上的事在西街耽搁了一会儿,此时刚刚走到十字街,见张道山风风火火地追上来,纳闷地站住说:咋了张先生,要不是生意上的一点儿事,我这霎到家了呢。药钱我可是给了!

张道山跑到周掌柜跟前,一把夺过他手里的药包。周掌柜奇怪地看着他:张先生,怎么了,这是药,又不是点心,还犯抢吗?

张道山前言不搭后语:甘草,甘遂,人命关天呀!

周掌柜听不明白,问他说些什么。

原来,这中药甘草和甘遂是"反药",同时服用会产生严重的后果。但如果在病人口服汤剂的同时把它们用凉水浸泡后分插于左耳和右耳的话,利用药物的反作用,却能拔除病人体内的虚火。本来是应分别开方的,但刚才张道山因为气晕走神,一迷糊把两味反药开到同一张处方上了。

听了张道山的解释,周掌柜大惊失色:张先生,打算杀人吗?

虚弱的张三太躺在宽大的木板床上,不远处是两个随从和一直陪伴三太的贾二爷。马天成坐在床边椅子上给张三太诊脉,三个指头在寸关尺各部抬起又按下。马天成的指头灵动而审慎,不时用一个指头按压三关中的一部,显然是在重点琢磨某一脏腑的症候。马天成诊脉完成,让一旁的随从扶着张三太坐起来。马天成让张三太伸出舌头,借着窗户的光亮细心查看张三太的舌质和舌苔。

马天成"四诊"完毕点点头。

张三太靠在床头上微微气喘:马先生,您看我还有救吗?

马天成笑呵呵地安慰他,说:天下只有不会治病的郎中,没有不能治的病,要紧的是看如何辨症,张先生这是说哪里话呀。张三太喘息着:马先生是在安慰我。

马天成知道,尽管张三太是个豪侠之人,但和一切病重者的心理一样,肯定也是顾虑重重。为了让张三太配合治疗,也就只好实话实说了。马天成告诉张三太,他患的是伏邪所致的温热病,虽然还谈不上病入膏肓,但因"病发于里",已是"透气入营",身体的抵抗力日趋低下,不是三两服药就可治好的。

张三太虽然弄不懂马天成所说的这些医理和病名,却也假装明白地连连点头。马天成继续向他解释,说:如果再"透营达血",纵然仲景再世恐怕也难治愈了。张三太对此却是深有所悟,连说:这我相信,因为近日感觉越来越气短了。马天成见已经平复了张三太的心绪,是应该说出自己治疗方案的时候了。他把椅子拉近了些,掰着指头说:张先生,我打算先以清营汤予以清营泄热,后以药汤洗浴进行开合泄毒。无论我用什么办法,你心里一定要接受,这样才能收到奇效。

张三太坐在床上拱拱手:马先生您就多费心吧。

马天成呵呵一笑:张先生,马某人不光费心,还得费些力气,因为我要斟酌着给您施以针灸按摩,再辅以验方便方,双管齐下,这样不日即可好转了。

张三太脸上露出了笑容,连声致谢。马天成摆摆手让张三太不必多礼,只管好好歇息,便起身到客房开方备药。张三太想坐起来送他,马天成赶紧轻轻按住他:别乱动,现在要的是身静、心静、神静。

马天成辞别张三太,在贾二爷的陪同下回到客房。桌上早已摆着笔墨纸砚,马天成看了看,把这文房四宝推到一边。贾二爷明白马天成不会轻易出方,出方必是奇方。马天成坐在椅子上凝神结思,贾二爷便一直抻着。抻了足足半个时辰,贾二爷终于鼓不住了:天成啊,三太这病到底能不能治,你给二叔说句实话。

马天成微微摇头,说颇为棘手,不过只要精心调配,还是有希望的。

贾二爷来了精神:天成,有你这句话,我放心了。

马天成皱皱眉头,说:从州城到张桥镇七八十里路,我不能往来回返,须得在这里住上七八天。贾二爷笑了:天成啊,你、我和三太想到一块儿去了,之前三太就让我央告你,看能不能住下来给他治病。

马天成点点头说这一开始的清营汤加减已考虑好剂量配方,现在他要开三个单子,请张先生派快马分头到附近药铺抓药。贾二爷一怔:怎么,三个单子?

马天成说:实不相瞒,二叔,方子是马家世传医书中的验方,所以不能将各味药一并开在同一张药方上。个中隐情,二叔你自然是清楚的。贾二爷恍然大悟,说:既是祖传秘方,必不轻易示人,二叔明白这个理。

马天成执笔在手，分别开出三张药方。这时，小陈恰好走进屋，贾二爷把药方递给他，让他快派人分别到三个药铺抓药，越快越好。小陈接过药方，一刻也不停留就要出去安排。马天成叫住小陈，说把药抓来后，直接送到他这里，他要亲自指点如何煎药。马天成又看看太阳，叮嘱说巳时之前要把药抓齐。小陈说：那是自然，马先生你尽管放心好了，多则一个时辰，少则半个时辰，这药一准抓齐。

马天成安排停当，便和贾二爷坐下来喝茶聊天。马天成说：二叔你要忙的话就先回州城。贾二爷说家里的活已经交代给徒弟，他要陪马天成一直在此。马天成知道贾二爷中年丧妻，再未续弦，因为膝下无子，便将大徒弟罗斌和最小的徒弟小秋收为养子，但凡出门在外，便将家中事务一并交与二人。贾二爷朋友不多，却都是生死之交。南街的陶居正，更是贾二爷的义兄，两个人自小到老，情同手足。所以，贾二爷虽然和州城两大医堂交谊甚厚，但有些病呀伤的总是去找陶居正。陶居正老两口只有一女，早就嫁到城南乡下，只要贾二爷到了陶家的"居正堂"，陶居正老两口就将他视为亲兄弟。吃喝料理不说，还把他留在自家后院的闲屋里，陶居正亲自熬药，陶夫人亲手做饭，一日三餐变着花样地照顾他。故而每当谈起陶居正，贾二爷总是顺口说：哦，那是我哥。

陶居正为人厚诚，但却医道平平，贾二爷行走江湖，慧眼识珠，所以给张三太治病一事，他推荐马天成却不提及自己的义兄。马天成有意逗笑，说：二叔你把我举荐到这里给张先生诊治，陶老先生不嗔怪你看不起他吗？贾二爷相当自信地摇摇头说：不能不能，那是我哥。

两个人说着话，马天成不时地向外瞧着。贾二爷说：天成你怎么总是心神不定啊？马天成指指外边太阳说：天近巳时了，抓药的怎么还不回来呀？汤药可以晚服，这洗浴之药，必得在巳午相交之际用上最好，因为午时之前是阳气升腾之时，若是晚了，张先生体内的伏邪就很难逼出。贾二爷一听这话，起身就要去问管家小陈。事情总是这么凑巧，贾二爷刚要出门，小陈领着三个抓药的飞奔到客房，口中连连说道：来了来了，跑了三四家药铺，这药总算抓齐了。

马天成接过药来放到桌上，从三包药里各挑出几味另置一旁。他吩咐小陈如此这般，速去厨房告诉厨子，烧一大锅开水准备着。小陈说了声"好吧"，就直奔厨房而去。客房里，马天成把所需药材挑出后，又将余药重新一一包好。原先的三包中药此刻已经分为五包，马天成提起这五包药，和贾二爷直奔张三太卧室。

张三太仍旧躺在床上，马天成在他的两处足三里穴上扎进银针，一边观察张三太的神情，一边调理行针的手法。在张三太的床下，小陈已经让人放置了一个大木盆，木盆里盛着热水，马天成吩咐把五包药中的一包拿到厨房煎制，那包最大的药则撒进热水盆里。小陈按照马天成的话吩咐家人一一去做,室内的人全都瞪大眼睛看着,因为谁也没见过这种三手并用的治病方法。

木盆里漂浮着一层中药材,中药材渐渐变了颜色。马天成看看成色已到,让家人将预先备好的大锅盖放在木盆上压住热气,说是要把药材中的"药力"焖出来。就在这时,家人将煎好的半碗药汤送进屋,小陈接过药碗送到张三太嘴前,药温凉热适中,张三太一饮而尽。家人递过毛巾,张三太擦擦嘴边的药渍。

马天成见张三太服下汤药,走上来拔出腿部足三里穴上的两根银针。他让张三太趴在床上,自己则调息运气,在张三太背脊处反复按摩。张三太发出舒服的长吟声,说:马先生,我觉得浑身的筋骨毛皮都软了。马天成并不说话,只是双手交替,时轻时重地在张三太的背部反复按摩。这样持续了半炷香工夫,马天成轻声问道:张先生,胸腹部是否有了汗珠?

张三太将手伸到胸腹下:是的,汗沁沁的了。

马天成停止按摩,直起身子,他让张三太脱下衣服,坐到浴盆里去。

家人掀去锅盖,浴盆里热气渐小,中药在热水浸泡下散发出阵阵香气。张三太在小陈和家人的搀扶下坐到盆里,有专人不时往盆里续添热水。再看马天成,脸色灰暗,疲惫已极,坐在椅子上眯起眼睛,不时地舒一口气,再舒一口气。

泡在药盆里的张三太侧脸看到马天成的疲惫之态,立即吩咐小陈快扶马先生回客房歇息。马天成从椅子上站起来摆摆手:无妨,歇息片刻也就好了。

马天成走到木盆前用手试了下水温,看看水已及沿,吩咐家里人用一条粗布大衫从脖子以下裹住张三太的身子。马天成看了看室内正中条山几上的木钟问小陈:管家,正当午时就是十二点吧?

小陈笑笑,说:马先生您取笑我,凭马先生的学问,能不知道吗?马天成不好意思地摇摇头,说自己对新东西有时明白有时糊涂,问清楚了做到心中有数。过了一会儿,马天成再次看看木钟,时针已经指向十二点,便招呼小陈和家人:马上让张先生出浴躺到被窝里,准备几块毛巾和粗布,到时病人身上会有油汗溢出,一定随出随擦,紧随着喝水。

果然,张三太出了浴盆擦干身子钻进被窝不长时间,身上的油汗就开始往外溢出。家人一边给张三太擦拭身上的汗,一边将凉好的温水端给他喝。小陈不时地看着木钟,如此持续了半小时左右,张三太身上的油汗渐少,转而变作细汗、汗珠终至不再出汗。马天成点点头:张先生,初试医方,成功大半,是个好兆头。你美美地睡上一觉吧,醒来可能浑身松软疲惫无力,但不要担心,这是因为伏邪溢出、阳虚气虚所致。

小陈走上来:马先生,今天中午俺们当家的该吃什么?

马天成想了想,说:病人现为阳虚气虚,当以补阳益气为主。这样吧,取小米、大枣、南瓜加少许羊肉同煮至黏稠，再加半勺蜂蜜搅匀，午间服一小碗，晚间再服一小碗。小陈说：我家主人一向食量颇大，一小碗是不是少了些？马天成摆手，说：张先生胃气尚虚，不可过食，半饥半饱正当其适。要想恢复以往食量，须待三两天后方可。小陈频频点头：好的好的。

躺在被窝里的张三太虽然气短，但面色较前好了许多，他把手伸出被窝：小陈，告诉全家，有哪个慢待了马先生和贾二爷，我定不饶他。

小陈笑起来：三爷，你这不明明是些假客套吗？

张三太也笑起来，室内的气氛霎时间变得轻松和缓了。

张三太在轻松和缓的气氛中闭上眼睛，不大会儿就响起了鼾声。

一园西瓜，满眼绿色。一个精壮青年立在园边，专注地向北望着。

园中瓜棚里走出一位老妇人，老妇人头发花白，身体羸弱，不时地捂着胸口喘一阵儿。老妇人看到精壮青年立在园边路旁朝北看，感到奇怪，就朝青年人喊道：二虎啊，你时不时地往北看，看什么呢？

被称作二虎的年轻人转过脸来：娘，前两天我去给马先生送瓜，听说马先生去张桥镇给人看病好几天了，至今没个信儿，我惦着他。

二虎娘埋怨儿子，说：马先生是去给人治病，又不是赶会闲玩做买卖，能有什么闪失让你惦着？别犯傻了，站在那里怪热的。二虎很听娘的话，一边往瓜棚那边走，一边跟娘解释：娘，你是不知道，我听说那地方有胡子出没，马先生一个文明人，遇上这些人有理说不清。

二虎娘深深地喘了口气，说好人自有天佑，别想三想四的了。二虎点点头，说：可也是，不过我就是惦着他老人家。要是马先生再有三天不回来，我就去找找他。一阵小南风刮来，二虎擦擦脸上的汗，走进瓜棚去了。

事情倒退到十多年前——马天成出诊回来时经过十字街，一个衣衫褴褛约有十多岁的穷小孩迎头走上来，伸着两条小胳膊拦他的马拉轿车。马天成连忙让车把式停下车来，他探出头来问：孩子，你拦我的路一定是有事了。

穷小孩朝轿车上的马天成深深地鞠了个躬，说：大伯您是马先生吗？马天成一边下车一边好奇地回答说：我就是马天成，小家伙你有事吗？小孩当街下跪：大伯，求你救救我妈，救救我妈！

马天成连忙扶起孩子：快别这样孩子，有事你尽管说，快起来。

小孩爬起身：大伯，俺叫周二虎，是城北周家营的。俺爹死了，俺娘带俺种着俺爹留下的地……周二虎说着哭起来。

马天成用袖子给周二虎擦去脸上的泪水：别哭孩子，别哭。

43

周二虎擦擦眼泪:前两年,俺娘又得了水臌病,请了周围好几位郎中都没看好。听说您老人家是神仙,这就找来了。大伯,求您救救俺娘,俺娘忒不易了。

马天成叹了口气:真是家穷出孝子啊,你娘现在情况怎么样?

周二虎抽泣着说:越来越重了,俺娘宁死也不再请郎中治病,说是省下点儿钱留给俺。可那是俺娘啊,俺能不给娘治病吗?

马天成点点头:好孝顺的孩子,走,跟我回家,吃过饭就去给你娘看病。

这天下午,一头大走驴顺着官道颠着蹄脚往北而去。驴背上坐着马天成,马天成胸前揽着个孩子——周二虎。

周二虎三岁时,父亲给人挖井塌方砸死,母亲带着他一边给人缝衣织布,一边种着仅有的四亩半地艰难度日。可是老天不佑受苦人,母亲因为半生操劳患了水臌,请了周围好几位郎中,苦汤辣水喝了不知多少服,病情非但没轻反而越来越重。家中的四亩半地经街坊说项卖了个好价,然而田地有价药无价,不久就所剩无几了。母亲执意不再治疗,二虎宁死也要救母,听说州城有两个能够让病人起死回生的好郎中,一个是张道山,一个是马天成。怀着千百个希望和真诚,周二虎进城求医。在他经常抓药的一家药铺里,药铺老板指点说要请就请崇德堂的马天成。二虎问崇德堂在哪里,老板告诉他,马天成先生早晨出城看病人,估计快要回来了,你最好就在十字街口等他的轿车。

周二虎如愿以偿请到了马天成。马天成以神奇的治臌验方医好了周二虎母亲的病,看到周二虎已是家徒四壁无以为生,不光没要他的药费,还赠给周二虎三十块大洋赎回二亩地。此情此恩,在小时的周二虎来说真是刻骨铭心。他要拜马天成为义父,但马家曾有祖训,不许和病人及病人家属结为干亲,马天成说明原委,婉拒了二虎的美意。但二虎心中早已视马天成为义父亲人,便请木匠刻了马天成的名讳牌位供在家里,马天成得知后找到他家,笑呵呵地抚弄着他的光头,说孩子,你的心意我领了,牌位只有神灵才配享受,我只是个给人治病的郎中,这么做会折我的寿。他让周二虎把牌位撤掉,二虎不肯,马天成假装生气:二虎啊,我们郎中只信药王,不兴这个,快撤,再不撤掉我就不认你是好孩子了。

二虎见马天成生了气,这才极不情愿地把牌位撤了。

周二虎长到十几岁,出脱得刚劲洒脱,邻村一位仙风道骨的花甲老人看上了他,暗地里将他收为徒弟。这老人当年曾是义和团的二师兄,因为避难一直隐姓埋名。老人把自己的一身功夫全部传给二虎,不久便驾鹤西归了。二虎埋葬了师父继续练功,渐渐在方圆左近出了名。出了名的二虎二十多岁了不娶媳妇,母亲为此操碎了心,曾托人找到马天成,请他劝说二虎,但二虎说练功要保持童子身,须到三十岁才能娶亲。马天成听他这么说,以为二虎自有二虎的道

44

理,也就不好多劝了。周二虎种着二亩地并且长年给人打短工,家中多多少少也攒了点儿钱,一些狗少赌徒瞄上了他,油嘴滑舌把他骗去掷色子。二虎本想凑合他们小玩几把逗逗乐,没想到赌必成瘾,越玩越大,竟将家中的钱全部输掉了。领头的赌徒劝他卖地,二虎犹豫,犹豫中二虎突然发现,这些人原来在骨头色子上做了手脚,借着夜晚"打灯花"。二虎大怒,砸碎色子抢回钱,还把赌徒打伤了好几个。赌徒们找了借口使上钱把他告到县政府,周二虎很容易就给关进县城大牢里了。马天成听说此事,与贾二爷等州城几位富商名人去县府联名"保人",因为是赌博斗殴,县府管司法的又是马天成的相识朋友,没过几天便把他放出来了。周二虎从此立誓做人,再也不和那帮狗少搅混了。

两个人的关系渊源如此深厚,马天成一去数日,周二虎能不惦记吗?

马天成转眼之间就在张桥镇待了四五天。这几天里,他先后给病人调方三次,汤浴治疗每天坚持,针灸按摩日日不落,饮食三餐均是按照时辰转换,张三太的病情让人难以置信地出现了很大变化。从开始能够长时坐立到慢慢行走,这两天更是进出自如了。几乎是"死而复生"的张三太虽然从不说出一个谢字,但那眼神那举止,显然是把马天成当作再生之星了。

这天上午,马天成和贾二爷坐在客房里闲聊。管家小陈走进来问张三太今天该吃什么。马天成问道:我前天说的羯羊脖子准备好了吗?

小陈说:遵照马先生的叮嘱,昨天到集上买了个羯子,已经宰了,羯脖也剔出来了。马天成连说"这就好,这就好",他从桌上摸起个药包对贾二爷说:二叔,咱们一块儿去烹制。几个人出了客房走进侧院,走进厨房,厨子见他们到来,赶紧起身侍立。马天成让厨子把一口小锅放在灶口上,指点家厨将剔好洗净的羯羊脖子放在锅里添上凉水,凉水没过羯脖三寸许,然后在灶下用芝麻秆生起火来。

芝麻秆火势温文。锅中水冒起热气,冒起水泡,羯脖在水中颤动,继而翻滚。家厨看看马天成,马天成默不作声。小半个时辰后,水中冒起油沫,马天成近前看了看羯脖的成色,让家厨把油沫抄出来。家厨用笊篱捞出油沫后又过了小半个时辰,马天成将手中药包打开。贾二爷探头一看,问:这是黄芪吧?马天成点点头,从兜里取出一块夏布将黄芪包好放进锅里。约一炷香工夫,马天成用筷子插了几下羯羊脖子,羯脖已熟,肉质已烂,马天成说:火候到了,加葱姜香料。

家厨把葱姜香料放进锅里搅了几搅,看着马天成。

马天成让盖好焖着,说半个时辰后就可服用了。小陈问马先生每餐让张三太吃多少。马天成告诉他,连汤加肉分成六份,每餐服一份。

家厨插话说:那得服两天啊,大热天,恐怕放不了这么久。马天成告诉他可以把肉汤放进篮子,用绳子系到水井里,井下清凉,三两天不会变味。

家厨:啧啧,俺怎么就没想到呢。

马天成对小陈和家厨说他和贾二叔去张先生房里等着,待会儿你们把羯脖汤送过去,我告诉张先生怎么吃肉,怎么喝汤。

小陈答应着,立即和家厨拾掇碗筷汤勺什么的。

马天成和贾二爷走进张三太屋里不大一会儿,小陈就带着家厨把羯脖汤送到了。马天成和贾二爷坐在椅子上,张三太坐在凉榻上,张三太看着肉汤出神,说:马先生这又是什么新鲜饭食啊?小陈立在一旁直乐。张三太问他乐什么。小陈说:这是马先生专门给你熬制的黄芪羯脖汤。

张三太把目光转向马天成,马天成笑笑说:这是一剂膳食验方,专用于病后气虚,补益扶羸。吃一口肉,喝一口汤,羯脖上啃剩的骨头也不能丢,砸碎研末,早晚掺在米饭里吃。张三太连声答应,他连喝带吃,一会儿就把肉汤吃尽喝光了。半个时辰后,正和几人闲聊的贾二爷忽然惊奇地嚷起来:哎?咋一会儿的工夫,我看三太面色精神就好多了呢。

马天成微笑不语。

张三太站起来伸伸胳膊,说:马先生您真是华佗再世呀,这不才几天的时间,我就基本康复了。马天成摇摇头说:张先生,你的病只是好转,好转并不是康复,还得继续服药,然后再以膳食调养。要说完全康复,估计至少得一个月。

张三太弹弹腿:您瞧,身上有劲了。

马天成:从今天开始,药量要减,膳食要改。

贾二爷:吃药喝粥,三太都听你的。哈哈。

张三太说:马先生可是大大受累了,别的不提,光这按摩,得费多大力气呀。马天成说习惯了,没觉得多么累。张三太喃喃道:马先生还说不累,每回都是我这里刚冒汗,你那里就大汗淋漓了。

马天成转眼之间已在这里待了六天,他想明日返回州城,看到张三太情绪正盛,便把这意思说了。张三太听了有点儿慌,说:马先生你要是走了,那我这病……马天成知道张三太担心自己的治疗中途而废,就安慰张三太,说已让人备下七剂药,七剂服毕即可停药,然后坚持每天做他教过的床上八段锦。半月后开始打打太极拳,一个月后便可康复如前,两个月后便可骑马打枪驰骋沙场了……

张三太立起身拱手施礼:谨遵马先生教诲,张某一定不负所嘱持之以恒。

马天成:忌房事六十天。

张三太:一定。

马天成：还有，尽量避开内淫七情，也就是喜怒忧思悲恐惊。

张三太稍一犹豫：尽力而为。

马天成看看立在旁边的小陈：另外，这就是阁下的事了。

小陈连忙走到马天成面前。马天成告诉小陈，从明天开始，张先生要服那七剂药，服药七天后，膳食改为喝粥。这粥又不是平常的粥，要用小白谷碾出的白米，再用擀面杖挤压成面，用开水沏了，每餐一碗，连喝三七二十一天。这样，张三太的脾胃便可完全调养过来了。

小陈：马先生放心，在下一定按您说的去照料主人。

马天成侧脸瞧着贾二爷：二叔，那咱们明天就回州城吧。

贾二爷点点头，看张三太时，张三太眼圈发红：马先生，不说你救我性命，但从这几天的情谊上说，我真舍不得让你走。

马天成说：武人重义，文人重情。伴君千日终要一别，我们将来再见面就是了。

张三太紧紧握住马天成的双手，眼里闪着泪花：救命之恩，恩同再造，我三太虽是粗人，也明白知恩图报的道理。今后，马先生无论遇到大事小情，只消片言只字，张某必赴汤蹈火。

马天成笑笑：张先生言重了，治病救人，医者职责嘛。

5

一条大道贴着州城以西伸往遥远的正北天际，天际尽头氤氲着灰蒙蒙的雾岚，远远看去如蜃似幻。天近正响，雾岚中现一团朦胧的黑影，黑影渐近渐大，是一辆马拉轿车。城北大洼寂寥而宽阔，周围十数里除了蝉鸣再无声息，马拉轿车的忽然出现，就显得有些突兀。坐在车内的马天成摘掉瓜皮小帽，撩起前后的布帘，车行中带起的小风刮进来，身上立时凉爽了许多。手执长鞭的车把式坐在前辕上吆喝着牲口不时地擦汗，他咧嘴皱眉频频甩鞭，恨不得立刻到达目的地。

张桥镇到州城七八十里地，从卯时走到现在走了半天方进城北周家营的十里大洼。车内的马天成此时又热又渴，也恨不得一步到家，他催促车把式打马快走，然而看看辕里的马儿浑身透汗，车把式若再不停地用鞭子抽它，马天成又有些不忍了。于是话到嘴边换了口气：人畜同理，你热它也热，沉住气地走吧。

车把式听了马天成的话，吹了个口哨，轿车渐渐慢下来。车一慢，带起的风也小了，车内更加闷热。马天成解开灰布长衫摇着扇子，看着路旁远近大片蔫头耷脑的庄稼，一股酸楚的感觉涌上心头。唉！庄户人土里刨，水里挣，麦子无望想秋粮,看起来这秋粮也指不上了。想到这一带百姓今年冬天又要拖儿带女到外地讨饭,他的腔子里就像塞了把蒺藜一样。

今年麦后,鲁北平原上滴雨未落——百年不遇的大旱几乎将人的身子炙焦烤干。五月下旬,天公似乎不忍,一缕缕云彩渐渐聚拢成片,成片的云彩渐渐由白变黑,又由黑转灰,阴沉数日,才在人们的祷告期盼中下了半天牛毛小雨。所幸这一方土质白爽并含有少量的碱分,夜间泛潮时与地表的毛毛小雨衔接生湿,播种后地气借着湿气,小苗倒也勉强能够出齐。禾苗乍出,老天又吊起了脸,一连四十多天滴雨不下。田地干裂,幼苗枯萎,老百姓为了保苗保命,纷纷取水浇地。离河近的提桶荷担捧盆掇罐,离河远的就只好掘土井安辘轳,披星戴月日夜劳作。方圆几十里的周家营大洼,日日吱呦声响,夜夜人声喧哗。

七月初,人们榨干了血汗熬尽了骨油,千辛万苦地忙活了几十天,大洼里的庄稼总算保住了几成。这几成庄稼好像要报答人们的关顾之恩,不怕烈日的荼毒,一指一柞挺了脑袋往上钻。而此时的人们已经如同挤干了油的豆糁,松松软软瘫倒在地上,再也没有力气摇辘轳挑水桶了。老百姓自知没有能力与天抗争,只好求天公求神仙,于是,沿河十八乡,村村求雨祈祷,家家焚香哀告,细烟起自村头,供品摆于河坝,请天恩赐,泣盼雨落。

天将正晌,悬在人们头顶上的太阳似乎毒气不出,泼辣辣向大地喷吐着炽烈的火焰。五内俱焚的庄户人再也受不了烈日的炙烤,或淌着眼泪躲进门洞、屋内,或听之任之地躺在村头树下。老天要人死,人有什么办法?

这雯,忽然一阵儿小风儿从东南方向刮过来,风过处,一股甜丝丝的味道钻进鼻孔。马天成吸了吸鼻子说:二叔你闻到了吗?

同车的贾二爷问道:什么?

马天成:刚才这风刮过来一股甜丝丝的味道。

贾二爷吸了吸鼻子:嗯,这么说,快到周家营周二虎的瓜园了。

州城一带盛产西瓜,这里的西瓜素以个大、皮薄、果肉细嫩、甘美爽口而闻名全国。炎炎夏日之季,你只要走进这一带的村落之间的田野,那种西瓜所特有的带有青葱甘甜的味道就会扑面而来。各村各屯中都有颇负盛名的园把式,种瓜的园把式一辈接一辈,如同江湖绝技一样代代相传。周二虎的祖上就是种瓜高手,他父亲就曾种出过名震鲁北的西瓜王。当年的这个西瓜王净重三十六斤,瓜皮是白中带绿的翡翠色。许多外地瓜贩争相认购,最后以十块大洋的价钱被天津商贩买走当作礼物送给直隶总督。周二虎从小就在瓜园里摸索,虽然园艺还不精到,但较之一般瓜农来说也算得鹤立鸡群了。

十里大洼一无遮掩,种瓜的周二虎早从窝棚里就看到了远远驶来的轿车,他忙拣了个熟透的西瓜泡在清水中,随后就站在道边的柳树下等着。轿车行到跟前,周二虎上前拦住车把式说:下来下来,到园里吃个瓜。

吃瓜是要拿钱的,车把式是个过日子的人,怕花钱,不乐意,便以非常干脆的口气拒绝了。车把式正要赶着轿车继续走,只见马先生和贾二爷已经笑呵呵地下了车。马先生冲他挥挥手:赶了半天车,累了也渴了,走,到园里吃个瓜。

车把式明白瓜钱不用他掏,忙将马儿拴在路边柳树上。

周二虎把三个人引到瓜棚阴凉处的矮桌旁,又给三人搬了凳子坐下。周二虎将清水泡过的西瓜搬过来放在矮桌上,取过长而锋利的西瓜刀从瓜顶上切片厚皮,把刀刃刀面反复擦了七八遍,随着咔嚓一声响,黑籽红瓤的西瓜就一角接一角地摆在面前了。瓜是清凉的、甜润的,特别是在这酷暑盛夏的中午,那种馋人诱人的劲头更不必说,车夫的眼里几乎伸出钩子来,一向斯文矜持的马先生也禁不住咽了几口唾沫。不等礼让,车把式和贾二爷已经动了手。看他们吃相不雅,周二虎笑道:真是热急眼了呢!

马天成到底是斯文人,吃了几角便掏出手绢擦嘴。贾二爷和车把式可顾不了这许多,他们摆头张口一溜大吞,风卷残云一气吃完了整个西瓜。车把式拍拍鼓胀起来的肚皮万分惬意:亲娘哎,这燎人屄毛的晌午头里吃瓜,真是进了天堂了!

马先生吃完西瓜不掏钱,他起身就走。马先生不光不掏钱,周二虎还摘了两个更大的放在车上让马先生捎着。马先生也不推辞,只是笑眯眯地看看满园瓜秧说:旱瓜涝梨,大旱年种西瓜,二虎子这下你可发财了。

周二虎腆脸一笑:还不是幸亏听你老人家的话,春天在地头上掘了个土井,不光能浇瓜园,连谷子地也跟着沾了光了。

靠近瓜园西侧是周二虎的谷子地。六月六看谷秀,如今七月中旬,谷子就要熟了,沉甸甸黄灿灿的谷穗压弯了谷秸,因为没缺水,较之远远近近的庄稼强了许多。周二虎眯起眼睛瞧着往外走的马先生说:二叔,今年收了秋,连瓜钱带谷钱,差不多就能赎回那块高白地了。

周二虎双手拓挲着,满脸满眼都是喜悦。

走到瓜园边上的马天成听到这话又折回来,他看看瓜秧,瞧瞧西边的谷地,然后望着远方空旷的田野说:虎子,听叔一句话,秋后收了谷子别卖,囤起来,园里的"倒秧子瓜"别扔了,统统放到谷子囤里存着,到冬天,一斗麦子一个瓜。

周二虎诺诺连声,虽然弄不明白个中玄妙,但马先生在他心中是尊神,对方的话他能不听吗?贾二爷嘘了口气:天成,一斗麦子一个瓜,这话也忒玄了吧。

马天成说为将者须上通天文下懂地理,为医者当前知天象后晓四季之疫。贾二爷是读过私塾的人,马天成的话虽然玄之又玄,老人家似乎也能略知其意。他点点头说:也许也许,天成学富五车,所言非常人能够知悉。

几个人在路边柳树下站了一会儿,马天成看看天近正午,就说:贾二叔,凉也歇了,瓜也吃了,咱们走吧?贾二爷站起身:走,到家还有十来里地呢。

三个人相跟着走向马车,周二虎赶紧跑过来,先将马天成扶进车厢内,又伸手搀扶贾二爷。只见贾二爷单手撑着车辕,一个旋子跃上车轩,然后笑嘻嘻地看着二虎说:爷们儿,人老心劲在,二爷我还能蹦跶几下。

周二虎笑了笑,冲贾二爷拱拱手说:二爷武林行家,难怪练功夫的都称二爷是当今老廉颇,身手不在我们年轻后生之下。

周二虎之所以称贾二爷为当今老廉颇,是因为州城古属赵国,而廉颇是战国时期赵国的盖世猛将和杰出的军事家。所以州城一带至今流传着"廉颇八十食斗米,勇冠三军万人敌"的歌谣。廉颇出生在州城以东六十里,与白起、王翦、李牧并称"战国四大名将"。

贾二爷笑呵呵地说:二虎啊,我贾二乃一介庶人,虽然腿脚上有些本事,怎敢与名将相提并论。倒是爷们儿你的功夫,倘若生于当年,必非泛泛之辈。

这一老一少说笑间,车把式已经解马扬鞭。随着清脆的鞭声,轿车顺着州城官道一直往南。马天成和贾二爷坐在车里,车把式一边赶车,一边不断回头和马天成交谈:马先生,浇水种园,吃瓜拿钱,这是俗话吧。

马天成:你说得不错。

车把式:那这个园把式为什么不光吃瓜不要钱,临走还送你两个呢?

马天成所答非所问:呵呵,你没听到那种瓜的小子一股劲地叫我叔吗?

贾二爷哈哈大笑,说:大把式你有所不知,即便马先生要这整个瓜园的瓜,那周二虎也会立即摘下来送到城里马先生家。车把式还要继续诘问,贾二爷忽然指指南边说到家了,看到北城墙了。车把式也来了精神,啪地一个响鞭,两匹马很快颠起来,前方的路越来越直,对面城墙的影子也越来越大。

马天成几天不在家,攒下的病人很多,下午一进医堂,远的近的老的少的就诊者就相继涌上来。虽然是些常见病多发病,处理起来轻车熟路,但马天成对于《伤寒论》中那句"病家死于医家"的金玉良言铭记在心,即使一般的伤风感冒,他照样"四诊""八纲"一丝不苟,每一个病人他都认真对待,每一例药方他都谨慎小心,辨症施治深思熟虑,君臣佐使相辅相成。待最后一例病人处理妥当,已是西天日落暮色将合。

马天成歇下来喝口水润润唇,马洪良在整理桌椅板凳。马天成翻看着清代乾隆四年由太医吴谦负责编修的《医宗金鉴》,凝神反思斟酌刚才诊治时遇到的那例疑难症。这是他的习惯,是对待疾病的认真和执着,不把一例病症弄清楚弄明白决不轻易放手。尽管劳心劳神一下午,正值壮年的马天成仍然脑清目明精力充沛,这得益于他的信仰、他的追求、他的正直坚贞心地清白、他的经年不息的身体锻炼。此时医堂外传来一个女孩的讨要声:大叔大婶,行行好给拿点儿吃的吧。

女孩声音柔弱无力且带着明显的怯懦。马天成站起身来,说:这是个外地孩子,小良啊,让你妈给这孩子拿几个馍。马洪良答应着往外走,随口问父亲怎么知道是外地的,马天成摆摆手,说:让你去你快去,本地讨饭的都是在内院大门口乞讨,你见过到医堂这边来的吗?

马洪良走出医堂,转到内院去。马天成暗自叹息,俗话说,老天赐你一双手,不到万难不张口(行乞),这一定是个走投无路的孩子,好可怜啊!他低头沉吟了一会儿,转而朝套院里喊:老高啊,从药铺那边给门口的孩子几个铜子!

院内的药工老高应声从药铺那边取了钱走出崇德堂,在门外和女孩说着什么。高药工忽然在药堂门口探进头来:马先生,这孩子她娘病了!

病人来了吗?马天成顺口问了一句。老高未及回答,门外传来轻轻的啜泣声,一个怯怯的嗓音应道:大伯,俺娘病得没法动了,是张大伯让俺来求你的。

马天成慌忙走出医堂,只见门口的女孩儿头发蓬乱,面黄肌瘦,左臂挽着个竹篮,右手拖着根柳树棍,眼里满是惶恐,脸上满是愁苦。搭眼一看,女孩也就十一二,问了问才知已经十五六了。可怜的孩子!马天成叹了口气把孩子让进屋里,轻声问道:孩子,你是哪里的?

女孩怯怯地回答:大伯,俺是临清的。

马天成隔着窗子朝内院喊:洪良,洪良啊,再端碗水来。

马天成洗了块毛巾递给女孩:快擦把脸,你看疲累的!

女孩儿擦完脸,洪良已用麻布兜着馍,端着一碗水走进来。洪良把馍和水递给女孩,女孩千恩万谢地喝了几口水,看着馍馍咕咚咽了口唾沫。女孩将馍举到嘴边却又停住,就手放进篮里的那块破麻布下。

女孩扑通跪到马天成面前:大爷,你是城里出名的大先生,行行好救救俺娘吧!

女孩儿一下跪,马天成吓了一跳,他平生最见不得别人哀求自己,在扶起女孩的同时他的眼圈先红了:孩子,你叫什么名字?从临清到州城好几百里地,你娘儿俩干吗来到这里?

女孩抽泣着说她叫刘妮,是和母亲从临清那边逃荒过来的。临清那里从去年到现在一直大旱,地里连年绝收,大人孩子纷纷外出逃荒,一路上饿死的人数不胜数。她们母女一路走来,渴了喝脏水,饿急了就生吃野菜,好歹挨到州城,没想到她娘几天后就得了大病。马天成点点头,问女孩她娘是怎么病的,让她说说现在的病状。刘妮说到州城的第五天她娘就病了,病得很急。不发烧不发冷,只是恶心呕吐,肚子撑胀,浑身没力气。

马天成深思着,问刘妮找郎中看过没有。刘妮说北街的吕先生、西街的张先生都看过,还有……哦,想不起名字了。先生们看了全是一句话,都说吃吃药再说吧,几个先生都心善,俺娘儿俩是要饭的,先生们倒也没收药钱。只是,只是吃了药俺娘的病总不见轻。这两天病得更重,整个右半边肚子都疼。

一旁的马洪良说:爹,听这症状,像是肝……

马天成摆摆手打断洪良的话,他叮嘱洪良,待会儿病人来了独自支应着,这女孩母亲的病看来挺重,他要马上跟这孩子去北大庙看看。马天成说完看看天色,提起医匣,和刘妮一块儿走出医堂。在他们身后,传来高药工和李天鹏的对话。

李天鹏:又是一个逃难的?

高药工:这孩子人小鬼大,你听听,几句话就把马先生的心说软了。

李天鹏:马先生从来心软。

高药工:如今逃荒要饭的成群成帮,光发善心有个完吗?

李天鹏:这年头,顾一个算一个吧。

马天成回了回头,见高药工甩着手走进套院去了。

马天成和刘妮步履匆匆顺街西行,大街上行人很少,少得有些冷落,有几个相熟的人站住和马天成打招呼,马天成点点头应付着,快步走过去了。此时马天成虽然表面上平静如常,但在他脑子里想的全是刘妮她母亲的病,病史、病因、病情以及由此牵连出的各种可能。这是他的特点、他的习惯、他的个性。崇德堂距离十字街不远,两个人刚刚走到十字街口,丁二泉迎面走来。丁二泉对马天成还挺客气:马先生,天这么晚了去哪里?

马天成说:北大庙一个外乡病人,我去给她看看,二少爷这是干吗去?

丁二泉说:玩……玩呗。

马天成说:二少爷家大业大,大少爷又有病在身,你不忙啊?丁二泉说:还忙,忙个啥啊,家里雇着人,我爹妈现在壮得跟驴似的,缺了我这个臭鸡蛋,不是照样做出槽子糕吗?马天成说:二少爷真是福星。丁二泉叽咕着,说:还福星,福什么星,我都十七八了,我爹连个媳妇也不给说。马天成说:丁员外不是给你提了城北周家营的林小姐了吗?丁二泉连连摇头说:不要,不要,我只要张家的秀贞。马天成打了个怔。丁二泉继续嘟哝着,说:张秀贞有文化,那脸蛋多嫩啊,一掐就能掐出水来。马天成只好边走边应付:嗯,二少爷有眼力,有眼力。

丁二泉:光眼力顶个球啊,张先生不答应,说他闺女将来要嫁省长,嫁总督。

马天成皱起眉头,说:不能光和你聊了二少爷,我得赶紧去看病人。丁二泉说:好好好,马先生,你去忙吧。马天成和刘妮快步拐向北去。马天成走出一段距离,背后丁二泉又喊他。马天成只好再次站住,丁二泉赶上来:马先生,你去张家给我保媒吧,你人贵面子重,张先生一定会答应。

马天成赶紧支吾:改日说,改日说,我正忙着。

马天成紧走几步。

丁二泉望着马天成背影出神。

马天成和刘妮顺街北行,很快就到了北大庙。马天成走进庙门,庙里很黑。只见一位干瘦的中年女人躺在庙中佛龛下,佛龛前的小油灯光焰微弱,微弱的光焰一跳一跳,跟鬼火似的。马天成立住,让自己的眼睛适应一下庙里昏暗的光线,刘妮三两步跑到中年女人跟前,取出篮子里的馍掰下一块送到女人嘴边,说:娘,你多少吃一口吧,两天水米不进了。中年女人喘息着:妮啊,娘是不行了,只是惦着你,一个闺女家,往后怎么过呀。

刘妮脸上淌下泪来,说:娘,你别吓我,我害怕。中年女人喘息更促,说:娘不是吓你,吕先生给看了,张先生也给看了,两位先生都摇头,这落结不是明摆着的吗?刘妮擦擦脸上的泪:娘,我听了张大伯的话,把崇德堂马先生请来了。张大伯说兴许马先生还能有办法。

中年女人喘息着摇头:没用,别劳烦人家了。

姑娘放下碗趴到中年女人胸口抽泣,瘦弱的双肩一耸一耸的。

庙里的泥胎在昏暗的灯光中目不转睛地瞅着这娘儿俩。

马天成提着医匣走到佛龛前,走到刘妮母亲跟前蹲下身,借着佛龛前的微弱灯光,看到躺在地上的中年女人面孔消瘦,两目凹陷,一双失神的眼睛于绝望中又流露出期盼。中年女人干涩的嘴唇动了动:您老人家受累了!

中年女人开始不停地喘息,马天成蹲下身来,做个手势让她不要说话,开始按部就班地望、闻、问、切。庙门口传来脚步声,吕之铭走进来。吕之铭走到马天成跟前,也蹲下身:听说您老人家来了,我过来看看。

马天成握了下吕先生的手,没说话。

马天成"四诊"之后站起身。吕先生也站起身:马先生,您老看这病……

马天成摆摆手说:咱们到外边聊聊。

马天成和吕之铭走出大庙,刘妮也随后跟出来。三个人站在台阶上沉思了一会儿,马天成终于说话了:吕先生,你也曾看过这个病人,咱们同城同业的,也用不着客套,我直说吧,是臌症。您看呢?

吕先生点头,说:我和张先生都这么看,是张先生让刘妮去请您的,说兴许您还有办法救治。马天成说:天下没有真正的神医,只是在治疗上有些差别。就刘妮她娘这病来说,早了或许还能救治一二,如今晚了,求上苍慈悯吧。

刘妮的眼泪一下子涌出来。

刘妮低声哀求:先生救救俺娘,她一路没饿死,难不成能勉强活命了又病死?

马天成叹了口气,说:孩子,不是我不肯施治,你娘患的是肝病水臌,早了还能治,眼下已经到了晚期,吃药难起作用,不信你摸摸她的肚子。吕之铭说:马先生,您老是名宿大医,给病人想想办法吧。说实在的,我看到这情景也受不了,我小时也跟着母亲讨过饭。

马天成一怔:唉!一口气百个指望,我尽力吧。不过这庙里多有不便,吕先生央几个人来,把病人抬到我家去治疗吧。刘妮,快去给你娘收拾一下。

刘妮擦去眼泪,慌忙跑回到庙里。

马天成低声对吕之铭说:吕先生,您也明白,病人只是拖延时日,也就挨个十天半月了。烦请您和北街的父老商量一下,找块义地准备着。

吕之铭信服地点点头说:马先生请放心,我这就去找乡绅们说这事。只是把病人抬到府上,可给您家添麻烦了。马天成说逃难在外的人,都照应着呗。你马上央人弄副门板抬病人,我赶回去准备配药煎药,咱们齐心协力,让病人多挨一天算一天吧。

两个人计议已定,各自分头去了。

天已渐黑,崇德堂医堂里又来了两个病人。马洪良正在一一诊治,马天成急匆匆走进来。马洪良站起身:爹您回来了,病人情况怎么样?

马天成摇摇头,转而朝两位病人拱拱手,说:二位略等,我得让洪良帮我给一个危重病人配配药。两位病人相继起身:先生请便,请便。

马天成父子走进药房,马天成伏在柜台上,马洪良站在他身旁。马天成让洪良亲自动手抓药。马洪良明白父亲心中所虑,便走进柜台,伙计凑过来帮忙,马洪良挥挥手说:你先到那边忙要紧的事吧。药房伙计知趣地走到一边。只听马天成口述着:赤苓、猪苓、泽泻、牡蛎……

马洪良:爹,得告诉我剂量啊。

马天成低声说:各八钱。

马洪良将药一一倒在包药纸上。马天成继续口述着茵陈、桃仁、槟榔各六钱,炒山甲、别甲、木通、防己、青皮、陈皮、鸡内金……

马洪良将药抓齐,马天成让洪良马上送到厨房里,告诉做饭的刘嫂,立即煎好,一会儿病人就来到了。马洪良一惊:爹,你把病人接到咱家来了?

马天成:别多话,快去送药,医堂里还有两位病人等着呢。

张道山的颐寿堂里此时已无病人,室内很静。张道山坐在医案前和药师老姜闲聊,张道山忽然想起了什么,问老姜从宏济堂进的青黛到了吗。老姜说:昨天刚到,张先生,您急用吗?张道山点点头,说:北大庙里那个外地要饭的女人,是明显的水臌,我想了个验方,你可以给她配几剂试试,想治好怕是办不到,只能挨一天算一天。老姜啧啧称赞,说:张先生您真是善人善举,那女人吃了颐寿堂这么多药您从来没收钱,到如今仍然惦记着她。您说吧,我去调配。张道山说:很简单,取青黛五钱、明矾二两,共研细末,每天服三次,每次服三分即可。

老姜问:是干吃还是水冲?张道山笑了:亏你还是老药房,这种药哪有干吃的。

老姜:是是是,我马上去配,配好打发小程送到北大庙。

张道山站起身来,在室内来回踱着:逃荒在外的,真不易啊!我要是有马家的《天方秘籍》,兴许还能救了她。可惜,可惜……

走到药房门口的老姜回过头,说:马天成也真是的,把那什么秘籍拿出来让大伙儿学学不就行了吗?张道山哂笑:说得轻巧,你忘了"秘不外传"这句俗话了,只要是秘籍秘方,哪个会轻易让别人知道?若是我有这么一部奇书,比马天成藏得更严实。病人到了这份儿上,救命要紧,我也顾不得和马天成较劲了,昨天嘱咐她的丫头,去请马天成看看。看好了呢,是她娘儿俩的福,看不好也让人们明白,他马天成也不是活神仙。

老姜竖起大拇指称赞张道山大度、高明。

看着老姜走进西头药房,张道山坐在医案前陷入深思中。

药房那边响起瓷钵"哧哧"的研药声,不大会儿,听得老姜喊小程,小程答应着从西头走到柜台前问姜药师有何吩咐。老姜告诉小程,让他把这些药面送到北大庙那个病人手里。小程问怎么个服法,老姜说:我已经分好了,一天服三次,一次服一包。小程答应着从药房前门走出去。又听得老姜在药房里喊:快去快回呀,路上别贪玩,待会儿天就黑了。

小程出了颐寿堂走到十字街往北拐,正走着,看到吕先生和一帮人抬着刘妮娘走过来。小程站住,说:这是往哪里抬病人啊?我家先生让我给病人送药来了。吕之铭走到他跟前:小程啊,谢谢张先生,你告诉张先生,就说刚才马先生来过了,诊断的病和张先生是同一种,为了治疗方便,让把病人抬到马家去。

小程怔在原地。

吕先生等抬着病人继续往南。

小程怔了好一会儿,撒腿跑回颐寿堂。

颐寿堂里,张道山又在和老姜闲聊。小程一头撞进来:张先生,了不得,马先生把个快死的病人抬到他自己家里去了!

张道山和老姜同时站起身,马天成竟把病人接到家里去了!这完全出乎二人的意料,张道山心中暗忖,这也就是马天成吧,在病人事上尽职尽责,换别人,根本做不到,最起码我张道山是做不到的。老姜脱口道:难怪马天成威望……

老姜看了看张道山,卡住半截话不再往下说。

张道山:我替你说了吧,难怪马天成威望比我张道山高啊。

老姜:不,不是先生……

张道山摆摆手:马天成确有过人之处,更何况他持有《天方秘籍》。马天成把病人接到家里,说不定就是准备用秘籍里的医方调治。

老姜连连点头。

吕之铭等北街父老把刘妮娘抬到马家,病人被安排到套院一间厢房里。刘妮娘躺在炕上,马天成和吕之铭、刘妮站在病人身侧,厨娘刘嫂端着药碗走进来,刘妮接过药碗看看马天成:马大伯,这药现在就喝吗?

马天成哈腰号了下病人的脉说:妮儿啊,分三份给你娘喝完。现在喝一份,半夜喝一份,明天早晨再喝那一份。这一个汤剂连喝七天,看看病情再改药方。

刘妮听马天成这么说,赶紧给母亲喂药。躺在炕上的刘妮娘脸上勉强显出一丝笑意:先生啊,我到阴间也忘不了您的大恩大德。

马天成笑笑:言重了,言重了。你安心治病就是,阖城的郎中都会为你尽力。

吕之铭看看安排停当,说:马先生,病人到你这里就算保险了,我回去吧。马天成说:好的,好的,你去忙,咱们说的那件事,就拜托您了。吕之铭又对刘妮娘儿俩说了几句安慰的话,转身往外走着道:马先生放心,那事我一定办好。

马天成送走吕之铭,觉得有些累了,他回到正厅坐到椅子上歇息,洪良也随后跟进来。洪良凑到父亲跟前:爹,你给刘妮娘开的药又是秘方吧?

马天成点点头。

马洪良说:不过,您老人家也会百密一疏。

马天成侧过脸,定定地看着儿子,弄不清自己哪个地方疏漏了。洪良笑笑说:爹,你说过的这些药物和剂量,我都一一记住了。既然我能记住,药房里其他人也不是傻子笨蛋啊。

马天成"哦"了一下:是这件事啊,不过你是只知其一不知其二。治病之道一在用药,二在施方。我的秘方即使为他人所获,用法不当照例不起作用,有时还适得其反。知道我为何让病人一碗药分三次喝吗,就是因为病人腹水过多,如不分次服用,肠胃吸之无力,小便排泄不及,反增腹水存量。

马洪良倒吸一口气:孩儿愚鲁,不明其中利害,这下记住了。

此用药之法并非我创,也是……马天成说着打住话头,你到套院厢房里看看,刘嫂熬的赤豆汤病人喝了吗?

马洪良点头称是,起身走出去。

厨娘刘嫂照例端着药碗走进西厢房,刘妮赶紧往前几步接在手里,说:婶子,天天让你受累,心里不忍。刘嫂说:孩子,都是落难的人,可别这么说,我也是有病从河北逃难逃到这里,多亏马先生给我治好病,又收留了我。当时也住在这间屋子里,马夫人每天亲自给我熬药送饭,伺候我一个多月呢。

刘妮:马先生真是少有的善人。

刘嫂:马先生的善心善举,城里城外都有名。哎?你娘今天病情怎么样了?

刘妮回头看看躺在炕上的母亲,然后凑到刘嫂耳前说:时好时差,看来马先生说得对,没多大指望了。

刘嫂:唉!人的命,天注定。

尽管马天成天天把脉调理,土单验方样样俱试,尽管马夫人有时亲自动手给病人做饭熬粥,可马天成每每给病人号完脉走出厢房时就连连摇头。半月之后的上午,腹胀如鼓的刘妮娘躺在炕上,忽然间精神似乎好了许多。刘妮娘问刘妮:孩子,咱们来到马先生家多少天了?

刘妮说来了有半个多月了。

刘妮娘自言自语:唉!给马先生添了这么大的麻烦,咱可怎么报答人家啊。

刘妮的眼泪流下来,她安慰母亲,说马先生是大善人,人家不图咱报答。刘妮娘脸上现出一种让人难以捉摸的苦笑:话是这么说,为人就得有良心,娘死后,你得给马先生家做几年活,马先生家什么时候许你走,你才能走,不许你走你就得在先生家待一辈子。妮儿啊,记住娘的话了吗?

刘妮点点头:娘,你放心吧,我记住了。

刘嫂端着药碗走进来,刘妮接过药碗走到炕前,刘妮娘忽然摆摆手,摇头不喝。刘嫂走过来:妹子,你得把药喝下去呀!

刘妮娘:老姐姐,这些天您给我端饭送药,这恩,只能来世再报了。

刘嫂埋怨刘妮娘:说哪里话嘞,妹妹不要多想,兴许吃完这七天药就好了。刘妮娘苦笑,摇头,忽然喘气急促,刘嫂见状大惊,急忙跑到门口喊:马先生,马先生,刘妮娘病势不好!

马天成从医堂那边快步走过来,走进厢房为刘妮娘诊脉。马天成刚一搭手就迅速站起身,三几步跨出房门朝屋内刘妮招手,刘妮赶紧跟出屋。

刘妮站在马天成面前。马天成神色凝重:孩子,你娘不行了,我跟你说,也别哭,也别叫,你马上到北街吕先生那里磕个头,让他操心安排一下。

刘妮的泪水顺着脸颊流下来:大伯,我明白,要不是你老人家,我娘怕是早不行了。我虽是个孩子,也明白这条道上无老少,我娘走前遇上你这样的好人善人,也知足了。

刘妮趴在地上给马天成磕头,马天成赶紧扶起刘妮。

刘妮擦了下眼泪转过身,抽抽咽咽地走出去了。

约有一个时辰,吕之铭带着北街一帮老少爷们走进马家套院。毕竟是丧事,再怎么说也不能在马家操办,北街众人当即决定,把刘妮母亲的尸体抬到北大庙出殡。马天成和吕之铭等人出了些钱,买了棺材寿衣,其他丧葬物品由北街老少凑上,将刘妮母亲安葬在城北的义地里。

这天中午,马天成坐在正厅椅子上,马夫人、刘嫂和刘妮坐在外厅床沿上。

马天成看着刘妮说:孩子的娘亲已经归西,刘妮也才十几岁,得安排呀。

刘妮站起来说:马大伯,俗话说不拿店钱拿饭钱,我娘吃了这么多药,又烦劳您和大婶整天照顾,我想到外边找个活,好歹挣几个钱补敷补敷您老人家。

马夫人连忙摆手:走的已经走了,这活着的还得继续过日子不是。孩子,别说傻话了,你是个女孩子,到外边谋生有许多不便,留在这里吧。忙时帮你刘婶做做饭,闲时学点儿针线活,将来有了好主儿,再给你找个婆家。

刘嫂一把搂过刘妮:苦命的孩子啊,你总算有了家!

6

州城西南角上的一座破屋子里盛着柴草和废旧杂物,一具打制备用的棺材停放在北墙下。刘四楞子和丁二泉等七八个人抬开屋门钻进去,将棺材掉过头来围坐在周围,棺材上放一只破碗,碗里四枚骨头色子在滴溜溜转着。

坐在正面的刘四楞手里涮着几枚骨头色子盯着坐在对面的丁二泉:二少爷,你是先查寨(等输赢)还是先占山(坐庄)。

丁二泉豪气地扬扬头说客随主便。刘四楞阴阴一笑,说:恭敬不如从命,我先坐了。二少爷要双还是要单?单庄还是联庄?丁二泉想了想说图个吉利,要双。刘四楞说:那好,我要单。刘四楞将手中色子撒进碗里,双眼瞪着碗里不停打转的色子声嘶力竭地喊:一三五,一三五,三五立成点呀!

刘四楞的手掌在碗上扇着,动着,立马一副单点。丁二泉见对手成了点,不犹豫,马上把钱送到刘四楞跟前。刘四楞把钱拢到自己面前竖起大拇指:嗯,果然名不虚传,二少爷就是长着公鸡毛。

刘四楞的色子不断撒进碗里,有时单点有时双点。丁二泉不断地往外掏钱。丁二泉袋里的钱越来越少,刘四楞面前的钱越堆越多。刘四楞抬起头:风水轮流转,这个位子我也不能光占着,二少爷上吧。

丁二泉摸摸腰包:咦,没钱了。

一赌徒凑上来说:凭你二少爷会没钱,鬼也不信啊!州城里外谁人不知,丁家的钱没有数,金银元宝藏了半屋子,白花花的袁大头装进麻袋在密室里摞着,堆在仓里的制钱常年用不着,连串钱眼的麻绳都沤断了。丁二泉被他吹得几乎飘起来,嗫嗫嘴说有钱是有钱,可老头子卡得紧,嘱咐了账房先生,每回就给这些零花钱。刘四愣不信:哎哟,阖州城谁不知丁家是大户啊,这点儿钱在你们府上就像大水湾里撒进点儿猫尿似的,算吗呀?回去拿,快回去拿,玩就玩个痛快嘛。

丁二泉站起身翻着眼说:四愣子的话真对,这点儿钱在我家算吗呀?说着起身走出去,一赌徒挤挤眼睛:老四,抓住蛤蟆攥出尿来,别让他轻易滑了。

刘四愣子做了个鬼脸,说:咱们做好做歹将丁二狗少弄来是做什么的,不就为了抠索他的钱吗?想溜,没门!但凡走进这个圈里的人,有几个能输了钱甘愿退出去的?只要掐巴紧了,保证跑不了他。

赌鬼们异口同声笑起来:对对对,掐巴紧了,不淌尿就狠狠地捏他。

就在赌鬼们叫着,笑着,说着胡话浑话腌臜话时,丁二泉已经一溜小跑窜进自家大门,径奔账房先生李世伦住的套院里。他见李世伦的房间开着门,就冷不丁地闯进去。李世伦吓了一跳:二少爷,咋又来了?

丁二泉一头抢到李世伦跟前,说:你再给我二百钱。李世伦连连摇头,说:不行二少爷,老爷嘱咐好的,十天一百钱,一个大子也不能多给你。丁二泉面露愠色,说:老李呀老李,钱是我家的,姓丁,你敢不给我?李世伦用坚决的口气说:不行!

丁二泉:真不行?

李世伦:真不行!

丁二泉一把薅住李世伦的衣领,把李世伦薅得喘不过气来。这时,前边套院里传来丁大泉剧烈的咳嗽声,李世伦说:二少爷,你哥病成这样子,你整天在外瞎混,也不替你爹分分忧吗?丁二泉用力搜紧李世伦的脖领子,说:我哥病我有什么办法,这是病,不是干活,我又不能替他。李世伦继续劝解,说:帮你嫂子照顾照顾你哥也行啊。丁二泉说:你甭扯淡蒙我,拿钱来。李世伦口气更硬,说:你掐死我也不行。丁二泉终于松开手,双眼盯着李世伦的鼻尖:那好,我也不掐死你,只把那回你从窗户眼里偷看我嫂子洗澡的事告诉我爹。

李世伦吓得一哆嗦:哎哎,少爷,少爷,你你……

丁二泉嘿嘿一笑:给不给?

李世伦软下来,说:好吧,不过要是老爷查起账来,你得承认是逼着我给的。

丁二泉说:那当然,我就说掐着你脖子硬逼出来的。

李世伦:一言为定?

丁二泉:一言为定。

李世伦写张条子交给丁二泉:你去柜上支吧。

丁二泉:哼,妈妈的,谅你也不敢不给我。

看着丁二泉撇着嘴走出屋子,走出院门,李世伦捯着被掐的喉结接连咳了好几声,然后挺起肚子低声吼骂:败家子,日你祖宗!

破房子里,刘四楞和几个赌徒说笑着。一个疤瘌眼赌徒拧着脖子看看门口,说:这丁二狗少怎么还不回来呀?另一个红鼻子也嘟哝,说:咱们身上都没值钱的毛,丁二狗少如果不回来,这钱赢谁的呀!是啊,有福之人生在福贵之家,你看这丁二狗少,家大业大,凡事有老头子支应着,他从小就不干活,不念书,更别说理家务了。每天吃饱了就跑到这街上闲玩快活,真恣啊。刘四楞拍拍棺材板:他恣咱们也恣,大伙合起心来抠他。

红鼻子吸了口气:大哥说得对,合起心来抠他。不过咱们得动动心思,听他的口气,丁老头盯上了。疤瘌眼赌徒同意红鼻子的话,他说丁家账房李世伦和他家有亲戚,他听李账房说过,丁大户先还不太在意,以为儿子年龄一大就懂事了。岂料越大越没正形,他哥丁大泉身子骨弱,丁大户把多半希望寄托到二泉身上,不管二泉识不识字会不会算账,只盼着他稳住性子帮他爹持家。说是再这么闹下去,就专门差人看住他。

你说这人也怪,就拿丁二狗少说吧,赌起钱来大手大脚,可平日里却是个出了名的小气鬼。街坊们都说这个人屁股小,腚沟深,过河也得夹些水。他上街买东西必是精拣细挑,分文必争,常为钱两斤秤或三文两文的小钱和店里伙计掌柜打起来。前年秋天在十字街北看耍猴的,他身穿长衫口嚼花生,看到猴儿做出各种模仿人的动作时乐得手舞足蹈。不料一颗刚刚填进嘴里的花生仁从牙间滚落到地上,那戴红帽穿红衣人模人样的猴儿刚巧到他面前,捡起花生仁就往嘴里丢。丁二少爷大叫一声跳进场内,三两下就把猴儿摁倒,动作之快,手脚之利索,连耍猴人都看得目瞪口呆。丁二狗少手背衣袖都让猴儿撕破了,可到底还是摁住猴脖子把那颗花生仁从猴爪下抠了出来。他把花生仁丢进自己嘴里嚼着,翻白着眼,说:妈的狗狗屁,花生是我家花钱买的,凭什么给你!

这事在州城四街成了传奇,人们说起某某人小气抠门时,会常常提起这段"佳话"——他小子再小气,还能比过从猴手里抠花生的丁二狗少吗?

丁二狗少迟迟不归,赌徒们都有些焦急。有人猜测说狗少大约让老头子扣住了,有人说也许还没拿到钱。刘四楞:咦,真要断了这条财路,咱们吃谁呀。

破屋内正议论纷纷,红鼻子忽然侧起耳朵说:静一静,静一静,有人来了。

赌徒们一个个直起眼睛,破屋内重归安静。

门外传来脚步声,眨眼间,丁二泉提着钱袋冲进屋。

北街盐店李掌柜自从服了马天成的药后,病势越来越轻,这以后李掌柜经常打发儿子来请马天成复诊,马天成每次前往总是叫上张道山或者吕先生等人一同会诊、商议、开方。在他们的合力诊治下,如今李掌柜基本上能够下地行走了。这天,马天成、吕先生从李掌柜那里会诊出来,一边议论着李掌柜的病情变化,一边信步顺着大街往南走。将到十字街时,只见丁二泉满头大汗从南边急匆匆跑过来。丁二泉跑到马天成跟前喘着粗气说:马先生,我去崇德堂请你,听说你到李掌柜这里来了。快! 我哥不行了,你快去救救他。

马天成问道:你是说病情加重了?

丁二泉说:不行了,快不行了,张先生在那里,让我赶紧来请你。

马天成没犹豫,叫上吕之铭一块儿跟着丁二泉疾步往丁家走去。

丁家大院坐北朝南。马天成和吕之铭跟着丁二泉走进丁家大门,走过一座角门,马天成想站住,丁二泉说再往里走。两个人又跟着丁二泉往里走,又进了一座角门,马天成看看丁二泉,丁二泉说还得往里走。吕之铭说:都讲丁家大院一院套一院,今天算是亲眼见到了。丁二泉翘着嘴角说:我家是三进三出大宅院,州城头一家。两个人跟着丁二泉又走过一座角门,丁二泉回过头说:到了,这是我哥哥住的院,你俩进去吧。

马天成、吕之铭跟着丁二泉刚走进套院门,只见丁大户陪着张道山从正屋里走出来。马天成赶上一步,问病人情况如何。张道山摇头说:没指望了,我来时就早已咽了气。马天成的口气很沮丧:道山兄,那你为何还让二少爷去叫我?

张道山不好意思地低下头说:也就是走走过场吧。

马天成说:前些日子丁翁请咱俩会诊,就看出大少爷至多挺个十天半月的,能撑到今天也算不容易了。张道山说:天天吐血,怕是肺子早就吐成窟窿了。一旁丁大户泣不成声:白发人送黑发人,到底让我摊上了。这,这就是命啊!

马天成、张道山、吕先生和家里人连忙上前安慰。郑管家和账房先生李世伦走上来请示一应事务,丁大户止住哭说:二位先生,吩咐人把大泉抬到灵床上吧,撒讯的撒讯,报孝的报孝,你们看着安排,我此时是六神无主了。

李世伦说:我俩安排一应丧事,三位先生陪我家东翁到内院喝茶吧。

马天成说:丧事要紧,我等不便打扰,改日再来吊唁。张道山和吕之铭也同声附和,三个人辞别丁大户走出套院各回各家。

大泉去世后,丁大户一直心情不好,整日悲悲凄凄没有精神,有时还自言自语地说着什么。丁夫人心疼儿子一病不起,丁大户经常打发李世伦把张道山请到丁府给夫人治病。这天，丁大户送走张道山，拄着拐杖在院子里走来走去，他心里很烦，很急，总感觉胸腔里塞着把蒺藜。此时此刻，这位州城首富想的不再是田亩商铺和家财，而是希望有一个稳重大器平和孝顺的儿子帮他持家。他把这唯一的希望寄托在丁二泉身上，所以这些天来一直把二泉关在家里陪着他，一是聊解对大泉的思念之苦，二是要好好地开导教育儿子，让这个一向高不成低不就的浪子走出糊糊涂涂的死胡同，做一个明明白白的持家人，以便将来娶妻生子接续丁家的香火。就在丁大户在大门前的空地上转来转去时，丁二泉从内院蹑手蹑脚走出来。蹑手蹑脚走出来的丁二泉迎头撞到父亲，只好打个愣怔站住了。丁大户抬头看见儿子鬼祟的样子，顿了顿手中的拐杖走过来：二泉，你哥哥刚发丧几天，你娘又病得爬不起炕，你又想往外疯窜啊？

丁二泉打着趔趄：爹，我，我闷得慌。

丁大户说：放你娘的狗臭屁，前大后宽的宅院，哪里就闷着你了？丁二泉哀求着，说：爹呀爹，我只出去一会儿，一会儿就回来不行吗？丁大户说：不行，你整天云山雾罩的像堆没根的蓬棵，就知道跟一帮痞子混混儿裹伙着，出去就没准了。丁二泉试量着往门口挪。丁大户大怒，朝门口喊道：门口的，把大门插了，我今天非得教训教训这个混世魔王不可。

家人应声关门。丁大户抢着拐杖走过来：小畜生，给我跪下。

丁二泉说：跪下就跪下，你不是给我娘也下过跪吗？嘴里说着，双腿一曲直挺挺地跪在当院。丁大户走过来"呸"了两口：古人有云，夫大丈夫者，进则救世，退则救民，不能为良相，也当为良医。像你这等模样，连祖宗的脸都丢尽了。

丁大户说着举拐杖要打，丁二泉爬起身撒腿便逃。丁二泉年轻腿快，从后院逃到前院，从前院逃到套院。丁大户连吼带喘不停地嚷：小子，你要是站住了，我打得还轻些。真要逃的话，拿住非打个皮开肉绽不可。

丁二泉仍旧拼命地逃，丁大户怒不可遏，跟在后边拼命地追。老头来了邪劲，他可能想起了集市上说书人的唱词，竟然有板有眼地哼唧道：罢罢罢，你就是佛爷头上的金翅鸟，我也要追到西天拔你根翎！

丁二泉只管拼命地逃，自然就逃到大泉所住的套院前。仍然穿白戴孝的大嫂罗玉芬听到动静从她的套院里走出来，拐过墙角迎头遇到正在疯窜的丁二泉，二泉不犹豫，一头朝嫂嫂怀里扎进去，卡着嗓子说：嫂子哎，你真是救命的活菩萨！

丁大户随后拐过来，差点儿撞到罗玉芬身上。丁大户见二泉跌进大儿媳的怀里，一时间臊得满脸通红：呸！不识数的畜生！

丁大户呸了一口，返身便走。

丁二泉终于脱险。

罗玉芬懵懵懂懂不明所以,丁二泉麻利地朝嫂嫂脸上亲了两下蹲在墙根下喘粗气。罗玉芬呵斥说:你个不着调的,这是干吗?丁二泉正要解释,却见李世伦快步走上来朝他呼扇着手说:二少爷,借着老爷离去还不快回自己院里歇息。

丁二泉站起来掸掸身上的土,极潇洒地一甩水袖:喊!李先生你可是说过的,三军可夺帅,匹夫不可夺志。老头还说拔我的翎?毛也薅不了一根儿呀!

丁二泉害怕父亲再来找他,一溜烟跑回自己的套院去了。他终于没能走出家门,并且很听话地在院里屋里待了半天一夜。第二天早晨,丁二泉睡眼惺忪走出屋门,探头探脑在院子里逡巡了一遍,院子里静静的没有人,他认为这是个好机会,便轻手轻脚走到套院门口企图溜出内院再跑出大门。然而刚刚一露头,门外闪出两个家人拦住他:少爷,您就消停消停吧。

丁二泉大失所望,嚷嚷着说:娘个眼的,老子五天没出这个院,都要闷出黄子来了。家人说:您就是闷出肠子来也不行,老爷有话,只要让你走出这个院子,我俩的饭碗就算砸了。丁二泉一边往回走一边嘟哝着,说:妈妈的,老头犯邪,大儿死了小儿就不让出门了!他快快地返回屋里关上门,这时在丁家打短的刘婆端着木盘送来饭菜。刘婆问套院门口的两个家人二少爷起床了没有,家人说:起来了,出院门想溜,让我们堵了回去。刘婆"哦"了一声,将饭菜送进屋里。

丁大户把二泉管住了,丁二泉不但出不了大门,连套院门也不让出。一日三餐,丁大户安排专人给他送水送饭,还差了管家老郑陪他聊天解闷。丁大户这样做自有他的打算,他想,让二泉收收性子稳稳神,然后再晓之以理,动之以情,不愁浪子不成器。这办法还真不错,一连十多天,丁二泉再不闹着出去"散心"了,每天吃饱喝足就在院里转,然后就听郑管家给他讲《三国》。

丁大户终于静下心来,他想,耽搁了许多日子,也该打理一下家财了。这天早饭后,他把李世伦叫到正厅,开始清查这一段时间内的账目。丁大户一边翻看着账簿一边埋怨李世伦:咦咦,李先生你咋弄的,我不是早给你定了吗,老二每月的零花钱不能超过一百文,怎么前些日子光大洋就弄走了百十块呀?

李世伦:这还不算平日的零花。

丁大户:我不是嘱咐过你,不能给他钱吗?

李世伦:老爷,二少爷每次都薅我的袄领子,不给他就用力拧,拧得我都要憋死,我不给他写条子,等于自己找死。

丁大户拍拍账簿,说:赵掌柜早告诉过我,这畜生和刘四楞一帮混混儿搅在一起,我就知道不会有好落结。李世伦点头说:老爷不必发愁,现在把二少爷看起来就是个好办法,这样让他收收性子长长进,将来好继承家业。这些日子几个不三不四的人来找他,都让门口的老魏给搡了出去。丁大户叹了口气:唉,大泉是个好孩子,可是天不保佑,早早地甩下爹娘走了。二小子又这么不长进,莫非说我丁家到了败落的时候了!

丁夫人暗暗垂泪。

李世伦:老爷和夫人也不必难过,二公子年轻,过了这段日子就好了。

丁大户:盼着呗,但愿。

送饭的刘婆走进屋来。丁夫人问二少爷今早吃得怎么样,刘婆回答说:每顿都是盘干汤净,二少爷饭量大着呢。丁大户说:这是个没心没肺的东西,你不用惦着他吃喝。你天天惦着他,说不定他连想也不想想你。丁夫人听了这话泪流如注:狗生的狗疼,猫养的猫爱,谁让他是咱儿子了呢!

听到老伴这话,丁大户的眼圈也红了。

刘婆是来请假的,说她家那口子捎信儿说家里来亲戚,今儿上午让她回去一趟。丁夫人说:你就回去吧,持家过日子,谁没个三亲六朋的,伺候不好亲戚,男人面子上也不好看。刘婆稍稍矮身一拜,走出去了。

丁家送饭的刘婆也是西街的,刘婆来到刘四楞的大门口,左右看了看走进去。她站在院里轻声喊四楞,四楞从屋里走出来:哦,二嫂呀,有事吗?刘婆说:没事找你干吗,你又不是蘑菇,找到能够炒菜吃。刘四楞嬉笑着说:我寻思二嫂子浪了呢。刘婆说:你这个东西就知道满嘴喷粪,丁家二少爷让我捎给你个信儿。

刘四楞:天爷,财神露头了。快说,什么信儿?

刘婆说:二少爷说他让老爷关在家里出不来,让你想办法救他。刘四楞真愣了,张大嘴巴说:让我救他?刘婆说:丁二少爷让你想办法,软的硬的都行,要是再有十天半月出不来门,他非得上吊不可。刘四楞听到这里怔怔地瞪着眼睛。刘四楞忽然"嘿嘿"一笑,说:嫂子受累,我知道了。刘婆朝刘四楞伸出手,刘四楞问她干吗,刘婆把两只手都伸出来:二少爷说只要我把信儿捎到,你就给我十个铜子。

刘四楞:你又没和我睡,凭吗给你十个铜子?

刘婆瞪起眼来:二少爷说了,刘四楞要不给你十个铜子,你就回来告诉老爷,让老爷防备有人夜里打劫。

刘四楞一怔:好好,给你,给你。

刘四楞掏出十个铜钱递给刘婆,刘婆高高兴兴地去了。

这天,崇德堂里病人进进出出,马天成父子按部就班给病人诊治。油坊赵掌柜笑嘻嘻地走进来:马先生,只要你在家,天天就没有片刻闲时,不累吗?

马天成抬头见赵掌柜满脸喜色,料想他必有喜事告诉自己,就请赵掌柜坐下说话。马天成吩咐洪良给赵掌柜端过一杯茶水，赵掌柜点头哈腰接过去放到桌上。马天成问：赵掌柜，你是城里的大忙人，怎么有空过来串门了？

赵掌柜侧头瞧着马天成，说自己来崇德堂有两件事，一是求马天成抽空去给他的二夫人把脉，二夫人好像有了。马天成连忙恭喜，但他还是让赵掌柜去找张道山，不要舍近求远。赵掌柜连连摇头：嗨，不瞒马先生说，我这嘴没个把门的，说走了调，得罪了张先生，不敢去找他。

赵掌柜十字街头和张道山的故事马天成早就听说了，他呵呵一笑道：都是街坊邻里，说轻说重他不会怪你，去找他就是。

赵掌柜点头：行行，我试试吧，实在请不动张先生，我再来找你。

马天成再问第二件事。赵掌柜告诉马天成，说这第二件事蹊跷得很，前天夜里，丁家大门关得好好的，也不知怎么就进去了人，打伤了丁大户，抢了许多银钱，还把丁二少爷给绑了票。马天成也一怔，因为绑票的不绑老的绑小的，这根本不合胡子们的规矩。赵掌柜说事就蹊跷在这里，道上的人都明白，绑一个老的强过绑十个小的。这些胡子到底犯的哪股邪，他开始怎么也不明白，直到今天才知道，原来这是丁二狗少自己设的局子。

那天夜里胡子们进入丁家大院后，很顺利地就找到了丁大户。胡子头扇了丁大户十个耳光，逼出些金银钱物，然后就把丁二泉捉走了。丁大户只有这一个儿子了，他可以不要银钱不要店铺，自己的儿子还是要救的。不管咋说，赶紧搭救，迟了胡子们撕票就麻烦了。于是，由李世伦出面，找到河西陈庄的陈半吊子从中拉线。那陈半吊子是个皮条客，帮人买女卖女，暗地里还勾结黑道上的人干些"说票"的活。不管出了多大的票案，只要找到他，准能探听到下落。丁大户也知道这个人，当即拿出大洋让李世伦去陈家庄找陈半吊子。

陈半吊子收了丁家的大洋，很快就打听清楚，这票是丁家本街刘四楞子找了城南李二阎王干的。丁大户花了不下两千大洋，李二阎王才把丁二狗少放回来。回到家的丁二狗少见爹妈吓得急得几乎瘫在了床上，只好照实说了。丁家报了案，警务局派人拿了刘四楞子。刘四楞子招供时供出来的事实让警察局的人也大吃一惊，原来丁二狗少因为老爹管得严，想让刘四楞子把自己从家里弄出去快活几天，没想到刘四楞子错解了他的意思，让人把他绑了。刘四楞子当堂指证，说给他捎信儿的人就是每天送饭的刘婆。

马天成听了啼笑皆非：丁大泉才殁半月，二泉又弄出这祸事，丁家够倒霉的。

赵掌柜说：不管那丁二狗少多么瞎账，到底是丁家剩下的独苗啊。丁大户害怕胡子们报复，只好又花钱把刘四楞子买出来。

马天成说：万幸，万幸，人没事就好。赵掌柜说：人当然是没事的哟，因为那是丁二狗少自己求人绑的自己嘛。马天成哈哈大笑:千古奇观,千古奇观啊!

赵掌柜给马天成述说这"千古奇观"之时,丁二泉正在丁大户的床下跪着。

丁大户躺在床上,丁夫人坐在床侧垂泪。丁大户喘着粗气,声音嘶哑:老二,我知道你从小有时聪明有时糊涂,今天不打你,不骂你,只是让你跪在这里好好想想,想好了立个誓,保证今后不再走邪道。

丁夫人说:儿啊,你哥走了,你就是丁家的撑杆,丁家这么大的家业,你爹已经不是小岁数了,今后不得指望你吗?你给爹娘争口气行不行,别再整天像个飞蓬一样不着调了。

丁二泉眨巴着眼睛,说:爹,我给你立个誓行不行,孩儿今后再不改邪归正,就是驴揍狗养的。丁大户听到这话立马喘气变粗,眼睛也瞪起来了,他以与年龄不相符的麻利劲从床上一跃而起。抄起床头那根一直放在那里的哨棒跳下来:王八蛋,老子打死你个驴揍狗养的!

丁二泉爬起来就跑,李世伦恰好走进门。丁二泉势猛,把李世伦撞倒在门框上。李世伦爬起来拉住丁大户:老爷息怒,息怒,二少爷看来已经悔过。

丁大户把哨棒扔在床头处,坐在椅子上呼呼喘气。李世伦凑上来给丁大户捶背:老爷息怒,息怒,我琢磨,二少爷也不小了,最好你赶紧给他说房媳妇收收心。有个媳妇勾着,我想他就不会整天到外边乱窜。

丁大户沉默不语。

丁夫人说:老头子,李先生这话倒是靠谱,快托媒人吧。

丁大户说:春天我就托过人了,城北周家营林财主的闺女,长得跟花似的,可这个王八蛋就是不愿意,非要娶张家秀贞不可。李世伦说:那就托人去说张家的闺女呀。丁大户叹口气:说得轻巧,张家闺女是州城一枝花,不光人长得好,还有学问。张先生是什么人,他还留着梧桐树招徕金凤凰呢。

李世伦说:这个倒不必愁,二少爷曾和我说过,好像是马天成马先生答应过给他做这个媒。丁大户站起身:哦?真要是马先生出山为媒,这婚事倒是有门。

李世伦提议丁大户马上去求马天成。丁大户摇头不许,说再怎么着也得过了大泉的"五七",哥哥刚走,紧随着就给他弟弟说媳妇,这心里不好受。

丁夫人那边已经哭出声来。

李世伦:老爷说的是,小的莽撞,该死。

丁大泉的"五七"过后,丁大户和李世伦同往崇德堂。

马天成父子正坐堂诊病,惯例依旧,病人挨个儿从马洪良这边转到马天成那边,由马天成审定药方后再去药房抓药。马天成刚刚审看完一个病人的药方,抬头见丁大户和账房李世伦走进来。马天成连忙起身:哟,丁翁来了,请坐。

近来贵体康健吧。今天驾临草堂,又有哪里不舒服?

丁大户朝马天成施个礼:托马先生的福,贱体暂已无恙。今日来拜,不为病,为私情,想请马先生赏个面子。

马天成说:丁翁有事尽管说,何须客气。刚才那位病人恰好离开马天成面前的座位,丁大户连忙坐上去。丁大户瞧瞧左右,压低声音说:不瞒马先生,老朽此来,是求先生做个月老。

马天成一怔:月老?

丁大户点头,说:犬子丁二泉眼高,看上了颐寿堂张先生的小姐张秀贞,做死做活,非要娶张小姐为妻不可。您也知道,人家张小姐不光才貌双全,又是张先生两口子的掌上明珠,能轻易许人吗,故此呢,只能求您赏脸出面了。

马天成的脸皮紧了一下,抬头瞧了一桌之隔的洪良一眼,就见洪良站起来又坐下。接着头脸垂下去几乎贴到桌面,身子也在瑟瑟地哆嗦。马天成不由得心里一颤,他眨着眼睛沉思了一会儿,然后握住丁大户的手:丁翁,事出无奈,我只好实话实说,屈您枉驾,不是在下推辞,我去作伐断无玉成之理。

丁大户皱皱眉:听二泉说,你曾经答应过他。

马天成想了想说:那是我在去北大庙给一个外乡人看病时,二少爷在十字街上遇到我,再三缠问,因为病人急诊,我只好应付了二少爷几句,没想到二少爷竟当真了。如此看来,是我草率,怪不得二少爷认真。

丁大户强作笑颜:那马先生就顺水推舟做回月老呗。

马天成说:丁翁有所不知,这几年我一直与道山兄面和心不和,张先生对我的偏见越来越大,硬说崇德堂抢了他的风头,背地里放出风来说他无我,有我无他。你想,恨人恨到这份儿上,儿女亲家的大事,他能让我有这个露脸的机会吗?

丁大户吸了口气:这倒也是,可是,犬子邪行,给他说周家营林员外家的千金,那可是城北第一美人哪,可他就是不答应,非要娶张小姐。这,这……

马天成说:我给您保举一个人,保证马到成功。丁大户精神大振,问这人是谁。

马天成说:你去求西大油坊赵掌柜,他和张先生私交甚好。而且,赵掌柜脑子灵活,口齿伶俐,但凡做媒说项之事,无不马到成功。

丁大户连忙起身:多谢马先生指点,我这就去,这就去。

丁大户向马天成连连作揖,与李账房匆匆离去。

马天成将丁大户二人送到崇德堂大门外,回到医堂看到洪良虽然情绪不佳,但较之刚才的神情,脸上已是一副江山大定的神色。马天成仔细琢磨,断定儿子暗中已和秀贞有了相托终身的承诺。心中窃笑:小崽子们,胆儿真大!

7

　　农历八九月后,已是秋高气爽的季节。鸟儿在周二虎瓜园附近的田地里飞来飞去,啄食无处藏身的昆虫。周二虎瓜园里的瓜秧越来越蔫、越来越黄了,头茬西瓜摘掉之后,瓜秧上还要长出大小不一的小瓜,这样的小瓜就是人们称之的"倒秧子瓜"。倒秧子瓜不如头茬西瓜甜脆汁多,还带有些许酸味,但不管大小酸甜,毕竟还是西瓜。周二虎把一个个倒秧子小瓜摘下来堆到一块儿,又用瓜秧盖上以防阳光照射。帮他拔瓜秧的母亲看他如此细致,就有点儿埋怨地说:虎子,这些倒秧子小疙瘩瓜酸不啦唧的,留着干吗?

　　二虎回过身来说:娘,这可是好东西。

　　二虎娘哂笑道:还好东西,往年不都是扔到坑里沤肥的吗?

　　二虎走过来拉着母亲的胳膊,轻手轻脚地把母亲扶到一旁说:娘,你别拔瓜秧了,待会儿我摘完这些倒秧子瓜,三下五除二就拔完。歇歇吧,啊? 歇歇吧。马先生告诉我,今年的倒秧子瓜不能扔,得放到谷子囤里保存着。

　　二虎娘坐在瓜园边的土埂子上休息,听儿子说是马先生让留着的,立时改了口气:嗨,你咋不早说,拔瓜秧时,我还扔了好几个呢。

　　二虎问母亲那几个小瓜扔在哪一块儿了,要去捡回来。他告诉母亲:马先生说了,冬春相交时,一斗麦子一个瓜。二虎娘听到这话笑起来:虎儿啊,是不是马先生和你逗着玩的?

　　二虎摇摇头说:马先生从不乱开玩笑,他这么说一定有道理。二虎娘站起身:要是马先生这么说,那真得留着,几个小瓜就扔在西南地头上,我去捡回来。

　　二虎扶母亲坐回原处,自己跑到西南地头上捡回那几个小瓜。

　　瓜园边上停着一辆木头手推车,周二虎把倒秧子瓜一个一个地运到地头上,小心翼翼地装到车上的偏篓里,再用瓜秧盖好遮严,把一大堆小瓜推回家里。

　　二虎家的谷子先已收了,分盛在套间的两个大囤里。豆放十年变成泥,谷放十年能成米。在五谷杂粮中,囤放谷子是最保险的。二虎把倒秧瓜运回家里后,全部埋进了谷囤,谷囤敞着口,秋季通风散热,冬天保温恒温。精通外因六淫风寒暑湿燥火的马天成,自然明白这个能够保鲜防腐的道理,所以才让二虎把瓜保存到谷囤里。二虎虽然不懂这个道理,但因为办法是马天成说的,他就绝对相信。

　　今年年后打春,年前又打春,这一年就有两个春。也就在冬春之交的那几天里,州城内外的病人骤然增多,先是三三两两,继之便成群成批。崇德堂和颐寿堂这两大医堂里,整天坐满了病人。

按部就班进行着四诊八纲的张道山忽然停下手来琢磨着,怪哉,这几天病人忽然增多不说,怎么都是一个症状啊。药师老姜从药房那边走过来,说:张先生啊,这几天你开的药方大同小异,病人们几乎可以一个单子吃药呢。

张道山嘀咕着:嗯,身上发热,口中干渴,头痛肢酸,高热不退,脉象洪数……张道山皱起眉:老姜,你让伙计到各家医堂看看,病人是不是也这样啊?

老姜答应着走回药房,向另外两个伙计吩咐着什么。

张道山继续诊治病人。

此时,崇德堂里也是人满为患,马天成父子一天到晚忙个不停,病人仍是络绎不绝。天快黑了,城东宁大财主又让人搀扶着走进来。马天成经常去宁家看病,自然认识了:哟,宁先生,你怎么来的? 快坐。

宁财主有气无力坐在凳子上,说是家里人用车把他送过来的,他说知道近些日子马先生一定很忙,就没敢让人来请马先生赴诊。马天成问他症状,宁财主摇摇头:唉,难受死了,烧得我净说胡话。

宁财主告诉马天成,这几天乡下的人们就跟约好了似的一个跟着一个躺倒。他来时在路上看到扶着的、搀着的、骑驴骑马推车的,全是一溜歪斜朝附近医堂去的病人。村里不时传来大人哭孩子叫,那准是治疗未及的先行一步去阎王那里报到了。马天成连连点头:这情况,我听病人们说了。

宁财主说:马先生快给我看看吃药吧,浑身热,头疼得要炸开了。马天成赶紧给宁财主诊治。就在这当儿,颐寿堂老姜走进来。马天成抬起头正要问老姜天这么晚了找他有何要紧事,却见老姜朝医堂内看了一眼说:崇德堂门外大车小辆的,我估计病人少不了,这不,比那边还多呢。

马天成一惊:那边病人也是越来越多?

老姜:可不,先是三三两两,继之成群成批,今天几乎连上流了。

马天成口气沉重:是啊,短短数日,城内城外四乡八屯的病人就像夏天的冰雹一样突然密集了。现在,我这心里就像堆满蒺藜一样乱刺乱扎呀。

医堂里来看病的病人脸上现出惊恐不安。马天成看看一屋子病人,想说什么又打住。老姜说:马先生您忙吧,我回去告诉张先生,这边病人更多。马天成叫住老姜问:是道山兄让你来看的吧?

老姜点点头,说:近日病人猛增,症候相同,张先生纳闷,特让我来这边看看的。马天成心中一凛:你告诉张先生,晚上我去找他有要事相商。

老姜答应着转身走了。

老姜急匆匆地回到颐寿堂,看到张道山依然忙个不停。张道山问各处情况怎么样,老姜说他转了转,各医堂的病人海了去了。张道山脸上现出凝重之色。老姜告诉张道山,说马天成晚上要来找他商议什么事情。张道山很肯定地说:我估计这两天他得来找我。老姜问他怎么未卜先知,张道山愁眉紧锁:今年大旱,又是年前打春,马天成恐怕早就料到,冬春之际,州城一带瘟疫必起。

这天晚上,马天成来到颐寿堂,张道山早在医堂里等他。两个人见面后并不闲谈,而是直接说到了正题上。马天成说瘟疫已起,城内城外的郎中一天到晚忙得顾不上吃饭。如此下去,不日将要瘟疫大爆发,到时城内城外必是病患连绵,尸体遍野。疫情越来越重,自己深思熟虑后,决定用《天方秘籍》里的一个秘方施药预防。马天成谈了自己的想法并说出了秘方成分,说考虑到此举投资巨大,恐自家医堂难以承受,想邀张道山同往县府请求支持。张道山连连拍手称赞,答应明天一早同去县府民政卫生科。一向性格褊狭的张道山此刻也动了情,说:天成老弟,幸亏半个月前听了你的话。马天成有点儿不解:听我什么话了?

张道山挢起袖子说:半月前咱们聚餐丰华楼,你说今年天道异常,气运不周,恐有大的疫情发生。建议在座的各位郎中迅速通知城内外相熟同仁,各自根据本身状况辨症用药,提前预防。所幸城内外同仁信服你,俱皆提前做了防备,这不,大疫来临,郎中们一个个安然无恙,否则……

张道山一激动,说不下去了。

冬春之际,州城一带真的闹起了瘟疫,老幼体弱者俱皆难免。人人脸上都是惊恐不安,个个心中就像堆满蒺藜一样乱刺乱扎。空气里飘荡着死亡的烟雾,行人稀少的大街上有黑无常白无常的影子飞窜而过……瘟疫的降临苦了百姓,忙坏了医生,就连平日里没多少人理睬的半吊子郎中,此时也成了人们心中的救星。

城东有家已经建立多年的意大利基督教教会医院,医院院长名叫勃兰特,医术高超,为人也和善,但是当地百姓不信西医,所以多年来这家医院除了给教徒诊疗外,一直冷冷清清的。瘟疫出现后,勃兰特很紧张,他知道,瘟疫中世纪曾在欧洲大流行,夺去了无数人的生命。勃兰特派人弄了药水进城沿街喷洒,只喷了一条街,就让城内百姓给拦下来,说是洋鬼子没有好心眼,他们的药水都是迷药,想借这机会迷住国人的心性,以便更顺利地为非作歹。勃兰特也无可奈何,他只好敞开大门收病人,可前去医院治疗的中国人仍旧寥若晨星。勃兰特用手在胸前不停地画十字,眯起眼念念有词:万能的上帝啊,愚昧,太愚昧了!勃兰特说话含混不清,也弄不懂他说的是上帝愚昧还是这里的百姓愚昧。

马天成与张道山见面的第二天,县府办公室里,胖胖的州城县长程煌坐在上首,马天成、张道山和几位州城名医坐在一侧,另一侧坐着城东教会医院院长勃兰特。程煌说民政卫生科向他汇报,说州城两大名医马先生和张先生得出结论,这一带将有瘟疫大爆发,城东意大利基督教教会医院院长勃兰特先生也是这么判断,所以,今天把勃兰特先生也请了来,大伙商量个防止瘟疫大流行的办法。马先生和张先生因为是州城数一数二的医家高手,程煌让他们先说说自己的想法。

马天成和张道山相互看了一眼,马天成示意张道山先说。张道山站起身:县长大人,按我们中医所讲,瘟疫就是温病,所不同的是一般温病是单纯的温热,没有传染性或传染性很小,瘟疫有强烈的传染性并迅速流行。患者先是感觉身上发热,口中干渴,继而头痛肢酸,躺在炕上高热不退,再也懒得动弹。这病嘛,很缠手,几乎是防不胜防啊!

程煌点点头,问有什么办法能够克制,张道山说很难。程煌追问说:那你们这些郎中怎么就没染上温病呢? 马天成这时站起来接过话头:回县长,去年大旱,大灾必有大疫,这是规律。这种规律在古代的医书上有详细的记载,我等身为医者,对此自然谙熟。所以,除早早地购进大量与此相关的药材以备不时之需外,在发现前几例病人之始,预知瘟疫将临,便将多年来屡试不爽的验方对州城四街的郎中进行了预防,否则,郎中们躺在炕上,病人们就更没得救了。

程煌:咦咦,先见之明啊。勃兰特先生,您的意思呢? 你们西方医学发达,对这种病一定会有克制办法。

勃兰特说:各位知道,我们这家医院在州城时日不短,可是,你们中国人不相信我们的医术和善心,我们也真是无可奈何。自从有了瘟疫出现的前兆,我也很紧张,因为瘟疫中世纪曾在欧洲大流行,夺去了无数人的生命。所以我派人弄了消毒水进城沿街喷洒,可是只喷了一条街,就让城内百姓给拦下来了,说……

程煌大笑:不瞒勃兰特先生说,几十年前的义和团运动就起自州城以南,这里的百姓对外国人向无好感,怀疑和拒绝都在情理之中,谅解吧。

勃兰特:万能的上帝啊!

勃兰特用手在胸前不停地画十字,眯起眼念念有词。

马天成看了一眼勃兰特,转而对程煌说:禀县长,我马家有一祖传秘方,如运用得当,似可防止瘟疫大爆发。

程煌听了连连拍手叫好,说疫情越来越猛,病人越来越多,大人孩子口渴头疼,高烧不退,城内城外的郎中一天到晚忙得顾不上吃饭。马先生能临危救困献出秘方,拯救一方生灵,实在是无量功德。马天成押了一会儿说道:只是城内城外,病人众多,我等财力有限,恐难以一挂全。

程煌示意马天成坐下后说:救民于水火,政府也是责无旁贷。以马先生为首,成立个瘟疫急救会,我让民政科拨一千大洋给你们,以解燃眉之急。

马天成站起身:如此甚好,我等现在就去准备。

州城十字街口,马天成和张道山等城内郎中站在一侧。崇德堂的高药工指点几个人垒起灶台,架上几口大锅。几位汉子挑来井水分别倒进锅里,姜药师把一应预防瘟疫的中药材放进每口锅中,有人在灶下架起木柴点燃生火。锅中的药材在开水中搅动着,翻滚着,大约一炷香工夫,马天成和张道山走到一口锅前用木棍儿搅动了一会儿,看看药水成色,吩咐说可以停火了。

烧火人将木柴熄灭,锅里翻滚着的药材渐渐平静下来,马天成舀起半碗尝了尝,复将药碗递给张道山等郎中分别尝了一口。众郎中相顾点头,纷纷说:行了,是马先生说的那个味道。

此时,听到消息后带着饭碗来十字街上喝药的人越聚越多,郎中和药工们吩咐乡亲父老排好队,都取出自己的饭碗。被家里人搀扶着来到十字街的病人连忙排成几行,姜药师等几个人分别掌勺,孩童半碗,成人一碗,喝完后回到家里捂上被子出身汗。有人走到马天成跟前,询问尚未病倒的人能否喝药。马天成回答说能喝,病倒的可以治病,没病倒的可以预防。不过,尚未患病的人,需得等到病人喝完后才能喝。于是,就有许多没病倒的人也相继排在病人后边。

县长程煌在一班人陪同下从县府那边走过来。程煌朝马天成等郎中深深一揖:苍生大医,救百姓于水火中,在下身为父母官,代城内城外病患百姓致谢了。

马天成等郎中还礼:医者职责,县长客气了。

程煌说城外各乡,他已派人下去找到各乡郎中,按同样方略分别施治。为慎重起见,他现在要带人分赴各乡巡察,这城里之事,就交给马天成和张道山两位医师了。马天成说:请县长放心下乡巡察,城中有我等人在,必无大虞。程煌说如此甚好,他已让书记官拟好呈文,待瘟疫平复之后,立即呈报到省,以励嘉奖。

如此数日,病势果然渐缓。崇德堂、颐寿堂及四街各医堂前车马病人减少,街上行人渐多。人们纷纷议论,这场天灾,总算挨了过来。真真的多亏城中各位郎中啊,平时看不出怎么样,病灾一到,就显出郎中先生们的要紧来了。

城里乡下的医生百姓总算舒了口气。人心稍安,因为能活过来都是大命的。这天,张道山顺着大街朝东走,走到前边十字街上,一群孩童聚在一起"跳方子":谢天谢地谢神明,先得谢谢马天成。

张道山点头低语:是得谢谢马天成,最该谢的还是《天方秘籍》。

州城郎中们施药救难的那些天里,有些财主士绅碍着面皮不肯到十字街前喝这一碗苦汤药水,病灾无情,不分贵贱富贫,于是在劫难逃,有些体质弱抗病力差的纷纷患病趴在了炕上。他们或令儿女或差家人,排着队地请马天成和张道山等郎中到家侍诊。马天成一向有求必应,出了这家进那家,整日难以得到歇息。

晚上,马天成回到家坐在椅子上,马洪良蹲在地上给父亲捶腿。马天成低下头看着儿子说:告诉药房,从明天起,但凡我在药方上画个十字的,价增三倍。

马洪良仰起脸:爹,此举可不是你老人家所为。

马天成说:这些财绅大户,是该出出血了。马洪良说:要是他们看出来面子上可就不好了。马天成说:放心,自古以来药无二价,何况病患难耐,这些人顾不得算计药价,只图早吃药快康复,免得遭灾受罪。

马洪良:爹,那咱崇德堂岂非赚了昧心钱!

马天成说多收了的药费,另设细账,有穷人吃不起药的,就从这账里出。

马洪良:合适吗?

马天成微微一笑:穷人吃药,富人拿钱,人同此情,情同此理。

也就从第二天开始,崇德堂药房价增三倍,马洪良虽然有些想不开,然而父命难违,也只好让药房里照单收费。

温病的特点就是干热口渴,为了解渴,更为了治病,马天成除了治因治本对症下药外,还开上一味在当时来说天无二价的药——冬天的西瓜。有钱难买没有。绅士财主的家里人对着药单发愣,这大冷天去哪里买西瓜呀?马天成心中有数,他"指点迷津"告诉病家,城北周家营周二虎家多年种西瓜,去他那里问问吧。于是,这些人像听到圣旨,脚不沾地朝周家营奔去。

周二虎去年秋天拔了瓜秧收了谷,就按马天成的嘱咐将百十个倒秧子瓜埋在两个大谷囤里。至于是否放得住,是否会烂了,周二虎不担心也不忧虑,因为这是马先生教给的办法,马先生的办法还会有错吗?前几天他从囤里扒出一个西瓜,瓜皮虽然蔫了些,但并无半点儿溃坏之象。他用菜刀切开西瓜,天哪,红瓤黑籽细白皮,就跟刚从秧上摘下来似的。不愧是马先生,真不愧是大先生,周二虎嘴里嘟哝着,把西瓜送到老母亲面前。老母亲张开缺了牙齿的老嘴咬了一口:虎儿啊,你娘活了六十几年,还从没听说有谁大冬天能吃上西瓜呢!

周二虎从囤里取出两个西瓜,当天下午就给马天成送了去。马天成问他囤里还有多少瓜,周二虎说约计百十个。马天成点头微笑,说:二虎啊二虎,今冬明春你要发个不大不小的财呢。周二虎当时并没完全明白马天成的话,如今开始兑现了。随着瘟疫流行,不断有财主乡绅到他这里买瓜。周二虎记住了马天成去年秋天说的话——一斗麦子一个瓜。

丁大户也患了瘟疫,高烧干渴生不如死。他躺在床上呻吟,丫头端着药碗立在床边。丁夫人走过来,说:当家的,快喝了吧,这是请张先生开的药方。迷迷糊糊的丁大户睁开眼:还没请到马先生?

丁夫人告诉老头子,马先生城里城外站不住脚,一时半会儿哪里请得到。丁大户让夫人再差人去请,丁夫人说账房李先生亲自去了,到现在还没回来。丁大户叹口气,接过药碗一气喝下。他擦擦嘴唇道:娘哎,折腾死我了。

丁夫人埋怨老头子,说:开头几天劝你去十字街讨碗药水喝,你就是舍不下那张老脸皮,怎么样,让这病找着了吧。丁大户喘着气:人贵脸皮薄呀,这城里的财主大户头面人物,你看看有几个去十字街喝药汤的?

丁夫人:死爱面子活受罪,这病说来也怪,专找你们这些有身份有钱财的。

丫头接上夫人的话:夫人说得对,赵掌柜、周掌柜一帮财主,还有从省城来的绅士刘汉平,都染了这病。

丁大户低下头:是啊,像俺们这样的人,平日保养得好,怕风吹怕雨淋怕太阳晒,把个身子骨弄得娇贵了。大疫来临,就如同弱苗遇春霜,非得趴下不可。娘哎,早知这么难受,当初就是一碗尿我也得争着去喝。

李世伦从外边走进来,丁夫人赶紧起身问马先生能不能来。李世伦说马先生又被刘绅士家的人请去了,医堂里还堆着一帮病人等着呢。他跟到刘绅士家,刘家说马先生刚被一伙公人请走,因为县长也病了。

丁大户:快去,快到县府门口等,想甚法也得请到马先生。

李世伦答应着走出去。

李世伦好容易挨上号请到马天成,马天成来到丁家,看着已经烧得犯糊涂的丁大户,先用酒给他搓了心口、脚心和手心,又用温水给他擦了全身,丁大户病情减轻,跪在炕上给马先生磕头:马先生,以往年间,一样的富户,我对穷人最抠;一样的城外租地,我收租最多;一样的放利子钱,我收利最重。要不是有你马先生,先前那场病我就没命了。这场病我要是还能挨过去,我一定痛改前非做个善人。马大先生,救我,救我啊!

马天成连忙扶起他说:这些办法只能临时减轻病情,还得吃药啊。

丁大户磕完头重新躺在炕上:对对对,吃药,得吃药。马先生您放心,开最好的药,就是牛黄马宝我也不嫌贵。

马天成望、闻、问、切后给丁大户开了药方,他将药方递给一旁侍立的李世伦,李世伦望着药方上的药引子发了会儿呆:马先生,这冬天的西瓜是什么呀?

马天成笑了:就是冬天的西瓜啊。

李世伦:大冬天哪里去弄西瓜?

马天成说:是啊,有钱难买没有。我给好多绅士财主开了这样的药方,他们家里人都对着药单发愣。丁大户翘起头来:马先生是在给咱开玩笑吧?

马天成说:我告诉你们个地方兴许有。丁大户挣扎着欠起身:马先生快说!

马天成说:这味药在目前可是天无二价。

丁大户说:只要有,我不怕花钱。

马天成说:好吧,城北周家营周二虎这个人你们听说过吧?

李世伦:当然听说过,拳脚功夫压城北。

马天成佯作沉思,说:这个人不光功夫好,种瓜存瓜也是一把好手,去他那里问问吧。他常年种瓜,兴许有办法,前两天有人曾在他那里买到过。不过得赶紧去,晚了恐怕全让别人买走了。弄到呢,喝药前一个时辰先吃上瓜,实在弄不到呢也不要紧,只是光喝汤药好得慢些罢了。丁大户连说"好好好",招呼儿子:二泉啊,骑马去周家营,马上去。

丁二泉犹豫。丁大户冲儿子暴喝一声:快去!

丁二泉咧着嘴跑出去了。

城北官道上,丁二泉骑马小跑步往前颠。丁二泉进了周家营,街上的孩子们见到一个骑马的,纷纷围过来。丁二泉哈下腰:小家伙们,哪里是周二虎家?

一个孩子告诉丁二泉,顺街往东走,拐进第二个胡同头一家就是。丁二泉打马朝东奔去,到了周二虎门前也没下马,径直骑了进去。

此时,周二虎正从套间谷囤里摆弄西瓜走出来,对坐在炕沿上的母亲说:娘,去年秋天听了马先生的话,在谷囤里藏了倒秧子瓜,还真被他说着了,自从前些日子城里闹热病以来,不断有财主上咱家来买瓜。我看了看囤里,剩得不多了。

二虎娘:马先生给你定的这个价也够吓人的。

周二虎:嗯,一斗麦子一个瓜。

二虎娘说:马先生这是让你吃财主呢。周二虎点点头说:看来是这么回事,来买瓜的主儿竟没有一个讨价还价的。二虎娘说:那是自然,治病嘛,顾命要紧,又都是富家财主,不在乎价高价低。二虎啊,今年咱发了个不大不小的财,马先生可是又帮了咱们大忙了。娘儿俩正议论着,院子里响起马蹄声,丁二泉骑马进了院。丁二泉骑马站在院中,问:这是周二虎家吗?周二虎走到屋门口盯着丁二泉:是啊,你是哪里的强梁好汉,竟敢骑马闯院?

丁二泉说:我是城里丁家的二少爷丁二泉,你不认得我?周二虎"哦"了一声,说:我寻思是胡子来打家劫舍呢,你是不是想骑马进屋啊?丁二泉这才意识到自己还骑在马上,他怔了怔跳下马,把马拴在院中枣树上走进屋里。二虎娘赶紧让座。丁二泉看了看桌前的旧椅子:我站着吧。

二虎说:我听说过你。丁二泉乐了:知道我的大名啊?

二虎笑笑:知道,不是叫丁二狗少吗?

丁二泉沉下脸来。二虎抱着膀子盯着他,虽然穿着薄棉袄,仍隐隐现出胳膊上疙瘩溜秋的腱子肉。丁二泉给吓住了,忙堆起笑脸:那是外人糟践我的脏话。

丁二泉问周二虎家里是不是留有冬天的西瓜。周二虎问他是不是马先生让他来的,丁二泉回说不是。周二虎摇摇头说:有是有,不卖。丁二泉急了,说:非得马先生让来的才卖吗?周二虎说:就是就是。丁二泉家中老爹又热又渴急等吃西瓜,只好实话实说是马先生让自己来的。周二虎为了证实丁二泉的话,问买瓜做什么,丁二泉说老爹生了温热病,是马先生开的药方里用冬天的西瓜做药引。周二虎信了,走进套间从谷子囤里搬出一个西瓜放到丁二泉面前,丁二泉从腰里掏出三个铜子递给周二虎,周二虎吃了一惊,拦挡双手:二少,马先生没跟你说吗?

丁二泉:说什么?

周二虎:西瓜价钱!

丁二泉奇怪地看着周二虎:夏天里一个铜子一个瓜。

周二虎:这是冬天。

丁二泉:要不是冬天,我能给三个铜子吗?

周二虎搬起西瓜往套间里走,丁二泉急眼了,跟在周二虎屁股后边嚷:说个价,你说个价呀!

周二虎回过身:一斗麦子一个瓜。

丁二泉:杀人啊!

周二虎走进套间放好西瓜走出来:不要拉倒,一口价。

丁二泉眨巴着眼睛,问:是不是马先生给定的价?周二虎不回答,只是笑嘻嘻地看着丁二泉。丁二泉更急了,说:我没带麦子来,赊着吧。周二虎摇摇头,说:现钱现货。丁二泉无奈地叹着气:给你现钱呗!

周二虎点点头:也行,两块大洋。

丁二泉大惊失色:天老子哟,连祖宗也给宰了!

丁二泉刚要掏钱,忽然脑子里转了个圈,如今的行市,两块大洋可以买一斗半麦子,不合适。他说了声"周二虎你等着我",当即骑上马出了门,跑回城中家里取了一斗麦子又跑回来,在和周二虎经过一番秤高斗满的争论后,末了从木斗里抓出几把麦子装进自己的衣兜内说:反……反正我吃亏,就这样吧。

两下的交易总算做成了。

丁家正厅里,丁大户躺在床上热得哼哼唧唧又开始说胡话。院子里传来马蹄声,李世伦走到屋门口:哎哟,二少爷你可回来了。

丁二泉抱着西瓜走进屋,丁大户在床上翻个身,问二泉:十来里地怎么骑马走了一个多时辰?丁二泉跺着脚说:爹,坑人哪,一斗麦子一个瓜。我没带麦子,那姓周的小子就要两个大洋,我合计了一下,两块大洋可以买一斗半麦子,不合适,又回来找郑管家驮了麦子去换的瓜。

丁大户气得发抖:畜生哟,是你爹的命要紧,还是半斗麦子要紧!

丫头赶紧用刀切开西瓜,丁大户嘴里正干得难忍难熬,见了西瓜如同见了甘露,急不可待地一口气吃了半个。吃完西瓜抹抹嘴:天老子啊,可算救了我了!

看到老爹病情渐渐好转,丁二泉心里踏实了。可是,因为周二虎在钱财上让他吃了亏,他恨死了周二虎,更恨马天成。在他看来,是马天成和周二虎做好局子让他往里钻,否则,一个治病先生怎么会给周二虎的西瓜定天价?

丁二泉问:爹,觉出轻松了?

丁大户点点头。

丁二泉说:一斗半麦子没了!

丁大户喘着气:好儿一个,要钱不要爹!

丁二泉立愣着眼:我恨死了周二虎。

李世伦奇怪地看着丁二泉:少爷何出此言?

丁二泉说:我也恨马天成!

李世伦问:少爷您这是……

丁二泉说:这俩人合伙做的局子,专门坑咱们这些生病的。

丁大户大喝:不许胡说!

丁二泉说:就是嘛,要不,一个治病先生怎么会给周二虎的西瓜定天价?

8

冬天的西瓜救了一些人,也让周二虎发了一笔财。这冬天的西瓜做药引的事传到张道山那里,张道山初时不信,后经多方查证确实如此,并且但凡吃过西瓜的病人都是提前痊愈,他信了。他佩服马天成,发自内心地佩服。他认定此方必然出自《天方秘籍》。他心里越来越想得到这部奇书,即便得不到看到也行。他知道办不到,越是明白办不到,心里越煎熬,一旦闲下来,就不由自主地念叨"天方秘籍,天方秘籍",胸膛里也像钻进七八个兔子般乱蹦乱跳。夫人见他如此,半是担心半是疑惑,有时就问他:贞她爹,咋的了,怎么跟魔怔似的?

这天傍晚张道山出诊回来,在十字街上遇到了马天成的药工老高。老高并没注意到张道山从南而来,只顾从十字街上往北拐。张道山早就听说高药工在北街某胡同里养着外室,他灵机一动,心想,这个高药工既然养有外宅,必然银钱紧缺,我何不出高价买通这位老兄,让他成为自己在马府的卧底呢,除伺机窃取《天方秘籍》外,还能打听些有用的消息。张道山连忙招呼老高:高师傅,高师傅!

高药工回头见是张道山,打了个愣站住身问:张先生,是叫我吗?

张道山走到高药工跟前:高师傅,是去北街吕家胡同吧?

高药工支吾着,张道山说:这没什么挂不住的,不就是养个外宅吗?高药工尴尬了一会儿,说自己单身在外,至今也没把老婆接过来,这是权宜之计。张道山说:我明白,既然养有外宅,高师傅必然银钱紧缺,我想帮帮你。高药工非常惊讶:张先生,咱们非亲非故,你这话我可就不明白了。

张道山:咱们打开天窗说亮话吧,我张某人就是相中了你家主人那部祖传的《天方秘籍》,高师傅只要偷偷拿出来让我看看,张某愿出二十块大洋。

高药工左右瞧瞧笑了,说:张先生在逗我玩呢,您和马先生是世交兄弟,一部书,找他借来看看就是,还用得着我做卧底?张道山说:你把事情看简单了,那书是马家的宝贝,哪里肯轻易示人?在下也没别的,只是图个你富裕我方便罢了。

高药工说:那行吧,不过,我也没见过那部《天方秘籍》是什么样的。

张道山想了想说:反正是马先生经常看的呗。

高药工犹豫了好一会儿勉强应道:我试试吧。

张道山笑了,诚邀高药工到一家茶坊喝茶。对于张道山的意外热情,老高有些摸不着头脑,但身为名医的张道山请自己喝茶,当然是盛情难却。两个人进了茶坊寻了单间,在单间里磨磨叽叽嘀咕了许久,直到太阳西坠茶馆掌灯,才一前一后踅出灯影里显得异常灰暗的单间。出了茶坊,高药工见天色已晚,恐怕出来时间长了马天成生气,便不再去北街,转而急匆匆地往东奔崇德堂去。张道山看着高药工远去的背影歪歪头,哼着小调踱着方步慢悠悠地返回颐寿堂。

高药工还真是"受人之托忠人之事",时刻注意着马天成书房里的动静。那天下午,天上下着小雨,病人稀少,马天成让洪良坐堂侍诊,自己到书房去闲坐喝茶。正当马天成手捧一部医书入神地看着时,高药工走进来说:马先生忙着呢?

马天成的眼光离开书抬起头:没事,高师傅请坐。

高药工坐下来:借着今天清闲,我想给您理理这半年的收入支出。

识文断字又粗通药理药性的高药工,在崇德堂身兼双职,一是掌管药房事宜,二是协助邱管家料理日常账目。马天成将手中的书放进桌子抽屉里,客气地说:有账就行了,还理什么呀。高药工的眼睛盯着抽屉说:水清鱼自在,账清人踏实。我还是理一理吧。高药工坐在桌旁一侧的椅子上,从怀里掏出账簿放在桌面上,马天成看着账簿,不好意思地笑笑说:走走过场,也行,也行。

高药工从年初开始,一宗一宗地往下解释着。

零账烦琐,高药工一会儿指指这里,一会儿点点那里,说了多半个时辰还没理完账目。马天成忽然皱了下眉,说:高师傅,就到这里吧。高药工说:这才理了一半多点儿。马天成犹豫了一下:那好,您稍等,我去方便一下。

马天成起身走出去,高药工拉开抽屉,很麻利地取出那部医书塞进怀里。

这天晚上,张道山独坐医堂看书,外边响起轻轻的叩门声。张道山心想,这么晚了,还有人来看病。他起身开门,高药工身子一拧闪进来。张道山吓了一跳,却见高药工兴高采烈地从怀里掏出一部书,万分神秘地送到张道山面前,说是不负所托,得手了。张道山高兴得直哆嗦:太好了,太好了,多谢高师傅。

高药工:不过你得抓紧看,看完我再送回去,免得东家起了疑心我不好做人。

张道山说:放心吧,也就三天五天的。

高药工说:我是借口到十字街买东西才溜到你这里的,得马上回去。

张道山说:那好,那好,您请便。

高药工口说马上回去但腿脚并不挪动,他直瞪瞪地看着张道山像在等待什么。等了好一会儿见张道山并无反应,这才伸出手说:张先生,您说的……

张道山终于明白过来:哦哦,你看我,乐糊涂了。

张道山从柜子里取出二十块大洋在手里掂着,高药工一把抓过去,说我也不看不数了,得赶紧走。高药工说完,一闪身出了颐寿堂。

高药工送来的书用绸布裹着。张道山拿着书在屋里来回走了好几趟,边走边自言自语嘀咕着:嗯,抄下来吧,抄下来最稳妥。

张道山找出一本未曾用过的账簿放在案上,摆好砚台细细研墨。张道山研好墨汁,执笔在手,咬着嘴唇慢慢打开绸布包。张道山眯起眼睛看书封,一双眼睛猛地睁大了。张道山面前的书封上现出四个字——《笔花医镜》。

张道山跳起来,妈妈的,什么《天方秘籍》,原来是一部早在民间流传的手抄医书啊!张道山扔掉毛笔,打翻砚台,骂了句与其身份极不相符的脏话:日他奶奶,老子是哑巴让狗日了!

州城地界有个非常神秘的人物叫刘汉平,刘家虽不是州城首富,但自从明清以来就有官运。尽管谈不上出将入相,可每一辈都有子弟出任当朝的大小官员。到刘汉平这一辈已是民国年间,刘汉平似乎一改祖风,对做官为宦不感兴趣,一心只在学问上。刘汉平在本地上了几年私塾后就进了当时刚刚成立不久的济南洋学堂,毕业考试,他拿了全校一等一甲的好成绩,接着就考入了当时的燕京大学。大学毕业后,却很难再听到他的消息,有说他去了外国留学的,也有说他在南京当官的,反正是飘飘忽忽给人以行踪难测的感觉。

三个月前,刘汉平忽然回到老家州城养病。这期间,人们时时见到州城县长程煌去他家看望,人人好奇,个个纳闷,可谁也闹不清他的来路。听县府的书记官说,刘汉平患了肝硬化腹水,已是痼疾难疴。大地方的国医洋医都说没了生还的希望,他便主动要求回家静养,以便生命终了时安葬在自己的祖坟上。

这天上午,县长程煌到刘汉平家探望后回到县府,心中忽然一动,为何不请本地郎中给刘汉平诊治一下呢?俗话说便方治歹病,大地方治不了的病,说不定小城小县里也可卧虎藏龙偶出奇方。他把自己的想法告诉书记官,书记官说可以一试。于是,程煌第二天就召集了州城几个有声望的郎中齐聚刘汉平家。

刘汉平家的房屋结构也是当地大户常有的正屋客厅和套间。刘汉平躺在套间床上,腹部膨隆,肚皮绷紧发亮,呼吸急促,辗转反侧。因为一阵阵憋气,他不时地从床上坐起来。老母亲和妻子儿女守在床前,无不低头垂泪。老母亲抚着他的额头说:孩子你静一静,心一静,身子或许就舒服些。刘汉平看着母亲双眼淌泪:娘,肚子胀得难受,喘气困难,快要憋死我了。

此时,县长程煌已在套间外的客厅桌前就座,下首坐着马天成、张道山、陶居正、吕之铭等多位郎中。程煌环顾左右,声调平缓:各位先生,今日实话相告,刘汉平先生不但是本地名绅,也是国民政府的栋梁。汉平先生先在北平读书,后去日本留学,再在南京任职,因工作关系,前年调回本省。可是,天不佑才,刘先生患上肝硬化腹水,省城的医生说是治不好了,让刘先生回乡静养。今天本县长请大家到刘绅士家会诊,还望各位先生集思广益,看看能不能用咱们中医的方法给予治疗。即使不能根治,缓解一下也好嘛。

郎中们频频点头。

程煌:那么,就请各位入室辨诊吧。

郎中们有的单独走进套间,有的结伴走进套间,马天成和张道山是最后走进套间的。马天成和张道山各自望、闻、问、切后,又一块儿走出套间。于是,程煌和各位郎中的目光集中在他们二人的身上。马天成刚坐下又站起来,说是他还要再看一下刘汉平的病情,程煌点头应允,马天成再次走进套间给刘汉平号脉,之后走到床的下首,让家里人把刘先生的裤腿挽起来。

家人照行。

马天成用手指摁了摁刘汉平的双腿,点点头走出套间。

程煌看着马天成入座后,依旧缓声道:各位先生都已诊察了汉平先生的病,大家各抒己见,说说看法吧。如能提出有效的治疗措施,本县长定当另行嘉奖。

陶居正先说话了,他说咱们都是州城吃医家饭的,不必抢功,更不必谦辞,实话实说吧,我年长了几岁,论学问讲本领,一般的郎中是比我不及,可和马先生张先生比起来,分明是相形见绌。依我说啊,就请他们二位拿主意吧。

郎中们齐声赞成。程煌的目光盯着马天成和张道山:既如此,二位请。

张道山想了想当先开口:县长钧旨,张某莫敢不从。西医之肝硬化腹水,实乃国医之水臌。如以症候中的风、皮、正、石区分,则归"石水"之列。虽然《内经》中曾有"按之而不起者,风水也"的记载,张某却从不以为然。因其不外乎感受外邪、酒食不节、情志所伤或腹中虫寄所致。而肝脾肾是其主要受损三脏,其传经由肝传脾,由脾传肾,由肾传心,最后终达脏器出血、心昏神迷而不治。我观刘先生虽腹胀如鼓,但食纳尚可,二便尚利,舌质淡红,舌苔黄腻,脉弦而寸脉独细短涩,实为正虚邪实之症。治宜温脾利水,药用实脾饮或胃苓汤加减,不知各位意下如何?

郎中们频频点头,拍手称道。

程煌的目光转向马天成。

马天成沉吟片刻:道山兄望观细微,辨症有据,谋规用药,极为妥当。马某赞成先按张先生所列汤头试治半月,如不起疴,我等再另谋办法。

程煌大喜,他说既然如此,就请张先生列药开方吧。刘家人听说这病可治,无不欣喜异常,一家人出出进进说说笑笑,就像某个举子家庭久试不第忽然中了进士似的。管家小跑步奔到书房里,眨眼间取来笔墨纸砚放在桌上。

管家研好墨汁,张道山执笔在手,礼节性地谦让了一下,然后稍作沉吟一挥而就。张道山把开好的药方递给马天成,马天成看过后递给陶居正……药方在众郎中手里传递着,陶先生直接念出声来:白术三钱,厚朴二钱,木瓜二钱,木香一钱,草果一钱,大腹子二钱,茯苓五钱,干姜二钱,制附子二钱,炙甘草一钱,生姜三片,大枣三枚,此实脾饮也;猪苓三钱,泽泻五钱,白术三钱,茯苓三钱,桂枝二钱,此五苓散也。

陶先生念罢,望定张道山出神。张道山笑一笑说:陶先生再看方解。

陶先生低头再看:哦,还有,二方交日服用,以达药半功倍之效。

陶先生指头揣着药方:妙,妙啊,陶某行医数十年,不曾想到这交日用药之方,今天得张先生指点,实是受益匪浅。

张道山一脸得意之色。

马天成:我再补充一点,刘先生自今日始,水勿过三升,盐不超半匙。当否?

套间里刘汉平的声音:我在省城外国医院治疗时,医生就嘱我限水忌盐哪。

程煌拍手道:各位受累了,为答谢各位,本县长在丰华楼备有小宴,请吧。

好的好的……众人相继而起,辞别刘汉平,相互谦让着出了刘家大门,在书记官的引领下,谈经论道直奔丰华酒楼。

这天下午,张道山、陶居正等一班州城郎中从丰华酒楼出来,径奔颐寿堂。几个人坐在医堂叙话,陶居正有些过度兴奋,不时地和其他人议论着什么。末了转向张道山:张先生,今日宴上,县长大人对你连敬三杯,这脸面够大了。

张道山拱拱手:全赖各位同仁扶持。

陶居正侃侃而谈,说:我们原以为天成会首先举这个旗杆,没想到张先生你大纛一树,尽皆臣服。这也叫县长看看,我州城地灵人杰,实乃藏龙卧虎之地。张先生,你得豁豁老本动动心思,将刘绅士顽疾治愈,日后程县长如升任他方,也好给我们州城医界树碑立传以飨未来。

张道山连忙解释:这是天成老弟有意让我。

吕之铭接过话头,说:张先生所言差矣,倘若你所论有偏,以马先生的医学修为和个性,他断不会随波逐流曲意逢迎。陶居正当即随声附和:吕先生所言是极,何况天成还有一部你所说的《天方秘籍》。张道山听陶居正说到这里,忽然摇头哂笑:如此看来,《天方秘籍》也并非百病皆验。

陶居正愕然,问张道山此话怎讲。张道山起身踱着步说:各位同道想想便知,倘若《天方秘籍》真的如同仙书一样百病皆验,那么去年马天成抬到自己家里去医治的那位外乡女人就不会撒手西归了吧。

吕之铭:这事我倒相信,因为那外乡女人所患正是水臌。

陶居正吸了口气,说:看来马先生对治水臌并不拿手。吕之铭摇摇头说:也不尽然,大家都知道,城北周家营周二虎他娘当年患的同样是水臌,可经马先生医治后竟完全康复,十多年了,听说老太太还能下地干活呢。

一郎中:啧啧,神秘莫测呀。

陶居正点头道:是啊,从他那次治愈丁大户的肺壅痰阻和盐店李掌柜的表寒实热症来看,这部《天方秘籍》想必有些来头。等刘绅士水臌症愈,我等可央马先生出示此书,哪怕是残露滴水,也够我等享用半生。

张道山摇头:谈何容易,谈何容易啊!

药房那边传来说话声,是老姜在让客:赵掌柜,您请进啊。听得赵掌柜回道:医堂那边有好多张先生的朋友,我岂敢冒昧闯入,还是等等吧。听得老姜问赵掌柜:您是找张先生看病,还是另有事情?

赵掌柜说:都有,都有吧。

这边医堂里的人对老姜和赵掌柜的对话听得一清二楚。陶居正起身,说:

颐寿堂来病人了,我们别再耽误张家老弟的工夫,散吧。众人附和着:对对,各忙各的。随之,就见众人相让着出了医堂。

赵掌柜听到众人散去,便从药房那边走过来。张道山并没让座,而是不阴不阳地说:赵掌柜屈驾光临,定有贵干,莫不是张某医道浅薄,没能医好你家夫人的病,特地前来索回药资吧。

赵掌柜尴尬了一会儿:张先生说笑了,还记着那件事呢。你是知道的,我老赵说话口无遮拦,大人不记小人过,我是知错必改的嘛。

张道山管自喝着茶水:那赵掌柜来我医堂到底何事?

赵掌柜哈腰上前:赵某人自我抬举,来给令爱做媒。

张道山一怔:哪家公子?

赵掌柜手捋衣袖竖起大拇指:州城首富丁大户家二少爷丁二泉呀。

张道山拉下脸皮:哦,是丁二狗少啊。

赵掌柜讪笑:那是外人送的绰号吧。

张道山不冷不热:赵掌柜,若你家有女,愿意嫁给这样的人吗?

赵掌柜一时语塞:这这……

张道山紧跟上一句:赵掌柜,《三国》上有句话你还记得吧?

赵掌柜眨巴着眼:什么?

张道山一摆头:虎女焉嫁犬子!

赵掌柜的嘴张了好长时间,竟没说出一句话来。

张道山朝门外挥挥衣袖:请吧!

赵掌柜坐在椅子上喝茶,丁大户从旁作陪。丁大户亲自给赵掌柜斟上茶水,笑眯眯地说:烦劳赵掌柜往来两家,丁某过意不去呀。

赵掌柜朝丁大户拱拱手:好说好说,只是在下笨嘴拙舌无心机,有辱丁翁使命,费了九牛二虎之力也没能把二少爷的婚事玉成。

丁大户一下子呆住了:哦?张先生怎么说?

赵掌柜当然不能实话实说,他现编现造的本事很大,当即撒谎说:张先生开头说能与丁翁这样的大户做亲,那是修来的福分。但张先生说他夫妇二人仅此一女,平日里当作儿子待,准备着让她潜心习医,将来继承父业,撑起颐寿堂的门户。

丁大户说:这话倒也有理,只是为什么不许这亲事?

赵掌柜摊开双手:所以张先生说呀,谁想娶他女儿,只能入赘。

丁大户连连摇头,说:我姓丁的家大业大门面大,如今只有老二独子一个,岂能入赘张家。赵掌柜继续撒谎,说:张先生的招婿条件尤为苛刻,男方必须写好文书四门张贴。文书内容丁翁您是知道的——小子无能,随妻改姓,任打任骂,管着养老送终,若有三心二意,天打五雷轰。

丁大户喘气变粗。

赵掌柜:张先生还说……

丁大户摆摆手说:算了赵掌柜,张家门第,我丁家高攀不起。

丁二泉冷不丁闯进屋:爹,张家答应婚事了?

丁大户涮了儿子一眼:张家让你更姓入赘,你干吗?

丁二泉乐了:爹,有什么不干的? 改了姓不还是叫你个爹吗?

丁大户脸色黑紫,大吼一声:滚! 不争气的东西!

马天成因为近日病人多,丰华楼聚餐后直接回到医堂坐诊。

晚饭后,马天成坐在正厅椅子上,马洪良照例一旁陪着。马天成告诉儿子,今晚暂停看书,帮他制作一剂中药。马洪良看看父亲疲累的样子心中不忍,他劝父亲安心歇息,所需药剂由他说给药房明天制作就是。马天成沉吟着说这方剂不能随便为人所知。马洪良明白了,又是马家秘方。

马天成喝了两杯茶水,让儿子到药房取三两苦丁香来。苦丁香是学名,其实就是瓜蒂。马洪良纳闷,要这东西有什么用途,可身为晚辈,又不敢追根究底,只能遵命行事。他到西套院找到药工老高称了三两苦丁香包好,老高问他要这东西干什么,洪良说:我也想知道呢,我爹让我来取我就照办呗,敢问他吗? 老高眨巴着眼睛嘻嘻一笑:马先生家规森严,你是不敢问哟!

马洪良拿着苦丁香回到正厅,马天成打开药包验证了一下,吩咐洪良到厨房取火盆来。洪良这下可就大惑不解了,又不是冬天,取火盆做什么? 他抻了抻没动窝,马天成瞪了儿子一眼:让你去取火盆,没听到吗?

马洪良吓了一跳,赶紧走出正厅直奔厨房。

马洪良取来火盆,马天成点燃盆里的木炭。木炭火发出蓝荧荧的光焰,光焰越来越大,渐渐拔起了火苗。马天成取了一块棉瓦片放在木炭火上,不大一会儿,棉瓦片被木炭火烤得变色发烫。马天成朝棉瓦片上吐了点儿唾沫,棉瓦上发出嗞嗞的声响。于是,他将盆里的木炭火压住,令棉瓦始终保持着一定的温度,随之让马洪良把苦丁香轻轻放在棉瓦上炙焙着。

马天成专注地看着瓦片上苦丁香的变化,不停地用筷子拨弄,摊平又堆拢,堆拢又摊平。苦丁香在棉瓦的炙焙下慢慢变黄,变酥,变得一触即碎了。这时,马天成将木炭火完全压住,待棉瓦慢慢凉凉后,用火筷取下来,将苦丁香倒在药碾子里。马洪良刚要动手碾压,马天成却制止了儿子,他让洪良找母亲取了两块细绢,爷儿俩用细绢捂上口鼻,这才动手碾压制作。马天成告诉洪良,苦丁香平日无碍,一旦制作,毒性极大。倘若中毒,极难医治。

马洪良一边碾压着炙丁香一边暗自嘀咕,这医学上的事情,真是活到老学到老啊,像这么一件事,如果不是父亲指点,说不定药剂制作完成,而自己也就已经中毒了。马天成从套间里取出一面极为细密的丝箩,亲自动手把碾好的苦丁香仔细筛成极细面,余渣再碾压再过箩,直到完全成为细粉后才小心翼翼地分成若干等份一一包起来。

马天成把药面收起来后,洪良奇怪地看着父亲问:爹,这是给谁用的?

马天成说:过些日子你自然明白,到时跟我前往,我教你用药的办法。马洪良不明所以地眨着眼睛,再不敢追问这药面是给谁备用的。

刘汉平在张道山的调治下,病情在开头几天确有起色。然而如同井里的泉眼喷水一样,到了一定的深度就再也不动了。张道山绞尽脑汁变通医略,实脾饮、胃苓汤加减交相施用外,几乎是冒险犯禁地另加了一般郎中想也不敢想的膏、丹、丸、散。自己能够掌握的所有治疗水臌的医术方剂通通试过,有关治疗臌症的医书也查了一遍又一遍,然而刘汉平的水臌就像有意和他较劲,病情再也没有进展。

半个月后,马天成、张道山、陶居正、吕之铭等州城郎中重又聚集在刘汉平家。张道山告诉众人:昨天县府的书记官找到颐寿堂传程县长的话,说是刘汉平先生病体虽有好转,但仍是抱病卧榻,让我等数人再议良方,务使刘先生去恙起疴。事出无奈,特请诸位来刘家共议病情。张道山说他方略用药无一差池,恐怕谁也没有更好的办法。押了一会儿,马天成先是谦恭地朝张道山点点头,然后字斟句酌地说:道山兄用药无误,只是刘先生病患已久,一时难以见效。不如变更方略,改用攻泄之法。

马天成话刚落地,张道山马上反对,他说刘汉平久病体虚,若用攻泄之法,无异于枯树折枝,寒冬添雪。马天成解释说:医家之道,贵在辨症,辨症之道,重在变通。只要悉心琢磨配方,谨慎施以药剂,我看刘先生康复一事,尚可有望。张道山听了摇头苦笑,口气让人听来几乎是嗤之以鼻:马家老弟如有这般本事,去年那外乡女人也不会死于您家了吧。

马天成仍旧口气温和地说:道山兄,去年病殁之妇因久病未治,致使成痼,与刘先生患病之始即开始治疗大为不同。病殁之妇元气十伤八九,刘先生体内元气尚存五六,此时若固气培元,巧使攻泄,能收奇效也未可知。

这话分明是说他张道山医术未到,辨症施治的功夫欠佳。一股无名火从胸中腾地蹿出,张道山脸色铁青忽地立起身说:恕张某无礼,马家老弟不是药王返归,更非华佗转世,如此大话你也说得出口。试问,你敢签字画押吗?

马天成犹豫了一会儿笑笑说:道山兄莫急,容小弟一试如何?

张道山火气更大:马天成,你我世交多年,难道真要一再骑在我头上拉屎不成?

马天成连忙起身施礼:道山兄说哪里话,我们不是议病用药吗?

张道山怒气难抑,说:你崇德堂与我颐寿堂多年来轩轾不和,其因全在你马天成狂妄自大。今日我倒要个真章,取笔墨纸张来。事情闹到这个份儿上,大大出乎所有人的意料,陶居正等人连忙起身制止:张先生息怒,马先生也是一番好心嘛。

张道山沉下脸来说:今天在各位面前立下字据,如马天成医好刘汉平先生的水臌,我甘愿自毁牌号;如马天成医治无效,当于十字街上顶牌自罚。

吕之铭见势头不好,连忙跑出去找县府书记官。

陶居正起身道:太过了,太过了,张先生不可如此。

张道山不顾众人劝阻,要来笔墨纸张,两份字据一霎时就写好了。张道山先自在两份字据上签字画押,随之就将字据捧到马天成面前,马天成微笑着摇摇头,意思是这字据他不能签字画押。张道山不依不饶:怎么了马先生,不敢?

马天成又摇摇头说:道山兄,你我世交三世,何必呢?

张道山步步紧逼:天成,如果你不敢签字画押,就当着诸位同仁的面收回说过的话。医人疾病,救人性命,这需要的是真学问真本事,不是随便说说大话抬高自己身价就能办到的。臧否予夺,尚望速定。

任凭在场的人们怎么劝说,张道山手捧字据立在马天成面前就是不动。被逼到死角上的马天成一脸窘相,他无奈地摇摇头叹口气,只好执笔在手,于字据下方写上自己的名字。可是,张道山仍旧捧着字据站在马天成的面前。马天成疑惑地看着张道山说:道山兄,我已签字,这是……

张道山口气更横:你还没有画押。

马天成呷呷嘴,指头蘸上墨汁在字据上画了押。

就在这节骨眼上,吕之铭叫着县府书记官急匆匆地赶到。在他们之后,程煌也带着两个随从进了门。几位郎中见县长亲临,以为张道山和马天成的纠纷可以调解,便相继对县长解释,说两位州城大医只是一时负气,不会动真格的。张道山自恃程煌对他信任,抖着手中的字据说道:生死文书都签了,还说什么负气不负气。县长大人,我张道山这次就是要动真格的了。

县长程煌见气氛紧张,双手向下压压说:坐下,诸位先坐下再说。

程煌坐在正中位子上,各位郎中分坐两旁。程煌故作轻松地说:马张两位先生立了字据较上了劲,本县长觉得此事关系重大,为刘先生病体,也为州城两大名医,尚望二位各释前嫌且莫负气,还是相商共议同出良方为好。诸位觉得如何？

陶居正：县长大人亲自出面，我想二位老弟也就给了这个面子吧。

马天成点头，张道山低头不语。

客厅里寂静无声。程煌左右看看，脸色渐渐晦暗：本县长在州城是说一不二的人，连我的面子也不给，看来此结难解，此怨难化。既然如此，且已签字画押，那就照规行事。马先生，按你的医治方略，开出药方吧。

家人送上笔墨纸砚，马天成再次看看张道山，张道山依然低头无语。

马天成环顾众人，众人报以赞许的眼神。马天成又看看张道山，张道山此刻也抬起了头，二人四目相对，一边是温，一边是火。张道山冷笑：天成，县长之命，你敢不从？

马天成脸上一副无可奈何的神色，他咬咬牙，开出药方：茯苓一两半，二丑八钱，猪苓五钱，泽泻五钱，防己五钱，炒白术四钱，炒桃仁四钱，熟附子三钱，车前子一两，肉桂一钱，麻黄一钱，通草一钱半。水煎服，每晚一剂。

马天成开完药方放下笔，手捧药方征求几位郎中的意见。

张道山接过药方仔细看着。出乎所有人的意料，张道山看过药方后，脸上竟然微微冒出了细汗，似乎他从马天成的药方里领悟到了什么奥妙而懊悔自己疏忽大意以致贻误病机。药方传到几位郎中手里，几位郎中过目后相继点头称许。

马天成见几位同仁并无异议，将药方递给刘汉平的管家后叮嘱道：此药煎好后，于晚间空腹服下。刘先生或觉胸腹闷胀，不必惊慌，待下半夜自行转好。明日卯时，我与小儿同来为刘先生另外用药。

众人相互看看。吕之铭嘴快：莫非又是《天方秘籍》中的奇方？

张道山从刘汉平家回到医堂，和药师老姜讲述了今天与马天成因为怄气几乎翻脸的经过。出乎他的意料，这次老姜没有顺着他说，反而有点儿指责他操之过急，不该轻易和马天成立了字据签字画押。因为一旦有失，局面就不可收拾了。张道山正在气头上，拂袖走回后院去了。张夫人见他满脸怒容，问是怎么了，姜药师这霎从前堂匆匆赶过来，把张道山和马天成怄气的事情说给夫人，并嘱咐夫人劝劝张道山。姜药师说怒伤肝喜伤心，了不得……

晚饭后，张道山与夫人相对而坐。张夫人见夫君怒气已经消了大半，便往前探着身子，尽量以劝慰的口气说：当家的，不该和马家兄弟怄气啊。

张道山长长地叹口气：被逼无奈呀。

张夫人：退一步海阔天空，进一步你死我活。你这逞强好胜的性子，到老还是不改，总是让俺娘儿俩牵肠挂肚。唉！

张道山口气软下来:马家依仗藏有《天方秘籍》,行医做事,全不把我张道山放在眼里,我也是一时气极才愤然而为。今日在刘家看了马天成所开药方,虽说在汤头上并无出奇之处,但在药量调配上却别有新招,我不能不服啊。

张夫人说:去年马家求人上门提亲,你就应该答应下来。洪良那孩子是你我看着长大的,端庄厚诚,勤奋好学,听说眼下已能撑起半边医堂了。洪良与秀贞又是同窗,哪里去寻这么好的姻缘啊。假若那时定了这门亲事,你和马家兄弟有亲家之忌,大约就不会有今日的负气之争。唉!你呀你呀⋯⋯

张道山低头不语。

其实张道山在暗自后悔,他喜欢洪良,因为若得洪良为婿,也不会辱没了自己的闺女。连丁二泉那样的崽子都已托人求亲,指不定还会有更不知高低的人前来联姻。再说,姻亲至亲,有了这门亲戚,还怕弄不到《天方秘籍》?张道山想到这里摇摇头:事已至此,多说无益,此次怄气我若输了,必定砸了招牌关了医堂,到时,有脸面身份的人家不会来提亲,闺女也只有嫁鸡随鸡。

张夫人低头垂泪。

就在同一天晚上,贾二爷也到崇德堂来找马天成了。贾二爷坐在椅子上,马天成在一旁作陪。刘妮送上茶来,贾二爷端起茶盅喝了一口,侧脸注视着马天成。

马天成见贾二爷神色有异:二叔,天这么晚了,您老人家肯定找我有事吧。

贾二爷点点头:嗯,近些日子膝盖隐疼,下午我去找南街陶大哥针灸,听他讲,你和张道山立下了生死状?

马天成笑了:又非比武较技,哪里是什么生死状,只是字据而已。

贾二爷认真地说:江湖规矩,这字据签字画押后,就跟生死状差不多呀。

马天成说:这事也怨我,若是让他一步,也不致如此。贾二爷说:陶大哥和我说了经过,若论治病救人之事,让是断不能让的。只是,你和他都是州城有头有脸的郎中,较起真来,难免有同室操戈之嫌啊。不管怎么说,得给大伙立个样子,不能让人说同行是冤家。

马天成点点头:二叔教训得是,若是我败,无非顶着崇德堂牌子立在十字街喊几声"马天成技不如人,认输了!"若是他败呢,这得二叔出面劝和。因为道山兄是个急性子,说不定真得负气亲手砸了颐寿堂招牌呢。

贾二爷说:张家虽然比马家来得晚,但也是名医之家。当初到得州城,也像你父亲一样步履艰难。我看你们两家是世交好友,也多少帮了颐寿堂一些小忙,到时调解此事,我想张道山还能给点儿面子。

马天成忙说:这个自然,全仗二叔从中斡旋。贾二爷说:既如此,我回去了。

贾二爷起身要走,马天成要二叔等等,他让洪良叫来李天鹏,让他把贾二爷

88

送回南关。贾二爷呵呵笑起来:怎么着天成,惦着你二叔年老无用了?

马天成说:二叔到底上了几岁年纪,手脚难免不便。

贾二爷说:天成啊,我贾二一生行事光明磊落,莫说城内现无歹人,即使有人寻衅滋事,只要喊上一句"给我贾二让条路吧",也就安然无事了。

满屋子人同时大笑。

9

次日清晨,马天成带着洪良早早来到刘汉平家。爷儿俩进得屋内并不坐下,只在桌子旁边站着。马天成问了刘汉平昨晚服药后的情况,正如他昨日所说,刘先生服药后初觉胸腹闷胀,家里人待天上星星出齐之后,为他从上至下轻轻扑拉了一百把,到了下半夜,胸腹闷胀就自行转好了。马天成点点头,朝洪良招招手,洪良便从医匣中取出一个小匣。马天成接过小匣放在桌上,父子二人走进套间。刘汉平这时已坐起身子,马天成说:刘先生可先行洗漱。

刘汉平说按马先生昨天所嘱,早起已洗漱完毕。马天成听后便让家人端上一碗热水,把热水碗置于刘先生鼻前让刘汉平往鼻子里吸热气,家人照着马天成的吩咐做,马天成父子又走出套间。

马天成坐下来,从小匣中取出一包那晚制作的苦丁香药面,他把药面用竹篾又分成六等份分别包好,抻了一会儿吩咐儿子:洪良,你进套间问问刘先生,鼻内是否感到湿润。如感到湿润,请他擤尽鼻中之物,以便用药。

马洪良走进套间,套间里传出擤鼻子的声音。不一会儿,马洪良走出来说刘先生鼻腔已经干净。马天成起身走进套间,和洪良爷儿俩站在刘汉平的面前。此时,晨光从窗格里射进室内,墙上现出点点光斑,刘汉平疑惑地盯着马天成手中的小小纸包,弄不清马天成如何用药。马天成吩咐家人点上一炷香,然后俯身对刘汉平说:刘先生请仰脸。

刘汉平仰起脸,马洪良站在一侧扶着他,马天成在床边坐下,将两小包药面分别置于刘汉平两个鼻孔下。马天成轻声说:喘气要均匀,慢慢往鼻孔里吸。

刘汉平微微颔首,药面由两鼻孔徐徐吸入。马天成不时看看香炉里的香,香在一点一点地燃烧,香灰在一截又一截地落下。香燃到一半,马天成问药面是不是慢慢进入鼻道深处了。刘汉平不敢说话,只是微微点头。马天成叮嘱刘汉平放缓吸气,药面不要吸进气嗓里。刘汉平又微微点头,这时,香炉中燃香渐尽,纸包里的药面已完全吸入,马天成收回纸包:请刘先生清洗鼻道。

在家人的帮助下,刘汉平清洗鼻腔。清洗完毕,马天成请刘家人重燃一炷香,又取过两包药面由洪良给刘汉平吸,自己则走出套间歇息。父亲的操作方式刚才马洪良已看在眼里记在心里,便按照父亲的办法将两包药面让刘汉平徐徐吸入鼻道内。又一炷香燃尽,药面吸净,刘汉平再次清洗鼻道,马洪良第三次将两包药面让刘汉平吸入鼻道内。

刘汉平第三次清洗鼻腔时,马天成走进套间问道:先生感觉如何?

刘汉平喘了口气说:胸腹胀闷稍稍轻了。

马天成看看外边天色,说辰时已到,治疗到此暂止,我给先生再开七服汤药,仍是每晚一服,连服七天。七天后的卯时我会按时来给你吸药,吸四次为一阶段。

刘汉平连忙于床上作揖:多谢马先生费心。

马天成问昨儿让家里准备的西瓜子买到了吗,管家回答说:买到了,按您吩咐买了二斤,买来后分成四份,每份半斤,用开水洗后晒成半干,吸药前已将三两剥成仁了。马天成说:好好,自今晨开始,每日零服十余次,二日内将三两瓜子服完。余下的二两边剥边吃,也在二日内吃完。

刘汉平说:好好好,谨遵先生所嘱。

马天成说:再买瓜子六斤,另外三次吸药后,用法相同。

刘汉平喘息稍定,说:马先生果然大医神算,便、单、验方一应俱全,却又下药迥然于他人。马天成说:刘先生高抬了,有一事相嘱,切切记住。

刘汉平说:先生请讲。

马天成:半个时辰后,鼻内开始流出黄黏鼻液,每次流出量少则一茶杯,多时或可达到一碗。先生可将头前俯,使鼻腔流出的液体滴于容器中,切勿吞咽,以免引起腹泻。

刘汉平说:先生放心,汉平记住了。

马天成拱拱手说:就此别过,七天后见。马天成父子辞别刘汉平往外走,刘家从刘母到下人一直送到大门外的街口处。

陶居正等几位郎中齐聚颐寿堂后院客房。张道山盛情款待,桌上摆着茶水、瓜子和糕点。几个人嗑瓜子喝茶水,谈兴甚浓。

陶居正看着往来于各位之间又斟茶又满水的张道山说:张先生,今天马先生去刘府施治,我们本想也去开开眼界,不料迟到一步,医治结束。我们问了马天成所使用的医治手段,真是闻所未闻,俱皆知其然而不知其所以然。大伙商量了一下,只好来颐寿堂请教,还望道山老弟指点。

张道山端着茶壶立住身:哦?马天成所用是何治疗手段?

陶先生看看吕之铭说:让之铭说吧,他年轻,记得清楚。

吕之铭用手在鼻子前比画了一下:吸药,就是让病人往鼻子里吸药。

张道山说吸法也是施治手段之一，不足为奇啊。吕之铭说：吸入疗法倒是不足为奇，可等到得刘府，正逢刘先生吸药后鼻子里流出大量黄水，那黄水又黏又稠，跟木匠熬好的水胶似的流了足足多半碗。张道山一惊：啊？这倒没听说过。

吕之铭继续述说，他告诉张道山，黄水流过后，只见刘先生长长地舒了口气，说胸腹胀满轻松多了。张道山端着茶壶半晌没动窝，过了好一会儿，他才把茶壶放到桌子上，手摁印堂嗳嚅着：这，这……恐怕又是《天方秘籍》里的方子吧。明天一早，我们一同前往刘府，看看马天成到底所用何药。

吕之铭摆摆手，说刘府的人讲，马天成的鼻吸法七天一次，想看他施治，得七天之后的卯时了。张道山：那好，七天后的卯时，我们一同前往刘府。

崇德堂医堂里，马天成父子在给病人诊治。天交辰时，刘汉平的管家老邢走进来。马天成连忙让座，邢管家说：马先生，您忙您的，别客气。马天成询问刘汉平病况如何，邢管家说昨儿还好好的，今天不行，可能还伤风感冒了。马天成想了想，说：今日吸药第三天了吧？邢管家掐算了一下：是的，两天半，不到三天。

马天成问：刘汉平是不是头痛，咽干嗓子疼？邢管家连说：对对，气喘，咳嗽，前胸后背闷得难受。马天成接下来问道：嗓子痛得不能咽唾沫？

邢管家：是啊。

马天成又加了一句：右肋下疼痛加重？

邢管家很惊奇，说：您马先生不出医堂门，便知病人事啊！马天成让邢管家转告刘汉平，对于这些症状不必介意，明天就会消失了。邢管家有点儿不相信，他问马天成的判断是否有把握，马天成笑笑说：不会有错。

邢管家起身就走，说是赶紧回去告诉刘先生。马天成却又叫住他，匆匆开了一张药方递给洪良，让他去药房那边取两贴膏药来。邢管家以为还得吃药，马天成说：不是吃药，是贴药。说着话，洪良从药房那边回来了，把手中两贴膏药递给邢管家。马天成此刻也从抽屉里取了一个小瓶，打开小瓶倒出一点儿药面包好，然后告诉邢管家，回到家后，由刘先生自己往膏药上吐两口唾沫，然后撒上药面，将膏药贴在两侧下颌，一个时辰后贴药处起个水泡，小水泡消失，嗓子就轻松了。

邢管家竖起大拇指：神啊！

七天后，马天成父子又准时到了刘汉平家。父子二人进门就吃了一惊，因为张道山和陶居正等人早已等在刘家了。治病救人，又不能过于瞒着昧着，马天成犹豫半晌，只好开始给刘汉平吸入苦丁香面。几位郎中睁大眼睛盯着马天成的一举一动,吸入过程一如往日,吸入药面后的情况更是一如往常。马天成施治完毕找个借口,爷儿俩匆匆出了刘家。张道山等人却一直守着刘汉平,只待病人鼻腔内流完黄水感觉肚腹轻松后,他们才以千奇百怪的表情谈论着离开。出了刘家,吕之铭好像想起一件事:咦!忘了问问马先生,他那些药面是哪几味药制成的了。

张道山阴沉着脸,陶居正哈哈大笑:吕之铭你也够天真的,像这样的绝世秘方,马先生能轻易示人吗?

张道山不服气:哼!天成不必弄这些古怪,肯定又是那部《天方秘籍》里的。

在马天成父子的精心治疗下,三个月后刘汉平基本康复。这天,刘汉平拄着手杖顺街往东走,街坊和遇到的熟人不断和他打招呼。打招呼当然也是安慰之意,无非是"刘先生贵体康复,恭贺恭贺"一类的话。逢到这情况,刘汉平便将手杖挂在左臂上,笑嘻嘻地拱手:谢谢,谢谢,让乡亲父老惦念了。

一位街坊问刘汉平:大病初愈这是去哪里?刘汉平拱手说去崇德堂,让马先生再给请请脉。这位街坊讲:听马先生原先说过,您的病要想康复需时四个月,这不,三个多月就痊愈了,真神啊。刘汉平摸摸自己的腹部:是啊,以前鼓鼓的,如今是一马平川了,呵呵。

刘汉平在人们的相继道贺中乐呵呵地走着,许多人从家门口或店铺中走出来,望着刘汉平的背影议论纷纷。有人说马先生还真的能够起死回生;有人说要不能有那么多人给崇德堂送匾吗;有人称赞说论到大病怪病,还得说就是人家马先生;有人说四街六门十几家医堂的先生都有本事,可和马先生比起来,总差那么一截。难怪人们编出顺口溜,小病小灾四街中,大病快找马先生。

一位年逾古稀的老人捋着长长的胡子说:马天成医好刘汉平,听说连县长也佩服得直竖大拇指呢。不过,说归说,赞归赞,平日里有些病啊灾的,州城几万口子人,还得指望四街六门的郎中。

众人纷纷接话:老先生这话不假。

刘汉平顺街东去,张道山从颐寿堂的临街窗户里看到了。沿途人们和刘汉平的对话,张道山也听得一清二楚。刘汉平走过之后,人们继续议论。医堂里暂无病人,张道山走回室内,闲坐案前,沮丧地低下头。过了很长时间,张道山忽然抬起头:老姜,老姜啊,你过来一下。

老姜从药房那边应声走来,见张道山脸色晦暗,神态迷茫,明白他已听到刚才刘汉平和众人的对话了。老姜赔着小心:张先生,唤在下有何吩咐?

张道山挥挥手,让老姜把颐寿堂的牌子卸下来。同时告诉老姜明天和小程把牌子抬到十字街,敲锣招呼四街乡亲,当面把牌子砸了,用铁锤砸。

老姜:啊?那那那……

张道山从抽屉里取出和马天成所立字据递给老姜:麻烦你跑一趟,把这字据送去崇德堂交给马天成,让马天成明日十字街上颐寿堂砸碎招牌时当众宣读。一是证明他胜之有据,二是证明我张道山非轻言寡信之徒。

老姜看着字据露出犹豫不决的神色:就,就为这个呀!

张道山挥挥手:国法、行规,概不能违。

老姜哆嗦着收起字据,躬着腰返回药房。

老姜既不心甘情愿,又不能有违张道山的嘱咐,他只好悄悄出门,揣着字据前往崇德堂。此时天交黄昏,崇德堂里病人渐少,老姜步入医堂时,马天成正看着儿子洪良给一位病人诊脉。老姜哈着腰走进去,马天成抬头看到吃了一惊:咦,姜药师怎么有空驾临草堂了?

老姜碎步走到马天成跟前,屈膝就要给马天成跪下。马天成大惊失色,赶忙起身扶住老姜,追问姜药师出什么事了。老姜抹抹眼泪说:马先生,你与张先生在刘汉平病症上打赌怄气,且立下字据,如今张先生败成定局,自称决不食言违规,明日要我十字街上召唤街坊,要当众将颐寿堂招牌砸碎。若姜某真要奉命行事,不光颐寿堂百年招牌被砸,我等饭碗也随之丢了。请马先生看在你们多年世交的分儿上,放颐寿堂一马。

马天成见姜药师悲悲切切,心中实在不忍,便把姜药师让到内院客房里,吩咐给姜药师上茶。姜药师以为马天成故作托词,心中很是恐慌,再次起身施礼,求马天成在这件事上不要太计较了。马天成看出姜药师误会了,沉吟了一会儿说:姜药师,道山兄个性倔强,在下虽可不予计较,恐他也未必卖这个人情给我。

老姜连连点头,说自己明白东家的个性,为了颐寿堂的百年字号,为了自己的饭碗,请马天成无论如何得想个两全其美的办法。马天成此刻忽然想到了贾二爷,贾二爷当初就曾预料到有这出戏,如今其言应验,为什么不找找这位阅历丰富的老人呢?马天成一念至此,当即问道:姜药师,你今晚可有空闲?

老姜精神一振:马先生如有良策,尽管吩咐。

马天成说:今晚饭后,你可秘出颐寿堂,在南街陶先生那里等我。

老姜眨巴眼睛不明所以。马天成解释说,这事须与南关贾二爷商议,他老人家行走江湖,对世面上的事总能想出办法对付。加之颐寿堂也与贾二爷有着世交情谊,老人家一肩双挑,或许能说服张道山把此事压下。但这事必须得他们两人再找上陶先生作陪,晚上去一趟贾二爷家。

老姜拍手称妙,他说:张先生时常提起,颐寿堂早年曾沐贾二爷之恩,倘若二爷出面,这事或可有些转机。马天成说:就这么定吧,但要切记不可让道山兄知晓。老姜破涕为笑,取出字据递给马天成。马天成看了一眼说:这字据你暂且收着,又非人命官司,何须如此认真。

当天晚上,姜药师怀揣字据,瞒着张道山潜出药铺,直奔南街陶先生家的居正堂。让他不曾料到的是,马天成此时已在陶先生那里等他。三人商议了一下,便一块儿去南关贾二爷家。到得城站前,此时城门已关,陶居正取出两块大洋和守城门的一个国军班长嘀咕了几句,那班长便吩咐开门放三人出去。临出城门前,陶居正又取出两块大洋交给那班长,说是回城时的"买路钱"。国军班长嘻嘻一笑,叮嘱他们回来时拳头捶门三下一停,连捶三次城门必开。三个人记住暗号,出城门直奔南关贾二爷家。

三人走进贾二爷的大院里,贾二爷似乎已料到三人找他的目的,哈哈笑着把他们让进室内。贾二爷室内摆了一张八仙桌,桌上摆了糕点、瓜子、茶水。马天成、陶先生、姜药师和贾二爷围桌而坐。马天成说了此行目的,贾二爷虽已年迈,但依然眼中精光四射。他望望三人道:这么说,道山还是认起真来了。

老姜说:俺东家的脾性您老人家是知道的,一条道跑到黑。

贾二爷看着马天成说:天成啊,当初你我曾讲,日后说不定我得为你两家调解此事,没想到一句戏谑之言,今天竟然成真。没说的,我出头露面就是了。还是那句话,张道山尽管是州城名医,这点儿面子还能给我。

陶先生说:贾二弟出面,事情当然能够了结。不过依我看来,仍须谨慎从事。因为州城同仁都知张道山性格,他认准了的事,不好调兑。咱们商量商量,看能不能想个既能了却此事,又能让张道山面子上说得过去的办法。马天成点头赞许,说:陶老先生所言极是,我和道山兄相交多年,深知他的个性脾气,争强好胜到近于任性,在众人面前跌份儿的事,他断不会做。

贾二爷沉吟着。

三人都把目光盯向贾二爷。

贾二爷拍拍手说有了,他让姜药师把那张字据拿出来念念。老姜从怀里取出字据展开来念道:兹刘爷汉平先生患水臌之症,吾颐寿堂主张道山,疗有月余,虽有起色,并未痊愈。吾知此症乃绝,意欲迁延以治,奈崇德堂主马天成言语凿凿,谓调方另医,数月起痂。若果履其言,张某愿砸碎堂牌,自此休医。倘延治有失,彼当十字街头,顶崇德堂堂牌以伏惟。空口无凭,特立此据。马天成签字画押,张道山签字画押。年月日。

贾二爷听姜药师念完,稍一沉忽然哈哈大笑。马天成听贾二爷笑声坦荡,也跟着笑起来,说:二叔一定有主意了。三个人同时把目光投向贾二爷,贾二爷什么也没说,回身吩咐徒弟小秋取文房四宝和残硝来。

三个人不解何意,狐疑地盯着贾二爷。小秋取来笔墨纸砚放在桌子上,贾二爷转向陶居正说:哥,州城都知你是临摹高手,请按此据上的字迹大小写上几字。

陶先生疑惑地看着贾二爷,问让他写什么。贾二爷用手比画着,说:你就写"愿手举堂牌,当街颂贺"。老姜说:二爷慢着,可不能故弄玄虚呀。贾二爷摆摆手:姜药师不要担忧,相信我贾二的手段就是了。

陶居正铺纸膏笔,不大会儿写出"愿手举堂牌,当街颂贺"这句话。贾二爷等三人俯身端详,与张道山字体几乎分毫不差。姜药师竖起大拇指,称赞陶老前辈果然高人。陶居正很是得意,嘴里却说:献丑了,献丑了。

贾二爷待纸上字迹晾干,取一把沤过的残硝在上面轻轻搓了几下。他把搓过的字纸让三人细看,三个人几乎异口同声说和字据上的一样旧了。贾二爷将原来的字据铺在桌上,取来割鞭梢儿的皮刀细细裁切,不大会儿将字据上"愿砸碎堂牌,自此休医"一句剔去,然后蘸了糨糊把陶先生写的"愿手举堂牌,当街颂贺"细细粘好。贾二爷用嘴吹着粘接处,待粘接处稍稍晾干,又对着灯光仔细查看衔接处的细缝,放下字据,哼着小调走出屋子。贾二爷回来时,手里捏着从生皮子上铲下的油脂细末,老头子用油脂细末在衔接处的细缝上轻轻涂抹着。抹了一会儿,贾二爷吹去脂末,又对着灯光查看。贾二爷点点头,笑了。

马天成接过字据看了又看:二叔,绝了,如不反复琢磨,看不出是修补的。

陶居正说:贾二弟这手艺,比我临摹的功夫还要强。

俗话说老孩小孩,贾二爷见义兄夸奖他,嘻嘻一乐道:哪里哪里,州城谁不知我陶哥是《水浒传》里的圣手书生啊。

至此,三个人终于放下心来。贾二爷这移花接木之计用得实在好,如果不是专钻牛角尖的人,谁也不会再认真追究了。马天成很高兴:陶先生,烦劳您明日提前找到当日在座的几位,知会他们,到时务必不要弄出纰漏才是。

陶居正目视老姜却对马天成说:马先生您就放心吧。

这天晚上,张道山坐在医案前,身边坐着崇德堂的高药工。高药工不解地看着张道山,问张道山着小程叫他来有何吩咐。张道山将高药工偷来的《笔花医镜》放在案上,高药工看了一眼书名,脸上的肉抽动着:张先生,我,我是仓促行事,并未看清书名,实非有意骗你呀。

张道山说:人慌无智,手忙脚乱,情有可原。

高药工很尴尬:那,那大洋……

张道山苦笑了一下,说:区区二十大洋,不必提了。《笔花医镜》是部医界闲书,属郎中们闲暇看着玩的,你还是原样还给马天成吧。高药工连忙摆手,说既然是部闲书,就不能还回去了,否则一旦为马天成察觉,自己将羞无容身之地。张道山不屑地看他一眼说:我教你一计,可保无虞。高药工连忙作揖:先生快说。

张道山说:你只对马天成讲自己有心学医,便将他的医书拿去翻阅,没想到看完后感觉并没学到什么,今原书奉还,请马先生另荐医著。

高药工十分感激,说:张先生大人大量,让高某保住这张脸皮,谢谢,谢谢。祈愿颐寿堂兴旺发达,名满天下。张道山又苦笑了一下,说:还名满天下呢,明日颐寿堂的招牌就要砸了。高药工一怔:对对,你和马先生立有字据,不过好像听马先生说过,他对此事并不较真,所以……

张道山甩甩袖子:那是他的想法,我不是他。国法行规,岂可儿戏!再说,也不要把你东家想得那么豁达,我与崇德堂较劲多年,如今有了一招毙敌的机会,他岂肯放过。高药工连说"是是是",抓起《笔花医镜》仓皇逃出医堂。

第二天一大早,马天成正坐在书房里看书,高药工蹑手蹑脚走进去。马天成问高药工清晨找自己有什么事,高药工讪笑着:听说今天上午张先生在十字街当面砸碎颐寿堂的堂牌?

马天成点头:有这事。

高药工:听说马先生和张先生立有字据。

马天成:是啊。

高药工:马先生您不去看看吗?

马天成说:当然要去了,我还得当众宣读字据呢!

高药工乐了:待会儿我招呼全家都去看,因为四街乡亲都到场,正是马先生您抖威风的好机会呀。

马天成说:区区小事,有什么威风可抖,高师傅言重了。

高药工眨巴着眼睛递上《笔花医镜》:马先生,这是我从你处拿去的医书,看完后并无所得,今完璧归赵,还请马先生不吝赐教。

马天成接过书:哦,《笔花医镜》啊,我说怎么找不到了,原来高先生有心学医啊。不过,这样的书只能解闷,是学不到东西的。

高药工说:请先生指点,我该看什么书好。

马天成从书柜里取出一部《中医入门》递给高药工:先看看这本书吧,欲学医者,须先从医学《三字经》开始,然后熟记药性赋、汤头歌……

高药工接过《中医入门》,千恩万谢地走了。

上午,城西街的老里正在十字街上敲响了铜锣,老里正敲过锣后,四个办事的庶务奔向四街。一霎时,四街同时响起庶务的喊声:各街老少听着,崇德堂和颐寿堂雇了戏班,今日十字街上对台戏,大伙都去看戏呀!

喊声由十字街扩向四街,又由四街返回到十字街,四街人流渐渐涌向十字街。

此刻,十字街上摆放了两张长桌。县长程煌、绅士刘汉平坐在一张桌后,马天成、张道山、陶居正和一位郎中坐在另一桌后。十字街上人头攒动,老里正再次敲响铜锣:大伙安静,现在由县长大人训话。

程煌站起身咳嗽一声:州城父老乡亲们,今日由本县长在此做证,鲁北名士刘汉平先生的顽症在马天成、张道山和城中各位医家的合力治疗下,目前已完全康复,本县长特向州城医界致谢。

程煌从书记官手里接过一份文稿,在人声喧闹中高声念着。坐在另一桌后的张道山面现疑惑,他站起来又坐下,不停地向西张望。但周围挤满了来"看戏"的人,什么也看不到,张道山坐立不安,十分焦躁。

其实在张道山焦躁不安这一刻,老姜和伙计小程抬着颐寿堂堂牌已经顺街走来,两个人抬着堂牌走到十字街人群前站住。许多人回头瞧着堂牌,有人走上来问道:姜先生,你们把颐寿堂堂牌弄来做甚啊?

老姜并不回答,只是和药房伙计小程继续抬着堂牌往前走,嘴里不停地说着:请父老们让一让、让一让了。人群让开一条通道,老姜和小程抬着堂牌走到马天成和张道山等人的桌前。张道山看到自己的堂牌,脸黑沉扭曲了。一旁的马天成向陶居正投以会意的眼神,陶居正点点头,意思是一切早就安排好了。颐寿堂牌在阳光下映出光亮,人们纷纷议论:这是做什么,州城从没见过这么唱戏的。

这一刻,县长程煌已经念完文稿,坐回椅子上。

有几个街坊如梦方醒,笑呵呵地说:原来是为州城郎中们表功啊,以为真唱大戏呢。正在大伙议论纷纷之际,老里正说话了:下面由崇德堂堂主马先生致辞。

马天成起身走到人们面前,人群里响起叫好声。马天成朝人们拱拱手:乡亲父老们,刘汉平先生是鲁北名士,党国要人。先生贵恙,受到各级官府关顾,我崇德堂、颐寿堂和州城诸位同仁为刘先生医治,当是义不容辞。刘先生先由颐寿堂主张道山兄诊治,病情转危为安后,在下接手续治。在各位同仁特别是道山兄的辅助指教下,汉平先生终于痊愈。安康归于患者,功劳属于各位医家,在此,本人谨代表道山兄等同仁,向前来庆贺的父老乡亲致谢。

张道山忽地从桌后立起身:马天成,字据可在你处?

马天成点点头,刚要继续说下去,张道山却把他拦住了:道山修为浅薄,不敢贪天功为己有,马先生读了我们所立字据,便知今日何以相邀各位乡亲在此共聚。马先生,请读字据。

刘汉平从桌后站起身说:张先生,由本人代马先生宣读字据吧。

人们的眼光转向刘汉平,只见刘汉平取出一张字据捧在面前念道:兹刘爷汉平先生患水臌之症,吾颐寿堂主张道山,疗有月余,虽有起色,并未痊愈。吾知此症乃绝,意欲迁延以治,奈崇德堂主马天成言语凿凿,谓调方另医,数月起痾。若果履其言,张某愿手举堂牌,当街颂贺。

张道山吃惊不小,他请刘汉平暂且停住不要再往下读。刘汉平停下来,笑嘻嘻地望着张道山:张先生,我念得不对吗?

张道山走到刘汉平跟前,接过字据左瞧右看,连连说道:怪哉,怪哉!

陶居正走上来:张先生,你把堂牌都让人抬来了,难道反悔不成?

张道山望望马天成,马天成也正望着他。张道山一脸茫然,只好将字据交回刘汉平手里,自己仍旧坐回原处。

刘汉平念完字据:颂贺仪式开始。

老姜和小程抬着颐寿堂堂牌走到马天成跟前,马天成站起身朝堂牌鞠个躬。只听老姜说道:我二人代堂主以堂牌颂扬致意,马先生苍生大医,善行懿德,流芳百世,人神共贺。

马天成连忙走到桌前,朝张道山深深一揖。

张道山吃惊地立起身。

马天成说:承蒙抬爱,愧不敢受,道山兄仁心仁术,折杀兄弟了。

张道山一头雾水,他低声嘟哝着:如此说来,我是落入你们的迷魂阵里了。

程煌起身:大忙季节,颂贺到此结束。

人们嘻嘻哈哈散去。

张道山怔在原地,看着老姜和小程将堂牌抬了向西重回医堂。这霎,一只大手忽然从旁边抓住他的胳膊,张道山打个愣,回过头:贾二叔,您……

贾二爷:道山啊,我等待多时了,腰疼,你快回医堂给我拔拔火罐。

对于贾二爷的请求,张道山能推辞吗?看看众人相继散去,他赶忙携了贾二爷的手说:叫上陶先生,给您拔完火罐,咱们一块儿在我家吃午饭。

午饭后,贾二爷和陶居正辞别张道山顺街东行,走到十字街,两个人商量了一下又奔正东。他们要去崇德堂找马天成聊聊,因为今天这出"戏"众人演得实在太精彩了。二人走进马家内院,马天成午休刚起,见二人笑呵呵地进了院,连忙把他们让进客房。刘妮自然认得两位老人,不待马天成吩咐就已送上茶水。三个人坐在客房桌旁喝着茶聊着天,心里十分痛快。马天成问贾二爷,说:今日之事道山兄是不是纳闷了?贾二爷说:你把道山看低了,他心里明白得很,知道我们在字据上做了手脚。

马天成问道:他看出来了?

贾二爷说:我又不是装裱匠,活儿做得再细,也得多少留点儿痕迹。他从刘先生手里要过字据看时,我就看出了蹊跷。马天成忙问看出了什么蹊跷。贾二爷说:我看到他嘴唇动了动,是在偷笑。

马天成说:既如此,程县长说散了时,他为何还怔在原地不动啊?贾二爷说:好几个当初的证人都在场,他能不找个台阶吗?所以呀,我说腰疼拔火罐,他明白是在铺台阶,没犹豫,就叫上陶哥陪我回颐寿堂了。

马天成点点头:二叔真是精细。哎?到了颐寿堂他问起今天这事了吗?

贾二爷说:问什么呀,干脆装起糊涂来了。马天成说:看来他也并非一根筋。贾二爷微微一笑,说:这世上压根就没有一根筋的人。陶居正啧啧道:再倔强的人,只要给足面子,他也会顺杆儿爬的。

贾二爷说:对对,我哥说得对,就是这么个理。

马天成说:看起来道山兄是炕灶上的烟囱,里头拐着弯呢。贾二爷乐了:天成啊,这么说,你还真把道山看透了。

马天成笑了笑:二叔,今儿痛快,我也想借着顺风好扬场。恰好你老哥儿俩都在,替我酌量一下这事怎么办好。不怕二老笑话了,我家洪良和张家秀贞自小相熟,两人又都曾在济南念过书,可以说情投意合。我想求两位老人家做大媒,趁热打铁,把张家闺女秀贞跟你的大孙子洪良撮合撮合。

贾二爷捻着胡子:好姻缘,好想法。

陶居正:择日不如撞日,我看天成你就马上备下礼物,今天下午就让贾二弟去张家说媒。心顺事顺,今儿十字街上这出戏给张道山脸上添彩不少,再有我贾二弟这个老面子,他准应口。

马天成大喜,当即就要招呼邱管家备礼。贾二爷摆摆手说:心急吃不得热豆腐,你让我想想,不行则已,行则必成才叫会算计呢。

贾二爷捻着胡子沉思,马天成用期望的目光望着贾二爷。贾二爷想了一会儿说:这是儿女大事,倘若道山一口回绝,就再无余地,我看得找个体面帮腔的。

马天成说:二叔说得有理,陶老先生不是正可以给你帮腔吗?贾二爷说:我陶哥人是好人,但要论到说好话做媒人上,他的心眼和嘴巴就很难拐过弯来。陶居正呵呵笑起来,说:还是贾二弟明白我。马天成又推荐油坊赵掌柜,说他和颐寿堂住得挺近。贾二爷摇摇头:赵掌柜行是行,就是嘴太碎,恐怕入不进道山眼里。

马天成说:丁大户行吗?

贾二爷呵呵一笑:你想找个打劫的?

马天成听贾二爷说出这话,一脸茫然。贾二爷解释说:赵掌柜前些日子告诉我,丁大户曾托他到颐寿堂为儿子做大媒。马天成一惊,说:差点儿大意失荆州啊,丁大户也来找过我,请赵掌柜做媒还是我举荐的呢。你看你看,我昏了头了。陶居正插话说:谁去给丁家二少保媒都白搭,道山是什么人,眼里岂能有他!

马天成:这合适之人……

贾二爷忽然说:有了,就请刘汉平吧。马天成迟疑着不敢决定,因为刘绅士是鲁北名人,连县长都得敬着他,请得动吗?他把自己的忧虑说出来,贾二爷说:别人兴许请不动,你去请,他保证答应。马天成一怔:二叔,我面子能有这么大?

贾二爷说:这世上,有比救命之恩更大的面子吗?

马天成恍然道:嗯,论张罗这市面上的事,还得说二叔您哪。

丁大户夫妇坐在椅子上品茶。

丁二泉气呼呼地走进屋,看了父亲一眼,赌气走进西套间。丁大户奇怪地看着儿子的背影,心想这个邪种东西今天又犯什么疯啊。丁大户刚要发问,西套间里传出跺脚声。丁大户生气了:今儿又拧着哪根筋了!

西套间里有木棍敲击炕沿砖的声音,还有吭吭的发狠声。丁大户更加来气,一拍桌子:别他娘的瞎驴撞槽,有什么事出来说。

套间里传出丁二泉的怒吼:还州城首富呢,其实就是屎。

丁大户忽地站起身:狗日的,你敢说老子屎!

丁大户抄起旁边的手杖要进西套间,丁夫人赶紧跑上来拽住。丁夫人朝西套间里喊:二泉,二泉呀,有话你出来说,干吗堵攘你爹!

丁大户挣脱着:辱骂长辈,无父无君,我敲断你的狗腿。

丁二泉从套间里一步跳出来,直挺挺地站在父母跟前。丁夫人害怕老爷子生了气抢拐杖,忙把丁大户摁在椅子上。丁大户喘着粗气:逆子,有话当面说出来。

丁二泉眼珠瞪得溜圆,此时的丁大户看到儿子这般神情,心里忽然产生了一种怕。怕什么?当然不会是老子怕儿子,而是这种怕连他自己也说不清,只是隐隐地有种不祥的感觉。丁大户的拐杖拿起来又放下,放下又拿起来,似乎在提防着什么。丁夫人始终站在老头子身边,她也隐隐地有些怕。丁夫人的怕明晰而实在,她是怕父子二人打起来,倘若丁家父子相互间动了手,不出半日,这州城四街都得传遍,那时,名望之家的人可就丢大发了。好歹丁二泉的怒气渐渐小了些,怒气小了些的丁二泉口气仍旧又狠又硬:爹,我问你,你整天夸口是州城首富,怎么连个媳妇也给我说不到?

丁大户听到儿子提到媳妇一事,心里终于踏实下来。他咳嗽着说:哪里给你说不到了,周家营林员外家的千金是有名的大家闺秀,你不要啊。

丁二泉说:我想要的你不给我说啊。

丁夫人赶紧搭话：二泉想要的是张家闺女秀贞。

丁大户喘着粗气：你娘儿俩都知道，我托油坊赵掌柜去说了，你想要那张家闺女是真，张家不给咱也是真，总不能让你爹去抢亲吧。

丁二泉说：王老虎能抢亲，咱丁家咋不能？

丁大户说：放你娘的屁，那是戏，演戏，知道不？驴腔不对马嘴！

丁二泉说：老赵不顶用再找老钱，老钱不行再找老孙，老孙不行再找老李……

丁大户说：只怕把百家姓全搬出来也不顶用，人家张道山压根看不上你。

丁二泉说：不是张道山看不上我，是你没找对媒人。我刚才在街上遇到刘汉平和皮匠老贾，说是要去张家给马洪良提亲呢。你要疼你儿子，赶紧去托程县长，抢在他们前头去提亲。

丁大户长叹一声：要了命啊！县长是替你家当的，你想托就托。

丁二泉说：你不去托程县长，谁还能赶上刘汉平的面子大？

丁大户：说了半天，一嘴抢到屎上了，那刘汉平是什么人物谁也闹不清，反正连县长都怵他三分。他出面做媒，还有谁敢戗这个茬，你要是丁家的孝子贤孙就听我的安排，明后天再托人去林员外家……

丁二泉回身便走。

丁大户大喝道：你给我站住。

丁二泉走到门口站住，慢慢转过身：爹，早知你这么屄，我当日就托刘四楞找上一帮人，瞅个空子把张秀贞抢过来生米做成熟饭了。

丁大户顿着拐杖：傻狗捧的，疯娘养的，不怕下大狱呀！

丁夫人急得搓手顿脚，做手势让丁二泉赶紧走。丁二泉看看母亲：哼！惹急了眼，把天给你戳个大窟窿。

丁二泉跺着脚走出去，丁大户气得呼呼直喘，接着就不停地咳嗽。丁夫人连忙给他捶背：老头子，别生傻气呀，忘了那回的病了，要不是马先生……

丁夫人在擦眼泪。

10

贾二爷和刘汉平走进颐寿堂，张道山看到州城两位受尊敬的人不期而至，一时竟有点儿慌乱。他连忙把客人让进后院，吩咐厨房里赶紧备茶。后院室内正中放着一张八仙桌，贾二爷先把刘汉平让在正位上，自己和张道山坐在下首相陪。贾二爷随手将提着的两个礼盒放在旁边案上说：道山啊，刘先生来看

101

你了。

张道山慌忙施礼，说：刘先生您来就来呗，干吗还带着礼物，这让道山担待得起吗？说着起身给刘汉平和贾二爷斟茶，刘汉平手搭杯沿说：张先生别客气，你我是多年的老街坊，平日各忙各的，难得聊聊家常，坐下说个话吧。

张道山说：好的好的。他斟满茶杯坐下来，侧身向着刘汉平。刘汉平口气十分真诚：张先生，马天成先生有话，说是若非你先时用药给我疏通上下，他就是想尽天方也难把我的腹水消下去，汉平每念至此，总怀救命感恩之心。今日前来，一则略表谢意，二则有事相央，还请张先生赏脸答允。

张道山慌忙拱手：刘先生是何等身份，你这么说，在下受宠若惊啊。请讲，只要我能办得到的，断无不应之理。

刘汉平说：张先生真是痛快人。这么说吧，两个礼盒中，一个是我的谢礼，一个是你贾二叔带来的喜礼。张道山听刘汉平说出此话，一脸的疑惑，他看看礼盒，一时不知说什么。刘汉平见张道山看着礼盒纳闷，转向贾二爷道：这件事嘛，就请贾二爷尊口大开呗。

刘汉平笑嘻嘻地看着贾二爷。

贾二爷呷了一口茶，字斟句酌地说：有句话叫什么嘞？嗨，人老了记性差，大约……哦，上天言好事，下界降吉祥……

张道山笑了：二叔，那是过小年送灶王的对联。

贾二爷说：反正就是这么个意思，将就着用呗。

刘汉平被逗得呵呵大笑。待刘汉平笑过之后，贾二爷才郑重其事地说：道山，我贾二倚老卖老，今日又借了刘先生大伞遮阴凉，这嘴就张得格外大。那礼盒嘛，是天成托我们带来的求亲盒。马家有儿，张家有女，往下的话，还用啰唆吗？

张道山：这这……以往马家也曾托人来提过亲，这这……

贾二爷说：别这呀那的，以往谁来的我不管，今天是我和刘先生作伐，这个面子不给我，你总得给刘先生吧。我人老脸皮厚，刘先生可是大市面上的人，你白了谁也不能白了他。要不，怎么让刘先生出你家大门啊。

刘汉平笑嘻嘻地点头，他听人说过，张道山的女儿秀贞不光娇柔俏丽，更是满腹才学，曾与马天成的儿子马洪良、女儿马洪玉同在济南育英学堂读书，既是同乡同学又是世交关系。当时国民政府正倡导"新生活运动"，听说其中也包括男女间的婚姻解放，说不定洪良和秀贞俩人早生爱意。所以，这个虽然神秘却有着新派人物思潮的刘绅士，还是热衷于当马张两家的媒人。

再说张道山，前两年他从女儿对洪良的不时赞誉中已有觉察，心里也曾掂兑活泛过。可是，在他看来，男女婚配须父母之命媒妁之言，两个孩子私自相爱,无论怎么说也有些私通的味道,这难免让马天成瞧不起,更担心外人知道内情后会笑话他。所以,当马天成托人求亲时,出于要面子不要实惠的心理,他一口回绝。现在想起来很后悔,后悔也无奈,总不能前倨后恭倒托媒人吧!今天刘汉平与贾二爷的到来,让他意外又兴奋,因为这也是他的期望嘛。不过,碍于面子,他必须老鸹掉进水缸里,还得毛湿嘴硬几句。他朝两位媒人作个揖说:刘先生、贾二叔,实话讲,秀贞乃张家独女,我意在招赘。

贾二爷的大手像扇子一样在空中摆了几摆说:嗨,道山啊,马家张家同城同街,也就是个东西之分,张家熟了饭,走到马家兴许正好掀开锅呢,论什么倒插门正娶亲啊。你拿洪良当儿子,天成视秀贞为闺女,还不一样吗?

张道山犹豫。

贾二爷起身走到旁边案前,将一个礼盒移到桌子上,说:这是刘先生的,想你张道山不能不收。张道山连忙起身,说:刘先生厚赐,当然要收。贾二爷又提起另一礼盒,说:这是老朽带来的马家礼盒,你若应了口给了刘先生面子,我就把礼也放到桌上;你若执意不允,俺二人也只好觍着脸进来低着头出去了。

张道山的脸抽动了一下,张道山看看刘汉平,刘汉平依然笑嘻嘻地看着他。张道山打个激灵,起身离开座位走到客房中间,朝刘、贾二人深深一躬。刘汉平和贾二爷同时离开座位站在张道山对面。

张道山:二叔的话说到这份儿上,道山纵然有三个胆子也不敢违拗。收,收下。

贾二爷把手中礼盒放到桌子上,看着刘汉平拍拍手:这不结了吗!

午饭过后,刘汉平和贾二爷辞别张道山夫妇,兴高采烈地前往马家"复命"。说实话,自从上次张道山拒绝了马天成为儿子提亲一事之后,马天成心里就有一股子气。本来马张两家门当户对世交多年,两个孩子又情投意合,可他张道山偏要打肿了脸充胖子,硬是棒打鸳鸯两头散。遭到张道山拒亲后,马天成就赌气为儿子张罗提亲。崇德堂的少掌柜在州城四街说个媳妇还不是轻而易举吗?消息传出去,前来做媒的便络绎不绝。然而让马天成没想到的是,一向对自己唯命是从的洪良一概不允,公开向父亲表示非张秀贞不娶。马天成作难了,因为作难,这事就拖下来,一直拖了两年。眼看着洪良十八、十九过了二十岁,这可把马天成夫妇二人急坏了。就在马天成夫妇为儿子的婚事一筹莫展时,刘汉平和贾二爷给他们解决了这个难题。马天成和夫人破天荒地并肩而立,双双朝着刘汉平和贾二爷深深一礼:谢二位贵人玉成此事,我马氏全家承情不过!

当然是水到渠成。刘汉平和贾二爷继续走过场,一番纯属多余的你推我进礼仪往来之后,男方"敬求金诺",女方"仰答玉音",男方向女方缴了糕点、茶叶、绸缎、咸鱼四样东西算作"定亲礼"——马洪良和张秀贞终于订了婚。并商定过些日子就缴大礼,大礼才是真正的聘礼,光糕点一样就是小礼的十倍。这地方有个习俗叫"借着笼屉蒸馍馍"——作伐既成的媒人不出门便和女家商定,两个孩子来年秋天过门成婚。成婚之前,男家还要向女方缴一次"过门礼"。这礼那礼的虽然很烦琐,但因为是喜事,无论男女哪家,却都是又累又忙又起劲。

为祝贺州城医界齐心协力成功遏制了瘟疫大爆发,为褒奖马天成和张道山合力救治刘汉平并使之康复,县府特地在丰华酒楼设了酒席宴请以马天成和张道山为首的有功郎中。

州城最大的酒楼当数丰华酒楼,这天,在那个专设的雅间里,年龄最大辈分最高的陶居正坐在正中位上,他身旁的位置空着,旁边和下首坐着马天成、吕之铭等数位有名望的郎中。桌子上美酒佳肴虚席以待,吕之铭朝房间门口瞧了又瞧,转而对马天成说:马先生,张先生至今未到,你就坐在陶老前辈身边呗。

马天成说:那是道山兄的位子,天成岂敢僭越。

陶居正呵呵笑着说:如今马张两家已是儿女亲家,作为姻弟,马先生当然不能高居姻兄之上了。等等,再等等张先生,也许马上就到。哎,马先生,令郎成婚之日,我们州城医界得俱往马府恭贺啊。

马天成说那是自然,诸位不来,我还得大红全帖去请呢。正说着话,楼梯上传来急促的脚步声,颐寿堂药铺伙计小程跑上楼。小程走到陶居正跟前躬躬身:陶老前辈,张先生应了河东陈庄一个急诊,病家刚来轿车把他接了去,恐一时半会儿回不来,特差我来向诸位致歉。

陶居正说:好好,倘若张先生回来得早,请他尽快赶过来。小程口中说着"好的好的"退下楼去。陶居正说:既然如此,咱们就先开席呗。吕之铭架起马天成的胳膊扶到陶居正身旁空位上,回头朝房间外叫道:伙计,开席了!

丰华酒楼的小伙计:好嘞,马上就到。

酒楼伙计将酒菜糕点一一送上桌面,并给席上各位斟酒。陶居正端起酒杯说:诸位,今日之宴,本为马先生和张先生二位高医庆功,张先生急诊外出,咱们就先谢马先生吧。是他们二位秘方迭出遏止了州城瘟疫的大爆发,又医好了刘绅士的重病,给州城医界长了面子增了光,连县长大人都致辞示谢,我等也跟着沐甘浴露,着实风光了一番呢。

的确是这样,马天成和张道山联手各位医界同仁遏止住州城的瘟疫,又医好了连大都市和外国医生都束手无策的肝病,很是长了国医的志气,抖了州城医界的威风,值得庆贺,值得骄傲!在一片赞颂和称许中,大家纷纷举杯畅饮。酒过三巡,吕之铭放下酒杯说:不是吕某奉承,医好刘绅士顽疾,遏止瘟疫爆发,张先生虽然尽显身手,但还是马先生居功至伟,马先生才是名副其实的州城神医。

马天成连忙起身说:吕先生言重了,言重了,如无诸位齐心勠力谋划,如无道山兄先期用药使刘绅士胸腹上通下达,马某纵然用上吃奶力气,也难使顽疾起疴。要说遏止瘟疫大爆发,更是州城医界同仁们勠力同心的结果。天成无非略尽薄力献个秘方,岂敢叨此盛誉贪天功为己有哪。

酒兴正浓的陶居正说:马先生虚怀若谷,真乃医家典范。都说同行是冤家,在我们州城则不然,同行是一家,四街医堂十几处,从没听说谁和谁过不去,也没听说谁拆过谁的桥,时有短缺药材,总是彼此拆借。如此相携相挈,这和崇德堂、颐寿堂两大领头人的阔大胸襟有直接关系。

大伙共同举起酒杯,话语出口虽然参差不齐,说的却是同一个道理——为州城医家相携相助干一杯! 席间郎中们同时站起来,碰杯相庆。

众人落座,把酒叙话。吕之铭一向心直口快,他笑嘻嘻地看着马天成说:马先生,有句话吕某早想请教先生,不知当讲否?

马天成说:吕先生客气了,同在州城为医,有什么不方便说的,但请直言好了。吕之铭拍手道:痛快! 听说您藏有一部医家宝书,许多秘方都出自里头,是吗?

马天成沉吟着。

陶居正见状赶紧打圆场,说:吕先生,既是藏书,必不示人,情理之中,不可多问。吕之铭笑笑说:吕某只是好奇,失言了,失言了。

马天成说:吕先生既已问了,天成也只好照实回答,我家确有一部祖传医书,名为《天方秘籍》。只是碍于先辈遗训,不便太过透露,还请诸位同道谅解。

马天成说出藏书名字,陶居正联想到张道山也曾提及此书,他蓦地想起一桩往事。马天成的父亲马建霖在世时,常有奇方出他之手,而且屡试不爽。因慕马翁高明,陶居正多次想投在他门下学个三脚猫四门斗的。马翁为人敦厚,笑说:不必不必,只要潜心修医,日后必成大器。陶居正问他缘何屡有奇方,马翁说:惭愧惭愧,所出奇方,多在一部秘籍。当时陶居正碍于颜面,也没敢多问,现在论及此书,倒勾起他的好奇之心来了。陶居正见马天成欲言又止的样子,明白只要自己多句话,就可能会得到某些信息。借着酒力,陶居正一改往日不问他人私事的习惯,侧首马天成面前说:马先生,如此宝书,能否也让我们略饱耳福?

席间众人一片期盼的眼光。

马天成知道家传宝书已成公开的秘密,如果继续秘而不宣,必将引起州城同仁的误会。于是鼓足勇气抬起头,终于说出了《天方秘籍》的来历。

清朝嘉庆年间,一位告老还乡的京官顺着运河返回江南,船至济宁,老京官突患重病。俗言医不自治,更何况当时老京官已经昏迷,大船勉强行至济宁东大寺后边的河面上,家人只好抬着老京官下船上岸进了客店,以便延医抢救。当时,马天成的父亲马建霖还年轻,但已是颇负盛名的医家。马家在东大寺附近开有一家医堂,老京官的家人找到了马家医堂。马建霖接诊后,每日亲临客店为老京官诊治,有时还亲自给老京官熬药喂药。老京官清醒后,马建霖又给他熬制培元健胃的药粥,同时进行简单的身体按摩。在马建霖的精心治疗和悉心呵护下,老京官终于脱离险境。这天,老京官有了精神,能说话了。他问随从家人这是在哪里,家人告诉他因为病在船上,只好靠岸投店为他医治。到如今,他已经昏迷两三天。随从家人指着马建霖说:若非这位马先生给您精心调治,真不知道会发生什么事情呢。老京官挣扎着要坐起来,马建霖赶紧扶住老京官:老人家,您病体虚弱,不可勉强支撑,还是躺着为好。

老京官连连颔首:好的,好的,就依先生之言。

老京官躺好后,马建霖给老京官披了披被角,就要离开客店返回自己的医堂。老京官忽然叫住他:请问马先生,老朽所患何病?

马建霖轻声道:老人家,恕我直言,别看您老体态丰腴,却是阳虚体质。阳虚易生痰湿,痰湿多致脾胃失和。老人家在京时行前不久,定是急于调和脾胃而延医服药,由于药力过猛造成数日腹泻。腹泻虽止,但因年老气虚,身体虚弱难以复原,加之急于启程,途中劳累,却又中了外风风邪,初时恶风发热,继之头痛、鼻塞咳嗽,终致元气大伤昏迷不醒。

听着马建霖的病解,老京官微眯的双眼渐渐睁开。老京官的眼睛越睁越大,他勉强支起半截身子说:敢问先生贵庚?

马建霖说:在下二十有二。

老京官:啊?

马建霖说:老人家不相信吗?

老京官深深地吸了口气:非是老朽不信,实是惊讶。马先生弱冠之年竟有如此医学修为,刚才所言,无一虚伪,俱如现场经历一般,真乃杏林奇才也。

老京官身体一天天好起来,他对马建霖感激不尽,要重金相谢,马建霖坚辞不受,说是诊费药费俱皆收齐,再若额外相赠,断不能受。老京官唏嘘不止,夸奖马建霖是苍生大医。那以后几天里,这一老一少谈起人生,聊起医学,越聊越投机,越聊越亲切。马建霖虽然年轻,但受五世中医家庭熏染,好学上进,可谓博古通今,对医史、医理、药物、方剂以及治病的新旧方略讲得条理分明,头头是道。老京官很是惊奇,很是佩服。但老京官的惊奇和佩服不形于色,只是笑嘻嘻地看着马建霖,口中反复念叨着一句话:后生可畏,后生可畏!

马建霖根本没想到，这位老京官是有来头的。直到老京官完全康复启程前，他才对马建霖说了实话。老京官握着马建霖的手说：马先生，实话相告，我本当朝太医，身被三品，因年老力衰，不能再为圣上解肌肤之忧，唯恐有辱皇命，这才辞职返乡的。

马建霖吃了一惊，连忙躬身施礼：啊！原来老人家是杏林巨擘，晚生有眼不识泰山，竟然弄斧到班门，万望老前辈恕罪。

老太医说：马先生不必多礼，老朽为医一生，也算得杏林饱学，然几十年来，从未遇到过如先生这般年轻才俊。马先生不爱金钱必重医书，我这里随船带有多部医学典籍，先生如不嫌弃，可从中任意挑选。老太医让随从家人将一大箱医书搬到马建霖面前说：先生可拣有用之书，抑或尽皆留下亦可。

马建霖说：既承老前辈错爱，马某就不客气了。马建霖将整箱书摆在炕上桌上一一翻阅，老太医在旁笑呵呵地看着。马建霖随手翻阅着一部部医书，又将一部部医书放回箱内。马建霖将最后一部《嵩崖尊生》手抄本拿在手里想了想，最终还是将《嵩崖尊生》也放回到箱子里。

马建霖起身朝老太医拱拱手：老前辈，您的美意晚生心领了。

阅历极深的老太医明白，他的一箱书中并无令这年轻后生瞧得上的，很显然，箱子里的书他可能都看过，或者是内容医理与他之前看过的书有相同之处。老太医沉吟半晌走到行李箱前又想了想，然后像下了最大决心似的毅然从行李箱中取出一个小匣。老太医双手捧匣走到马建霖面前，马建霖看到，小匣是紫檀木的，匣的侧面雕刻着一位仙风道骨的老人，老人手拄长杖，长杖上悬着一个系着红绸的葫芦，葫芦上刻有八个小字：悬壶济世，造福苍生。

老太医把小匣捧给马建霖说：马先生，这匣内藏有一部医著，是元代一位名满天下的回族医家根据《回回药方》和汉医典藏，结合自身多年治病疗伤的经验心得著成，后又经他的后代不断校正补充，终成杏林奇书。前朝崇祯年间，天下大乱，这部书流落民间，几经辗转，为我所得。我之所以能从一个乡下郎中跻身于大清太医院，并贵为三品御医，多半是拜此书所赐。俗话说，宝物归于有缘人，您是位难得一遇的少年才俊，老朽欲将此书赠予先生，万望先生笑纳。

马建霖将老太医扶回床上，看着木匣，犹豫不决。说心里话，他非常想得到这样一部书；但从情理上讲，如此贵重的传世之宝，弄到手里会有种夺人之爱或无功受禄的感觉。迟疑半晌，他还是朝老太医拱拱手：老人家，宝无外传之理，您还是留给自己的后代子孙吧。

老太医眼神暗淡下来：实不相瞒，俯观膝下子孙，皆为蜉蝣之辈，难有继承此书的资质和禀赋。此书医理深奥，俗人极难弄通消解，倘落入泛泛之辈手中，不知会贻害多少病人。《内经》上说"病家死于医家"，盖此理也。现今老朽年事已高,自知来日无多,马先生如不肯受,归真前我必举火焚之,以防谬种误传。

人的盘算,神的安排。马建霖是个极为聪明的人,知道老人家绝非轻言寡信之辈,说到做到。老太医既然如此看重自己,若再推辞,便是假诚实伪了。马建霖想到这里不再耽延而决定接受。马建霖接过木匣就要打开欣赏,老太医赶忙制止:马先生不可,白日里人多事杂,心神难以专注,消解医理是件精细之事,此书只能在夜深人静时攻读赏阅。

马建霖点头称是,捧着木匣朝老太医深深一礼算是答谢。

就在这天下午,老太医辞别马建霖离开济宁,乘船南下。临行前老太医再三嘱咐马建霖,此书绝不可随便示人,以免枉生祸端。马建霖诺诺连声,说:晚生牢记前辈所嘱,他年来日,禀赋不配此书者,纵是子孙亦不传他。

老太医拍拍马建霖肩膀:天资过人,冰雪聪明。有悟性者,话不在多。

当天夜里,马建霖秉烛焚香,坐在书房案前打开木匣。映入马建霖眼帘的是一部纸如蝉翼、厚似竹片的手抄小书,书名《不示外人》。马建霖取出细读,令他吃惊的是书中只有老京官自述得一奇书的经过,以及自己多年来学习运用奇书的心得,却半点儿也没有"奇书"的内容。马建霖大失所望,起身在室内来回踱步,他心绪不宁,浮想联翩,莫非老太医故弄玄虚……不,不可能,老太医举止端庄,是个言信行果的老人,绝不会做那种哄人骗人的勾当。马建霖百思不得其解,一直在书房里坐到后半夜。他思来想去,认定其中必有蹊跷,末了拍拍书案站起身:一定是老太医把奇书取出阅读时忘记放回来了!

马建霖把《不示外人》的小书簿放回匣里时,忽然发现匣底一端有个小小的半月痕,半月痕小而隐秘,就像不经意间用指甲掐出来的。再看匣内的深度,明显与匣外的高度有差别,心中一动,敲敲匣底,匣底发出咚咚的空响。马建霖试着用指甲抠着半月痕往起拽了几拽,没料想匣底竟被他拽起来了。马建霖眼前一亮,天啊!原来木匣是双层底板,拽起上面的这层底板,一部名为《天方秘籍》的医书赫然出现在他的面前。马建霖取出《天方秘籍》后,下面又现出一部书,马建霖将两部书捧在手里,转过身,万分虔诚地朝南边深施一礼。

从那时起,马建霖白天在医堂坐诊行医,夜晚就取出《天方秘籍》发奋攻读,细心钻研,有时通宵达旦。多年之后,这位年轻的郎中不光是名满济宁,简直可以说名镇鲁中鲁南了。多年后,连当时的山东总督丁葆祯也曾派人请他治病。他牢记老京官《不示外人》的叮嘱,从未将有关此书的消息往外透露,包括几十年后来到州城,也没有谁人知道马家有此奇书——直到张道山陪同父亲夜访马宅,这部书才被他意外发现。

马建霖膝下二子,长子马天刚生性活泼,好动厌静,成年后不愿跟随父亲学医,一心要到外边闯荡。马建霖量才而用,就给了本钱让他出去做生意。马天刚机敏善断,世事洞明,无论珠宝药材还是生熟皮货,只要赚钱他就经营。生意越做越大,名声越来越响,后来就在东北奉天安了家。马天刚交游广阔,结交了许多国内朋友和国外洋人,生意直接做到日本和俄罗斯等国,并在国外聘有生意代理,购有经营机构和固定住所。次子马天成生性稳重,好学上进,马建霖便把他留在身边,悉心传授医学。但是,马建霖一直未将两部秘籍传给儿子,他在留意观察和测试儿子的品行和禀赋,生怕轻率相授造成老京官所说的"谬种误传"。待到确认马天成有资质有能力继承此业,才将两部秘籍相隔三年次递交给他。当然,同时交给马天成的还有老太医亲自手书的《不示外人》这部小册。马天成果然不负所望,他谨遵父训,每日里废寝忘食发奋攻读,历时十载,除将两部秘籍融会贯通外,还将自己行医之中的经方、验方和独特心得另立成册。斯时的两部秘籍已非昔日可比,因为它较之原来的两部秘籍更完善更充实,秘籍的后续部分,就是马天成数十年行医中的心血凝结。因此说,秘籍在形式上也不同以往了。

马天成在丰华酒楼给同仁们讲述《天方秘籍》的来历时,在河西陈庄的一位病人家里,张道山正与一位姓林的乡下郎中商议孩子的病情。那郎中说孩子病重,他已束手无策,只好让主家去请张先生。张道山也不免客气一番,说:先生在此,张某再至有些画蛇添足。林先生是张道山的真诚崇拜者,赶紧拱手说:张先生是州城大医,我等怎敢与您相提并论啊。

张道山笑一笑走到炕前,一个七八岁的孩子在炕上躺着。孩子喉中呜呜儿痰鸣,面色惨白,嘴唇青紫,伸腿蹬脚,吸气困难,异常烦躁的样子。张道山用两个指头摸了下孩子的额头,自言自语道:有汗。

林先生和孩子的父母站在张道山一侧,看看孩子,又看看张道山。张道山问孩子病了几天了,孩子母亲说开头没在意,这加重有两三天了吧。张道山略带埋怨的口气,说:为何拖到今天才医治啊?孩子母亲告诉他:前几天找本地先生们看了,说是喉蛾,吃了两天药不见轻,反而加重了。今天请了本地有名的林先生来看,说是孩子病得挺重,让俺们赶紧去找颐寿堂的张先生诊治。原本想带着孩子去城里求先生看看呢,又怕坏在半路上,只好劳驾您了。

张道山冲林先生点点头:谢先生抬举。

林先生连说:不敢不敢。

张道山说:也是天缘巧合,你的人晚去半个时辰,我就外出了。

林先生:也算孩子有福,遇着贵人相救。

张道山给孩子号脉,号完脉站起身说:孩子,你张开嘴让我看看。

孩子勉强张开嘴,张道山仔细查看着舌苔、咽喉。张道山皱起眉,说了声有白膜,就让孩子母亲赶紧拿根筷子来。孩子母亲连忙拿来一根筷子,张道山用筷子轻轻拨弄孩子的咽喉和鼻孔处,然后放下筷子走到桌前坐到椅子上。

林先生跟过来坐在另一侧。

林先生:张先生,敢问孩子这病……

张道山朝林先生拱拱手,说:博林先生一笑,张某卖弄了。这孩子舌苔厚浊,喉有白膜,加之呼吸气急,六脉滑数。综合内外征象,属温病中的锁喉蛾,又称喉痹、喉风、锁喉风、白蚁疮、白缠喉、白喉风。为燥热疫毒之邪搏结于咽喉,耗伤阴液所致。林先生连连点头:在下虽然也有此虑,但不敢断定,今蒙张先生点拨,长了见识了。

张道山说:林先生客气,幸好病尚在气,未入营血,猛药袭之,或许能够康复。

孩子父母一下子跪在张道山面前:张先生,我夫妇二人年近半百,只有这个孩子承袭香火,求您救救孩子,大恩大德,终生难忘。

张道山连忙扶起他们,说:张某尽力,张某尽力就是了。林先生说:张先生是能够起死回生的大医高手,你夫妇不必担忧。接着,就请张道山赶紧给孩子开药。张道山说:此症属痰毒壅喉症,林先生你看……林先生说:是不是应该清热解毒,肃肺利咽? 张道山琢磨了一会儿:林先生,咱们先豁痰理气、解毒开窍如何?

林先生说:自然是要听张先生施治了。于是,张道山从医匣中取出银针,说:先解燃眉之急吧。他重又走到炕前,先以三梭针猛刺患儿指端的少商穴放血,复用银针刺合谷、尺泽、关冲、曲池等穴。少时,孩子喉痛渐轻:妈,渴!

孩子母亲连忙端来温水,用汤匙将温水给孩子一口口喂下去。

林先生佩服地望着张道山。张道山回到桌前坐下,胸有成竹地拈起毛笔:林先生,痰毒壅喉,加之孩子还小,汤剂易呕,用丸散之类吧。

林先生连连点头:张先生说得是,说得是,不愧是州城名医啊。

张道山开完药方递给林先生请求"斧正",林先生接过药单看着说:在下怎敢放肆,张先生取笑我了。哦,牛黄解毒丸开水送服,冰麝散吹咽喉。好好,就依此方,就依此方。

张道山说:既如此,张某告辞了,你们夫妇赶紧到近处药铺取药吧。张道山说着起身往外走,孩子父亲赶上几步:张先生,请留步,请留步。

张道山停住,孩子父亲将几块大洋用红布包了塞到张道山手里。

张道山略作推辞,笑一笑收下。

孩子的父亲用轿车将张道山送回颐寿堂后便赶紧回去了。张道山看看天色尚早,想想今日诸事顺利,心中高兴,决定仍去丰华酒楼赴宴。张道山走出医堂不远，见前边不远有几个抬礼盒的。再细看，是果子铺二掌柜带着四个伙计抬了大小礼盒由西往东去。他马上明白，这是马家订的果子礼。张道山正考虑马家交聘礼时如何款待的问题，忽听十字街上传来丁二泉的声音——丁二泉问那二掌柜：这是给谁家订的果子，咋这么多呀？听得二掌柜说：回丁二少爷的问话，这是马家订的聘礼果子，在下正带了伙计送往崇德堂。丁二泉追问：聘礼果子，聘什么聘？二掌柜说：丁二少爷没听说吗？崇德堂少掌柜马洪良和颐寿堂堂主张道山的千金订婚了。张道山隔着挺远就见丁二泉一蹦多高，嘴里不干不净地大声吆喝：张家的、马家的，本二爷和你们没完！

正在这时，远处天上传来嗡嗡的怪响，张道山抬头眺望，是两架日本人的飞机从北边天上飞来了。张道山站着没动，却见二掌柜和伙计们抬起礼盒往东飞奔。又见刚才还吼声如牛的丁二泉听到嗡嗡的飞机声吓得跌了个跟头，爬起身骂着"我日你老祖宗的"，撒腿往丁家方向逃去了。

神色黯然的张道山继续朝丰华酒楼走去。

戊辰年间，国民革命军击败了北洋军，在州城建立了国民政府。大战结束，地方上稍稍稳定之后，城内逢五排十赶大集的旧例得以恢复。今天本来是赶集的日子，飞机一来，赶集的人纷纷逃去，眨眼间就像流水渗沙，踪影全无。此刻大街上行人很少，少得有些冷落，冷落得近于萧条。一队士兵从西边走过来，他们迈着整齐的步子，脚下的鞋踹得地面乒乓作响，长枪扛在肩上，枪上的刺刀在日光下闪闪发亮。眼下虽是夏天，可这些人走过来时仍旧带着一股阴冷的寒气。他们是在巡逻，炫耀，安定人心。这队士兵越走越近，看看就要走到张道山跟前了，张道山冲他们哈了哈腰以示尊敬，嘴里还呜噜了几句什么。可是，那队士兵就像没看到他，他哈他的腰，人家照旧跨着步子朝前走。张道山轻轻摇头，叹口气，绕过这队士兵向左侧的丰华酒楼拐去。

张道山走进丰华酒楼雅间时，几位先生正站在窗前往外看。此时，两个老鸹一样的巨大黑影在州城上空盘旋着，好像在空中察看州城的地形。几位先生神情专注，以至张道山走到他们身后时尚未发觉。

日本人的飞机在州城上空转了几圈又飞走了，他们每次飞来都是这样，不投弹，不打枪，只是忽高忽低上下盘旋。尽管人们明白这是日本人的恐吓战术，但飞机每次飞临，仍旧尽快躲避逃跑。昨天人们看报纸，说是日本军队已经打过卢沟桥，攻占了北平，正一步步向内地推进。北边逃难过来的人说，二十九军当时就和日本人干上了，由于实力悬殊，后来只能边打边撤。虽然曾经阻滞了日本军队潮水涌动一样的攻势,给国军争得了部署战役的时间,然而按照五行中的北水南欺之说,国军到底挡住挡不住日军,实在难以预料。

卢沟桥事变后,日本军队占领北平继续向南推进,城西官道上逃难的人群时断时续,百姓、官员和军人有时就混在一起。州城各县地方政府迅速组织青年人进行军训,准备着和驻扎本地的部队共同抗击日本军。窗外街道上响起口号声,是州城国高的学生队伍举着横幅打着旗子从酒楼门前经过。站在窗前的几位先生不停地叹着气,说:天下若乱,日人入侵,国之宰也,民之祸也。

张道山敲敲桌子沿:国家大事,政府自有对策,我等力所不及呀。

陶居正等人惊回首,看到张道山已经坐在位子上,几个人便离开窗口回到席间,与张道山寒暄几句,继续喝酒。此时,酒席上已经没有了刚才的欢快气氛,有的光吃菜不喝酒,有的光喝酒不吃菜,明显的是借酒浇愁。性直的吕之铭举起酒杯大声说:今日有酒今日醉……

张道山刚刚喝了几杯酒,颐寿堂伙计小程走进来。小程看到几个人的神情,欲言又止。张道山问他是否有事,小程犹豫着,张道山说:讲吧,此处没有外人。小程这才轻声道:张先生,刘绅士和贾二爷到了咱们医堂,夫人差我请你速回,说是要在家中备饭款待他们呢。

张道山"哦"了一声慢慢站起身说:诸位,抱歉,我得提前退席了。

陶居正说:家中既然有事,理所当然,请便,请便。

几个人起身送张道山下楼后就要返回房间,马天成却站在楼梯口没动。他说刘绅士和贾二爷到张家,八成是因局势紧张,急着为他们两家的儿女婚事奔忙。若果如是,午饭后这二位必到马家商议礼聘之事,自己也得提前回家准备一下了。众人说:这在情理之中啊,马先生也请便吧。

马天成朝几人拱手告辞,几位先生回到房间继续饮酒。席间吕之铭说:人所共知,在整个州城一带,最有名的医家是马天成的崇德堂和张道山的颐寿堂。马张两家结亲,倒是美事一桩,听说他们是三世世交,如今更是亲上加亲了。陶居正称赞之铭说得对,这两家医堂的堂主原籍都是济宁的,马天成和张道山虽然都是齐名并誉的中医世家,且是世交关系,然而由于各宗其道,性情相异,近十多年来渐渐开始轩轾不和。张道山心高气傲,一心要把崇德堂压在自己之下。多年来,他也曾博览群书,发奋钻研医理医术,但每次和马天成的较技,总是稍逊一筹。这下好了,两家结亲,再不会煮豆燃豆萁了。

这年秋天,日本军队向州城步步进逼,不知是因为胆怯还是明白了大势所趋,州城的国民政府官员放弃不久之前还慷慨激昂决死抗战的誓言,开始悄悄撤离。城内的军队倒也不曾撤走,大部分奉命拉到小西门外沿老运河一带布防,另有一个连的兵力留在城内以安定人心。

小西门外就是老运河,也就是清朝雍正年间调直之前的运河故道。运河调直之后,已经废弃的河道上修起两座石桥,一座叫广安桥,一座叫广宁桥。小西门外是铁路,过铁路以后就是广安桥,进小西门的人走广安桥,进大西门的人走广宁桥。因为老运河河道不直,广宁桥是南北方向的,而广安桥却是东西方向的。广安桥的青石料是用特殊的咬合铁扣连接起来的——在石头上挑出槽来,然后把铁灌在槽中——所有的石头都被这种结构连成一体,整座桥非常坚固。广宁桥上雕了很多图案,比广安桥要漂亮得多,桥上有用石头雕的椅子,叫"玉人座",供过路人休息。桥的两侧都有石雕件,每隔一段距离就有一个石蛤蟆,桥中间的大一些,越往桥头越小。桥面上有一座木结构的重檐的牌坊,就像一个大门,牌坊上有很多精美图案,南面上书"九达天衢",北面上书"神京门户"。

这天下午,马天成出诊回来,轿车行至广宁桥,因为有军队驻守盘查,为了省却许多麻烦,他便打发车夫赶着轿车回去了。率军驻守的国军营长借着军务空闲,此时正带着卫兵在广宁桥上浏览。因为上午过桥时守卫的士兵曾经盘查过,所以马天成从桥北走过来时,有个士兵便告诉营长,说这是崇德堂主马先生。马天成的大名营长也有耳闻,他是个挺和善的人,便主动和马天成拱手搭话。马天成自然也是以礼相待,二人就站在桥面上攀谈起来。

文人重情,武人重义。马天成和这位国军营长虽然职业迥异,但在忧国忧民上却有着共同的话题。所以,两个人聊得挺近乎,也挺投机。正当两个人忧心忡忡于国家命运之时,广宁桥北过来一帮逃难的人。这几天逃难的人群从北往南时断时续,有穷人有富人,也有换了便衣的官员和逃兵。守桥士兵要挨个盘查,营长挥挥手说都是些落难逃命的,让他们过吧。守桥士兵撤掉横在桥面上的长枪刺刀,逃难的人们迤逦而过。

一位穷困的老人带着孩子走到马天成和营长跟前,老人看看马天成和营长立住不动,询问此去济南还有多远。马天成问老人是从哪里来的,老人哆嗦着说是从天津以西跑出来的。马天成看看孩子问道:这是你的孙子?

老人点点头,说孩子他爹是二十九军大刀队的,在卢沟桥上和日本人拼命时被机枪打死,几天后他娘在地里割草时又让日本人的飞机炸死。日本人已经占了北平,眼下正往这边推进,听说专找抗日士兵的家属报复,他害怕孙子再遭毒手,就带着他随逃难的人们跑出来了。马天成问他们准备逃往哪里,老人说济南府有一个近门在那里做买卖,准备投奔他避避难。马天成点点头,从衣袋里掏出病家刚刚给他的几块大洋在手里掂了掂递给老人。老人看看国军营长,哆哆嗦嗦不敢接,马天成说此去济南府尚有二百多里,还要过黄河,坐渡船,到了济南能否找到你的近门还很难说,拿着当个盘缠吧。老人这才接过银圆深深一躬:先生面慈心善,大恩不言谢,劝您也得有个提防,趁早带着全家逃往南边为好。我们那边的富人商贾和官府的人,很多都逃往南边去了。

马天成说:谢老人家指点,一路保重。老人带着孙儿随逃难人群继续向南走去,那位国军营长冲马天成点点头说:先生果然名不虚传,医术高超却又侠义心肠,若非国难当头须尽军人之责,本人真想跟着先生弃军从医。

马天成连说长官高抬了,他长长地叹了口气,心情沉重地说:当今天下大乱,倭寇横行,哪里是安身立命之地呀!长官军务在身,在下不便相扰,就此别过。

马天成辞别国军营长,心情沉重地回到城里。

北边的枪炮声越来越近,越来越激烈,这天下午终于和守卫广宁桥的中国军队发生激战。几天以后,守桥的官兵终因寡不敌众撤离了州城,日军因为在激战中吃了大苦头,也不敢贸然进城。他们屯兵城外,等待援军的到来。

州城以外,广安桥和广宁桥一起见证了这段血雨腥风的岁月。州城以里,却是人心惶惶动荡不安。许多人聚集在街头巷尾议论着局势,丁大户、赵掌柜等一帮富户站在十字街上商议自己的去留问题。赵掌柜说:从前天开始,程煌县长带着他的一班人马悄悄向南撤了。丁大户接上说:连邮政所、银号也跟着撤了,我还有一万大洋存在银号没取出来,这下可就全他娘的打了水漂儿了。赵掌柜说:日本人来了连你的裤子都要脱去给他们娘儿们当裹脚布,你还大洋呢!丁大户打个愣怔道:听刘绅士说,日本娘儿们不裹脚啊。

正北传来急促的脚步声,西街混混刘四楞喘着粗气跑过来。赵掌柜迎上几步,询问刘四楞子出什么事了,跟狼撵着似的。刘四楞子连说:完了完了,全他娘的完了!丁大户也凑上前,催他说明白什么全完了。刘四楞看着众人说:我一直在北大庙参加军训,前天程县长带着政府的人逃走后,昨天留城的驻军也开溜了。

赵掌柜说:前些日子不是还宣誓说慷慨激昂决死抗战吗?刘四楞跳着高地说:抗他爹个屁,一个个窜得比北街上的小尖脚还快,怕是撵都撵不上呢。丁大户叹口气说:这下可是真完了,连个拿枪的也没留,日本人来了谁对付?

刘四楞瞪起眼说:对付个蛋啊,我们军训队跑了教官没了组织,今天连做饭厨子也溜了,不得不自行解散。完了,全完了!

刘四楞嚷嚷着转向西去,几个人目送刘四楞的背影,这时却看到绅士刘汉平从正西走过来。丁大户拍手说:有大学问的人来了,讨教讨教刘先生。

刘汉平康复后去了一趟省城和南京,说是要让西医用科学办法检查一下他的病是否真好了。前几天忽然赶回来,说他的肝硬化腹水真的差不多好利索了,但外国医生建议他继续好好休息,免得引起肝病继发。到底继发什么,他没说清,别人也不好多问,自那天起,刘汉平就待在家里不出门了。今天突然出现在大街上,人们就感觉有些奇怪。赵掌柜迎着刘汉平走上前:刘先生,你咋没跑啊?

刘汉平在人们面前立住,说:往哪里跑啊?到处都差不多的情况,我是打定主意不跑了,与其逃难途中死在路上,还不如死在自己家里呢。

众人先是相顾无语,接着忽然齐声应道:对对,是这么个理。

刘汉平说:我刘家几世富豪,家大业大,舍得下吗?丁大户立马接上说:是哩,我城内店铺十几处,城外良田千顷,就白白舍给小日本吗?

赵掌柜:还有我传了几辈子的大油坊……

刘汉平说:日本人虽然吃人食拉狗屎,可也不能见人就杀吧。我想,只要咱们像对付踢人的骡子一样闪着它避着它,也许会相安无事哩。丁大户不停地点头,说:你们听了没有,到底是大学问的人,说出话来有条理啊。算了,我一把老骨头,扔在外头不如扔在家里,认命了。

赵掌柜一侧头:扔不了的爹妈,舍不下的财帛,我也不走了。小日本来了,爱吃肉吃肉,爱荨毛荨毛,大不了豁出去,拽上一个滚到油锅里一块儿炸。

丁丑年八月二十九日,日本军队开进了州城。架着机枪的日本装甲车前边开路,一队队日本兵挑着太阳旗扛着长枪,迈着正步行走在州城大街上。日本兵的刺刀尖在阳光下闪闪发亮,街旁有零星的战战兢兢摇着小旗的欢迎者。没来得及逃离的部分国民政府官员面对日本兵的长枪刺刀,只好打消南逃的念头。富户们则紧闭家门,藏好自己的金银财宝和女人。部分官员先是怀着人在矮檐下不得不低头的心理服从了日本人,接着就有的虚与委蛇,有的便死心塌地。

两个多月后,韩复榘逃跑,济南陷落,日本人从形势上看大体占领了整个鲁北。

占领鲁北的日本人在州城成立治安维持会,以此为日本实现"以华治华""分而治之"服务。日本人把身份和名望非同寻常的刘汉平拉出来做了会长,让他担负起给日伪筹集钱粮、民夫,并向日伪军汇报中国抗日军队活动情报等任务。

实事求是地讲,可能是出身关系,也可能是性格关系,更可能还有谁也猜不透的秘密,刘汉平这个维持会长在当时来说算是"夹心儿"的,他表面上给日伪办事,暗地里也保护州城的某些人。由于他曾留洋日本,学问很大,行事谨慎,为人低调,在博得日本人依靠的同时,也让州城大多数百姓能够信任。像州城四街的医堂郎中,就在他有意或无意的关照下得以继续生存。

这天,崇德堂门口不时有人出去,又有人进来,马天成父子在接诊前来就诊的病人。一如既往,马洪良诊断开方后,由马天成复诊。此刻,马天成改好马洪良开出的药方递给一位乡下人,告诉他不必尽往城里跑,就近村中药铺照方抓药即可,再吃上三两服,这病就好了。

病人称谢离去。

马天成目送病人走出医堂,却见刘汉平慢腾腾地走进来。他起身相让,刘汉平客气地点点头,坐在马天成一侧。马天成问他哪里不舒服。刘汉平摇头苦笑,说心里不舒服。马天成笑笑:说说感觉。

憋闷啊!刘汉平说着长舒一息。

马天成说:时作叹息为情怀不畅,刘先生所言心里不舒服,看来是对上症了。就听刘汉平低声说:去年春节前日本人逼我当这个维持会长,我难以推辞,只好应了。在日本人面前低三下四,在州城父老面前心跳脸热,这些都能挨过去,可如今呢……唉!马天成一惊:如今又生出什么事端了?

刘汉平瞧瞧医堂里没有病人,提高了嗓门:如今日本人成立了省公署,省公署管着"道","道"管着县,民国时期曾直属省府的州城因之后改为县,划归东临道辖管,因此州城也设立了县公署,掌管本地城乡的一切事务。这个公署的知事呢,日本人偏偏又往我的身上按,你说这……

马天成定定地瞧着刘汉平。

刘汉平抬头看了一眼马天成,重又低下头:马先生,这不明明让我当汉奸吗?

马天成说:刘先生,你是经过风雨见过世面的中国人,我想你知道怎么做。刘汉平说:怎么做?只能应下啊!马天成问他不应行不行,或者干脆逃跑躲避。刘汉平说:那个宪兵队长丸山造在我眼前耍着刀花,说是省里宪兵司令说了,让谁当谁就得当,不当就死啦死啦的。我想,还是保命要紧。你说的躲避也不是不可以,但我们躲了,这全家人怎么办,这一大宗财产往哪里挪,怎么挪,一连串的啰唆事,都是解不开的麻烦扣啊!

马天成叹口气:看来,你如今已是身不由己了。

刘汉平说:身不由己的事还在后头呢,我这个知事给配了个日本顾问,大事都是顾问说了算,我只能是个陪衬。下面设了四个局,局长虽是中国人,可副局长却都是日本人。正局长主不了副局长的事,还不是上上下下都给架空了!

马天成:那次和道山兄议起此事,他还认为你谋了个好差事呢。

刘汉平:唉!真是"商女不知亡国恨,隔江犹唱后庭花呀"。

颐寿堂医堂里,张道山在接治病人,赵掌柜默不作声地走进来坐在一旁看张道山给病人切脉。近些日子,赵掌柜和张道山关系缓和,因为颐寿堂和赵家油坊是近邻,赵掌柜闲下来就到医堂里坐坐。赵掌柜盯着张道山的三个指头起起落落,觉得有点儿奇怪,因为一向大嘴随便,便问了句让张道山啼笑皆非的半吊子话:张先生,这号脉也不是按住脉窝不动啊?

张道山忍不住笑出声来,说:赵掌柜你以为我的手指头是你油坊里的压杠啊。赵掌柜笑一笑转了话题:隔行如隔山嘛,哎,听说了没有,刘绅士要当县长了。

张道山说:知道,那不叫县长,叫知事。赵掌柜撇撇嘴:什么县长知事,还不是一个屌样,总之就是汉奸呗。张道山嘘了他一下,说:赵掌柜啊,你得改改这说话随便的毛病,往后嘴上添个把门的。赵掌柜看看一旁的病人,立即用手捂住自己的嘴,把那个正头疼如裂的病人也给引笑了。张道山开完药方打发病人去药铺取药,赵掌柜把手从嘴巴上挪开劝张道山说:喘口气吧,累半天了。

张道山侧过身子:赵掌柜,刘汉平当知事,对咱没害处。

赵掌柜感觉奇怪:中国人替日本人办事怎么对咱没害处?你张先生是不是整天治病赚钱混糊涂了。赵掌柜不乐意了,甚至有些气愤,便朝张道山涮白眼。张道山连忙解释,说:如今乱世,有个熟人在日本人那边做事,对你我总得有个照应吧。赵掌柜眨巴着眼睛:也许!

丁大户的门外停了一辆大车,昔日常和丁二泉赌博玩耍的崔麻子和白秃子领着几个鬼子兵跳下车来。崔麻子、白秃子和鬼子兵直奔大门,两个鬼子兵用枪托砸得大门乒乓爆响,守门的家人一边让人快去内院报告东家,一边急惶惶打开门,日本兵端着刺刀走进院子里,不用指引又端着大枪闯进内院并且接连转了三个套院,除了几个长工和家人外,不见有人搭话。鬼子兵问崔麻子:当家的有?

崔麻子和白秃子一起凑上前点头哈腰:太君,当家的里边的住。

鬼子开始稀里哗啦拉枪栓。正在这时,丁大户夫妇和丁二泉由账房李世伦相陪从里边迎出来。丁大户看到身着警服的崔麻子和白秃子,胆子好像壮了些,他先走到两人面前问:大侄子,你们带着日本人来我家要做什么?

崔麻子和白秃子还没回答,日本兵端着枪走上来:老头,你家的花姑娘的有?

丁大户迷糊了一阵,哈哈腰:有有,都在里边呢。

日本兵大喜过望,竖起大拇指:痛快的,哟希!前边的带路。

丁大户前边走,日本兵随后跟着。对于丁大户的"慷慨",崔麻子和白秃子却大惑不解,他们紧紧跟在鬼子兵屁股后边,要亲眼看着鬼子兵把丁家的花姑娘怎么怎么。完全出乎二人所料，丁大户把日本兵引到内院后，走到一棵月季树前不动了。日本兵瞪着惊奇的小眼问：花姑娘的，哪里的有？丁大户指指月季：这不是吗，刚刚长出来的花骨朵。

崔麻子和白秃子咻地笑了，心想这老头也够精灵古怪同时也够大胆的，竟敢戏弄人见人怕鬼见鬼愁的大日本皇军，这不是自讨苦吃吗？果然，日本兵大怒，他们用手做着下流动作：八格，花姑娘的……这个，这个。

丁大户说：哦，你们是说……我明白了，可是太君，都往南去了。

日本兵翻着小眼睛问：怎么都往南去了？丁大户解释说：你们日本人进城之前，我家里的女人因为长得丑，怕太君们看不上眼给杀了，就逃往南边去了。日本兵不相信，叽里呱啦叫嚷着什么。丁大户知道日本兵不能完全听懂中国话，他向崔麻子和白秃子投去求助的眼神，说：两位大侄子快帮帮忙，我老丁日后不会亏待你们。崔麻子和白秃子见是机会，走上来指指丁大户的老婆、儿子、李世伦和几个家人说：太君，丁老先生是皇军的朋友，没有撒谎，这家里，就剩下他们几个守院子的了。

日本兵半懂不懂，拍拍崔麻子的肩膀：朋友的相信，粮食的没有南逃吧？

丁大户赶紧说：粮食倒是有，请跟我来。丁大户把日本兵引到套院粮仓前，让丁二泉叫来郑管家打开粮仓，一囤囤谷子呈现在日本兵面前。

日本兵抓起一把谷子：米的，米的有？

丁大户说：谷子碾掉糠就是米呀，俺们中国人每天就是吃这个。

丁大户抓起一把谷子在手心里碾搓，金黄的小米渐渐出现。日本兵皱着眉，说：谷子的也要，装车。日本兵端着刺刀，丁家的家人用布口袋往门外大车上装谷子。管家低声数着：一口袋、两口袋、三口袋……

丁大户瞅这机会从衣袋里掏出几块大洋分别塞在崔麻子和白秃子手里，转身冲管家嚷：别嘟哝了，身子掉到井里，耳朵还能挂住井沿吗？

郑管家说：这么多粮食给人弄走，老爷就不心疼？丁大户说：我老丁是过日子的人，心疼归心疼，可是保命更要紧。

丁大户站在门口，眼睁睁看着鬼子把一大车粮食拉走了。跟在后边的崔麻子和白秃子还没忘了向丁大户表功，说：丁老爷们儿，这次亏了谁照应可得心里有数啊。丁大户连连作揖，说：老街坊了，我就知道两位贤侄会照应的。看看人车走远，回过头又骂：奶奶个屄，傍虎吃食还凑合，傍狗吃食算个鸟啊！

丁大户骂完刚要回家，却见丁二泉跑下台阶朝人车追去。老头以为儿子爱财心切要去追索，连忙跳着脚地喊：回来，二泉你回来，找死啊！然而出乎他的意料，儿子追上大车并没什么举动，而是和白秃子耳语了几句就回来了。

丁大户恐怕压根儿不会想到，他这个有时明白有时糊涂的宝贝儿子追上大车,几句话就和白秃子做了一笔交易。

鬼子的大车拉着粮食走了,丁大户吩咐赶紧闩上大门。丁大户回到内院屋里,长出了一口气。丁夫人说:多亏老祖宗想得周到,要不今天这场劫难是免不了的。丁大户说:是啊,咱西套间里这个地窖子原是老祖宗提防绑票的贼人建造的,多少年来一直闲着,今天算是用上了。丁夫人说也多亏李先生想得周全,一直关着内院外院两道大门,要不是有砸门的动静,指不定会出什么乱子哩。

老两口说着话走进西套间,丁大户拽开半壁砖墙,一个地道口出现在眼前。丁大户探身进去,拽着一根绳子用力拉了几下,听得一串铃声传出很深很远。过了好一会儿,一个女仆悄悄探出头来看,丁大户说:都出来吧,日本人走了。

先是两三个年轻女人钻出来,最后是丁家大儿媳罗玉芬。女人们惊魂甫定,各自扑拉着身上的土,连说"好险好险"。丁大户说:万幸万幸,也是祖上积德,这才免了今日大祸。罗玉芬红着脸说:爹、娘,整天这么提心吊胆,听到砸门的就要钻地窖子,什么时候是个头啊。

丁夫人说:这也是没办法的事,挨一天算一天吧。

罗玉芬和三个年轻女子说着话走出正厅。丁大户忽然想起了什么,三两步跑进西套间,少顷,西套间里便传出丁大户低沉的声音:泉他娘,你过来。

丁夫人匆忙赶过去,西套间里于是就传出老两口的对话。

丁大户:这地方你动了吗?

丁夫人:没有啊。

丁大户:我刚才拽砖墙时,就看到这地方好像有人动过。

丁夫人:你是不是记错了?

丁大户:没记错,这不,我铸的记号没了。

丁夫人:快打开看看。

有轻轻的挪动砖石的声音。

丁大户惊呼:娘哎,少了三四个。

丁夫人:你再数数。

丁大户:数什么数,我放的我还记不清数吗?

丁夫人:见了鬼了,莫非是儿媳……

丁大户:没门,大儿媳才嫁过来,这地方她压根不知道。

丁夫人:真够怪的,难道二泉他……

丁大户:对,就是他,这个狗杂种,那天跑到西套间里发疯要媳妇时弄开的。

丁夫人:这个邪魔鬼祟的东西,他可真能作啊!

丁大户急忙跑出西套间,跌着跟头跑出屋,跑出院,一直跑到前边丁二泉住的套院里。丁二泉的房门锁着,院子里悄无声息,只有几只麻雀在地上蹦蹦跳跳地觅食。丁大户又跌着跟头跑出来,迎头撞见郑管家:哎,老郑,看到二泉了吗?

郑管家指指大门,说:二少爷刚才就出去了。丁大户一腚坐在地上:完了!

丁大户说"完了",其实没有完。此刻,丰华酒楼的雅间里,丁二泉和警务员白秃子正相对而坐。白秃子一口接一口地吃菜喝酒,丁二泉眯着眼睛看着白秃子:怎么样白哥,那次我跟你说的事办了吗?

白秃子打了个饱嗝:二少爷,你不就是想当个差吗?

丁二泉说:是啊,可这个差也不是说当就能当的呀,你得给我引荐。咱俩从小就是掰不开的鲜姜,一块儿耍钱,一块儿吃喝,今儿你混上官事了,得拉我一把。白秃子擦擦嘴角上的菜渍:上回不是和你说了吗,两千大洋,我包了。

丁二泉看看门口侧过身:两千大洋太显眼,金元宝怎么样?

白秃子的眼睛突地睁大了:那更好了,你家州城大财主,夜明珠也拿得出来呀。说实话,我长这么大还没见过金元宝啥模样呢。

丁二泉乐了:白哥,要夜明珠真没有,金元宝还凑合。

白秃子斜着眼睛:这样吧,老二,你出六个金元宝,保你这两天穿上警服。

丁二泉撇着嘴说:你也太黑了吧。

白秃子蹲到椅子上,说:老二你误会了,自从我当上警员后,除了金元宝,什么金的银的没见过?说实在的,这六个金元宝不是我自己要。警务局长两个,警备股长两个,我自己只落两个。

丁二泉说:我只有三个,这三个金元宝能买几十亩好地。我不傻,你小子要是独吞了再给我个不认账,现今又罩着这层皮,我找谁说理去。白秃子翻了会儿眼睛斟酌半晌说:三个也行。嗨,谁不知你老二是从猴手里抠出花生的人,我能坑得了你吗?这样,你跟着我一块儿去给那两人送元宝,当面银子对面钱,他们给你写了字据,你再亮货。行吧?

丁二泉问写什么字据。白秃子说:就是让你担任警务员的文书啊。

丁二泉:真这么灵?

白秃子:嗨,这警务局里除了当官的,哪个不是花钱买进去的。

丁二泉说:那行,咱们马上去干这个活。

丁二泉之所以花大价钱弄身警服,目的还是在张秀贞那里。被日本飞机吓了个跟头的那天,他跑回家中看到父亲躺在炕上抽水烟,竟然气得连蹦带跳地嚷,说:爹,你疯了,傻了,挺鲜挺嫩的一块肉,狗没吃到让狼叼走了!丁大户当时被他气个半死却又无可奈何。事后静下心来,丁二泉终于又由糊涂转明白了,他想,马张两家虽已定亲,但只要张秀贞一天不出嫁,他丁二泉还是有希望的。不过,在此之前他得想法提高自己的身价,以便万一有机会时自己会显得更有资格。弄身警服还有个包藏祸心的想法,借着日本人的势力,实在不行自己就买通警务股长派上几个弟兄把张秀贞硬硬地抢回家,彼时生米煮成熟饭,一切都变得简单了。

就在这天下午,丁二泉身着警服,学着日本兵由东到西顺着大街踏正步。沿途许多人看着稀罕,不时地凑上来围观。丁二泉解下腰上的马棒抡出去,围观的大人孩子哄的一声作鸟兽散。丁二泉踏着正步走到自己的家门前抬手敲门,一个刚换班看门的中年长工打开门:呀!官爷,你你……

中年长工往后退着。因为上午刚有鬼子和警察来过,人们害怕,院子里,长工、短工、仆人东跑西窜一片慌乱。账房李世伦从套院里跑出来,看到一个穿警服的人踏着正步走进来,一连跌了几步。李账房好容易稳住神,仔细打量来人竟是丁二泉,马上变得又惊又喜:咦,是二少爷呀!

李账房赶紧止步施礼,丁家的男女也怔住不动了。李账房同样怔了一会儿。返身就往内院跑,边跑边喊:恭喜,恭喜,恭喜咱家少爷高升!李账房跑进内院,此时丁大户听到喊声已站在正厅门口。李账房说:恭喜老爷,少爷他高升了。

丁大户没有理睬李账房的祝贺,也没说话,两眼直直地朝李账房身后盯着。身后挺大的脚步声,李账房转过身,丁二泉已踏着正步走上台阶。走上台阶的丁二泉看到爹堵在门口,只好站住。

丁大户站在门口出神地望着儿子,脸上满是喜怒忧思悲恐惊。丁二泉被老爹看得心里发毛,赶紧双手下垂,中指贴住裤缝,身子笔直,脖颈笔直,脑袋稍稍后仰着:爹,你盯我干吗,不认得儿子了?

丁大户不说话,从口袋里掏出老花镜架在鼻梁上,左手扶着紫铜镜框,仍旧冲丁二泉横平竖直地看着。丁大户看了足足半袋烟的工夫,嘴唇哆嗦着问:说,几个金元宝买的?

丁二泉一愣怔:三……三个,不,不是爹!

丁大户转身走进屋。丁大户眨眼间又从屋内蹿出来,手里多了一条早年间武师在丁家护院时用的哨棒。丁大户提着哨棒朝儿子走来,丁二泉的脑子有点儿糊涂,正为老爹的奇怪举动纳闷,忽见老爹身子甩了一下,侧目看时,哨棒带着风声朝自己背上打来。丁二泉慌忙躲闪,哨棒擦着后背打在他刚刚翘起的屁股上。丁二泉感觉屁股火辣辣的,赶紧跳下台阶,一边往院当中跑一边嚷嚷着:爹,你傻了,疯了!殴打政府官员,就不怕皇军派人抓你吗?

丁二泉说着嚷着,再顾不得昂首挺胸踏正步,一溜烟朝门外跑去。

李账房慌忙拦住丁大户,丁夫人夺下丁大户手中的哨棒扶他回屋。

丁大户回头朝着丁二泉跑走的方向大骂:王八羔子小杂种,偷了我的元宝去买官换官也算罢了,如今又弄了这一身黑狗皮来吓唬全家,不教训教训你,你到老也不知道"丁"字是一横一竖加个钩写出来的。这份家业这个家,我看早晚让你个杂种小子给毁喽!

丁大户的哨棒和臭骂真起作用,这以后丁二泉下了班再回家时,必得换下警服穿上便装,走在街上,也不再学习日本兵耀武扬威踏正步了。疥癣好治,陋习难改,丁二泉装束上虽然有所收敛,但占小便宜爱抠门的毛病依然故我。

当然,也有让丁大户感到欣慰的地方,比如自从儿子穿上黑狗皮,日本人和警察局再不来他家要粮要钱,丁家的女人们也不必钻地窖子了。那次吃饭时丁夫人无意间提到这事,丁二泉噌地立起身:哼! 也不想想,多亏了谁!

12

腿疼是贾二爷的老毛病,每次犯了,他不去找马天成和张道山,只找他的义兄陶居正治疗。说来也怪,陶居正似乎摸透了他的病根,每次也总是三五服药就能治愈。当然,要配以针灸拔火罐,有时还要汤浴。今天贾二爷来到居正堂,陶先生照例给他针灸拔火罐后又开了三服汤药。陶居正要留义弟晚上在此喝两杯,贾二爷说还得赶紧回去泡皮子,便辞了义兄走出医堂门。

陶居正送贾二爷走到街上,贾二爷回头说:哥哥留步吧,吃完这几服药我再回来。陶居正指指贾二爷手里提着的药包说:回家后让徒弟给你熬上一锅水倒在木桶里,每晚上泡半个时辰,三天下来,估计腿就不疼了。

贾二爷说自从前几天吃了那三服药,又贴了几贴膏药,已经好了。陶居正摇头不信,说哪有这么快的。贾二爷当即在居正堂前打了个旋风脚,立定后望着陶居正说:哥,没糊弄你吧?

陶居正竖起大拇指,称赞他的兄弟身手不减当年。可是他又劝贾二爷谨慎些,人老不以筋骨为能嘛,以后举手投足尽量收着点儿才好。弟兄二人正说着,忽听不远处传来争辩声,陶居正和贾二爷抬头望去,只见斜对过十步远,穿警服的丁二泉正在和一个卖花生的小贩讨价还价。贾二爷一乐:丁家狗少穿上警服了。

陶居正压低声音说西胡同白秃子告诉他,丁二泉这身警服是偷了老爹三个金元宝换来的。贾二爷摇头不信:猴手里抠花生的人,舍得三个金元宝?

陶居正笑了,说:你还不能不信,这世上,有的财迷心窍,有的色迷心窍,他这是官迷心窍。可是,这个警员也算不了官,白秃子说他那身警服只给警务股长送了五个大烟泡。贾二爷呵呵笑起来:这警局,好人不愿进,歹人抢着上。

那边再次传来丁二泉和小贩的争执声。小贩嚷着请丁二泉再添两文,丁二泉说:添两文倒行,你得多给花生。小贩说:我是小本生意,不容易,哪能像你们吃官饭的。丁二泉说:吃官饭的也不容易,整天为鸡毛蒜皮跑细了腿。小贩说:官爷我不卖了。丁二泉耍起横来:今天你卖也得卖,不卖也得卖。

小贩傻眼了:你添两文,我多给你秤。

丁二泉摸着腰里的警棍:一言为定。

争辩有时,价钱议定,小贩给丁二泉称花生。听得丁二泉嚷秤低了,小贩接上说:官爷你看,不高不低,良心秤。丁二泉探着头看秤,说:你把秤砣打到秤戥里边了,小贩说:秤上高高的,不信你让别人过来看看。

丁二泉:再往外打一打。

小贩:不打,爱买不买。

卖花生的小贩赚钱不顾命,他比对方还要抠。面对身穿警服的丁二泉,小贩似乎一点儿也不害怕,二人在斤两上一点一点地争。丁二泉从未遇到过这样的对手,他烦了,急了,抽出腰里的马棒朝小贩身上乱打。小贩被打得蒙头涨脑,爹呀妈呀地叫,丁二泉打够了收起马棒:老子不和你一般见识。

丁二泉扔下他讨价还价时坚持的两文钱,提起花生袋子就走。丁二泉走了几步又返回到小贩面前,从摊上抓起两把花生添到自己的袋子里:妈妈的屁股,不能让你在斤两上坑我!

陶居正和贾二爷看得呆了,如果不是亲眼所见,他们无论如何也不会相信,丁二狗少穿上警服吃上官饭,这占小便宜爱抠门的毛病依然不改。陶居正告诉贾二爷,这南街多是卖杂货的,经常看到丁二狗少来磨牙。他因为穿了这身警服有了仗势,店里铺里买东西时的口气与以往更不同了。他倒是不赊不欠不赖账,只是每每买货交钱时一分一文地抠,抠得店主心慌意乱不知所措。

贾二爷哈哈大笑:疥癣好治,陋习难改呀。就这样吧,哥,兄弟告辞了。

对面胡同里传出哇啦哇啦的日本话。贾二爷刚想走又站住,只见两个鬼子兵从胡同里钻出来,直奔北边不远的小酒馆。贾二爷说:又是他俩!

这两个日本兵是西边宪兵队的,特别喜欢喝酒。这两个酒鬼倒是不抢不夺,可只要见了年轻女人,非得追上去戏弄不可。大前天,有个乡下来卖菜的媳妇让他们盯上,拽到胡同里硬是给糟蹋了。

贾二爷狠狠地盯了两个鬼子兵一眼,转身走了。

马天成多年来一直坚持早起晨练。每天早晨起床后,洗漱后的他总是迈着轻快的脚步走进西南角上的小跨院里,站在大杏树下,两掌心相对,上下隔开一定距离,指尖相反,二目垂帘,内视掌中,仔细体察着双掌的感应。待上下掌心渐渐发热后，他的双掌便轻松缓慢地做起磨盘一样的对称转动，一霎时，双掌之间就产生了"气"的感觉。这时，马天成便全身放松，并将意念集中于掌上仔细体味着，体味着双掌之间那种神奇而无形的排斥力和吸引力。这样反复练习一百零八次后，他已感到自己任督二脉在开合，继之身上的每一个毛孔都在开合，在呼吸，在交换，在代谢。

这天早晨，马天成在天已破晓时做完这些锻炼，随之就打开院门走到街上散步。简直可以说是鬼使神差，轻易不到官衙街的马天成拐了两个弯去了官衙街。官衙街从明朝起就是州城衙门的所在地，街名顺延至今，人们习以为常也就从未更改。马天成顺着官衙街向前走着，走到县公署门前停住了脚，他发现民国年间用作银号的大门上挂了块牌子，牌子上用中日两种文字写着"三友日医诊所"。这时，一位看门的公人走出来：哎，马先生，您站在这里干吗哪？

马天成指指牌子问这家日医诊所何时开的，公人说开门立牌快一个月了。马天成问来这里诊治的人多不多，公人说多什么呀，不过就是公署里的日本人家属、县公署的上下官员和办事员，还有西边宪兵队上的日军官兵。

马天成点点头，心想，这是在渐行日化呀。公人见马天成神情忧郁，便开导他说：马先生，这天下一变，世事就变，真得人随世车随辙了。

马天成应付着说：也是也是，好，您忙吧。

马天成没再继续散步，他提前回家了。一上午，他诊治着病人，眼前不时浮现出那块写着"三友日医诊所"的木头牌子，不是嫉妒，不是生气，更不是褊狭，反正就是感觉心里疙疙瘩瘩的。天近正午，马天成送走最后一位病人，独坐案前翻阅一部医书，陶居正和吕之铭忽然走进来，马天成连忙起身让座。

陶居正和吕之铭坐下来后见医堂里只有马天成一人坐诊，问洪良去了哪里，马天成告诉二人，东门外柳庄有位患哮喘的病人，洪良去复诊了。陶居正苦笑了一下：到底是大字号呀，老少都能行走杏林。

马天成听到陶居正好像话中有话，就问二人是否有事。陶居正点点头，看了吕之铭一眼。吕之铭往前探了下身子，说：我和陶老前来找马先生，是有事相商。马天成问是什么事，吕之铭心事重重地说：马先生，近些日子日本人在南街北街新开了日医诊所，他们资本雄厚，用药简单，这分明是在挤对我们这些小医堂，有意砸我们的饭碗，给咱眼里插棒槌嘛。

马天成说：这我倒知道，公署门旁就立了一处日医诊所，可他们病人并不是太多，只是公署里的官员和日本人前去就医。陶居正说：那是距你崇德堂近的缘故，不管是国医还是西医，在州城哪有敢与崇德堂和颐寿堂叫板的。南街北街就不行了，日医诊所就开在我们医堂对过。

马天成说：可也是，西医吃个药片，打个药针，撒撒药面，动动刀子有时也能把病治好。随着人们对西医的尝试和日本人的宣传,说不定前去诊病治病的人会渐渐增多。吕之铭接上说:是这情形,听说自从日医在州城立脚以来,连城东门的教会医院也开始为国人所认识,再不像以往那样门可罗雀。所以啊,咱们州城的一般郎中开始惴惴不安,担心西医会抢了自己的饭碗。你是州城医界的领头雁,各位同仁特意托我俩来找你谋个应对办法。

马天成思忖半晌说:立身之本,当在自强。这样,咱们分头告知州城同仁,每逢月中月尾,分成两拨到文庙聚集,互通有无,各传验方秘方,以提升自己的医术。中医不排外,也不任人挤压,咱倒要和日本人较个高下。

陶居正连连点头,说:这样的话彼此间相互提携,提高医术,还造出了声势,是个好办法。如此一来,州城的大小郎中可就有了依靠了。

吕之铭:是不是取个名字?

陶居正沉思片刻:就叫互学会吧。

马天成拍手赞成。陶居正和吕之铭起身告辞,马天成留住他们,说:天已响午,哪能让二位枉驾劳顿呢,就在舍下用餐,也好多说几句话。陶居正和吕之铭相互望了望说:盛情难却,那就叨扰了。

自此,每月十五和月末的这一天,总有一些郎中相继走进州城文庙大殿的"州城医家互学会",由名望高的马天成、张道山、陶居正、吕之铭等医师传授中医理论和诊疗经验。逢到这一天,马天成主讲四诊八纲寒热虚实,张道山谈论药理药性及用药方略,陶居正讲述伤寒论结合温病中的卫营气血,吕之铭则大谈自己对针灸、外伤的治疗体会……文庙里,有着自知之明的中青年郎中们用毛笔快速记录,不时有人向另外一人请教咨询什么。

这天又是月末,互学会仍是正常开讲。这时,一个长袍马褂戴礼帽的中年人忽然来到文庙大殿不远处的老槐树下,他站在那里侧耳细听着文庙里传出的讲述声,不时地点点头又摇摇头,似乎在肯定或否定中进行琢磨。将近正午时,大殿里的人纷纷走出来,他们高矮不齐,穿戴不一,但多是身着长袍马褂戴着瓜皮帽,和这位站在老槐树下的中年人穿戴差不多。中年人一口京腔,他问文庙大院里一个散步的闲人,这些郎中里谁的医道最高,那人指指马天成又指指张道山:要说医道嘛,就数他俩。

中年人悄悄跟在郎中们身后,出了文庙,大伙各奔东西南北,中年人试量了一下,跟着张道山向西走去。中年人一直跟着张道山走到颐寿堂门前,看着张道山走进医堂,然后就站在颐寿堂对过瞧着医堂的牌号,好像在等待什么。进出颐寿堂的病人川流不息,有位穿戴整齐的病人从药铺那边的侧门走出来,中年人连忙走上前去小施一礼:敢问阁下,为何这颐寿堂如此红火?

病人说:听口音您先生是外地人吧?

中年人点头回道:外地客商,路过此地暂住一时。

那位病人说:难怪你不知道,这州城最受信任最忙碌的就两家医堂,一是马天成的崇德堂,再就是这张先生的颐寿堂。中年人说原来如此,这两家医堂的堂主医术真的很高吗? 那病人连连点头,说两家医堂的堂主都是几世医家,他们也总是恪尽职守一心向医。中年人一揖:多谢指教。请问,那崇德堂又在何处?

病人朝东一指说:你顺街东行,过十字街不远便是。

中年人说了声多谢,又看了颐寿堂一眼转身向东去了。

这个中年人来到崇德堂前立住身子,吃惊地看着眼前的情景。这里真称得上是车水马龙门庭若市,医堂门口停满大车小辆,出来进去的病人似乎比颐寿堂还要多。中年人走到近前神情专注地看着"崇德堂"三个字,出来进去的病人好奇地看着他。有两位病人悄悄嘀咕:这个人是来看病的还是看牌号的? 哦,也许是看到"崇德堂"三个字写得好,想学学。

中年男人听到了两个人的话,吐着舌头摇了会儿头,迈着八字步走了。

病人们哪里知道,这个站在崇德堂前出神的中年人,却是东临道日本卫生官山田一郎。山田一郎也是医家,除日本医学外,他对中西医学都感兴趣,加之有后生省的密令在身,山东建立日伪政权后,便一直暗暗地在各州县考察中国医学。山田离开崇德堂后,径奔州城公署,他想通过知事刘汉平打听一下颐寿堂和崇德堂的根基细末,以便按部就班地实施自己的计划。

山田初到州城时,就通过日本宪兵队队长丸山造的介绍与刘汉平相识了,所以他进了县公署后直接去了刘汉平办公室。刘汉平见东临道卫生官特地来访,他搞不清这个日本人是何意思,心中一慌,差点儿将背后的椅子碰翻。刘汉平不好意思地扶住椅子,忙不迭地请山田上座。山田表现得很随意,摆摆手坐在刘汉平的对面,三句话不离本行,说了几句就扯到医学上了。

山田是个中国通,一口流利的京腔华语。刘汉平曾经留学日本,日语水平好歹也说得过去。两个人一会儿中国话一会儿日本话,谈的全是医学。当山田问到马天成和张道山时,刘汉平禁不住竖起大拇指:这二人虽不敢说名震山东,却可以说是艺压鲁北。

山田来了兴趣:刘知事说这话有何根据?

刘汉平说:如果不是亲身体验,刘某人断不敢出此狂言,去年我患了肝硬化腹水,美国医院、英国医院、意大利医院包括日本国的医院都给我判了不治之症。我灰心丧气,返回州城老家等死,不意马张二人联手施医,几个月的时间就令我顽疾起疴,基本康复。刘汉平拍拍肚子抻抻胳膊,表示自己一点儿毛病也没有了。

山田愈发来了兴致,他往前挪挪椅子,问刘知事是否知道他们用的什么治疗措施,一种药一处方或者一个治疗办法都可以。

刘汉平摸不清这个日本卫生官的底,不知他为何对马天成和张道山的医术如此关注如此认真,于是装起糊涂来:卫生官阁下,我当时迷迷糊糊的,只记得他们给我又是喝药又是按摩,实在想不起用的什么办法了。

山田穷追不舍:哪怕记得一样也行。

刘汉平知道日本人性残、多疑又执拗,如果一味装糊涂引起对方怀疑不好对付,只好犹豫着说:昏迷中记得他们好像给我往鼻腔里吸过药面,之后不长时间,这鼻子里就流出大量的秽物。

山田连连点头:好,好好好,非常奇妙的治疗办法。

山田和刘汉平又聊了一会儿告辞要走,他说要回日本宪兵队,让宪兵队下午派汽车送他回东临道驻地聊聊。山田说他有些事得回去和"道尹"交代一下,不几天将再次返回,他说他要住在州城,诚心诚意向州城的两位名医学习。刘汉平也正好借坡下驴,起身将山田送出公署大门后,径奔颐寿堂而去。他受马天成之托,正继续为两家儿女的婚事张罗着。

天近正午,张道山仍在给最后一个病人切脉。秀贞从后边穿堂门里走进来,是唤父亲吃午饭的。张道山答应着仍在给病人开药方,这时,姜药师从药铺那边转过来。老姜看到秀贞在,想说什么卡住。张道山问姜师傅有事吗,老姜犹豫了一下还是告诉了张道山,说:大约半个时辰前,有个中年男人立在对面直勾勾地看我们医堂,还向出来进去的病人打听什么。这年头,他担心是不是踩点的,张道山不以为意,说:这可能是外地来客,对我们医堂好奇。世道虽乱,总不能有歹人打医堂药铺的主意,不用乱猜疑。老姜摇摇头:说不定啊,以往不就有些穿便服蹬木屐的日本人来窥探吗?那个中年男人行径蹊跷,我怕和日本人有些瓜葛。

张道山将开好的药方递给病人,病人道了谢到药铺那边抓药。张道山沉思片刻说:也许吧,自从日本人在州城立了诊所,中日医家就在明争暗斗。姜师傅所言也有道理,因为前不久我们州城同道开始在文庙办起了互学会。听刘知事讲,日本人得知此事后感到可笑,说中医这样的枯竹朽木怎能和日本的现代医学相比呢?可是,他们看到各中医堂依然生机不衰,也许就开始琢磨鬼主意了。

老姜点头称是:张先生您还记得不,那次两个身穿和服、腰挂日本佩刀的日本人来到咱们医堂,操着生硬的中国话与您交谈,就有点儿找事的口气。

张道山:对这些不速之客,也只能不卑不亢耐着性子应付。

医堂门口传来脚步声,张道山抬头看时吓了一跳,以前来过的两个日本人走进来。刘知事曾经告诉过他,这两个日本人是日本当局派到公署的日本浪人,他们大都是骄狂横暴,好勇斗狠,经常无端生事,动辄与人刀拳相见。两个日本浪人一眼瞧见站在医堂里的秀贞,拍着巴掌尖叫起来:哟希,花姑娘大大的哟希。

秀贞回身往后院跑,一个日本人抢先截住她。张秀贞吓得魂飞天外,拼命地喊叫着。张道山和姜师傅赶紧跑上去向日本浪人求情,日本浪人将张道山和姜师傅甩到一边。这时,第一个日本人已将秀贞抱住,另一个伸手要解秀贞的衣服。张道山急得要给日本人下跪,姜师傅摸起桌上砚台要和日本浪人拼命。万分危急时刻,刘汉平忽然走进医堂,刘汉平跑上来说了几句日本话。

县公署和公署知事是摆样子的,实权都在日本顾问或兼着副职的日本人手里握着。不过毕竟是知事,面子大小还是有的。刘知事用日语告诉这两个日本浪人,张先生是自己的朋友,州城名人,连宪兵队队长丸山造也敬他几分。两个日本浪人当然认识刘知事,听刘知事真真假假一番话,这才停止了撒野。他们又和刘知事叽里呱啦聊了一通,这才一步一回头地走了。

张道山脸色煞白,秀贞披头散发。刘汉平对张道山说:快让闺女回后院去吧,以后别再让她随便出来,现在城里城外都很乱。

张道山说:刘先生,若非你凑巧赶到,小女遭难,我张某人必不能苟活。

刘汉平道:说来也是天缘巧合,我趁着中午下班时间造访阁府,实是受马先生之托。你们两家的亲事已定,马家提出中秋节后给孩子们完婚,特地让我来禀张先生,打算近几天就缴过门礼。

张道山哦哦几声说:明白了,明白了,转告马家兄弟,明天缴,明天就缴吧。刘汉平得到张道山的许诺,也就不再停留,走出医堂顺道回家。

晚上,张道山和夫人议论着今天发生的事情,头上依然冒出虚汗。张夫人百般庆幸:说一千道一万,还是两个孩子有缘分。要不,刘汉平咋就那么巧正好进来呢。依我说啊,去年订婚后就应该成婚,这次风险之后,我算有了心病,害怕得连晚上睡觉也不踏实了。世道乱哄哄的,我真为孩子担忧。咱秀贞不光长得俏丽,性格温顺,还有满腹才学。街面上一帮混混见了她总是大眼瞪小眼的,那个什么丁家狗少,不也是总找了借口来咱家胡搅蛮缠吗。

张道山说丁家也曾托人提过亲,让他一口回绝了。张夫人冷笑:那个丁家狗少比刘大混混强不到哪里去,他也有脸来提亲?你就是不回绝,我豁上命也不会把闺女给了他。可是,当初人家马天成那里来提亲,你就做得不应该了,连个缓空也不给,也是一口回绝。要不的话,孩子们去年就成家了。唉,你呀!

张道山叹口气说:好在马天成又托了刘汉平和贾二叔,我也就借风行船,把这亲事应下了。若不是事变发生,这霎也就成婚了。

128

张夫人说:我从你话中夹缝里听出,这事全怨你有私心。

张道山低了头说:这话我不和你犟,说真的,我和天成虽然同是州城名医,但性格上却有区别。天成憨厚仁慈兼有孤傲,我呢,机灵敏锐带些奸猾。我原先拒绝这门子婚事,是想最好能让洪良入赘张家。

张夫人说:想得美,也不思量思量,洪良是马家独苗,马天成能答应吗?

张道山说:是啊,刘汉平和贾二叔来提亲时,我怕因为区区小事再把酱做酸了,也没和你商量就答应了。张夫人冷笑道:你时时念叨马家的什么秘籍,我看这是你答应马家婚事的真正想法。

张道山长长地叹了口气,说:从打娶你入门之后,我就感觉你不是个一般女流,果然,我心里想的事,都让你看透了。张夫人是位贤妻良母,感觉到刚才的话过于刺痛夫君,于是又缓了缓口气说:其实呢,你也是聪明一世糊涂一时,什么入赘不入赘的,既然洪良是马家独苗,马天成岂有不把秘籍传给儿子之理?只要两家联姻,你早晚能看到《天方秘籍》。

张道山:想到一块儿了。

张夫人:你和刘汉平说好了,明天缴过门礼?

张道山:他今天来医堂就是受马家之托啊。

张夫人点头:人的命,天注定,绕来转去没有用。

按照张道山的要求,第二天上午马天成备好过门礼,派高药工陪着洪良,雇了几个人抬着往张道山家里送。抬礼盒的伙计们一个个戴着红帽穿着红袄,肩上的礼担呼扇呼扇一起一落。送过门礼的队伍自东向西,引得街坊们纷纷出来看热闹。赵掌柜是个好奇心很强的人,听到外边喧哗声声,舍下生意跑出来看个究竟,只见送礼的队伍过了十字街,径奔颐寿堂张家而去。就在此时,丁二泉和另一巡逻街道的警员从北街慢慢走过来。丁二泉看到了西去的几个人抬着礼盒,问赵掌柜那是干什么的,赵掌柜说:二少爷,马家给张家送过门礼呀!

丁二泉的眼睛瞪起来:送过门礼? 要成婚了吗?

赵掌柜乐呵呵地说:那是自然喽。

丁二泉立时怔住,呆呆地站在原地不动。和他一起巡街的警员提醒他南街还没巡逻,让他快走。丁二泉仍旧怔怔地站着不动,那个警员笑起来,说:怎么着丁老二,看人家要娶媳妇你眼红了? 丁二泉好像忽然醒了酒,撒腿就往正西跑。那个警员吓了一跳,跟在后面边追边喊:哎哎,二少,站住站住,你干吗去?

丁二泉并不回答,一口气跑回家。

丁家正厅里,丁大户正习惯性地躺在床上抽水烟,丁二泉呼的一声窜进来。丁大户惊得烟袋掉在床上:出,出什么事了?

丁二泉喘着粗气一屁股坐在椅子上：完了，完了，这下真完了！

丁大户慌了：说明白，什么完了？

丁二泉擦了下眼睛说：爹，以前我求你去颐寿堂张家提亲，你为什么总推托？

丁大户说：不是托赵掌柜去了吗？丁二泉说：赵掌柜没说成，为什么不再托李掌柜、周掌柜、刘掌柜，就是刘四楞子也行啊。丁大户吸了口凉气：上次不是说了吗，州城的人头刘汉平给马家做媒，谁还敢顶这个杠？

丁二泉瞪起眼睛：爹，就凭我们丁家怕那个刘汉平吗？

丁大户说：退一万步讲，就是不怕刘汉平，你也不照照镜子看看自己，能配得上人家大闺女吗？没想到丁二泉头一横，说：这天下没有我丁二泉配不上的。丁大户很吃惊，快速溜下床来：咳咳……

丁二泉不顾老爹咳嗽：爹，你知道我为什么偷了你的金元宝去买警察吗？

丁大户好容易止住咳嗽，却直瞪着眼睛说不出话。丁二泉站直了身子，整理了一下警服：爹，我黑白想的就是张秀贞，寻思你还得央人去张家提亲，穿上警服，就能提提你儿子的身价，不怕他张道山不答应。要是实在不答应呢，也不要紧，我手里还有两个金元宝，就拿这两个金元宝买通警务股长派上几个弟兄把张秀贞硬硬地抢回家。

丁大户：好小子，你有种，穿上这身皮就不抓你坐大牢了？

丁二泉反驳说：到时生米煮成熟饭，坐了大牢也情愿。可是爹，你疯了，你傻了，今天人家已经送了"过门礼"，鲜嫩嫩的一块肉……

丁大户的眼泪落下来：儿啊，爹娘打算生你时就该想到，你是情种转世啊！

整个上午张道山没到前边医堂坐诊，而是一直坐在正厅桌边椅子上。老姜从前边走过来，张道山问医堂里有事吗，老姜说没事，有几个病人来就诊，让他打发到别的医堂去了。张道山点点头：是啊，自从订婚后，今天送过门礼，也是洪良第一次来探望我和秀贞她妈，就是再忙，也不能把孩子晾起来呀。

老姜看看日头，说是差不多已过巳时，这没成婚的新女婿也该到了。张道山说：别着急，说要来的，也就早一会儿晚一会儿的事。话是这么说，其实，他自己心里比任何人都着急。张夫人从厨房那边走过来：我说啊，订婚后这是孩子头一趟来，再加两个菜，成"海二八"的席吧。

张道山正不耐烦，抢白夫人说：嗨，海二八海二六，不就差两个菜吗，这事也值得来问我。你告诉厨娘韩大嫂，再加两个汤。

秀贞从套间里走出来，笑嘻嘻地看着她爹。张道山说：洪良这就来了，你也不到别的房间里躲躲，还在这正厅里转呢。秀贞说：躲什么躲，从小一块儿长大,谁不认得谁呀。老姜瞧着直笑。张道山咧咧嘴:看了没,你姜叔都笑你。唉!自从大清亡了之后,这世风越来越开放了。搁二十年前,听说新女婿来探亲,没过门的闺女早就跑到别的屋里不出来了。

老姜替他解嘲:还是现在好,咱们那时候,父母给说个什么样的就守着什么样的。我成亲那年,新媳妇过门都一个月了,梳头洗脸还不让我站在一边看呢。

张道山也笑起来:一样,一样,咱们都一样。

老姜告诉张道山,那回他听刘汉平先生讲,到上海南京那些大城市里,男女间都自由了。不用媒人不用父母管,年轻的男女看对了眼就自作主张搬到一块儿住。张道山说:这不乱了套了!老姜说:谁说不是呢,不过我看呀,咱们这里早晚也有这一天。张道山连忙摆手:可别,可别,咱们这里可是孔孟之乡礼仪之邦啊。

药房伙计从穿堂门那边探过身子:张先生,马家贵客到了。

张道山和老姜起身迎出去,张夫人也从厨房那边迎到院子里。秀贞躲在室内往外偷看。秀贞看到马洪良在药工老高的陪同下从穿堂门走进院子,在他们身后,是抬着过门礼的雇工。高药工将过门礼交与姜药师,收到工钱和喜钱的雇工们笑眯眯地走了。这时,只见马洪良站在院中,恭恭敬敬地朝张道山夫妇深深一礼:伯父好,伯母好,侄儿洪良有礼了。

屋里的张秀贞抿嘴一笑:酸!

张道山夫妇连说"免了,免了"。张夫人打量着马洪良说:你看你看,才几天不见呀,就长成了大小伙子。我看呀,洪良比小时候长得俊多了,瞧这细皮嫩肉的。

马洪良和高药工在张道山和老姜的陪同下,走进东边的客厅。厨娘韩嫂端着茶壶朝客厅走去,张夫人端着几盘糕点随后跟着,秀贞站在屋里轻声喊:娘,娘。

张夫人看看客房那边悄悄走过来:妮子,有事吗?

秀贞说:娘,用我帮忙吗?

张夫人指头剁了下秀贞的额头,说:傻妮子,哪有闺女见自己没过门的女婿的,躲一边去。秀贞轻轻跺了下脚,赌气似的走进套间里。张夫人脸上一副哭笑不得的神情,她紧走几步,把糕点送到客房去。

客房里,一张八仙桌摆在客厅中间,张道山坐在主位,马洪良坐在客位,两边是高药工、姜药师陪坐。桌上摆着八盘菜,姜药师执壶在手,给马洪良斟酒。马洪良连忙起身:姜师傅,抱歉,家父有言,在我成家立业之前,滴酒不能沾。

姜药师看看张道山:这……

张道山说:洪良虽是贵客,但从小是我看着长起来的,咱们不拘俗礼,就依他老子的家规，以茶代酒。姜药师点头应允，给张道山、高药工和自己斟上酒。四个人一边吃喝，一边聊家常拉闲呱。酒过三巡，张道山忽然站起身：洪良啊，伯父给你斟一杯，你不用喝，只是摆在面前看着。

马洪良连忙起身：伯父，小侄儿晚辈，怎敢受用。

张道山说：礼仪所在，不用客气，来来。马洪良只好答应，伸出小指、中指和无名指做捧杯状。张道山将酒慢慢斟到马洪良面前的杯子里，然后放下酒壶重新落座。张道山看着自己的乘龙快婿，心里乐滋滋的。他想，这既是州城一位普通的年轻郎中，也是崇德堂的少东家，在我张道山的眼里，这个女婿是一位天使、一位尊者。因为，接近或拿到那部《天方秘籍》只有靠他。张道山想到这里，禁不住颔首微笑：洪良啊，每天陪你父亲坐堂医病之外，还干什么？

马洪良说除坐堂医病外，再就是到药房识药辨药，熟悉弄通药性。

张道山说：你爹不让你看医书吗？马洪良说：对了，闲下来就看医书，但主要是晚上用功。张道山问洪良都是看些什么医书，马洪良回答说：《医学三字经》《药性赋》等中医入门的书早已看过并记住，现在主要是看《内经》《伤寒论》《金匮要略》《温病条辨》什么的。张道山点点头：涉猎甚广啊。

马洪良说：家父叮嘱，这是为医者打根底的过程，不能马虎。

四个人一齐举杯，张道山、高药工、姜药师一饮而尽。马洪良表示了一下，随着将酒杯撂下。张道山：来，不能光喝酒不吃肴啊，动筷，动筷。

四个人先后举箸。

张道山放下筷子看着洪良：你父亲就没让你看什么《天方秘籍》那部书吗？

马洪良回说：父亲现在只让他学习中医基础，从来也没让他接触《天方秘籍》。对于这部书，我也只是听父亲曾经提到过。张道山大失所望，加之酒劲助力，脸上涨得通红。高药工见状赶紧打圆场：张先生，你是说《天方秘籍》？

张道山精神一振：是啊，高药工见过？

高药工说有天晚上自己去向东家报账，好像他正在看这样一部书。

张道山因为有前车之鉴，便问高药工这书是什么样式的。高药工回说不算厚，纸也挺薄。张道山连说"是了是了"，他起身给高药工斟酒，高药工满脸堆笑慌忙起身相谢。姜药师看着高药工的笑脸，嘴角动了动想说什么，但看到张道山对高药工殷勤相待，话又咽回去。

张道山重新落座，仔细打量着高药工，心中在暗暗琢磨，高药工此人长相猥琐，恭倨不均，对上笑脸，对下不屑，对身份相等之人，也只是虚于应付地龇龇牙。相书中说此为宵小之辈，见利忘义之徒。不过，要想得到马家的《天方秘籍》，这倒是个可用之人。幸亏我早有见地，把他买通了。

张道山端起酒杯：高药工，多谢陪伴洪良到来，敬你一杯。

高药工连忙举杯：多谢张先生。

张道山说：高药工久居马府，熟悉内情，有关那部秘籍的事，还得多多关注。至少，你得劝劝天成老弟，快让孩子看到这部书。

高药工眨眨眼睛说：张先生放心，我会时时关注。

张道山会心一笑。

13

冬去春又回，春逝夏复归。

六月天的一个夜里，天色较往日更黑更沉，恰似天公给多灾多难的大地又扣上个黑底大锅。就在这黑沉沉如锅底似煤窑的空间里，遥远的东南天际处，突地闪了一道银白色光条。光条如剑，渐长渐宽，渐弯渐大，且又分出细枝，不停幻化。就在光条幻化成浅红色形如蛛网的刹那间，一声惊天动地让人心胆俱碎的霹雳炸响了。这一声霹雳之后，天地是一段长时间的沉默。然而，人们刚刚从惊悸中恢复过来，一声更长更重的爆雷又响了。响声如天鼓长击，滚滚荡荡蔓延而来，普天之下，霎时间被震成了灰白色。雷声乍逝又响的瞬间，方才浅红色的光条忽地化作了火红色。红色如烟如烛，翻滚搅和，待重新形成长条带状时，又分枝分岔如千万条巨型钢齿利刃，毫不留情地朝大地扑抓、切割。

马天成在睡梦中被惊醒，他惶惶然爬起身来，从窗户间望到外边天上骇人的景象，惊得直了眼，短了舌，因为从未见过这样的天象，更没听到过如此惊天动地的炸雷。就在马天成的错愕惊诧中，天与地的大空间里传来了如龙吟虎啸般的响动，伴随着雷声风声，州城角上的日军弹药库爆炸了。弹药库上空聚成火红色的光岔又迅速汇聚，聚成一个火球、火柱。火球、火柱挟着轰隆隆的巨响，在整个东南天幕上蹿上坠下，交相闪烁。这时，厉风突起，天光惨白，火红色的光条钻进了云天深处，一阵如蛇吐芯的"咝咝"响声过后，大雨如飞瀑长柱般铺天盖地泻下来了。乾坤激荡，女娲的补天神石陨落……

马天成伏在窗前一直注视着外边，马夫人也穿衣走过来：出什么事了？

马天成：爆炸声！

马夫人：是炸雷吧，哪来的爆炸声？

马天成：炸雷和爆炸是不一样的，这我还听不出来吗，莫非是……攻城？

马夫人：离我们远着呢，别着了凉，去睡吧。

马天成再也睡不着，他靠在床头上坐着，不时通过窗口朝外边的雨天看一眼，再看一眼，好像预感到有什么不测之事发生似的。马夫人再次爬起身，懵懵懂懂地看着他，马天成在闪电照进窗内的刹那间朝夫人摆摆手，说：你睡吧，没事,我坐一会儿。夫人也坐了起来,说:是不是给你倒碗水喝?马天成摇摇头,没说话。就在风声雨声炸雷声声声不断的当口,忽听远处城角大仓库一带又响起了震耳的枪声,马天成一激灵穿衣下床,冷不丁坐在椅子上说:糟,出事了!

下半夜,雨依然不停,雷声和闪电依然不息,马天成依然在桌边椅子上坐着。夫人也穿衣下床,给他倒了杯水放在面前,然后坐在床沿上,一声不响地陪着他。大约四更时分,医堂那边传来时断时续的敲门声,马天成侧侧头对夫人说:有患急病的,我去看看,你睡吧。

马天成的爱犬黄毛在院中叫起来,见马天成走出屋,黄毛不叫了,吐着舌头紧紧跟在他身后。那夜张三太派人进院,黄毛因为中了江湖人士常用的"醉死驴"而暂时昏迷,马天成临去张桥镇前曾想带着昏迷中的黄毛进行救治,李天鹏笑说这种迷药的解法在他来说是轻车熟路,马天成这才放心而去。

马天成身披雨布来到医堂这边时,洪良、老高早已手执灯烛守在穿堂间的北门口,马天成走进来:你们还不开门,怔着干吗?

老高犹豫着:这大雨天,深更半夜的……

护院李天鹏出现在他们身后:我断定这不是强人,强人径直入院从不敲门。

马天成:什么强人弱人的,下着大雨,明明是病人嘛,快开门!

老高打开门,风雨中站着几个人,其中一人趴在同伴的后背上,俨然病了。马天成将病人接进医堂放在一条宽大的春凳上,正欲搭脉问病,却见病人腿上红湿湿的,马天成摸了一把,是血。马天成抬头看看几个人,几个人神色凝重,正眼神急切地看着他。马天成:是外伤啊?

领头一人说他们是外地的客商,途中遇到土匪抢劫而打伤这位弟兄。因急于要和土匪交涉,久闻马先生神医大名,所以先把伤者送来救治。夜半打扰,务请见谅。马天成没说话,他用剪刀剪开伤者的裤腿愣住了:咦,是枪伤!

领头人从袋中取出五十块大洋放在医案上,然后俯身马天成面前,说:马先生,迫不得已,万望施救。马天成见这几个人行踪蹊跷,出手又如此大方,定然来历不浅,再未敢多问。他给伤者切脉,查看眼睛口唇,稍沉转向领头人:壮士不必多虑,伤情虽重,尚可救治,只是时间要长一些。

领头人朝马天成拱拱手,说:我们的意思也是先将这位兄弟托于先生,日后再来相谢。马天成点头答应,让几个人抬上病人,跟他到内院僻静所在治疗。几个人连忙抬起春凳,跟着马天成和马洪良走出医堂。

几个人抬着春凳跟随马天成来到内院东南角,面前出现了一堵墙,墙外又是一所跨院,一扇木板门将跨院和内院隔开,跨院门紧靠茅厕。马天成推开木板门,几个人抬着伤者走进跨院,只见左侧一溜东房。马天成推开房门后站住说:壮士,请您背起伤者,随我父子进内,其他壮士暂在屋外等候片刻。

领头人连说"好的好的"，背起伤者，随马氏父子入室。半袋烟工夫，领头人和马洪良走出来。马洪良说：家父正在给伤者止血，我去药房取药，各位请便吧。

领头人对同伴们低声说了些什么，转身朝马洪良一揖：受伤的这位弟兄，就拜托马先生父子费心了。过几天料理完了眼下事务，我们再回来看望。

马洪良还礼：诸位请放心，家父只要答应了的事，定当竭尽全力。

几个人转身朝医堂那边走。马洪良指指内院大门说：请走这边吧。

马洪良把几个人引到内院大门洞里，听听外边只有风声雨声并无其他动静，然后打开大门，几个人迅速走出去。马洪良关门时，几个人已消失在雨夜里。

马洪良送走那几人返回到跨院，走进东房，东房里家具齐全，马洪良挪开靠南墙的书柜，南墙上现出一孔小门。马洪良推开小门躬身而入，里边又现一密室。密室没有窗户，有桌凳、柴炉、火炕。伤者躺在炕上，煤油灯的光焰照着伤者惨白的脸。马洪良明白，这是因为伤者腿部受了枪伤失血过多造成的。

马天成已用金针封住伤者的各大命穴，见马洪良返回到密室，就问儿子所需药物带来了吗。马洪良说：按爹爹的吩咐，一样不缺。马天成又问儿子，除李天鹏外，还有没有人知道他取药的事。马洪良说没有，因为这些药是他自己开了药铺门取的，院里除天鹏还在巡夜外，其他人都睡了。

马天成连说"好好好"。伤者失血过多，已是生命垂危，马天成当即让洪良点燃柴炉，先煎制大剂量独参汤给伤者喝下以培本固元，他亲自动手用剪刀将伤者裤腿一剪到底，再次仔细检查伤势。伤口仍在流血，马天成赶紧撒上止血粉止血。针灸加上止血粉，伤口的流血止住了。血止后，马天成见伤处仅有一个弹孔，有进无出，明白子弹卡在腿里了，他小心而又仔细地探查，果然，子弹嵌入骨缝，急切间难以取出。马天成想了想口中默念道：只能先施权宜之计了。

马天成从密室角落里取出一个密闭的瓷瓶，从瓷瓶里倒出药水给伤者清洗伤口，血渍拭去，伤口边缘渐渐清楚。马洪良问父亲这是什么药水，马天成告诉儿子，这叫双乌水，是用双花、草乌、川乌等中药制成，存瓶三年方可使用。既能清污止疼，也可防炎消肿。马洪良说：以往从没听到您老提到过，马天成稍一沉吟告诉儿子，此方《天方秘籍》中便有记载，他以后会知道的。

马天成清洗完伤口，看着那个弹孔想了半天：看来，只能敷以八功膏了。

马洪良问八功膏又是什么药，马天成说八功膏功效奇特，可将人体肌骨中异物慢慢"拔"出。马洪良说：这也是《天方秘籍》里的吧？马天成点点头。

独参汤煎好，马洪良将药汁端过来，马天成让儿子用汤匙一小口一小口地喂给伤者。他则继续小心而又仔细地用银簪探查伤口，探了好长时间，马天成直起腰说:子弹嵌入骨缝,急切间难以取出,抻两天再说吧。

伤者喝了马洪良喂给他的独参汤后,精神渐渐转好了。伤者睁开眼睛,声音微弱地说:谢先生救我。

马天成嘘了一下:刚刚血止,不可说话。

伤者眯上眼睛休息。

这位伤者的体质真好,在马天成的认真治疗和悉心照顾下,十来天就能坐起身吃饭喝水了。这十来天里,伤员的伙伴先后来过三次,送来肉面鸡蛋和一些西药。马天成留下肉面鸡蛋,让来人把西药带回去,他说中西药同义不同源,他有自己的中药治疗办法。马天成是这一带的名医,来人也只好听他的。这天中午,马天成送过饭来,伤者握住马天成的手说:马先生,您老每日给我治疗不说,还天天亲自送饭,我真是感激之情无以言表,他日康复,必当厚报。

马天成说:先生言谈举止,是位有学问的人,马某能尽微薄之力,也是一种福分啊。伤者唏嘘连声:马先生说这话,让在下无地自容了。

马天成说:先生的伤势已无大碍,只是那颗子弹嵌在骨缝里,急切间难以退出。伤者说:先生每隔两天就给伤处贴敷八功膏,如此频繁治疗,子弹定会慢慢退出。

马天成侧侧头说:就是为了等待子弹头退出,这才一直不敢让伤处封口。

伤者说:先生不必多虑,您是州城名医,这伤势必会按您的治疗方案慢慢痊愈。马天成笑一笑:这十来天的时间,你的同伴已派人来过三次,因为你我都明白的原因,我一直没让来人到密室中见你,先生不会嗔怪吧?

伤者说:您老人家做得对,既是先生家的密室,必得保密。马天成啧啧连声道:真不愧是有学问的人。好,你吃饭吧,我还得到医堂坐诊。

马天成躬身从小门洞里走出去。

就在伤者治疗期间,发生了一件让马天成根本无法预料的事情。

这天,马天成一家正在吃午饭,黄毛忽然"呕呕儿"叫着跑出去。马天成说有人来了,马夫人正要出去看,只见女儿马洪玉提着皮箱出现在屋门前。马天成夫妇和马洪良同时站起来,马洪玉嘻嘻笑着走进屋:爹、娘、哥,都好吧!

原来已到假期,在济南医校任教的女儿马洪玉回来探望父母了。马天成夫妇生有一子一女。儿子马洪良深沉端重,规矩细心,济南育英学堂毕业后,马天成就把他留在身边,让他潜心于医,准备将来主持崇德堂。女儿马洪玉美丽多才,育英学堂毕业后,跟随跨国经商的伯父游历国外。洪玉明白父亲受传统思想影响,医术传男不传女,心生怨尤,游历国外期间发愤攻读西文,研究西医,立志让父亲明白红颜不让须眉。返归故里后,洪玉凡事我行我素,毫不理会别人的白眼和议论。马天成是个开明人,对爱女也并不太约束,完全由着她的性

136

子来。

　　马夫人嗔怪地说:疯丫头,也不提前来个信儿,好让你哥哥去车站接你。马洪玉依旧嘻嘻哈哈:嗨,接什么接呀,你闺女一个大活人,坐上火车,呜儿一声就从济南来到州城。出了站雇辆驴车,踢踢踏踏就来到家了。

　　马夫人说:闺女哎,现在不是正当乱世吗,家里人不放心啊。马洪玉撇撇嘴说:这天下,还有敢欺负你闺女的?给他个胆子他也不敢呀。

　　马洪良说:你看你洪玉,都二十来岁了还这么风风火火的。

　　马洪玉说:山难移性难改嘛,谁像你,整天之乎者也老夫子。马天成笑起来,说:洪玉啊,你这话连爹也捎带上了。马洪玉连说:不敢,不敢,爹是闺女心中的神,闺女哪敢讽刺老爹呀。马夫人拽着女儿走到脸盆架前说:快洗洗手脸吃饭吧。

　　马洪良连忙给脸盆里添上水。马洪玉一边洗脸一边说:还是俺娘知心,我真的饿了。马洪玉用毛巾擦着手脸说:学校放假了,回来看看爹娘和哥哥,捎带着撒欢撒欢。马洪良问:妹妹在家住多长时间?马洪玉佯装不高兴,说:怎么着,刚进家门就要往外撵我!至少一个月吧。哎,哥哥,你给我的信收到了,听说你和张秀贞订了婚,我背南面北接连说了好几声阿弥陀佛。

　　马天成、马夫人和洪良笑起来。

　　马洪玉说:抽空我得去看看张秀贞,现在的嫂子,昔日的同学。马夫人说:人家还没过门,不能称嫂子,得叫姐姐。马洪玉嘴里说着"好好好",将毛巾搭在脸盆架上,走到餐桌前看了一眼:怎么没有红烧肉啊?

　　马夫人给洪玉拿过一双筷子:先将就吃点儿,晚上娘给你包饺子。

　　马洪玉吃着饭:爹、哥,这城东教会医院里是不是有个叫勃兰特的意大利人?

　　马洪良说:是有这么个外国人,当院长。问这个人干吗,有事啊?洪玉说她临来时,济南意大利基督教会的福音医院院长罗西先生让她给勃兰特捎了封信,她打算今天下午就送过去。马洪良说打发个伙计送去就是了,何必亲自跑一趟呢。马洪玉说:不行,受人之托,忠人之事,我得亲自去送。马洪良说:我陪你去。马洪玉摇摇头:不用,我有腿。

　　马洪良:这个丫头,一张利嘴。

　　马天成和马夫人都呵呵笑起来。马天成说:洪玉呀,从小你就欺负你哥,现在长大了,应该知道长幼之分,以后对哥哥不许再这么无理。

　　马洪玉:孩儿谨遵父命。

　　原来,洪玉现在任教的医校就是附属于济南意大利基督教会的福音医院,院长罗西是这个学校的名誉会长。洪玉任教时间不长,就和罗西老人联系上并很快得到罗西的欣赏。空闲时间，她和几个同事总是跑到医院里，一边联系临床实际论证以往所学的理论，一边和罗西及几位医生学习意大利语，练习书写意大利文。洪玉是个语言天才，仅仅一年多的时间，竟能比较熟练地掌握意大利文的对话和书写，这让老院长罗西惊奇万分。他认定这个女孩将来必然成就卓越，打算待战事平息后送她出国深造。可是这国内国外的仗越打越乱，越打时间越长，老院长的这一打算也就成了一种美好的想象。

勃兰特是罗西十年前的学生，洪玉临回州城前去向罗西告辞，罗西就给自己的学生写了封信让她捎来，一是互通信息，二是问问勃兰特教会医院的情况。洪玉向来是今日事今日毕的作风，当天下午就把信送到城东教会医院去了。

这天中午，马天成悄悄走进跨院的东房里，他刚刚挪动书柜打开密室，忽然听到背后的脚步声，马天成慌忙回头，是女儿洪玉跟进来了。马天成吓了一跳：洪玉，你来这里做什么？

马洪玉笑了，她说自己每每见爹借上厕所之机走进跨院，心中好奇，所以就跟过来看看。马天成作难地摇着头说：你个丫头家，别这么鬼鬼道道的，快出去吧。马洪玉说：您的闺女也不是小孩了，有什么事不必瞒我。马天成：你从小就是个鬼灵精，想瞒，瞒得过你吗。

马洪玉轻轻一笑。

马天成指指南墙说：既然如此，我也不瞒你了，有个病人，因为一些不便言明的事情，我只能暗暗给他治疗。马洪玉问：就在这密室里吗？马天成大惊，问洪玉是怎么知道有这密室的。马洪玉说：爹你忘了，闺女三岁那年，曾经暗暗跟随你走进去过。马天成轻轻摇头：了不得，小小年纪，成了精了！

马洪玉说：爹，病人肯定等你治疗，快进去吧，别耽搁。

马天成说：好，你也跟进来看看吧。

马天成挪开书柜，爷儿俩先后进入密室。

密室里光线很暗，一盏煤油灯放在炕头前的小桌上，灯下放着一本书，一位青年人倚在南墙上坐着。马洪玉看到那人的面孔一怔，那人也看到了马洪玉，同样一怔。马洪玉抢前一步：王尚龙……

青年人支撑着坐直了身子说：洪玉，是你呀。你忘了，我叫于天佐。马洪玉皱了下眉头，随之改口：哦，于天佐，怎么是你呀！

马天成怔住了。他见女儿走到炕前，和于天佐对视着，四目相对，两个人谁也不说话。马天成缓过劲来，问洪玉怎么认识这位先生。马洪玉告诉父亲，说这是自己在济南上学时的同学，叫于天佐。于天佐也缓过神来，惊奇地问洪玉：这是你家，老先生是……

马洪玉说:这是我父亲,老中医,记得在学校时和你说起过。于天佐挣扎着要下炕:是伯父啊,伯父好!

马天成连忙扶住于天佐让他坐好,别乱动,因为他的伤还没好利索。于天佐重又靠坐在南墙上,洪玉问父亲天佐怎么了,马天成说是受了枪伤。马洪玉吃了一惊,随即问恢复得如何,马天成说已无大碍,只是子弹头嵌在骨缝里,自己配制的八功膏效力慢,退出子弹尚需时日。马洪玉听父亲说到这里,提出要看看天佐的伤口情况。马天成掸了一下:也行,你看看吧。

马洪玉查看了于天佐的伤情,摇摇头说先给天佐换药吧。马天成给于天佐涂上八功膏,用细白布盖好伤口。他看看两个孩子说:你们既是同窗,就多聊几句吧,我得出去坐堂侍诊了。

马洪玉说:好的爹,我和天佐聊一会儿,你去吧。

马天成转身出了密室,密室内只剩下马洪玉和于天佐相视而坐。真是天缘巧合,两个人做梦都没想到会在这种情况下这种环境里再次相遇。天佐说:这么看来,常陪伯父给我疗伤的那位青年医生就是大哥马洪良了,刚来时,就是他和伯父把自己送进密室的。马洪玉笑笑,说:哥哥比我们高两级,肯定没认出你。于天佐想了想:我们这一级和他们不在一个校区,他当然不认得我。

马洪玉说幸亏如此,免了许多意外。

于天佐问洪玉毕业后去了哪里,洪玉告诉天佐,哥哥毕业早,父亲就把他留在身边,准备将来主持崇德堂。自己本来准备继续深造,可看到父亲思想保守,医术传男不传女,一生气,就跟刚好在外经商回来探家的伯父到了东北,后又出国游历,发愤攻读西文,研究西医,立志让父亲明白红颜不让须眉。

于天佐笑了:仍是争强好胜的个性啊。那你什么时候回来的,现在做什么?

马洪玉说一年前才回来,返归故里后,经昔日学堂老师推荐,在济南一家医校任教。现在放假了,回家探望父母,看到父亲行动怪异,出于好奇,就悄悄随父亲来到了这里,没想到和老同学不期而遇。

于天佐:巧,真是太巧了,巧得让人不可思议。

马洪玉搬条凳子坐在炕前:尚龙,你是聊城人本地口音,现在为何改了姓名又改成南方口音?你刚才操着满口的南方话,让我感到又滑稽又惊讶,差一点儿笑出声来。另外,又是什么原因弄成这样子?

于天佐说:洪玉,你冰雪聪明,是少见的才女,什么事想瞒过你几乎没有可能,我只好以实相告了……

原来,现在的于天佐也就是昔日的王尚龙,是随在山东任职的舅父于岷来济南读书的。毕业那年,舅父被调到南京,他也就随舅父到了南京,后来又投考了军校。在军校受一位老师的影响,还没毕业就离校远奔他乡,所以王尚龙改成舅父姓氏,取名于天佐,籍贯也改成舅父的籍贯南方某省了。离校出走后,于天佐辗转到了陕北,抗日战争爆发,便随东进支队转战到鲁北这一带,开辟新的抗日根据地。那个霹雳闪电大雨滂沱的夜里,于天佐率领一支小部队奇袭日军州城军火库不幸受伤,转移期间,考虑到日军必会追寻严查,部队行动不便,无奈只好暂留崇德堂疗伤。交谈中,天佐深感洪玉开明大义,便将自己身份以实相告。洪玉侠骨柔肠,对这位叱咤风云的老同学无比钦佩。同时也终于明白老同学王尚龙缘何改了名字变了口音了。

马洪玉说:命运变幻中总是充满了神奇,从打学生时期起,我就感到你敢作敢为,是个难得一遇的才俊,果然如此。尤其你现在这满口的南方话让我感到惊讶,你的学习模仿能力咋这么强啊。于天佐笑道:情势所逼,迫不得已。说什么才俊啊,洪玉你可是高抬我了,抗日救国,咱们当时在济南不也参加游行喊过口号吗。

马洪玉叹口气:唉!想想那两年,真是热血沸腾啊。只是,我走了另一条路,没参加到抗日队伍里。

于天佐说并非刀枪相对才叫抗日,各有各的抗日方式嘛,关键是人格、品质、信心、毅力和一腔热血。马洪玉点头承认,同时半开玩笑地说:我们这是百分之百的奇遇,将来可以写成小说了。谈到这次奇遇,于天佐说:多亏伯父医术高超,加之生活上百般照料,这才渐渐恢复。否则,恐怕这次奇遇只能是天方夜谭了。

马洪玉说:你放心养伤吧,我和父亲会想法给你医好的。

于天佐很受感动:洪玉你开明大义,侠骨柔肠,真让我感激不尽。

马洪玉说:天佐,你叱咤风云,志向远大,作为老同学我也是无比钦佩哪。

自此,马洪玉每天都来密室协助父亲给天佐疗伤,频繁的接触和更深的了解,使这两个不同经历相同性格的豪情儿女越来越近,越来越感到彼此亲切,最终他们互生爱意,暗订终身。洪玉将自己的决定告诉父亲,马天成深知女儿我行我素的性格,对天佐的才干人品也十分赞许。他只是委婉地对女儿晓以利害,不表示同意也没摇头反对。

经过将近两个月的治疗,于天佐可以下地慢慢挪动脚步了,但由于那颗子弹嵌在骨缝里,严重影响了伤口的彻底痊愈。马天成本想以八功膏将天佐腿上的子弹拔出,无奈子弹嵌得很紧,急切间难以奏效。这天,马洪玉将东房里的火炕收拾干净,把靠窗的桌椅擦拭了一遍,让天佐搬出来住,说这外间里还明亮些。

马洪玉挪开书柜,于天佐从小门中躬身走出来坐在靠窗桌前的椅子上。他拍拍腿说:伯父真乃神医,即使在部队医院,这样的伤要恢复也得半年几个月。

马洪玉说:只是那颗子弹嵌在骨缝里,严重影响了伤口的彻底痊愈。要是尽快取出子弹头,伤口愈合后便能行动自如。八功膏虽是秘方良药,只是功效慢,我打算说服父亲,借用外科手术器械,以最直接的办法取出弹头。

于天佐说:最好不要惊动别人。

马洪玉说:放心好了,我学过西医,尤善外科。

于天佐说:你亲自动手?

马洪玉说:那当然了,找教会医院的勃兰特借几样手术器械就可以。

于天佐说:如果能及早恢复太好了,前几天部队上来人,我问起最近情况,说部队接连打了几个胜仗,地盘比原来扩大了许多。司令员捎信儿来,盼我早日归队,说是有新任务等着我。马洪玉说:那好,下午我就去找勃兰特。

于天佐说:你给我做手术得先做通伯父的工作呀。马洪玉说:父亲不是食古不化的人,午饭时和他详细讲讲,想必会答应。马洪玉看看外边,说:快晌午了,我去给你做饭。马洪玉起身走出屋子,于天佐看着窗外那棵高大的杏树出神。

真让洪玉说对了,马天成并非食古不化的人,他允许女儿给天佐做手术。洪玉从勃兰特那里买来麻药,借来手术器械,说是第二天上午就动手。马天成一是不放心,二是好奇,第二天上午吩咐洪良独自应诊,他和女儿一块儿来到跨院东房里。马洪良让天佐躺在炕上,先后给他用酒精和碘酒进行局部消毒,马天成站在旁边犹犹豫豫地说:玉儿啊,这动刀动钎的行吗?

马洪玉说:你放心吧,爹,我在东北给人做过这手术。

马天成问:是不是很疼啊?

马洪玉说:当然疼,所以必须打麻药。马天成看着女儿用针管从一支安瓿里吸了些水一样的液体后走到于天佐跟前,好奇地问道:这就是麻药?

马洪玉点点头。

马洪玉将麻药在伤口周围由浅到深注射着。

马天成问于天佐疼不疼。于天佐说:伯父放心,就跟蚊子叮一口似的。嗯,这霎一点儿也不疼了。马天成和于天佐说着话,洪玉已将麻药注射完毕。洪玉用针尖刺了刺伤口周围的皮肤,见天佐没有反应,知道麻醉已经成功。于是,她屏住呼吸,用探针拨开伤口里长出的肉芽,同时询问于天佐疼不疼。天佐说:你动手就是了,根本没有疼的感觉。马洪玉开始放心地用探针拨弄伤口内的有关部位,一旁马天成擦着额头上的汗,不时看看于天佐。马洪玉拨弄了一会儿,说看到了,可能是八功膏的作用,子弹已从胫骨和腓骨间露出了半截。马天成探过头去,隐隐约约看到铅黑色的子弹头上的平屁股。马洪玉用扩口器将伤口撑开一些,小心翼翼地把止血钳慢慢伸进伤口里。马天成看到,女儿手中的止血

141

钳慢慢地往外移动着,移动着,终于,一颗子弹头带着血沫子被取出来了。马洪玉把子弹头举在父亲面前:爹,看了没有,就是它。

马天成盯着子弹头说:玉儿,你比爹的能耐大多了。

马洪玉说:您老人家头一回夸奖我。

马天成说:爹说的是实话。哎,上什么药呢?

马洪玉说:最好敷无菌纱布,可没有啊,我看还是上您老人家制的生肌散吧。马天成说:好嘞,他从一个匣内取出一瓶药面,把药面均匀地撒在天佐的伤口处,然后取过一块白棉布要包扎。却见马洪玉从旁取过一块白纱布:爹,用这个吧。

马洪玉将纱布叠成方块,轻轻盖在天佐的伤口处,纱布上面粘上胶布。

在中西结合的治疗下,天佐的伤口很快愈合。马天成对女儿的医术赞不绝口,自此也稍稍改变了重男轻女的想法。

看到女儿顺利取出于天佐腿里的子弹头,马天成感觉心里轻松了许多。因为子弹头取出后,他就可以放心用药以使创口尽快愈合。当天晚上,马天成根据秘籍记载和自己多年来的施治经验,针对于天佐的伤口情况调兑出一个医方。第二天,他到药房亲自动手,配制出一半液体一半粉剂的创口愈合药,每隔两天给天佐施用一次,数日之后,天佐腿上的伤口就渐渐封口了。

无论哪行哪业,只要出了名就有挑战的。城东曹庄有个姓曹的年轻人跟一个游乡郎中学了治痔疮的医术,因为小有所成,人们就称他小曹先生。小曹先生很想速速成为本地名医,而成名的最好办法就是挑战州城第一名医马天成。只要胜了马天成,自然声名大振。他想得很长远,也很实在,知道自己在其他医术上绝对不能和马天成相比,便记起了师父"一招鲜吃遍天"的训导,决定以自身之长去戳他人之短。马天成虽然名气大,但从来没听说他治疗过痔疮,而这不正是自己取胜的关键吗?

这天上午,小曹先生给十字街上一个患痔疮的远亲治疗之后,借便走进了崇德堂。马天成父子正在侍诊,见一个年轻人大摇大摆走进来,以为是看病的,就点点头请他坐下。小曹先生落座后并不说话,只是歪头看着马天成出神。病人很多,小曹先生等了好一会儿才挨上,马洪良请他坐到自己这边来,小曹先生并不理睬,径直走到马天成这边:你还年轻,让老先生给我看吧。

马洪良苦笑了一下,只好招呼另一病人。马天成见这年轻人有些傲气,连说:可以可以,我给先生诊治就是了。他问小曹先生怎么了,小曹先生仰仰头说病在肛内,马天成"哦"了一声说是痔瘘啊。小曹先生点头说:是,你能治吗?马天成问是什么痔,小曹先生见是卖弄的机会,提高嗓门儿说:痔疮有翻花痔、蚬肉痔、悬珠痔、栗子痔、鸡心痔、牛奶痔、鼠尾痔、樱桃痔、珊瑚痔、菱角痔、鸡冠痔、蜂窠痔、莲花痔、血攻痔、气痔、雌雄痔、担肠痔、盘肠痔等十几种,马先生你都能治吗? 小曹先生一番话说下来,医堂内候诊的病人都愣了,大家不约而同地把目光集中到他身上,口气佩服地说:别看这位先生年轻,知道的可真多。

马天成此刻已经明白对方不是来看病而是来找事的,微微一笑说:先生好大学问,马某实在佩服。但无论是哪种痔,名目虽多花样虽异,其实性状大体都一样,治疗方法也大体相同。马某是问先生所患到底是痔还是瘘,痔有痔的治疗办法,瘘有瘘的治疗措施。如果是痔呢,较为好办。若是瘘呢,请先生去北街吕家医堂找吕之铭先生,他在治疗瘘疮方面有手绝活,既给你治好,还没有多少痛苦。小曹先生没有难倒马天成,怔了半晌说:就按痔疮治吧,你有什么好办法?

马天成说这就简单了,无非是先洗后枯再熏。先用温开水洗净肛门,涂以枯痔散,待患部枯黑干结或与正常肌肉分裂后,再以落痔汤熏洗一两天,则枯黑坏死之患处便自行脱落。小曹先生不甘就此落败,追问说:痔身脱落之后呢?马天成虽然待人宽和,但对这样的轻浮之辈也心生厌恶,他口气不耐烦地说:痔疮露底之时,再以轻乳散敷布数日即可痊愈了。见对方还要纠缠,马天成终于板起了脸:先生,你若是治病,待会儿我就可以施治;倘若先生是专门来盘道的,马某眼下正忙,等到空闲之时我再聆听教诲行吗?

医堂里候诊的病人们这时也插话了:这位公子,医堂里许多人都等着,人家马先生忙得饭都顾不得吃,你还有完没完啊?

马天成竟然对治疗痔疮也如此精通,自己之绝技竟是他人之末技,这是小曹先生根本没有想到的。加之病人们七嘴八舌地斥责,本想一战扬名的小曹先生一时下不了台。下不了台的小曹先生正在冥思苦想寻找台阶,医堂外忽然传来嚷嚷声,有人说看到小曹先生进了崇德堂,快进去看看是不是在这里。话音落处,一个人探进头来,探进头来的人随之回头朝外喊:在这儿呢,抬进来,快抬进来!

随着这人的叫喊,一个躺在门板上连声呻吟的中年人被抬进了医堂。先是意气风发后又穷途末路的小曹先生见抬进来的竟是自己刚才治疗过的痔疮患者,不禁吓了一跳,惊问这是怎么了。一个年轻人丧气地说:小曹先生,你给我父亲敷上药后,先还只是稍稍疼痛,越往后越疼,实在忍不住了,只好抬着人去找你。也是合该不跑冤枉路,走到这边听说你进了崇德堂,这不就跟进来了。

马天成一惊道:先生,原来你是治痔疮的郎中啊,我说怎么一股劲地和我盘经论道呢。好好,你我既是同行,那就借我医堂,施你绝技,快给病人医治吧。

小曹先生一时傻了眼,他是为患者涂的枯痔散,但却从未见过涂了枯痔散疼得如此厉害的。他赶紧俯身患者跟前说:你忍忍,忍一会儿兴许就好了。

痔疮患者在门板上打了个滚,说:曹先生,本人最是能忍的,曾经让狗从腔上叨了一块肉都没喊过疼。要是能够忍得住,就不让人抬去找你了。小曹先生急得原地打转,病人们也都围上来看,室内有些乱。马天成见状只好走过去,他看着晕头转向的小曹先生问:先生既有枯痔散,就得有止痛药啊,用上不就得了。

小曹先生尴尬万分,朝马天成作了个揖:马先生大人大量,快请帮我个忙。

马天成摇摇头,转身吩咐马洪良去药房取自己配制的"普提露"来。洪良答应着到药房取来普提露交给父亲,马天成叫把患者抬到屋角处,然后用温水洗去枯痔散,又用棉花浸蘸了普提露给患者罨包患处。过了一会儿,患者疼痛越来越轻,最后竟就毫无感觉了。患者千恩万谢,跳下门板,也没和小曹先生打个招呼就与众人出门去了。小曹先生满脸通红,守着一屋子病人当场跪在马天成面前,不容分说一连磕了三个响头。马天成慌忙搀扶:曹先生快起来,这是为何?

小曹先生跪在地上不起来,要认马天成为师,说今日之事终于知道自己几斤几两了。马天成让洪良搀起小曹,告诉他马家曾有祖训,一不认干亲,二不收徒弟,请谅! 小曹先生又要下跪,马天成急忙搀住他说:虽然祖上有遗训,但马某今天已经受了你三个头,不能收徒也可传艺,就把普提露的配制方法传给你吧。

小曹先生大喜过望再施大礼说:谢谢马先生,谢谢马先生传技授艺。

就听马天成说:曹先生你记着,熊胆三分,冰片三分,研碎用沸水一茶杯冲起,装入玻璃瓶中,将瓶放置冷水中。

颐寿堂里,张道山面对眼前的病人一筹莫展。

春凳上侧歪着一个穿戴颇为讲究的病人,病人的身旁站着两个随从,不用猜测,就知道这个病人有一定的身份。病人肩上生了个肿块,肿块红而发亮,疼痛剧烈,病人一边呻吟一边叨唠:张先生,我是从外乡慕名而来,听说你治疗疮疡疖肿非常拿手,可是,如今我住在客店里半个多月,每天都来找你调治,怎么一点儿也不见轻呀!

张道山面现羞愧,说:先生,实在对不起,疮疡疖肿皆有名,我说啥也看不出你这个肿块属于何经何络。俗话说,疮治有名,无名难杀郎中。散瘀、化结、驱毒的药都用了,您肩上的肿毒就是毫无起色。在下无能,我看先生再到崇德堂去找马先生治治吧,兴许他还有更好的办法。

病人皱着眉：我倒是听说过马天成先生，也是州城名医，他比你医道如何？

张道山说：尺有所短，寸有所长。

病人点头说明白了，招呼随从给张先生结账。张道山连连摆手不让结账，因为病人慕名而来找他治疗这个肿块，至今不见起色，金钱要紧，名声同样珍贵，他决定不收药费，以补心中愧疚。病人勉强坐起身，咬牙忍痛道：一码归一码，病没治好，可是你尽了力用了药，我脸皮再厚，也不能扑拉扑拉屁股就走啊。

张道山说：先生既言，我也不好再推让了，就拿个药钱吧。

病人结了账，在随从的搀扶下一瘸一拐地出门往东走去。

张道山颓然地坐在椅子上。可是仅仅过了片刻，张道山忽然有了精神，心中一动，马天成啊马天成，我把个烫手的地瓜送到你手里，就看你能不能吃掉它。治好了呢，算你走运；治不好呢，你我同样臭名远播。

那位疮肿病人在随从的搀扶下走进崇德堂，恰好医堂里病人不多。马天成让他侧歪在春凳上，自己坐在旁边认真观察。马天成仔细看了好长时间，伸手摁摁肿块周围问病人疼不疼。病人咧着嘴：疼不疼？呵呵，简直是钻心的疼啊！

马天成又摁摁肿块顶端，问这里疼不疼。病人吸了口气说：怪就怪在这里，周围要命的疼，这中间只是痒痒。马天成点点头：这就对了，瘀毒凝结，日久成瘰。

病人转过脸问：马先生，你能叫出肿块的名字来呀？

马天成说：叫不出，我说的只是一种症候。

病人啧啧称赞，他心想，能说出症候也了不得了，难怪张先生让我来找这位马先生呢。他把自己的佩服之意说给马天成，马天成说：那是张先生高看我了，其实他看疮肿比我强得多。病人听了这话一副纳闷的样子，很明显是疑惑，既然比你强，为什么还让我来找你呢？他弄不清马天成这话是何意思，害怕马天成故意推托，便堆了笑脸问：马先生，您看我这样的肿块好治吗？

马天成口气非常干脆：不好治。

病人吓了一跳：能治吗？

马天成口气肯定：能治。

病人长长地松了口气，说：有先生这句话，我就放心了。马天成说：不过我得先知道张先生以往给你服了什么药才行。随从回答说有内服的汤药，也有外贴的膏药。马天成摇摇头，说：问的不是这个，我得知道都用了哪几味药，怎么用的。病人说：这只有张先生才知道吧。要不，我让家人去请张先生来贵医堂呗。马天成想了想说：也只有这样了，不过，要想请张先生，我得给他写封信。病人几乎以恳求的口气说：好好好，马先生您快写，快写！

马天成伏在案上写了一封信。马天成将信封好交给一位随从，让他见到张

145

先生不要多说话，只把信交给他即可。那随从答应着走出去了。

颐寿堂里，张道山正在给一位病人诊脉，忽见刚才送走的病人随从又走进来。他稍稍一怔，问对方为什么去而复返，那随从没作声，把马天成的信交给他。张道山拆开信看，看着看着念出声来：道山兄，你把一个疑难大症推给小弟，这不是有意难为小弟吗？伏望兄长速来，共商治疗之方是荷！天成顿首拜。

一旁的随从说道：原来马先生也是要法没法了，张先生，你还得劳驾。

张道山喜形于色：好好，我给这位病人开完方，马上就去，马上就去。

张道山没想到马天成这么给他面子，其实他更没想到这是马天成的韬晦之术，一城一地又是姻亲，他不想因为治疗一例病人而与张道山失和。

张道山急急忙忙处理完手头的病人，借着一时清闲赶紧和那位随从奔崇德堂来了。张道山和那位随从走进崇德堂时，看到患肿块的病人仍旧躺在春凳上。马天成正坐一旁认真切脉，见张道山走进医堂，挪开手指离开病人走到他面前：道山兄，您说这是何症，轻易见不到啊。

张道山思索着说：我看这好像一例并不常见的外实内虚症。

马天成点头，说：你我弟兄所见略同。两个人说着坐下来，仔细斟酌着肿块症候。张道山说：如按中医的传统方法治疗，可能要耗费很长时间或者根本不起作用。所以自接诊以来，我一直就是按虚症治疗的，但怪就怪在总不见起色。

二人一再低声商议，似乎一时难以拿定主意。侧歪在春凳上的病人咬牙忍着疼痛，万分期盼地望着两个人，希望他们赶快有个结论。二人议论有时，张道山忽然抬高声音：天成，我看就来个内补外泄如何？

马天成接话：你我想到一块儿了。

张道山：外泄用何药为宜，得好好琢磨琢磨。

马天成和张道山开始草拟治疗方案和药方，他们拟好的治疗方案一次次敲定又一次次否定。那情景不像在合计治疗一个病症，却似讨论运筹一场准备决胜千里的战略部署。病人看在眼里，深受感动，觉得肿块疼痛有所减轻。当然这是直觉或者说是心理作用，因为眼前的情景吸引了他的注意力，那疼痛的感觉就有所转移。正当病人怀着希望屏息凝气静等两人的方案结果时，却听马天成忽然哑哈一下：哎，用黄瓜行吗？

张道山猛地一愣，继之便哈哈大笑：着啊，黄瓜的药用古医书里早有记载，是为清热、利尿、解毒。咱们何不在继续补虚的同时，借助黄瓜清热解毒的药效使无名肿毒得以消解呢？

两位州城名医像小孩子一样击掌祝贺。春凳上的病人听着他们议论着要用黄瓜给自己治疮肿，脸上却现出大失所望的神色：二位先生，可不能闹着玩啊！

马天成说:先生请放心,张先生以前所用药方半点儿无错,刚才是他提醒,我们才想到使用黄瓜。我保你十天康复,行吗?病人见郎中竟能保证康复日期,明白二人此话不佞,竖起大拇指道:谁的话都可不听,但郎中的话必须听。

马天成叮嘱这位病人不必忧虑,只管安心住在店里,继续到颐寿堂按原方取药煎服。另外让随从每天到西门外辜家菜园里买新鲜黄瓜几根,用快刀切成薄片贴敷在肿块上面,半个时辰换一次。

张道山接上说:初时黄瓜片没有变化,三天后开始变蔫,六天后渐渐发热。黄瓜片发热之时,也就是你的肿块痊愈之始。

病人从春凳上坐起来:果然州城两大名医,用起药来都不落俗套。

马天成开了药方递给病人的随从,嘱咐他们继续到颐寿堂抓药。两个随从扶起那位病人,正要和张道山一块儿走出崇德堂,却听马天成说:先生且慢,容我给你画出一个肿块界线,黄瓜片贴在界线以内,见效更快,药力更佳。

马天成让病人仍旧侧歪在春凳上,他取笔蘸墨,在病人肩部肿块周围画了一圈豆粒大小的墨点,又在肿块的顶部画了一个S形的图案,一边画,一边轻轻地说着什么。张道山奇怪地盯着马天成的一举一动,他有些纳闷,贴黄瓜片还用得着画界线吗,这是不是马天成又一神出鬼没的治病办法呢?

真让张道山猜对了,马天成在给病人施用"祝由"之术。

马天成画完"界线",加之刚才承诺说肿块十天可愈,这位病人的心里变得轻松了,敞亮了,有希望了,所以肿块疼痛也奇迹般地随着减轻。他和两个随从高高兴兴地随张道山走出崇德堂回到西街,拱手和张道山说了声"明日见",就直奔自己住宿的客店。

张道山从崇德堂回到颐寿堂还没坐下,老姜就从那边药房里走过来,问那个疮肿病人马先生收下没有。张道山叹口气:唉,这些天的心血都白费了。

老姜纳闷地看着张道山,弄不清东家怎么说出这种话。张道山见药师满脸疑云,就解释说自己用的药本来一点儿也没错,错就错在内补却没同时外泄上。

老姜眨巴着眼睛:我越听越迷糊了。

张道山说:这是例并不常见的外实内虚症,我一直在给他内补,却忽视了外泄。是马天成一句话提醒,应该用黄瓜片外贴泄毒去火呀。这黄瓜的药用,自己怎么就没想到呢!如果想到了,就不会把病人往他那里推了。

老姜道:不管怎么说,反正马先生也是请您过去相商后才提出这办法的。

张道山说:话是这么讲,马天成也算给足了我面子,可最终还是落了个转到崇德堂才治好的名声。丧气,太丧气了!老姜连忙安慰自己的东家,说:山不转水转,先生别在意,早晚长短找齐。张道山虽然连连点头,其实心里疙疙瘩瘩的。他很丧气,也很懊恼,丧气懊恼之余,他开始琢磨,必须琢磨个办法难为一下马天成,压压马天成的名气,否则这辈子都得含羞忍辱在马天成之下。

十多天后的上午,街上忽然热闹起来,两名吹鼓手吹着唢呐,两名客店伙计手里端着两份礼物,肩上患肿块的病人走在前边,手中捧着两轴绢裱字画。几个人行至颐寿堂前站住,张道山和姜药师不知此举何为,听到动静迎出来。只见那位病人走到张道山面前,手捧字画微微躬身。张道山连忙还礼:先生何故如此?

那位病人此时精神头很足,口齿也很清楚:张先生,实话相告,本人乃聊城大清末科举人罗巨川是也,肩患肿块半年有余且百治不愈,自来州城就医于颐寿堂和崇德堂,内服汤剂,外贴黄瓜,不到十日竟然奇迹发生,肿块愈来愈小愈来愈轻,如今已慢慢地自行消失了。本人无以为报,只能纸笔相谢。

罗举人展开手中字画让围观的人们观看。

是一首古诗,字迹纤细飘逸,极似宋徽宗的瘦金体。

罗举人摇头晃脑念着古诗:吾已患病半载多,中西屡治未起疴。幸遇良医着手治,药到病除似手捉。鄙人深谢无他赠,唯有此诗颂佳德……大清末科举人罗巨川书赠张道山先生。

大清虽亡,文风犹在,举人再不值钱,分量还是有的。张道山喜悦之情溢于言表,他双手接过卷轴,朝罗巨川深鞠一躬:多谢举人老爷厚赠,请堂内用茶。

罗举人还礼:先生忙于医事,罗某不便相扰,改日再来相谢。

罗举人说完,让随从把其中一份礼物交给姜药师,自己则手捧另一卷轴,带领吹鼓手们顺街往东而去。

张道山捧着卷轴发呆,好半天才猛然醒悟:哦,也有马天成的呀!

就在同一天下午,南街居正医堂里发生了一桩惨祸。

当时,陶居正端坐医堂,不时有附近的病人走进来请脉、开药。陶居正刚刚送走一个病人坐下来,忽听外边有急促的脚步声和叽里哇啦的叫喊声。脚步声来到门口,一个青年女子一头撞进居正堂。青年女子喘着气:老人家,快救我。

陶居正未及回答,青年女子已经看到了医堂后边的穿堂门,也不等陶居正说话,便通过穿堂门跑进了陶家后院。紧随着的是门外叽里哇啦的乱叫声,陶居正刚站起来,两个鬼子兵冲进医堂。

一个醉醺醺的鬼子兵揪住陶居正的衣领:老头的,花姑娘的哪里去了?

陶居正摇摇头。另一个鬼子把刺刀指在陶居正胸前:不说死啦死啦的。

几乎与此同时,两个鬼子兵看到了穿堂门,他们松开陶居正,喊着叫着窜过穿堂门。陶居正知道事情不好,连忙追进去。

两个鬼子兵闯进后院时,陶老夫人正闩上后院的小角门迈着小脚走到院中。两个鬼子兵一前一后窜上来,陶夫人吓得赶紧就往屋里跑。一个鬼子兵抢上去截住陶夫人,另一鬼子直接冲进屋里。

陶居正气喘吁吁从医堂那边跑过来时,鬼子兵把陶老夫人打倒在地。陶居正舍命跑上去扶起老伴,这时另一鬼子兵从屋内跑出来。两个鬼子兵叽里哇啦地说了些什么,其中一个朝陶夫人腰上踹了一脚:老太婆的,花姑娘的藏在哪里?

另一个鬼子兵端着刺刀指着陶夫人的胸膛:不说死啦死啦的。

陶居正夫妇抱在一块儿不说话。

一个鬼子兵用枪托乱砸陶夫人,陶夫人疼得在地上打滚。陶居正忽地站起来,抓住鬼子的枪托朝旁一甩,捎着腰怒骂:畜生,小日本弹丸之地,掳掠贼倭,岂容你跑到中国地面上撒野!

然而,毕竟陶居正年老力衰,他被日本兵打倒在地。陶夫人见状爬起身来,不顾一切朝鬼子兵一头撞去。鬼子兵的刺刀迎着陶夫人一戳,陶夫人叫了一声躺在地上。陶居正挣扎着爬过去,把老伴抱在怀里:孩子他娘,孩子他娘!

陶夫人勉强睁开眼看了看陶居正,陶夫人张了张嘴没有说出话,一头倒在陶居正的怀里不动了。两个鬼子兵在后院里继续寻找,一个鬼子兵发现了后院角门,哇啦叫着,打开角门追出去。

早饭后马天成走进医堂,正在收拾医案上的笔墨纸砚,听到门口有人和邱管家说话。抬头间,吕之铭走进来。马天成有点儿意外,问吕之铭这么早就赶来是不是有急事,吕之铭告诉马天成,说昨天下午,陶夫人让鬼子兵用刺刀捅死了。马天成大惊:啊?竟有这种事!为了什么?

吕之铭说他也不清楚,是南街有个病人早晨找他看病时说的。马天成把手里的砚台推到桌子里边说:走,之铭,咱们快去看看。

马洪良正好走进来。马天成叮嘱儿子照应着医堂,说自己有急事外出。马洪良见二人急急惶惶的,没敢多问,只说:您老人家放心去吧,医堂里有我呢。

马天成和吕之铭来到南街居正堂后院时,陶家后院里已是人来人往。先来一步的张道山等州城郎中在院中桌旁坐着,室内设了灵堂。几个前来吊唁的人到室内祭奠后走出来,马天成、吕之铭和张道山等人打了招呼,随即走进屋里拜祭。

马天成和吕之铭走进屋内,陶居正和贾二爷坐在炕边低声说着话。陶居正起身朝二人作揖,马天成和吕之铭还礼后开始燃香祭拜。祭拜完毕,二人走到陶居正跟前。马天成握着陶居正的手:陶先生,世事无常,节哀!

陶居正老泪纵横,说不出话。

贾二爷低声向马天成和吕之铭说着事情的经过,马天成叹气不止。贾二爷凑到二人面前说:天成,你们先到院子里和众位来宾聊着,我和陶哥有话要说。

马天成和吕之铭点头走出屋子。

炕沿前,贾二爷继续和陶居正说着什么,陶居正频频擦泪,频频点头。

马天成和吕之铭从室内走出来后,众人相让着坐在院中桌旁。事情已经发生,眼前只能是先考虑亡者入土为安了。州城同仁们共同计议,要给陶夫人办一个隆重的葬礼。吕之铭进屋把大家的意思告诉陶先生,陶先生摇头说不必,因为夫人是惨死在日本人的刺刀下,并非寿终正寝,葬礼过于热闹,他怕自己年老体衰受不了刺激再生意外。同仁们听陶先生这么说,也认为有些道理,便改变初衷,决定给陶夫人办个平常的葬礼。

出殡这天,州城同仁差不多都到了。陶老先生德高望重,除州城相知外,几乎整个南街的人都出来送葬。送葬的队伍从居正堂一直排到南城门,日本人不明白一个郎中家发丧声势何以如此之大,赶忙派了宪兵和警务局的人出来警戒。

张道山参加完陶夫人的葬礼回到家里,面色阴沉地坐着。夫人将一杯茶水递到他面前,张道山接过来喝了一口,将茶杯放在桌子上。张夫人坐在他身边,押了一会儿问道:陶老夫人今年多大岁数?

张道山:七十三,比陶先生大两岁。

张夫人:唉,正是旬头。

张夫人:今天出殡时人挺多吧。

张道山:送葬的人一直排到南城门,也算备极哀荣了。

张夫人说:好好的一个老人,就这么轻易被害,这兵荒马乱的,谁也不能保证有没有明天啊。张道山告诉夫人,陶老太太是为救一个女孩子被害的,真可谓夫妇相随,德昭日月。张夫人低头沉思着,她说:有了这一出,我倒担心起秀贞来。张道山点点头,说刚才他也正琢磨这事呢,想明天去找贾二爷催催马家,提前把孩子们的喜事办了。张夫人极为赞同:是该这么安排了,这年月,祸害就像一把刀,天天在头上悬着。

张道山点头称是,他端起桌上的杯子喝了口茶水,然后就仰靠在太师椅上眯起眼。不大会儿,张道山刚才脸上的阴沉之气渐渐消退,嘴角上泛起微微笑意。

说真的,今天陶夫人的葬礼让张道山着实伤感了一番,这年月,人生无常,生死难定啊!可是,刚才夫人提起女儿的婚事,他就渐渐从悲伤中解脱出来了。此刻,伤感渐渐淡漠,喜悦慢慢溢上心头,因为一旦女儿成婚,自己就有机会接触朝思暮想的《天方秘籍》了。这部让他魂牵梦萦的医学奇书折磨了自己几十

150

年,每逢遇到医疗难题,每逢在诊疗病人时输给马天成,他脑子里就浮现并想象这部书的内容和模样。他想,只要将《天方秘籍》弄到手,哪怕是看上两遍,以自己的聪明才智和深厚的医学功底,不坐上州城医家的头把交椅才怪呢。

张道山越想越高兴,不由自主地笑出了声。坐在炕沿上的张夫人大惊:贞她爹,你刚才还愁眉苦脸的,这霎咋又乐了?

张道山连忙掩饰:内因七情,得自己想法调节呀。

自从陶老夫人遇害,贾二爷就三天两头来看望义兄。每次从居正堂出来后,贾二爷就在街上来回溜达,有时也走进某家店铺里逗留一会儿,但是并不买东西,只是和店主人或店伙计说几句话又出来继续溜达。贾二爷注意到,隔三岔五,那两个鬼子兵就肩扛大枪从对面胡同口里冒出来,嘻嘻哈哈地奔向北边的小酒馆。贾二爷每次都悄悄跟在两个鬼子身后不远处,咬紧嘴唇,好像暗中琢磨着什么。

半个月后的黄昏,天气阴沉,街上行人稀少,两个鬼子兵又从小酒馆里醉醺醺地走出来,他们哇啦着日本话由北向南走,肩上的大枪斜挎着。这时,一个戴礼帽的人冲鬼子迎面而来,似乎有意地朝鬼子身上撞了一下。鬼子兵感觉到此人有意撞他,不由得大怒:八格!

戴礼帽的人掀起帽檐,一张令鬼子兵感到恐怖的老脸呈现在鬼子面前。老脸表情古怪:八格?八格你们日本老祖宗!

鬼子兵更加愤怒,摘下肩上的枪,举起枪托要砸老脸人,老脸人身段灵活,转身就跑。鬼子兵持枪从后边追赶,老脸人转进了西胡同,鬼子兵追进了胡同,过了一霎,只听胡同里传出轻轻的乒乓声,接着胡同深处传来几声惨叫。

不大会儿,老脸人从胡同里转出来。老脸人看看胡同左右,街上一片寂静。老脸人健步向南,一霎时没了踪影。

胡同墙根处横着两个日本兵的尸体,一个路过的人尖声喊叫起来。南街白秃子的爹白保长听到叫声奔进胡同,看到这情这景吓得几乎转了筋。白保长连忙跑到警务局报告,警务局长孟庆周立即报告了宪兵队队长丸山造。

天色已晚,宪兵队长丸山造和十多个日本兵站在胡同里,警务局长孟庆周和白保长带人在旁陪同。白保长哆嗦着身子向丸山造汇报当时见到日兵尸体时的情景,丸山造用手电筒照着,仔细查看墙脚边的日兵尸体。两个日本兵都是被利刀割喉、捅心而死,面目惊恐扭曲,显然是遭受了出乎意料的攻击而造成了他们的极度恐惧。素有武士道精神的日本兵竟在瞬间被一招致死,并且惊吓成这模样,这让见过无数死亡者面孔的丸山造感到十分惊异。

那边一个日本兵叫起来,丸山造起身走过去。日本兵指指墙上,只见墙上一把雪亮的尖刀插着一块写着红字的白布片。鬼子兵用力拔出尖刀取下白布片递给丸山造,丸山造见白布片上大书八个红字——杀鬼者南关贾二也!

丸山造转向翻译官:这贾二,什么的干活?

翻译官:听当地百姓说,他是个老皮匠。

丸山造转向白保长:这个贾二,你的知道?

白保长:是个老皮匠没错,可这人却是州城数一数二的武师。

丸山造:武士?

翻译官:对对,就像大日本帝国的武士,会功夫的。

翻译官手脚并用比画着。

丸山造挥挥手,几个保丁将两个鬼子尸体抬走。丸山造又挥挥手,十多个鬼子随他走出胡同。一阵摩托车声,丸山造带领日本宪兵和警务局的警员向南驶去。

贾二爷斩杀鬼子兵的消息很快传遍全城,听到这一消息的陶居正十分着急,他明白贾二爷为何杀鬼子,更明白杀人成性的日本鬼子一定会报复。陶居正很为自己的贾二弟担心,连晚饭也没吃就循着日本人的摩托车声往南追去。他知道提前给贾二弟报信根本没有可能,此时只想跑到南关村看看情况,如果贾二爷真的遭了不测,他打算豁上老命与鬼子进行最后一搏。老伴已死,贾二弟再亡,他自己还有什么活头呢?然而,陶居正跑到城南门时,城门已关,城门里面聚了许多州城百姓,这些百姓也和陶居正一样,打算亲赴南关。

众人出不了城,只好爬上城楼往南眺望。此时已是暮色四合,城南大地上空一片漆黑。就在人们极为焦虑的时刻,南关村东响起剧烈的机枪声,紧靠南关东边的贾家大院和皮货作坊燃起一片大火。陶居正的眼泪哗地流了下来,他握紧双手,嘴里不停地嚷嚷着:贾二弟,贾二弟,我的好贾二弟哎!

从城墙那边转过一个短衣人。

短衣人走到陶居正身边:陶先生!

陶居正侧过脸,见是贾二爷大徒弟罗斌站在他面前。

陶居正一怔:啊!你,你咋来了?

罗斌望望左右:陶先生请放心,师父已经散尽家财,天黑前和小师弟走了。

陶居正一掌拍在城墙垛子上:贾二弟,真豪侠也!

州城东北的小路上,两匹马碎步并行。骑着高头大马的贾二爷轻咳一声:秋儿,跟师父外出闯荡不后悔吧?

骑在另一匹马上的小秋说:师父,徒儿无家无业,巴不得整天跟在您身边呢。

贾二爷说:好孩子,来日方长。

小秋说:师父,你杀了鬼子也罢,干吗非留下姓名呢?贾二爷解释说:大丈夫敢作敢当,义字为先,我若不留姓名,必嫁祸于他人,到时,鬼子还不到处乱杀乱砍吗?小秋连连点头:师父说得是,义字当先。

贾二爷问小秋牵马出来时,师哥他们都走了没有。小秋回说:按您老人家的吩咐,各奔各家了。贾二爷紧跟上问:银钱存货也都给他们分清了吧?

小秋说:有账单在我这里,明天您看一眼就知道了。

贾二爷:好孩子,有信有义。

贾二爷两腿夹了下马腹,马儿脚步加快。贾二爷看看前边说:秋儿,子时之前,咱爷儿俩能赶到张桥镇。

陶居正行医多年,虽非医术出众,但为人厚诚仗义,州城同仁一般都视他为长辈。和贾二爷一样,郎中们隔三岔五前来看看他,使老伴走后显得形单影只的陶居正多少受些安慰。陶居正自从夫人离去后心里痛楚难抑,这些天来也已暂时关了医堂,每日里不是待在家中,就是各处走走散心。

这天,陶先生觉得待在家里索然无味,便信步北行又东拐,顺着大街进了崇德堂。马天成正在坐诊,见陶老先生走进来,吩咐洪良应诊医堂里的病人,自己起身携着陶老先生的手走进内院客房里喝茶聊天。

中午,马天成留下陶居正用餐,桌上摆着四盘小菜和一壶烧酒,两个人相对而坐,谈心对酌。马天成给陶居正斟上酒:陶先生,夫人不幸遇难,我本应常去看看您,只因整天马不停蹄,总是抽不出时间。今天您即使不来,我也打算明后天去请您呢。

陶居正依旧神色黯然:马先生,拙荆去已去矣,只贾二弟为给我报仇,毁了家业,弃了买卖,背井离乡远走他方。我越想越不忍,越想越觉得对不住这位老弟,他毕竟也是古稀之年的人了,如今漂泊他乡,何时是归年!

马天成安慰陶先生,说:贾二叔是位豪侠之士,别看平日里熟皮子卖皮货,其实他老人家交游甚广,天南海北,知己朋友多着呢,陶先生不必多虑。

陶居正低下头想了想:马先生,你说贾二弟会逃往哪里?

马天成沉吟半晌,举起酒杯说:陶先生喝酒吧,此事以后万不可过于打听,说不定日本人也正在暗中逡巡呢。陶居正点点头:对对,自从贾二弟杀了两个鬼子,日本人和警务局加强了对街道上的戒备,南街三天两头到各户搜查,说是有抗日分子潜伏在城内。我是一个凡人,知也无益,何必,何必!

两个人举杯而饮。

陶居正放下酒杯,看着马天成给自己斟上酒,俯过身来说:州城以北二百里,新近出了一支队伍,骁勇无比,专打鬼子汉奸。

马天成说:我也听北边来看病的人讲起过,听说时不时还来州城袭扰日本人。陶居正说:其实呢,拙荆遭害之前我就遇到过这支队伍上的人。那天,两个装扮成农民的汉子走进我医堂,说是来找我看病,一诊脉,啥毛病也没有。我就有点儿纳闷了,仔细端详,这二人生得胸挺腰直,一定是营盘里的。果然不出所料,再聊下去,两个人就开始打听城里城外日本兵和皇协军的情况。我怕其中有诈,就装糊涂,可是三说两说,还是让人家套进去了。

马天成说:竟有这样的事,两个人的胆子也忒大了。陶居正说:你听我讲啊,几天后,城北一个据点里一个班的鬼子和一个二鬼子警备小队几十号人,生生让夜间潜进去的人给打死的打死,活捉的活捉。

马天成:这杀鬼子除汉奸的人,是不是江湖大侠?

陶居正摇摇头:不不,这些人真是行不改名坐不更姓,临走时留下一封信告诉鬼子,说他们是八路军东进支队的。

马天成压低声音:不管东进还是西进,只要杀鬼子除汉奸,就是好样的。

陶居正举起酒杯:来,马先生,咱们为杀鬼子除汉奸的好汉们干杯!

15

光天化日之下两个日本兵在城内被杀,这让所谓的"大日本皇军"颜面无存。"杀鬼者南关贾二爷"再现当年鸳鸯楼武松之威,宪兵队长丸山造出动部队竟没捉住一个七十来岁的老头子,这令其大为光火。他把警务局长孟庆周和警备股长崔麻子叫到宪兵队,一顿训斥又一顿臭骂。

孟庆周和崔麻子一前一后立在屋子中间,臭骂一通稍稍出了口恶气的丸山造站在两个人的面前说:最近常有抗日分子到州城活动,你们的可知道?

孟庆周刚说了句"有时接到保长或甲长的报告",丸山造马上大吼:你们的办案的不力,抗日分子的干完了事的就跑掉。像那个贾二的,肯定是抗日分子的头头,是不是还有贾三的贾四的潜伏在城内,你们的要搜查。

孟庆周哈哈腰:队长训斥得是,以后我们会加强警戒,随时捉拿抗日分子。

丸山造放缓了口气:据东临道大日本特高课情报,上个月袭扰州城军火库时,有个八路军的重要头头给打伤了。这个头头就藏身在州城城内或城外某家医堂治伤,你们警务局一定要暗暗查访,务必将这个头头抓获。

孟庆周问丸山造情报是否属实,丸山造骂了声"八格",说:大日本皇军的情报还能出错吗?孟庆周点头,说只要情报准确,查起来也不难。丸山造让他说说自己的想法。孟庆周连忙立正站好:报告丸山队长,因为八路的头头是受了伤,只要找到给人治过枪伤的郎中就能顺藤摸瓜。

丸山造:哟希,孟局长的聪明,马上行动,要暗暗的,不要打草惊蛇。有了线索后立即报告,皇军宪兵队的配合。

孟庆周和崔麻子接受了命令退出去,丸山造解下指挥刀正要坐到办公桌后的椅子上,一个日本兵从后堂走出来向他报告,说东临道卫生官山田一郎回来了。

山田秘密回到州城后,就暂时住在宪兵队里。丸山造回到后堂,和山田坐在榻榻米上,问他回来后有何打算。山田说一如既往,他暂时不想暴露身份,继续进行计划中的暗访。丸山造是个武夫,砍砍杀杀是内行,对于山田这种鬼鬼祟祟的行径不以为然,但他已接到济南花田机关长的电话,让他对卫生官的计划给予配合,明白其中必然隐藏着什么,也就不再多说。

山田仍旧长袍马褂商人打扮,每日行走在州城的大街小巷。所不同的是,一般商人头戴瓜皮小帽,他却总是戴个宽檐礼帽。山田这么做自有他的道理,因为必要时可以拉下帽檐,遮掩一下自己的真面目。

山田暗访的重点仍是颐寿堂和崇德堂。

山田回到州城后的第三天上午,他装作病人来到颐寿堂。颐寿堂里病人挺多,山田便坐在一边等着。当时张道山正给一个病人切脉,那个病人侧歪在春凳上,腹痛难忍,辗转反侧。张道山切完脉站起身问那病人:是不是痛起来像有个东西在右胁下一拱一拱的?

痛得脸部变形的病人点点头,病人家属接上话:先生,痛得厉害着呢,痛一阵停一阵,浑身的衣服都让虚汗浸透了。

张道山:胆虫病。

病人家属:张先生,什么叫胆虫病?

张道山说就是蛔虫钻进了胆管里,进不去出不来,让病人腹痛难忍受尽折磨。病人家属问这种病能治吗,张道山说:看不见摸不着的,能治,但不好治。

病人疼痛过后,满脸虚汗地望着张道山:张先生,救救我,实在受不了啦。

张道山说:你忍一忍,我让药房给你煎服药先止止疼。张道山让病人家属叫来老姜,也没开药方,直接口述:乌梅七个,花椒、肉桂、槟榔、雷丸各三钱……

老姜答应着回到药房去,病人仰靠在墙上休息。张道山回到自己的医案前说:服了这剂药后,只能暂时止疼,你还得连服七天才可让虫子退出来。

病人家属说:就听张先生的,能给他打打肚子里的蛔虫吗?

张道山开着药方:那得等虫子退出之后。

山田是个医生,他明白病人所患是西医谓之的胆道蛔虫病。蛔虫钻进胆道后,因为进出受限,不时地蠕动,蛔虫一动,病人必然腹痛。这种病治起来很麻

155

烦,闹不好还要引起胆道感染或胆囊穿孔。山田暗中庆幸自己来得正是时候,他要看看这位州城名医用什么办法治疗胆道蛔虫病。

山田正思量着,只见老姜端着药碗走过来,病人家属接过药碗吹了吹碗面上的热气,用嘴唇试了试药汤凉热,便将药碗端到病人嘴边,让病人一口一口地喝。

病人正在喝药,腹疼再次发作。病人一挣身子,药汤碰撒了。病人家属大惊:你看你看,药撒了,蛔虫没退出来,反倒更加腹痛难忍了。

张道山愣愣地看着病人。

张道山此刻忽然有了一个奇怪的想法,着啊,我何不把病人支到崇德堂去呢,他马天成医术再高,总不能把手伸进病人肚子里将蛔虫搜出来吧。张道山想到这里,把开了一半的药方揉成团扔进字纸篓里,起身走到病人跟前说:来,咱们去崇德堂吧,我记得马先生有个治这病的妙方。

病人家属问:好好好,这就去吗?

张道山说:这就去,我陪你们去。

病人痛得死去活来,家属背起病人前边走,张道山跟在后边。山田犹豫了一下,也随后跟上去了。过了十字街,张道山抢先一步走在前边。一伙人走进崇德堂时,看到马天成父子正给一位腰疼病人针灸拔火罐。见张道山走进来,马天成赶紧直起身来:道山兄怎么有空了,也不提前打个招呼,我好接待呀。

张道山苦笑着:我是变戏法的掉进井里,没法可变了,来找你帮忙。

张道山说着话,后边病人家属背着胆虫病人走进来。因为一路上病人喊叫疼痛,随后跟进来好几个看热闹的。有此机会,山田也就乐得混迹其中了。张道山让病人家属把病人扶到一条春凳上,表情复杂地看着马天成说:天成,一例胆虫病,急切间止不住疼,你看有何良策。

病人坐在春凳上呻吟不止,马天成走上去看了一会儿回过头来:道山兄陪同病人亲临崇德堂的时候不多,看来定是很重了,咱们一块儿商量个办法吧。

张道山两手一摊,连连摇头。

马天成:兄长何故如此?

张道山:我已是黔之驴也,就看你的了。

张道山说完,坐在一旁的椅子上,马洪良赶紧倒了一杯茶水送到张道山面前。马天成转身吩咐儿子去告诉母亲,就说张伯伯来了,准备午饭。张道山连忙摆手:天成,我是来送病人的,不是来做客的,免了免了,先治病要紧。

马天成略一沉吟:兄长这么说,我只好尽量想个办法。

张道山呵呵一笑说:理应如此嘛,要不来找你做什么。马天成想了一会儿,便吩咐洪良去厨房倒一两香油一两醋来,马洪良应声走出去。张道山坐在一旁喝着茶水,一脸的幸灾乐祸。站在医堂门口的山田觉得奇怪,心想,这两人不像在治病,倒像在斗法。这时,就听马天成说:道山兄,这胆虫病是明摆着的,用不着望闻问切,马上治疗吧。

张道山说:送到崇德堂,就是你的病人,你说怎么办就怎么办。

山田看出,这是张道山有意难为马天成。只见马天成思忖良久,从医案抽屉中取出一个小瓶,瓶中取出一撮黄色粉末摊在纸上,然后把纸放在病人鼻子前让病人慢慢朝里吸。山田立刻想到刘汉平对他讲过马天成治疗肝硬化腹水时也曾用过鼻吸法,于是往前挪了两步,站在医堂门槛以里定定地注视着。

病人慢慢将药粉吸入鼻中,脸色由蜡黄渐渐正常,呻吟声似乎也渐渐小了。这时,马洪良用碗端着香油和醋走进来递给父亲,马天成将碗中香油与醋掺和到一块儿搅了搅转而递给病人家属说:让他一小口一小口地喝下去。

病人吸了药粉,又喝了香油掺醋后安静下来,不再痛得挣扎、躁动。山田见此情景,如堕五里雾中,他百思不得其解——莫非说马天成刚才所用药粉对胆囊里的蛔虫有麻醉作用,难道醋和香油混合后能使胆管舒张放松?否则,怎么时间不长病人的症状就差不多消失了!就在山田把一个个可能在脑子里反复筛选又反复否定时,马天成走到病人跟前,伸出两个指头在病人右胁下摁一摁、画一画、转一转、戳一戳,继之问道:你觉着怎么样了?

病人指指右胁下:痛得轻多了,只是觉着这里有个东西鼓涌。

马天成说这就对了,虫子此刻正往外退呢。张道山忽地站起来,惊奇地注视着案上那小瓶,又看看两只盛油盛醋的碗。

又过了一会儿,马天成再问病人:还疼吗?

病人长长地出了口气:娘哎,可算脱出来了。不疼了,肋叉子下也不鼓涌了。

马天成摁摁病人的肚子,又让病人张开嘴,仔细查看口腮两侧。马天成看了一会儿连声"咦咦"着,说:你肚子里的虫子真不少,怕是滚成蛋了。病人回答说:先生说得是,有时就从嘴里吐出来,有时……哦,还从下面钻出来。

病人家属:马先生,您给开几服药打打虫子呗。

马天成说不用开药,现在就打虫子。

张道山吃惊地站起来:天成,你说现在就打虫?

马天成点头说这位病人肚子里的蛔虫很多,说不定哪条顺着肠管往上爬,不小心走了岔道又钻进胆管里,这胆虫病又得发作。趁着这条虫子退出胆管,得赶紧驱虫。要不,过些日子再钻进胆管就不好办了。

张道山的脸涨红着顺口说道:南瓜子,槟榔……

马天成摇头说:道山兄,不必再使常用药了,我这里有个现成的方。良儿,你到厨房取一瓶香油一只铜盆,再捎上几根木柴。

马洪良犹豫了一下,还是走了出去。马天成经过穿堂门走进那边的药房,不大会儿用纸托着一点儿东西回到医堂里。马天成托着那点儿东西送到张道山面前,张道山看了一眼大惊道:白砒霜! 给病人服白砒霜?

马天成点点头。

张道山脸色大变:剧毒啊,了得吗?

马天成轻轻一笑:拿捏准了剂量,无妨。

张道山紧张地看着马天成说:天成,你可得拿捏准了,人命关天啊!

马天成说:兄长请放心,以往我就用此方治疗过好些胆虫病人。马天成说着走到病人面前,将白砒霜毫不犹豫地给患者服了下去。

张道山吃惊得说不出话,脖颈后背冒出了冷汗。

张道山眼前产生了幻象——病人服下后七窍流血,大叫一声倒地身亡。

马洪良提着香油端着铜盆走进来,马天成吩咐洪良把香油倒在铜盆里,自己则走到医堂门口拿了两块砖支在墙边。马天成把盛了香油的铜盆坐到砖上,吩咐洪良点燃木柴,烧开铜盆里的香油。

木柴在支起来的两块砖之间点燃,架在两块砖头之上的油盆发出嗞嗞的响声。香油很快烧开,香味溢满医堂。马天成掰着指头算计时间,大约过了一炷香的工夫,马天成吩咐病人家属说:把病人扶过来趴在春凳上,头脸对着铜盆。

病人家属照着马天成的吩咐做。

一直站在医堂门里的山田屏息静气注视着眼前发生的一切。

盆里的香油散发出诱人的香气,趴在春凳上的病人不由自主张开口鼻呼吸。站在病人跟前的马天成用手掌贴着病人的后背轻轻地往上捋,张道山清楚地看到,马天成的手掌从尾闾一直捋到脖颈上的大椎。如此反复地捋了几遍,只见嗅了香气的患者忽然极大地张开了嘴,随着病人啊啊的叫声,一团团蛔虫伴着吃过的食物从病人口中相继涌出,霎时间便掉在油锅里炸酥了。

山田、张道山以及医堂里所有的人都惊得呆了。

吐出蛔虫的病人奄奄一息,马天成切切脉说:脉象平和,一会儿就好了。

果然,半炷香工夫,病人渐渐恢复了知觉,稍稍喘息后抚摸着自己的肚子:娘哎,从来没这么舒坦过。

张道山呆若木鸡。

山田大惊失色。

马天成又开出一剂药方:茵陈四两,水煎服,连服十日。

病人家属接过药方的同时,病人也从春凳上爬起来,跪下给马天成磕头说:谢谢马先生救了我! 马天成连忙扶起病人。病人和病人家属千恩万谢地走出医堂,去药铺那边交钱抓药。呆若木鸡的张道山醒过神来,快步走到马天成面前说:天成,张道山从业以来,第一次心悦诚服向人求教,告诉我此方是何医理?

马天成说:兄长见外了,砒霜虽是剧毒,但只要适量用之,并不能致命。我用三分白砒,病人必是微微中毒,但病人中毒的同时,腹内蛔虫也已中毒。蛔虫中毒后,必然挣扎欲出,此时以烧开的香油相诱,就会出现刚才的效果。马天成本想把自己同时在病人背上运气助力的祝由之术也告诉张道山,但是唯恐此事外传遭人误解,想了想也就没说。他请张道山到内院一坐,张道山所答非所问地说:天成禀赋过人,我所不及也!

马天成赶紧朝张道山拱手说:兄长不必过谦,此方并非兄弟所创。

张道山眼中闪出贪婪的光:出自哪部典籍?

马天成:此方出自家传的一部医书。

张道山低声问:《天方秘籍》?

马天成不置可否地笑一笑,没回答。

张道山明白,马天成所说的一部医书就是《天方秘籍》。刚才大惊失色的山田此时终于恢复平静,他怕暴露自己的身份,既不敢询问,也没敢停留,随着其他看热闹的人议论着嗟叹着走出了崇德堂。

张道山回到家中苦思冥想夜不成寐,恨不得马上就将《天方秘籍》弄到手。

这天上午一阵枪响之后,街上传来咚咚的脚步声,接着崇德堂门口是杂乱的吼叫和吵嚷。正在侍诊的马天成刚要询问发生了什么事情,高药工跑进来,说警务局的人带着日本人各处搜查呢,已到了咱们医堂门前。马天成连忙往外走。马天成迈出医堂门,走到穿堂门洞里,只见丁二泉和一个警察带着三个日本兵进了门。马天成走上去:二少爷,这是怎么回事?

丁二泉一直因为马洪良和张秀贞订婚耿耿于怀,此时正好借机报复,心想如果从马家查出抗日分子来,不愁张道山不和马家退婚。一个日本兵把住大门,两个日本兵持枪看住所有在医堂就医的人,丁二泉一一辨别审问。马天成欲往前搭话,丁二泉一把将他拨拉到旁边,让他老实待着。丁二泉对前来就医的人挨个儿看了一遍,问了一遍,摇摇头向日本兵哈下腰去:太君,这些都是本地人。

日本兵点点头,用枪指指院内,马天成的心哆嗦了一下,感到浑身发紧。因为他早就疑惑于天佐的身份,真怕在这个人身上弄出什么是非,全家人都得跟着遭殃。他赶紧往前拦住,说:二少爷,套院和内院里除了家人伙计就是内眷,不要看了吧。丁二泉盯着马天成:怎么,害怕了,莫不是院里藏着抗日分子吧!

马天成一时不知说什么,鬼子用刺刀顶着马天成的胸口:拦路的,死啦死啦!

马天成退后两步，丁二泉领着日本兵往套院里走。就在丁二泉引着日本兵朝院内走的时刻，院内月亮门处传来马洪玉的声音：爹，什么事啊，吵吵嚷嚷的。

随着说话声，马洪玉和于天佐肩并肩走进了穿堂门。马洪玉一身西式装束，和同样西式装束的于天佐若无其事地看着丁二泉和日本兵，似乎全不把他们放在眼里。丁二泉没见过这阵势，两眼看着日本兵不知所措。日本兵用枪指住洪玉二人问"你们什么的干活"，天资聪慧的马洪玉通日语，懂俄语，会说意大利语，当即用日语向日本兵解释着。日本兵问，马洪玉答；马洪玉问，日本兵答。丁二泉两眼看看马洪玉，又看看日本兵，听不懂他们在说什么。马洪玉和日本兵相互几问几答后，人们忽然看到日本兵手里端着的大枪往地上一戳，两腿并拢，嘴里一连几个"哈依"。日本兵招呼丁二泉"开路"，丁二泉傻了，低声嘟哝：知道马家闺女在外留过洋，从今天的阵势看，妮子大有来头啊！

丁二泉虽然心有不甘，但也不敢违拗日本人，只好领着日本兵走了。

丁二泉和日本兵走后，浑身是汗的马天成把女儿叫到一边，问她和日本兵说了些什么，日本兵为何对她这么礼貌。洪玉笑笑说：我和日本兵说本小姐是马家千金，留洋归来在济南当差，和日本驻济南领事馆里的领事夫人是好朋友，这次是陪同未婚夫回州城看望父母并打算住一段时间的。日本兵问我领事和领事夫人的名字，我一一回答。当然，一半是真，一半是假，不管真假，他们是当兵的，反正也不清楚，就相信了。

马天成擦擦头上的虚汗：闺女啊，你可吓死老爹了！

药工老高凑过来，说今天丁二泉领着日本兵到崇德堂是居心不良。马天成问他此话怎讲。高药工说那次他在十字街上遇见丁二泉，丁二泉吓唬他，说自己当了警察，早晚找马家个碴儿。马天成纳闷，为吗呀？我马家又没得罪他。高药工说：这个丁二少早就打张秀贞的主意，少东家和张秀贞订了婚，他便怀恨在心，说是想法从马家查出个抗日分子什么的，不愁张道山不和马家退婚。

马天成：哦，这个丁二少说话向来云山雾罩，不足为信。

高药工翻了下白眼，回到套院去。马天成招呼马洪良和几位病人，重新回到医堂。马洪玉看着天佐：都各忙各的了，咱们回去吧。

于天佐点点头，两个人回到内院。于天佐问洪玉怎么会说日语，洪玉说不是会说的问题，而是精通。于天佐很惊奇，问她怎么学的。马洪玉说自己跟随伯父在奉天做事一年多，整天和些日本女人打交道，不知不觉就把日本话全掌握了。后来又跟随伯父去了欧洲，对俄语也学会了一些，再后来在济南医校任教，接触了几个意大利医生和老院长罗西，又从他们那里学到了意大利语。

于天佐：天资聪慧，真是个奇女子！

随着战事的进展，州城的日军经常遭到本地抗日武装的袭击，日军对州城

160

的警戒和搜查也更加剧。由于公署刘知事曾为洪良做媒,由于洪玉的所谓特殊身份,当地的日伪政权和日本宪兵队了解到这一情况,也对马家高看一眼,所以每逢紧急关头,天佐便以洪玉未婚夫的身份侥幸躲过。

　　外边下着大雨,颐寿堂医堂里没有病人,张道山正坐在桌前看书,一个人顶着麻袋走进来。来人跺跺脚上的泥水,脱掉麻袋露出脸,张道山一惊:丁二少爷,谁病了这么急,下着大雨就跑来?

　　丁二泉撇撇嘴,说:没病就不能到你医堂里来吗?丁二泉扑拉着身上的警服问张道山这身衣裳好看不,张道山微微一笑,没回答。丁二泉便自我解答,说是人配衣裳马配鞍,要是这警服早穿上一年,说个媳妇就不作难了。张道山站起身,说:凭二少爷的家业,不穿警服州城四街的大闺女们也得挤掉门框啊。丁二泉乐了:张先生就是会说话,不过我来不是托你说媳妇的。

　　张道山:二少爷有事只管讲。

　　丁二泉不等相让便坐在桌子一侧的椅子上。

　　事实上,余恨未消的丁二泉心犹不甘,他来找张道山是要探听马家那个陌生人的底细。他认为马家既然和张家联了姻,大事小情一般不会瞒着亲家。颐寿堂和他们丁家是邻里街坊,平日丁家大人孩子有了病多半要找张道山诊治,所以丁二泉对张道山还算客气,他说:张先生你知道我现在是官府里的人,俗话说在其位谋其政,警务局让我查一个人,这个人就是你亲家马天成府里新来的那个男人。马家小姐说那是她的未婚夫,我看这事有点儿悬,想想吧,你们医道人家向来规矩很严,哪有一个大闺女不过门就把爷们儿往家领的?因此呢,你要给我弄清那个男人家是哪里的,什么时候来的,是做什么的。这事只能你知我知,还不能咋呼说是我让你打听的。要是走了消息出了意外,可要拿你张先生进警务局哟。张道山听得一愣一愣的,他根本不知道马家小姐带个男人回家这件事,就连连摇头:丁二少爷,您这不是难为我吗?别看我们两家是姻亲,可亲家翁的嘴严得像副铁锅盖,马家纵有塌了天的事,也不会给我透半点儿口风。这么大的事,我可不敢接,您还是在街面上找手眼宽大的人去打听为好。

　　丁二泉沉下脸来:张先生,前天皇军搜查抗日分子,东西街上我负责带路,咱们是邻里街坊,所以我丁二泉就没把皇军往你这里领。可马家就不行了,没事我也得找他个碴儿……

　　张道山赶紧询问这是为什么。丁二泉说:张先生你就别装糊涂了,我爹托人到你门上说亲,你嫌我没出息给推出去了。他马家趁了这空儿钻进来,硬是把你家秀贞给聘了去。要不是他马家,我丁二泉现在成了警察有了出息,再来提亲你肯定答应啊。说实话,可州城里外,我就是看你家秀贞顺眼。

张道山的脸色沉了沉又缓和:哦,原来是为这事呀。你家丁翁当时也没再上紧,要是接连托媒的话,说不定我就许了呢。

丁二泉:要是抓住马家的把柄治出马家的罪,你能和马家退婚吗?

张道山摇摇头,没说话。丁二泉捭了半晌:不提以往了,说现在吧。刚才我说的话你也听到了,办不办那是你的事,实在不行我报告皇军。

丁二泉目不转睛地盯着张道山。张道山有点儿慌:真有这等事?

丁二泉:这还有假吗,那个人是南方口音,二十二三岁。皇军听马家闺女说,她的未婚夫是个生意人。可我越看越不像,那人腰板挺直,身子健壮,根本就不像个哈着腰做买卖的。

张道山沉思着,丁二泉仍是目不转睛盯着他。因为盯的时间长了,丁二泉犯了老毛病,双目又变成一对斗鸡眼。张道山看着害怕,忙招呼药房伙计:小程,给丁二少爷来杯茶。

小程沏了茶水端过来放在丁二泉面前,丁二泉喝了口茶水,摘下警帽用中指弹了几下,口气不阴不阳:张……张先生你要是不按我的吩咐办,我可要随时领着日本兵来搜查,不光搜查你的医堂药房,还要搜查你的内院。

张道山惊得白了脸。

丁二泉:你也知道,日本兵最喜欢花姑娘,到时看到你家秀贞……

张道山连忙摆手:二少爷,别别!

丁二泉:那你得答应替我办这事哟。

张道山犹豫半晌点点头:二少爷,你得给我一定的时间。

丁二泉:只要能打听清楚那个人,早点儿晚点儿都没事,但不能超过十天。

丁二泉起身要走时却又重新坐下:张先生,给我来包山楂片,回去泡水喝。

事有凑巧,丁二泉找张道山后的几天便是中秋节。中秋节的晚上,一轮明月挂在天上,照得院子里一片雪亮。桌上摆着瓜果菜肴,马天成一家与天佐围坐在圆桌旁。马天成端起酒壶:天佐,你真的不喝酒吗?

于天佐:秉伯父,我从小滴酒不沾。

马天成:那我可就自斟自饮了。

于天佐与洪玉相邻并坐,两个人低声议论着什么。马夫人看得眼热,她想到了儿子,儿子洪良紧挨母亲身边坐着,时而看看洪玉和于天佐,时而仰望天上的月亮。马夫人再也捺不住了:孩儿他爹呀,良儿也不小了,搁往常,孩子也得会走了,可到现在他还没成婚,你说这事该不该找张家提提呀?

马天成放下酒杯:这几天我也琢磨这件事呢,要不过了中秋咱们把他张伯请过来,坐到一起商议一下,趁着天还暖和,把孩子们的喜事办了。

马夫人连说：对对，再说，玉儿也正好在家。

马天成说：那么，明天上午我就去找媒人刘知事打招呼。

马夫人说：刘先生现在是一县的知事，哪还有闲工夫管你家孩子的婚事啊？

马天成说：只是打个招呼嘛，要办喜事了，得让媒人知道。

马夫人：哦，让谁去张家提成婚的事？

马天成说：明天我写一张请帖，差个伙计去颐寿堂请道山兄就是了。

第二天上午，马天成写了请柬，差一个伙计送到颐寿堂去。张道山正愁没有借口去马家弄清丁二泉吩咐探听明白的那个男人，见有此机会，欣然应允。

张道山来到马天成家，马天成在内院正厅摆了宴席款待亲家。桌上摆着酒菜，马天成和张道山分上下位对坐着，一边喝酒，一边谈论孩子的完婚事宜。

马天成：道山兄，你我世交三辈，也别推三托四的，我看就定在九月初五吧。

张道山说：孩子成婚是大事，是不是太仓促了些？

马天成说：该准备的都准备了，到时花轿由西街抬到东街就行了呗。

张道山佯装推辞：是不是再往后挪挪日子？

马天成说：我看了皇历，九月初五是个大吉大利的日子，别再往后推了。

张道山沉吟一会儿说：好，就依你两口子定的日子吧。

马天成高兴地端起酒杯：这不结了，来，喝酒。

二人举杯同饮。

席间，两亲家谈笑风生其乐融融，议定了两个孩子的婚礼程序和完婚日期，很痛快，很直接。酒饭之后，两个人仍旧喝着茶水继续闲聊，张道山因心中有鬼，尽管喜笑颜开的模样，但脸上仍旧不时现出若有所思的神色。马天成似有察觉，问他有什么心事，张道山说：天成弟眼睛好毒，我还真有心事。马天成探过身子表示倾听，张道山故作神秘地压低了声音：天成，外边有些风言风语，说咱们家洪玉把女婿领到家里来了？

马天成一怔：道山兄听谁说的？

张道山口气认真：老弟呀，俗话说无风不起浪，有这事呢，你就实话告诉我，没事呢，就当我没问。你我都明白一个理，闺女大了不可留，留来留去要出丑。洪玉这孩子也是我看着长大的，天资聪明，性格泼辣，咱们关起门来说真话，趁早让孩子有个着落成了家，免得出了闲话。

张道山盯着马天成的脸，马天成犹豫着，叹口气似有难言之隐。张道山又要说什么，马天成端起茶壶，说：道山兄，今天咱不谈这事，以后再说，先喝茶。

张道山口气诧异：真蹊跷，儿女婚事，有什么不可言明的呢？

马天成依然沉思不语。恰在此时，药工老高探进头来：马先生，医堂那边有个危重病人，少东家请您过去瞧一眼。

马天成借机起身：道山兄暂坐，我去去就回。

马天成走出屋门，曾经陪同洪良去张家送"过门礼"的高药工自然要暂时陪客。高药工刚要入座，张道山却站起了身，让高药工带他去方便方便。

高药工领着张道山走出屋门朝东南角的厕所走去，两个人拐过墙角，于天佐恰好从厕所内走出来。于天佐客气地朝张道山点头问好，张道山稍稍一惊，也连忙还礼问好。于天佐推开跨院板门走了进去，张道山却站在原地半晌没动。他对高药工说：刚才的年轻人好面善啊，似乎在哪里见过，他怎么住在天成的小跨院里呢？高药工笑起来：张先生一定是记错了，这位先生才来不久，一直没出过门。这是住在马家治疗的一个慢性病人，快要康复了。

张道山道：也许也许，哎，高先生，有件事想打听一下，不知你了解不？

高药工问是有关家里的事还是外边的。张道山说：就是我亲家这里的。

高药工眨眨眼：张先生请讲。

张道山：听说天成的闺女订了婚，把女婿也带到家里来了，有这么回事吗？

高药工说：就是刚才这位呀。

张道山：啊？这怎么能……

高药工看看左右，把于天佐夜雨天来到崇德堂的过程原原本本告诉了张道山。张道山说这么看来此人在马家疗伤将近两个月了，他问高药工这个年轻人是不是真和洪玉订了婚。高药工摇头道：此事还真不好说，反正没行什么订婚仪式，儿女婚配，岂有瞒着大伙的。只是那天丁二泉领着日本人来搜查，洪玉姑娘当着众人的面说这个人是她的未婚夫，当时大伙还挺吃惊。

张道山：难怪天成说话吞吞吐吐的。

高药工赶紧解释：也许马小姐是新派人物，像大城市里的女人一样，自由的。

16

丰华酒楼的小包间里，桌上摆着几样菜肴和一瓶酒。丁二泉和崔麻子对面而坐，两个人边吃边喝边说话。丁二泉问崔麻子想不想发个财，崔麻子说自己做梦都在想。丁二泉眯起眼睛说：我找到财路了，崔麻子问黑道还是白道，丁二泉说也黑也白。崔麻子涮他一眼：老二，你说明白点儿。

丁二泉故意卖关子，问崔麻子知道崇德堂马家不，崔麻子说这不是说胡话吗，在州城连尿腚孩子也知道崇德堂马家呀。丁二泉说：他家就是财东。崔麻子龇龇牙：你小子，是不是还惦着人家没过门的媳妇？

丁二泉说：也有这么点儿吧，不过我可攥住了马家的尾巴根。那天我领着皇军搜查时,在他家发现了一个外地男人,是南方口音。崔麻子说:兴许是人家亲戚哪。丁二泉道:说是亲戚也行,他家丫头就称那男人是自己没过门的女婿。

崔麻子说:这你不是胡扯狗蛋吗!人家亲戚你能算计到什么?

丁二泉说:哎哎,在咱们这地界,你见过没过门的大闺女把女婿往家领的吗?

崔麻子停止咀嚼:嗯?你别说,有门。

丁二泉说:你给我派上几个人,到马家吓他一吓,弄出银子来对半分,行吗?

崔麻子一撇嘴,说:老二你作死啊?丁二泉问崔麻子:这话啥意思?崔麻子告诉他:日本人正布置力量抓抗日分子,特别是一个袭击军火库受了伤的八路头头。要是那人真是皇军抓的对象,你去了一咋呼给吓跑了,日本人不要你脑袋才怪。丁二泉摸摸脖子,噎住了。崔麻子说:这样吧老二,你暗中查访一下,弄清那人的底细报给我,我报给局长,局长报给宪兵队,末了论功行赏,你我都不少拿。

丁二泉说:还是崔哥老辣,就依你,我暗中访查。

这天,丁二泉身穿警服,迈着正步再次走进颐寿堂。张道山在给病人开药方,见丁二泉走进来,放下手中毛笔站起身:二少爷您请坐,一会儿就得。

丁二泉坐在张道山医案的另一边,张道山开完药方递给病人,请病人到药铺那边抓药,这才回过身来问丁二泉喝水吗。丁二泉说:不渴,谈正事呗,十天期限已到,张先生应该有个答复吧。

张道山关上医堂堂门,看看药铺那边。丁二泉笑笑,说:张先生别提心吊胆的,没人能够听见你说什么。张道山仍然口气紧张,他告诉丁二泉,说自己打听清楚了,马家是有个新来的男人,听口气好像家里人并不知道那是马洪玉的女婿,可马洪玉自己却承认是她没过门的女婿。丁二泉问:那人是哪里来的?张道山说听马府的高药工说,是两个月前的一个大雨夜,几个人背到崇德堂治伤的。

丁二泉来了精神:治伤,什么伤?

张道山说:我没看到,这就不知道了。

丁二泉问:这事有别人知道吗?

张道山说:除了在马家供事的人,没有谁知道。

丁二泉点头:两个月前,治伤的……

张道山又补充道:高药工说送他来的那几个人把伤者撂下就匆匆走了。

丁二泉问送伤者的那几个人是干吗的。张道山说听高药工讲,那是几个外地商人,因为路上遭劫,这人给打伤了。

丁二泉得知那个男人已在马家疗伤多日,疑窦顿生。因为两个月前抗日武装夜袭日本军火库,曾有一个抗日武装人员受了重伤,日军追着追着没了影。事后日本宪兵队多次派兵搜捕,公署警务局也拼命协助,只是伤员如同地遁,再也找不到了。如此看来,没准马家的这个男人就是那个伤员,躲藏进崇德堂并得到马天成的治疗。丁二泉听警务局长说过,抓住或密告流散在本地的抗日人员的行踪可以立大功,受大奖。从那人在马家秘密疗伤之举可以断定,这人肯定就是参与过夜袭军火库的抗日分子。此事如果报告给当局,自己立功受奖,还会弄马家个同党同谋,必置马天成一家于死地,彼时再想办法把张秀贞弄到手,可谓一举两得。这时的丁二泉再次由糊涂变精神了,他问张道山这事是不是马天成亲口所讲,张道山告诉他是找马府的高药工打听到的。丁二泉喜从中来,妈妈的,这下可好了,不光抓到罪证,连证明人也有了。

丁二泉想到这里非常高兴,他问张道山:马洪玉说那人是她未婚夫你相信吗。张道山说那个人长得壮实英俊,马洪玉那孩子向来疯疯张张,说不定和那人暗订终身,她爹她娘不同意,双方正在怄气。

丁二泉问张道山从哪里看出来的一家人正怄气。张道山说:我问马天成这件事,他吞吞吐吐就是不说,看来是想不通又没办法,还害怕家丑外传,正赌气呢。

丁二泉说:那个人要真是抗日分子呢?马天成有意窝藏他也是有的。

张道山连连摇头说:不能不能,马天成没这个胆。

丁二泉说:要是那伙人吓唬他,说传出去就灭他满门,你说他应不应?

张道山沉吟了好半天:这个嘛,嗯,我真不清楚。

丁二泉冷笑说:这不结了,肯定是假的。张道山满头冒汗,连忙给丁二泉作揖:二少爷,你千万可别这么说,那可是我的儿女亲家呀。二少爷,我求求你了。

丁二泉说:张先生也想着一块儿坐牢杀头吗?张道山说:二少爷,你这是往死里送我,早知如此,打死也不张罗这件事。丁二泉说:你现在就是证人,跑也跑不掉,脱也脱不了。张道山一拧头:我不承认,打死我也不承认,反正只有你知我知。

丁二泉口气稍缓:张先生你是听高药工说的吧?

张道山一怔,点点头。

丁二泉说:这就行了,我保证没你的事,把马府的管家抓起来一顿胖揍,还用得着你证明。怕只怕皇军认起真来,到时你得跟着丢了命。喊!

张道山颓然坐在椅子上起不来了。

丁二泉站起身:张先生,咱们是近邻街坊,我说归说,不难为你。可有一条得记住,你要是把这事传给马家坏了皇军的大事,立马用刺刀捅死你。

张道山脸色煞白,看着丁二泉走出门后目瞪口呆。

丁二泉出了颐寿堂立即跑回警局找到崔麻子,崔麻子问丁二泉马家那个人的底细是不是打听清楚了。丁二泉把张道山探听到的消息原原本本向崔麻子复述一遍。崔麻子不大相信,说:是不是你小子想人家没过门的媳妇想疯了?丁二泉说敢拿脑袋保证。崔麻子这才认起真来:这个颐寿堂的张先生会不会走漏风声?

丁二泉说:用刘知事的话说,这个人气壮如牛,胆小如鼠。我把他吓瘫在椅子上了,给他十个胆也不敢到马家去报信儿。

崔麻子:为了不出娄子,得派人盯在颐寿堂门口。

丁二泉:还是股长高明。

崔麻子说:也得派人盯住崇德堂,以防那人逃跑。丁二泉说:还是股长想得周到,那就赶紧动手吧。崔麻子兴奋起来:妈妈的,这下可好了,不光抓到罪证,连证明人也有了。我得赶紧把这情况报告局长,你马上找两个人盯在张家门前,事情办好了,我报告局长提你个副股长。

丁二泉连忙起身立正:谢崔大哥栽培!

人们说,世界上的事大多是由巧合而成的,这话看来不假。就在丁二泉把得到的情况报告给崔麻子的前一天,部队派人来接于天佐了。

跨院东房里,于天佐和一位身穿长袍的年轻人相对而坐。于天佐问年轻人来时有没有人注意到,年轻人说是装成病人走进崇德堂的。于天佐说:我们必须一百个小心,稍不注意就可能给马先生一家惹出大祸。年轻人点点头说:司令员考虑到这一点,所以派我来接你尽早归队休养。

年轻人告诉于天佐,让他做好准备,今天夜里就要出城。但考虑到夜里城门关闭,他们只能从东城墙北段那个塌了的豁口处越出去。于天佐说这里的地理情况他早已清楚了,没关系,照计划行动就是了。年轻人又补充说:午夜时分,那地方有人接应。两个人计议已定,年轻人辞别于天佐走了。

黄昏时刻,马洪玉走进跨院屋内,她和于天佐手握手对面站着,两个人久久相望,谁也不说话。于天佐终于打破沉寂:洪玉,看来我必须得走了,组织上担心你们全家受连累,已经派了人来,让我立即返回部队。

马洪玉问他什么时候走,于天佐说就在今夜。洪玉虽然生性豪爽,此时也已眼含泪水,她说:放心走吧,只是你的伤势刚刚减轻,就怕剧烈活动导致复发。

于天佐踢了踢那条伤腿说:已经好得差不多了,我自己会小心爱护。洪玉撒开天佐的手擦擦眼泪,口气毅然决然:走就走吧,反正迟早要走,速则有暇,迟则生变。

于天佐安慰洪玉,说到了根据地后还会找机会再来看她,至少得派人跟她联系。洪玉说：你重任在肩，不可因儿女情长误了大事，相信我们以后有机会。于天佐动情地张开双臂，马洪玉一下子欺进他的怀里。两个年轻人紧紧抱在一起，久久不肯分离。洪玉忽然从于天佐怀里挣出来，整理了一下凌乱的头发说：天佐，你虽然是夜间出城，但傍晚就得出这医堂门。

于天佐问：为何这么早，晚上不行吗？

马洪玉说越是白天，越不引人注意。

于天佐道：到底是女人心细，好的，就按你说的办。

马洪玉说她父亲早就说过，等天佐走时，让武师李天鹏护送他。于天佐十分感激，因为马天成想得太全面太细致太周到了，这些天他已经清楚了李天鹏的为人和能力，有这个人护送，纵然遇到意外也会化险为夷。当然，打惯了游击战的人，只要出了城，那便是海阔凭鱼跃天高任鸟飞了。关键是在城内，在敌人严密控制的这个狭小区域，你得特别警惕，格外谨慎。于天佐想了想说：那好，洪玉你去告诉李师傅，送我到悦来客店就行。

马洪玉点点头说：天佐你赶紧准备，我去找我父亲。

傍晚时刻，崇德堂外，脸上粘满胡须，一身农民打扮的于天佐提着几包中药经过穿堂门走出来。于天佐躬着腰身，脚步蹒跚，一副病态。崇德堂外闲转的人看了他几眼，于天佐假装不觉，继续往前走着。于天佐拐到东西大街上，看到武师李天鹏远远地走在他前边。于天佐明白，李天鹏此刻之于他来说，既是引路，也是保护。于天佐跟着李天鹏来到一家并不起眼的客店前，看看没人注意，闪身进了客店。李天鹏继续在客店外转来转去，留神注意着店外的行人。

当天夜里，于天佐和部队上派来接应他的人从东城墙的断壁处顺利逾出，沿着往东北去的小路匆匆而行。八月下旬，尚有晚禾微绿，小草结籽，虽然绿意随逝籽熟即凋，但终究给人以清新温暖的感觉。只是夜里忽然下起了小雨，淅淅沥沥非但不停，反而越来越大。加之刮起了小北风，只吹得这个冷雨飘零黑洞洞湿漉漉的世界不停地摇晃颤抖。漆黑的夜里，世界仿佛陷入一片迷茫混沌之中了。

秋雨涟涟的黑夜里，于天佐二人不走大道专走小道，从他们对地形地物的熟悉程度上看，纵然不是本地人，至少也在这里生活过。他们走走停停，在风雨中全神贯注地往周围谛听，认认真真地朝远处逡巡。远处忽然传来隆隆的响声，两个人吓了一跳，他们立住脚，倾听片刻，摇摇头继续赶路。陪同于天佐的年轻人嘟哝着说：八月打雷，遍地是贼。眼下快出八月了，怎么还打雷呢？

两个人在下半夜终于绕着圈子走进了张桥镇，又绕着圈子走到镇中一家大门口。年轻人刚要动手敲打湿漉漉的门板，马上又停住。犹豫了一下，就顺着院子外边一棵靠墙的榆树爬了上去。他双手抱着横斜的树枝一悠，双脚站在了墙上,然后轻轻地跳到院中。他蹑手蹑脚地踩着泥水,相当小心地走到房前的一扇小窗前,屏息静听屋里的动静。滴檐水和溜檐风交替灌进他的脖领,他似乎全然不觉,只是专注地听。就在这时,他听到屋里传出一个老人咳嗽声,接着一阵喁喁喃喃的呓语,似乎是在梦中絮叨着什么。声音那么耳熟,那么亲切,就像幼童在迷路的夜晚忽然听到母亲呼唤似的。也就在这一刹那间,他心中的一块石头落了地。他轻轻地敲了下窗子:刘叔,刘叔,给我开门!

身后传来一个压低了的声音:小林子,别扰乱你刘叔,他伤风了,刚睡下。

被呼为小林子的年轻人吓了一跳,回过头,只见贾二爷站在他身后。贾二爷轻声笑话他,说:还练过功夫呢,耳朵眼睛都不顶用。小林子问贾二爷怎么知道是他,贾二爷说:你一入院,我就从正屋窗户里看到你了。人接回来了吗?

小林子说他接的人正在门外等着。贾二爷没再说话,直接朝大门口走去。大门打开,于天佐走进来。小林子介绍:天佐,这就是州城大侠贾二爷。

于天佐握住老人的手:贾二爷好!

贾二爷:天凉,快进屋吧,这里不是说话的地方。

小林子:天佐,找到贾二爷,咱们就算找到自己的队伍了。

崔麻子将丁二泉打听到的情况报告了警务局局长孟庆周,孟庆周也要抢功,连午饭也顾不得吃,带着崔麻子越过刘知事颠着屁股径直去找丸山造汇报。

日本宪兵队队部里,孟庆周和警务股长崔麻子并排站在丸山造面前,两个人腰板挺得笔直,眼珠随着丸山造移动的脚步转到左边又转到右边。

丸山造立住身子,双手握住东洋刀刀柄,孟庆周和崔麻子不由自主地哆嗦了一下。丸山造看着两个人的眼睛一龇牙:说说侦察的经过。

孟庆周说:自从上次接到队长您布置的任务之后,警务局就开始暗中侦察。我派了崔股长专门负责这一项,崔股长很卖力,派了他的部下丁二泉暗中查访,终于发现了那个八路头头的行迹。如今,我们已经派人盯住了嫌疑人的门前以防逃跑,只等皇军采取行动。

丸山造竖起大拇指道:大大的好,崔股长的部下的什么名字?

崔麻子抢先回答:丁二泉。

丸山造转身命令翻译官:打电话,丁二泉的速来宪兵队。

翻译官赶紧摇电话通知警务局值班的,让他转告丁二泉跑步来宪兵队。丸山造又开始在室内来回走着,一边走一边自言自语地说:听说这个崇德堂的,威望很高,抓了他们的通敌,可以杀一儆百的干活。

警务局长孟庆周连忙附和:是的,州城没有不知道马先生大名的,当年刘知事的水臌就是他给治好的。所以,我和崔股长瞒了刘知事悄悄赶来报告太君。

丸山造点头称赞:哦? 医术的很高,要不是通八路,皇军的倒可大大地利用。嗯? 孟的,这事刘知事真的不知道?

孟庆周点点头,丸山造走上来,扳着警务局长的肩膀摇了摇。这时门口的守卫报告,说是丁二泉来到了。丸山造朝门口喊:让丁二泉的进来。

丁二泉走进来,朝丸山造深深鞠了个躬。丸山造上下打量着丁二泉,丁二泉给他盯得有点儿发毛:太君,您找小的……

丸山造说:丁二泉的,马家的陌生人是你侦察到?

丁二泉又鞠一躬:对对,是小的。

丸山造问:抓住他你可以证明?

丁二泉说:小的一定证明。

丸山造拍着丁二泉的肩膀:大大的好,大大的好! 功劳的有,提官的有。

丁二泉连连鞠躬,说:谢太君栽培,谢太君栽培。旁边崔麻子吃醋了,压低声音说:要提职必须我先打报告,还没提呢你谢个蛋啊!

丸山造:崔的,你在说什么?

崔麻子:我是说让他对太君说几句感谢的话,他不会说,我正教给他。

丸山造把手一挥:继续监视,如发现可疑之人,一举捉拿。

丁二泉兴奋得眼睛嘴巴乱动弹,他想进一步卖功,就又哈着腰说:报告太君,再过几天马天成就要给他儿子举行婚礼了,要行动就快一些,别让入网的鱼跑了。

丸山造侧过头:婚礼?

孟庆周:是的,马家公子和颐寿堂堂主张道山的女儿订了婚,九月初五过门。

丸山造问孟庆周怎么知道这个日子,孟庆周说刘知事是大媒,日子是刘知事告诉他的,到那天刘知事还要去马家送喜礼喝喜酒呢。丸山造:哦? 你们的干得好,刘知事是大媒,这事幸亏没让他知道。

丸山造在室内转着圈,转到丁二泉跟前忽然停下脚步:丁的,你认识那个人,这几天你盯紧了马家的门,到马家的婚礼时,皇军和你们入院抓人。

警务局长向前探着身子问:队长这么做是不是为了制造声势啊?

丸山造很兴奋:对的,我要让州城的人和道里省里的人都知道,我为帝国的圣战立了功,抓住了一个八路的大头目。

警务局长说队长言之有理,这样可以警告更多的人。丸山造点头表示同意孟庆周的见解。他下令从现在起,封锁消息,无论谁走漏了风声,都要死啦死啦的。

三个人连忙立正行礼:哈依,哈依!

丸山造挥挥手,三个人鞠躬退出宪兵队队部。

丁二泉大概乐糊涂了,出了宪兵队就忘了丸山造的严令。他晃着屁股走进颐寿堂,正在给病人诊治的张道山和他打个招呼继续忙自己的。丁二泉也不说话,找个座位坐下,像患了癔病一样冲张道山又眨眼睛又噘嘴。张道山看到了丁二泉神秘莫测的样子心里发慌,赶紧打发走手头的一个病人,走到丁二泉跟前坐下:二少爷,有什么要紧事吗?

丁二泉不说话,歪着脖子直瞪瞪地看他,双目渐渐又成斗鸡眼了。张道山心里更没底,慌忙掏出两块大洋递给丁二泉。丁二泉把大洋接在手里掂了掂,附耳对张道山如此这般说着……

张道山的脸色一会儿黄一会儿白,呆张着嘴一怔一怔的。丁二泉从张道山耳边挪开嘴巴,以极为关心的口气说:张先生,识相的快把亲事退了,真要抓住那抗日分子,你闺女就是个给马家陪绑的。

张道山说:真要那样的话,我闺女可是到那天刚进马家门呀。

丁二泉:嗯嗯,反正来不及入洞房上喜床,事过去呢,还是大姑娘。要是张先生有顾虑,我和皇军说说,不嫌你家姑娘是个二货。

张道山毕竟是有知识有学问的文明人,见丁二泉出言无状,脸色越来越难看,说:丁二少爷,你是不是太过于了。丁二泉说:这还算过于?比要你命强多了吧。

丁二泉说完掂着大洋出了颐寿堂,张道山软塌塌地坐在椅子上,不大会儿脊梁上的冷汗就把内衣湿透了。他没想到自己无意中给马天成一家造成这样的塌天大祸。所幸从丁二泉的口里知道马家遭难还有数日,便思索着用什么办法把这消息传给马天成。可是他听刘知事说过,警务局里有个特务股,专门盯梢逮人,说不定他们早派人盯住崇德堂,自己去报信说不定就是自投罗网。此刻,张道山虽然依旧坐在医案边上望闻问切,可三个指头总是不由自主地将寸关尺按错。

正当张道山六神无主的时候,丁二泉又神神道道地返回来了。张道山现在很怕这个人,赶忙起身让座。丁二泉并不坐,说:昨晚老头子说心里闷得慌,让我来请你,天太晚了,没来。今天我又让宪兵队叫了去,也没顾上,你下午去给看看吧。

张道山松了一口气,连说:下午一定去,一定去。

喜日子越来越近,马家院里,伙计们在忙着搭喜棚,厨子们忙着筑灶头,女眷们给院子里的门上、窗上、墙上和树上贴喜花。

马天成从医堂走进内院,管家老邱迎上来告诉他,说遵照他的嘱咐,已经雇了城西运河边上最出名的响器班。这个响器班在沿河一带挺有名气的,响器班里不光有响器,还有几个男女演员,能同时演小戏。马天成连说好,因为来参加婚礼的宾客们就是图个乐呵嘛。他绕院子转了一圈又走到邱管家跟前说:邱先生,医堂里整天病人不断,我实在腾不出空来。喜事交给你张罗,我就不多问了。

邱管家说:马先生尽管放心,有我和天鹏操持,您就请放心。

马家有喜事,来帮忙的人自然很多。这几天,周家营的周二虎就每天早早来到马家,帮助料理一些杂务。李天鹏和二虎早就相遇又相知,两个人相互钦敬,彼此尊重。周二虎的到来,让李天鹏多了个好帮手。因为马家东西两个大院,近几天人多手杂的,生怕有夹七夹八的人趁机混进来,或偷窃,或打劫,把个原本喜庆欢快的好日子给搅得腌臜了。两个人分了工,天鹏照管西院,二虎照管内院,有什么意外时以口哨为号。

马天成朝院里忙活的人们拱拱手:各位受累,马某谢了。

院里帮忙的人一起还礼。

午饭后,张道山和夫人坐在桌旁。张道山将从丁二泉那里听来的马家就要遭殃的事告诉夫人,夫人大惊,说:这可怎么办啊?张道山不停地叹气,说真没想到自己无意中给马天成一家造成这样的塌天大祸。一直陷入沉思的张夫人终于开口了:事情到了这份儿上,别尽懊丧了,还是快想办法告诉马家吧。

张道山摇摇头,把自己担心特务已经盯梢的事说给夫人。张夫人抽泣着:要是马家出了这档子事,洪良也得被抓,咱秀贞可怎么办呀?

张道山说他从丁二泉的口中知道,日本宪兵和警务局的人是要在马家婚礼上入院抓人。距孩子们成婚还有几天时间,天无绝人之路,说不定能想出办法。张夫人止住泪:哎,你说那个没正事的丁二狗少是不是故意吓你讹你?

张道山:但愿如此,可我看着像是真的。

午时刚过,张道山就来到医堂里。他迅速处理完几个病人,就赶紧奔丁二泉家。丁大户患的是风寒,张道山诊断清楚后迅速开了药方,正要起身让丁二泉跟他回颐寿堂抓药,忽然心中一动又坐下,说是有两味药颐寿堂里没有了,请丁二泉到崇德堂去抓。张道山在药方中的几味药名下画了一道杠,丁二泉接方在手刚要走,张道山又叫住他。张道山提笔在一张纸上写了几位中药名,抬手把药单递给丁二泉说:二少爷,烦您去顺便请马先生帮我调兑调兑这几味药。丁二泉眨巴着眼睛挺纳闷:怎么,药还调兑?张道山解释说这是医家惯例,有时哪家药铺缺个三五味药,因为量太少,不值得去天津下济南进货,就在各药铺相互筹借。丁大户因为头痛难忍,急于吃药,见儿子磨磨叽叽的,心中很烦,歪在炕上大喝:张先生让你去你就去,啰唆什么!

张道山辞别丁大户,和丁二泉同时出了丁家大门。丁二泉拿着药方去了崇德堂,张道山返回颐寿堂。路上,张道山不时以手加额:老天眷顾,万望马天成能把那几味药看明白。

丁二泉身着警服走进崇德堂,正在给病人们诊治的马天成赶紧起身让座,问他"驾临敝医堂有何吩咐"。丁二泉哭丧着脸,说:老头子病了,让张先生看过后开了药方,说是他那里差几味,让我到你这里抓药,真啰唆。马天成接过药方看看,吩咐洪良去药房给二少爷抓药,马洪良答应着,拿起药方到药房那边去了。马天成说:二少爷你先请坐,洪良把药抓齐就送过来。丁二泉点点头坐在椅子上,押了一会儿似乎想起了什么,他从口袋里掏出一张药单递给马天成:马先生,这是张先生给你的,说要调兑几味药。

马天成接过药单展开看时,只见药单上写着花红、茱萸、枳实、瓜蒌、紫苏、核桃仁。马天成一怔,这是几味再普通不过的常用中草药,无论哪家药铺都会准备充足,颐寿堂那么大的门面怎么会缺这几味药呢?他很疑惑,疑惑归疑惑,马天成还是连声说:好好好,我调兑齐了就让药房伙计送过去。丁二泉说:反正我已经把药单捎到了,你爱送不送吧。正说着,马洪良提着几包中药走进医堂。马天成接过来亲自送到丁二泉手上:二少爷,您的药抓好了。

丁二泉起身接过药包做掏钱状,马天成说:算了算了,老街坊了,区区几个钱,少爷留着买壶茶喝吧。丁二泉脸上露出得意的一笑:马先生,往日我请你都挺费劲,现在怎么格外客气了。

马天成拱拱手,说:那天日本人来搜查,多亏二少爷你在旁边啊,我想日本人一定是看了你的面子才不继续追查,我能不记你的好处吗。丁二泉皮笑肉不笑地说:知道我帮了你家大忙就行了。

丁二泉提着药包走了,马天成一直送他出了医堂。马天成看到,丁二泉在医堂外和两个陌生人嘀咕着什么。马天成狐疑地看了一会儿那两个人,转过身时,李天鹏站在他身后:马先生,你看什么?

马天成指指门外:那两个人在门外转悠什么?

李天鹏说:我早就注意到,这两个人在此转悠两三天了。

马天成回头看看那二人:怪哉!

丁二泉走后,马天成看着张道山的药单再三琢磨,总觉得张道山送这药单一定另有缘由。瞅了病人较少的空儿,他去了内院把洪玉叫到自己书房,将药单递给洪玉看,洪玉看了两遍也弄不出所以然。她问父亲是从哪里得到这张药单的,马天成说:是你张大伯托来抓药的丁二泉捎来的。洪玉说:兴许张伯伯那里就缺这几味药了呢。马天成点点头：也许是吧。

晚上，马天成坐在灯下又看那张药单，洪玉从外边走进来：爹，从上午你就看这药单，有什么玄妙吗？

马天成说：下午我把药调兑齐了就让药房伙计送过去了，伙计回来后，说张道山再三嘱咐，让我把药单多看几遍呢。我再三琢磨他的话，总觉得这药单一定另有缘由。马洪玉听到这里，要过药单又仔细看，看着看着，马洪玉忽然皱起眉来。见女儿神色有异，马天成觉得蹊跷，他问洪玉看出了什么，洪玉脸色骤变，她把药单放在父亲面前说：爹，出大事了！

马天成如堕五里雾中，少顷他从洪玉手里要回药单仔细审看。洪玉站在他身边指着药单让他看每味药末尾的字，马天成按女儿的指点念下去是"红芫实蒌苏桃仁"。马天成恍然大悟，几味药后边的字连起来读的谐音是"洪玉事露速逃人"。最有力的解释是张道山为医几十年，绝不可能将"红花"误写为"花红"。马天成想起丁二泉曾带人来崇德堂搜查"抗日分子"，很可能从那天起就对于天佐的身份怀疑上了。丁二泉是警务局的人，自然会把自己的怀疑汇报给他的上司。他的上司就是警务局长或者是日本宪兵队，警务局或日本宪兵队的决定可能丁二泉也知晓。无疑，张道山又从丁二泉的口中得到了消息，这消息对于马家来说是危险的、致命的，所以才借给丁家人治病的机会假丁二泉之手知会自己。除此之外，找不到任何可以解释明白的理由。所幸，于天佐已于前几天离开州城，马家父女终于放心了，可他们哪里知道，更大的危险和灾难马上就要来到啊。

马洪玉说：爹，你不必紧张，天佐已经离开州城，他们再无对证。现在的问题是考虑怎么解释天佐的去向。

马天成：天佐的身份你当时和日本人怎么解释的。

马洪玉：我说天佐是个商人。

马天成一拍大腿：有了！

17

丁大户坐在东套间的大床上，家人把汤药端到他面前。丁大户喝完药擦擦嘴说：吃了这几服药，浑身轻松，胃口也有了，快，给我下碗面条。

治疗常见病多发病，张道山的医术确实非同一般。丁大户前几天刚得病时，手脚发麻，浑身酸痛，嘴唇像纸糊的风车一样说话瑟瑟的。脊背缝儿里的凉气一阵接一阵地往外冒，口中也是黏糊糊冷冰冰的。吃过张道山开的三服药后，不光这些症状全部消失，并且明显有了食欲。

不大会儿，丫头把一碗香喷喷的面条端来，丁大户接过来咝咝呵呵有滋有味地吃着。丁二泉站在床边说：爹，多亏儿子跑前跑后吧，你还烦恶我穿这警服，要不是这身穿戴，什么张先生马先生的，有这么好请吗？

丁大户摇摇头，说：咱丁家祖辈都过平安日子，不喜欢跟官府打混混。丁二泉不乐意听他爹说这种话，他告诉丁大户，自己马上就要升官了，儿子升了官，当老子的就是州城的太爷。丁大户一口唾沫吐在地上：呸，就凭你，还想升官？

丁二泉做了个鬼脸走到他爹跟前，嘴唇贴着丁大户耳朵低语。丁大户脸色大变：小子，缺德啊！马天成对你爹有两番救命之恩，不报恩也不能帮着别人下毒手！日你娘的，这是有人陷害马先生，你快去告诉他，也好有个准备。

丁二泉连连跺脚，心想自己的老爹真执拗，幸亏没把真事告诉他，这不，老头子又犯傻呢。莫非人老了就这样，记事不多，忘事不少，他怎么就不想想那年患热病时，周二虎两个大洋一个西瓜的孬招就是马天成挑唆的？还有，要不是马天成托刘汉平为媒，张家的闺女不早成了他儿媳妇了。他想还是跟老爹说开的好，免得到时再挨骂。可丁二泉刚把这两件心中的记恨说出来，丁大户却把面条碗往床沿上一蹾说：你小子真邪癖，这也不能怨人家马天成啊！

丁二泉说：爹，我不恨周二虎也不恨张道山，就要把账记在马天成身上。

丁大户拍着床沿：家门不幸啊，家门不幸啊！

丁二泉转身朝外走，边走边说：等我把张秀贞弄到手，你就说家门有幸了。

对于那年冬天的西瓜之事，丁二泉一直怀恨是马天成有意唆使周二虎讹他家的钱财。对于马家姻成张秀贞一事，他更怀恨在心。正如他老子所说，这是个邪癖人，他不恨周二虎不恨张道山，却把一部无厘头乱账记在马天成身上。丁二泉常在父亲面前提起这两件事。丁大户虽然爱财也妒忌，但马天成对自己有两番救命之恩，不报恩也不能对人家怨恨，便常常大骂儿子是无义小人。

无义小人丁二泉得到了立功又报复马天成的机会，为了取得张道山的赏识和好感，以便将来娶到秀贞这个美人，便到颐寿堂和张道山拉近乎。趁无人之机，丁二泉说此事成功后，他很可能升任警务股股长，到时官衔在身，会对颐寿堂格外关照。张道山不知马天成是否看明白了那封"密信"，对马家以后的境遇心里没底。如果马家真的因为那个男人吃了官司丢了命，别的倒不要紧，可惜了那部自己梦寐以求的《天方秘籍》。他原想在万不得已时求丁二泉逼出马家的《天方秘籍》转给自己，考虑到眼前这个人根本不着调，话到嘴边又咽了回去。此刻他既担心马家吃官司又担心女儿的命运，所以在动脑子想办法拖延女儿的婚期。可是丁二泉已经告诉他宪兵队是在马洪良大婚之日进院抓人，如果不顾忌讳硬硬改了婚期，就明显让丁二泉和日伪官府看出自己是得到了这个消息从而提前行动。彼时不光救不了马天成一家，闹不好还得搭上自己。

张道山反复思考、忖量但终究无可奈何。他晚上难以入眠，白天茶饭不思。夫人看他神态反常，问他是不是因为马家那件事。张道山不愿让老婆孩子陪着担心，假说那事虚惊一场，还真是丁二狗少吓唬自己。之所以情绪不佳，是因这几天身体不适，休息一下过几天就好了，而有关马家的事情，他一句也不再说。不但不说，他还得假作镇静，和夫人共同为即将出嫁的秀贞准备嫁妆。

　　秀贞的嫁妆摆在院子里，前来帮忙的媳妇婆子们围绕着嫁妆说这说那。张道山从前堂走到后院，在正厅里坐一会儿又走向前堂。

　　秀贞从屋里出来，走到母亲身边：娘，俺爹这两天心神不定，有什么事吗？

　　张夫人说我也看出来了，他晚上难以入睡，白天茶饭不思，是不是舍不得你嫁出去呀？秀贞低了头：也不是多么远，不就是本城本街嘛。

　　马天成在院子里转来转去，帮忙的街坊邻居喜洋洋地摆放着喜宴上需要的桌椅板凳。灶上已经生起了火，厨师在忙着炖肉和炸货。西街果子铺里的伙计唱着喜歌送来宴席上用的糕点。满院的喜庆，满院的欢乐。马天成不时和洪玉凑到一起，爷儿俩悄悄议论着什么。这时，马夫人在刘妮的陪同下站到门口前，刘妮说道：哎，马大伯，夫人让您和小姐过来看看，到接亲时穿这身衣裳合适不。

　　马天成和洪玉强打精神抬起头：好好，合适，真合适。

　　马夫人听到爷儿俩夸奖，乐滋滋地回屋里去了。

　　洪玉悄声道：爹，别怕，到时你就一口咬定，其他的事有我呢。

　　马天成叹口气说：唉！扛到哪步算哪步吧。

　　邱管家走过来说接亲的花轿已经起轿了，马天成强打精神，笑呵呵地说就盼着这一刻呢。他和邱管家走到门口，看到接亲的四抬绣花大轿已经颤悠悠地走在了大街上，轿夫们穿红袄着青裤，都是紧身打扮的棒小伙儿。沿街两旁，站满了看热闹的街坊。马天成目送花轿颤颤儿地顺街西行，嘴唇颤动了几下，一颗泪珠顺着脸颊淌下来。邱管家问他怎么了，马天成破涕为笑，说这叫喜极而泣。

　　花轿来到颐寿堂前停住，响器班的鼓钹唢呐一齐动，街坊们都赶过来看热闹。张道山和街上的头面人物忙忙地封了喜钱迎上去，一连串说着客气话：辛苦了，路不远也不近，到底是从东街到西街啊。

　　周围看热闹的人们哄地笑起来，老姜上前把个大红包递给响器班的头头。头头举起大大的红包：伙计们，主家重赏了，动起来啊！

　　吹鼓手们精神抖擞，喜曲更高，唢呐更嘹亮，长号呜嘟嘟吹响，这是催妆号，是催促新人赶紧上轿的。随着催妆号响，张秀贞在伴娘陪同下步出颐寿堂正门，张夫人随后追出来：儿啊，儿啊！

秀贞止住脚步,回身扶住母亲。戴着盖头的秀贞和母亲相拥哭泣。伴娘和街坊媳妇们连忙过来相劝。母女分离,秀贞一步三回头,终于迈进了绣花大轿。

绣花大轿将张秀贞从西街抬到东街,来到崇德堂的一溜沿街房侧门前停下。因为某种约定俗成的忌讳,喜事是不能走医堂正门的。一位长袍马褂的主事人高喊,说喜事不走医门走正门,这边下轿,这边下轿!绣花大轿又往东抬了抬,轿夫们放下轿杆,花轿停稳,马家接亲的亲朋一齐到门前排列。

马家院里院外,人声喧哗。报喜信的小鼓铜钹敲过之后,呜嘟嘟的长号吹响了。随着号声,穿戴整齐的马洪良在两个小伙儿的陪同下走出来。马洪良手撩长袍立在门口,笑盈盈地望着花轿。

轿帘掀开,新娘子走出来了。张秀贞虽是上过洋堂的人,婚娶大事也得按照本地风俗来,她款款走到大门口又站住,含羞侧身欲做进门状,但似乎又在等待着什么。这霎,旁边的"陪伴"将新郎马洪良一推,马洪良侧棱了膀子,顺势在新娘子身上蹭了一下。门里门外有了哄喊:撞亲了,礼到了!

人们在哄喊,孩子们在笑闹。

在人们的哄喊中,在孩子们的笑闹中,新娘子被几位中年妇人圈过去,七手八脚架在太师椅上抬起来,跑着,颠着,闹嚷嚷将新人抬进内院去了。

院子里摆满了喜庆宴,马洪良站在"女客"席前,神色庄重而愉悦。马洪良努力克制着心跳,接受人们眼光投予的祝福,陶居正等一班老人坐在正席上,他们转脸以询问的眼光看着送嫁来的"上客"。上客带笑点头。陶居正站起身来喊:上客同意开席了。

陶居正极麻利地捧起瓷盘里事先备好的花生和红枣,哈一声笑呵呵抛撒开来。刹那间,满院里红白相映如飞花儿。飞花儿起,飞花儿落,一片的哄笑,一片的欢乐。嬉闹的孩儿们挤成蛋,将红枣花生捡起来。两个戴红花的孩子接连不断地朝新郎掷着红枣:打喜枣喽,打喜枣喽!

喜枣花生落在新郎的头上,淌进新郎的怀里。马洪良欢跑进新房,将上天恩赐的吉祥物均匀抖撒在铺红叠绿的炕上。

新房外,喜宴随着花生红枣的飘落已经开始了。亲朋乡邻品尝着本地特产的"蜜三刀",大嚼着香油芝麻烤成的黏枣。不大会儿,酒菜上来,真正的喜宴正式开始。不时有亲朋好友和曾沐马天成救治之恩的街坊乡邻到马天成夫妇跟前道喜。马天成夫妇笑逐颜开,不停地到各席上施礼道谢,燕飞蝶舞的东西两院里,在一片喜庆瑞气里散溢着惬意爽朗的欢笑。

马家大门口,李天鹏警惕地看着出来进去的人,忽然间,一队日本兵和一队警察快步跑过来,雪亮的刺刀在太阳底下闪着吓人的光。仍在不断赶来参加婚宴的亲朋惊骇地注视着这些黑黄相间的人,禁不住止了脚步,驻足观望。李天鹏见情况异常,腰中取出几把飞刀暗暗藏在衣袖里,转身朝院里疾走。

马家大院里,喜宴在继续,宾客们在欢笑。

李天鹏快步走进来,找到马天成:马先生,日本人来了!

马天成尽管心中早有准备,听到这消息还是吓了一跳。他让天鹏快去找洪玉,自己则向门口迎出去。马天成还没走到门口,日军宪兵小队长丸山造已经提着东洋刀带兵冲进院里。

鬼子和伪警察一出现,院子里席面立时大乱,有人开始往外跑,但随即就又跑回来。因为警务局长孟庆周带人堵住了正门和侧门,随后跑到门口的人都轻重不一挨了一枪托。丸山造舞着东洋刀指挥日兵把参加婚礼的男男女女全部赶到崇德堂后院南半边,日本兵端着大枪,看住人们不许乱动。

这时,李天鹏已和马洪玉急匆匆地赶过来,他们赶到丸山造跟前,李天鹏去寻周二虎,洪玉则在父亲身边盯着丸山造不说话。丸山造手拄东洋刀绷紧嘴唇,看着已经站在他面前的马天成和马洪玉咕噜了几句日本话。翻译官紧跟上说:丸山太君让你们交出窝藏的抗日分子。

马天成有点儿惊慌,马洪玉仍很镇定。

马洪玉开口便用日语:丸山队长阁下,我根本听不明白你的意思。

旁边的人包括日本翻译官全部大吃一惊,谁也没想到,马家的闺女竟然会说日本话,丸山造翻着小眼睛说:我们已经派人到济南调查,你马洪玉的确是在济南供职,的确是领事夫人的好朋友,但你年轻无知上了当,不光错找了对象,并且把个抗日分子给引到家里来了。

马洪玉微笑着说:不可能,完全不可能,我的未婚夫是个有着特殊身份的人,在马家待了不长时间就到满洲国执行任务去了,怎么会是抗日分子呢?

丸山造阴阴一笑:你的未婚夫执行什么任务?

马洪玉冷笑,说自己的未婚夫名义上是商人,实际有着特殊任务,这是机密,丸山队长没有必要也没有资格细问。丸山造不再理睬洪玉,转身冲门口喊了一声。丁二泉应声跑进来,哈腰站在丸山造跟前:太君,您的吩咐!

丸山造用生硬的中国话命令丁二泉,让他找出那天他看到的"抗日分子"。丁二泉"哈依"着走进人群,仔细辨认着每一个人,人们有的低头,有的侧脸,有的害怕便悄悄往人群里钻。丁二泉不时地发出呵斥声:老实点儿,别乱跑乱窜的。可是丁二泉找遍所有的人,就是没有当日那位站在洪玉身边穿西装的。丁二泉傻着眼睛回到丸山造跟前摇摇头,丸山造转着眼珠走到马天成跟前:你的,是不是两个多月前收治过一个受枪伤的?

马天成说:是啊,是在雨天夜里收治过一个受枪伤的。

丸山造来了精神:大大的好,你的实话的说了,那受伤的藏在哪里?

马天成说:好几个人抬着他来的,说他们是合伙经商贩私货,同伴途中被土匪打伤了腿,听说我医道高,就找到崇德堂来了。

丸山造歪歪头:经商贩私货的?

马天成摇摇头,他说自己看那些人像是黑道上的,黑道上的钱是不能挣的,所以连他们给的钱也没敢动,一直在柜上保存着,以防这些人之后再找来算账。丸山造让他取出保存的钱来看一看,马天成当即让一个药房伙计找邱管家取来一个小布袋,布袋里果然叮叮当当全是大洋。丸山造噘起嘴来思索。丁二泉为了交差,忽然跑进人群里拽出了高药工,说这个人可以证明马天成说的是假话。丸山造重又来了精神,他慢慢走到高药工面前,猛然间拔出东洋刀架在对方脖子上:你的,实话的说,不说死啦死啦的!

高药工刚刚嗯了一声,只见身子晃悠,眼珠翻白,一股臊尿顺着裤裆淌出来。丸山造还要再说什么,面前的人却一个跟头跌翻在地——吓晕了。

丸山造挥了挥东洋刀,命令开路。同时命令将马天成父子和高药工一并带走。

李天鹏和周二虎悄悄走过来,两个人站在马天成旁边。几个日本兵上前拉拽马天成父子时,二虎脚下一动,李天鹏连忙用指头捅了他一下:不可!

丸山造指挥部下在马家搜捕"抗日分子"之时,刘汉平和郎秘书正急匆匆地往崇德堂这里赶。刘汉平说:咱们去晚了,喜宴恐早已开始。郎秘书说:知事公务在身,情有可原。再说,马先生恐怕也不知道你会亲自来参加他儿子的婚宴,要是提前告诉他的话,肯定得等你到了才开席。刘汉平呵呵大笑:你想啊,我是大媒,能不到场恭贺嘛。

二人加快了脚步,拐过街角,看到崇德堂前围满了人,门口还有警务局的人堵着。刘汉平和郎秘书有些奇怪,赶紧走上去。正站在门口的警务局局长孟庆周跑上来向刘汉平敬个礼:报告知事,皇军和警务局正在搜查抗日分子。

刘汉平皱皱眉:怎么没报告给我?

孟庆周:事情紧急,没来得及。

刘汉平:怎么搜查到马家来了?

孟庆周:有人侦察到他家窝有八路军受伤的头头。

刘知事欲往院子里走,孟庆周双臂一伸拦住他。刘汉平有些恼怒:怎么着孟庆周,你敢拦住我不让进?

孟庆周压低声音:报告知事,丸山队长亲自带队来的。

刘汉平听说丸山亲自带队来的,犹豫了:那好吧,回去后,你到我办公室,把这个案子的始末汇报给我。

孟庆周说:知道了,您老先回去吧,日本人面前,还是少招惹是非的好。

刘知事点点头,和郎秘书转身回去了。

日本兵和警察带着马天成父子和高药工走了,集中在大院南侧的客人们有的慌忙离开马府,有的继续留在马家。马夫人已经晕了过去,马洪玉和陶先生赶紧走上来,陶先生用针灸将马夫人救醒后安慰说:夫人勿急,我们马上想办法营救马先生父子和高药工。

马洪玉说:娘,你放心,我会尽全力救出父亲、哥哥和高药工。

马夫人长长地叹了口气,眼泪顺着脸颊流下来。

李天鹏和周二虎在院中走来转去,生怕有人趁火打劫。二虎说:天鹏哥,当时你为何制止我,若你我联手,何惧他们日本宪兵队!

李天鹏拍拍二虎的肩头:兄弟,当时你我联手,救马先生父子不成问题。可你想了没有,日本人现在只是怀疑,并没有足够证据。倘若你我一动手,反倒让他们有了坐实案子的借口,那时再想救马先生父子和高药工,也就没了余地。

二虎想了想点点头:天鹏哥所虑有理,二虎我还是年轻啊!

马洪良婚礼上大祸骤临,马氏全家方寸大乱。所幸马洪玉临危不惧,她独自坐在一旁思索片刻,走到母亲跟前:娘,爹和哥哥都给抓走,家里不能没个男人顶着,得马上给在奉天的伯父发电报,让伯父立即赶回来。

马夫人眼泪汪汪,说:洪玉你想得对,快去给你伯父发电报。马洪玉拟了电报稿:伯父,家中突遭塌天大祸,请立即返回州城以做商议。马洪玉把电报稿交给药房的小伙计,让他快去邮电所把这电报发了。小伙计说:小姐,我不知道怎么发呀。马洪玉告诉他:把这个稿子交给邮电所的人,就说发电报,他算出价钱来,你交上钱他就给发。小伙计答应着跑出去。

马洪玉追到屋门口:记着,要回执。

小伙计:回执?

马洪玉:就是和邮电通信所要一张发电报的单子。

小伙计答应着走了。马夫人擦擦眼泪,把洪玉叫到跟前,说:玉儿啊,现在这家里就你是个有主见的,该怎么办就说话吧。马洪玉说这首先得花钱,上至县署刘知事,下到警务股的警务员譬如丁二泉之流都要进行打点。马夫人问给了他们钱是不是就能放人。马洪玉说:不大可能,现在花上钱买通了这些人,先想法让我爹和哥哥在牢里不受皮肉之苦,因为我爹和哥哥从没经历过如此大事,万一被那些人动了刑,挺不住说了实话,一切都晚了。马夫人说:只要你爹和你哥哥不挨打,花多少钱都行。可是,这案子到底怎么了结啊?

180

马洪玉告诉母亲,这得看时运,看机会,看自己和朋友们在日本人和警务局之间运作的效率。因为这不是一般的案子,从日本人的一贯做法上看,无论有意还是无意,收留抗日分子一旦查实就可能定为死罪。马夫人从怀里掏出钥匙:玉儿啊,这是钱柜里的钥匙,你尽管花吧,不够了咱变卖家产,再不够呢,就到你爹往日的朋友那里去借。

马夫人等在计议如何搭救马天成父子,门外传来邱管家的声音,说亲家张道山先生到了。随着话音,张道山走进屋里,看到马家人都在擦眼泪,便先行劝慰:都别难过,天有不测风云,人有旦夕祸福。事情摊到身上了,先稳住心神要紧。

马夫人说:道山哥,那爷儿俩一出事,马家的天就算塌了。

张秀贞哭起来:爹,我好命苦,刚进门,就摊上这么个大事。

张道山说都别着急,眼下想法救人要紧。张道山和洪玉看法一样,说救人得花钱,他让洪玉待会儿差邱管家先到颐寿堂柜上支一千大洋,随后他再帮着想法筹措。马夫人很感激:谢道山哥,我手底下还有些钱,等用着时再找你吧。

张道山转而嘱咐女儿,说:秀贞啊,你虽然是刚刚进门,可已是马家媳妇,那父子俩出了事,你这做媳妇的要尽儿媳之道,先得照顾好你婆婆。秀贞起身说:爹,我明白,一定记住你的话。

张道山:家有千口,主事一人。天成遭了难,这马家的担子就放到弟妹你身上了。有什么过不去的事,洪玉也好,秀贞也好,只管让她们去找我。

马夫人连声道谢。马洪玉告诉张道山,她已经给在奉天的伯父发电报了,让他尽快赶回来。张道山连声说:好,天刚哥回来就好了。哎,天成手里有很多好书,你们可要替他保存好。日本人和警务局为了得到证据,可能还得来搜查。弟妹,天成平日里特别看重的好书,放在家里不保险,要不交给我暂时替他收藏着。

马夫人沉吟了一会儿:道山哥,都是些陈年老书,有的都破破烂烂了,在他书房里堆积着呢,你去看看,拣要紧的拿走,省得日本人再来搜查时给弄乱了。

马洪玉想说什么,张道山已经起身出了屋门往书房走去了。马洪玉看看母亲,马夫人眨眨眼:你去陪张伯伯找找,看有什么要紧的书。

马洪玉会意,起身跟到书房去。

张道山从马天成的书房里找了几本医书走出来,边走边和跟在身后的洪玉说:就这几本书还行,我先带回去,事后再还给你爹。洪玉答应着,陪着张道山回到正厅,张道山叫上邱管家去他柜上支款,邱管家看看马夫人,马夫人仍旧婉辞道:道山哥,还是那句话,用着时去找你就是。

张道山说:这样也行,你们都不要慌乱,我会常过来走动的。

送走张道山，马洪玉带着部分现洋和两千银票直奔公署去找刘汉平。庶务员通报给刘汉平，马洪玉在庶务员的引领下走进刘汉平的办公室，刘汉平见到洪玉赶忙让座。马洪玉坐在刘知事的斜对面：刘叔叔……哦，我能这么称呼您吗？

刘汉平：呵呵，可以，完全可以呀，我和令尊是老朋友了嘛。

马洪玉说：家父摊上官司，请刘叔叔多帮忙。

刘知事斟酌着：好说好说。

马洪玉把现洋和两千银票放在刘知事的面前。刘知事推辞，说自家人，哪能来这个。马洪玉明白官场上的事，口气郑重地说：刘叔，这钱不是给你花的，你虽是知事，上上下下都得打点不是？

刘汉平道：真是见过大世面的姑娘，话一出口就能掂出分量。

马洪玉说：客气话我也不说了，待家父案子了结后，侄女再行相谢。

刘汉平把现洋和银票收进抽屉里，拍着胸脯：那警务局长警务股长和丁二泉不把本知事放在眼里，越权行事本就可恶，现在又私自联合日本人抄了你家，本知事虽然人微言轻，也要豁了性命到宪兵队找丸山队长论一论是非道理，如再容许本公署的下属人员这样不晓尊卑，我这个知事就辞职不干了。

马洪玉连忙起身鞠躬：刘叔如此侠肝义胆，侄女佩服之至。现在的情况是事不宜迟，请刘叔叔赶紧到宪兵队看看，免得我父兄遭受皮肉之苦。

刘汉平也站起身：小姐说得对，我现在就去。你先回家吧，听我的消息。

马洪玉辞别刘汉平回家，刘汉平叫上两个跟班的直奔日本宪兵队。

幸亏刘汉平去得及时，此时日本宪兵正把马天成、马洪良和高药工带往刑讯室。刘汉平急匆匆地走进院子里，用日语朝带人的日本宪兵说：请慢！

宪兵们站住了。刘汉平径直走向宪兵队队部，丸山造正从队部走出来，见到刘汉平似乎并不感到奇怪：刘知事，你的来，有事？

刘汉平走到丸山造跟前说：丸山队长阁下，你们大日本皇军入华是为了建立大东亚共荣圈，对吧？

丸山造点点头：刘知事有话的就说。

刘汉平接下来说：建立大东亚共荣圈得收拢人心，马天成父子是州城名人，如果把他们打坏了，州城一带的中国人会怎么看皇军？依我看，不如暂时将他父子二人关押，待完全弄清证据后再判不迟，到时会更有说服力。丸山造转着圈子想了一会儿：哟希，刘知事说得对。

丸山造朝日本宪兵摆摆手，日本宪兵跑到丸山造跟前，丸山造和日本兵用日语交谈，刘知事在一旁侧耳听着。

日本兵：队长阁下，不动刑了？

丸山造：先关押,刑讯那个药工。

刘汉平心中暗道：马家的钱没白花,至少可以免去马家父子的皮肉之苦了。

马天成父子被暂时关押,高药工仍被日本兵带进刑讯室。高药工看到各种刑具,脸吓白了,身子吓瘫了。吓瘫了的高药工好容易站直身子,却见丁二泉不知什么时候钻进来了。丁二泉走到高药工面前说：老高啊,收留抗日分子是死罪,知情不报也是死罪。你就是知情不报,反正是个死,不如说了实话来个痛快的,也免了这场要死不能想活更不可的拷打。

高药工此时忽然镇静下来,他想,这种情况下如果自己招供说了实话,马家父子判死刑,自己肯定也得挨枪决。反正横竖都是死,说一半留一半吧,兴许碰运气能挨过这一关呢。正这么想着,送走刘汉平的丸山造走进来。日本兵和丁二泉同时起立敬礼。丸山造走到高药工跟前：你的,马府的药工?

高药工点点头：在马先生家做药工好几年了。

丸山造：马天成收留抗日分子的有?

高药工：是收治,不是收留。

丸山造：哦?怎么的收治?

高药工说：那天夜里下着大雨,听到有人敲崇德堂的门,我和马公子就起来了,因为是黑夜,怕强盗打劫,先是不敢开门,后来马先生从内院过来,说是强盗砸门不敲门,我们这才把门打开了。

丸山造问开门后进来的几个人,高药工想了想说：有四五个吧,其中一个让他的伙伴背着,看样子是伤着了。丸山造追问道：马天成的给他治疗?

高药工说：是啊,当郎中的都这样,不论伤病,进门必接。马先生接到这个病人就抬到内院去治疗,半点儿也没耽搁。

丸山造往前逼了一步：抬到内院,马天成的把他留下治疗了?

高药工说：这我就不知道了,因为安排病人是东家的事,我只是个药工,当时看看再没有用得着我的地方,就回屋去睡了。

丸山造继续追问：那以后呢?

高药工说：马先生遇到重病人总是抬到内院治疗,这以后我更不知道了。丸山造"哦"了一声,问受伤的人什么时候走的。高药工摇摇头：不知道,真不知道,可能住了几天,也可能当天夜里就走了。因为内院还有侧门,我平时只管照应马家药房的杂务,哪敢去打听这些呀!

丸山造又问那个马洪玉的未婚夫是什么时候来的。高药工打了个愣怔,还没想起怎么回答,丸山造又拔东洋刀：八格!实话的说!

高药工连忙说：我想想,我想想。

丸山造忽地站起身,东洋刀拔出半截又插回鞘里。刀光借着窗外射进的日

183

光在高药工的脸上闪了一闪,高药工脸上立时流出了汗:我想想……想起来了!

丸山造脸上现出轻蔑的笑:快快地说。

高药工说:那天下午我到街上买东西,回来时见到一个生人,穿着洋气,长相俊俏,听马府的丫头刘妮说,是小姐的相好。不不,是姑爷。没过门就来认丈人,先还觉着不像话,后来想想我们府上小姐是个新派人物,也就不觉得稀奇了。

丸山造:哟希,道理的有。

丁二泉凑上来:丸山太君,这个人……

丸山造挥挥手:和马的一样,先关押。

丁二泉嘟哝,说闹不好刘知事也给递上话了。丸山造问他说什么,丁二泉吓了一跳,他知道丸山不能完全听懂中国话,马上改口:我是说,太君的决定正确。

丁二泉兴冲冲地回到家,径直闯进内院正房。他爹侧歪在炕上问他怎么才回来,丁二泉说出了大事了。丁大户从炕上坐起来问他出了什么大事,丁二泉便把马天成家今天遭到日本宪兵队入院搜查一事神采飞扬地述说了一遍。丁大户吃惊地溜下炕来,说马家今天办喜事,自己还让赵掌柜捎去了人情份子呢,咋就出了这么大的事。丁二泉很得意,说马家是窝藏抗日分子案,自己在这件案子上立了功,说不定马上要当警务股长。丁大户知道儿子一向云山雾罩,并不理会他胡吹瞎侃,只是关心马家何以遭了这么大的祸。丁二泉见父亲对他的即将高升并不在意,可能是为了显摆,也可能为了让老爹今后不再小看他,便把自己如何威胁张道山,张道山如何通过高药工探听到那个抗日分子的消息,自己如何将得到的消息报告给警务局长,警务局长如何直接报告给宪兵队长丸山造,丸山造如何把他请到宪兵队大加夸奖……丁二泉瞪着斗鸡眼滔滔不绝,忽然看到老爹离开炕沿朝一直竖在窗前的那根哨棒走过去,喊了声"妈呀不好",撒腿就往屋外逃。

18

日军占领山东并建立伪政权后,驻州城日军曾多次派人前往张三太处"招安",说只要张三太归顺,就委派他为鲁北保安司令。第一次派人去说,张三太笑而不语,第二次派人去说张三太答应想想,第三次不光派了人还带去了金钱、弹药和粮秣。张三太全部收下但仍说想想再定。第四次第五次再派人送钱送物,张三太仍是照单全收答复依旧。日军指挥官明白上了当,跺着脚骂了十几个"八格牙路"就再也不派人去了。然而,张三太兵强马壮,手下五六百人个个都是马上步下,能拼能打。虽然相隔不到百里,州城的日军也不敢对他贸然进击。

八路军东进支队到达鲁北以后,首先派人和张三太进行了联系。张三太因为原是东北军旧部,对日军既有旧仇又有新恨,所以在联合抗日问题上双方一拍即合。张三太坐守张桥镇,在敌我之间形成了一个松散屏障,从而也给东进支队打击日军开辟新的根据地提供了许多便利。

支队领导曾经多次给张三太做工作,想请他加入到八路军队伍里。然而,张三太虽然坚决抗日,却不想到八路军这里"入伙"。他向支队领导人做出保证,不投敌,不叛变,至死与八路军共同抗日到底。考虑到张三太旧军人的身份,支队领导人也不再操之过急。正在这时,八路军冀中军区司令员吕正操将军给他的旧部张三太捎来一封信,嘱他"立志抗日,万毋二心"。张三太看罢此信泪流满面,大呼"我与日寇不共戴天,老团长何虑之有!"

八路军东进支队在张三太这里建立了一个秘密联络点,于天佐就是通过这个联络点回到部队的。那天临走前,于天佐和小林子去向张三太告别,张三太上下打量着于天佐频频点头:这位兄弟团脸虎目,气宇不凡,日后必成大器。

这天,张三太与贾二爷正商议准备接收西北二十里一小股土匪的事,门外脚步声响,小陈急匆匆走进来:当家的,马先生出事了。

张三太和贾二爷同时站起来,急咧咧地问马先生出了什么事。小陈说:刚才城中眼线快马来报,说是马先生因为窝藏抗日分子,日本人和警务局在他儿子办喜宴时闯进去,抄了家还带走了马家父子。

贾二爷:八成是因为天佐一事,幸亏天佐及时离开。

张三太:如今情况如何?

小陈:听说刘知事从中斡旋,并未受皮肉之苦,暂时关押在宪兵队。

张三太:刘知事从中斡旋?

贾二爷告诉张三太,刘知事就是刘汉平,州城最有名的绅士,天成曾经以秘方救他一命,大恩小报,也在情理之中。张三太点点头,开始在屋内来回踱步。贾二爷和小陈知道三太正在考虑营救马天成一事,便不再说话。果然,张三太在室内来回走了一会儿站住:小陈,带上十来个弟兄,多备金银,潜入州城住下。能文救先文救,不能文救便武劫。

贾二爷跟上说:潜入州城后住悦来客店,店主是我多年的朋友,提我的名字,他会好好安排你们,也能保证安全。

小陈答应着走出去。张三太问贾二爷对这事怎么看,贾二爷说可能得有些麻烦,并判定其中必有内鬼,因为凭马天成的谨慎,一般不会出这么大的纰漏。

185

张三太说实在不行他就带人杀进州城,抢出马先生一家,投奔滨海的八路。贾二爷安慰三太莫急,说走一步看两步,车到山前必有路。

　　就在张三太和贾二爷商议搭救马天成父子的同时,州城日本宪兵队里,丸山造也在和翻译官谈论马天成的案子。翻译官是丸山造从东北带过来的日裔华人,深得丸山造信任,遇有棘手的事情,他喜欢和翻译官商议。丸山造问翻译官对马天成一案的看法,翻译官说这个马天成可是有影响的人物,皇军处理起来一定要慎重。丸山造也承认,在马家搜查时他仔细询问过马天成和马洪玉,感觉那爷儿俩说的话也有道理。特别是那个马洪玉的话,还真有些让他拿不准。马洪玉说她的未婚夫是个有着特殊身份的人,丸山造当时就有些犹豫。尽管最终还是把马天成父子和高药工带回来,但至今心中仍旧忐忑不安。因为日本的间谍机关向来你中有我,我中有你。如果出了差错,纵使济南特务机关长花谷正不说什么,原来掌管东北特务机关的那个矮胖子土肥原贤二也肯定不会放过他。

　　丸山造把自己的担心说出来后,翻译官表示赞同,说:土肥原以前就是满洲特务机关长,这个女人说她的未婚夫去了满洲,莫非是土肥原先生的人? 翻译官建议丸山造打电话查询一下。丸山造冷笑:就是亲自去问,他们也不会透露的,这是间谍机关的纪律。

　　翻译官想了想,说当时在马家搜查时,自己看到丸山造也差不多相信了马家父女的话,若非后来丁二泉从中撺掇,也许就罢手了。现在通过对高药工的单独审讯,前后对照,觉得差不多能对上茬。丸山造点点头,起身在室内来回踱着,他反复思考并一再推理,马天成承认收治了受伤者,因为他是医生,再说也不了解对方是怎么受伤的,他必须这么做。另外,马洪玉是领事夫人的朋友,他之前已通过济南的特务机关证实了。如果这个中国女人没有特殊背景,一般来讲很难成为领事夫人的朋友,而她那个未婚夫更让他感到有些神秘莫测。如果马天成确实没有继续收留那个伤员进行治疗,说明马洪玉的未婚夫与那个伤员并非一个人。看在这几方面的因素上,似乎不该继续追究了。丸山造征求翻译官的意见,此事是否可以就此罢手,翻译官对此却持异议,他走到丸山造跟前说:可是,就这么轻易放掉那爷儿俩能行吗? 更何况,还有丁二泉做证。

　　丸山造嘬嘬嘴,继续在室内踱步,反复琢磨,委决不下。就在他上也不是下也不是心中直犯嘀咕的时候,一个日本宪兵进来报告,说县公署的刘知事又为马天成的案子来找他。丸山造心中一动:快快地请。

　　翻译官说:队长,刘知事可能是来给马天成说情的,这个人……

　　丸山造摆摆手没让他把话说下去。此刻他忽然想到,何不把这个案子交给县公署审理呢,县公署从知事到庶务都在帝国配置的副手监视下,吓死他们也不敢弄虚作假。审出事来,功劳是宪兵队的。审错了,责任往公署那边一推不就得了。丸山造思谋着,刘汉平走进来。丸山造客气地让座,刘汉平坐下后看了看翻译官欲言又止。丸山造指指翻译官:刘知事的精通日语,我们可以直接交谈。

翻译官犹豫了一下,还是知趣地退出去。

刘汉平一脸虔诚地说:丸山队长,我也不绕圈子了,马天成曾是我的救命恩人,在我的心中,他一直是个医术高超为人正派的民间郎中,不管案情如何,我都应该为他说几句好话。我这么讲,您不会生气吧?

丸山造阴笑:是不是马家给你送了礼?

刘汉平也报之一笑,说:不瞒队长阁下,马家是给我送了礼,这不,全在这里呢。刘汉平说着从衣袋里掏出两千银票放在丸山造面前。丸山造看到银票,脸上疑云稍消:你的,刘知事大大的忠诚好人,就凭这点,我完全相信你说的话。

刘汉平连忙起身:谢谢丸山队长的信任,近日没给马氏父子动刑吧?

丸山造说:自从你昨天嘱咐后,就没动他们一根毫毛。刘知事说这就好,因为马天成父子身体孱弱,万一重刑杖毙就难寻根由了。丸山造转着圈子告诉刘汉平,说他打算把此案交由县署那边的警务局审理,问刘汉平行不行。刘汉平暗暗一惊,他本是来给马天成说情继续免于动刑的,万没料到刚说了几句话,丸山造就把这个案子推给了他。刘知事先是很惊喜,细细琢磨了丸山造的真实想法后便开始犹豫了。他任职这两年,早已体会到日本人的奸诈阴险,有时故意给他们认为有嫌疑的人设个套,对方稍不留心钻进去,那就必死无疑。自己来找丸山造为马天成讲情,是不是引起了日本人的怀疑呢?不行,得推出去。刘知事想到这里便假作疑虑:队长阁下,警务局那边因为有皇军撑腰,一直尾大不掉,没把我放在眼里,还是由宪兵队主审,公署协助的好。

丸山造摆摆手:没关系,我马上给他们打招呼。

丸山造说做就做,立即给警务局长打了电话,让孟庆周马上来宪兵队。孟庆周接到丸山的电话,很快就来到了,看到刘汉平在场,微微有些吃惊。孟庆周立正报告后,直挺挺站着等候丸山下令,没想到丸山告诉他,因为宪兵队有更重要的任务,马天成的案子特地转给县公署审理。同时叮嘱他,此案是止是立,全公署上下都要服从刘知事的裁决。

警务局长一脸醋意地看着刘知事,但丸山造的命令他不敢不听,马上点头称是。

刘汉平知道已是后退无路,只好硬着头皮接下。不过,他仍"请丸山太君见谅",说:本知事只管此案的方略大计,具体审讯过程和审讯手段还得警务局

187

负责。

孟庆周脸色渐渐和缓了。

给马天成父子说情的,并非只有刘汉平一个人。以往大清国和民国年间,州城素有"联名托保"之俗,比如某人犯了案子被衙门拿问,与之相近或有恩要报的人会联合城内富户名流,一起到衙门里去保这个人。那时衙门里看在这些有头有脸的人的面子上,往往也格外开恩,或释放,或减刑,总得来个从轻发落。

就在刘汉平到宪兵队找丸山造之前,丁大户、张道山、周掌柜、赵掌柜等一行州城头面人物在丁家齐聚一堂,商议要到日本宪兵队保出马天成。

丁家正厅里,丁大户有些动情,说:那次要不是马先生,我早埋到坟里了,有恩必报嘛。如今马先生摊上案子,咱们也得联名托保啊。几个人中有的附和,有的不语。周掌柜很是担心,说:马先生的案子犯在了日本人手里,现在已经不是大清了,别逮不住黄鼬惹一腚臊。丁大户有些发急,说:日本人也是人,是人就会懂人情。更何况,我儿在警务局里大小是个官,本人是衙门官家的爹,有我在你们怕什么?你们不去我自己去。几个人见丁大户毅然决然的口气,便纷纷表示:既然丁翁这么说,我等只好从命了。

几乎就在丸山造向刘知事和警务局长交接案子的同时,宪兵队门口发生了戏剧性的一幕。门口站岗的日本兵忽然看到对面来了几个长袍马褂衣冠整齐的老头,很惊奇也很诧异。一个日本兵把枪一横拦住他们,歪头盯着丁大户的瓜皮帽问他们"什么的干活?"丁大户看着日本兵雪亮的刺刀尖发了会儿愣,咬咬牙,脸上现出视死如归的神色。这老头趋前一步作了个揖:太君,我们的保人的干活。

日本兵一脸的茫然,回头朝院内喊了句什么,不大会儿一个瘦瘦的中国人走出来,站在几个人的面前道:我是太君们的翻译官,你们有什么事快说。

丁大户再施一礼:翻译官大人,我们是来保人的。

翻译官瞪起圆溜溜的小眼睛:保人?

丁大户:是啊,我们是来保崇德堂马先生父子的。

翻译官大惊:糟老头子,你们是不是吃错药了?

丁大户说:我等乃州城富户名流,愿以身家保马先生……

翻译官纳闷地问:身家,什么身家?

丁大户说:我家店铺数爿,良田百顷,行可乘轿,立可问鼎,且是遵纪守法大大的良民,故冒昧来保马先生。

翻译官咻地笑了:嚯,真他妈酸得难受,滚,快滚!

丁大户说:我儿子在公署当差,你竟如此无礼!

翻译官有些生气了:你儿子就是当总统也白搭,看你年老昏聩,快滚吧。

翻译官转身冲两个日本兵咕噜了几句话,日本兵举着大枪走上来:八格牙路,老头们的滚,快快的!

丁大户还要说什么,两个日本兵朝前边二人腔上各踹了一脚,丁大户和张道山一个趔趄跌倒在地。后边的赵掌柜等人见事不好,撒腿就跑。丁大户和张道山翻身坐起,望着眼前明晃晃的刺刀,脸都黄了。日本兵刚刚举起枪托往下砸,这二人就以与年龄极不相符的麻利劲跳起身,惊枪的黄羊一样逃走了。

就在同一天夜里,凉意颇浓的飒飒秋风刮过来,显得天地格外凌乱寥廓。小东关那段坍塌的城墙缺口外响起轻轻的脚步声,一个黑影悄悄溜到城墙下,望望前后无人,听听左右没有动静,便身手敏捷地往缺口上攀爬。黑影身轻如燕,几个蹿跳就上到了缺口处。黑影在缺口上伏下身子,静静谛听和观察着城内的动静,约有半袋烟工夫,黑影翘起头来,双手捧在嘴上学了几声猫叫。听到猫叫,护城河对面的一窝荆丛窠里响起轻轻的动静,眨眼间,十来个黑影出现在护城河边。这些黑影顺河南行,在距离城墙缺口不远的小桥上过了护城河,像先头的黑影一样顺着城墙根朝缺口快步走来。到得城墙坍塌的这一段,领头那人朝身后摆摆手,十来个黑影立即停住。领头人走到缺口近前,和先自上到城墙缺口,此刻已经倒挂金钩垂身向下的那个黑影做了个可能只有他们相互明白的动作,旋而朝身后的黑影们招招手。黑影们立即分成两路,先后接续地登上了缺口。领头的黑影和先前的黑影低声嘀咕了几句,便各自带人下了城墙跳进城内,在两条狭窄的小街上走胡同串小巷,不大会儿就消失在州城的夜色里。

得知自己的父兄和高药工被转到警务局,马洪玉稍稍放下了心,如果人被押在宪兵队,自己纵有千般身手万条妙计,也没法打点到宪兵队里。现在就好说了,和刘知事相遇相识更不担心能否进一步相交,就是那些警务、司法、财政、庶务甚至秘书一类的中国人里,也能想方设法打进去。如今的情况是不怕花钱,就怕没处可花,既已有了这种方便,就再也不用顾忌了。洪玉算是想对了,这些无耻之徒为了发财,平日里也是城内城外没事找事,敲诈勒索,无所不用其极,此时有了本地富户马天成的案子,岂能轻易放过这个机会?

因为没有抓到"抗日分子",高药工的口供也仅能证明马天成确实救治过一个受伤者,无法判决马家犯了窝藏罪。本来,依刘知事的意思,日本人不追究,这个案子也就可以了结了。但警务局长那边不干,说马家案子没有实据却有疑点,要是草草从事,日本人素来邪行,万一丸山造追问起来没人敢负这个责任。警务局长是日本人从东北调来的,曾经进过日本人在满洲国办的警察学校,在破案上有些办法,他不刑讯也不追问马家父子,却在高药工身上下功夫。

孟庆周先让崔麻子和白秃子把高药工带进刑讯室,高药工看着眼前的刑具吓直了眼。孟庆周随后走进来:白秃子,先给这高药工来顿鞭子。

白秃子说着"好嘞!"把鞭子在水桶里湿了湿,抡圆了胳膊往高药工身上抽,高药工发出一声声惨叫,可高药工苦熬了一阵儿,还是重复在宪兵队里说的那些话。孟庆周走到近前看了看高药工,说:算了,这货是打算破罐破摔呀。你们都出去,我和他聊聊。崔麻子、白秃子相继走出刑讯室。

孟庆周坐在高药工对面,看看一旁的火炉,高药工惊恐地盯着火炉上那个已经烧红的烙铁头,脸上显出绝望的神色。孟庆周说:高药工,别害怕,你听着,日本宪兵队已经掌握了马天成收留抗日分子的证据,否则也不会去他家里搜查并把他们带到宪兵队了。现在之所以不给马家父子判刑而是转到警务局来,是为了引出在州城潜伏的其他人,过不了几天就会枪毙。你要是说了实话,我可以去日本宪兵队丸山队长那里为你说情,放你回家,否则,就把你们三人一块儿枪毙了。

高药工闭上眼睛又睁开:你说的可是实话?

孟庆周从衣袋里掏出一张盖着红章的类似判决书的纸朝高药工眼前晃了晃,说:这么大的事,我能瞎说吗? 识时务者为俊杰,你也打算跟着上法场吗?高药工立时吓呆了。他听说马家父子过几天就枪毙,心想完了,马家父子一死,什么都完了。他吓得再次瘫在地上给警务局长磕头,说只要不枪毙他,自己什么都愿意说出来。孟庆周眨眨眼睛打开高药工的镣铐:只要你说实话,也不打你了。

孟庆周把高药工带到一个僻静的屋子里,从旁端过纸张笔砚。高药工问是不是要录口供。孟庆周说:不是口供,是证据,我好拿着这些证据去日本宪兵队给你说情。高药工又趴下给孟庆周磕了三个头。孟庆周说:来,我口述,你写。

高药工接过笔来,战战兢兢膏上墨。

孟庆周:罪人高某,系马天成崇德堂之药工,今证明……

孟庆周说一句,高药工在纸上写一句。孟庆周说罢,高药工写完。孟庆周取过供状看了看说:再抄一份。一份给宪兵队,一份留在警务局。

高药工复又抄了一份。

孟庆周把两份供词对照了一遍,点点头:签字画押吧。

高药工在两份供词上签字画押,孟庆周收起供词:恭喜你,可以回去了。

高药工一阵迷糊,问让他回哪里,孟庆周说:让你回崇德堂啊。高药工不相信地盯着孟庆周,说:我不是在做梦吧?孟庆周说:你掐一下自己的肚子。高药工真朝肚子上的肉掐了一把,感觉挺疼,咧嘴哭道:这么说不是做梦,是真的。

高药工问他回去怎么和马家人说。孟庆周说:报个信儿,守财没命,花钱消灾。

高药工答应着,生怕对方再变卦,只说了个"嗯"字,便跌跌撞撞跑出去了。

孟庆周拿着高药工的供词找到刘汉平,问刘汉平这个口供是否可以交到宪兵队。刘汉平明白事关重大,便明白话糊涂说:是擒是纵,您看着办就是了。

孟庆周阴阴一笑:知事大人,我看此事就天知地知你知我知再让马家知算了。

刘汉平明白警务局长所言为何,同样报之一笑:这事我就不过问了。

马天成父子被押进大牢,高药工释放回到崇德堂。回到崇德堂的高药工哭着告诉洪玉,说马先生父子恐怕性命不保。洪玉问是何故,高药工说警务局长告诉他,日本宪兵队已经认定马先生父子窝藏抗日分子,不日就要枪决。洪玉很吃惊,问他是怎么给放回来的。高药工谎称警务局长说把他带去也是为了证明一下马先生窝藏抗日分子的过程,因他是从犯,也不是马家的人,就给放回来了。洪玉虽然不能完全相信高药工的话,但怕事出意外,就慌忙去找刘汉平想办法。刚要起身出去,高药工又拦住她说:小姐,警务局孟局长让我给家里捎个话,说是守财没命,花钱消灾。

马洪玉听到这话,反倒心里踏实了。她马上推断出,日伪当局并没有确凿证据证实自己的父兄"窝藏抗日分子",这才把案子交由公署审查处理。警务局长说"日本宪兵队已经认定马先生父子窝藏抗日分子,不日就要枪决"的话,是在吓唬高药工,他们真正的目的还是那八个字——守财没命,花钱消灾。马洪玉同时得出结论,高药工被释放并非因为是从犯,而是让他回来送信儿的。

马洪玉的心里终于稍稍安定,如此看来,就得去找刘汉平。即便不是刘汉平的主意,他也必然知道内幕。就算是一场不公平的交易,也得先弄清"行市"啊,而能够告诉自己"行市"的人目前来看也只有刘知事。马洪玉不再犹豫,马上直奔公署找到刘汉平办公室。因为已有之前的接触,马洪玉的神情口气就有些随意了,她重述了高药工带回去的话,请这位"刘叔"帮忙指点迷津。果然,刘汉平咬着嘴唇想了想,眼望门口压低声音说:直接去和警务局商量吧。

洪玉虽然有些诧异,但还是明白了刘汉平话中有话。她马上找到警务局,孟庆周色眯眯地盯住马洪玉看了一会儿,取出高药工的供词放在马洪玉的面前,半阴半阳地说:高药工已经招供,你什么也不用多说了,只要我把这份供词交到日本宪兵队,你就是济南日本领事夫人的亲妹妹也无济于事。幸好我是个中国人,更幸好我还没那么坏,还幸好这份供词只有我和刘知事知道,你是个明白人,更是个有身份的聪明人,至于怎么办,办些什么,自己看着料理吧。

洪玉一听就明白了,他们在要钱,在敲诈勒索,但也只能听之任之无可奈何。把柄让这些人攥着,你纵有天大本事又能怎样呢。如果不把他们的肚子填

191

饱塞满,父亲和哥哥只有死路一条。警务局长说得很明白,这事只有他和刘知事知道,就是告诉自己送礼不要走错门,拜神千万找准庙。洪玉当然也明白,光敬奉这两个神还不行,公署上上下下都得继续打点,这里边是群狼,是狼就要吃肉,无论疏忽了哪一个,说不定就会扑上来撕咬。喂饱这群狼得需要充足的钱物,家里多年来积存的钱已经花得差不多了,家业也已变卖了许多,眼下能够遮风挡雨值钱够分量的还有什么呢?洪玉陷入困境,陷入困境的洪玉盼着伯父马天刚快些来到。

上天垂怜,马洪玉盼望的伯父马天刚此时已在火车上。一天两夜的行程之后,拖着长长一溜车厢的火车头吼声连天地从北边飞窜而来,拐过一个近似半圆的巨大弧线渐渐放慢。火车咻咻地喘着粗气,车轮哐当当地撞击着钢轨,随着扳道工拉下变轨手闸,咕咚咚咚在州城车站停下。

已经修建了三十多年的州城车站看上去还不算陈旧,只是行人稀少,旅客寥寥,手持大枪的日本兵守在进出口的木栅栏旁,目光阴鸷地看着每一个进出车站的中国旅客。一个穿着破旧扛着行李的乡下人检完票刚刚走出站口两步就被一个日本兵拦住,日本兵叫过一旁的翻译,向乡下人索要良民证,并盘问他是干什么的。乡下人很惊慌,掏良民证的手稍一犹豫,腰上就挨了日本兵两枪托。乡下人倒在地上,日本兵正要继续用枪托朝身上砸,随后一个走出站口的中年人上前拦住了。中年人身穿皮上衣,脚蹬马靴,鼻梁上架一副玳瑁眼镜,手里提着精致的皮箱。日本兵刚要发怒,中年人叽里哇啦说了几句日本话,日本兵马上立正敬礼。中年人朝日本兵点点头,对那个惊魂甫定的乡下人说:送我去崇德堂。

这位中年人就是马天成的哥哥马天刚,刚从奉天回来的,那位遭日本兵殴打的乡下人是在站内雇来给他扛行李的。

马天刚和扛行李的脚夫走到东街中段马家门口时,天色已经接近正午了。马天刚让脚夫将行李放在穿堂门的过道里,付了雇用费就打发脚夫走了。崇德堂因为遭了官司,再没有病人前来就医,里里外外显得空空落落的。马天刚走进家门,正逢管家邱先生从厢房里出来,见了马天刚先是一怔,继之便高喉咙大嗓门地叫起来:咦咦咦,大掌柜回来了,大掌柜回来了!

听到邱管家的喊声,马夫人、秀贞和洪玉从内院迎出来。马夫人因为丈夫遇了大难,见到丈夫胞兄不禁悲从中来,顾不得弟媳与大伯哥的身份,哭了声"哥哥你可回来了",一下子扑到马天刚跟前跪下。洪玉不愧是女中丈夫,虽然眼圈也红了,但并没有失态,她急忙扶起母亲,又接过伯父手中的提箱,劝说抚慰着母亲:妈,我大伯回来是好事呀,别哭,啊,别哭。他老人家坐了这么长时间的火车,又跑了这么远的路,应该先让他赶紧洗脸、吃饭、歇歇。

马夫人终于止住哭泣,和洪玉一起把马天刚让到正房里坐下。洪玉一边给伯父准备洗脸水,一边吩咐刘妮快去做饭。马夫人恐怕刘妮手慢,招呼秀贞也跟着去了厨房。趁屋内就剩伯父和自己娘儿俩的机会,洪玉向伯父简要叙述了家中遭难的经过,还讲了警务局长对自己说的那番话。马天刚到底是走南闯北经多见广的人,一下子就明白了眼前的形势,并当即决定,花钱救人,不顾一切。正说着话,忽听高药工在西院喊:张道山张先生来了!

马天刚刚刚起身迎到门口,张道山已经三脚并作两步地到了他的面前。张道山抓住马天刚的手叫了声"哥哥",喉头就开始哽咽。马天刚像对待亲弟弟一样给他抹去眼角的泪水,嘴里说着"兄弟别这样",顺手把他拽进屋里。马天刚比张道山大一岁,张道山比马天成大一岁,当年,三人曾是儿时的玩伴儿。因为马天刚性格爽朗,和同样性情活泼的张道山感情很深,多年来一直念念不忘。张道山九岁那年的春节前,和父亲到济宁东大寺附近的崇德堂拜访世交好友马建霖叔叔,两家的老一辈谈书论经聊得极其亲切,他趁机和马天刚跑到左近的运河里溜冰玩耍,他玩得兴起,不小心溜进远处一个捕鱼人凿的冰窟窿里。他吓得魂飞天外,冻得浑身如同针刺一样疼痛僵麻,他挣扎着,叫喊着,几乎完全没有希望了。十岁的马天刚跌着跟头跑过来,滑过来,身子平躺在冰面上伸手拽住他。马天刚一边用力把他往外拉,一边给他鼓劲,说:兄弟你使劲往外爬,往外爬。张道山听到马天刚的鼓励身上似乎增添了力气,在马天刚舍生忘命的拉拽下终于爬出冰窟窿。马天刚二话没说,瘦小的身躯背起水淋淋的张道山就往家里跑,路上跌倒了,再爬起——终于连背带拖地将张道山弄回到家里……一晃几十年过去了,马天刚对自己的救命之恩始终萦绕在张道山的心里,他对马天刚的感情也始终如一。

自马天成遭难后,张道山虽然依旧每日里坐堂出诊,但心里总觉沉甸甸的。马天成遭难缘由己出,他惶悚,悔愧,难过。如果有朝一日马家知道了他的所作所为,自己有何面目再进马家?毕竟是儿女亲家,毕竟和马天成从小一块儿长大啊!不过,这些都难以驱除他对马家《天方秘籍》的渴望,那天他借故走进马天成的书房,本想能有收获,可找了半天,丝毫不见《天方秘籍》的影子。他纳闷,唉,这个马天成,到底把此书藏到哪里了?

张道山正自心神不定,姜药师从药铺那边转过来告诉他,说马家大掌柜从奉天回来了。张道山问他从哪里得到这消息,姜药师说刚看到脚夫给他扛着行李从颐寿堂前经过。张道山愣了一会儿,忽地从座位上站起来,脸上是那种既意外又惊恐喜忧的神色:大掌柜就是大掌柜,说话行事从不拖泥带水。你看,才两三天的时间,他就回来了。不行,我得去见见他。

所以,听到马天刚回来的消息,张道山立即就赶到崇德堂来了。

张道山在马家遭难后的第三天又来过崇德堂，因为他惦挂着刚刚嫁进门的女儿秀贞，同时也尽尽世交之谊，再就是探探口风，看马家知不知道这件事的起因。待看到女儿精神还算正常，马家也不知道祸因他出后，就放心地回颐寿堂继续当他的郎中。张道山知道马天刚和马天成不同，马天刚精明过人思维敏捷，能看出别人看不清楚的事情，万一让他侦得一点儿蛛丝马迹，他会不依不饶地一追到底。一旦事情败露，那时自己将无颜以对。这时天已正午，刘妮和秀贞端上饭来，马天刚请张道山入座共进午餐，因为是这种不同寻常的关系，张道山也不推辞不客气。张道山和马天刚一边吃饭，一边说些离情别绪。自然，首要的话题还是谈论马天成遭官司一事，他们商讨着，计议着，把所有能够想到的办法一一摆出来，再论证某种办法的可行性。但商议来商议去，最后还是没有脱离"花钱救人"这个办法。马天刚看看坐在旁边依旧愁眉不展的弟媳说：弟妹别担心，既然是钱能解决的，咱就不怕。桥是人过的，钱是人挣的，哥哥身边带着钱呢，不把弟弟救出来，我不回奉天就是了。

马夫人掏出手绢擦擦眼：哥哥和天成是同胞兄弟，多余的客气话我就不说了，洪玉年轻又是个女孩儿家，她爹被难，就指望哥哥您来搭救了。

洪玉把高药工回来后所说的一些情况告诉马天刚和张道山，马天刚的见解几乎和洪玉一样，他说以他在奉天和日本人交往的经验，既然宪兵队把这案子转给了县公署，说明他们的怀疑已大体解除。之所以放回高药工，这是警务局让他来报信要钱的。人给转到警务局，大家就可稍稍放下点儿心，如果仍被押在宪兵队，纵有千般身手万条妙计，也没法打点到宪兵队里。现在就好说了，花钱救人吧。

马洪玉连连点头：伯父，这个问题我已从警务局长那里得到证实。不过伯父有所不知，公署里尽是些无耻贪财之徒。特别是警务局里的人，平日里就城内城外没事找事敲诈勒索无所不用其极，此时有了咱马家的案子，岂能轻易放过这个发财的机会？怕只怕这些人是穷坑难满、欲壑难填啊。

马天刚：能让钱吃亏，不让人受罪。天成不是和刘知事有旧交吗，先找他。就是那些警务、司法、财政、庶务甚至郎秘书一类的中国人里，也要想方设法打进去。如今的情况是不怕花钱，就怕没处可花，既已有了这种方便，也别顾忌了。玉儿下午就再跑一趟找找刘知事和那个警务局长，让他们出个价。

当天下午，马洪玉仍是先去公署找刘汉平，在院子里遇到郎秘书，秘书很客气，听说她是来找刘知事的，便把马洪玉领进知事办公室里转身而去。

刘汉平客气地让马洪玉坐下，再三思忖后，说：洪玉呀，我给你交个底，你父兄这件事，还得直接去和警务局长孟庆周商量。洪玉有些诧异：怎么了刘叔，日本人不是把这个案子交给公署处理吗？你身为知事，就可以说话呀。

刘知事说:难言之隐,难言之隐啊。听我的话洪玉,去找孟庆周吧。孟庆周现在手里握着阎王爷的勾魂牌,你父兄这件案子撇不开他。马洪玉听出刘汉平言辞恳切,立即改了口气:刘叔,你这么说,我心里有了点儿数,好,我去找他。

救人免灾的当务之急和关键之处是赶紧找那个警务局长,因为他手里攥着足可要人性命的证据。这证据就是高药工的口供。万一姓孟的等不及,发起邪来把这份口供交到日本宪兵队,一切都晚了。马洪玉非常明白这个道理,从刘汉平办公室出来后,就径直去和那个警务局长联系。

马洪玉走进警务局长办公室,孟庆周客气地给她让座。孟庆周不阴不阳地说:马小姐名扬州城,连济南的日本领事夫人都是你的朋友,今日又到我这儿,想是已经有所准备了吧?实话说,给日本人当差,也是脑袋掖在裤腰带上啊。

马洪玉说:孟局长久历江湖,阅历匪浅,有话尽管说就是了。你我都是见过世面经过风雨的人,不必遮遮掩掩的。

孟庆周竖起大拇指:真乃女中豪杰。行,我也不遮掩了,你家出这个数吧。

孟庆周伸出一个食指朝洪玉晃了晃。

马洪玉:一百大洋还是十两黄金?

孟庆周撇了下嘴,左手食指和拇指做成圆形,右手食指又朝洪玉晃了两下。

马洪玉:明白了,你要大洋,可你得出个数目啊。

警务局长嘴里念着个、十、百、千、万,念到"万"字不说话了。

马洪玉点点头:局长,是否可以降降价,这个数太多了。

孟庆周咧起大嘴:两条人命啊!

马洪玉:一块大洋可以买三袋白面,一万大洋买成白面,足可装满一火车。

孟庆周的脸阴了阴说:可也是,那就八千。

马洪玉:孟局长再让一步,马家虽说是多年医堂,但这么多钱实在是拿不出。

孟庆周想了想:这么办吧马小姐,黄瓜打驴,去一半怎么样?

马洪玉说:三千吧。

孟庆周沉下脸来:马小姐,不要再讨价还价!

马洪玉看出和对方再没有讨价还价的可能,为免生意外,只好应承。她起身道:就这样孟局长,我马上回去准备,过两天送到你家里。

19

马洪玉回到家里和伯父商量筹钱,马天刚把身边带的两千大洋的银票拿出来,马夫人和秀贞交出自己的金银首饰,托人到银号里换成大洋,又变卖了前些年在城外购得的五十亩好地,七拼八凑总算凑够了五千之数。提前与孟庆周联系在家等着,马洪玉和李天鹏带着现洋和银票径直前去。

孟庆周坐在家中正厅桌子旁,双手托腮,眼睛直勾勾地盯着房门,静等马洪玉来送大洋。天交巳时,外边传来敲门声,孟庆周打开门,马洪玉在李天鹏的陪同下走进来,孟庆周连忙让座。马洪玉朝李天鹏使了个眼色,李天鹏把个沉甸甸的袋子放在一边,低着头退出去。

马洪玉看看孟庆周。

孟庆周的眼睛正瞅着那个袋子。马洪玉说:孟局长,按您说的数,我带来了。

马洪玉又将银票送到孟庆周的面前,孟庆周接过去数了数:三千元?

马洪玉把袋子提过来放到桌上:孟局长,这是两千现大洋,你过过数吧。

孟庆周眼里几乎伸出手来,连忙提起钱袋放到柜子里锁好,然后一转身坐回原处,说:数什么数,马家大小姐还能糊弄人吗? 马洪玉坐在他对面:孟局长,我已经照您的吩咐做了,家父与家兄的事,拜托您高抬贵手吧。

孟庆周说:马小姐,这么大的事,我总得和刘知事递个话吧。洪玉问他什么时候听到信儿,孟庆周说就这两天。洪玉松了一口气,说:谢谢孟局长,这两天准放人吗? 孟庆周点点头:放人前,我让警务股的崔麻子或者白秃子去给你家送信儿。

马洪玉恐生变故,特意加了一句,说:家父家兄事情过去后,马家定当另行重谢。孟庆周说:多承美意,就这样吧马小姐,孟某人说话算话,我还得去上班。洪玉听他如此说,也就放心地告辞了。

马洪玉和李天鹏走后,孟庆周立即赶往公署警务局,他没去自己办公室,直接就到了刘汉平那里。此时,刘汉平正看一份济南宪兵司令部发下来的通告,见孟庆周走进来,放下通告从抽屉里取出一份文件。刘汉平抖抖手中的文件说:孟局长,随着战事的进展,近日州城的皇军经常遭到本地抗日武装的袭击,皇军对州城的警戒和搜查也更加剧。以后,你们警务局也不能再优哉游哉,得时刻准备下乡配合皇军清剿啊。

孟庆周说这情况副局长板田先生已经告诉了他,他已让特务股加强侦察,随时准备与皇军配合。刘汉平点头:这样的话,马天成那个案子还是尽快了结吧。

孟庆周从衣袋里取出两张银票递给刘汉平,说这是马家犒劳的。刘汉平看了看一张五百元,知道这是一千大洋的银票,笑笑说:孟局长,你也知道我的家景,这区区一千大洋无异于毫发。你既已送来,礼到为敬,我留下五百,其余的分给为此事卖力的部下吧。

孟庆周起身哈腰：刘知事，这件事我另有安排，你要看得起我，就收下这点儿孝敬。要不的话，你是我的直接上司，我会整天提心吊胆。

刘汉平笑了笑，把银票放进抽屉里。

孟庆周瞅瞅门口又回过头说：刘知事，有句话不知当讲不当讲。

刘汉平说：凡是以这种方式问的，肯定准备要讲了。

孟庆周笑了：知事到底是大学问。我就直说了吧，马家家财万贯，便是千金万银，也伤不了他们筋骨。警务局的弟兄们整天脑袋别在裤带上，跟着日本人出生入死不容易，我想借这机会也给他们弄几个，一是慰劳，二是堵堵他们的嘴。

刘汉平口气平静：孟局长，你是说继续从马家榨油？

孟庆周说：这事得知事答允，否则给我十个胆我也不敢。刘汉平沉思着，孟庆周期待地看着知事的面部表情变化。刘汉平终于抬起头说：自打案子转到公署，我就和你说了，这事你看着办，我不过问。

孟庆周哈腰九十度：无声胜有声，谢谢知事眷顾部下。

洪玉把好消息带回家里，全家人心里一块石头落了地。

第二天、第三天……五天过去了，洪玉和李天鹏每天到警务局探听消息，以便随时把父兄接回家。但警务局长今天说得请示知事，明天讲办个什么手续，后天又说得给宪兵队通通消息，总是找各种借口不予放人。李天鹏很生气，说：这个警务局长别看贼眉鼠眼，却是老谋深算，他是不是要耍我们呀？

马洪玉说：刘知事也知道这件事，估计他不敢。李天鹏有些焦躁，发狠说：这个汉奸局长真要做手脚，我夜里潜进去拧断他的脖子。马洪玉连忙劝慰，说：天鹏哥不可操之过急，再等两天看看，姓孟的说这事要和刘知事递个话，也许这两天公署事多，他们还没来得及沟通。

马洪玉回到家就把这一天的情况告诉伯父，马天刚经多见广，明白警务局长心中有鬼。他对马洪玉说：玉儿啊，时间一拖，你爹和你哥倒无性命之忧了。我考虑他这么拖下去，无非还是为了钱。既然到了这份儿上，今天我亲自去会会他。

马天刚从箱中取出三根小金条装在衣袋里，当天下午叫上洪玉和天鹏一块儿去了公署。到了公署门前，马天刚让天鹏在公署外边留意周围动静，说：无论我和洪玉在里面待多长时间，只要没有日本人骑着摩托车进进出出，就说明这案子没有变化，你也不必进去找我们。李天鹏点点头：听大掌柜的吩咐。

马天刚整理了一下衣服，在洪玉的引领下走进警务局办公室里。

端坐在办公桌后的孟庆周看了马天刚一眼，故作傲气地没有说话。但看到马天刚时髦打扮气度不凡,心里已有几分怯意。马洪玉介绍说:孟局长,这是我伯父马天刚。孟庆周点点头,仍没说话。他以为马天刚会主动过来握手巴结,不料马天刚也只是朝他点点头,在他对面不请自坐了。孟庆周怔了一下,马洪玉连忙说:孟局长,我伯父刚从奉天赶过来,听说你也是从东北调过来的,特来拜访。

孟庆周的屁股稍稍动了动:哦哦,马先生在奉天发财啊?

马天刚头也不抬:奉天天刚商行。

孟庆周一惊:就是那个日本株式会社在奉天的分号吗?

马天刚微微抬头:孟局长是奉天北仓一带的吧?

孟庆周说:是啊,马先生怎么知道?马天刚说:是从口音中判断出来的,我总理商行,到过那里。孟庆周坐不住了,他站起来走到马天刚跟前:兄弟我在奉天警察学校上学时,到过你们商行。没想到马先生就是商行总经理,失敬,失敬。

马天刚并没起身,仍旧坐在椅子上和孟庆周闲聊。孟庆周尴尬了一阵儿,歪着屁股坐在另一把椅子上。马天刚问道:孟局长在警校读书,到我们商行干什么?

孟庆周说:当时我舅舅在贵商行的一个分号当记账员,我是去看舅舅的。马天刚想了想:这么说,你舅爷是邢子端吧?孟庆周连忙站起来:您认识我舅舅?

马天刚说:知道名字,没见过面,原在分号任记账员,去年抽调到大东区去了。

孟庆周慌忙走到门口:来人,给马先生沏茶!

马天刚摆摆手说:不必不必,孟局长公务繁忙,我找您叙叙就走,您何时回奉天,我摆席请客。孟庆周说:哪能呢,我舅舅的东家来了,我能不招待吗?马天刚忙说:谢谢,谈不到招待,其实我来一是拜访,二是有事相求。

孟庆周:慢,您说的是令弟马天成先生的案子?

马天刚点点头。这时白秃子送进茶来,孟庆周把茶杯端给马天刚,躬躬腰说:马兄为胞弟官司亲临警务局,兄弟我一定尽力,一定尽力。

马天刚说:孟局长把话说到这份儿上,我也没有必要再客气了。他从怀中取出三根金条递给孟庆周,孟庆周怔了怔,不敢接。马天刚把金条塞进对方左手攥了攥:既是弟兄称呼,你还跟我客气什么?小意思!

孟庆周说:三条金鱼在马兄手里算不得什么,放到小弟身上,那可真是个分量。马天刚解释说:你为舍弟案子办事,不也得花费吗?收着吧。孟庆周见马天刚说话行事非同一般,再也不敢轻慢,他也终于给马天刚和洪玉说了实话。

马天刚猜得没错,警务局长心里的确有鬼,这鬼就是日本鬼。因为他虽然是局长,但副局长却是日本人,而且公署各局科的副手也是日本人。日本人虽然名义上是副手,其实权力比正手大得多,不仅握有对犯人的生杀大权,即使是正局长正科长被怀疑,只要他们给上面打个招呼,轻者免职,重者杀头。他说之所以迟迟不敢释放马天成父子回家,是怕有人吃味秘密报告给日本人惹来杀身之祸。

马天刚说:情理之中,情理之中啊。

听马天刚这么说,孟庆周放心了。因为之前他一直考虑着如何让马家继续出血,洪玉却领着马天刚来了。马天刚的到来让警务局长喜出望外,但得知此人是自己舅父的东家时,心中担忧想打退堂鼓。马天刚悄悄送给他三根金条又说出这句话,这才让他下定决心和对方说实话。马家既然有这个阔佬,这钱为何不让他们继续花呢? 他半认真半开玩笑地对马天刚说:马兄,我们原想从马府送来的大洋中拿出一部分堵堵警务局里各个下属的嘴,又怕烧香惹出鬼来。俗话说阎王好见,小鬼难缠,为了令兄和令贤侄的生命,你们马家还是再破费一些吧。

马洪玉插话问如何破费。孟庆周说:我列一个名单,你可让人分头给他们些好处,这事就万无一失了。孟庆周说着列了一个名单,并特别在两三个人的名字下边画了一道杠。其中丁二泉名字下面画了粗粗的线,洪玉自然心领神会,马天刚却有些不解,说:区区一个警员,局长你是不是也太小心了? 警务局长"嗨"了一声:马兄难道没听说过吗,一根火柴棒有时也能把人的眼睛戳瞎了!

警务局长的意思再明白不过,而这也是马天刚事前曾经预料过的。三根金条换来一句实话,虽说是代价大了些,但毕竟明白鬼在哪里趴着了。没奈何,赶紧回家筹措银钱吧。马天刚说了句"玉儿,既如此,照孟局长说的办",就和洪玉起身告辞,孟庆周一直送到公署门外。

刚才马天刚和洪玉爷儿俩与孟庆周交涉时,从张桥镇来的小陈和三个弟兄坐在公署不远处茶馆里喝茶。茶馆里人进人出,茶馆外边的街上不时响起叫卖声,一个乞丐走到茶馆门口:好心的老爷贵人,可怜可怜我这个无依无靠的臭老头吧。

小陈起身走到门口,把几个铜子放到乞丐手里:那边有消息吗?

乞丐:公署门前和往常一样,中国人和日本人进进出出。

小陈:马府那边有什么情况?

乞丐:前几天马小姐带着护院的去了警务局长家,今天又领着大掌柜进了公署。

199

小陈:有转机。留神公署门口,一旦有日本宪兵队开进去,马上告诉我。

乞丐应了一声,低头弯腰地走了。

几乎与此同时,距城二三里的城北大道上,周二虎身上背着个布囊健步如飞。一辆双套马拉轿车比他跑得更快,唰一下从他身边驶过,轿车带起路旁的尘土扬了二虎一身。二虎跳起脚来:他娘的,什么孬种赶车的!

轿车停下,从车里钻出两个大汉。其中一人问他:你小子刚才说什么?

二虎:什么孬种赶车的,弄老子一身土。

另一大汉轻轻一笑:你再骂一句。

二虎咧嘴一笑:想打架?

大汉:你再骂我就打架。

二虎:来吧!

大汉:小子有种,看拳!

大汉一拳打向二虎面门,二虎稍一偏身,顺手抓住对方胳膊往左一带,说声"你给我趴下吧"。那大汉往前蹿了几步,立脚不稳,果然就趴在地上。另一大汉说:哟嗬,小子有招啊,看掌! 大汉伸掌立了个式子,二虎呵呵笑起来:得了吧你,攥拳如揎饼,伸掌如瓦垄,你这像啥,跟鸡爪似的,一看就知道是跟师娘学的。

大汉:你敢笑我!

二虎:不光敢笑你,还敢揍你。

趴在地上的大汉叫起来:老六你小心,这家伙是练过的。

伸掌的大汉并不在乎,唰地攻过来。二虎一把攥住对方腕子脚下一弹,大汉扑通坐在地上。二虎拍拍身上土:要不是急着去救马先生,今天非揍得你俩喊爹。

地上的两个汉子听到二虎这话相互看了看。一大汉爬起身说:小子慢走,你刚才说什么?

二虎回过头说:要不是急着去救马先生,今天非揍得你俩喊爹。

另一大汉问二虎要救哪个马先生。二虎说:崇德堂的马先生呗,这州城还有第二个马先生吗? 两个人拍拍身上的土:坐我们的车一块儿走吧,我们也是去马家。

马天刚和洪玉、天鹏赶回家中时,邱管家正在内院门口站着,邱管家趋前一步告诉马天刚,说马先生的两位朋友正在客房里等着。马天刚和洪玉走进客房,两个大汉立起身,说他们是张桥镇张三爷的人。马天刚一时没闹明白,李天鹏附耳对他讲了几句,马天刚"哦"了一声,吩咐赶紧侍茶。其中一个大汉叉手而立:大掌柜的不必客气,实话相告,三爷的人已经进了城,在某客店里候着,听说你们正在想法搭救,特差我们哥儿俩送来两千大洋。三爷有令,如果你们救人不成我们就劫狱。无论如何也要救出马先生。

大汉说完,将身旁的一个布包递给马天刚。马天刚接过打开看时,白花花一堆大洋。马天刚再三致谢,解释说:目前救人出狱的事已经有了眉目,请转告三爷,无论如何不要贸然动手,以免事情闹得更大。两个大汉点头称是,说:三爷的意思也是这样,文能解决就不动武,劫狱救人是事出无奈的办法。马天刚邀二人到客厅里叙话,二人摇头谢绝,说众弟兄还在等他们的消息呢。

马天刚送走张三太的人,一直坐在最里边的小伙子走过来:大掌柜,小侄周二虎有礼了。

马天刚意识到还有一个人,侧脸看看邱管家。邱管家说:大掌柜你可能不认识,这是城北周家营的周二虎,自认马先生为干爹。马天刚拍拍二虎的肩膀,说:好结实的小伙子,你来了怎么一直不说话?周二虎说:远来的是客,我得等客人走了再说话。大掌柜,我知道救马先生需要钱,小侄没有家底,只凑了二百大洋。

周二虎把二百大洋从炕上提过来放到桌上,马天刚问他大洋是怎么凑齐的,周二虎说是自己多年来积攒的。马洪玉听到二虎的动静从正厅那边走过来。问二虎何时来的,二虎说是跟着张桥镇的马车来的。马洪玉看看二虎放在桌上的大洋说:伯父,我听爹说过,二虎是个诚实憨厚的乡下农户,二百大洋在一个农户来说无异于天上的星,这钱说什么也不能收。

马天刚点点头说:二虎,你的心意到了就行,这银圆还是拿回去吧。

周二虎耍起了犟脾气,说他知道救人得花钱,就回家把家底打扫打扫全都拿来了。大掌柜和小姐要是不收这个钱,他就把二百大洋撒在当街上,任人拾,任人抢。马天刚被二虎的侠义之气感动了,劝洪玉收下,说事过之后再还二虎就是了。洪玉听伯父这么说,就不再坚持拒收周二虎的大洋。她看着面前的周二虎,一时弄不清楚父亲为何同这位乡下农户有如此深厚的交情。

马天成父子蒙难后,周二虎在马家待了两天。那天听说救人要花钱,二虎便急忙回到周家营,和母亲一块儿从一处墙壁里往外掏银圆。全部掏出后数了数才一百多块,二虎娘又让儿子把去年刚赎回的二亩高白地押给林员外。二虎稍一犹豫,母亲便破口大骂,说:钱有万千,马先生父子的命只有一个。二虎你就是把自己豁出去,也得帮马家筹款。要不是马先生,你娘十年前就埋进土里了。有恩不报,畜生!二虎赶紧说:娘,你尽管放心,你儿子是重情重义的人。

二虎凑了二百大洋就急忙赶来了。也是事有巧合,城北大道上正好遇到张三太派来的马车。

马天刚和洪玉回到正厅,仔细看着孟庆周列出的那张名单。马洪玉查了查,名单上三十多个人。马天刚皱起眉头:姓孟的说,多者五百,少者一百,这就是说得七千多大洋啊。咱们手头还有几百,加上今天朋友们送来的两千多,还差四千多呢。如此看来,只能典押家业!

经过这几天的折腾,马家虽然不能说已是囊空如洗,但即使再要筹措数目不大的银钱也不容易了。真是天无绝人之路,紧要关口竟又意外得了这两笔款项,不能不说是善举得报,上天恩典。不过,两三千大洋虽然数目不小,用在打点那三十来个狱鬼牢头身上显然不够。一家人想来想去,如今马家值钱的也就是那块百年崇德堂的招牌了。先解燃眉之急要紧,待事情过去后,再慢慢攒钱把崇德堂的医牌赎回来。马天刚说五更不如子夜早,有这三千多大洋,现在就开始,先找要紧的去处打点。同时差了邱管家和李天鹏到四街下请帖,要张道山、陶居正、吕之铭等州城有名望的郎中务必明天下午来马家相聚,只说有要事相商。

邱管家和天鹏分头行事,马天刚也叫上洪玉立即出门按照孟庆周列的名单分头打点。因为是"打点",既不能让另外一个人知道,更不能明目张胆,只能一个一个地请到一边,悄悄递上大洋或银票,顺便说些"请多关照"一类的客套话。马洪玉担心被"打点"的人装糊涂,马天刚说不排除有这种小人,但一般来说都信奉一句话,叫作受人钱财替人消灾。这些人大都明白爽快,接过银钱装进衣兜,擦擦嘴上的油腻喝口茶水,随后会跟上一句话:您请放心,这等事我们办得多了。马洪玉点点头:到底人老经验多,若非伯父回来,我真是冷手难抓热馒头呢。

马天刚看看几个名字下面画了杠杠的:玉儿啊,这几个人光给大洋银票不行,得请他们吃吃饭或喝喝茶。如此可以加大印象,给对方以亲近感。来,咱们先找崔麻子、白秃子、丁二泉……

州城聚丰楼的单间里,马天刚坐在正位上,马洪玉和丁二泉坐在两侧。酒楼伙计送上酒菜,马天刚陪丁二泉吃喝。丁二泉一边吃喝一边歪斜着眼睛看洪玉。洪玉是见过世面的女孩,不害羞也不气恼,反而笑嘻嘻地看着丁二泉,说:丁少爷你是不是看我长得漂亮啊?没想到丁二泉咧咧嘴:说到漂亮,你比你嫂可差远了。

洪玉被丁二泉这句没头没脑的话说蒙了,一时倒不知如何应答。丁二泉狠狠地咬了口鸡腿说:实话讲,要不是你哥下手早,那张秀贞就是我的了。

马天刚恐怕丁二泉说起疯话来,连忙插进来:二少爷,马某人有事相托。

丁二泉用牙签剔着塞在牙缝里的肉丝,嘴角往上翘着:你不说我也猜个八九不离十,不就是为你兄弟和侄子的事吗?

马天刚说:二少爷神算,马某人正为此事。

丁二泉说:父亲早告诉过我,州城里在外混事的人,马家大掌柜是头一号的。你兄弟和侄子的事好办,不过你得舍得花钱。马天刚见他说话直爽,立即取出两张银票共计五百大洋递给丁二泉:这点儿小意思,你先拿着。

丁二泉接过银票细细看了几眼塞进放在饭桌上的帽檐里,然后眯着眼说:我是个小官,当然现在还没提起来,光我答应不行,这事你得找我们警务局长拉拉。他那里,你也得多少花几个。

马天刚点头称是,同时告诉丁二泉,说:警务局长老孟那里好说,因为我们在东北时就是朋友了。丁二泉听到这话,眼睛鼻子嘴角同时朝右边歪了几歪,脸上现出令人费解的奇怪表情:那好那好,局长是马先生的老相识,这件事我一定帮忙,尽量帮忙,就是帮不上呢,也不多说话。

马天刚连连点头:待到我家的人出狱后,定然另当重谢。

晚上,丰华酒楼的雅间里,马天刚又邀了崔麻子、白秃子。三个人同桌而坐,边吃喝边聊天。崔麻子说:马经理,我听局长说了,你是奉天大商行的老板,今晚请我们两个小人物喝酒,必是为了令弟马先生的案子吧?

马天刚说:明人不说暗话,两位帮帮忙,我弟马天成和侄儿实在冤枉。崔麻子说:其实呢马经理,我们下边的人心里也明镜似的,可这事牵扯到日本人的利益,实在不好说话。把事讲明了吧,你出点儿钱,我们找局长合计合计,打点一下那个翻译官,请他从中周旋一二,这案子兴许能有转机。

马天刚从怀中取出两张三百的银票递过去:小意思,请拿着。

白秃子一怔:这么多呀!

崔麻子犹豫着,马天刚又取出一张三百两的银票递给崔麻子:这点儿钱呢,你替我打点一下下边的弟兄。

崔麻子满脸堆笑:好说好说,都是我手下弟兄,好说。

二人收好银票,三个人继续喝酒。马天刚举起酒杯说:烦劳崔股长和白家街坊,多在翻译官那里说好话吧。崔麻子说:马经理,你是大场面明白人,什么翻译官啊,他其实就是日本人跟前的一条狗,我们也就说说罢了。您放心,马先生父子是州城名流,我等凡事睁一只眼闭一只眼就是了,不会说半句多余的话。

就在同一天晚上,马洪玉找到崔麻子的夫人,把几件衣料送给她;管家邱诚找到了警务局的几个小头头,将用红绢裹着的大洋送到每个人的面前;药房的两个小伙计找到与他们相熟的警员,边说好话边往他们怀里塞银圆。

第二天下午,张道山、陶居正等一干稍有名望的郎中按时来到马家,每人都带来银洋或三百或二百,以示相助之意。马天刚是生意场上人,对金钱一事特别在乎,他吩咐洪玉一一记上,声言事后如数偿还。

几个人到齐之后,大家一边喝茶,一边商议营救马天成父子一事。

马天刚说:不瞒众位,为救舍弟父子,需要大量花费,目前只剩两条路,一是卖掉宅院,二是典当医牌。请诸位帮忙拿个主意,两条路走哪条好呢?

陶居正:宅院当然不能变卖,总不能弄得老少无家可归。如果数目小呢,各位同仁都是马先生多年挚友,众手相助,凑一凑也就差不多了。但谁都明白,官府从来就是个无底洞,多少钱能够填满实难料定。以老朽之见,马先生父子既已摊上官司,且是急切间难以结案,不如暂典医牌以解燃眉之急。眼下的问题是,这件事谁有能力承揽?

大家的目光不约而同地望向张道山。

张道山就坐在马天刚身侧,因为性格和多年交情的关系,马天刚不拐弯不隐瞒,单刀直入地问张道山此事可否接受,张道山听了心中一震。说真的,把崇德堂的行医招牌据为己有他从来没敢想过,他真正惦在心里的是《天方秘籍》。马天刚回来的第一天吃午饭时,他就曾试探着询问《天方秘籍》的下落,非常担心在混乱中遗失或毁坏了。马天刚也知道自己家里藏有这部书,竟毫不设防地问家里人是否知道书的下落。待到马夫人明确表示自己已经妥善收藏后,两个人才长长地出了口气放下心来。当然,两个人为此放心的目的不一样,马天刚是怕家宝丢失,而张道山是怕此书万一失落他处,自己就再也没有机会得到或阅读了。马天刚问他,他又不能不回答。可事情出乎意料,他又一时不知作何答复。思来想去,终于还是开口了:诸位,医牌医牌,医之招牌。崇德堂医馆招牌已传百年,倘若将崇德堂多年传下来的招牌抵押出去,按咱们的行规来说,天成即使结案出狱也不能正当行医了。诸位想一想,这样好吗?

吕之铭:这种不成文的行规没有任何依据或章法可循,就和某些约定俗成的旧规矩旧定制差不多,也就是在人们的意识里得到默许和社会的认可,待马先生出来后,不会相机而论吗?救人要紧,别的最好不要多想了。

众人无语。

按说,马家有灾有难张道山作为世交和儿女亲家应该鼎力相助,但张道山从小对马天成没什么感情,要不是看在世交面上,只对方屡屡在诊治病人上让自己出丑掉价,他的颐寿堂早和马天成的崇德堂当面锣对面鼓地拉开架子干了。张道山迟疑着,掂量着,不好拒绝也不敢痛快答应。马天刚看出他的心事,说:兄弟不必作难,无意接这个烫手山芋便算了。张道山打了个激灵,心中继续琢磨。他明白此事没有拒绝的道理,一是儿女亲家世交关系,二是有马天刚这位救命恩人的面子,如若找借口推辞不收,那就太不仁不义了。他努力转动着脑筋想打打折扣,但怎么也想不出能够圆通无碍的场面话。张道山头上出了汗，头上出了汗的张道山忽然转了念头——马天成父子即使出了狱也元气大伤，再想如同往年一样在州城医家行里呼风唤雨势必很难。再说，马家父子万一出不了狱呢，万一被日本人处决了呢？彼时我有崇德堂的招牌，再设法弄到《天方秘籍》，那时在这州城的医家中自己不就稳坐头把交椅了吗？张道山正自盘算着，闺女张秀贞从外边走进屋，张道山打了个愣，又立即恨不得自己抽自己的嘴巴，因为他忽然意识到女儿已经嫁给了马家公子，如果万一……那女儿不成了寡妇了。儿女连心心是肉啊！当务之急是把女婿救出来，无论如何不能让女儿弄成进门寡。张道山刚刚冒出来的那股私心很快隐没，转而显出异常慷慨的口气：大哥，我接了吧！

古语说，凡人都是阴一面阳一面的，这话不假。

对于张道山的慷慨马天刚并不感到惊奇，甚至连句感谢的话也没说。他是个很现实也很豪横的人，从不把些虚情假意挂在嘴上。张道山却以为马天刚嗔怪他，脸上十分尴尬。见此情景，陶居正连忙打圆场：张先生，不是让你自己承担，是请你带头把这个份子凑上。众人拾柴火焰高，大伙都伸援手都出点儿，这个数目也就大了。典期一年，彼时马先生有力量赎回呢，医牌还是他的；力所不及，你张先生也可借牌行医。

在陶居正的运筹下，崇德堂医牌定为十股，每股大洋五百元。张道山为庄股，应认六股三千元，其余四股便分给了在场的各位郎中。医牌典期一年，如果到期马家无力赎回，按照行规，医牌归庄股所有，其他四股的资金也由庄股偿还。大伙当场议定，股金至迟明天下午凑齐，以备马家不时之需。马天刚十分感激，起身拱手说：患难时节见真情，多谢诸位鼎力相助。

这时，陶居正吩咐一个年轻郎中：去把油坊赵掌柜和国立高小的宋校长请来。

年轻郎中问：去他们家吗？

陶居正说：不用去他们家，二位就在十字街西边的小茶馆里候着。年轻郎中啧啧两声，起身走出去。不大一会儿，大油坊赵掌柜和州城国立高小的宋校长同时走进来，赵掌柜开口便问是不是谈成了。陶居正说：谈不成能请您二位过来吗。赵掌柜说：我是中人，待会儿宋校长写完契约，我第一个签字画押。

马天刚蒙了片刻忽然醒悟，心想还是陶老想得周到，自己差点儿把这要紧事疏忽了。笔墨纸砚准备好，宋校长笔走龙蛇，当场写好契约书。赵掌柜和各位认股者先后在契约上签字画押后，陶居正站起身说：各位认了股的准备好银票或现大洋，于今天下午未时前送到赵掌柜处。赵掌柜把钱收齐后转交马家，再与我搭手把崇德堂的医牌送到颐寿堂。

坐在旁边出神的张道山侧目间，见马天刚正目不转睛地盯着他看。连忙说大伙凑钱要紧,医牌一事日后再说。陶居正说一码是一码,按契约上写的办。张道山看看马天刚脸色渐渐转好,也就不再说话。

手头有了这几千银圆,马天刚和洪玉把尚未打点到的十来人尽皆走了一遍,吩咐洪玉把余下的银圆全部交给她母亲。因为"家中遭祸,日子照过",马家两个大院许多人,日常用度颇为不少。马夫人接过洪玉手中的钱袋时叹了口气:上阵还是亲兄弟呀,要不是你大伯回来,这个家还不知成了什么样子呢!

20

马天刚和马洪玉再次走进警务局长办公室,还没落座,孟庆周就竖起大拇指称赞他,说:马经理真是场面人啊,自从你爷儿俩上次离开这里后,天天有来给马先生求情的。有的还要具结保释,和前些日子相比,真是黑白两重天。

马天刚坐下后笑一笑:钱能通神。

孟庆周说:马经理真会用词,其实就是有钱能使鬼推磨呀。

马天刚又从腰里掏出六封现洋和一千银票,一股脑儿塞到孟庆周手里。孟庆周有些慌:这,这……还要继续破费呀!

马天刚说:我这么做自有道理,州城是鲁北重镇,公署内部机构庞杂,有秘书科、警务局、财政科、教育科、建设科、征收处、保卫团,而警务局下边又设有警务、保安、司法、特务四个股。这些机构里连长官加当差的多达百人,真要一一打点,别说我们手头这区区几千,就是再加十倍也难抹平脸面。所幸遇到了您帮忙,按照您的吩咐,警务局下边几个股里的小头头和他们的兵差不多都打点到了,再有疏忽漏掉的,这点儿钱你就替我们补付补付吧。

孟庆周轻轻拍着桌子说:马经理真是大手笔、大胸怀、大场面、大干家。您真了不得! 放心,马先生父子的事,我孟某人包了。明天放人!

马天刚说此事不可大意,自己在奉天常年与日本人打交道,知道凡是他们认准的事,总是一根竹竿插到底。这事,最好还是和日本人汇报一下。孟庆周连说马经理了不得,不光对当前的行政建制一清二楚,对日本人的个性也了如指掌。他让马天刚放心,一定先把日本人那边整明白了。

马天刚说:有孟局长这句话我就不再悬心,如此,我们就回家等候了。孟庆周起身往外送行,送到门口叮嘱道:记着马经理,明天上午到公署门口接人。

接连两三天的奔波,事情已是水到渠成,就等警务局放人了。

第二天、第三天……警务局仍然没有放人出狱的消息。马天刚和洪玉只好再次去警务局。局长见了他们先是皱眉摇头不说话,爷儿俩问得紧了,局长才长叹一声:马兄,当初我和你说过,一根火柴棒有时也能把人的眼睛戳瞎了。

马天刚和洪玉感到事情不妙,赶紧追问出了什么纰漏。警务局长忖度半天终于告诉他们,宪兵队长丸山造前天就打来电话,说有人告发公署官员接受了马家的贿赂,在马家案子上准备做手脚。丸山造命令警务局长一定要加紧对马家父子的审讯,绝对不能随随便便就放人。警务局长低声提醒说这事八成是丁二泉干的,因为特务股股长向他报告,说有人看到过丁二泉前天上午鬼头鬼脑地溜进过宪兵队。警务局长说自己也怀疑这事是丁二泉所为,因为怀疑马家有窝藏抗日分子的嫌疑就是丁二泉向他报告的。丁二泉早想买好日本宪兵队抢这个头功,以便获得提拔。智者千虑也有一失,说不定安排打点丁二泉真是烧香惹出鬼来了。

想起那天丁二泉脸上的奇怪表情,马天刚和洪玉相信警务局长所言不假,没准丁二泉当时就已琢磨向丸山造告发。事情万没料到会弄成这局面,马天刚爷儿俩一时真有些冷手难抓热馒头了。

其实,马天刚和马洪玉爷儿俩在丰华酒楼宴请丁二泉的翌日下午,丁二泉就和白秃子又坐在原来的房间里了。两个人一边喝酒一边闲聊,丁二泉问白秃子拿到"份子"了吗,白秃子问是不是说的马家那桩事。丁二泉说不是马家还能是驴家。白秃子说拿到了,因为警务局每次敲到钱都是这样,人手一份,省得七嘴八舌惹是非。白秃子说:你别说,咱们局长在这上头可是大明白,你也拿到了吧?

丁二泉点点头问白秃子得到多少,白秃子回说是三百。白秃子问丁二泉得到多少,丁二泉抻了抻说也是三百!白秃子说:就是闭闭嘴的事,三百大洋够意思了。丁二泉说:三百二百大洋我不在乎,就是一心要马洪良死,他死了,我才能娶着张秀贞。白秃子呵呵大笑:老二,你还真是有时明白有时糊涂啊,人家张秀贞已经成了马洪良的老婆,你堂堂丁家二少爷,娶个二婚不怕外人笑话!

丁二泉阴阴一笑,说:还没进洞房马洪良就给抓起来了,那张秀贞还是原汁原味嘛。白秃子笑话丁二泉没出息,丁二泉翻着白眼:白哥,你说我没出息?我花三个金元宝弄到这身警服,不就是为了娶到张秀贞吗?没想到马洪良他爹提前动了手,把我的好事给搅了。现在来了机会,把马洪良这根线掐断,日后张秀贞就是我的了。机会难得,我丁二泉岂能放过!

丁二泉说他已打算在外边买处宅院,到时和秀贞偷偷过。他说:赵掌柜那么大年纪还弄了个外宅,何况我堂堂丁家二少爷。

白秃子直勾勾地瞧着丁二泉:老二,你就是第二个西门庆啊。

丁二泉哈哈大笑。他喝了口白酒,说那天马天刚和马洪玉请吃饭又给银票,自己心里就开始敲鼓了。那爷儿俩对咱这样的小人物就一下子送出这么多银子,那么股长、局长得到的银钱一定更多。这样推下去,公署知事肯定也没少拿。马天刚说他与警务局长早在东北时就是朋友关系,看起来,马家的案子十有八九马上能结。白秃子笑起来:要是这样,老二你的如意算盘就算白打了。

丁二泉犯起魔怔来,他立楞着眼睛,说:妈妈的,我恨不得拿把刀闯进大牢把个马洪良剁了。白秃子一口酒喷在地上:娘哎,老二就像春天的狗,浪急眼了。

丁二泉盯着白秃子,说:以后要是有了机会你给我除掉马洪良,我给你五十块现大洋。白秃子问他说话算不算数,丁二泉发誓:说话不算数是婊子养的。

白秃子边喝酒边奚落丁二泉,丁二泉也不在乎,只是低着头做沉思状。白秃子问他想什么,丁二泉说:打刚才我就想,除掉马洪良有个更好的办法。白秃子问他是不是想烧牢房,丁二泉说这办法比烧牢房厉害得多。白秃子说:我知道你从小就爱吹牛皮,只是这雾吹得太玄了。丁二泉冷笑一声:不信你瞧着!

第二天早晨,丁二泉悄悄溜进宪兵队,宪兵队的人认识他,他直接见到了丸山造。丁二泉这时又由糊涂变明白了,他见到丸山造谈到怀疑受贿人时有意避开了警务局长,而是把警务股长放在第一位。他明白把警务股长扳倒比较容易,要想扳倒局长难度可就大了。再说即使扳倒了,自己也当不了局长,闹不好反倒让股长占了便宜。扳倒股长后自己取而代之的可能性就大得多,斯时马洪良父子双双殒命,自己又有权在手,何愁得不到张秀贞呢?丸山造认真听着丁二泉的汇报,小眼珠骨碌碌转着,不声不响喜怒不形于色,显然对他的话不太相信。见此情景,为了让丸山造相信自己所言属实,一向爱财如命的丁二泉狠狠心从帽檐里取出马天刚给他的两张银票,说马家对自己这样的小警员出手都如此大方,就别说那些比自己职务高的人了。他特别再次提到警务股长,说股长受贿的数目可能最大。丸山造问他有何依据,丁二泉竟然谎称马家来贿赂自己是股长支使的。

丸山造终于相信了丁二泉的话,但他还是转了转脑筋,认为马家行贿一事虽然不容置疑,但行贿的目的可能是为了马天成父子在牢中少受些罪。至于马家父子是否有意窝藏了抗日分子,目前来说还是难有定论。尽管这么想,出于某种考虑,他还是当着丁二泉的面电话通知警务局长,暂停警务股长崔麻子的职,而马家父子一案继续审理彻查。

没料到事情竟然几乎到了山穷水尽的地步,马天刚和洪玉回到家后相对而坐,爷儿俩冥思苦索,看还有没有起死回生的办法。李天鹏走进来,说:这事真蹊跷,警务局长不是说好要放人了吗?马天刚告诉天鹏,出了意外,是丁家那个丁二泉从中捣的鬼。李天鹏说:凭他丁二狗少还有这能耐?马天刚摇摇头:这种人,好事办不成,坏事一办一个准,是他跑到宪兵队密告的。

李天鹏:哦,知道了,他对少夫人一直贼心不死,看来想置马家于死地呀。

马天刚点点头：我也听赵掌柜说过，丁家托他到张府提亲不成，后来洪良与秀贞定了亲，丁二狗少跳着脚地发狠呢。

李天鹏咬咬牙，说：好有好报，孬有孬报，让他等着吧。马天刚疑惑地看看李天鹏，李天鹏说：大掌柜请放心，我不会莽撞行事，是说这个丁二狗少早晚得遭报应。

马天刚点点头，李天鹏退出去了。李天鹏刚出门，管家老邱走进来告诉洪玉，说城东教会医院院长勃兰特先生来拜访。马洪玉让邱管家请勃兰特先到客房里坐，自己一会儿就过去。马天刚一怔：玉儿，你认识这个勃兰特？

马洪玉说：当然认识，他是意大利人，济南意大利基督教会的福音医院院长罗西的学生。我从济南回来时，罗西先生曾让我给勃兰特捎过一封信，以后因为给人治伤，我又向他借过药品器械。

马天刚猛地站起身：罗西？

马洪玉说：是啊，济南福音医院院长。

马天刚在屋里走了个来回：好熟悉的名字。

马洪玉说：外国人这西那西的很多，伯父是不是记起哪国的朋友了？马天刚摇摇头没回答，他在屋里踱着步，嘴里喃喃地说着：罗西，罗西……

马洪玉说：伯父你喝点儿水歇歇，我到客房见见这位外国客人。

马天刚挥挥手：好，去吧，你去吧。

马洪玉走进客房时，勃兰特正在喝茶。二人互致问候，勃兰特开口就进入正题，他说自己听到个不幸的消息，说是洪玉的父亲和哥哥因为窝藏抗日分子让日本宪兵队给抓起来了。马洪玉说的确发生了这样不幸的事情，所以近日自己正忙着营救父亲和哥哥。勃兰特板起脸来说：您向主发誓，您父亲和哥哥是冤枉的。

马洪玉怔了一下，说：勃兰特先生，我不信教，所以也从不明誓。不过请您相信，我们是冤枉的。上次承蒙勃兰特先生借给手术器械，使得一位腰部生疮的病人很快康复。在此，谨代表那位病人向您致谢。

勃兰特回道：马小姐您太客气了，你们中国人很少有相信西医的，有您这样的开明女士，我以主的名义发誓，心中非常欣慰。马洪玉小姐，今天我来呢，是想帮您这位开明女士一个小小的忙，不知小姐能否接受我的帮助。我知道你们中国人很在乎情义，对于外人的帮助有时会不屑一顾。

马洪玉说：勃兰特先生言重了，别说是帮我们，就是请我们为别人做什么，只要是合乎情理的事，我们中国人也从不拒绝。勃兰特情不自禁地鼓掌道：太好了，太好了，请问马小姐何时返回济南？

马洪玉说：我父亲和哥哥的案子尚未完结，我怕一时半会儿回不去。我已经给学校发过信,要求续假。勃兰特说:咱们再回到那个话题上,你父亲和哥哥的确是冤枉的? 马洪玉点点头,就见勃兰特取出一封信交给马洪玉:那好,我这里有封信,也算是给我老师的复信。你可以拿着这封信去找我的老师罗西先生,当然,你们是已经认识的了。我在信中谈到你家中发生的事情,罗西老师与日本驻山东省卫生顾问官关系很好,请他找顾问官先生从中帮帮忙,也许这问题能得到解决。

马洪玉大喜,她握着勃兰特的手:谢谢,谢谢勃兰特先生相助。

勃兰特满意地笑笑:您马上准备去济南吧,我得回医院了。

送走勃兰特,马洪玉手持勃兰特的信走进屋里,只见伯父马天刚正拍着手在室内来回走。马天刚见洪玉走进来,立住脚:洪玉,我想起来了,想起来了。

马洪玉问伯父想起什么来了。马天刚回道:罗西,罗西!

马洪玉说:罗西,我和您说了,他是济南福音医院的院长啊。

马天刚说:对对对,这人得有八十来岁了吧? 马洪玉奇怪地看着伯父,问伯父怎么知道罗西的年龄。马天刚说:当年你爷爷去济南总督府给丁葆桢医治,我和你爹跟着去济南玩,见过他。当时罗西先生正当壮年,满脸胡须身材高大,精通西医,尤善外科。从年岁上算,得有八十来岁了。马洪玉说:伯父说得对,罗西先生现在是八十多岁了,仍旧腰板挺直,一脸黄胡子。

马天刚说:你爷爷给总督治病,罗西先生作为总督的客人在一边看着。一连三天,天天如是。你爷爷三天医好了丁总督患了半年的病,罗西先生惊奇地叽里哇啦直喊外国话。那时我和你爹都十来岁,总督病愈后,就跟你爷爷返回济宁了。

马洪玉问:再无联系?

马天刚说:有啊,要不我还想不起他来呢。后来罗西先生坐着运河里的客船到了济宁,在我们家住了半个多月,他每天和你爷爷谈经论道,大讲医学,一会儿中国话,一会儿外国话,我和你爹听不懂,乐得嘴也合不上呢。

马洪玉看着马天刚:伯父,天意!

马天刚问什么天意。马洪玉把勃兰特的信递给伯父,马天刚看看信封,说:玉儿你这不是难为伯父吗? 马洪玉说:你看,你看,我忘了伯父不懂外文了。马洪玉要过信来说:伯父,勃兰特正是那位罗西院长的学生,他来找我,是为帮我们救人的。他给罗西先生写了封信,请罗西先生找日本驻山东省卫生顾问从中帮忙。而我们家呢,又曾与罗西先生有此渊源,你说,这是不是天意?

马天刚说:天意,这么说的确是天意。不过,这位罗西先生能否帮忙,日本人能否给他这个面子,现在仍是未知数。为今之计,只有死马当成活马医,闯一闯试一试。也许我们以昔日老友后代的身份去找他求助,他能帮这个忙。也许日本人会给罗西先生这个面子。总之,试试吧。

马洪玉说:我和伯父同去,一是有个照应,二是我打算辞去医校教师的工作,以便专心在州城料理父兄之案。另外,万一罗西先生不答应或者办不到,我就去找日本领事夫人。只要领事夫人出面,哪怕给州城宪兵队打个电话,我爹和我哥哥的性命起码可以暂时保住了。

马天刚一拍桌子站起来:好孩子,咱爷儿俩下午就走。

火车一声长鸣驶出州城车站,车厢里,洪玉和伯父相对而坐。可能是他们打扮特殊的缘故,车上的乘客特别是刚刚上车的乡下人都敬而远之地坐在旁边,似乎担心和他们接近会引来某种不测。这样倒给爷儿两个提供了方便说话的空间,谈论家中官司一事也不用特别小心低声了。火车停停走走很快驶过了几个车站,沿途马洪玉不时地侧目窗外,窗外的大平原坦荡如砥,此时的田野里干干净净早已没有了庄稼。除了间或有之的野鸟和野兔从空中和地上迅速掠过,天地间显得空旷而沉寂,透着令人心悸的暮秋时节所特有的阴冷和肃杀。

马天刚和洪玉到了济南,找到福音医院的院长罗西先生。马天刚和洪玉走进福音医院院长办公室时,这位高大魁梧的外国老人正坐在办公桌后看书,老人看到马洪玉,立即起身迎接,并用英语说道:密斯马,您好!回来了?

马洪玉用英语回答了罗西院长的问候,说自己回来是暂时的,还得赶紧返回去。罗西院长问洪玉为什么去也匆匆来也匆匆,马洪玉说一言难尽。马洪玉指指马天刚说:我来介绍一下,这是我的伯父。

见马天刚装束时尚,气度不凡,罗西主动和马天刚握手并用中国话互致问候。马洪玉向马天刚说:伯父,这位老人就是罗西院长。

罗西把二人让到沙发上,摁了下桌上的铃,一位侍者端进两杯咖啡放在爷儿俩面前。罗西问道:马洪玉小姐,您刚才说还得赶紧返回去,是什么意思?

马洪玉说:尊敬的罗西院长,家父蒙难,我是来找您救援的。马洪玉说着把勃兰特的信递给罗西,罗西戴上眼镜认真看信。马天刚和马洪玉坐在沙发上,爷儿俩也无心喝咖啡,只是期待地看着罗西。罗西院长看完勃兰特的信,耸耸肩问:马洪玉小姐,你父亲确实是冤枉的?

马洪玉说:这期间我一直在家,亲眼目睹,罗西院长您会认为我说的是假话吗?罗西说:我是个搞医学科学研究和慈善事业的人,一般是不介入政治的。既然我的学生勃兰特亲自出面让你送信给我,您又是位极其聪明睿智的优秀女士,说明事情并非日本人想的那个样子。我可以帮助你们,好吗?马天刚和马洪玉一起站起身向罗西院长致谢。罗西这时仔细看了马天刚一眼,忽然站起身来,盯着马天刚张大了嘴说不出话。马天刚不明所以地看着罗西,不知发生了什么。罗西从桌后走到桌前,上上下下打量着马天刚说:马先生,天下难道会有这种奇事,您的长相酷似我当年的一位好朋友。

马天刚:哦?像罗西院长的好朋友?

罗西说:是啊,济宁名医,大号马建霖。马天刚听到罗西院长提起父亲的名字,心头一酸,眼圈红了。罗西吃惊地看着马天刚:马先生,您……

马天刚擦擦泪:罗西院长,你的好朋友正是家父,我是他的长子马天刚,现在蒙难的是我弟弟马天成。我怕年代久远你早已忘却,所以进屋后没敢再提。

罗西快步走上前,伸出双臂把马天刚和马洪玉紧紧地抱住,老人的眼睛里顿时淌出有清亮也有浑浊的泪。半响,罗西院长擦擦眼泪把马天刚和马洪玉重新让回到沙发上:请坐,请坐,我们好好聊聊。

马天刚和马洪玉重新坐回到沙发上,罗西院长说一口流利的中国话,时而和马天刚交谈,时而也用意大利语和洪玉交谈。谈起与马天刚父亲马建霖的昔日交情和世事变迁,老院长唏嘘不已。罗西说当年他还年轻,那时马建霖已经四十几岁了。山东总督丁葆祯患了风湿病,连站起来都困难。自己带着福音医院的大夫给他治疗几个月竟未起效。后来,丁葆祯听济宁知府谈到马建霖的大名,立即将马先生请到济南来给自己医治。说实话,那时罗西并不相信中医,但由于好奇,就陪在旁边观察。三天后,让人不可思议的事情发生了,丁总督不但能站起来,还可绕室行走。罗西当时就惊讶得发了疯,缠着马先生给他讲解其中奥秘。可是,马先生耐心地给他讲了两个小时,他却一句也没听懂。

马洪玉插话道:罗西院长有所不知,中西医学分属不同的知识体系,如果不从头学起,你根本不会明白这里边的医理。

罗西先生很敬佩马建霖的医术医德,说为了弄清这里面的奥秘,曾冲破西方医学的禁锢到济宁拜访过这位名满全城的中国医生,亲眼目睹了马建霖对疑难杂症的诊断治疗,并从马建霖那里得到很多在西方医学上所没法解释的诊疗办法和医学启发。罗西院长回到济南不长时间,就邀请马建霖到福音医院给院里的西医讲授中医药学,尽管这些西医人员被中医的四诊八纲辨症施治弄得一头雾水,但之后照本宣科运用当时马建霖传授的一些经方验方,仍使这些西医受益匪浅。也就从那时起,这个纯粹以西医为主导的医院里,破天荒地设立了中医科,并在以后的若干年里一直保留着。罗西说自己到了济宁,就住在马家,一直待了半个多月。马先生抽空就给他讲解中医理论,那时自己虽然年轻聪明,可对这些医理仍感到似是而非。过了几年,当他再去济宁拜访马建霖先生时,听说他吃了官司,带着全家逃往外地。直到现在才知道,马建霖一家落户到了鲁北。

马天刚听罗西讲完后说:谢谢罗西院长至今还记得这些。你当年在我家做客时,因为对你的黄头发大胡子好奇,我和弟弟经常去客房偷偷瞧你。

罗西笑笑说:想起来了,当时是有两个小朋友经常跑到我门口探头探脑,我一走出来两个人撒腿就跑。其中一个总是边跑边回头看我。马天刚告诉罗西:那个跑在前边的就是我弟弟马天成,总是跑在后头仍旧时时回头看你的就是我。罗西问马建霖先生哪年去世的,马天刚回答:家父谢世已经二十多年了。

罗西深深地叹了口气:遗憾,太遗憾了!马建霖先生的后代遭灾受难,作为好朋友加崇拜者的我,理当相助,理当相助。好,说说这件事的来龙去脉吧。

马天刚和马洪玉说,罗西认真听,并不时拿起羽翎笔记下点儿什么。马天刚和马洪玉说完了,罗西在自己胸前画着十字:主啊!保佑老朋友的后代吧。阿门!

罗西用桌上的羽翎蘸水笔写了很长的一封信交给马天刚,叮嘱说:你们立即赶回州城,把这封信交给勃兰特。

马洪玉说:日本宪兵队那里呢?听勃兰特先生讲,罗西院长与山东省的日本卫生顾问关系不错,能不能托顾问给州城打个电话呀?

罗西摇摇头说:不必,你找勃兰特就行。说完这句话,罗西院长一刻也没多让马天刚和洪玉停留,他摁了下桌上的铃,侍者走进来站在他面前。罗西吩咐侍者:告诉院里的主管,用我的汽车将这位先生和这位小姐直接送到火车站。

侍者答应着退出去。罗西从桌后边走出来:马先生、马小姐,本该留你们多住几天,可是,我了解日本人的性格,他们诡计多端生性狡诈,用中国话说我担心夜长梦多,你们就赶紧返回州城吧。

马天刚爷儿两个连连道谢。

马洪玉说:罗西院长,我能用用您的电话吗?

罗西把手朝桌上电话一指,做了个随便用的动作。马洪玉拨通电话:宫校长您好!我是马洪玉,因家中有要事缠身,暂时不能回来工作。

那天丁二泉走后,丸山造问翻译官这个人的话可靠不可靠。翻译官说从形式上看是可靠的,只要找到证人一问,也就水落石出了。丸山造点点头,认为如果证实警务局长也接受了马家的银钱,那马家花费如此巨款的目的就值得怀疑,而这个案子的背景就不是原来想象的那么简单。于是,丸山造就派了宪兵把警务股长崔麻子带到了宪兵队。丸山造的小眼睛死死盯着崔麻子的脸,崔麻子双腿开始哆嗦。丸山造说:你的崔股长,实话的说,收了马家的多少金票?崔麻子说:太君,不是金票,是银票,我哪里见过金票啊。丸山造一龇牙,说:金票银票的一样,收了多少?崔麻子做个手势:千真万确,六百大洋,多拿他一块大洋我是孙子。就这六百大洋的银票,您停了我的职后也已上交。

丸山造问崔麻子马家给他银票的目的是什么,崔麻子说收了大洋后答应对马家父子的发落结果不予多问。丸山造问有多少人收了马家的银票。崔麻子说他只知道白秃子收了,丁二泉收了,别的人收没收没看到,不敢瞎猜。丸山造问孟局长收了没有,崔麻子说:太君,局长是我的顶头上司,收不收我哪里知道啊,这事你得追问马天刚和马洪玉。我的银票就是他爷儿俩给的。

丸山造因为对于马洪玉和马洪玉的未婚夫的神秘身份仍有顾虑,而马天刚一直在满洲国经商,其背景也让他颇费琢磨,所以他暂时不想动这两个人。丸山造继续和翻译官商议此案,翻译官建议丸山造现在要不动声色,抽冷子亲到公署警务局审讯马家父子。不用犹豫,坚决动刑,那爷儿俩挺文弱,根本用不着老虎凳或辣椒水,只消一顿皮鞭就能招认。丸山造摇头说:马家父子在狱里,他家里的人给谁行贿,他们不一定能知道。翻译官笑了:丸山队长,你不了解中国的国情,多少年来,有吃官司的,就有吃官司饭的。里面的狱警狱卒和牢头只要得了钱,谁都可以里外传话。马家在外边运动,不能不托人捎信进去吧?

丸山造连说有道理。丸山造和翻译官用日语交谈,崔麻子当然听不懂。他害怕丸山造杀他,吓得两条腿一个劲地哆嗦。这时,从后边走出了穿便装戴礼帽的山田。山田用日本话和丸山造交谈后,迈着八字步走到崔麻子跟前。中年人仔细打量了一会儿崔麻子,笑嘻嘻地坐到一边。翻译官对崔麻子说:你可以退下了,刚才山田先生给你讲情,不打你不杀你,回警务局等候处理。

崔麻子冲被那个称作山田的中年人连磕了几个响头,跌跌撞撞地走出去。

丸山造转向山田:卫生官阁下,你对这个中国医生感兴趣?

山田说他暗中访查很长时间了,这个马天成是州城第一名医,另有个姓张的,和他医术差不多,自己想在此人身上有所收获,请丸山队长留他性命。丸山造说:可以,这两天我要亲自审讯他,如果掌握了证据,窝藏治疗抗日分子属实,马天成父子必须处死,否则,将对大日本帝国的东亚圣战极为不利。处死二人之前,你可以在监狱里从他身上得到收获。而且,为了帝国的利益,至多给你三天时间。

山田问:你什么时候亲自审讯?

丸山造看看手表:也许今夜,也许明天。

山田想了想:给我五天时间吧,好吗?

丸山造:这个中国医生对你很重要?

山田:我有秘密任务在身,请丸山君谅解。

丸山造:那好吧,就依你,五天。

山田说:如果你亲自审讯也得不到足够的证据呢?

丸山造:大日本宪兵队的刑讯方式你不了解,证据,会得到的。

马天刚和洪玉回到州城天色已晚,他们没有回家,径直奔了城东教会医院。马天刚和马洪玉走进勃兰特的办公室,勃兰特吃惊地摊开双手,问他们怎么这么快就回来了。马洪玉说:是罗西院长让我们火速返回的。

马洪玉把罗西的亲笔信交给勃兰特。勃兰特拆开信看了一遍,立即抓起桌上电话拨通日本宪兵队。电话接通,勃兰特说:我是意大利基督教会州城医院院长勃兰特,请丸山队长接电话。电话里响起哩哩哇哇的日本话,马天刚和马洪玉看到,勃兰特脸色突变,神情紧张。马洪玉慌忙站起来:怎么了勃兰特先生?

勃兰特没有回答,他放下电话朝门外喊主管,主管走进来。勃兰特吩咐主管马上找到车夫,套上马车去县公署。

看着主管快步走出屋门,勃兰特这才对二人说:二位,丸山造已去警务局,他要亲自刑讯马先生父子。这种后果,你们想过吗?

马天刚有点儿慌了神,说:舍弟文弱之人,怎么经得住刑具啊。勃兰特先生,救人救到底,你受累吧。勃兰特说:不用先生叮嘱,我不是已让车夫套车了吗。借着城门未关,我们赶紧去。勃兰特说着就朝门外走,马天刚和马洪玉快步跟出去。

幸亏马天刚和马洪玉及时赶回州城,倘若晚回一天或两天,事情就麻烦了。

就在这天黄昏,日本宪兵队室内提前亮起了灯,丸山造把桌上的文件整理了一下放进抽屉里,山田也从后堂门走出来,他也要去参加对马天成父子的审讯。山田认为一同参加审讯好处很多,可以见见各种刑具的用法,同时在刑讯时说不定还可以从马天成嘴里得到自己想知道的东西。丸山造说:我要问的是他窝藏抗日分子,和你的问题背道而驰呀。山田笑说:异曲同工,在他被严刑逼供受不了时,问他什么都会回答。丸山造点点头说:这是刑讯学里的内容,你在这里用上了。

翻译官从外边走进来,问现在是否就出发。丸山造噘噘嘴点点头,翻译官走出去。不大会儿,门外响起了摩托车的轰鸣。

21

丸山造到达警务局之前,马天成父子就被吊在刑讯室房梁上了。一旁搁着个盛水的大木盆,白秃子手执皮鞭,光着膀子走到马氏父子面前。白秃子把手中皮鞭在水里浸湿提起来在地上抽了几下,皮鞭发出带着水音的唑唑声,让人听了头皮发麻。白秃子看了马洪良两眼,又走到马天成面前。马天成闭着眼不说话。

白秃子给马天成拱拱手说:爷们儿,待会儿丸山造他们来了,可别怪我下手狠啊。

吊在一旁的马洪良见白秃子去威吓父亲,歪着头冲下边说:白哥,咱们一城的街坊,你就下得了手吗?

白秃子说:少先生,没办法呀,下得了手呢你难活,下不了手呢我不能活。虽是同城街坊,兄弟我也只好得罪了。

马洪良说:看在一城街坊的分儿上,你光打我别打我爹行吗?白秃子回头瞧瞧屋门说:兄弟,你有孝心我知道,可刚才上边发了话,今晚重点打你爹。被吊在旁边的马天成睁开眼道:良儿,长长公鸡毛,别屄了。

白秃子歪着脑袋说:咦,老爷子,你不光医道好,骨气也比你儿子强。

门口传来脚步声,不大会儿,丸山造、山田、刘知事、翻译官和孟庆周走进来。丸山造和刘知事坐在马氏父子对面,山田坐在一个阴影处,另外二人站着。

丸山造坐在马天成对面,手里握着东洋刀说:马天成的,今晚我要亲自审问你,招了的,活命,不招就死啦死啦的。

马天成仍然闭上眼,口气平静地问丸山造让自己招什么。丸山造对翻译官说了一通日本话,翻译官走到马天成跟前说:太君问你两件事,第一件,马家那个外地口音的人是不是你窝藏治疗的抗日分子。第二件,你家里人都给谁送了银票大洋,皇军已经调查清楚,收你们钱的有丁二泉、白秃子、崔麻子等几十个,他们三人都承认了。你们是不是也给警务局长送了钱?

翻译官一通问话,站在旁边的孟庆周头上立时冒了汗。如果马天成承认也给他送了钱,那么至迟明天,他这个局长位子甚至连性命也就交待了。他努力让自己稳住神,沉住气,听马天成怎么回答。只见吊在梁上的马天成看看下面的人,睁了下眼又重新闭上,继之口气淡漠地说:那个外地口音的年轻人是我女儿的未婚夫,不是告诉你们了吗?我和儿子一直被关在牢里,至于家中的人给谁送了银票大洋,俺爷儿俩怎么知道啊!

翻译官说:有人给你们传信送信,说家里人正在花钱救你和你儿子,让你们不要害怕对吧,崔麻子就是一个。马天成说:那你们去问崔麻子,我连崔麻子长什么样子都不知道,更别说他曾经给我送什么信了。

翻译官把马天成的话翻译给丸山造,丸山造挥挥手,白秃子抡起手中的皮鞭抽向马天成,马天成的脖颈胸部立时鼓起一道血脊。吊在旁边的马洪良接连喊着"爹,爹",求白秃子手下留情,白秃子就像没听到,接连朝马天成身上抽了几鞭。马天成哪里受过这样的刑罚,惨叫一声昏过去。马洪良大吼:白秃子你个狗娘养的杂种,有本事你打我!

丸山造走到马天成跟前,抬起马天成的下巴:你的,窝藏抗日分子的事有!

马天成勉强睁开眼,摇摇头。丸山造继续审问:你的心虚的,你家里人的也心虚的,要不给警务局的人送银票的干什么?

马天成又摇摇头。丸山造抽出东洋刀架在马天成脖子上:说,银票的都给了谁,不说死啦死啦的。

刘汉平和孟庆周一齐走上来,两个人紧张地盯着马天成。马天成看看丸山造,头一歪:我五十多岁了,死了也不算少亡,你动刀吧!

丸山造咕噜了一句日本话,翻译官说:白秃子,打那个年轻的。

白秃子走到马洪良跟前:兄弟,你不是让我打你吗,挺着点儿,别尿了,啊!

白秃子说着话抡起鞭子朝马洪良一阵乱抽,马洪良咬着牙,一声不吭。只见丸山造把刀举起来:马洪良的,你说不说,不说你爹现在就死啦死啦的。

马洪良犹豫着。

马天成勉强抬起头,睁圆了眼睛:良儿,马家男人可都是有种的汉子。

丸山造呀的一声吼叫,军刀举过头顶,马天成紧紧闭上眼睛,刘汉平和孟庆周额头上冒出虚汗。可是,丸山造的刀落下来时,却轻轻地搁在马天成脖子上。丸山造把刀刃在马天成脖子上来回蹭着,血顺着刀刃一缕缕地往下流。马天成脸色惨白,呼吸粗重,显然是在竭力忍受剧痛。刘汉平和孟庆周在担心马天成能否扛得住这种刀刑,坐在阴影处的山田也站起来。山田刚要走上去问马天成什么,门外响起急促的脚步声,公署的郎秘书一步抢进来:丸山队长,意大利教会医院院长勃兰特先生来找你们呢。

丸山造举着军刀回过头问:找我什么的干活?

郎秘书说省城里有个非常重要的人物,因为马家案子送来一封信来。丸山造问人在哪里,郎秘书说就在知事办公室等着。

丸山造横了马天成一眼:老头的,可以再活一会儿的。

丸山造军刀入鞘,转身朝外走。刘汉平等人也随后跟着丸山造走出刑讯室。

丸山造和几个人走进刘知事办公室,只见勃兰特正在椅子上坐着。郎秘书做了介绍,丸山造走到勃兰特跟前和对方握手。丸山造用日语问勃兰特急着找他有何贵干,勃兰特也用日语回答,说有一封信要交给丸山队长亲自过目。勃兰特从口袋里取出罗西的信双手递给丸山造,丸山造皱着眉头看了看递给翻译官。翻译官看着信发呆,丸山造奇怪地看看翻译官,翻译官横看竖看好一会儿:丸山队长,这是什么文字,我咋看不懂啊?

勃兰特:意大利文。

丸山造继续用日语和勃兰特交流,说:我们都不懂意大利文,怎么读?勃兰特说:那我翻译成日语给您听吧。丸山造说:你在翻译过程中是不是会加入自己的话?勃兰特轻蔑地说:你们日本人就是生性多疑,你又看不懂,怎么办呢?

坐在一旁的山田走过来,山田从翻译官手里要过罗西的信认真地看了一遍,告诉丸山造,称自己当年曾在欧洲留学,认识意大利文,就让勃兰特先生来翻译吧。如果对方有意掺入自己的话,那就是证明其中有诈。山田说这话其实才是话中有诈,因为他根本不认得意大利文,只是敲山镇虎罢了。

丸山造点点头,山田把信还给勃兰特。勃兰特捧着信轻声读道:大日本国州城宪兵队丸山造队长阁下……贵部羁押的犯人马天成和马洪良是我故交旧友的儿子和孙子,我对他们非常了解。他们是遵纪守法的良民,是为上帝救赎众生的医生,我以意大利人的高贵人格和信义保证,他们不是窝藏抗日分子的帝国敌对者,请阁下明辨是非,不要再对他们进行责罚或关押……济南意大利基督教会福音医院院长罗西。

丸山造睁着小眼睛惊奇地问山田罗西是什么人,说话为何这么硬。山田走到丸山造跟前口气凝重地说:罗西是我的同行,早在欧洲留学期间,我就知道这位资深院长和医学家。这是个外科权威,曾给墨索里尼等各国政要做过手术,在国内和国际上影响颇大。我想,这样的人物不能得罪,否则会引起严重后果。

丸山造脸上现出矛盾的表情:你说得对,这个罗西又是个有影响的人物,看来马家一案应该重新考虑。

山田说罗西院长的这封信口气不硬也不软,明显是绵里藏针,建议丸山造谨慎对待,目前战事正紧,不要因此招致不必要的麻烦。丸山造在室内来回踱着步,一时间陷入沉思。过了一会儿,丸山造抓起桌上的电话,接通了济南宪兵司令部。他要和济南宪兵司令直接通话,以证山田所说是否属实。丸山造对着话筒站好说:司令阁下,您认识济南福音医院院长罗西这个人吗?

电话里传来对方沙哑的声音:当然认识,罗西是山东省政府卫生顾问的好友。顾问虽是皇族成员,也经常邀罗西吃饭,有时我也作陪。

丸山造听到这话双脚一碰说:好的好的,谢谢司令阁下。

丸山造放下电话,山田凑过来和他低语:马家既然有这样的背景这样的关系,肯定不会有意干出窝藏抗日分子的事情。也许,这个案子有些误会了。

丸山造在室内转圈子,疑虑渐渐消失。孟庆周当然害怕这个案子继续审下去,他不失时机地跟在丸山造身后问:队长,您看这事怎么办?

丸山造停住脚步:马家父子的,交保释放。

孟庆周:明天?

丸山造:不,今晚。

孟庆周:那我马上派人执行您的命令。

丸山造：不，我的，亲自去释放，还要当面向马先生父子的道歉。

勃兰特在胸前画着十字：丸山阁下，我会给罗西院长回信，说您非常尊重他。

丸山造说声谢谢，挎上军刀往外走，几个人也随后跟出去。

丸山造等人前往刑讯室放人时，马天刚、马洪玉和李天鹏等人正在公署门前不远处焦急地走来走去。他们在等勃兰特，说到底是等勃兰特能够带来好消息。离三人不远处西边的胡同口，几个黑影忽隐忽现，李天鹏看在眼中，悄悄把飞刀顺进衣袖里。就在这时，公署的郎秘书从院内急匆匆地走出来，门口的岗哨打招呼，郎秘书只是点了点头。马天刚等三人不知郎秘书出来的目的，为了不引起他的注意，赶紧躲得远一些。只见郎秘书出了公署大门径直走向那个胡同口，胡同里很快走出两个人影，郎秘书在胡同口和两个黑影嘀咕了些什么，就又急匆匆地返回来。郎秘书左右瞧了瞧没人注意，快步走进公署大门。

马天刚三人再次靠近公署大门时，恰好看到勃兰特和孟庆周从公署大门走出来。三人急忙迎上去，马洪玉迫不及待地问：勃兰特先生，情况怎么样？

勃兰特声调愉快地说：罗西院长的信起了作用，马先生父子没事了。

马天刚、马洪玉连忙道谢，而李天鹏仍旧留神注意着西边的胡同口。孟庆周走到马天刚面前说：多亏勃兰特先生及时把信送到，晚一步，我们都完了。

马天刚说：也谢谢孟局长从中相助。

孟庆周说：闲话少讲，赶紧去找两个保人，免得夜长梦多。

马洪玉问这保人找谁合适，孟庆周说有点儿名望的就行，甭管是谁了，赶紧的。马天刚稍一思索说：天鹏，我和洪玉去找张道山，你去找……找赵掌柜吧。

李天鹏、马天刚和马洪玉往西走，胡同口的几个黑影迎上来。李天鹏把马天刚和马洪玉挡在身后，对方黑影中一人低声说话：是马大掌柜和李义士吗？

马天刚听声音耳熟，赶紧迎上去，走到近前认出是那天张三太派来送大洋的小陈。马天刚惊奇地问：陈先生，你们在这里干什么？

小陈说：我们一直防备着，我们有眼线，一旦得到消息说马先生父子处境凶险，立即动手劫狱。刚才眼线送出消息，说马先生已经脱险，我等告辞了。

马天刚和李天鹏拱手：谢谢各位费心操劳！

小陈说：知道你们现在有紧要事，不打扰了。小陈说完返回到胡同口轻轻吹了声口哨，胡同里走出几个黑影与小陈会合，几个人不大会儿便消失在夜色中。马天刚三人回头看时，勃兰特的马车已经驶出公署大门，孟庆周也回到公署里去。

张道山、赵掌柜和几个警察扶着马天成父子走出大门时，马天刚急忙赶上几步扶住马天成。马天成抬头看到马天刚,哽咽着喊了声哥。马天刚早已说不出话,好半天才颤声说:天成,哥哥来接你了!弟兄二人抱在一起号啕大哭。马洪良走上来刚叫了声伯父,便被马天刚一把揽进怀里,口中叫着"良儿良儿",爷儿三个在公署门前抱作一团,哭作一团。马洪玉、张道山和赵掌柜等赶紧上来劝慰。马洪玉说:爹、哥,你爷儿俩刚刚出来,和伯父到家里聊吧。

张道山:是啊,夜已深,天也凉,快回家。

爷儿三个止住眼泪。马天刚叹了口气:唉!我和天成五六年没见面了,好容易见面,却是在这种情况下,怎能不让人心里难过呀。

马天刚说罢又哭,倒是马天成反过来开始劝慰哥哥了。马天刚抽泣着说:唉!哥哥在外整天瞎忙,总顾不了兄弟,心里时常愧得慌。

洪良和洪玉泪流满面地站在两位老人跟前,两位老人又俯身揽住一双儿女。一家四口只顾哭泣,再也说不出半句话。张道山在抽泣,赵掌柜在擦泪,几个警员眼圈也红了。过了好一会儿,马洪玉擦着婆娑泪眼搀起父亲和伯父,张道山扶着自己的女婿马洪良,一伙人在州城夜色中说着叙着往崇德堂方向走去。

警务股值班房里,丁二泉正坐在屋内喝小酒,白秃子光着膀子走进来。丁二泉高兴地把一盅酒递给白秃子:怎么样,收拾了?

白秃子哭丧着脸:收拾个屌,马天成爷儿俩给保走了。

丁二泉手中的酒盅掉在地上,他问白秃子是谁这么大面子。白秃子接连喝了几杯酒,穿上褂子说:刚要撬开马家父子的嘴呢,郎秘书忽然跑进来把丸山老小子叫走了,说是省城的一个什么大官,为了马家父子的事送来一封信。丸山他们舍下我从刑讯室里走出去,再回来时就变了模样,跟伺候老爹一样亲自给马天成父子松绑。唉!真他妈邪门!

丁二泉丧气地朝门外走去,走到门口又折回来,盯着白秃子说:这酒,算我请你的,那五十块大洋你还我吧。

白秃子十分恼怒,说:丁二泉你他妈的真不仗义,又不是我不让马家父子死,是丸山老小子变了主意,你凭什么要回给我的钱?丁二泉也不解释,只是翻着白眼伸出手,说:事没办成,五十块大洋你得还我。白秃子呸了一口,脑袋一拨楞,说:哪有吃进肚子里的肉还要吐出来的?丁二泉仍旧盯紧了不放:你不还我,我去丸山太君那里告你,咱讲好五十块大洋换那爷儿俩性命的。

白秃子:哎?你那五百大洋不是交给丸山了吗?

丁二泉:是啊,不交那五百大洋票子,丸山怎么信我。

白秃子:你先去他那里要回五百大洋,我这五十块就还给你。

丁二泉:丸山走了吗?

白秃子:没有,正在知事办公室喝大茶呢。

丁二泉:我去找他。

看着丁二泉走出去,白秃子一乐,嘴里嘀咕着:小子,难怪人们说你有时精明有时糊涂,去找你妈的揍吧!正嘟念着,丁二泉忽然趔回到屋里,问白秃子刚才叽咕什么。白秃子吓了一跳,连忙撒谎更正刚才的话:我是说,你快去讨债吧,去晚了丸山太君就回宪兵队了。

丁二泉翻翻白眼"哼"了一声,脚步匆匆走出去。白秃子看看桌上的酒菜,一屁股坐在桌前:妈妈的,老子累了一晚上,也享受享受。

知事办公室里,刘汉平和孟庆周正陪着丸山造和山田一边喝茶,一边议论马家与意大利人罗西的神秘关系。这时门外忽然有人喊"报告",郎秘书走到门口,见是丁二泉在门口站着。郎秘书问丁二泉有事吗,丁二泉说:我找丸山太君。郎秘书回过头:孟局长,你的警员丁二泉要见丸山太君。

孟庆周:让他滚回去。

郎秘书转身又对丁二泉说:哎,局长说让你滚回去。

丁二泉说:我不滚回去,我要见丸山太君。丸山造听到了门口的争执声,侧过脸问郎秘书谁要找他。郎秘书说是警员丁二泉。丸山造眨眨小眼睛说:哦?丁二泉的,哟希,进来的干活。

郎秘书把丁二泉领进室内,丁二泉站在办公室中间。刘汉平问丁二泉:这么晚了你咋还没回家?丁二泉说:今晚我当班。孟庆周呵斥他:既然当班,不在值班室跑到这里干什么?丁二泉盯着丸山造说:我找丸山太君说话。

丸山造的小眼睛放着光:你的,丁二泉的,找我的什么的干活?

丁二泉说:丸山太君,马家窝藏抗日分子是我查出的,警察局里有人收了马家的钱也是我报告的,我说的全是实话,你为什么又让人把马家父子保了出去?

丸山造点点头:哟希,忠诚皇军大大的好。丁二泉的,你查出的马家窝藏抗日分子的事情不真实,马家父子是清白的无罪,所以让人保了出去。

丁二泉说:那么我不是对皇军白白忠诚了吗?

丸山造摇摇头:继续的,继续的,皇军大大的奖励。

丁二泉说:那么,我证明警察局有人收钱时交给你的五百银票还给我吧。

丸山造翻着眼睛问:什么的银票?丁二泉说:那天我亲手交给你的,你放到抽屉里了。丸山造摇摇头,因为他听不懂丁二泉的话。丁二泉大惊失色,说:丸山太君,你堂堂宪兵队长难道也赖账吗?丸山造看看翻译官:他说什么?

翻译官当即译成日本话:他说太君你赖他五百大洋。

丸山造此时正为马天成一案窝了一肚子火,听到翻译官的解释怒从中来,脸色骤变。他站起身,慢慢走到丁二泉身边,伸手就要抽军刀,军刀抽出半截又插回鞘里。丸山造脱去白手套,腾出手来,抡圆胳膊照准丁二泉的扁脸抽过去:八格!

丁二泉觉得脸上像着了火,眼前满是金花银花。丁二泉在地上转了两个圈,扑通跌在地上。孟庆周走上来抓起丁二泉的袄领提了出去,接着门外传来孟庆周气呼呼的声音:妈的,天生吃屎的货!

云开雾散,死里逃生。

马天成全家终于团聚了。

这天晚上,马天刚和马天成兄弟二人分坐在正厅桌子两边的椅子上,一边喝茶一边聊天。马夫人则坐在旁边,静听这老哥儿俩叙家常。不知不觉间,夜已深了,马天刚忖度许久还是开了口:天成啊,我本来要在家守着你多待些日子呢,因为商行事体,不得不要回奉天了。

马天成低下头来,半晌不说话。弟兄俩几年才见一面,他多么希望哥哥在家多待些日子啊。想到从小性格活泼的哥哥带他玩,带他去私塾上学读书,逢到大集还带他去街上买柿饼、花生和糖果,这心里就有股幸福感、滋润感,真想再回到那百无挂碍的童年。这次自己遭了大难,哥哥又千里迢迢回来搭救他,这手足之情血脉之系更让他一时间离不开哥哥。然而,也是没办法的事,哥哥在奉天有商号,有生意,有家业。听洪玉说前些天哥哥刚到家就接到商行的电报,说一个白俄朋友要和他谈一笔大的买卖,如果情况允许,让他作速返回。当时因为自己和洪良的事情没有结果,当哥哥的不能走也不想走。如今自己已经化险为夷,哥哥怕是不能再继续耽搁了。马天成想到这里泪流不止:哥,自从父母谢世,你我弟兄散多聚少,我实在舍不得让你走。

马天刚说:天成啊,别难过,以后哥哥抽空就回来,再不能像以往那样光做生意不顾家了。你生性敦厚,待人真诚,遇事须得三思而后行。我看洪玉这孩子聪慧过人,有些事多和她商议商议才是。另外,咱们的世交弟兄张道山这个人变得不像以前了,我感觉他心术有些不正,虽是儿女亲家,你对他也要多加小心。这年头,无妄之灾时有发生,要学会自己照顾自己。

马天成点点头:哥哥的话我记住了。

第二天上午,马天刚要返回奉天,一家老少全部出来送行。李天鹏提着皮箱和马夫人、洪良、洪玉及管家、药工、伙计等人站在大门口,看着马天成和马天刚并肩走出来立在门前街上,老哥儿俩相互凝望着,不动也不说话。就这样过了好长时间,才听到马天成哽咽着说:哥,你真的要走了啊!

马天刚攥着弟弟的手,脸上挂着泪水,说:天成啊,我知道自己一走,弟弟不舍,可再待几天,还是要走的啊。马天成抱住哥哥,涕泪交流,不停地哽咽。马天刚放开手来给弟弟擦擦脸上的泪水,马天成也给哥哥擦擦脸上的泪水。马天刚安慰弟弟:天成,一天云彩全散了,还是一如既往好好过日子,无论遇到什么困难哪怕是凶险,都要相信老天不负善心人,总会给予化解。

马天成泣不成声,只是点头,完全说不出话。

马天刚说:天成,你和洪良刚刚出狱,身体还没恢复过来,就不要送我了。

马天成点点头:是,哥!

马天刚转向门口这边,高声说道:洪良、洪玉,你二人要好好照顾你爹你娘,遇有作难的事,写信打电报都行,一定要及时告诉我。

马洪良和马洪玉说:伯父请放心,我兄妹二人一定记住您老人家的话。

马天刚毅然转身拐向西去,李天鹏提着皮箱跟上去。

马天成望着哥哥的背影流泪抽泣,而马天刚头也不回地朝车站方向走了。

送走哥哥后,马天成回到屋内坐在桌旁椅子上低头不语。马夫人、马洪良和马洪玉则不停地劝解。马夫人说:孩儿他爹呀,别再想这些事了,你爷儿俩没出大的闪失,这就是咱马家的福。马洪良说:爹,俗话说天有不测风云,人有旦夕祸福。这种无妄之灾一旦来到,想躲也躲不了。您老人家保重身体,我和洪玉一定争回这口气。马天成摇摇头:孩子,富乍穷寸步难行,今后这日子怎么过!

马洪玉劝解父亲说:灾祸算不了什么,人在就是财富,不要再想那些没用的了。我和勃兰特先生说了,辞去济南的教师职务,到他医院里当医生,好歹也能挣上全家吃喝。马天成连连摇头说不行,因为洪玉是个女孩家,出入不方便,家里人不放心。另外马天成也看出来了,这次灾祸中自己能和洪良侥幸脱险,多半是女儿里外张罗的。马天成说:你哥哥为人老实,崇德堂今后不能没有你,待我身心恢复后,也把一身医道全部传给你。马洪玉打趣:爹,你老人家这是一改家风,医道不再传儿不传女了。

马天成苦笑了一下,没回答。

马洪玉搬条凳子坐在父亲身边:爹,既然咱们崇德堂的医牌已经抵押了出去,按照这地方不成文的规矩,再要行医怕是让人瞧不起。医堂可以不开,药铺扩大没事吧。咱们就把医牌抵押后剩下的那点儿钱用到药铺上。你看行不行啊?

马天成仰起脸来看着女儿:玉儿啊,你就是人们说的女中丈夫,我只顾犯愁作难今后怎么办,却从来没想到这一层。好孩子,爹再也不能重男轻女了。

马夫人一笑:从明天起,你就传授玉儿本事呗。

马天成摇头:近几天前来探望的人很多,以后还会这样,从明天起我想清静

223

一段时间。良儿,明天上午你和玉儿把南边小跨院收拾一下,我去院中东房里住。

马夫人不同意,说:你就在套间里躲着,来人就说不在家呗。其实,她是担心马天成住在那里多有不便,吃喝都得端来送去,最重要的是夜里也没个人照顾老伴。儿女们也同意母亲的说法。马天成摆摆手:就这么办,我自有道理。

一家人争来争去,马天成最后决定,白天住在小跨院,夜里回来歇息。

颐寿堂里暂时没有病人,张道山在室内走来走去,不时看着陶居正和赵掌柜前些日子送来的崇德堂的医牌出神。姜药师从药铺那边走过来站到他面前:张先生,这一来,州城两大医堂的名号都让你一个人占了。不过你也满够意思,崇德堂医牌典押中,你本该六股三千,却给了马家三千六,心胸宽大呀。

张道山苦笑了一下:姜师傅,今儿我跟你说实话,要不是看在世交面上,单单马天成屡屡在诊治病人上让我出丑,我早和崇德堂当面锣对面鼓地拉开架子干了。那多出的几百大洋不是看他马天成,一是看在儿女亲家分儿上,二是有马天刚这位救命恩人的面子。否则,怎么让外人看出是亲三分向,是火热过灰呢。照数拿钱,那就太不仁不义了。

姜药师吸了口凉气:我说张先生,现在马天成父子出狱了,日后再把医牌赎回去,你和崇德堂又得当面锣对面鼓了。

张道山点点头,说要是有这个可能,两家医堂暗中仍唱对台戏是免不了的。不过据他观察,马天成父子虽然出来了,但已经是元气大伤,再像以往那样在州城医界呼风唤雨怕是很难。张道山还表示,马天成就像一只鹰,给打伤了翅膀,只要不再给他制造难堪,他也不会存心找碴儿。

就在张道山和姜药师同堂论道的时候,县公署里刘汉平和孟庆周两个人也在相对而坐。两个人的脸几乎凑到一块儿,低声说着悄悄话。孟庆周的眼睛不时朝门口瞅,明显是怕有人突然闯进来听到他们的谈话。孟庆周说:这次好危险,当时只要马天成歪歪嘴,你我就都玩完了。刘汉平咂咂嘴:孟局长高见,我也正感激不尽呢。咱们是不是抽个空儿去看望一下马先生,一是安慰,二是致谢。

孟庆周不同意,他说:刘知事你和日本人打交道少,不太了解,别看整天对我们这种人嘻嘻哈哈挺近乎,其实他们和咱们套近乎的同时处处防着咱。要是你我今天上午去了马家,下午丸山造那里就得知道。你见着我特务股里那个藤野了吧,别看整天低着个脑袋,其实他什么都能看到。刘汉平打了个愣怔,说:要不就免了,省得惹是生非。孟庆周再次回头看看门口:免是不能免,咱打发个人去。

刘汉平:打发谁?

孟庆周:崔麻子。

刘汉平:崔麻子合适?

孟庆周:当然,马天成父子没供出他里外传信儿这件事,他一直感激着呢。那天和我说,马家父子真是少见的好人,宁可自己挨打也不连累别人。

两个人自然就谈起了崔麻子。

崔麻子现在已经复了职,仍是警务股股长。这事是孟庆周张罗的,马家父子交保释放的第二天他就给丸山造汇报,丸山造也没过多追究,就让崔麻子复职了。崔麻子复职后去值班室,恰巧遇到白秃子和丁二泉打架,丁二泉给白秃子使了钱,让白秃子要马洪良一死,白秃子没办到,丁二泉就要讨回自己的钱,白秃子当然不给,结果两个人打了起来。崔麻子心里正和丁二泉有笔账,不犹豫,帮着白秃子把丁二泉揍了个半死。丁二泉来找孟庆周告状,白秃子也找孟庆周告状。孟庆周把此事报告给知事,刘汉平问他们相互告些什么,孟庆周说:丁二泉告白秃子和崔麻子揍他,白秃子告丁二泉贿赂他官报私仇。刘汉平笑起来,说:有意思,不过,那个丁二泉的确该揍,这次风波全是他惹起来的。孟庆周对刘汉平所言表示赞同,说:揍就揍了,我也没多说话,只是告诉崔麻子和白秃子别再揍了。他爹是州城首富,就剩这么一个宝贝儿子了,万一揍死或者揍残废了,不豁上老命找我们吗?刘知事点头:那么就派崔麻子代表你我去吧。多买点儿礼物,我给你钱。

孟庆周笑了:嗨,刘知事,礼物花钱再多还不都是他马家的!

刘汉平:呵呵,羊毛出到羊身上。

当天下午,孟庆周买了礼物打发崔麻子去看望马天成。可是,不大工夫崔麻子又提着礼物回来了。孟庆周很惊奇,问马家为何不收他的礼物。崔麻子说:不是马家不收,是根本就没见到马天成。马家的人说马天成在狱里受了刑,身心俱损,正躲到一个僻静处治疗歇息,打死也不肯见外人。孟庆周听崔麻子这么说,只好回复刘汉平,两个人计议半天,说只好等马天成完全康复后再说了。

马家东南角的小跨院里很静,不断有杏叶从树上落下来。马天成郁郁寡欢,他从室内出来,在杏树下走来走去。马夫人和刘妮端着茶盘走进来,马夫人见马天成在树下溜达,嗔怪说:你不好好歇着,又在想什么呢?

马天成说:我在这树底下散散步,光坐在屋里闷得慌。

马夫人走上前说:刚沏的茶水,进屋里喝几碗吧。

马天成看着树冠遮蔽太阳在地上出现的阴影出神。马夫人见他发呆,就催促说：没听见吗，刚沏的茶水，待会儿就凉了。

马天成所答非所问：你看这阴影，嗯，这阴影真大。

马夫人的眼里含着泪，说：孩儿他爹呀，别再想那些事行不，过去了，都过去了。马天成：哦哦，过去了，这阴影一会儿就过去了。

马夫人说：你这霎要不想进屋，就在这里喝几碗。刘妮端着茶盘走上来，马夫人托起茶壶斟上水，端起茶杯送到马天成手里。马天成接过茶杯喝了两口说真清香，马夫人说：那就紧着喝几碗。马天成喝净茶杯里的水说：我自己来。

马天成走到刘妮端着的茶盘里倒水，无意间看了刘妮一眼。马天成发现刘妮有了些许变化。马天成问刘妮，说：孩子，你的眼睛怎么肿着？马夫人接上话，说：这孩子一向还算开朗，最近却经常躲到一边哭泣，有时还对着院里的砖墙花草呆呆站着。见刘妮听到他们对话扭过脸去，马天成说：我明白了，可能是前些天家里出了事她害怕。马夫人摇头说：你爷儿俩出事时，这孩子整天张罗这张罗那的，可没少给我和洪玉解了愁烦。她这个样子，是近几天才见到。

马天成觉得奇怪，就问刘妮到底有什么心事，有心事就赶紧说出来。要是想家了呢，就打发人送她回去，要是马家有什么地方对不住她，尽管讲就是了。

刘妮化泣为笑：马先生，我什么事也没有，只是心里有点儿堵得慌。

马夫人道：这么说，是这些天来操劳的，晚上早睡，好好歇几天。

马天成疑惑地看着刘妮，端起茶杯踱到一旁。

22

周二虎的母亲正在院里喂鸡，二虎肩上搭着夹袄走进来。母亲觉得奇怪，问儿子说：你不是在林财主家打短工了吗，怎么这时候就回来了？二虎笑笑说：林财主家那点儿活，我一个时辰就干完了。完了林家的活，又帮刘大头往地里运了几车粪，回来喝口水，想进城再找点儿活。母亲给二虎扑拉着裤子上的土说：歇歇吧孩子，今天别进城了，你就是铁打的，也要喘口气。

二虎㧜了下膀子上的疙瘩肉，走到水缸前舀了瓢水咕咚咕咚喝下去，抬起头笑笑说：娘，没事的，你儿子别的没有，就是有力气。咱家现在差不多叫一贫如洗，让你老人家跟着受罪，心里真不是个滋味。我想赶紧抓挠着找个钱，秋后好给你做身棉衣裳。

二虎娘咂咂嘴，心里想孩子你说哪里话呀，为了救马先生把钱送了去，这才手头紧巴些。紧巴点儿有什么，冻不着饿不着就是好日子，咱帮了大恩人马先生一把，这心里熨帖。再说，那些钱不也是马先生为咱出主意，春冬卖了西瓜赚的吗？这些日子里，一想到在搭救马先生这事上她娘儿俩也多少帮了帮，老太太便从心里觉着痛快。老人家刚想给儿子解释,却见二虎把瓢放回水缸里:娘,好,今天不去城里了,明天再到工夫市里转转,有合适相对的活找几件,挣点儿是点儿吧。

二虎娘说:你还没去看看马先生?

二虎说:马先生才出狱时我去了一趟,马家大婶说马先生一时半会儿不想见人,他躲在一个僻静处养着呢。二虎娘说:日子不少了,你应该再去看看。

二虎答应着,说:这几天下下力揽点儿活,挣上几个钱买点儿礼物一定去。

其实,二虎进城是到工夫市里等活,有人去领就跟着人走,都是些小活,很零碎,比如跑腿送信,到外地买东卖西,还有给城里住户打扫庭院盘个火炉火炕什么的,总之找到什么活就干什么活。活零碎,挣钱也不多,母亲从来都是害怕孩子受委屈,经常拦挡他。二虎总是笑着安慰母亲:没事呀娘,你没看到我整天乐呵呵的吗。

马天成医术高超医德又好,出了这么大的事,想来看望抚慰他的人何止几十个。听到马天成无事出狱的消息,丁大户就一直想来,由于身体原因一直未能如愿。这天丁大户躺在床上,丁夫人坐在一侧,账房李世伦在一旁陪着,议论起马天成的案子,丁大户接连叹气:唉!那天和张先生赵掌柜他们到日本宪兵队保马先生,让日本兵踹了一脚砸了一枪托,这不养了十来天了才能起床。

李世伦往前凑了凑,说:东翁,不是在下说你,日本人跟中国人不一样,他们根本不讲仁义。你也不掂量合计一下,就凑了人像早年间一样去保这个保那个,这不明摆着找揍吗?丁大户摇摇头:这世道,一年不如一年。哎?二泉那个狗崽子怎么好久没露面了?

丁夫人:可别说了,一直没敢告诉你……

李世伦连忙抢过话头,说是最近警务局里接连应了几个案子,他们警员整天忙得昏头涨脑,连饭也顾不得回家吃。丁大户问:警务局的人也到城外去吗?李世伦说有时也出城。丁大户很担心,他曾听人说起过,城外有八路军活动,儿子如果上来那阵糊涂劲出风头犯傻可了不得。李世伦安慰丁大户,说:每次出城都是大批人马,他们警务局的人夹在中间,没事,东翁放心吧。

丁大户:听说马天成的案子结了?

李世伦说:结了,听说马家在济南有朋友是个大人物,一封信就结了案。

丁大户连说:好好,真是一个朋友一条路,一个仇人一堵墙。马先生善举多多,这就是回报。过两天我得去看看,人家对我有救命之恩啊。

丁夫人说:是啊,两次救了你的命。丁大户像忽然想到了什么,他让李世伦去警务局找找丁二泉,让二泉抽点儿空回来陪他一块儿去看马天成。因为无论

227

怎么说,马天成遭难,儿子在里边手脚不算干净,他心里愧得慌,爷儿俩一齐探望,多少也有些赔罪的想法。李世伦答应着,起身走出去了。

丁大户哪里知道,丁二泉此刻正躺在自己套院正屋炕上。丁二泉的脸肿着,脚上手上裹着药布,不时地呻吟一两声。丁二泉的呻吟声是压抑着的,他担心父亲一旦康复出来后知道了自己受伤的原因又得挨骂。这时,李世伦蹑手蹑脚走进来,走到炕前叫了声少爷。丁二泉侧过身,问李世伦找到刘四楞子了吗,李世伦说找是找到了,可他们谁也不敢接这个帖。丁二泉很吃惊:啊?大洋买不动他们?

李世伦连忙解释,他转述了刘四楞子的话,说:给一万大洋也不敢拾掇官府的人,因为这是明摆着让他找死哪。丁二泉气得大骂:他娘个眼的,平日里靠我靠得那么紧,如今用着他了,却甩手躲一边去了。妈妈的,这号人,就该把他的屌啊蛋的割下来喂猫。

李世伦说:少爷,这也怪不得人家,不是有句话叫软过官硬过河吗。刘四楞子真要是找人拾掇了崔麻子白秃子,说不定警务局的人就要他们吃饭的家伙。

丁二泉翻了个身:哎哟,这腰……

李世伦赶紧让丁二泉小声点儿,他说:老爷那边还不知道你挨打的事,他问你为什么多日不露面,我只说你官衙里忙。要是让他知道了你打架的事,说不定又得气病了。丁二泉咬咬牙:妈妈的,真是个好爹。

李世伦说:无论好孬都是爹,少爷过两天能走路了,赶紧去内院看看。老爷挨了鬼子兵一脚又一枪托,比你的伤重多了。日子一久见不到你,少不得又要生气你不孝顺。丁二泉咧嘴翻个身:妈妈的,邪行,我爷儿俩都挨了揍。

李世伦劝丁二泉想开些,留得青山在,不怕没柴烧。等养好身子,在警务局里卖力干上两年,丁氏家大业大的,关节处使上钱买通了路子,升不了局长也得升个副局长。到那时,别说把崔麻子白秃子他们屌啊蛋的割下来喂猫,就是把他们心呀肝的剜出来喂狗,不也就是拐拐胳膊肘的事吗。丁二泉听着这话很高兴也很受用:对,先放他们一马。哎,快到颐寿堂叫小程来给我换药,这都两天了。

李世伦说:好好好,我这就打发家人去叫他。

马天成被放回家后忧愤交加,这场牢狱之灾对他的身体伤害甚大,因此将近一个月的时间一直闭门谢客,一边静养,一边手抄《天方秘籍》,并整理昔日在诊疗病症时的经验心得。虽然家中遭此大祸难免有一蹶不振之虞,但俗话说破家值万贯,打理一下残财剩资,生活上还过得去。

马家小跨院里很静,静得杏叶落地都能听到。马天成从正房挪进跨院的两间小东屋里整日闭门不出,就像武林高手闭关修炼似的,除了家里人送茶送饭,没有谁能见到他。靠窗的小桌上放着笔墨纸砚,马天成坐在窗下小桌前,每天几乎是手不离笔地写着什么。桌的一侧,整齐地摞着书写工整的字纸。马天成一边抄写,一边不停地翻动着左边的一部古书,只有走到近前才能看清,他在一边抄写《天方秘籍》,一边将自己以往行医时的经方验方记录成册。马天成写完一段,放下毛笔,伸了个懒腰举着双手打个呵欠,然后起身在室内转一会儿,重又坐在桌前,打开《天方秘籍》认真抄写。

夕阳西下,暮色将临,如血的残光照进窗格子里,在桌上映出一块淡淡的红色图形,马天成起身抻抻腰,整理了一下写完的纸张,盖上砚台涮好笔,将抄好的字纸码得整整齐齐放进南边的书柜里锁好。马天成走回到桌前拉开左边抽屉取出一摞淡黄色薄纸,拉开右边抽屉取出一摞写好的字纸放在桌上,转身打开屋门走出去。马天成走出屋门后,站在杏树下做八段锦。之后他又慢慢晃动着腰肢,轻轻甩动着胳膊,口中念念有词:养生之道,贵在平和。松缓皮肉,舒筋活血……除了早起练功强身外,这也是马天成每天必做的功课。

有人敲击小跨院的门。

马天成停止动作,说了声进来,木板门被推开,女儿马洪玉端着茶盘走进来。马洪玉把茶盘放在树下石桌上:爹,在门外我就听你嘟嘟念念的,说什么呢?

马天成说这叫自言自语。

马洪玉说:爹,这场牢狱之灾,对你的身体伤害甚大,心理上一定要放松,精神上千万不要太压抑了。从西医角度讲,忧愤交加会让人的身体机能产生变化。

马洪玉说着给父亲倒了一杯茶。

马天成坐到石凳上,端起茶杯喝了一口轻声道:中医和西医也有相通之处,只是西医不如中医说得透彻。所谓忧愤交加会让人的身体机能产生变化之论,其实就是中医内因七情中喜怒忧思悲恐惊引起的各种症候,没什么玄妙的。

马洪玉也坐在另一个石凳上:爹,我正努力钻研你让我看的中医理论书,有朝一日弄通了,就把中医和西医结合起来,搞一套中西都能接受的医学理论。

马天成说:玉儿志向远大,爹要早些时候认识到你是个天才,就不让你跟着伯父到外边跑了,留在家里和你哥哥共读医著,医道上现在恐怕比你哥哥还要强。

马洪玉心想爹爹只说对了一半,要是不跟伯父出外见见世面,自己哪里懂得这么多东西。马天成喝干杯子里的茶水,马洪玉又给父亲斟上。马洪玉说:爹,你躲在这小院里将近一个月了,除闭门谢客外,是不是还在做别的事情?

马天成吸了口气:唉,了不得,什么事也瞒不了我闺女。是的,我一边静养,一边整理昔日在诊疗病症时的经验心得。

马洪玉问父亲整理了多少了,马天成说:在屋内桌子上放着呢,差不多快整理完了,你进屋拿出来看看吧。马洪玉答应着走进屋里取出一摞字纸,借着日光察看父亲整理的东西。洪玉说:爹,这名字取得不错,《杏林偶感》。

马天成说:你看行吗?

马洪玉说:书名是书的眼睛,暂时先这个名,以后想想是不是有更好的。

马天成说:行,咱爷儿俩一块儿想。

马洪玉说:爹,这些日子来探望你的人很多,有的都来过两三次了,你看……

马天成说:我的身体大体恢复了,验方经方的初稿也基本形成。明天我到城外散散步,抽换一下身上的晦气,也等于告诉老少爷们儿,马天成又行了。后天呢,后天起我就回到正屋,打起精神重温以往的日月。

马洪玉:太好了,我这就回去告诉我娘。

马洪玉端起茶盘走出小院。

马天成望着女儿走出板门,眯上眼睛长长地呼了口气。

第二天,天气虽然挺好,但马天成依然觉得心里烦闷,他决定到城外走走看看散散心。黄毛见马天成准备外出,摇着尾巴凑上来跟着,马天成犹豫了一下,还是把黄毛带上了。马天成带着黄毛步出东门,到城东南的田地里看"打跑儿的"。

秋收在农历九月结束,秋播数日,麦苗出齐,十月间,田野又是一片水鲜鲜的新绿。这往下的日子,农人闲了下来,枪手们开始扛起火铳,背上皮袋,带着长腿细腰的猎狗,三五成帮地到田野里打兔子。这时的田野平展舒缓,坦荡如砥,一眼望去百无遮拦,即使蛤蟆大小的目标,也极易被眼力精到的枪手们发现。然而,枪手们有个让人不明所以的习惯,打动不打静。哪怕兔子就在面前,只要不动,他决不开枪,非得吼喝几声,将兔子惊得跑起来,这才举枪射击。所以,本地人称他们为"打跑儿的"。

有些小孩子或年轻人因为好奇,这季节往往结伙来到田野,一旦打跑儿的出现,就在他们身后远远地跟上了。而在他们的身后,也常有秋后闲极无聊的公狗母狗们,像散兵游勇一样悄悄随着。并不是每天都能遇到打跑儿的,秋天的原野无限阔大,猎手们的随意性很强,今天在村北,说不定明天就到村南村西了。但因城东南的田野平整阔大,田野里有着许许多多坟茔土丘,坟茔土丘上有许多大小不一的窟窿,这些窟窿就是野兽们的天然洞穴。无论白天黑夜,这

230

里总有狐兔狗獾时时出没,有这样的天然资源,打跑儿的弟兄们当然要首先光顾了。

马天成带着黄毛随意地在田野里转悠,他是出来散心的,遇到打跑儿的就跟在后边看看,遇不到就自己玩自己的。马天成小时候曾和哥哥及街上的小伙伴带着大狗小狗来这里闲玩,那时他们常常无目的地疯窜,而小伙伴们身边的大狗小狗也总是礼让有加,它们两爪前伸弓背伏地,待孩子们跑出一段距离后,才像突然被惊醒似的跳起来,瞪着眼睛,鼻孔颤动,背上的皮毛一耸一耸飞驰而来,眨眼间就超过了大伙。土地松软,天空高阔,看那几个世间的生灵在秋天的旷野里如梦似幻地奔跑,自在,狂放,落拓,快乐,真快乐!虽然已经过去了几十年,但马天成仍然忘不了他童年无忧的岁月。

马天成还记得,那时打跑儿的都用老式火铳,火铳很笨,很难说百发百中,有时放了空枪,再装砂子火药已是不及,只好眼睁睁看着猎物舍生忘死地逃去。这霎,和他们同路而行的猎狗,很自然就逞雄发威,舍命去追。小伙伴们带的狗儿因为总是待在他们跟前,行动迟,距离远,虽然也和猎狗一样发奋追击,但总是被甩在后边。那些随在他们身后的散兵游勇,更是显得有信心没能力,它们被兔子和猎狗越落越远,最后只好失望地停下来,张嘴吐舌拼命喘息。好在只是开心取乐,并非为了捉兔而来,小伙伴们并不沮丧也不气馁,再有逃命的兔子出现,不管距离多远,仍旧撒腿去追。

马天成带着黄毛在田野里溜达,这时,天地间忽然迷蒙起一层薄薄的雾嶂,雾嶂迟迟不散,周围显出一种少见的神秘和苍凉。也不知过了多长时间,周围的雾嶂渐疏渐淡,田野开始恢复它原有的清新和开阔。这时举目远眺,可以看到东边天地相连处晃动着几个模糊的身影,身影越来越近,马天成心想,可能是打跑儿的来了。天近巳时,远处终于传来沉闷的枪声,接着,便有一只兔子天马腾空般朝着这边飞奔而来。可能是慌不择路,兔子跑到跟前才发现马天成,立即转身往北跳跑,这事情发生得有点儿出乎意料,黄毛愣了足有半分钟,这才"呜儿"一声追上去。马天成看到,黄毛四腿趟平,肚皮贴地,身上的每一块肌肉、每一条筋骨都极尽可能地舒展开来,波涌电闪般如同魅影流水一样朝兔子转身逃跑的方向蹿。原野里,上边是蓝蔚蔚的天,下边是绿茵茵的地,天地之间,一灰一花两条身影在腾跳着,闪烁着,一前一后,流星赶月似的幻化出一幅让人萌生无尽遐思的风景画。这是速度的对比,毅力的较量,生与死的抗衡,需要与逃脱的向往。马天成看得有些出神,暂时忘却了多日来的忧虑和烦恼,脸上露出难得的微笑。

黄毛终究不是猎狗,它没有猎狗的速度,惊枪的兔子很快逃掉了,黄毛颠颠儿地跑回到马天成跟前,一边摇着尾巴,一边呼哧呼哧地吐着舌头。马天成像对一个小孩似的用手杖捋着黄毛的脊背：谁让你逞能下力了，咱们是来散心的，不是来残害生灵的。啊！

秋天可能是兔子最倒霉的季节，不啻枪打狗追，就连一直宿在野坟古树上的老鹰这霎也来一饱口腹。就在马天成和黄毛半开玩笑半认真地嬉戏时，瓦蓝的天上就出现了一只鹰隼，鹰隼遨游天穹，俯瞰大地，舒展开阔大雄劲的翅膀，借着气流在广袤的原野上空盘飞。忽然间，这空中霸主猛扇了几下翅膀，像飞机射击轰炸一样朝着某个地点欺下身去。几乎与此同时，可以看到一只野兔如离弦之箭在老鹰俯冲的瞬间里仓皇飞蹿。飞蹿的野兔和空中的猎食者几乎同时在远处踅了个半孤，向着马天成这边冲过来了，眨眼间距离已经近到足可看清兔子的眼睛。黄毛抖擞精神刚要截击野兔，却见老鹰唰地开始向下俯冲，随着鹰翅的扇动和鹰身的降落，不远处那黄绿相间的田地里就传来兔子的嘶叫，这叫声凄厉哀绝，是一种本能而无助的反抗，宣告着一条世间生命的终结。

这老鹰捕获野兔的技艺是精湛的，马天成看到，它从空中降落的刹那间，先用强劲锐利的双爪像铁钩一样抓牢了野兔的屁股，疼痛难忍的兔子条件反射地回过头来，老鹰便在这眨眼间电光石火般用硬如铁锚的弯钩长喙鸽住兔眼往起猛飞。出于逃生的本能，野兔拼命挣扎，岂料就在这一起一坠间，细脆的脊椎经不住强力的拖挫，随着轻微的咔嚓声，可怜的兔儿哀叫一声浑身瘫软，它的腰骨折断，再也不能动弹。

平原上的鹰不及山里的老雕那样力大无比，猎获的同时就可把猎物钳在爪下带走。平原上的老鹰体小力弱，捕获野兔后常是先自一饱口腹，然后再把剩下的提在爪下带回窝里。所以在空中侦察时，它尽量只拣身单力薄的小兔捉拿。遇到身大力不亏的中老年兔子时，它也会掂量再掂量的。因为这类兔子不光力气大跑得快，而且经验丰富，常常在老鹰俯冲将及地面时，它蓦地停住并往后迅速一退，老鹰收势不及抢到前边，一下子就来个嘴啃地，轻则损羽，重则伤喙。就在老鹰给撞得昏头昏脑自顾不暇时，那兔儿早已踅过身子逃命如飞。更让老鹰们胆寒的是，如果遇到的是经验丰富的老兔子，虽已抓屁入肉但它就是强忍巨疼绝不回头。由于力气大，兔子可以带着在它身上只能扑扇翅膀的老鹰继续飞奔，一直奔到荒冢野坟上的荆棘丛里舍命钻进去，生生地把只老鹰搓成没毛的鸡。

显然，眼前的兔儿是只小兔，捕猎者是只经验老到的家伙，它两只利爪攫住瘫痪了的小兔，竟然对近在百步的马天成不理不睬，开始铁喙啄肉，优哉游哉地享用美餐。黄毛见状大怒，快如闪电般地朝着老鹰冲过去，老鹰见黄毛势猛，自知难以抵挡，再顾不得口下美食和腹中饥饿，抛下猎物腾空飞走了。马天成走到跟前时，见一息尚存的兔儿浑身是血，正在地上痛苦万状地挣扎。黄毛见马天成来到跟前,稍稍犹豫后便扑上去朝着野兔咽喉一口咬下。乍看上去,它的举动未免残忍,但细细想来,这样迅速快捷地了断早已生还无望的野兔,比起老鹰啄一口停一下的生吃活餐来,实在是人道多了。

恶欺善,强暴寡!本来是出城放松的马天成,心情复又壅塞,沉重。他看了一眼已成一堆烂肉的野兔尸首,招呼黄毛回城。

回到家后的马天成郁郁寡欢,家里人以为他还没从牢狱之灾的阴影里解脱出来,只好时时照顾安慰他。这天,闲聊中马夫人告诉他一件事,说是在他被难期间家里发生了一件怪事,李天鹏不知何故曾经暴打过高药工,连腿都打瘸了。夫人曾问李天鹏为何打高药工,李天鹏怒而不言,但挨了打的高药工好像也不敢计较,躲在屋里养了几天伤这事便不了了之。事后夫人还看到,高药工非但不痛恨李天鹏,还时不时没话找话巴结李天鹏。马天成听了并没放在心上,一个锅里抢马勺,哪有马勺不碰锅沿的!高药工在警务局的所作所为洪玉已经告诉了他,但生性宽和的马天成却说高药工这么做是迫不得已,因为任谁也受不了那样残酷的刑罚,应该体谅他,原谅他。洪玉见父亲这么说,原来对高药工的愤恨情绪也就慢慢平复了。只是,无论马天成还是洪玉兄妹,心中对高药工终是有了隔膜,再不像以往那样遇事贴心了。

因为医堂招牌已典押,马天成已难再像之前那样坐堂接诊,只能不太公开地在内院给邻里街坊以及亲朋好友看看病开个方。不过以他的威望和医术,医堂坐诊并非不行,也不会有谁出面指责或干涉。但名医就是名医,马天成把名誉和行规看得比性命贵重,他有他的信守更有他的顾虑,因为万一遇上个说风凉话的,这个脸也丢不起呀!但崇德堂的药铺可以照开,只是更名为马家药铺。其他医堂的郎中开了药方可以来这里抓药,有此一项,不但解决了部分衣食问题,有着百年医号的马家也可聊以自慰。

因为不再坐堂接诊,马天成每日只在内院书房坐着看看书写写字,间或到院中遛遛腿脚,或者和药房伙计们说说话。可是,马天成已经现身待客的消息不胫而走,这前来慰问的亲朋好友便接连不断。马天成从城东野外回来的当天下午,陶居正和吕之铭就登门拜访。

听家里人说,陶、吕二人已是第三次来马家看望,前两次都是因为马天成闭门谢客而未见着。马天成赶紧把两位好友让进客房。促膝长谈后,陶居正和吕之铭同时问他以后的打算。因为以马天成的医术和名望,总不能只在内院给邻里街坊以及亲朋好友看看病开个药方吧。吕之铭说得最直接:马先生,以您通天的医道,这么下去对于州城医行来说,损失实在是太大了。

陶居正接上说:马先生,以您的威望和医术,虽然医牌典押,现在医堂坐诊也无妨,不会有谁出面指责或干涉。

马天成摇摇头：还是押一押吧，等有能力赎回医牌时，我再出面坐堂。

陶居正和吕之铭表示，如果马天成执意不肯坐堂行医，二人就征得马天成同意，然后去找到当时的股东们商议，让大伙先将医牌送回，抵押金马家何时凑够何时补偿。当然，这得马天成首先应承，否则大伙应了也没用。马天成朝二位好友拱拱手说：多谢惦记，天成暂不接牌。恕我直言，你同意吕先生同意，股东们就是口头上答应，可有人心里怎么想你知道吗？万一遇上个说风凉话的，我这个脸也丢不起呀！

陶居正大笑，说：就这几个人，谁说风凉话我去找他评说。马天成摇头不许，说：前辈不必了，我心已决。吕之铭叹口气说：唉！名医就是名医，马先生把名誉和行规看得比性命贵重。陶居正见马天成如此固执，也不再相强了。他说各有各的信守，各有各的顾虑，不过崇德堂失了医牌，马家药铺可以照开，他马上知会一下其他医堂的郎中，以后开了药方尽量来这里抓药。吕之铭说这样也好，有此一项，解决点儿衣食杂用，对有着百年医号的马家也是个安慰。

马天成苦笑了一下：二位真的不必过虑，天成虽不坐堂，破家值万贯，衣食能保无虞。我呢，因为不再坐堂接诊，每日书房坐着看看书写写字，间或到院中遛遛腿脚，还是优哉游哉的嘛。

陶居正明白再劝也是多余，看看吕之铭说：马先生一心掌正，咱俩也不必多说了，以后只要有时间，就来找马先生聊聊天吧。

陶居正说着站起身，和吕之铭向马天成告辞。马天成起身相送，送到门口，陶居正忽然回过头：马先生，张先生最近没来吗？

马天成说：来过一次，听说我闭门谢客，再也没来。

陶居正：哦，你这亲家，还不如官府的崔麻子呢，那次我们来看你，就遇上他提着礼物来府上拜谢。虽然也没见着你，可口口声声感你的恩呢。

马天成轻轻一笑：人不可貌相，一脸麻子的人，倒是心眼不错。听家里人说，那之后他又来过两次。就这事，过后我得打发孩子登门致谢。

马天成送走陶居正和吕之铭回到院中，刘嫂从那边走过来，说是刘妮可能让风冒着了，一上午打不起精神。马天成问刘妮现在哪里，刘嫂回说在套院厢房里躺着。马天成吩咐刘嫂把她扶到内院正厅，他看看是怎么了。

马天成回到屋中坐下不大一会儿，刘嫂扶着刘妮走进来。刘妮坐在马天成跟前，马天成问了问刘妮的病情便开始切脉。切脉中的马天成忽然皱起眉头，他问刘妮：孩子，除了头疼发烧身子冷，还恶心呕吐是吧？

刘妮吃了一惊，犹豫着不知说什么好。马天成：脉象上带着呢，给我说实话。

刘妮低下头。马天成低声说：到底怎么回事，你给叔说说。刘妮抽泣着哭起来:马先生,您的大恩未报,我实在舍不得走。

马天成一怔,说:谁让你走了? 刘妮再次低下头。马天成继续追问:哪里的话呀,谁让你走了? 告诉我,我训他!

刘妮只是哭泣,再不回答。

马天成看看一旁的刘嫂,变了口气:先把伤风治好,再说别的。

马天成开了药方,递给刘嫂:去咱药铺里抓药,给孩子熬好,早晚各服一次,两服药就能好。

刘嫂答应着,扶了刘妮走出去。马夫人和洪玉奇怪地看着马天成,马天成正想说什么,看到洪玉坐在一侧,就说:玉儿,问问你哥把《温病条辨》背熟了吗。

洪玉笑笑说:好吧,爹是有事跟我娘说,借故把我支走呗。

马天成一笑:真是个小精灵。

洪玉出去后,马天成低声对夫人说了一番话,夫人脸色大变。马天成告诉夫人不要声张,只消把刘妮叫到一边细细问明即可。马夫人点点头说知道了。

同一天下午,丁大户坐在屋里喝茶,李世伦走进来。李世伦的身后,是一瘸一拐的丁二泉。丁大户奇怪地看着儿子:哎? 二泉啊,是地不平还是你腿瘸?

丁二泉说:爹还取笑我呢,出北门剿匪,差点儿没把命搭上。

丁大户忽地坐起来:什么?

丁二泉说:七天前我们警务局跟着日本人下乡剿匪中了埋伏,要不是我跑得快,不给打死也得当了俘房。丁大户连忙跪在地上朝西边磕头,嘴里嘟念着:谢老天保佑我儿,谢老天保佑我儿! 丁二泉掩住嘴,想笑,李世伦赶紧给丁二泉使眼色。丁二泉上前扶起丁大户:爹,我因为跑得快,才把脚脖子崴了的。

丁大户说:就是崴断了脚脖子,总比吃枪子当俘房好啊。以后,千万别再出去了。丁二泉摇头,说:要是皇军有令,非出去不可呢? 丁大户马上表示:咱有钱,花钱雇个人替你去。丁二泉冲李世伦挤挤眼:嗯,这倒是个好办法。

丁大户稳住神:二泉啊,马天成先生对我有两次救命之恩,我今天想去看望他,顺便请他给我诊诊脉,这几天又咳嗽得厉害,别再像上回似的就麻烦了。

丁二泉迟疑了一下,李世伦又向他使眼色。丁二泉马上说:行啊爹,你去吧,李先生说过,滴水之恩,大河相报嘛。去吧,去吧。

丁大户朝儿子招招手说:我是想让你跟我一块儿去,马先生出这事,你没少掺了瞎话。跟我到那里给马先生赔个不是,有我这老面子,一天云彩全散了。

丁二泉说:我不去!

丁大户说:你得去。

丁二泉说:打死我也不去。

丁大户问道:为什么啊?

丁二泉抽抽鼻子:爹,我看见张秀贞就想哭。

丁大户怔了半天用巴掌扇自己的脸:唉唉!丢了他奶奶的八辈子人了!

丁二泉执意不去看马天成,丁大户无可奈何。他挣扎着下了床,对李世伦说:小畜生这是无颜见人,你陪我去吧。

丁大户坐着轿车直接到了马天成院门口,也没让人通报就和李世伦走进去了。马家的黄狗叫起来,马天成说是有人来了,刚刚站起身,丁大户和账房李世伦已经走到正厅门口。马天成连忙上前:哎呀丁翁,你这么大年纪了还跑什么呀。

丁大户一边喘着粗气,一边用拐杖顿着地说:这些天没见,我想你马先生啊。

马天成把丁大户和李账房让到椅子上。丁大户喘息稍定,目光温和地瞧着马天成:马先生,自从你摊上那场子窝囊事,我这心就整天悬着。每日里思来想去,马先生这么好的一个人,怎么就祸从天降呢?

马天成说:谢谢丁翁牵挂,也是天成行事不周,自己招惹的。

丁大户摆摆手:马先生啊,什么也别说了。出事之后,我找到张先生、赵掌柜几个人去日本宪兵队保你,你猜怎么着,日本人根本不懂中国的礼数,把我们每个人端了几脚,砸了两枪托给轰出来了。

马天成:听说丁翁为此受了伤,我这里一直愧疚呢。

丁大户说:幸好灾难过去了,马先生还是马先生。我来看看你,也算放了心。另外啊,还得请您费心劳神给我把把脉,这些日子犯咳喘,我怕再像那一年……

马天成说:好好,丁翁稍坐,我取脉枕来。

刘嫂端着茶盘送进屋里,给各个杯中斟上茶水又走出去。这时马天成已从内室取来脉枕,他让丁大户坐在他跟前,开始眯起眼睛给丁大户号脉。

马天成从丁大户手腕上移开手指,丁大户担心地看着马天成。马天成说:丁翁近日经常着急,夜里梦多,上下不太通顺,造成虚火上炎,吃几服药吧。丁大户连说:好好好,听马先生的,我就怕再像那年似的。马天成摇摇头说:丁翁放心,和那次不是一个病症,三五服药就好了。丁大户感激地说:仰仗马先生搭救了。

马天成伏在桌上写药方,黄毛站在屋门口摇尾巴,嘴里呜呜叫着。马天成开完药方抬起头,只见周二虎出现在门口。马天成放下毛笔站起身:二虎,是二虎啊,快进屋,快坐下。

周二虎走进屋,坐在一只凳子上。马天成问他今天怎么又有空了,周二虎说刚给一户人家垒完火炕,看天色还早,就赶了过来。马天成转而指指丁大户:哦,二虎你不认识是吧,这是咱们州城大财主丁员外。

周二虎站起身:丁员外好!

丁大户说:好懂事的孩子,哪家哪院的? 我怎么瞅着有点儿眼熟。

马天成告诉丁大户,说这孩子是城北周家营的周二虎,从小父亲过世,跟着母亲长大。孩子知道母亲的不易,奉母至孝在周围村里是出了名的。秋后地里没活了,就来城里赶工夫,给这家那家干点儿零活什么的挣点儿钱。丁大户拍拍脑袋:哦,想起来了,我说看着眼熟呢,去年周……周什么……

马天成:周二虎。

丁大户呵呵笑了:瞧我这记性,哦,叫周二虎,周二虎去年在我家干过工夫,和几个扛活的倒过粮仓。这孩子实诚,力气大,一个人能干俩人的活。我当时就说,谁家摊上这么个好孩子,真是三生有幸啊。

马天成又告诉丁大户,说二虎是武行里的人,得过高人真传,功夫身手在城北一带是出了名的。丁大户侧侧头说:难怪难怪,我说这小伙子怎么能轻轻松松扛两麻袋棒子呢。周二虎站起身:两位前辈夸奖了,马先生是我娘的救星,没有马先生给我娘治好病,我早就流落街头成了要饭的。马先生常说,要待人以诚,恭人以敬。我只是记住了马先生的话。

丁大户连声叹气:真是穷门出孝子,富家多浪荡。我那混账儿子整天不务正业,和这孩子比起来,简直就是两个世道里的。听说最近他又得罪了一些黑道上的人,说不定什么时候就来寻仇,急死我了,吓死我了!

23

周二虎今天并没想来马家,他是给街上人家干完活路过马家门顺便进来看看的。马天成刚出狱的第二天,他来见了一面,之后再来时,马天成就"隐居"了。事后马天成知道二虎又来看他,埋怨家里人应该把二虎带到跨院去,因为他实在太想这个孩子了。出狱的那天,当着大伙的面洪玉告诉父亲,说为了救人,二虎也送来二百大洋,马天成了解二虎的家底,根本拿不出这些钱,一定是到处筹借的。心想过了这两天,一定让二虎把钱带回去,不想转眼就是一个月。

马天成让洪玉取出二百银洋让二虎带回去,洪玉立即走进套间里,不大会儿拿着四封大洋走出来。没想到银圆还没递过去,周二虎已经跳起来:叔,你真要这样,我还是和洪玉姐说的那句话,把这二百大洋扬在大街上,谁愿抢就抢。

马天成很为难,说:二虎啊,你的一片孝心我明白,可是我现在不缺吃不缺喝的,也不能为了我让你和你娘受冻挨饿呀。周二虎连忙解释,说:自从那年你们几位长辈把我从狱里保出来后,我下力干活种地,闲时给人打短工,还有去年春冬卖西瓜的钱,都攒起来了。拿出那二百,家里还有好几十呢。马天成说:家里有钱,你为何还跑到城里来卖工夫干小活?周二虎憨厚地笑笑:闲着也是闲着,就是为了挣几个小钱花嘛。再说,我和娘有吃有穿就是好日子,这二百大洋,算是我给你老人家补身子的。

马洪玉拿着四封银圆愣在原地,马夫人见状走上来:二虎是个直性子,他说得出做得到。这样吧,先给他攒着,等到哪年娶媳妇时,一块儿拿出来办喜事。

屋里的人都笑了,周二虎偌大一个汉子,竟被笑红了脸。他赶紧转移了话题,问马天成是不是完全缓过劲来了。马天成抻抻胳膊:没事了,和以往一样。

周二虎说:好好,就盼你老人家壮壮实实的。

见到这番情景,丁大户连连嗟叹,说:当今世道,这样的年轻人不多了。丁大户和二虎攀谈起来,说眼下城外很乱,自己很长时间没去乡下了,最近乡下有什么新鲜事吗。二虎想了想,说:前几天我们村倒是出过一件热闹事。

马天成把开好的药方放到桌子上:快说什么新鲜事,让我们听听。

周二虎说是周家营中街林财主家的大小姐的事。丁大户听了这话身子抖了一下,问二虎:是林员外家的林小姐吗?二虎说:周家营就一个林员外,小姐就是他家的。丁大户口气很急:快说,这林小姐出了什么新鲜事?

二虎说了事情的经过,屋里的人都怔住了。

原来,一向大门不出二门不到的林小姐前些日子忽然病了,正好有个串乡的江湖郎中来到村里,林员外就请他来给小姐看病。那郎中看了看却说是有喜了。林财主当即大怒,让家里的长工短工把郎中打了一顿,郎中一边往村外逃一边嚷嚷说:你家闺女怀了孩子是千真万确的事,不赶紧打胎却还打我,真是没了天理了。郎中这一嚷不要紧,弄得全村人都知道林大小姐怀了野种。那林财主颜面尽失羞愧难当,喝令女儿上吊自杀。没想到林小姐不光不上吊,反要让父亲再找郎中来看看以还她清白,一时间闹得村里村外乱哄哄的。

丁大户满脸通红连连拍手:你瞧这事弄的,你瞧这事弄的。那林家小姐是城北出了名的大美人,我家二小子曾经提过亲,要不是二小子惦着……哦哦……要不是二小子惦着到官府当差,这婚事就成了。幸亏没成,幸亏没成,幸亏老天保佑没走到这一步,要不的话我丁家陪着林家丢人现眼不说,连聘礼也要白搭上了。

马天成侧侧头:二虎,那位林家大小姐行端到底如何。

周二虎说:林家内院外院分得很清楚,平时内院连个外边的小男孩也不让进,怎么会和野男人怀上孩子呢。村里人议论,说八成是闺女长得俊,让什么妖魔鬼怪给缠上弄出事来了。

马天成说：二虎啊，你回去捎信儿给林员外，就说大小姐既然说再请郎中以还她清白，其中必有缘故。如若相信马天成的医道，我去周家营为大小姐诊疗。

马夫人说：当家的，咱家没了医牌，你能应诊吗？

马天成：这不是应诊，这叫救命。

日上三竿，屋外渐暖，周家营的小孩们抹着冻得唑哈乱流的鼻涕，老头们也纷纷抄起烟袋提起马扎，抹着细长灰白的八字胡出了家门，几乎是一溜小跑地径奔中街林财主的土围墙南边而去。围墙是夯土筑成，宽厚高大，土围子的大门也是铁皮包裹，高墙可以防飞贼，铁皮大门可以防备土匪夜间砸明火。林财主是这方大户，用他自己的话说打他主意的歹人很多，所以自打林财主年轻时就修了这座围墙防备土匪绑票打劫。眼下虽已几十载，由于年年泥糊岁岁修补，仍然牢固高大。围墙以南既能挡住冬天的北风，又正好接收太阳的照射，孩子们来此嬉戏玩乐，老人们一边晒太阳，一边天南海北地扯着家常闲话。所以逢到冬天，就像约定俗成，老人小孩纷纷不请自来。

每逢进入冬季，林财主总是和几个相好的老伙计不约而同来到这里，坐在背风向阳的土墙前，吸着烟拉着呱，眯起眼睛任由融融日光朝着身上泼洒，暖和、舒服而惬意，比猫在家里可强多了。前些日子林财主还是一如既往，近几天由于闺女出了现眼事，一时间觉得无脸见人，便窝在家里不出来了。人们往往又有怪癖，总有人明知故问：哎哎，林财主这几天怎么没来呀？于是，诡笑，窃语，甚至有少数为老不尊的还用手比画着让人一看就心知肚明的下流动作。

就在人们低声絮语各尽所能的时候，林家的长工牵着大青驴从南边的街口转过来。大青驴背上坐着头戴遮耳便帽的马天成，马天成是林财主接到二虎的口信后起早差人接来的。因为是林财主家的大青驴，更因为驴背上坐的是州城名医马天成，围墙南边正在说三国话西游的人们立时明白是来给林大小姐瞧病的。于是各自停止了手上口里的活动，相继起身谦让：大冷的天，马先生受累了！

马天成赶紧下了驴，一边给大伙施礼一边继续往前走。林财主闻声跑到门口，把马天成接进院里。

说真的，马天成对病人的情况也是心中无底。他是这么想的，如果是病症，当然可用药施医；如果真的意外有喜，也应该为主家保密，借口女孩患病暗暗用药将胎打掉，无论怎么说也得顾人脸面才对。

马天成被林员外请到正厅里就座，正厅桌子上摆着糕点茶水，一个家人立在旁边伺候着。马天成坐在一侧椅子上，林员外侧身对坐。林员外吩咐那个家人暂到外边避一避，说是和马先生有话要说，家人诺诺连声退出去。林员外关上屋门,转过身来冲马天成深深一礼,马天成慌忙起身:林员外何须如此?

林员外低着头,说:不瞒马先生,小女出了这等事,我姓林的几乎不能在本地混下去。马先生乃名满州城的苍生大医,万望为小女澄清因由,为林某洗侮解惑。林员外情真意切,说着说着就要跪下去,马天成连忙扶住他:林员外放心,如果是病症,当然可施医用药;如果真有意外,我也会为令爱清除利索,为林员外洗侮解脱。不用明说,不用细道,彼时,只有天知地知你知我知即可。以我马天成的名声威望,说出话来不会没有人相信。

林员外又是深深一礼:马先生明情达理,深谙人之心忌,林某必当重谢。

马天成说:好了,你我不必多叙,看看令爱病情要紧。

林员外打开屋门,把夫人叫进屋来。林夫人进得屋来,朝马天成敛襟一拜,眼中含泪,但却说不出一句话。很明显,母亲为女儿的事痛苦难抑,更多的是为失去女儿而害怕。毕竟,母女连心啊!马天成说:夫人不必多礼,快引我到内室诊看孩子病情。林夫人答应着,推开套间房门往里走,马天成随后跟进去。

林小姐住的套间内干净明亮,林夫人搬张椅子放在炕前,请马天成坐下。马天成细看林小姐,果然是绝代佳人。林小姐躺在炕上,精神委顿默默无语,马天成问一句,林小姐答一句。马天成不问,林小姐就闭上眼睛暗自流泪。

三诊过罢,马天成以手搭脉,指头按按抬抬很长时间,马天成忽然自言自语:脉象沉涩,并无异常之象啊。

马天成暗暗颔首。他让林小姐伸出舌头,只见舌润苔薄。又让林小姐仰卧炕上,解开内衣,林小姐摇头不肯。马天成说:林小姐,人生三不忌,不忌夫,不忌母,不忌医。小姐如想还自己以清白,就请按马某的吩咐做。

林小姐满脸通红,扭过脸解开自己的衣带。

马天成用手轻轻触及林小姐腹中结块,结块软而滚动,就像肉球一般。马天成看着身旁的林夫人说:如不细细琢磨,真如胎儿的感觉。

林夫人:先生是说……

马天成摆摆手,林夫人止声。马天成用力触及结块,林小姐"哎哟哎哟"叫起来,林小姐再顾不得女儿家体面,将马天成的手猛地推开。马天成见状眉头舒展:请问小姐,你腹中结块是不是疼无定处或时紧时散?

林小姐脸上露出希望:对对对。

马天成:月信如何?

林小姐费力地坐起身,脸上一片绯红:月信从来没断过。

马天成拍拍手:好了!

马天成走出套间坐在桌旁太师椅上喝茶,林员外小心翼翼地俯身向前:马先生,小女到底是何……

马天成摆手打断林员外的询问，让林员外把全家人都叫到正厅里来听他说话。林员外大惊，说：马先生您行行好吧，有什么悄密话和本人说说就算了，何必弄得车动铃铛响呢？马天成说：林员外请放心，我是正大光明地告诉你全家人，令爱并非有什么身孕，而是患了一种妇科常见病，莫非林员外不想还令爱以清白名声吗？林员外先是怔了怔，接着就有些手舞足蹈了。他冲着屋门外大喊：都进屋来，家里的男男女女长工短工老妈子全到正厅来。

林家大人小孩齐集正厅。

马天成喝口茶水润润喉：大伙听好了，林小姐所患病症名为"症瘕"，也就是腹内的包块，并非他人所说的有了身孕。众位试想，如有身孕，小姐的月信怎能一直正常呢？这种病在妇科中是常见的。症瘕有血瘀气滞两种，血瘀所成谓"症"，气滞所成叫"瘕"。林小姐所患为"瘕"，是因心情不畅引起的。但因患病日久，小姐气血大虚，在下当先以温补气血之剂进行调理，待小姐身体渐缓后再以猛药治疗。当着众位的面马某放言，一个月内小姐必能康复。

林家大人孩子长长地舒了口气。

林夫人说：马先生说得再准不过了，城里丁大户的二公子来提亲，本来有望姻成，可是之后传过信儿来，说是丁二公子看不上俺闺女。俺闺女是个性子很傲的人，不几天就气病了。这一病就是这么多天，偏偏遇上那么个游医郎中说了那么一番混账话。唉！你看这事弄的吧。

林员外躬身下拜：马先生真是华佗再世，仲景现身，药王孙思邈重回人间啊！

马天成起身还礼，笑笑说：林员外过奖了。这时，林小姐从内室拖着病体走出来，林小姐哭泣着叫了一声爹妈，冷不丁给马天成跪下了：马伯伯，您还了林家清白之名，也救了小女子的命，您就是我的再生父母……

马天成让林夫人扶起小姐，又对林小姐说了许多安慰的话。马天成给林小姐开了药方，拱手告辞，嘱咐林员外五天后再去接他。林员外不放马天成走，说：先生无论如何也得在我家住一夜。马天成说林员外有所不知，最近家中事多，不能离开太长时间。林员外见留不住他，吩咐套上轿车送马天成回城。

马天成走后，家里的人或有心或无意地将林小姐的实际病情说给村人，短短两三天，口口相传，流言立断。

马天成从周家营回来的第三天晚上，正在灯下看一部《千金翼方》，马夫人从旁走过来说：你先别看书了，我跟你说件事。

马天成放下手中的书抬起头。

马夫人：那天你让我问刘妮的事，我问了。你猜怎的，还真出了事呢！

那天马天成给刘妮诊治伤风，不意却号出有喜脉，马天成不敢相信会是真的,就让夫人暗地里追问刘妮。马夫人一追问,刘妮吓哭了。但只是哭,无论怎么劝就是不开口说话。刘妮的表现让马夫人顿时明白了,因为这事发生在自己家里,马家实在不能脱掉干系,马夫人一看光劝不行,就软硬兼施再三追问,刘妮只好承认,说是马天成父子被难期间的一天夜里,高药工悄悄潜入屋内把她糟蹋了。

马天成大怒:这个没人性的狗东西!李天鹏打他是不是与这事有关?

马夫人点点头,说:李天鹏打高药工就是为了这件事。那天夜里天鹏出来巡夜查院,正碰上高药工从刘妮的屋里溜出来。天鹏听到了刘妮的哭声,将高药工拖到南边屋里着实拾掇了一顿。马天成起身在室内来回走着,说:刘妮这孩子也太老实了,怎么就不敢说呢?马夫人说她也问了,刘妮说怕给马家丢人。没想到就这么巧,月信不来,竟然怀上了孩子,事到如今,只能盘算离开马家了。

马天成在屋内来回走了几趟,站在夫人跟前,说:你安慰安慰刘妮,不必离开,我为她打胎。马夫人问高药工这个人怎么处理,因为高药工曾经威胁刘妮,如果说出是他干的,就雇人把刘妮弄出去卖了。

马天成拍着桌子说:这个人早有另养外室私吞银钱之嫌,我曾多次查出,只是碍了面子不便说他。这次事件中,他毫无情义地指认做证不说,反而借马家混乱之际奸污刘妮。我马天成虽然性情宽和,如今也忍无可忍,明天就把他逐出家门。

马夫人:这个人可也真是的,当初他从聊城流落到州城,你见他可怜,又识文断字,就收留了他,还委以药工,没想到人面兽心,做出这种下三烂的事来。

马天成说:世间有些人就是这样,识人识面难知心啊!

马夫人说:刘妮这孩子,也真够可怜的。

马天成说:你好好安抚孩子,有个一差二错,对不住她逃难而死的娘。马天成说完这话就走了出去,他先找到邱管家,又叫上李天鹏,然后把高药工召到了医堂内。在马天成的责问下,在李天鹏的证实下,高药工不得不承认是自己奸污了刘妮。他说刘妮怀上孩子实出意外,他已经答应给刘妮一些钱让她返回老家。如果刘妮不想走,他就打算娶她。马天成更加气愤,说:你想娶刘妮,刘妮答应不答应尚在两可,你自己的老婆怎么办呢?高药工沉默不语,三个人轮番追问,高药工终于说了一番让人震惊的话。正是这番话让马天成下了决心,当天晚上就把高药工逐出了马家。

马天成处置了高药工回到内院,气呼呼地在室内来回走着。马夫人说:把姓高的打发走了就行了呗,你还生什么气呀。马天成跺跺脚,说:我在生自己的气,现在才问出来,当初他之所以流落到州城,是因在老家赌博把老婆也输上了,被人追逼赌债逃到这儿的。唉!当初该弄明白他的来历才能留用啊。糊涂,糊涂死了!

马夫人:你又不是神仙,又没钻进他肚子里看,他不说你怎么能弄明白。

正说着,窗外传来李天鹏的声音:马先生,马先生。

马天成走出屋门,李天鹏正站在台阶下。李天鹏告诉马天成,高药工从马家出去后并没像他自己说的先住进店里明天再走,而是去了北街,进了吕家胡同。马天成说:那是他养的外宅,既然已经逐出马家门,咱就不管他的事了,随他去吧。

李天鹏点点头。

马天成说:天鹏啊,你每天夜里各处照应,也太累了,快去歇歇吧。

州城北街吕家胡同的一家小院里,除了两间柴棚和三间正房外,几乎没有像样的房屋。高药工躺在正房炕上抽旱烟,一个二十几岁的女人在旁边伺候着。女人口气焦急,问高药工到底做了什么现眼的事让人家马家辞退了。高药工吐出浓浓的烟雾说:我什么也没做,马家失了医牌,不能正常行医,找借口裁人呗。

女人说:以往我多半靠你养活,现在你失了生计没了劳金,以后怎么办呢?高药工叫她尽管放心,晚上他要去找颐寿堂的张先生,张先生欠他人情,或许能把他留下。女人努着嘴:看着办吧,我整个人都包给了你,你可得想到我的难处。

高药工让女人只管放心,说等自己攒够了钱买处宅子就娶她,女人听了破涕为笑,躺到炕上打了个滚。女人滚到高药工怀里说:老高啊,你虽然比我大着二三十岁,可我不嫌弃,这辈子就交给你了。

高药工扔掉烟袋,把女人揽到怀里用力地亲着。

晚饭过后又过了很长时间,高药工估计此时张道山仍在医堂,便出了吕家胡同直奔颐寿堂。还真让他猜对了,此时张道山正坐在医堂灯下看书,高药工敲门进去后,张道山吓了一跳,问他这时候来医堂有什么要紧事。高药工把自己被辞退的事情说给张道山,要求张道山收留自己。

张道山愁眉不展,因为他明白高药工为人不地道,经常做些鸡鸣狗盗的下贱事,否则以马天成的宽厚和待人方式,不会轻易辞退自己的药工。高药工见张道山迟疑不决,皱起八字眉道:你说句痛快话,到底留不留我?

张道山摇摇头,说:老高啊,我和马家是姻亲,马家辞退了你我再收留,不合适啊。高药工一瞪眼:要是这样的话,可别怪我姓高的把事做绝了。张道山一怔,问他想怎样,高药工说反正我也是没活路了,回到老家也得让人逼,干脆就豁出来破罐子破摔。张道山问他是不是想赖在颐寿堂不走,高药工撇着嘴阴阴一笑说:张先生你想错了,我要返回马家。

张道山说:人家已经辞退了你,再返回去还能二进宫吗?

高药工绷起嘴唇说:我返回去不是为了求马家收留,而是把你当日让我做的事一一说清楚。比如你买通我做卧底的事情,比如你向我打听洪玉女婿的事情,比如……也许马天成看到我实话实说的分儿上,再次收留我呢。

张道山脸色煞白:高先生,我求你,无论如何不能这么办,事情闹大,我张道山将是颜面无存了。我求你,求你还不行吗?

高药工说:那你留下我?

张道山沉思着。高药工催促他速做决定,这事毕竟事关两家医堂和姻亲关系,张道山哪里能够立即拿定主意,他继续思索着不说话。见此情景,高药工起身欲走,说:豁出去了,回马家先抖出实底再说。张道山连忙摁住他,张道山的眉毛动了动:请问高先生,你在老家欠了多少赌债?

高药工没提防张道山突然问出这样的话,顺口回道:三十大洋。

张道山点点头:这就是了,我给你五十大洋,回去后还了赌债,剩下的做个小买卖。行吗?

高药工后悔得想咬舌头,心想早知张道山这么大方,自己为何不多说几十大洋呢。不过他眨了下眼睛马上又有了主意,摇头说:三五十大洋根本不够。张道山说:我曾经给过你二十大洋啊。高药工指指北边:都花到她身上了,一文没剩。

张道山没辙了,他让高药工说个数。高药工竖起两个指头,意思是要二百大洋。张道山摁下高药工一个指头,又摁下他另一个指头,意思是给他八十大洋。高药工坚持非要一百五不可,张道山心一横,说就给他一百,否则他爱咋的就咋的,大不了和亲家翻脸闹场别扭。高药工终于软下来:我看张先生也是和丁二狗少一样猴手里抠花生的人,一百就一百吧。

张道山说:这不结了吗,你稍等,我去给你取钱。张道山起身走入后堂,高药工呆呆地坐在医堂里等,等了好半天,张道山从后堂走回来,手里拿着两封银圆。张道山说:每封五十,你揣到怀里,出门别让人看到了。

高药工解开外衣,把两封银圆揣进最里边。

张道山说:君子一言,高先生快走吧。

高药工点点头,张道山轻轻打开医堂门,看看街上无人,招手让高药工悄悄溜了出来。就在此时,门旁不远的窗前有个黑影嗖地一闪,张道山一惊,轻声说:慢着,刚才好像有人。高药工左右看看说:没事,你刚从灯影里出来,眼花了。

高药工快步离开。

张道山赶紧关上医堂门,倚在门上长长地松了口气。

五天后,当马天成到周家营给林小姐复诊时,林财主已经坐在围墙南边和乡邻们闲聊相等了。自此,逢到五天头上,林财主就差人前去请马天成,第一次请马天成时的青驴座驾也改成了马拉轿车。

大人孩子坐在围墙南边闲聊。

有一老人凑到林员外跟前:听说马先生给闺女诊治得差不多好了。

林员外竖起大拇指啧啧称赞:真是天生神医啊,只吃了五服药,这病就好了大半。今天一大早,我就打发人去城里请马先生,天这晌了还没回来,我这心里直打鼓,别是马先生不来了吧。

老人抬头看看太阳:听说马先生前些日子摊了官司,因为使钱把医牌抵押出去,如今不能正大光明地坐堂应诊,你说他来不了也是有的。林员外说:上次马先生来给闺女看病时我就提出,我姓林的愿意出钱给他赎回医牌。岂料马先生耿直得让人打怵,说要是这样的话,他就不来给闺女看病了。

老人笑笑,说:听城里亲戚讲,这个马先生耿直倔强出了名,你甭打那主意,还是留着钱给孩子置办嫁妆吧。

几个年轻人走过来,走到林员外跟前赔礼,说:林大叔,以往我们不知真情,说了些不三不四的话,要是有人传到您老耳朵里,您可千万别见怪呀。林员外笑了,说:大侄子,哪里的话呀,我什么也没听到,你们说什么了?几个年轻人说:没听到?没听到好,没听到好,我们什么也没说。于是,他们坐到墙根下,开始议论着明春应该种什么庄稼。

有个孩子从南边跑过来:哎哎,林伯伯家的轿车回来了。

林员外慌忙站起来,街拐角处,一辆马拉轿车颠颠儿地驶过来。轿车到得近处停住,马天成笑呵呵地从车内迈出来,晒太阳的人们一齐起身:马先生辛苦了!

又是一个五天后,马天成乘着马拉轿车进村时,周二虎的堂弟周大发正在办喜事。嘟嘟哇哇的唢呐声一阵接着一阵,新娘子和马天成前脚跟后脚地进了村。车把式甩出一溜响鞭,村里的人闪开一条路来,轿车径直进了林财主的大门。

马天成正给林小姐号脉,听得北边远处一声枪响,接着街上出名的"没事忙"周二靶子就顺着街筒嚷,说:了不得啦,据点里下来日本鬼子,要捉新媳妇塞古——塞古的!随着这喊声,村里顿时大乱,咕咕咚咚的脚步声中,男女老少跌跌撞撞地跑回家,关门闭户,人喊马嘶狗叫唤。接着,周二虎急惶惶地跑进来,说鬼子准是冲着周大发来的,因为他听说前几天周大发赌钱得罪了据点里的二

245

鬼子班长周大棒子,周大棒子当时就发狠,说非要让周大发明白马王爷三只眼不可。不用说,这是周大棒子挑唆鬼子找算他来了。周大发的媳妇刚刚娶进门,正是比花姑娘还要花姑娘的时候,让鬼子兵捉了去那还了得?林小姐听到这动静,当时就吓哭了。林财主不敢犹豫,背起女儿朝后院跑,因为周大棒子早就打过他女儿的主意,他害怕周大棒子捉了周大发的媳妇再来找算女儿。林财主一边背着女儿跑一边招呼马天成一块儿走,林家后院有个秘密地窖,藏进窖里自然就安全了。

不知过了多长时间,街上复归平静,林财主父女和马天成从地窖里出来后回到前院,果然不出所料,车把式老曹告诉说这伙强盗临回据点时还真的来到林财主家,没找到林财主的女儿,把林财主家的一头菊花青骡子牵走了。

周大棒子带着鬼子兵抢走了周大发的新媳妇,枪挑了周大发,周大发的老母亲一口气没上来,当时就气死了。周大发家的喜事转瞬变成了丧事,全村人唉声叹气却又无可奈何。义愤填膺的周二虎从家中抄起一把长刀要去找周大棒子和鬼子算账,村里人好说歹说劝住他,说你这不是白白去送死吗?

马天成听着村西头周家院里传出的哭声,他愤怒交织,气得开药方时都握不住毛笔了。他勉强控制住自己的情绪,给林小姐开了药方后,又在一张纸上写了几行字,然后把写了字的纸折叠成一个小方块掖在口袋里。马天成临走前找到周二虎家,将那叠成小方块的纸张交给二虎,又附耳对二虎说了些什么。二虎点点头,把叠成小方块的纸张塞进腰里走了。

半月后的一个夜里,东北风像狼嗥一样嘶叫着,小雪夹杂着又大又硬的霰粒子随风甩打下来,敲得冻地嘣嘣直响。入夜,一支小型的骑兵部队借着夜色悄悄驰入大道以西的松树林里。接着,十几个手持短枪背插单刀的人从松树林里潜出,借着夜色掩护悄悄靠近周家营村北据点。这些夜行人靠近据点停下来卧倒,一个形体瘦小的人踮步跳到围墙下。小个子夜行人从腰里解下一根长绳,一只飞虎爪嗖地甩上去,悄无声息地搭在围墙上。围墙并不高,小个子夜行人拽着绳子倒了几把上了墙头。半支烟工夫,一块坷垃从围墙上扔出来,伏卧在不远处的十几个人唰地涌到据点门口。据点门被小个子打开,领头的夜行人问:弄实着了?

小个子回说:就一个二鬼子抱着枪缩在土楼上,勒住脖子没大用力就咽气了。领头人一挥手,十几个人相继潜进据点里。不一会儿,据点里响起一阵连珠炮似的枪声和闷雷般的手榴弹爆炸声。

周家营的百姓听到村北传来的枪声和爆炸声纷纷爬起身。人们爬上院墙和高房朝北张望。大约一炷香工夫,枪声和爆炸声停息。火光闪烁中,只见十几匹快马从松树林里驰出，马队绕据点旁边跑过，眨眼间拐上东邻的大路向北去了。

天亮后，州城宪兵队队长丸山造带着一个鬼子宪兵队和汉奸小队赶来，鬼子宪兵和伪军小队进据点搜索，丸山造挂着东洋刀站在据点里。这时的整个据点已经成了灰烬，被打死的和烧死的鬼子汉奸像干柴棒一样被扒出来摆在院子里，腥臭的焦肉味一直弥漫进村内大街。据点入口处的门楣上，麻绳吊着一溜鬼子汉奸的阳具，丸山造歪着头饶有兴味地审视了半晌，又绕着院子巡看了一会儿然后来到东边的大路上，他挂着战刀凝视着大路雪地上那凌乱的马蹄印，怎么也判断不出这是什么部队的"干活"。

24

是晚，张道山坐在医堂医案前查阅账目，听到后院里轻轻响了一下，就像树叶落地似的。他抬起头仔细听，穿堂门外的后院里又寂无声息，他抠了抠耳朵重又低头查账，忽觉眼前一阵轻风，再抬起头，一个蒙面人赫然立在他的面前。张道山只来得及"啊"了一声，一把雪亮的尖刀就指在他的胸前。蒙面人低喝威胁，说再嚷就捅死他。张道山浑身哆嗦，说：好汉要钱要物尽管说，千万别来真的。蒙面人说什么也不要，只要他的实话。

张道山：我和大侠有仇有冤吗？

蒙面人：没有。

张道山：那大侠为何要找算我？

蒙面人压低声音，说：实话告诉你，我是一江湖侠士，有人说你和崇德堂的高药工合谋陷害崇德堂的马天成，我平生好管不平事，特地来到州城找你的。张道山说：大侠误听传言，我与马家世交三代，又是儿女亲家，怎么会与高药工合谋陷害马家呢？大侠千万不要听信他人谣传，杀我张道山无妨，只怕有损你大侠名声。蒙面人说：你就别假装好人了，那晚我在窗外屋檐下早已听了多时，你给了他一百大洋，让他早日离开州城。对不对，快说！

张道山瘫在椅子上。

张道山明白自己以往所做的昧心事泄露了，他浑身虚汗，盯着刀尖连连点头：我一定如实交代，只求好汉不要杀我。

蒙面人说：我还告诉你，高药工拿了银圆已经连夜爬墙出城，奔西南道上去了。你只要把实话告诉我，我不杀你，去找他算账。

张道山说：既然大侠已经知道，我也不敢隐瞒，事情是这样的……蒙面人制止他说下去，让他自己写下来。张道山连说"是是是"，把纸铺在桌子上，膏膏毛

247

笔颤抖着写。蒙面人在一旁用尖刀抵着他的脖颈,张道山写完,把字纸给蒙面人看。蒙面人略略看了一眼,立起手掌朝张道山后颈劈了一下,张道山头一歪昏倒在椅子上。蒙面人收起张道山的供词轻轻走出后堂门。

　　这天上午,马天成站在套院里和邱管家闲聊,李天鹏走过来看着两人,似乎有话要说。马先生问天鹏是不是有事,李天鹏说五天后是业师毕玉升的十年忌日,他想去给老人家烧烧纸上上香。马天成说:这是理所应该嘛,去吧去吧。李天鹏说他今天就走,马天成当即嘱咐邱管家多给天鹏带上些银钱,邱管家答应着和李天鹏到账房去了。马天成在他们身后说:天鹏啊,明天去吧,路不远,来得及。祭罢师父亡灵就回来,别在外耽搁太久,否则我惦着。

　　李天鹏答应着,连说:谢谢马先生。

　　李天鹏收拾停当,第二天一早就出城直奔西南,他没去城南业师的老家,而是到聊城去找高药工。那天晚上刀逼张道山说出与高药工勾结陷害马天成的蒙面侠士就是他,碍于同城相居,只是没有直接露面罢了。习武之人,耳目敏锐,张道山那次来马家参与洪良大婚筹备之时暗地里和高药工密谋私语,他便察觉事有蹊跷。马家父子出事这天同时带走了高药工,后又先自放回,他更感到此事与张道山和高药工必有干系。高药工被逐出马府后他暗中跟踪,果然发现高药工当晚悄悄去了颐寿堂。

　　像李天鹏这样的人,腿脚功夫当然非同一般,只两三天时间他就到了聊城。李天鹏先找了客店住下,之后就细心打探高药工的住址和情况。当时的聊城和州城差不多,区域并不太大,李天鹏凭着当初与高药工闲聊时的记忆,没费多大力气就锁定了高药工的家。聊城是东临道的公署所在地,日伪控制很严,李天鹏久历江湖,经验丰富,白天看好路线,夜深人静时行动。

　　初冬时的聊城城内夜黑风高,街上除了偶尔有日伪巡逻队经过外,行人很是稀少。店铺的板门和住户的大门都紧紧关闭,隐隐透着一股股瘆人的寒气和杀气。就在此时,钟鼓楼东边的胡同口有个黑影轻轻地闪进去,黑影迅捷而悄无声息地顺墙根摸到一所小院门口,看看门旁不算太高的院墙,一个蹿跳攀上去。黑影伏身墙上看了看院内的情况,身子一旋落进院子里。

　　天光下,可以看到跳进院中的黑影身着夜行衣靠,他轻轻一个踮步上了台阶到了屋门前,掏出一把小刀插进门缝,毫不费力地将屋门拨开,眨眼间潜入屋内去了。屋内随之传出一声惊呼,但转瞬便是一片沉寂。稍沉,屋内亮起微弱的灯光,有个压低了的声音厉声低喝:嚷,敢嚷我就剐了你!

　　半袋烟工夫,灯光熄灭,屋内传出一声惨叫。随着这惨叫声的中断,黑影踅出屋门来到院中,纵身越墙,在聊城的茫茫夜色中消逝了。

天明，这家小院里聚了一帮人。高药工躺在人们中间，保长甲长和几个街坊邻居议论纷纷，述说着这件小巷里从未有过的稀事奇闻。

一位邻居说他早晨起来到井上挑水，听到院里有人呻吟，马上报告了甲长，甲长报告给保长，又找了几个人破门而入，却见老高在院子里躺着。甲长接上说：看得出，老高是从屋内爬到院子里的，右腿被生生砸折了。另一邻居忽然嚷起来，说老高嘴角上怎么耷拉着一个布包？保长走上前去取布包，布包却是粘在嘴上的。保长撕下布包看了看：咦，老高嘴上被人糊了沾着药膏的"醉死驴"了。

人们又开始议论，有人说估摸着老高是把自己女人输掉后逃走的，搞不好是他老婆娘家来人下了手，或是往日逼赌的找上他了。甲长听了这话马上证实：嗯，自从老高回来后，四街那些混混就不断找他。

保长看着半死不活的老高冲大伙做了个手势：乡邻们帮帮忙，把老高抬上，先送到鼓楼医堂里给他治治伤吧。

以往的岁月里总有秋冬之交的十月小阳春，接连几天的徐徐南风后，天气由阴冷转为阳光和煦，天地间处处充盈着融融春意。虽然只是短短的几天，却能使人心中享受到难以言表的温润，身上感受到似乎久违了的松怡舒缓。今年天道地气颇为异常，入秋以后几场时断时续的淅沥小雨后，便直接进入龙潜之月。天气很快冷下来，人们开始套上夹袄夹裤，老人小孩已经顾不得"春捂秋冻"，提前穿上棉衣了。今天又是天气阴沉，小北风也在飕飕地刮，马天成坐在屋里翻阅一部清代吴瑭写的《温病条辨》。尽管此书他几乎可以背下来，但还是认真查阅，细心钻研，并不时地翻阅书案上的其他医著，与《温病条辨》上的某些医理药方做着对比，以便从中悟到某些有着自己独特见解的诊治方略。多年来，他将伤寒、温病学说熔于一炉，经方、时方合宜而施，在当时的疾病大流行中辨症论治，独辟蹊径，救治了大量危重病人。泛陈百家，取其精华，这是他多年读书的习惯，他常说，读书是有讲究的，古人曾言读书要做到眼到、心到、口到，不读则已，读必"入"进去。然而，今天的马天成好像并没"入"进去，他不时地抬起头望望外边，手指也下意识地在书案上磕打几下，显然是有了心事了。

昨天晚上李天鹏回来了，回来后就到马天成的书房里坐着。马天成问他和师兄弟们聚得如何，师父忌日上的祭奠是否隆重，李天鹏脸色阴沉摇头闭嘴不说话。马天成感到奇怪，问他怎么了，是不是遇到了不顺心的事，李天鹏斟酌半晌，然后像下了决心似的叹口气：马先生，因有挑起亲朋之间的是非之嫌，这话本不该和你说，但又恐你宽和厚重的性格以后再次上当，思来想去还是告诉你吧。

马天成一惊,问是什么事情竟如此严重。李天鹏犹豫再三说道:马先生,我在你面前撒了谎,这几天外出我并不是去祭奠师父,而是去聊城找了高药工。

马天成说:你找高药工干什么?天鹏,到底出了什么事,说呀!

李天鹏问马天成:那个高药工是不是在书房里偷偷拿过一部书?马天成想了想笑了,说:就为这事呀,他是悄悄拿过一部书,之后又送回来了。他说自己想学医,于是我就又找了些入门的书让他拿走。这,这算什么事呢?

李天鹏说:请问马先生,你家是不是有部什么秘籍?

马天成怔了一下说:是有啊,你也知道的,名字是"天方秘籍"。李天鹏说:高药工真正的目的是想偷走那部《天方秘籍》,这事呢,是您的亲家张道山出钱让他干的。高药工在北街包着女人,张道山正是瞅这空子出钱买通了高药工,让他在偷窃《天方秘籍》的同时,还不断打听马家的消息。

马天成:啊?竟有这种事!

李天鹏说:先生知道于天佐一事是怎么惹起的吗?马天成说:是丁二泉带鬼子搜查发现了天佐,到宪兵队密告惹起的呀。李天鹏摇摇头说:这事本来让洪玉小姐挡过去了,之后丁二泉去威胁张道山,张道山来崇德堂商议儿女婚嫁之事的那一天……书房里,灯影下,李天鹏把张道山如何勾结高药工盗窃《天方秘籍》,丁二泉如何威胁张道山,张道山又如何通过卧底高药工探听洪玉夫婿的消息再转告给丁二泉,丁二泉如何将张道山探听到的消息报告给警务局长,警务局长又如何越过刘知事直接汇报到宪兵队丸山造那里,以致马家摊上前些日子的塌天大祸等由根到梢细述一遍,马天成惊得睁大了眼。马天成呆怔了半天忽然开口道:天鹏,你的话我不能不信,可又不能全信,你听谁说的?

李天鹏从怀中掏出张道山和高药工两人的"供词"摆到他面前,马天成看完两份供词,大叫一声"天啊",两行老泪瞬间淌满脸颊。他不明白,为了一部医书,世交之情何以忍心勾结歹人卧底为贼,更不理解儿女亲家怎会忍心出卖自己的同行兄弟乃至女婿!马天成痛楚,忧愤而寒心,他再也不想在州城待下去,竟然萌生了返回济宁老家的打算。

马天成叹口气:幸亏把高药工这个小人逐出家门,要不以后还不知又生多少祸害呢。只是这个人对我不思报效,反而恩将仇报,心中这滋味实在难受。

李天鹏说:马先生不必介怀,我这次去聊城找到了高药工家,把他收拾了。

马天成一惊:啊!天鹏,你杀死了他?

李天鹏说:没有,只是把他弄成了残废。李天鹏说着从怀里掏出两封银圆放到马天成面前,马天成怔怔地看看银圆,又看看李天鹏,不明所以。他问李天鹏这是何意,李天鹏说这是张道山打发高药工回家的一百块大洋。高药工回到老家后,把银圆藏到了炕洞里,是他逼出来的。

马天成泪流满面:天鹏,谢谢你为我出了这口恶气,说实话,自从出狱后,我一直不想在州城待下去了,只是恋着熟地难离,总也没说。这回,这回我算寒了心,打算明年开春返回济宁老家,纵然失了医堂招牌再难行医,开个药铺也可维持生计。眼不见心不烦,我不想再看到这些卑鄙小人了。

李天鹏说:先生自便,您走到哪儿,天鹏跟到哪儿。

第二天上午,马天成心不在焉坐在屋里看书,不时朝院子里瞅上几眼。看书是假,等人是真的,他是在等处理药铺事务的洪良和洪玉。因为久等不至,他刚刚又打发刘妮去了西院,让兄妹俩放下手里的事务马上来做商议。人有时就这样,某件事一旦动了心,恨不得马上付诸实施,心中脑中所虑所想的都是这件事,其他即使最要命的事情也认为是多余。本来时间很短,马天成却觉得已经等了半天,门外终于传来脚步声,他刚放下手中的书,洪良和洪玉就走进屋。洪玉见父亲虽然面色平静,但眼神中却透出焦虑、失望和迫切。她问父亲什么要紧事让他这么着急,马天成平静地说:回家!

洪良和洪玉同时一怔:这不是在家吗?

马天成摇摇头:回老家!

洪玉:济宁?

马天成点点头,站起身倒背着手在屋内踱步。

洪良说:爹,咱一家在这里生活得好好的,您在州城长大成人,我和妹妹也是出生在这里,州城已经是咱们的老家了。为何您老人家忽然产生这种想法?

马天成:我在这里待腻了,待烦了,我不想再和某些人混在一城一地了。

洪玉很纳闷,她凝神思索,目不转睛地盯着父亲的每一个动作。当看到父亲不时地拍打脑门时,她忽然明白,父亲一定是受了某种突如其来的精神刺激,这种有悖常情的想法和做法实际上在寻找一种发泄。洪玉学过西方的心理学和情绪学,知道这是当一个人生活中出现意外而不能排除时,会产生一种失望、厌倦和不顾后果的冲动,也叫情绪失控。父亲是个稳重、宽和又理智的人,对某些伤害到自己的人和事一般不予反击,总是采取避让和妥协。所以现在问他遇到了什么难题或碰到了什么与自己过不去的人,他肯定不说,只能慢从宽来,将他的烦恼和忧虑悄悄化解。绝顶聪明的洪玉想到这里轻轻一笑:爹,您老人家的想法真好,我也早想回去看看老家是啥模样,也想在老家过过乡土生活,正准备向您老人家提这个建议呢。可是,我和哥哥刚才清理了一下药铺,不算外欠,单单柜上的药物就还有四五百大洋的货,是不是等我们处理完了这些药,把外欠的债务敛上来凑够盘缠再做回济宁的打算。另外,我们还得赶紧给这所庞大的宅院找家买主拿到足够的安家费,以免回到济宁后冷手难抓热馒头。

马天成十分专注地听着洪玉分析述说,脸色在喜乐忧思中不停地变化。洪良是个憨厚人,十分吃惊地看着洪玉,不明白妹妹为何说出这么不着边际的话。他打断洪玉的话头:爹,你的打算行不通,洪玉这些话也欠考虑,咱们在州城待了几十年,爷爷奶奶的骨殖都在城北墓地上埋着,咱们一家子走了,爷爷奶奶的冥年忌日谁来操持啊?总不能舍下两位老人一走了之吧。

马天成听到这话,颓然地坐在椅子上,泪水顺着脸颊汹涌而下。他犹豫了很长时间,好像突然顿悟似的喃喃着:让我想想,再想想。

重疾须下猛药。马洪良虽然说话不假思索,没想到却是歪打正着。洪玉见是机会,拽块手巾给父亲擦擦泪:爹,如今日本人占了半个中国,路上不太平不说,即使我们回到原籍,人生地不熟的不是更受日本人欺负吗,是不是先在这里维持着,待到盛世清平时再回济宁不迟。

马天成叹息一声朝洪良兄妹挥挥手:你们该干什么还去干什么吧。

自从那天洪良兄妹给父亲做了解释之后,马天成再没提返回老家的事,似乎心绪渐渐平复了。其实,他心里仍旧很痛苦,很矛盾,在如何与姻亲张道山这个人相处的问题上实在纠结。他不想继续与张道山往来了,可是有儿媳秀贞在这里,这话真的没法说;另外,想到张道山无论怎么小人手段,毕竟曾经用药方给他透过信息,倘若不是那封"信"让他有了准备,马家的灾祸将更惨更大。如此看来,张道山还是有些人性的,毕竟与自己是同乡世交两三代嘛。马天成竖起再推倒,推倒再竖起,不断地肯定之后又否定来自己安慰自己。

张道山的所作所为马天成没有声张,同时又告诉李天鹏:除你知我知以外再不要给任何人透露这个消息。李天鹏叹口气,说:就知道您老会这么做。马天成道:俗话说,鼻子臭割不掉啊,还是接着往下走吧。昨天我已吩咐洪良,让他两口子近日去西街看看张道山夫妇。那两人只有这一个闺女,嫁出来未免闪一下子。

李天鹏:先生待人处世,圣贤之心,天鹏愧不能及呀。

情绪平稳了的马天成待人接物一如既往,非但没有记恨张道山,反而主动让洪良和秀贞去看望了他和他的夫人。张道山也时不时地来马家串门叙话,两家遂成为走得非常热乎的好亲家。洪良去岳父家探望时,张道山又以似乎漫不经心的口气问起《天方秘籍》,洪良把这事告诉父亲,马天成心头一震:看来《天方秘籍》已为他人所惦记,必须得有个着落了。

这天晚上,马天成将洪良和洪玉叫进书房,一改祖上传男不传女的旧规,将手抄的两本《天方秘籍》分别交与兄妹二人。那本《不示外人》的小册子只是让二人看了一遍就又收回,目的是让兄妹二人了解秘籍的重要,不要随便泄露出去。他叮嘱兄妹二人对《天方秘籍》只能精心研读,但书中秘方绝对不能临床施用。洪良、洪玉感觉奇怪，询问是何缘故，马天成回答说待他兄妹二人熟记该书后再行解释。洪良、洪玉听父亲如此之说，知道必有不便明说的因由，也就不再追问，只是每天躲在自己屋里潜心诵读，有时一人看着秘籍内容，另一人面墙背诵，相互考核对方的熟记程度。

马天成家道中落，失去了医馆招牌又不能公开行医，每日落落寡欢，渐渐有些心灰意冷了。洪玉和洪良看在眼里记在心里，二人暗中商议，一定好好经营马家药铺，争取早日赎回失去的牌号，让崇德堂重焕生机。

马洪玉在和嫂子张秀贞学习女红，这天她在缝一件小棉袄，张秀贞探过头来看了说：不行丫头，针脚太大了，跟钜子似的。

马洪玉说：小孩子穿，谁看得见啊。

张秀贞捂着肚子笑起来，说：不管大人孩子，穿上后走到外边就得让人看见啊。马洪玉也笑起来：啊，可也是，等小侄子生下来，我得整天抱着。抱出去外人看到他穿的衣服，我就说是他娘自己做的。

秀贞咯咯一笑：天下没有谁能赶上你丫头这心眼嘴茬的。

马洪玉摸摸嫂子的肚子：快了吧？

秀贞：还有三个多月呢。

马洪玉：给孩子取个名吧。

秀贞：这是咱爹的事，别人谁主得了。

门外脚步声，秀贞说：洪玉，你哥哥回来了。

果然，马洪良随即走进屋，洪玉欠欠身说：哥，你回来了？

马洪良点点头说：丁大户来找咱爹诊治，老人家没在家，我到街上找了好几个他常去的地方才找到他。咱爹在正厅里给丁大户诊脉，我就出来了。

马洪玉说：哎，哥，自从那天咱俩给父亲做了解释之后，他老人家好像再没提返回老家的事，似乎心绪渐渐平复了。

马洪良：其实啊，咱爹心里仍旧很痛苦，很矛盾，我能看得出。只是说到咱爷爷奶奶的坟茔戳着了他的心，这才勉强把返回老家的心隐忍了。

马洪玉说：哥，你那天虽然说话不假思索，没想到却是歪打正着。

张秀贞插进话来，说：咱爹他肯定是遇到了什么难题或碰到了什么与自己过不去的人，他待人宽和，问他肯定也不说，咱们做儿女的只能慢从宽来，把他的烦恼和忧虑悄悄化解。马洪玉说：嫂子说得对，咱爹就是这性格。

马洪玉摸摸秀贞的肚子，秀贞害羞地挪开洪玉的手。

洪玉笑着走出去了。

253

丁大户坐在马天成对面,马天成凝神把脉。马天成把脉后看了看丁大户的面色、指甲、舌苔:丁翁无须焦虑,病情较前大有好转,再有几剂我看就可痊愈。

丁大户抱拳拱手:马先生妙手神医,丁某人就是铁信了你。

马天成呵呵一笑:丁翁过誉了。

马天成给丁大户开药方,丁大户的嘴闲不住,他问马天成是不是已到周家营给林员外的爱女治过病了。马天成点头道:人言可畏呀,人家闺女本是患了症瘕之症,可有些人就舌头不在嘴里。唉!这不,吃了十来天药,已完全康复了。哎,丁翁,我还告诉你,知道那闺女为何得了此症吗?

丁大户笑起来,说:马先生有意难为我,我丁某又不是算卦的,怎会知道人家的病因。马天成把开好的药方放在桌上:丁翁,实话相告,病因起自你家少爷啊。

丁大户怔了:什么?有我家老二什么干系?

马天成问丁大户:以往给二少爷提过林家小姐吧?

丁大户点点头说:是啊。

马天成:后来不了了之?

丁大户又点点头。

马天成说:那闺女是个自尊自爱的好孩子,听说二少爷看不上她,气郁而疾。

丁大户:咦咦,罪过呀罪过。

马天成:丁翁,那闺女美若天仙,不是亲眼所见,我都不信人们的传言。

丁大户:真的呀?

马天成说:丁翁想想,我马某人是随便乱说的人吗?若二少爷见了,指不定当天就嚷着让你当爹的给他娶回家呢。

丁大户哈哈大笑:马先生之言,我记到心里了,年前年后,我得托人再去提亲。如此良缘如若拒之,天地难容啊。

马天成说:原该如此,丁翁和林员外门当户对,天生姻亲。丁大户朝马天成拱手说:先生高抬,我只是颇有城内铺面,哪能和林家良田千顷相比呀。

马天成说:你两家是齐名并誉,又是各有千秋。

丁大户压低声音:听说那边日本人的据点前几天让人端了,先生可知此事?

马天成说:我去应诊,听村里人纷纷议论这件事,说是绿林道上豪强干的。丁大户竖竖大拇指没说什么。少顷起身道:马先生,不打扰了,以后再谢。

马天成送走丁大户刚刚回到屋里,黄毛呜呜叫着走到门口,马天成抬头看时,见是周二虎来了。周二虎进门后就给马天成夫妇跪下了,马天成和夫人大吃一惊,慌忙扶起二虎:孩子,这是为何?

二虎眼里流出泪来:马叔、婶子,我娘……过世了!

马天成夫妇同时"啊"了一声。

马天成:傻孩子,你为何不来叫我去诊治?

二虎哭着说:母亲当时发病很急,只说了句心口痛便昏了过去,待到请来先生,老人家早已全身冰凉。

马天成:唉!人生在世,虽说早晚都有这一天,可你娘……她太不易了!

马夫人哭出声来:知道姐姐要走,我说什么也得去看看她呀。

二虎说:婶子,我娘在日,常常念叨你的好处,也说过抽空进城来看你呢。马夫人一把将二虎抱在怀里,哭得浑身哆嗦。马天成劝开夫人,说:孩子已是够难过的了,你就别再给他添伤痛了。马夫人止住哭,从旁取来毛巾给二虎擦擦脸上的泪:孩子,别难过了,今后这里就是你的家。

马天成让二虎坐下,说:二虎啊,要不你搬到城里来住吧,到时我照顾你也方便。二虎摇摇头:叔,我住在乡下习惯了,种着那二亩地,有吃有穿就挺好,不进城给您老人家添麻烦。以后有什么事,打发人给我捎个信就行。

马夫人说:二虎你歇一会儿,我让刘嫂炒几个菜,今天晌午别回去了。

二虎点点头。

马夫人到厨房去找刘嫂准备午饭,二虎和马天成继续叙话。

就在这一年春节前后,春荒加上兵匪,州城一带出现了罕见的慌乱。城外的财主们有的藏匿财物躲进城里,城里的富人则纷纷雇镖师护院。周二虎是城北出了名的武林高手,城里的财主平日里从来不拿正眼看的这个穷小子,此时却成了争相雇用的角色。

这天,穿白戴孝的周二虎又从家里送出一位前来请他的人。来人身穿长袍,面目和善,一边解下系在院外树上的马缰,一边朝周二虎作揖,连说:打扰了打扰了。周二虎一再解释:请先生原谅,母亲刚刚过世,我实在不能出去为您效劳。

牵马人稍稍一躬:周英雄有所不知,城里近些日子一连出了好几家票案,主人知道您是城北出了名的武林高手,特差在下前来请您前往护院。周英雄有孝在身,我回去禀告主人,也许过些日子还来相扰,酬金上不会亏待您,务请三思。

周二虎说:确实不能效劳,请回去转告你家主人,不必再来了。牵马人"啧啧"两声,骑上马走了。一位街坊走过来,周二虎说:二叔到家来坐坐吧。

街坊摆摆手:不进院打扰了。哎,刚才这人又是来请你进城护院的?

周二虎说:是啊,这些日子不知怎么了,来请我去干这种事的城里人不断流。昨天刚送走两个,今天又来了三个。街坊看看左右没人,凑到二虎跟前说:春节前后,地方上越来越乱了。听说一些二鬼子白天给日本人看家,夜里便纠集几个蒙面持枪,装成劫匪打家劫舍。州城一带,算是富庶之地,外地的强梁也瞅上这里,常常途中打劫,夜入城内绑票,所以城里城外的富户一片慌乱。

二虎说:原来如此啊,可我还偏偏不愿伺候这些人呢。

街坊拍拍手:平时看不起咱的人,咱还不伺候。二虎,是汉子。

街坊说着话往东去了。

二虎转身回家,林家长工车把式老曹小跑着过来:二虎兄弟,您站一下。

二虎停下来,老曹气喘吁吁地跑到二虎跟前,说:二虎兄弟,城里丁家大户托人来员外家求亲,崇德堂的马先生让媒人捎了个信儿来,说让你今天去趟马家,有要紧事和你商量。二虎连说:好的好的,曹大哥受累了。老曹摸着脖颈子说:兄弟,谈什么受累呀,那天鬼子进村时我丢了一匹骡子,要不是马先生讲情,东家说起码要让我赔一半呢。唉,马先生真是少见的好人。

老曹嘟哝着走了,二虎望着州城方向:嗯,我现在就去。

城东高岗子前有块平整宽阔的空闲地,宁财主祖上捐出来在这里修了关帝庙,之后就在这里立了庙会。除了每年六月二十四日关帝生日外,冬春两闲时人们就自动到这里赶会。关帝庙前的空地上,时常聚集着州城以东各村来赶会的人。

这天,马天成和邱管家也来赶会,他俩前边走着,身后是药房伙计用架子车拉着桌椅凳子和中药。马天成一行人上到高岗时,这里的人已经很多了。这方人忠勇好义,之所以来这里赶会,一是互买互卖,二是纪念关帝。所以来到这里的多是先去关帝庙里焚香祭祀,磕头拜谒。马天成和邱管家开玩笑说:邱先生你不进庙烧炷香吗?邱管家一笑:倘若马先生让我去,就马上进去磕头。

马天成:呵呵,玩笑罢了。你看,有的扶着老人,有的领着抱着孩子,都是到庙里虔诚膜拜祈求关帝保佑的。尽管要花一些香火钱,但穷人心里自有一本账,比起生病吃药来,求关帝免病祛灾还是划算得多。

邱管家说:到底还是马先生善解人意。

关帝庙前车水马龙,异常热闹。进庙烧香的人络绎不绝,关帝庙不远处有许多远道赶来和当地医家摆设的药摊。各家药摊前竖着招牌,招牌上有的写着祖传三代,有的写着药到病除,有的写着当今神医,有的写着起死回生。一位在药摊旁边光着膀子练把式,口中喋喋不休地说着嚷着什么。练把式的练了一会儿,开始兜售自制的大力丸。药房伙计找个空闲地把桌椅凳子摆好,桌椅凳子旁边摆上了中药,中药摊旁边竖起一个幌子,上书几字——马家药铺义诊。

药房伙计喘着粗气说:爬这个岗子好累!邱管家指指那边说:有卖大力丸

的,何不买他几丸吃下去长长力气。药房伙计"呸"了一声:什么大力丸,上回我倒买了几个,你猜怎么着,都是棒子面加山楂做的。

马天成和邱管家哈哈大笑。

穿长袍马褂拄着文明棍的秦绅士走过来,秦绅士走到马家药摊前朝马天成施个礼:马先生,以您州城名医的身份也来这里卖药,是不是……

马天成还个礼:唉! 在下已经失去招牌字号,不能在医堂侍诊,为了支撑名声,只好抽空来此摆案义诊,惹先生见笑了。

秦绅士说:能屈能伸是条龙,光伸不曲是个虫。马先生能进能退,不失为杏林楷模。他今日前来,就是专为找马先生治病的。马天成请秦绅士落座,开始给他诊脉开方。秦绅士拿着药方到旁边药摊上抓完药后又走到马天成面前:马先生,一样的方子一样的剂量,比起去年我到医堂请您治病时的药价来,咋低这么多呀?

马天成指指撑在身边的招牌。

招牌上"义诊"两个大字迎风飘扬。

秦绅士:哦,明白了,明白了,义诊嘛,不收诊费。

在马天成医案前排队候诊的病人越来越多,马天成一直忙到天近正午。赶庙会的人纷纷回家吃饭,医案前的病人渐渐少了。马天成搓搓手站起来活动一下腰身,一回头,却见周二虎站在身侧。马天成笑了:二虎,你什么时候来的?

二虎说:您老人家捎信让我来,我就来了。到家一问,说是你来赶庙会,就又赶到这里。马天成说:正好要打道回府呢,你帮小伙计把桌椅板凳药柜子弄到架子车上去。二虎答应一声,帮小伙计收拾好东西,两个人拉着架子车,跟在马天成和邱管家身后回城了。

中午吃饭时,二虎问马天成唤自己来有什么事,马天成说:如今世道大乱,城里富人个个自危,西街丁大户找我两三次了,说要请你看家护院。我知道你的性子,从不愿寄人篱下,所以捎信叫你,想问问你愿意不愿意。

周二虎说:丁大户这个人倒看不出有多么不好,可他那个儿子丁二狗少太坏,我不想整天看他的白眼。说心里话,除了崇德堂,别的大户府第我都不愿意伺候。可是,这里已经有了天鹏哥,他是个忠勇侠义之人,有他在,就放心。我还是在家守着那二亩地吧。

马天成说:丁大户接连来了两次,我看挺有诚意。

周二虎笑笑说:叔,你是不是想让我去?

马天成点点头:二虎,我是这么想的,你也不小了,自己待在乡下我实在不放心。到丁家护院呢,也不累,白天睡觉,夜里巡院,每月还有五块大洋的进项。过上几年,我再给你寻个别的差事,娶上个媳妇,就在城里安家立业。我这么盘算,你看行吗?

周二虎沉思了半晌:既然叔你有这个想法,我也不说别的了,只是那个丁二泉……

马天成说:那个丁二泉魔魔怔怔,不理他就是。

周二虎点头。

马天成:下午我让人给丁大户捎信儿,让他立个契约文书,这事就算成了。

周二虎说:那行吧,下午我回家收拾一下,明天就来。

25

财大气粗的丁大户托马天成雇来了周二虎,心中十分高兴。周二虎本来不想进城为人看家护院,但丁家知道他与马天成的关系非同一般,所以接连来托马天成。周二虎再怎么倔强也不能驳了马天成的面子,只好答应了。

周二虎扛着铺盖卷走进丁家时,正遇上丁二泉去警务局上班。丁二泉怔了半天,瞪起斗鸡眼问周二虎来他家干吗,还扛着被窝。二虎撇撇嘴,说:你爹每月五块大洋雇的我,你当我愿来吗? 丁二泉听罢很吃惊,双手一伸把二虎拦在门口,说:你先别进来,我去问问俺爹。丁二泉转身朝内院跑去,周二虎在门口等着。不大会儿,丁大户从内院拄着手杖走出来,丁二泉跟在父亲身侧摆画着。就听丁大户边走边说:是啊,是我托马先生雇了来的,周二虎功夫好,别人想雇他护院还雇不来呢,你把人家怎么了? 丁二泉说:我把他拦在门外,没让他进来。丁大户急了,拐着老腿跑到门口:二虎二虎快进家,别听这贼羔子的,他魔怔,别理他!

丁二泉蹦着高地嚷:爹,你傻了,你疯了,那年你得病时买西瓜,一斗麦子一个瓜的就是他。你把这坑人的玩意弄进门,不是自己往自己腔里插棒槌吗!

丁大户:放你娘的屁,那年要不是那西瓜,你老爹得热死。二虎,快进来。

周二虎幸灾乐祸地斜了丁二泉一眼,扛着行李卷走进丁家。

丁二泉恨恨地跺着脚出门去了。

郑管家受丁大户之托,负责安排周二虎的护院事项。周二虎跟在郑管家身边,熟悉丁家大院和各个套院的布局情况。两个人走走停停,老郑不时向周二虎交代着护院所应该做的。又高又宽又厚实的朱漆大门朝南开着,老郑说:看了没,走进大门先是外院,外院两侧两排房屋,左边的房屋供伙计、长工、短工和厨子伙夫居住,右侧的房屋是存放废旧家具和一应杂物的。

周二虎指指大门近端西边的古式建筑:那是做什么用的?

老郑说:那是门楼,过门楼再往西走就是内院了,雇你来丁家就是为保护内院的。走,咱们进内院看看。周二虎跟着老郑走进内院,老郑指指面前的建筑让二虎记住,内院分成前后几个套院,每个套院都是一进一出,既相互独立又相通相连。账房先生李世伦、管家老郑和二虎等几个家里贴近的人住在内院最靠近门楼的套院里,另外三个套院分别是东家、大少爷、二少爷三个丁家人住着。

周二虎问郑管家:大少爷不是已经过世了吗?

老郑说:你傻了,大少爷过世,不是还有大少奶奶罗玉芬吗?

周二虎问:少奶奶一直守寡?

老郑涮了周二虎一眼说:乡巴佬,就知道信口开河,也不看看这是什么人家,寡妇能随便改嫁吗?周二虎嘻嘻一笑,说:我年轻,见识少,别见怪啊。老郑朝周二虎转着眼珠:在这里护院要记住,大少奶奶的套院不准随便进去。

周二虎说:大少奶奶要是有事喊我呢?老郑想了半天说:那也得找个女仆陪着。周二虎连说:是是是,记住了。老郑告诉二虎,这内院只有角门或月亮门,因为闲杂人等根本不能进入内院,所以白天黑夜总是敞着。

周二虎跟着郑管家转了一圈,不由得惊叹这丁家的院子可真大,前前后后几乎占了半条街。内院占了宅基的七成,外院占了三成。这么大个院子,很难照应到角角落落。二虎受人之托忠人之事,一边各处查看一边想,夜里最好找处最高的地方隐住身子,既可留神院外,又可俯瞰全院。周二虎朝各处扫了一眼,目光定在丁大户所住套院的正房顶上,那里不光是全院的制高点,还有个高大的烟囱可以隐身。主意拿定,周二虎护院的把握也就做到心中有底了。二虎正自思考,郑管家开口了:周武师,你呢,得想法照料到各处,白天睡觉,晚上查夜。

周二虎说:我最喜欢晚上活动,可以练功。老郑说:别光想着练功,夜里尤其得打起精神,万一让歹人瞅了空子闯进院,丁家受了损失,每月五块大洋的佣金岂不是枉花了?周二虎原地打了个旋风脚:管家放心,我是练功巡夜两不误。

周二虎从这天起算是在丁家安营扎寨了。

这日马天成闲来无事,便信步出西门到运河上广安桥游玩。京杭大运河州城段全长二百八十多里,运河上常常是"舳舻首尾相衔,密次若鳞甲"。明清两代这里既是漕运的储存站又是转运站,年货运量、周转量、吞吐量都占运河各港口之首。马天成年轻时到河西外诊经常路过这里,当时运河里曾是樯橹船影,满河船桅,纤夫盈堤。沿岸纤夫起航的号子声声动十里。小船划向大船,大船靠向码头,小火轮鸣笛而过,漫河舟如穿梭。河水里,光腚戏水的半大孩子手扒船帮,露出半截身子踩水;钻出舱口的船家女人,张望着岸上成衣铺里的花衣

259

裳,停泊的船只炊烟缭绕,丹霞映白帆,残阳落处是夜泊。马天成还记得哪部书中有首诗曾描绘当时的州城漕运。"日中贸易群物聚,红甑碧碗堆成山。商人嗜利暮不散,酒楼歌馆相喧阗。"那时,桥口和码头旁游客如织,到处是商铺、酒肆、卖炸丸子、素馅包子、扒鸡、杂货日用品的游商走贩的吆喝声,此起彼伏。正因如此,州城才有"神京门户""九达天衢"的美名。

如今日寇占领州城,广安桥附近的居民就遭了难。听说日本人强迫附近老百姓给他们看管东西,老百姓太累了,睡着了,他们就把人捆起来,扔到铁路上去。有一位城里的穷人出城路过这里,日本人污他为小偷,竟然要抓起来活埋。幸亏他认识三清帮头目苏子明才保住性命。日军为了在运河水运上做到"以华制华",利用码头上旧有的传统帮会组织参与航运管理。这些帮会虽然受控于日伪政权,但他们也需要维护自身和船民的利益。去年夏天,一些船民想把给日本人运米时撒漏在船舱铺舱板下面的潮湿稻米卖掉,换点儿钱打发汉奸们的敲诈勒索,不想却被恶霸以偷盗日本人的稻米为由,送到日本宪兵队监狱关押。几名逃脱的船民向苏子明求救。苏子明与多方正常交涉,再三争辩,恳求,请求放人,但均无效,僵持中,他亮明了自己"德州船主公会会长""帮内负责人"的身份,日本人才把人放了。

马天成站在广安桥上向北眺望,可以看见运河东岸的岸边每隔一小段就有一个伸向河中高高架起的平台,这些平台就是运河码头。此时,码头上有的在往船上装货,有的在从船上往下卸货,在那些地方,不时响起日本人叽哩哇啦的吼叫,间或传来被皮鞭或枪托打伤后的装卸工的哀号。马天成在桥上站了一会儿,非但没有驱除心中的忧烦,反而增添了说不出道不明的悲伤与烦恼。他转身走下桥头往北而行,不知不觉间走过小西门又转到北门,他从北门入城往南,看到不远处"吕家医堂"的门面,便信步走了进去。

马天成在吕家医堂坐了一会儿,看看天色不早,这才想起应该回家了。离开时,吕之铭一直把马天成送出很远。马天成说:吕先生请留步,我反正眼下也是个闲人,以后再来找你聊天拉呱就是了。吕之铭笑了笑,说:在下求之不得,只是马先生脚步珍贵,轻易不肯驾临我小小医堂。马天成笑道:吕先生言重了,以往是医责在身难以得闲,如今不再坐堂,闲暇间会时时造访。只怕以后来的次数多了,吕先生还嫌我随意乱串呢。

吕之铭呵呵大笑:以往只见马先生不苟言笑,不承想还挺风趣。

两个人拱手作别,马天成顺街南行,走到北大庙跟前时,看到北大庙的台阶上围了一帮人,台阶上似乎有人在吵架。马天成急忙走过去,只见大庙台阶上有个药摊,一个本城汉子和摆药摊的外地郎中打起来了。外地郎中已被打倒在地,马天成见状连忙挤进人群去拉住本城汉子。本城汉子见是马天成,便停下手来:马先生,这个野郎中是个害人精。

马天成摆摆手,说:外地人来此谋生极不容易,得饶人处且饶人,兄弟为何要与这位郎中打架?本城汉子说他老婆脖子上生疮,原在吕家医堂治疗的,虽然效果慢了点儿,可是已经渐轻了。今天碰上这个野郎中,说是药到病除。老婆无知,就信了他,谁知敷了他的药面后,回到家就疼得满地打滚,到现在还在家狼嗥呢。汉子越说越有气,气得在台阶上跺着脚说:马先生,这种坑人的郎中该不该打?

马天成说:兄弟,弄清原委再作计较,消消气,啊,消消气。

汉子道:话说明了,我老婆如有好歹,一定让他偿命。

马天成把被打翻在地的郎中扶起来,外地郎中连连作揖致谢。马天成问他给病人所敷何药,郎中擦着嘴角的血渍流出眼泪:先生明辨,这个病人得的是蝼蛄疮,治疗此疮的药方里是不是要配白降丹?

马天成点点头。

郎中擦擦眼泪:俗话说,白降丹红升丹,敷上就像刀子剜,能不疼吗?病家不听在下解释,走上来抬手就打,你说我,我……

郎中悲从中来,说不下去了。

汉子说:别听他胡扯!说着伸手还要打郎中,马天成连忙拦住,说:兄弟这好办这好办,夫人现在哪里?汉子气哼哼地说:还坐在炕上大哭小叫呢。马天成问汉子家住哪里,汉子指指不远的院门:近着呢,要不那傻婆子能出门碰上这丧门星吗。

马天成问郎中要了支毛笔,写了几个字交给汉子,叮嘱他速去马家药铺找马洪良取这药水,敷上后可以立即止疼。汉子看来是个很疼老婆的,接过字条飞奔而去。马天成转向郎中施个礼:先生,请暂且收起药摊,待会儿跟我到此人家中给他老婆止疼如何?

郎中惊奇地看着马天成说:先生解了在下之围,感激不尽。敢问先生大名?

马天成谦和地回道:小可马天成。

郎中张大了嘴:您……就是马先生?

马天成笑一笑说:快收拾吧,一会儿这个人就回来了。

外地郎中把药摊收拾好,站在庙台上和马天成叙话,郎中说自己来到州城一带好多天了,有时在城里,有时到乡下。在州城附近行医过程中,时常听到传说城内崇德堂马先生有关治病救人起死回生的佳话,本想抽空前往拜访,没料到今天在这种场合遇上了。因为挨了那汉子一顿打,这位郎中觉得很难为情,马天成安慰他,说为人一世,特别是在外游医谋生,各种情况都会遇到,不必为此介怀。正说着,那汉子手捧一个瓷瓶从南边跑回来,见二人仍在庙台上,连忙招呼道:走吧,快走啊,说不定俺那口子早已痛昏过去了呢。

本城汉子手捧瓷瓶前边带路,马天成和提着药囊的外地郎中跟随着进了院,走进屋。屋内,一个中年妇女坐在炕上大声小声地哭着。这时,听到消息后赶来看热闹的人也相继而来,不大会儿就把院子屋子挤满了。

马天成让汉子把女人叫到炕边,他仔细看着女人脖子上的疮,疮面已溃,旁边有几个大小不一的疙瘩。马天成点头道:是蝼蛄疮,没错。

女人急咧咧地哭叫起来,说:什么有错没错的,不上药前啥事没有,上了他的药就跟刀拉似的。马天成安慰说:夫人不要着急,马上就能止疼。女人不认识马天成,只管闭着眼嚷嚷:你是神仙啊!

汉子呵斥女人不要无礼,说这是崇德堂的马先生。女人侧了下脸,继续哭泣。马天成要过汉子手里的瓷瓶,打开瓶塞,用一支涮干净了的毛笔蘸上药水洒在患者的疮面上。片刻后,女人嗞嗞哈哈地睁开眼:天啊,疼得轻了!

屋内屋外的人拍手称奇,汉子竖起大拇指,说:马先生真不愧是州城名医。马天成跟他解释,说:兄弟,这位郎中敷的药非常好,你夫人的蝼蛄疮再换上两三次药就可痊愈了。汉子和女人犹豫着似信不信,那位外地郎中见患者疼止,说既如此,可于疮面上再贴一膏药。汉子立即阻止,说好不容易止住疼,要是再疼起来,怕是神仙也没办法了。外地郎中看看马天成和汉子夫妇,大声说:在下和你们打包票,我今天不走,明天也不走,暂在城内悦来客店住下,五天后你来找我换药,两次敷药如若不好,你们把我的药摊砸了。

汉子见有马天成在旁为证,半信半疑但最后还是下了决心,他说服女人,让外地郎中在疮面上贴了一贴膏药。膏药贴在疮面上也就半袋烟的工夫,女人转转脖子下了炕,说一点儿也不疼了。马天成也觉惊奇,便朝外地郎中拱手道:先生有此神术,绝非等闲之人,可否到舍下一叙?

郎中施礼:在下正有此意。

马天成携了郎中的手,说着话走出屋门。

马天成领着外地郎中回到家里,走进内院,让入客房入座,招呼刘妮送进茶水糕点来。外地郎中见马天成如此恭敬谦和地招待自己,十分感激。他立起身,眼含泪水朝马天成深施一礼:阁下大名,在下早有耳闻,只因身份卑微,不敢冒昧拜望。今天如不是先生大义相助,我脸何在,命何存!

马天成赶紧还礼安慰外地郎中,说作为本地医家,对外来同仁是应该关照的,这是做人的根本,医家的品德。郎中点头赞许,神色犹豫地看着马天成:敢问马先生,刚才瓶中药水是为何物,缘何洒上就立见功效呢?

马天成见此人言语不俗,便以实相告,说瓶中之水名为"双乌水",有着麻醉效用,所以洒到疮面后一会儿就不疼了。外地郎中又问双乌水出自何书何方?

马天成犹豫了一会儿告诉对方,此配方是一部家传医书上的。外地郎中打了个愣:既是家传秘方,在下不便多问,只能虔诚致谢。

马天成将瓷瓶内的双乌水送给郎中,告诉他以后如再施用白降丹或红升丹时,可借便混用,这样能够减轻病人的疼痛。郎中也不客气,收了瓷瓶装进药囊,复又施礼:大恩不言谢,先生义举,容白云忠日后相报。

马天成打个愣:白云忠! 先生莫非就是青州药行高手一招仙白云忠?

郎中作个揖:正是在下。

马天成连连拍手:久闻白先生大名,天赐良缘,今日得见,实为万幸。

白云忠谦辞说:马先生过誉了,白某只是粗通药理,哪能称得上药行高手。马天成说:白先生不必过谦,早听业内同行说过,一招仙白云忠识药、辨药、制药技艺非凡。但凡医家有弄不清辨不明的药,经他过目毫厘不差;但凡有多年不愈的肿疡怪疮,经他之手无不药到病除,白先生真称得上名满山东啊。

白云忠说:在下识药断药略懂一二,若讲制药配膏治疗疮疡疖肿,那是家父当年的绝活。在下只是学了点儿皮毛,岂敢称得上名满山东! 一招仙之名,原也是家父之号,不知怎的,人们传来传去,就把这名号安在我头上了。惭愧,实在惭愧。

马天成给白云忠斟上茶水:先生有如此神术,为何还要游走江湖?

白云忠说:恕在下斗胆,我与家父性格有异,家父性喜稳重行医,我却喜欢四海为家。所以自从家父过世后,我便不开药坊,不置医庐,只是携囊执袋到处游走。就像春秋时期被人名之"扁鹊"的秦越人一样,"其之为医,或在齐,或在赵,或在洛阳,或在咸阳,有如鸟之翩翩,来去不定"。

马天成呵呵笑道:生性怪癖,必为异人。请问先生贵庚?

白云忠:虚度光阴,已逾不惑。

马天成说:先生只有四十多岁,却有如此名声,实在难能可贵。

白云忠:是因在下出道较早的缘故吧。

马天成说:我早想结识先生这位识药制药大师,因您行踪不定,很难寻觅,今日在北大庙前遇到,实在是意外相逢,命中缘分啊。

白云忠非常谦虚,他告诉马天成,自从到州城地界,就闻马先生大名,也是早想结识,只因没有机会。这次意外相遇,也算天赐良机。今天马先生给他解了围,免了难,感激之情刻骨铭心。更让他难得一遇的是"双乌水"的镇痛奇效,解决了他多少年来没有克服的大难题。

马天成明白对方是言出肺腑,也就直言不讳了,说自己对治疗疮疡也稍有心得,但凡疑难疮疡,总离不开白降丹和红升丹这两味中药,打丹炼药一般来说是每个医者的拿手好活,可如何解决敷药后的剧痛可能是许多行医者难以解开的心结了。自己在这上面着实下了点儿功夫，结合家传秘方，终于制成双乌水，也算是愚者千思偶有一得吧。

白云忠说:马先生所言极是,今日得遇双乌水,岂不是天赐良机神明眷顾吗?马天成问他是不是想得到这个配方,白云忠连连摆手:不不,贪得无厌医德不容,我不会讨要秘方,只要能和马先生双剑合璧,相辅相成,便就心满意足。

马天成说:白先生果然正人君子,马某有意请您暂在州城住下来,闲暇时你我也好盘经论道,肝胆相照互通有无。白云忠说:我也正有此意,烦劳马先生给我赁处药庐吧。马天成大喜道:举手之劳。

二人相互抱拳一揖,事情算是决定了。

白云忠下榻于州城悦来客店,每天上午在客店施医卖药,下午便去找马天成谈书论经。那位蝼蛄疮患者五天后在家人陪同下寻到悦来客店,白云忠给她换上掺了双乌水的散药后,不光再没像上次那样剧痛难忍,而且疮面上渐渐长出了新的肉芽。消息一经传出,前来找"一招仙"治疮疗疡的病人整天络绎不绝。

这天上午,马天成走进悦来客店。店主人连忙上前和马天成打招呼。马天成说要找姓白的客人,店主人把他引上二楼,右拐后走进第二个房间。店主人离着门口挺远就招呼:白先生,马先生前来拜访。

白云忠听到声音走出房间,冲马天成施个礼,说自己正打算下午仍旧前往马府拜访,却劳马先生的尊驾。马天成说:您初来乍到,是我的客人,每日拜访原该是地主之责,因为白先生忙碌,唯恐造访相扰,故一直未敢前来。白云忠连说:惭愧惭愧,在下来到州城,着实给马先生添了不少麻烦。

两个人说笑着走进房间,马天成问:白先生夜间睡眠如何?白云忠说自己整年价游走四方习惯了,无论到了什么新地方,好处是倒下便睡。马天成说:白先生心大量宽,真是好习惯。白云忠笑一笑自嘲道:这就叫随遇而安。

马天成坐下后说:今日前来,是想借着这个空儿和先生说说赁房一事,就在马某宅第斜对过,有个杂货铺打算歇业。我让邱管家去探了下消息,觉得租金还算合适。白先生如果有意,不如就把那铺面赁下来,开一医庐如何。

白云忠说:正合我意,与马先生为邻,白某人早晚也方便向先生请教。

马天成说:白先生客气了,这样的话,我就让邱管家前往洽谈。

那年月,生意好找,买卖难做,三天两头就有这个那个的店铺关门歇业。所以,白云忠先生的铺面租赁很顺利,价钱谈好,三天后店主就把房子腾出来了。

门面不大,前后两间。前间生意后间歇息,这是当时沿街门面的格局。在马家伙计们的帮助下,白云忠在前间里摆上一架格子柜橱,柜橱格子里放着盛药的瓶瓶罐罐,白云忠坐在案后,常年游荡在外的白云忠终得稳定,感觉十分惬意。白云忠抬眼瞧着斜对过的马家宅院心中暗道:马先生言必信,行必果,真君子也。

北街那对夫妇走进来,白云忠再次给女人撒上药粉贴上膏药。换药时,汉子见女人脖子上的疮面已大部愈合,想到自己曾经无礼,心中感到愧疚,红着脸道:这位先生,前日在下行事莽撞,失敬了,还请先生见谅。

白云忠说:不知者不为怪,何谈原谅。再说,如果不是那天与您的龃龉,我还无缘面见马天成先生呢,如此说来,在下应当去府上执礼道谢。汉子连连作揖:在下粗鲁,多有得罪,多有得罪。

白云忠给女人换完药后,问她现在感觉如何。女人说不光没疼,还觉着痒痒的。白云忠告诉他们这是药力渗透,痒得难受就摁一摁,不可用手乱抓。汉子和女人连连点头,说:先生的话我们记下了。

初夏时节,鲁北平原上依旧忽冷忽热,待到南风和北风几番较劲之后,天气温度才像点火前几日的砖窑一样渐渐升高了。这天上午,一身戎装的于天佐在火车鸣叫声里走出州城车站。他重返旧地,睹物思人,真是别有一番滋味在心头。

于天佐站在站前,很多行人走到他身旁就躲开了。几个协助日本人维护车站秩序的铁路警察走过来,警察看看于天佐的军衔,啪地一个敬礼:请问官长,需要我们帮忙吗?

于天佐摇摇头,警察们便哈着腰走到一边去了。于天佐左右看了看,叫了一辆人力车。人力车夫谦恭地把车拉到他跟前问天佐去哪儿,天佐往东一指:崇德堂。

人力车夫怔了一下,拉起车来往东跑去。

于天佐坐在车上,看着街旁的房屋快速往后闪去,脸上漾起一丝快意。

于天佐前年离开州城后,通过张桥镇的地下交通站很快找到了自己的部队。部队领导鉴于天佐的经历和军事才能,让他率领部分武装在运河一带进行游击战,有力地打击了州城以北的日伪军。随着战争形势的发展,今年初他又被委以重任,派到济南做地下工作。于天佐成功打入省政府,成为一名省警务厅的督察官。

于天佐乘人力车来到马家医堂门前,见门上方"崇德堂"的牌子已无,代之而悬的牌子是"马家药铺"。他问人力车夫是否知道原因,车夫是州城人,对马家的遭遇当然一清二楚:报告官长,马家是因为一个外来人招致了塌天大祸。那个外来人在马家长住治伤,让日本人知道了,说这个人是抗日分子,日本人把马家父子抓进牢里严刑逼问,马先生咬定那外乡人是自己女婿。马家为了营救父子二人,变卖家业,把崇德堂的医牌抵押出去了。马家为了活下去,只好改坐堂治病为卖药了。

　　天佐听车夫一说,立即明白祸端是由自己引起的,他很难过,也很惭愧,他没想到事情的后果这么严重,一时间真有些茫然失措,不知见了洪玉一家应该说些什么。他想,自己一走了之,却给马家惹下一场天大的麻烦,见了面洪玉一家肯定会先是吃惊,继之会骂他,撵他或者是干脆不理他。因此,于天佐做好了承受一切羞辱或责骂的心理准备,因为他感觉对不住这个家。

　　于天佐给了车夫一块大洋,车夫千恩万谢地拉着车走了。于天佐站在马家药铺前沉思了一会儿,因为有了心理准备,就不再犹豫,他快步走进马家穿堂门进入跨院,迎面遇到李天鹏。李天鹏眯起眼睛看清是于天佐后,非常平静地说:少爷,您到底还是回来了! 于天佐上前握住李天鹏的手,"哦哦"着却说不出话。李天鹏仍然口气平静:少爷,马先生老两口和小姐都在家呢,快去内院吧。

　　于天佐连说"好的好的",转身朝内院里走。于天佐走进内院,恰好看到马夫人从厢房里取东西出来。马夫人看到一个身穿军服的人先是吓了一跳,待看清是于天佐时,情不自禁地喊了声"咦咦,于公子回来了"。

　　听到夫人的喊声,马天成和洪玉爷儿俩先后从正屋门口探出了头,十分吃惊地看着于天佐。天佐赶紧迎上去,刚要下意识地行军礼,忽然觉得不妥,双膝一屈跪下来:伯父、伯母,晚辈对不起二老,是晚辈给你们惹了祸。洪玉,天佐做事有失斟酌,让你也陪着受连累了。

　　马天成的身子摇晃了一下终于站稳。稍沉,马天成走下台阶来到天佐面前:孩子,这是哪里的话,天有不测风云,人有旦夕祸福,为人一世,哪有顺顺当当不遇是非的呢。好在上天周转着禳灾祛祸囫囵身子回到家,已是不幸中的万幸了。快起来,快起来,咱爷们儿屋里说话。

　　于天佐给马天成夫妇一连磕了三个头,这才起身走进屋。于天佐坐在椅子上环顾左右,屋内摆设依旧,只是缺少了些许生气。于天佐看看马天成夫妇,短短两年时间,老夫妇脸上增添了许多皱纹,腰身好像也稍稍佝偻了。于天佐再看洪玉,洪玉仍是一如既往,打扮新潮时髦又不失端庄清雅,只是变得有点儿少言寡语不再好动活泼了。虽然这是年轻女孩更加成熟的标志,但于天佐瞧在眼里,心中仍有说不出的酸楚、难过。于天佐眼圈一红:伯父、伯母,天佐对不起这个家!

　　马天成摆摆手,说:孩子,是是非非全别讲了,你从哪里来,又到哪里去,为何这样装束? 于天佐告诉马天成夫妇和洪玉,说自己从满洲回来后,就在省警务厅供职,这次是特地回来看望他们一家的。马天成的神情先是有点儿吃惊怨恨,但随即就面色和缓平静如初了。因为他明白,像天佐这样的人,是轻易不会干出背叛民族伤害百姓之事的。除非有了特殊变故,但即使有了特殊变故,当今天下你又能奈其何? 他假意咳嗽了一声:天佐啊,所谓乱世无正业,眼下不论你干什么,能混口饭吃就行了。

于天佐连说"是是是",他转脸看了看坐在床沿上的洪玉,洪玉抿着嘴,正在用奇怪的眼神盯着他。他的心扑腾了一下,因为自从学生时代起,他就知道这是个有着玲珑剔透心的女孩,无论什么事,只要你做了或正准备做,就别想瞒过她。此时,于天佐真的害怕洪玉已经窥透了他,地下工作的保密性所决定,自己的真实身份是除组织之外不许任何人知道的。这个年龄不大但已身经百战处事练达果断的斗士,此刻在洪玉这位女孩面前却变得有些紧张心虚了。因为紧张而心虚,他的额头上冒出了细密的汗珠,洪玉瞧在眼里,起身走到脸盆架上拽下一条毛巾递给他:天越来越暖和了,看把你热的!

于天佐要在马家住几天,自然就被安排到了客房里。第二天早饭后,于天佐在客房里坐了一会儿走出,在院子里来回走了几趟进了正厅。此刻,马天成不在,马夫人在跨院里收拾东西,洪玉自己坐在室内看书。洪玉看到于天佐走进来,起身挪到床沿上坐下。于天佐问洪玉:伯父呢?

洪玉:大约又去一招仙医庐和白先生聊天去了。

于天佐坐下来,发觉洪玉又用那种奇特的眼神看他。他有点儿心虚,说:洪玉,你这眼光让我想起了咱们的学生时期。洪玉一笑,说:眼神和学生时期有什么关系? 于天佐说:那时你只要这么看我一眼,我的心就扑腾了一下。洪玉呵呵笑起来,说:你言过其实了吧? 于天佐:真的,绝对是真的。

洪玉起身给天佐倒了杯水送到他面前:那么,你这期间做了些什么,如今实际正在做什么,是让我自己琢磨,还是你自己说。

于天佐这次并没犹豫:还是你自己琢磨吧。

屋里只有洪玉和天佐,两个人亲亲热热地说着话,有时爽朗大笑,有时窃窃私语,但无论说到哪里,总掺杂着相思相念和离情别绪。

马洪玉在交谈中仍然细心观察着于天佐的神情变化。于天佐察觉到了,便问洪玉:琢磨透了吗,你感觉我做了什么? 洪玉仍是半开玩笑的口气:经我留意观察后,从所掌握的情绪心理学的角度推断,此时的于天佐仍是原来的于天佐,至于身份的改变,一定有其必然的原因。你今后作何打算?

于天佐:你怎么不追问我眼下的身份,只是问我今后作何打算?

洪玉:你不懂得什么叫心知肚明吗?

于天佐:还是那句话,奇女子!

洪玉:你还没回答我,今后作何打算?

于天佐:洪玉,如果你无异议,我想咱们快些结婚。

马洪玉说:我也是这么想的,州城里从日本宪兵队到公署到街坊邻里都知道你是我的未婚夫,如果迟迟不动难免惹人生疑。如今正好以你的现实身份速行婚娶之礼,既可圆你我的燕尔之梦,更可避免某些人说三道四从而导致日本人怀疑。

于天佐说:仓促行事,伯父伯母同意吗?洪玉说:父母那里,自有我去想法劝说,眼下,你就做好当新女婿的准备吧。于天佐陶醉了,忘情地走上去把洪玉揽进怀里,不顾一切地亲吻洪玉。洪玉依偎在天佐的胸前,气促,娇喘,她闭上眼睛,享受着有生以来最直接的幸福和甜蜜。

两个人缠绵许久,洪玉忽然轻轻移动身子:娘来了!

于天佐慌忙撒开洪玉朝门口望去。门口没有人影,院子里也寂无声息。于天佐明白了洪玉是在捉弄他,喘着气说:你吓唬我!

洪玉拢拢头发:你力气好大,把我箍得喘不过气来了。

于天佐:我真傻!

26

马洪玉和于天佐在屋里亲密相拥时,马天成和白云忠正在一招仙医庐对坐闲聊。白云忠问马天成,说:昨日看到一位身着军服的年轻人站在你的门前久久不动,后来走进院里再没出来,不知是尊驾何人?马天成也不避讳,说:这个年轻人就是让我入狱坐牢失掉医牌的于天佐。如果当初弄清他去了哪里,或者没有小人从中作祟,也许就出不了那许多是非。白云忠说:如此看来,这年轻人来历不浅啊。不过马先生为州城名医,虽然失了医牌,坐堂侍诊也未尝不可。

马天成说人言可畏,他不愿意听到那些口舌是非。白云忠啧啧连声:也就是你们这里有此陋习,治人疾病如同救人水火,岂有失了医牌不能行医之理?我劝马先生不要在乎闲言碎语,只管继续坐堂行医。

马天成说:虽是陋习,然陋习难除。要想无牌行医,除非回到原籍。

白云忠怔了怔:原籍?马先生不是州城本地人?

马天成说:忘记相告先生了,我家原籍济宁府,少时因家中为官司所累,家父带着全家欲出走塞外,没想到行至此处,滞留店中,无意间医好了几例顽疾。州城人敦厚好客,就把我一家留下了。如今算起来,已经快五十年了。

白云忠站起身说:马先生既是济宁府人,有一名医马建霖先生您可知道?

马天成低下头说:正是家父。白云忠"啊啊啊"地一连惊叫了好几声,说自己小时候就听父亲说过,济宁府的国术大医马建霖名播齐鲁,后来为官司所累携家出走再无下落,没想到竟是马先生一家。白云忠嗟叹之余又击节叫好,说生辰迟晚无福得见马建霖老先生,今日能与其后代相遇,也算是福分不浅。

白云忠原来只知马天成是州城名医,当得知他是济宁名医马建霖的后人时不禁肃然起敬。不长时间的交往,白云忠对马天成的医学修养和做人品德心悦诚服,于是,他提出自己愿意以身做股投靠马天成,帮助马天成打理他的药铺。白云忠说:只消你我联手,制作我们的膏丹丸散出卖,则筹款不难,医牌不日可赎。彼时,马先生即可名正言顺地坐堂行医,我也可借此得以施展自己的手艺。

马天成听了大喜过望,拍着手说:白先生如能屈尊纡贵,可真是喜从天降了。

当天晚上,马天成和夫人坐着闲聊。马夫人告诉马天成,说:洪玉今天悄悄和我商量,说天佐这次回来准备和她完婚,让我问问你同意不同意。马天成并不阻拦,一是双方曾有承诺并且外人都已知晓,二是洪玉年龄的确也不小了,再不成婚难免惹人说三道四。他望着老伴说:只要你同意就行啊。马夫人说:那么我明天告诉玉儿,就说你同意了。马天成想了想:既然天佐不是本地人,这婚礼就在咱马家院里举办,场面大一些,也让外人看看,这个女婿可不是假的。

老两口又不免谈到了订婚帖、大小聘礼的问题,马天成说:这孩子一个外地人,免了,全免了。马夫人稍有不悦,说:马马虎虎就把个闺女嫁了?马天成摇摇头:你看你,怎么倒磨叨起我来了,玉儿那性格你又不是不知道,惹急了她,跟着天佐悄悄跑了,岂不是更丢人现眼吗?

马夫人一时语塞:那,那行吧。

周二虎自从在丁家做了护院武师后,白天睡觉,晚上巡夜,真可谓谋而忠交而信,为雇主之托兢兢业业。

这晚天交二更,一个黑影悄悄走到周二虎所住的套院里。此时,与二虎同院居住的账房先生李世伦和管家老郑的屋子里已经熄灯,黑影走到他们窗前听了听,知道二人已经睡下,就又悄悄走到周二虎所住的房前。二虎的屋里没有灯亮,黑影听听里边没有动静,禁不住轻轻顿了下手中的棍子嘟哝道:果然不出我之所料,这小子还真是睡了!

黑影蹑手蹑脚走到周二虎窗前,侧着脑袋往屋里听,屋内悄无声息,也没有睡觉的喘气声。黑影又低声嘟哝,说:这小子是个拳把式,睡觉肯定也和一般人不同,我得进屋看看。黑影转身走到二虎的门口,只见屋门虚掩,黑影朝身后看了看,轻轻一推,门就推开了。黑影潜入屋内,蹑手蹑脚走到土炕前,在黑暗中伸手朝炕上摸。黑影摸着了周二虎的被窝,被窝是空的。黑影再往炕上其他地方摸,竟没摸到人。黑影咕哝着,说:还真他妈妈的怪了! 黑影在室内寻找着,室内除了家具没有人。黑影轻轻舒了口气:冤枉了二虎,二虎并没睡觉,是巡夜去了。

黑影悄悄走出屋子,回头关上了房门。黑影走出这个套院又进了另一个套院,从另一个套院再走进另一个套院,却始终没看到周二虎,黑影嘟嘟囔囔着,说:莫非这小子升天了,地遁了? 黑影看看天已夜深,犹犹豫豫朝最里边套院走去。黑影正走着,忽觉厢房顶上黑影一闪,他不禁打了个寒战。黑影从厢房顶上收回视线,却见周二虎手持哨棒立在他的面前:东家,你放着好觉不睡,各处转悠什么?

夜色中,看出黑影是丁大户。

丁大户吓了一跳,问周二虎刚才在哪里。周二虎说:我一直跟着保护你,这么晚了你串了三个院,就不怕遇到悬乎事吗? 丁大户说:你一直跟着我,我怎么就没看到你? 周二虎说:你怎么能看到我,每到一院,我要先上房藏在烟囱后边的暗处,这样不论院里有什么动静,我都会看得一清二楚。丁大户点点头,说:你小子真是高手,我放心了,每月五块大洋没有白花。周二虎说:东家你吃不了亏的,花的钱多,买的盐咸。丁大户笑了,说:我告诉你,要是今晚你躺在屋里睡大觉,明天就辞退你个挣钱不下力的家伙。上次那个护院的师傅,就是被我发现夜里光睡觉不巡院辞退的。周二虎:如意算盘打错了吧,东家您老也不想想我是干吗的。

丁大户窃笑:我还告诉你,马家闺女玉儿明天嫁人,马先生已给了我请帖。大约想到你给我护院白天睡觉,就没告诉你。你说,你是去呢还是不去?

周二虎说:去呀,玉儿姐姐大婚,我能不去吗。

丁大户说:对对,应该去。

丁大户说完刚要回内院,忽然又站住了。以往他听人说练武的练到一定火候能飞檐走壁,总是不大相信。今晚见周二虎来去无踪,确实有些离奇。他想亲眼见识见识二虎是怎么上墙下房的,便让二虎也给他"飞檐走壁"一回。二虎说:东家不必全信,人又不是鸟儿,在房脊上走走跑跑能办到,至于"飞"嘛,必须得借助墙体和冲力。丁大户好奇心大,说:不管借助什么,你露一手我看看就是了。二虎心想这东家原来还是个老小孩哪,真想开开眼界呀。说了声"东家你看着",一闪身蹿到墙角下,双脚蹬着两边的墙嗖嗖几下到了房檐。周二虎单手钳住房檐瓦,身子一旋上去了。丁大户目瞪口呆:娘哎,五块大洋确实没白花!

于天佐和马洪玉举行婚礼那天,因为天佐如今是省警务厅的督察,公署刘知事和警务局长都来参加了。日本宪兵队长也送来贺礼贺幛。虽说场面并不是马天成想要办的那么大,但却办得很实惠,很风光。婚礼上,前来赴宴的张道山看着马天成的姑爷眼熟,但一时又想不起在哪里见过。他不住地敲着自己的脑袋,这人好面善,到底是谁呢?同席的吕之铭见他如此,禁不住探过身子询问:张先生,你头疼咋的?

马家院里,吹鼓手敲起锣打起鼓,唢呐声嘹亮欢快。

周二虎在帮忙照顾客人,时不时地走到李天鹏跟前商量着什么。

于天佐一身戎装,马洪玉时髦打扮。两个人往来于宾客之间无拘无束,既有传统的喜庆之象,也有"新生活运动"所提倡的现代风尚。这种新式婚礼在州城人来说闻所未闻见所未见,因此来看热闹的人特别多。

于天佐和马洪玉从东院走向西院时,在月亮门前遇到了周二虎。洪玉停下来对夫君说:天佐,这就是我曾多次跟你提起过的周二虎。

周二虎立定身子笑嘻嘻地看着于天佐:于大哥好!

于天佐拍拍周二虎宽厚结实的肩膀:真壮啊,二虎弟弟像座铁塔。

周二虎指指西院,说:玉儿姐,婚礼开始了,你和于大哥快过去吧。于天佐握了下周二虎的手,和洪玉穿过月亮门走进西院。这时,主婚人和证婚人先后出面。司仪宣布了新婚仪程,新人向来宾鞠躬致意,前后不过十分钟,这婚礼程序就已进行了大半。既简单,又新派,参加婚礼的人大开眼界。

李天鹏和周二虎没有参加婚礼,更没加入喜宴,他们一个站在西门口,一个站在东门口,专司护院和报信。婚礼进行中,门口传来周二虎的报喜声:刘知事和孟局长前来恭贺!参加喜宴的人们起身迎接,刘知事和孟庆周向大家展示了他们送给一对新人的礼物,崔麻子递上日本宪兵队队长丸山造的贺幛。上席的陶居正笑逐颜开:马家今天脸面可真大,连地方官和日本人也送了贺礼。

吕之铭说:新女婿是当今省警务厅的督察,地方上惹得起吗。

同席的张道山一怔一怔的,他再次敲敲脑门擦擦眼睛:怪哉怪哉,这新女婿好眼熟,我真的好像在哪里见过。

吕之铭凑上去:张先生,打刚才你就敲头打脸的,是不是患了头风?

张道山摇摇头:不。

吕之铭说:那干吗从入席后就一直总是擦眼抹泪的?

张道山白了吕之铭一眼低下头去,努力回忆自己曾经见过的人。身边的一位宾客请他闪一闪,说要出去方便方便。这位宾客的话像电石火花猛地一亮,张道山立即想起那年中秋后的事情,他和高药工往内院东南角的厕所走去时遇到过的那个人——张道山猛地抬起头:啊!难道真是他?

吕之铭吓了一跳:谁啊张先生,一惊一乍的!

张道山赶紧掩饰说自己想起了昨天看过的一个病人,见吕之铭仍旧狐疑地看他,忙说:开席了,开席了!

于天佐和马洪玉成婚后,天佐照旧到济南上班,每逢星期天回到州城马家与洪玉相聚。有身在警务厅任职的姑爷撑着门面,有一招仙白云忠的全力相助,有洪玉和洪良的悉心打理,马天成心中踏实了。他不再提起返回济宁之事,而是像在关帝庙会上一样在门前摆案义诊,施医舍药,似乎虽无招牌也不再担心有人说风凉话。马天成的人品医术重新折服了州城一带的患者,张道山的颐寿堂又渐渐相形见绌了。

不过毕竟崇德堂没有正式开张,张道山坐诊颐寿堂病人仍旧络绎不绝。姜药师忙于配药,从医堂走到药房,又从药房走回医堂。天色渐渐黑下来,待将最后一个病人送走,张道山洗洗手擦把脸说:从中午忙到现在,累得喘气都不匀了。

姜药师拉上医堂与药铺间的过道门走过来,听到张道山自言自语,便凑到他面前说:马先生失了医牌,和赋闲在家差不多,这州城医界中就数您张先生的医道高,病人能不多吗?过些日子夏热到来,肠胃病会更多。

张道山把毛巾搭在晾条上坐回原处,语气半埋怨半开心。他说:马天成也太犟,听说陶居正和吕之铭找过他,让他给大伙说几句好话赎回医牌,可他总是护着个脸面,非要靠自己的能力不可。这倒好,你要等就等吧,再有几天,这崇德堂的医牌就归我了。姜药师一时没解开张道山的话,直瞪着两眼不知怎么回答。张道山看他一眼笑笑说:当时的文书上写着嘛,一年赎不回,医牌归庄股。

姜药师"哦"了一声:这么说,马天成是动手太晚了。

张道山狐疑地看着姜药师,因为他听出姜药师话里有话。姜药师就给他解释,说:其实马先生已经开始张罗。张道山说:他一无医牌二无资金,靠什么张罗?姜药师告诉张道山,上个月来了个外地郎中,说是青州白云忠,外号一招仙,不知怎么一头扎到马先生怀里。一招仙是个制药行家,听老邱说已与马先生合股制药呢。

张道山立即警惕并认真起来:哦!他们制的什么药?

姜药师说:据我所知,多是膏丹丸散类,比如二仙丸、人参再造丸、大风丸、万应宝珍膏、伸筋丹、木香顺气丸、舒肝丸、大小活络丹、狗皮膏药、定心丹、活血镇痛膏、二母丸、蛇胆陈皮末、小儿口疮散……

姜药师说得口冒白沫,张道山听得目瞪口呆。张道山追问马天成他们在哪里制成这些药。姜药师显得有点儿吃惊:哟,我以为张先生你知道呢,原来是两眼一抹黑呀,人家的制药作坊就在马先生的套院里。

张道山好像不相信:制药的目的在于销,他们去哪里卖?

姜药师说:有的在马家药铺里卖,有的在白云忠的一招仙医庐里卖。张道山听了不屑地笑笑,说:光这两个地方能卖多少,对于赎回医牌无异于杯水车薪。姜药师可不这么认为,他说他去看了,他们还有另外的路子,一是整批整箱地发给乡下药贩子,二是雇了专人挑着去四街和乡下叫卖。

张道山说:如此看来,马天成是真动了脑子了。

姜药师说:所以呀,别看你整天忙活,可咱颐寿堂的收入并不增加。

张道山很吃惊:为何?

姜药师用手指指东边:你开出的成药,病人大都去马家药铺和一招仙药庐买,人家成本低,价格也低。再说,同样的药,咱们从济南和天津进的货,有些药效竟赶不上人家制出来的。

张道山忽地站起身:大意失荆州啊!姜师傅,明天你再去探探消息,看马天成的药坊和成药出售情况。要是这样的话,以后我就不能多开成药方子了。

姜药师说:好吧好吧。

几天后的清晨,姜药师躲在马家药铺远处胡同口的僻静处,不时地探出头来朝那里张望一下。太阳升起,两个伙计在药铺门前摆了一张桌子,桌子前后放了凳子,桌子一侧竖起一根木杆,杆上挂着一条布幌,幌上写着"义诊"二字。

布幌在晨风中轻轻扬动,不大会儿马天成走出大门,坐在桌后,神态轻松。

这时,前来就诊的病人一个接着一个。马天成开出汤药药方,病人手拿药方到院中药铺抓药;马天成开出丸散膏丹,病人拿着药方到对过一招仙医庐取药。太阳越升越高,马家药铺门口不时有药贩进进出出,有的搬着木箱,有的扛着袋子,药贩们相互打着招呼,一个个神采飞扬。一辆人力车从西边过来,人力车停在马家药铺前,身着警服的于天佐从车上跳下来。于天佐走到马天成面前说了些什么,马天成点点头,于天佐提着箱子朝内院大门走去。

马天成继续"义诊",病人仍旧络绎不绝。

姜药师咬咬嘴唇:马先生啊马先生,还真有你的!

姜药师绕了圈子溜回颐寿堂,待张道山把病人打发走了之后才凑到跟前。

张道山问他情况如何,姜药师惊叹道:这几天药房里卖药数量有限,原以为是你开的成药都让马家药铺和一招仙医庐争去了呢,今日才知,原来是马天成已不再"闭关",已在自家门前撑起"义诊"大旗了。

张道山眨巴着眼盯住姜药师的脸,好半晌才像梦中初醒:现在吗?

姜药师:我问了问东街的人,说是有几天了。

张道山:病人多吗?

姜药师:一个挨着一个。

张道山咂咂嘴,起身在室内踱步:啧啧,我说近些日子病人比以往少多了呢,原来他又出来了。这么说,马天成准备东山再起呀。

273

姜药师:马先生精神头很足,虽是在露天地里义诊,仍旧细致认真一丝不苟。

张道山说:看起来这州城第一的名号,马天成要争回去呀。

姜药师说:我还看到马先生的姑爷从济南回来了。

张道山停下来,双眉紧锁:还是身着警服吗?

姜药师点点头。张道山眯起眼睛:老姜啊,说实话,马天成发财我不嫉妒,马天成想争回州城第一我心里不舒服。原想这样抻下去,再抻上几年他就得垮,不料他却唱了一出钓金龟。马先生如今有身在警务厅任职的姑爷撑着门面,有一招仙白云忠为他制药,有儿子女儿帮着悉心打理,他心中踏实,也就上了精神头了。可是,他无牌行医,怎么就不怕城里同行说风凉话呢?哦,我想起来了,州城自古有这习俗,摆案义诊,施医舍药,虽无招牌也能使得。

姜药师吸了口气说:这一来,咱们颐寿堂怕是要再次处于下风了。

张道山在医堂里走走停停,一直冥思苦索,口中喃喃着:老姜啊老姜,你跟我多年,隔着姓氏不隔心,我不能让马天成压过去。张道山说着,从桌上抓起一张包药纸撕破揉碎。姜药师吃惊地看着张道山,心想张先生这是怎么了,就像完全变了一个人似的。姜药师正纳闷张道山何以变得越来越褊狭,忽听他的东家说:一年赎回医牌的期限已过了,我决定用马家抵押的招牌在马家药铺旁开一爿崇德堂,再拉上一直和他过不去的丁二泉入股,看他马天成怎么受。

姜药师有点儿慌:张先生,一家医堂就够您忙的了,再另辟一爿,两处医堂一位医师,顾得过来吗?

张道山望着窗外,脸上现出胜券在握的神色:我虽无分身之术,却可两边行走。上午在东,下午在西,两边的病人尽经我手,让马天成的义诊幌子在马家药铺前晃吧,不出一两年,他就会自动退隐江湖。

姜药师:张先生,这一手……

张道山摆摆手说:就这么定,明天我就找马天成的好友白云忠给传个话。

因为自马天成遭难后一直春风得意马蹄疾,张道山越来越心高气傲了,他更自私,更褊狭,他不能任由马天成再次压过自己,为了争回面子击垮马天成的自尊心,竟然打起了这种釜底抽薪的主意。这一行径当然完全出乎马天成的意料,他本想攒够资金找到亲家和几位股东赎回"崇德堂"医牌,压根没想到这位亲家如此无情和荒唐,竟然冷不丁给他来了个暗度陈仓。

张道山这个人说干就干,平时为人处世便有些不顾情面,如今心里憋着一股气,更无瞻前顾后之虑了。第二天他果然就找到一招仙医庐,把自己的意思向白云忠全盘托出,并让白云忠立即转告马天成,说他已经在东街租赁了门面。临走前张道山又加了一句文言——勿谓言之不预也!

这事非同小可,白云忠当天晚上就到马家药铺去了。

马天成听白云忠一说,待了半晌没作声,他在室内走来走去,最后仍然有点儿不大相信。他问白云忠:是张道山找到你亲口这么说的?

白云忠说:千真万确,是张道山当面亲口对我说的。当时我也不敢相信,因为这一行径完全出人意料,你们毕竟是儿女亲家啊!马天成叹着气,说:我本想再攒上两千银洋就找那几位股东从他手中赎回"崇德堂"医牌,没料想……

白云忠说:这事要是出在别人身上情有可原,可张道山竟然这么做,看来,此人真的是交无忠、谋无信了。马天成驻足室内,仰天长叹:医牌在人家手里,毁、坏、张、挂概由人便,你既不能争,也不能辩,只能眼睁睁看着,捂住心口忍着。天成无能,有辱先祖啊!

灯光下,马天成满脸是泪。

白云忠起身走到马天成面前,说:马先生勿虑,我有个办法,管叫他张道山计不得逞。马天成摇摇头:先生大才,马某深知。只是谋事在人,成事在天,看来我马家医风至此当断,先生不必再作他想了。

白云忠摇摇头,说:马先生你与我看法恰恰相反,我主张谋事在人,成事也在人。你就等着瞧好吧。马天成擦擦脸上的泪,问白云忠有何良方,白云忠低声说如此这般……马天成脸色渐渐好转,末了说:全仗白先生周旋了。

几天后,距马家药铺以东百步,一处新的崇德堂开张,崇德堂医牌高悬于门楣上方,州城名流士绅纷纷前来恭贺。新立起的崇德堂前,鞭炮声、锣鼓声声声相连,孩子们飞快地在人们中间穿来穿去,张道山站在医堂前迎来送往。

新立起的崇德堂门旁安一长桌,姜药师坐在桌后,有前来贺喜的走到桌前,姜药师马上立起身:先生认股吗?

有人问总共多少股,姜药师说:八十股,每股一百大洋。主家张先生为庄,我已有四十股计大洋四千在里面了,丁家二少爷入了十股计大洋一千元。这样算来,还有三十股的余额。有人又问是不是按股分红,姜药师说:先生说笑了,天下哪有不按股分红的买卖。

崇德堂医牌名声在外,人们觉得入这个股肯定不会赔钱,便你三股他两股地加入。姜药师取出契约让入股者签字画押,入股者从怀里掏出银圆或银票交给姜药师。桌子前时而清闲时而忙碌,姜药师美滋滋地清点核实着账上的股东名字。

迎来送往的张道山不时朝西看几眼,他想马天成一定得前来恭贺反之肯定是来责怪他。他已想好应对词句和借口,认定兵来将挡水来土掩就是了,当然不战而屈人之兵更是上上策。然而,马天成始终没有露面,张道山脸上的表情先是紧张后是失望,他好像明白马天成对他的计谋已经识破。他走到桌边俯身姜药师面前说:我原想当着大家伙的面让马天成尴尬,不想他连面也不露了。

姜药师说:张先生,这本是当众打脸丢面子的事,人家马先生能来给你贺喜吗?哎哎,张先生你看,马先生的好朋友一招仙来了。

张道山朝西望去,果见白云忠优哉游哉地朝这里走来。白云忠笑嘻嘻地走到张道山跟前,朝张道山深深一揖:恭贺张先生双龙御雨财源滚滚啊!

张道山连忙还礼,他先谢了白云忠从中周旋之谊,接着说自己是这么想的,崇德堂医牌闲着也是闲着,何不借鸡生蛋。再者,州城多家医堂多一处方便,病人可以少跑许多路,省了工夫也省了脚力。白云忠说:张先生真是深谋远虑呀。张道山说着话直往旁边账桌上瞅。白云忠会意一笑:这阵势是自愿认股啊?

姜药师站起身打招呼,说:白先生如能认股的话,更是崇德堂的福分。白云忠走过去问了股份和股金的情况,站在桌前犹豫着。张道山凑上来:白先生,月月计息,年年分红,合算得很哪。

白云忠仍旧犹豫。

姜药师:白先生速做决定,股数不多了。

白云忠咬着嘴唇想了想:还剩多少股?

姜药师拨拉着算盘,脸上堆满了笑:白先生快下手吧,还有二十五股。

白云忠掐着指头计算什么。

张道山和姜药师的目光同时盯着白云忠。

白云忠跺跺脚:攒着也是白攒着,不如像张先生所言,借鸡生蛋。我入十股。

张道山一拍手:好!道山一身兼着两家医堂,正愁资金拮据,如今药行名士白先生投股,正是大旱逢甘露,苍天佑道山哪。

白云忠说:马先生曾和白某人谈起,他现在无力赎回医牌,如果崇德堂能够重新得立,也想入股为东。说这样虽然不再坐堂应诊,却可聊以自慰。

张道山听了白云忠的话,扬扬眉毛说:天成的心情张某自当理解,只是他今日为何没有露面呢,莫非对张某人此举怀有成见?此事还请白先生予以宽解才是。

白云忠说:马先生为人宽和,对张先生此举不会介怀的,我便问问就是了。

张道山作揖:承蒙白先生从中斡旋,张道山感激不尽。

白云忠还礼说:张先生客气了。这时姜药师已经递过契约书请白云忠签字画押,白云忠说自己身上没带着钱,得回去取来银票再签契约。张道山和姜药师几乎同时说道:先把契约签了,难道还信不着你一招仙白大先生吗?

太阳爬上树梢,天地间一片明亮与清新。

许多病人聚在马家药铺前等着马天成出来义诊,候诊者不时地瞧着东边新立崇德堂前的热闹景象议论纷纷。有人说:崇德堂原是马先生的,怎么张先生却在那边立起来了?有病人接着解释,说:马先生摊了官司后,把医牌抵押给了张家,期限已过,张家自然要另立医堂了。一位老人站在旁边轻声叹气,说:马张两家本是姻亲,张先生这么做似乎不仁不义。另一位患者走到老人跟前说:老先生也别怪姓张的,买卖行里无兄弟,马先生无力赎回医牌,也只能听之任之。

两个药房伙计抬着桌椅条凳出了门,伙计安置好桌椅,随后马天成端着茶杯走出来。马天成坐在桌后看看大伙拱手说:让父老乡亲久等了。

天地间没有风,挂在桌旁木杆上的"义诊"布幌低垂着。马天成义诊开始,他向第一位候诊病人招招手,病人走上前去,后边的病人自动排起了队。

马天成给病人诊脉时,不由自主地朝东边瞅了一眼。东边新立崇德堂前很热闹,许多人在那里进进出出。马天成轻轻摇了下头,仍旧凝神专注于自己的诊疗中。过了不长时间,只见白云忠和颐寿堂的药房伙计小程脚步匆匆走过来。白云忠走到马天成身边,低头和马天成说了几句话,就和小程去一招仙医庐给张道山取钱。马天成侧目间,看到张道山正朝这里张望。

中午时分,白云忠来到马家找马天成商议有关入股新立崇德堂一事,两个人坐在客房桌边,一边喝茶一边聊着。马天成起身给白云忠茶杯里斟上水,说:白先生,你这个计谋不能不说很高明,可我总觉得咱们这么办有点儿胜之不武。

白云忠说:是他张道山不仁在先,你马先生不义在后。

马天成说:如此说来,算是个平手。

白云忠说:马先生如无顾虑,我当以此找张道山为你入股。

马天成沉吟半晌,喝口茶水:道山兄啊道山兄,我马天成一生磊落,如今也不得不做一回小人了。事到如今别无他法,必得庄敬自强重振家业。

白云忠站起身来:既如此,今晚我就去颐寿堂。

晚饭后,月亮悄悄爬上天空,夜风吹动着远天的白云在月光中滑过,银色的光晕在轻轻闪动,留下一片片半明半暗的阴影。张道山和姜药师坐在颐寿堂里喝着香茶,兴奋地谈论着白天新立崇德堂的盛况。姜药师明白自己的东家是个看上去高雅大方而实际冷酷无情的人,所以事事都顺着他说。张道山说:今天马天成虽然照样门前义诊,但病人并不是太多。姜药师笑一笑,说:一旦新立崇德堂开业,马天成的义诊卖药过不了多长时间就得自行退缩。两个人正商量两处医堂兼而顾之的次序,忽然外边有人敲门。张道山:天已戌时,还有病人来呀。

277

姜药师走到窗前朝外观望,外边月色很亮,清楚地看到一个人立在门口。姜药师回过头来压低声音说:张先生,是一招仙。

张道山示意姜药师快开门,姜药师拨闩开门后,白云忠笑呵呵地走进来。张道山迎上一步,朝白云忠拱拱手:白先生夜晚造访,定有要事吩咐吧?

白云忠拱手还礼:张先生神算,白某人当然是无事不登三宝殿。

张道山把白云忠让到椅子上坐下,从暖壶中给白云忠倒了一杯热水放到客人面前:已临深夜,再烧水沏茶来不及,白先生凑合着喝杯开水吧。

白云忠喝了口白开水,说:张先生不必客气,我之所以黉夜相扰,是为了马先生入股新立崇德堂之事。张道山眉毛一挑:天成真要入股崇德堂,那可是天助我也,正愁一人难顾两处呢,天成如能入股,可以请他抽空帮忙啊。

白云忠点点头说:张先生想得真周到。他把茶杯移到桌边:我好容易说通了他,只是马先生眼下钱不凑手,想以他方挪动挪动顶替银洋入股,不知张先生允否?

张道山把茶杯移回到白云忠的面前:说说看,说说看。

白云忠说:马先生想以自己的家传医书《天方秘籍》替钱入股,张先生以为如何?张道山哆嗦了一下。朝白云忠面前凑了凑:先生再说一遍。

白云忠把刚才说的话又重复了一遍,只见张道山四指拍着桌子:嗨嗨,天成啊天成,以世传秘籍入股,你值得吗?

白云忠:这么说,张先生是不答应了?

张道山瞧瞧姜药师,姜药师在看他;张道山看看白云忠,白云忠端起杯子喝水。张道山深深地吸了口气压住心跳:我是替天成兄弟难过啊,到了把世传秘籍入股顶账的地步,何以面对先祖!

白云忠放下手中水杯冲张道山笑笑站起身,说:那么我就回复马先生,说张先生不肯赏脸。白云忠拱拱手转身朝外走,姜药师先行一步去开门,张道山跳起来把白云忠拽住。张道山把白云忠重新按在椅子上:原来白先生也是个急性子啊!

白云忠说:天色已经不早了,我得赶回去说与马先生,免得太晚了耽误睡觉。

张道山说:你得等我把话说完啊。

白云忠:在下洗耳恭听。

张道山说:既然天成把话说了,我也不好拂他面子,不知他欲书典多少股?

白云忠把两个食指交叉:这个数如何?

张道山惊问道:十股吗?

姜药师凑过来,欲言又止。

278

白云忠看看二人问:不值?

张道山摇摇头:何谓不值,简直对张某人来说就是天赐。

白云忠说:张先生您的意思呢?

张道山一挥胳膊:再加十股。

姜药师一脸吃惊:张先生,我们股存只有十五股了。

张道山说:无妨无妨,从我那四十股里抽出五股挪给天成。

姜药师低头想了想:好吧。

张道山说:姜药师你快取契约书来,请白先生代为签字,明日再请天成画押。姜药师答应着拉开北墙边的抽屉,取出两份契约书送到白云忠面前。张道山从窗前案上取过笔墨纸砚:白先生,您文牍烂熟,代为执笔吧。

白云忠犹豫着:张先生,如此大量钱财事宜,我执笔合适吗?

张道山唯恐白云忠所言有变,令自己朝思暮想的《天方秘籍》流于一旦,他急不可待地说:有何不可,明天再让天成画押嘛。

白云忠拿起笔来:唉! 这实在是生死文书。天大的干系,让我白某人担了。

白云忠在两份契约书上"中人"处签下自己的名字,并在两份契约书的下边注明:是以马家世传《天方秘籍》为典二十股。张道山取过契约书在灯下仔细看了两遍,噏起嘴唇把契约上的字迹吹干,然后小心翼翼把契约叠起来。

张道山在屋内各处逡巡着存放契约的地方,转了几圈找了好几个地方都觉不保险,最后还是把契约书揣进自己怀里。

张道山笑眯眯地盯着白云忠问:白先生,明天我让姜药师把两份契约书送到一招仙医庐交给你,还是……

白云忠打断他的话:明天早饭后,姜先生叫上我,我们一块儿去马家如何?

张道山说:好好好,这么办更保险了。

27

第二天早饭刚过,姜药师就到一招仙医庐找到白云忠,请他陪同前往马家找马天成在昨晚的契约上画押。因昨晚白云忠从颐寿堂出来后就直接到了马家,把此事的前后过程和马天成细细述说了一遍,所以马天成已是成竹在胸。今天一早马天成就在马家院门口转悠,见姜药师进了一招仙医庐,明白两个人马上就会来找他,便回到院里平心静气地等着。

白云忠陪着姜药师走进马家时,马天成已是站在书房门口了。彼此寒暄之后走进书房,照例是茶水糕点伺候。白云忠和姜药师坐在靠窗的书案旁,马天成坐在桌旁椅子上,白云忠假作马天成事先不知此事,又将昨晚的过程从头说了一遍。马天成听得很认真，脸上不时露出喜悦之色。这让姜药师很意外，因为马天成在姜药师心里是位正人君子，天下没有谁希望自己心中的好人会不断倒霉。马天成失了医牌就几乎等于失了职业丢了身份，作为异工同行来讲，姜药师心中也感觉不是滋味。此刻见马天成好像不太在乎，他的心情也随之稍稍欣慰。马天成待白云忠把契约已签之事说清后，朝姜药师抱抱拳说：一部《天方秘籍》竟许我书抵二十股，道山兄实在太仁厚了。

姜药师同样抱拳回道：马先生不必歉疚，东家想你这部秘籍非止一日，如今能够得偿其愿，你就是索要三十股他也答应。

马天成道：无论怎么说，还是请姜先生代马天成向道山兄致谢。

姜药师说：一定，一定。

姜药师转向白云忠，说：白先生，你看这事是不是马上着手办理？白云忠说：那当然了，就按昨晚说的办。姜药师不好意思地笑了笑，从怀里取出两份契约书送到马天成面前。马天成看了一眼契约书上白云忠写下的字，随即从案上取过笔来，在"入股人"处写上自己的名字。姜药师说：马先生是不是还得……画押！马天成呵呵笑了：你看我，你看我，疏忽了，疏忽了！

马天成将拇指蘸了墨汁，在自己名字下边重重按下。姜药师待契约书上墨迹见干，遂取一份契约书揣进怀里。姜药师看着马天成出神，白云忠做了个手势，意思是应该把《天方秘籍》拿出来交给姜药师。马天成怔了好一会儿，哦哦着说：你看我，傻了。姜药师看在眼里，心中暗自叹气，唉！看来马先生对秘籍还是很在乎的，这不，契约画押后，竟有些手足失措了。

马天成从怀里取出《天方秘籍》放在桌上。姜药师伸手欲取，马天成挡住姜药师的手。姜药师打了个激灵：马先生，您……

马天成没说话，他眼圈发红，喘气很粗。姜药师和白云忠担心地看着马天成，马天成大口地呼吸着，脸上的神色渐渐平静下来。他取过砚台，将毛笔膏了浓浓的墨，提笔在《天方秘籍》扉页写上"初学此书者只许牢记内容暂勿轻用经方以免酿成祸端"一行小楷。

马天成站起身，含着泪，双手捧着《天方秘籍》躬身交给白云忠。

白云忠转而将《天方秘籍》交给姜药师。

姜药师似有所悟地"哦哦"了两声，想安慰马天成呢却无从说起，只好讪讪告辞：马先生，契约已定，我得赶紧回去，药铺里还有许多事情等着处理。

马天成起身道：既如此，姜先生随意就是了。

马天成和白云忠送走姜药师回到书房，白云忠问马天成是不是对《天方秘籍》有些不舍。马天成摇头说：白先生有所不知，我其实是在骗自己的亲家。白云忠大惊，问马天成：那秘籍难道是假的？马天成说：秘籍绝对是真的，只是张道山肯定不明底细,看上两遍后就急功近利地使用书中秘方,闹不好就会搬起石头压住自己的手。所以,我在秘籍扉页上写了那行字,也不知张道山能否领悟其中奥秘。

白云忠点点头:我看到先生写了那行字也觉奇怪,原来里面还暗藏玄机呢。

马天成道:不瞒先生说,《天方秘籍》一书就像人的魂,尚需相互表里的魄。有魂须有魄,有经须有解,白先生是聪明人,还用我多说吗?

白云忠虽然并不十分理解马天成的话,但也从中领悟一二。他想,看来一向厚诚宽和的马天成也不再忍让了。张道山啊张道山,既然你无情,也休怪马先生他不义。事到如今,我也只有豁出去帮助马先生重振家业了。

张道山见到《天方秘籍》后欣喜若狂,他将书抱在怀里在颐寿堂里走来走去,喜悦之状如同五十得子大旱之年逢甘露,欣慰之情难以言述。姜药师暗暗吃惊,一部医书竟令东家如此兴奋,年逾五十举止言行还跟个孩子似的。又一想,张道山如今两处医堂一部天书,凭他的心智和手段,足可脚踏州城名满鲁北。如此好事,搁谁也要乐得手舞足蹈。不过,姜药师尊敬马天成,仍是忠于自己的东家,他还是提醒东家切忌乐极生悲,小心螳螂捕蝉黄雀在后。因为事后他忽然感觉到此事太过顺利,顺利得让人不敢相信。一部祖传的秘籍无异于一位郎中的生命,马天成怎能轻易拿出来以此抵股?姜药师又想到,就在前天,马家公子马洪良在新立崇德堂开业之前,却在斜对过赁了一处门面,橱柜成药等大批运进,今天已经请人写了牌子,取名"马氏医庐药号"。这难道会是巧合?他将此事说给张道山,张道山脚下一绊,立即停下来说:我怎么没注意到?

姜药师说:东家只顾盘算应诊两家医堂,哪有闲心关注这些零碎事啊。

张道山一脸疑云,说话的口气也变得低沉而忧郁:老姜啊,这可不是零碎事,是大事、要事。倘若我开出的成药方子都到了"马氏医庐药号",那咱们不成了顺着河边敲梆子,白给鱼虾打更了。

姜药师倒了两杯水端过来。

姜药师把一杯水放到桌子上:东家您请坐,我有个奇怪的感觉。

张道山把《天方秘籍》紧紧攥在手里,疑疑惑惑地坐下。

姜药师说:东家,有些话我也许不该说,可东家于我有知遇之恩,不说对不住您。现在想来,您在东街另辟崇德堂并非明智之举。俗话说揭人别揭短,打人休打脸,你把个巴掌抽到马天成脸上了,人家能不反击?

张道山的口气又变得不屑了:他怎么反击?

姜药师说:也许是庸人自扰,我感觉是钻进了人家做好的圈套。

张道山撇嘴一笑:不能吧。

姜药师说：你想想，咱们刚刚立起东街崇德堂，白云忠就跑来入股。他一个跑江湖的，一时间哪里去弄这一千大洋？紧接着，马先生又以书为典入了崇德堂的股，现在呢，又在咱们斜对过弄了个马氏医庐药号，这不明明是和我们迎面锣对面鼓的干吗？张道山脸色阴沉地说：那就让他们对着干吧，出水才看两腿泥哩。

姜药师问道：您看没看到马先生在《天方秘籍》扉页上写的那行字。

张道山翻开《天方秘籍》扉页看了一眼：拿到此书我就看到这行字了。兵者，诡道也。这是疑兵计，姜药师尽可放心。只要叮嘱小程看好从崇德堂出去的病人，别让他们拿了我的方子去马氏医庐药号买药即可。

张道山不再说话。他捧起《天方秘籍》专心翻阅。

姜药师呆呆地看了东家好长时间，轻轻叹口气回到药房那边去。

自从这天起，上午张道山在西街颐寿堂坐堂，下午去东街新立崇德堂侍诊，双腿跨两马，整天忙得不亦乐乎。忙归忙，他心里痛快，身上有劲，所以显得比以往更有精神。到了晚上，他便秉烛夜读，手捧《天方秘籍》一字一字地看，一句一句地背。到底是天赋过人，年逾五十记忆不减，没过多长时间，秘籍中大半秘方便都了然于胸，他开始边学边用。初时对一些小伤小病运用书中秘方的确作用明显，张道山暗自讥笑马天成用心良苦，为了不让我大胆使用书中秘方，竟然故弄玄虚，在扉页上写了那么一句令人望而生疑的话，幸亏我张道山脑瓜灵活，没有听他的。不过张道山明白，一般药方对于小伤小病同样效果不错，关键是看用在疑难病症上的情况了。于是，这以后碰到大病怪病疑难病，张道山也开始施用书中秘方予以治疗。

不出姜药师所料，契约达成后，白云忠暗中又以契约形式将自己的股份转给了马家。在新立崇德堂对面另辟的"马氏医庐药号"，也是马天成和白云忠翻身计划的一部分。药号得一招仙相助，生意扶摇直上，迅速盖过了对面的崇德堂。此后，马天成通过白云忠之手不断在新立崇德堂增股，得到《天方秘籍》的张道山只顾做他的名医梦，压根不会想到新辟的崇德堂不久便被马天成和白云忠渐行掏空。更让他想不到的是，之后《天方秘籍》就像有意和他作对，书中秘方只要经过他手，有时不起作用，有时反倒让患者的病情险象环生。

这天，张道山给一位病人开出药方，另一位病人坐在张道山面前。张道山给病人号脉、看舌苔等一应诊断过程后笑一笑：没什么大事，吃两服药就好了。

张道山取笔开药方，病人在他旁边等着。就在此时，本街刘四楞子抱着他的孩子闯进来，刘四楞把孩子抱到张道山跟前一搁，大口小口地喘粗气说：看看吧，这就是你给我孩子治的病。

282

张道山吓了一跳,放下毛笔赶紧站起身。只见面前刘四楞的孩子不停抽搐,脖颈后仰,一副奄奄待毙的样子。张道山一时发蒙,盯着刘四楞,口齿也不利索了:这,这是怎么闹的,不应如此啊!

刘四楞子说:我也不想让自己的孩子这个模样,你问我,我还想问你呢!

刚才的病人走上前,说:张先生你给开的药方还没开完呢。张道山迷糊了一下,转过脸去说:老乡您等会儿,您等会儿,这个孩子病得挺急挺重。刘四楞子拍着桌沿冲屋里人嚷:我孩子服了他的药先轻后重,现在快要死了。

张道山辩解:前两天不是已经水饭无碍下地乱跑了吗。你刘四楞子高兴得满地打转,盛赞我张道山医术高明之外,还要加倍付上药费。

刘四楞子一瞪眼,说:那会儿是那会儿,可是这会儿呢?你瞧瞧这会儿呢!

姜药师听到动静从药房那边走过来,问是出了什么事,被刘四楞一把拽住衣领,说:正好老姜,孩子要有个好歹,你可得给我做证。颐寿堂里乱了套,人们都知道刘四楞是个出了名的混混,生怕被他拉住做证,于是赶紧避开。有的病人躲到墙角,有几个病人开始往外跑。

张道山终于沉住气静下心来,他给患儿摸脉。姜药师也安抚着刘四楞子:别急,别急,病来如山倒,病去如抽丝嘛。

张道山给孩子切着脉,百思不得其解,前些日子这孩子患了急惊风,目直、气喘、抽搐、昏迷不醒,典型的痰火症。他用了《天方秘籍》里的方子,先是通关开窍,继之清火利痰。按说这有章可循的治疗方案合情合理,且病儿已经痊愈,今天怎会有如此变故呢?就在他纳闷又发愁的当儿,姜药师掰开刘四楞的手指走到张道山跟前压低声音说:东家,是不是症脉不符导致的,赶紧想想办法,谁都知道这个人是州城街上的头号混混,说下手就下手,说翻脸就翻脸。

刘四楞子见张道山慌神,人们纷纷避开自己,越发地猖狂起来,他在室内来回跳着,说:我刘家八代单传,孩子如有好歹,我必找你张道山索命。张道山正和姜药师悄声议论,说:患儿今天忽然间病情反复却又病势颓危,我的确是莫名其妙头脑发蒙了。姜药师安慰他:张先生久历医行,必有妙方,想想,再想想。

张道山擦擦头上的汗:怪了。是不是……等一等。

姜药师转而又去安抚暴跳如雷的刘四楞子:张先生正在想办法,您少安毋躁。

终究是名医,张道山稳下心来仔细查看了孩子的病情后,心中渐渐有了数。他松了口气,说:再用另一个治疗办法吧。姜药师连忙跑到桌前拿起毛笔,他让张道山口述由他来记。张道山略加思索:改用清膈煎加石菖蒲竹茹,先服樱花散。

姜药师手头子快,张道山说罢,他那里药方已经开毕。也顾不得刘四楞子在医堂里大吵大闹,姜药师拿着药方跑回药铺,眨眼间又跑回来。姜药师左手拿着一包药面,右手端着水杯跑到刘四楞子跟前,说:刘街坊息怒,先把这药给孩子服下,救孩子要紧。啊?刘四楞子怒气稍息,横了张道山一眼,帮着姜药师把药面给孩子灌下去。

病儿服了药面不大一会儿,抽搐渐轻,病情开始稳定。张道山这才注意到,张夫人和回娘家的张秀贞站在后堂门口,心惊胆战地看着眼前的情景。秀贞说:我还纳闷呢,平日里安安静静的前医堂,怎么听着吵吵嚷嚷呢。张夫人走上来说:我耳朵背,闺女不说我还不知道,盼着别出大事啊。

张道山让姜药师打发娘儿俩回到后院去,他再次查看孩子病情,又摸摸孩子的脉对姜药师说:樱花散已经起效,再加服牛黄镇惊丸。

姜药师又取来牛黄镇惊丸给孩子灌下。

孩子的病情越来越稳定,渐渐苏醒,刘四楞子脸上怒容渐逝。

张道山抖抖衣襟,身上的衣服几乎湿透了。他回过身来想要继续给候诊的病人诊断治疗,这才发现医堂里候诊的病人早就走得一干二净。

晚上,秀贞回到婆家,见马洪良坐在灯下看书,就凑到跟前去瞧。马洪良当然不会避开秀贞,指指桌上的书戏谑说:怎么样媳妇,没见过这部书吧。

秀贞见马洪良看的正是《天方秘籍》,便趴在洪良肩上问:这部医书不是典股给了颐寿堂了吗?马洪良转过身朝秀贞脸上亲了一下:秀贞,你我夫妻,该说的不该说的我都要跟你说。秘籍原书是典给了颐寿堂,父亲为防意外,还手抄了两部。一部给了洪玉,一部给了我。

秀贞说:爹这么做是对的,孤本善册一旦失落,后悔都来不及。

马洪良说:对对,经了那次灾祸,咱爹可能也是想到了这一点。秀贞往桌前凑了凑,问洪良秘籍里的方子到底效用如何,马洪良说:爹把此秘籍交给我和洪玉时曾当面叮嘱,此书初学时只可认真背诵牢记,但书中方剂不能随便乱用,以免酿成祸端。秀贞点头:这么说我爹肯定没听劝告,随意用了秘籍中的方子了。

洪良让秀贞和自己同坐一凳,洪良揽着秀贞的肩膀问:他老人家用过?

秀贞点头说:早就开始用了,听我娘讲,自从有了这部秘籍,他老人家没黑没白地看呀学呀,逢着机会就用秘籍中的方子,近些日子弄出许多事故来。今天我在娘家就亲眼目睹了一件事,我爹给刘四楞子家的孩子治急惊风,用了秘籍中的验方,病情先好后坏,差点儿出了人命。

洪良皱着眉头想了好半天说:如此看来,这部书是中看不中用了。那么,咱爹这些年怎么就用此书百治百验呢?里面肯定还有不为人知的奥秘,我抽空得问问他老人家。秀贞说:我已劝我爹了,让他暂时不要用这书中秘方,瞅机会问问公爹探探真底再说。可是,他老人家犟得很,横竖不听。

洪良又亲了秀贞一下:待我问明情由,一定告诉你。

秀贞满脸红云:天不早了,睡吧?

洪良嘻嘻一笑,把《天方秘籍》锁进抽屉里。

马家内院东厢房是洪玉和于天佐的新房。室内装点一新,处处透着新房的气息。墙上挂着一幅麒麟送子图,床上铺翠叠金,桌上摆着几部医书,笔架、笔筒、墨海和钢笔专用蓝墨水。

于天佐和马洪玉坐在床沿上,两个人手拉着手脸贴着脸。于天佐歉意地看着洪玉,说:洪玉,你我新婚燕尔,我却只能每周回来看看,实在是亏欠了你。洪玉一笑,说了句古人的词句"两情相悦,又岂在朝朝暮暮"。于天佐说:话虽这么讲,我仍觉得亏欠你太多。来前,我已托人在济南广智院街租到一处小院,你问问两位老人,若能舍得你走,我们就搬到济南同住。

洪玉满脸堆红,倚进天佐怀里。于天佐把洪玉搂得紧紧的,他叮嘱洪玉:可得给老人家说呀,他们不答应,我不敢把你带走。洪玉咯咯笑起来:说什么说,嫁出去的闺女泼出去的水嘛,他们有啥舍不得。

于天佐说:两位老人视你如掌上明珠,我看得出,所以必须征得他们同意才成。洪玉挣出身子拢拢头发说:好吧,我跟爹娘说。洪玉说完这话又笑,天佐莫名其妙,问洪玉干吗总是笑,洪玉看看墙上的麒麟送子图说:是不是想要孩子想疯了?

于天佐又把洪玉拥入怀中:想是想,但首先是想你。

马洪良在父亲的书房里查看一部医书,马洪玉从外边走进来拍拍他的肩膀说:哥哥,咱爹一个人在门口摆案义诊,你也不去帮帮忙。洪良说:我去了,爹说他自己满可应付,让我回来好好看书。洪玉坐到哥哥身旁说:近日听到一些消息,说张伯父自从得到咱家的《天方秘籍》后,屡用屡败,弄得病人几乎怕了他。小伤小病还行,大病就绕着弯地找咱爹。

洪良停止看书,歪头看着妹妹:我也听说了,这样的消息也曾跟爹说过,可咱爹听了只是频频摇头,不作任何解释,只叮嘱我千万要听他的告诫,只学不用。

洪玉担心地皱起眉头,说:这样下去,张家伯父要弄出大事故来可咋办。洪良告诉妹妹,说:昨天你嫂子从娘家回来,也说到此事,西街刘四楞子的孩子,就差点儿让他用秘籍里的方子治死。到底原因出在哪里,瞅了空儿得问问咱爹。

洪玉非常同意哥哥的话,父亲把《天方秘籍》交给她和哥哥时叮嘱此书只能学习暂不能用，她就想到其中必有玄机。如今听说张道山因为用了书中秘方差点儿出了人命，就觉得很有必要问问父亲了，否则以后弄出大事来，于人不利，于己也没好处。她想让哥哥和自己一块儿去问父亲，又怕哥哥找借口推托，于是就用激将法：哥，咱俩一块儿去问，你怕不怕？

洪良刚才所言是想让妹妹去问父亲，此刻也没听出是妹妹有意激他，抻了半晌才以视死如归的口气说：去就去，怕什么，大不了挨顿臭骂。

晚饭后，马天成坐在书房看书，马洪良和妹妹洪玉一块儿走进来。马天成抬起头问这兄妹俩，说：你们不去背书，来这里有事吗？两个人相互对视，不知如何回答。马天成挥挥手：没事快去看书吧，医者学医不精就是谋财害命。接着再不理睬这兄妹二人，只顾看自己的书。

洪玉用手捅捅哥哥，洪良转着眼珠，示意妹妹快说。马天成见二人站立不语，便放下手里的书，端起杯子喝了口水：你俩定是有事找我，快说吧，别抻着了。

马洪良又示意妹妹说。洪玉鼓起勇气：爹，我和哥哥想问问您老人家，那部《天方秘籍》里的方子到底效用如何？

马天成说：你俩是为这事而来啊，我说怎么犹犹豫豫不说话呢。你们自然明白，这世间没有不死之人，一部《天方秘籍》莫非就是无所不能吗？

马洪良说：爹，我和妹妹不是这个意思，因为自从秘籍押给颐寿堂后，我岳父总是用着不顺手，有的病人用了书中秘方还差点儿出了大事。可是想一想，多年来你一直沿用，怎么就没出过这些让人费解的怪事呢？

洪玉立即帮腔：是啊爹，人命关天，一旦弄出大事来，怪人还是怪书？

洪良告诉父亲，昨天秀贞回娘家时看到惊险一幕，西街大混混刘四楞的儿子用了秘籍中的方子，先好后坏，要不是及时抢救，就得丧了命。马天成听洪良一说有点儿烦了，说：我怕他乱用书中方剂，已在秘籍扉页上写明了。他不听，那是他的事，难道还让我天天揪着亲家的耳朵叮嘱才算尽职尽责了？洪玉说：我和哥哥也明白，世上没有一部医书是万能的，纳闷就在于你老人家用了秘籍几十年，咋就没听说出过这些差错。我和哥哥一是询问原因，二是为了提高医术，三是往后自己遇上这种情况时也好有个应对办法。

马天成低头沉思。

马天成问洪良：你媳妇认定刘四楞子的儿子患的是急惊风？马洪良说：她不懂医，是听她爹说的。过后她又问姜药师，姜药师说是急惊风，没错。马天成啧啧几声，若是如此，刘四楞的儿子五天后还会犯病。马洪良吓了一跳：爹，这可咋办，大混混是州城出名的孬种头，还不得把医堂给砸了！

马天成挥挥手：夜深人静时，你二人到正厅找我。

马洪良和马洪玉从父亲书房里出来后,各回各的屋里看书。兄妹二人好容易盼到亥时之后,便相约着去了正厅。马天成仍旧坐在椅子上,洪良和洪玉便各自搬条凳子坐在父亲对面。爷儿仨离得很近,相互间能听到对方的呼吸。马天成面色凝重,他看看一对儿女,从怀中取出一部古书平端在手里。洪良洪玉搭眼一看,书名《天方秘解》。洪玉一惊:爹,不是《天方秘籍》吗?

马天成看看门外,让女儿小声点儿。洪玉压低声音:怎么,还有《天方秘解》?

马天成同样低声道:牢记烂熟《天方秘籍》之后,还要研读《天方秘解》。否则,只会知其然而不知其所以然。这《天方秘解》就是用于诠释《天方秘籍》的所以然之故。秘籍没有"秘解"诠译和相辅,光用其方而不明其详,只用其药而不知方外之法,无异于盲人骑瞎马夜半临深池。

马洪良凑上来盯着《天方秘解》,说:难怪您老人家叮嘱我们只可熟记《天方秘籍》不可随意施用其中验方啊。马天成点头,说:你岳父给刘四楞的儿子治疗急惊风,之所以出现先轻后重,就在于他不听我劝告一意孤行所致。若非他功底深厚,医理娴熟,孩子虽无性命之忧,却也耽延难愈。马洪良咂咂嘴:原来如此啊,爹您昨天说刘家儿子五天后还要犯病,有无补救良方?

马天成翻开《天方秘解》,找到"惊风"一章指给洪良和洪玉看。"惊风"一章里写着——"惊风要首分轻症和重症,重症首服清膈煎加牛黄镇惊丸,醒后还要马上加服清热养血汤以防再发……"

马天成盯着儿子和女儿说:看清了没有,刘四楞子的儿子所患惊风之所以愈而复发,原因是张道山仅仅用了《天方秘籍》中所记载的"清膈煎加石菖蒲竹茹兼服抱龙丸",不知道还有一部《天方秘解》,更不知道《天方秘解》还记载着"患儿醒后还要马上加服清热养血汤以防再发"的医理。

洪良洪玉连连点头。

马天成接着说:医理是相辅相成的,《天方秘籍》好比人的魂,《天方秘解》就好比人的魄,只有内外结合整体调节,病人才能见药起疴。

洪玉万分佩服的口气,说:我终于明白您老人家当初嘱我兄妹二人对"书中秘方绝对不能临床施用"的话中玄机了。这中医学真的和西医学不尽相同,不但知识体系相左,连治疗方法也像当今世上的间谍,我中有你你中有我。马天成让女儿说愣了,医学怎么和间谍扯到一块儿了! 他知道洪玉说话尖刻,害怕女儿笑话自己无知,只是瞪了瞪眼没追问。洪玉见父亲不说话,紧跟上问道:爹,我和哥哥能同时学习《天方秘解》吗?

马天成摇摇头:你们还不到火候,待熟记《天方秘籍》并将内容融会贯通,才可以续学《天方秘解》。洪良,天明后你去趟颐寿堂,让你岳父赶紧给刘四楞的孩子开几剂清热养血汤。否则，发而复治可就难上加难了。

马洪良说：好，岳父上午正好在颐寿堂坐诊，我早饭后就去。

马天成对两个孩子千叮咛万嘱咐，《天方秘解》一书千万不要向外人透露。待一双儿女信誓旦旦保证守口如瓶后，马天成才放他们走。

第二天早饭刚过，马洪良就急匆匆奔颐寿堂去了。此时，张道山正坐诊医堂，尽管病人挺多，他仍是一如既往按部就班地望闻问切。张道山打发完这拨病人后，便取出《天方秘籍》认真阅读。张道山自得《天方秘籍》后如获至宝，他不听书中扉页上马天成的告诫，结果在临床施用时屡屡受挫。书中秘方到了他手好像药性全变，有的毫无作用，有的用后病情愈重，有几例还差点儿出了人命。像昨天刘四楞子把个将死孩子直接送到他家的事情，近期已不止一件。张道山大惑不解而又狼狈不堪，因为病人们对他的两处医堂渐渐望而却步了。越是这样，他对《天方秘籍》越着迷，他想以自己的天赋和学养，一定会弄清这部书的底细。

张道山正在边看书边思索，女婿马洪良从外边走进来。张道山欠欠身让洪良坐下，问洪良一大早来颐寿堂是不是有事。

马洪良冲张道山施礼，说：听秀贞讲，您老人家给街坊的孩子治疗急惊风出了点儿小意外，我特地来看看的。张道山微微一笑：小事一桩，虚惊一场，过去了。

马洪良说：父亲听说此事很是惦记，特地让我来转告您老人家，患儿醒后还要马上加服清热养血汤以防再发。我怕耽延误事，便速速赶来了。不料张道山听了这话哈哈大笑：区区小疾，何劳天成如此大惊小怪呀。

马洪良说：您老人家还是有备无患的好。

张道山摇摇头：无妨，无妨，回去告诉你父亲，切勿杞人忧天。

马洪良嘴里接连发出"嗞哈嗞哈"声，一时不知如何劝说岳父才好。这时门口有病人走进来。张道山回到医案前应诊，回头对女婿说：良儿你先回去吧，告诉你爹以后不要看三国流眼泪，光替古人担忧了。马洪良手足无措，他想继续规劝岳父，可此时张道山已经眯起眼睛，专心给病人号脉了。

马洪良：我爹谆谆叮嘱，您老人家还是……

张道山摆摆手：我知道了，有事你去忙吧。

马洪良只好辞别岳父，悻悻地走出颐寿堂。

马天成不幸言中，过了几天，刘四楞的孩子病情复发，孩子躺在炕上，浑身灼热，躁扰不安。不时叫嚷头疼，之后便大口小口地呕吐。刘四楞的老婆守着孩子哭泣不止，刘四楞蹲在炕沿上，斜睨着一边。虎毒不食子，刘四楞虽然混账，但这次孩子病势来得突然猛烈，他也不敢离开了，只好央求一位邻居去颐寿堂请张道山。张道山听到此讯惊出一身冷汗,暗中后悔没听马天成的话。他赶紧收拾了一下,就小跑步到刘四楞家来了。

张道山急匆匆地走进刘四楞的屋里,问孩子怎么又病了。刘四楞口气倒平和,说:张先生来了,你自己看吧。张道山连忙走到孩子跟前,察舌象,按脉搏。孩子又在炕上躁动起来,嘴里说着让人听不明白的胡话。张道山赶紧从医匣里取出樱花散,用手蘸了少许樱花散擦在孩子的牙齿上,紧接着又将一点儿樱花散面置于孩子鼻孔下。病儿吸入樱花散,哆嗦着打了个喷嚏。

刘四楞从炕沿上蹦下来,不看孩子却看着张道山。张道山侧过脸,说:刘街坊你放心,有喷嚏就好,别着急,能治好。刘四楞浑头浑脑地说:治好了是你的福,治不好是你的祸。看着办吧。

张道山心里往外蹿火:刘家老弟,一条街上的邻居,我又不是有法不用,你何必这么大火气?要是嫌我医道浅薄,可以另请高明嘛。

刘四楞冷笑。

刘四楞看看炕上的孩子,孩子又在昏狂谵语。

这时张道山已经坐到椅子上,取出纸笔开药方。刘四楞走上来拦住他:张先生,我不发火,你也别着急,实话相告,我已央人去请马先生,等马先生来了,你们商量商量再开行吗?

张道山放下笔来:好,求之不得呢。

门外传来急促的脚步声,刘四楞的一个街头朋友引着马天成走进屋。马天成见了张道山点点头,张道山也点点头。马天成:道山兄,怎么个病情?

张道山:急惊风,本来好了又反复。如今已是热在营血。

马天成:热蒸而阴伤则壮热不已,孩子是不是拉血了?

刘四楞老婆:对对,早晨拉的,血都黑了。

马天成转向刘四楞:刘街坊,这种病本来反复性大,不要怨天尤人,张先生已经尽力了。好在还只是热陷营血之症,没有达到窍闭或厥脱,能够救得过来。

刘四楞脸上稍现谦和,说:马先生,我本来没了指望,你这一说,我也不和张先生怄气了,两位州城最有名的郎中商量商量,只要把我孩子的病治好,让我喊你们爹都成。马天成转向张道山:道山兄,良儿把我的话传给你了吗?

张道山点点头。

马天成:你不以为意?

张道山又点点头。

马天成:唉!要是我自己来就好了。

张道山蔫了。

马天成没再和张道山多商量,从医匣中取出一根金针在病儿肘弯、后颈和

289

尾根上扎了几下,又取出一个封着口的小瓷瓶。张道山忙问是不是樱花散,说自己已经用过了。马天成摇摇头拧开瓶盖,用小指的长甲从瓶中取出一点儿药面。马天成把药面倒在纸上送到张道山面前:道山兄,你看这些能有二分吧?

张道山看了看:差不多。

马天成把药面递给刘四楞的老婆,让她快给孩子灌下去。刘四楞也走上去,帮着老婆把药给孩子喝下。马天成坐下来:等一会儿吧。

屋子里没有动静。

只有炕上的病儿不时说几句胡话。

约有一支香的工夫,孩子渐渐安静下来。

马天成:刘街坊,你摸摸孩子的额头,可能有点儿汗。

刘四楞摸了下孩子的额头:嗯,湿乎乎的。

马天成松了口气:没事了。

屋子里的人也跟着松了口气。

马天成取过张道山的纸笔,稍一沉思开出药方。马天成把开出的药方送到张道山面前:道山兄,你看这个汤头行吗? 张道山凑过来:银花、连翘、豆豉……

马天成:对,你看行吗?

张道山点头。

马天成:刘街坊,快去药铺抓药,放到砂锅里煎上一支香的工夫,把药汁合起来分成三份,早午晚各服一份。记住了吗?

刘四楞就地打了个转:治病祛灾,还得说是马先生啊!

张道山满脸涨红。

张道山想取过瓷瓶嗅嗅里边的药面气味,马天成装作不经意的样子把瓷瓶要回来,他又从瓷瓶里取出些许药面分成数包,递给刘四楞,叮嘱说:每次给孩子喝药汤之前,先服一包药面。刘四楞接过药包:马先生,您收多少钱啊?

马天成摆摆手:等孩子的病好了再说。

张道山凑到马天成的耳边:天成,今儿你给我解了围了。

马天成:病儿好转后,道山兄看看是否加服几剂清热养血汤啊?

张道山频频点头,脸色已由涨红转为赤红。

28

张道山坐诊颐寿堂,给病人一一诊断开方。还有几个病人分别坐在各处静静地等着。张道山正专心给一病人切脉,刘四楞子走进来。张道山冷不丁吓了一跳,顾不得眼前病人,开口便问孩子怎么样。刘四楞说:从前天开始,能吃能喝,也不烧不拉血了。刘四楞口气也变得很温和,说:这几天张先生没少跑路受了累,真是太感谢了。张道山松了口气:孩子好了就好,我多跑儿趟算什么。哎,刘街坊,马天成留下的药面喝完了?

刘四楞回答说:喝完了,张先生你看是不是再找他要几包?

张道山摇摇头说:不必了。他对面前的病人说了声"稍等",站起身走到药铺相通的门口喊老姜,让姜药师把那几包早已备好的清热养血药送过来交给刘四楞。姜药师提着包好的几包药走过来,刘四楞接过药回身就走。刘四楞走出门外好远了,姜药师嚷嚷说:张先生,他的药钱一文还没给呢。

张道山摆摆手,姜药师知趣地退回药房。

张道山坐下来问下一个该哪位了,一直在医案上伸着胳膊的病人笑起来,说:张先生,这脉,你只给我号了一只手啊。张道山拍拍脑袋尴尬一笑,说:你瞧我这记性,越来越不行了。

最后一位病人诊断开方后到药房取药,张道山洗了把手坐下喝水,过了一会儿,姜药师从那边走过来,仍旧惦着刘四楞的药钱。张道山摆摆手,说:姜师傅,刘四楞子的药钱他不送,你就别提。姜药师说:难不成你搭上工夫还要搭上药啊! 张道山呷了一口茶:这年月,胡闹八方吃饱饭,刘四楞子是干吗的你我都清楚。

姜药师说:这样也行,留给他一个人情吧,也许早晚用得着。

张道山道:说实话,这回要不是天成,我下不了台。

姜药师说他已听刘四楞讲过了。张道山低下头去想了好半天:姜师傅,你说马家典给咱的《天方秘籍》是真的还是假的?

姜药师在室内转了半个圈走回到张道山跟前坐在他对面,说:张先生啊,马天成是先生您的世交兄弟,也是儿女姻亲,更有契约在先,以他的为人,不能骗你。是不是您在施用中出了什么岔? 张道山说:我也这么想,这部秘籍当年我见过,和那晚在马家看到的款式、书名、纸张一模一样。莫非这部《天方秘籍》是复制品,马天成有意坑我,留下真的给了我假的!

姜药师问:这秘籍是手抄的还是印刷的?

张道山说:这种书哪有印刷品,都是手抄。

姜药师吸了口凉气:这么说,也许马先生在抄书时做了手脚。

张道山摇头一笑,说:从字纸上看,这书年岁至少一百年,他马天成才五十来岁呀。姜药师眨眨眼说:反正有鬼,要不凭你张先生的资质才学,不会一用就出错。张道山叹气说:即便有鬼也得忍,总不能撕破面皮找上马家当面指责。更何况,人家是将此书抵押而非拍卖,我辩之无理,唉,纯粹就是一愿打一愿挨呀!

姜药师低头深思,他说:就这么下去可了不得,咱们颐寿堂已是每况愈下,如今每个月的进项越来越少,长此以往,搞不好就得垮了。张道山说:我也听小程讲了,那边崇德堂更是一天不如一天。

姜药师劝张道山以后不要再用《天方秘籍》里的方子,免得总是逮不住黄鼬惹腥臊。张道山捺了捺:可是,一部《天方秘籍》,压了咱们两千大洋啊。

姜药师建议张道山把《天方秘籍》给马天成退回去。张道山笑起来:又不是买牛羊骡马,不中意就往回退。契约上注明,典期三年。

姜药师琢磨片刻说道:一招仙是中人,再找他从中说说,折价退回也行啊。

张道山敲敲脑门:我想想,想想再说。

这以后几天,每到晚饭后张道山不再坐在灯下看书,而是走进医堂里的小套间,关好门取出笔墨纸砚放在桌子上,然后打开抽屉上的锁取出《天方秘籍》,一边仔细翻看,一边认真抄录。由于他做事向来入迷,每每抄写到深夜,这时靠内院的窗前就传过张夫人的声音:当家的,天过子时了你还卖老命吗?

张道山隔着窗子和夫人对话,他让夫人先睡,说自己得看完这段医书。夫人口气焦急:就没有明天了吗,非得今晚看完?这都多少天了,天天熬到深夜。你也不年轻了,小心自己的身子骨啊。

张道山说:反正躺下也睡不着,我再看一会儿。你好啰唆,快回屋睡觉去。

窗外夫人的脚步声和埋怨声同时传过来:唉!魔怔了,简直是魔怔了!

就在张道山每晚抄书到深夜的这些日子里,马天成与白云忠每晚却总是坐在桌边喝茶水嗑瓜子,两个人谈笑风生,日子过得很自在。

这天晚上一切照旧,白云忠把嗑开的瓜子仁送到嘴里嚼着,忽然信口诌出一首诗来:佛说极乐在西空,道言神仙隐莱东。只有你我真实处,眼前无处不春风。

马天成哈哈大笑:没想到白先生还是位诗才。

白云忠连说:歪才歪才。他笑眯眯地看着马天成,说:你我优哉游哉,可张道山现在过得很不顺心啊。马天成顺口说:这叫贪心过重,自取其咎。白云忠和马天成谈起颐寿堂今不如昔,新立的崇德堂也岌岌可危。因为张道山开了药方后,草药尚可,成药多半跑到了药价很低的马氏药庐。马天成的口气中隐含着奚落:张道山赔了,你我的股金也跟着赔呀。

白云忠说:你我本来就没打算在他那里赚多少,只要不赔上老本就行了。马天成回说:就是赔上老本又如何,你我本无贪心,饱食暖衣足矣。

白云忠从怀里取出一份契约书递到马天成面前。马天成说:你又在崇德堂增股了?白云忠点点头,说是一下子增多了怕惹人猜疑,这两个月我只增了半股。一如既往,今天把契约带过来再转给你马先生。马天成看看契约说:白先生,你我做此手脚,总有点儿背后捅人一刀的感觉。

白云忠说：要捅也是我捅的，不碍你马先生的人品。

马天成：话是这么说，可我总觉得亲家之间……

白云忠说：他张道山把你当亲家看了吗？

马天成：一言难尽。那就这样吧。

白云忠拿起桌上的毛笔，马天成掀开砚台，白云忠在砚台上膏好笔，在契约上清楚写下"此半股转到马天成名下股金马天成已当面交清"。白云忠在契约下边签上自己名字又摁了手印后，把契约递给马天成：收好。

马天成接过契约书：这么说，我的两股加你一股半，已赶上张道山的股份了。

白云忠掐着指头算了算：下两个月我再增半股转给你，马先生就成了崇德堂的庄股了。崇德堂医牌完璧归赵，指日可待。

马天成叹口气：唉，但愿不要丢了祖宗的脸。

这天午饭后，白云忠刚走进一招仙医庐，从这里路过到新立崇德堂坐诊的张道山忽然进来了。白云忠起身作揖：张先生大驾光临，小店蓬荜生辉。

张道山一边还礼一边往室内走：我从这里路过，天色尚早，找先生聊聊。

张道山坐到椅子上，白云忠连忙沏茶。两个人相对而坐，天南地北地闲话古今医事，张道山忽然话头一转，说：白先生，在下有一事相求，不知可否。白云忠满脸堆笑：张先生绅士风度，说话总这么客气，有事吩咐便是，讲什么相求啊。

张道山吸口气稳稳神，抻了片刻才说道：张某因经营药号医堂不利，资金周转不开，愿将《天方秘籍》折价三成退回。因为事悖常理，白先生原是中人，所以想仍请白先生费心，抽空找天成谈谈此事可行否？

白云忠一副作难的神情，他起身踱了几步，关上医庐屋门回到张道山跟前，踌躇再三终于说道：张先生，你和马先生是儿女亲家，比我情分近得多。我呢，本不该多嘴，可张先生是同行名士，也是我的好友，有句话不能说也得说，你可得想好了，一进一出，张先生要亏六百大洋啊。

张道山说：这些利害我何尝没想，只是眼下银根紧得如同勒了拶子，顾不得赔赚了。就算是我张某人花六百银圆看了一遍马家的《天方秘籍》吧。

白云忠脸上现出古怪的笑容，他抖了下衣袖：这么着吧，我晚上探探马先生口风，万一马先生不允，儿女亲家之间也无隔阂，你再亲自出马了却此事，行吗？

张道山说：一切拜托白先生作成，我是无颜面对天成的。

白云忠：哪里话哟，明天张先生听我的信儿。

张道山说：有劳白先生。另外，您能否向天成处打听一下，给刘四楞的孩子治急惊风时，天成曾携一封口瓷瓶，瓶中装有米黄药面，我想知道到底是什么药。白云忠说:行行,马先生为人厚诚,有问必答,断不会糊弄你我。不就是一味药吗,我问问马先生就是了。张道山起身施礼:张某得遇先生,实属三生有幸。

白云忠连忙还礼:看看,张先生又来了,你我之间,用得着客气?

第二天早饭后,张道山刚开医堂门,白云忠就笑嘻嘻地来了。张道山连忙让座,说:白先生好早啊。白云忠说:我是个急性子,昨晚就想来,害怕天晚相扰,这才挨到今早。张道山连忙问:这么说,一定是有喜讯了。

白云忠看看室内无人,压低声音:张先生,马先生最初不肯,后来我忽然想到,既然崇德堂因对面马氏医庐的竞争也一直处于亏损,索性将手中余股全部卖给他算了。你猜怎的,我一说,马先生竟就慨然应允。

张道山脸色有变:天成想收回医牌?

白云忠说:想是有这打算,要不答应得那么痛快吗。

张道山在屋内来回转着,转了一会儿朝药房那边说:姜师傅,你过来一下。

姜药师应声走到医堂这边,见白云忠坐在室内,先施一礼,说:白先生早!白云忠起身还礼。姜药师转向张道山:张先生有何吩咐?

张道山问这个月崇德堂那边盈亏如何。姜药师看看白云忠说:不怕白先生笑话,比上个月又亏两成。如此下去,年内本利全无也是有的。先生的意思……

姜药师话说半截自然打住,谨慎地看看白云忠又看着张道山。张道山脸上现出苦笑:唉!命里应该吃五升,费尽心机得半斗啊。罢罢!

姜药师:先生这是……

张道山说:白先生捎来口信,说天成欲出资收回崇德堂医牌,你看这事如何?

姜药师赶紧应道:与其压手,不如抛出,在下认为此举当行。

张道山点点头说:好吧,白先生给天成捎信,张某同意他收回医牌,虽是亲家,也得先小人后君子,事前与白先生所言《天方秘籍》之事,他须答应。

白云忠说:我已想到此事,故谈论价格时已向马先生提出,马先生说《天方秘籍》不必折价,仍以原价赎回。医牌所缺股金,马家年内补齐,再由张先生给当时出股者结账。张道山面露喜色,说:白先生的十五股岂不吃亏了吗。白云忠说:我当然不做亏本生意,和马先生说好了,匀算给马家,年底去马家算账分红。

姜药师连连拍手说:好得很,好得很,如此一来,自立崇德堂后的损失全部找回,颐寿堂分文无亏尚有盈余。张道山听姜药师这么说,愁云顿消,脸上渐渐泛起喜色。姜药师问张道山是否也要立份契约,张道山一拂衣袖:立!借着病人尚未到来,姜师傅你执笔。

白云忠从中奔忙，一两天的时间就把事情说妥了。马张两家互换了契约文书，马家送去现洋和银票，张道山让伙计们将新立崇德堂内的东西全部运走。

是日，马洪良和李天鹏摘下"马家药铺"的牌子，邱管家和药房伙计把"崇德堂"医牌抬起来举上去，崇德堂医牌重新挂在门口上方。陶居正、吕之铭等州城好友闻讯前来祝贺，崇德堂前锣鼓齐鸣鞭炮声声，马天成眼含热泪向前来祝贺的人一一道谢。邱管家指挥伙计们把门前的桌椅搬走。"义诊"的幌儿也收起来了。崇德堂西边，马夫人、秀贞和洪玉站在内院门口。马夫人泪流满面，秀贞和洪玉眼圈发红。崇德堂医牌高悬在大门上方，马天成父子得以再次医堂坐诊了。

就在马天成门前敲锣打鼓放鞭炮的同时，丁二泉身穿警服气呼呼地闯进颐寿堂。此时，张道山正双手托腮坐在医案旁，医堂里没有病人，张道山望着闯进来的丁二泉面无表情。丁二泉两步蹦到张道山跟前，张道山仍然一动不动，丁二泉奇怪地凑到张道山脸前说：妈妈的张先生你开的什么医堂，一大摊子还不及人家一处药铺呢！张道山仍是一声不吭，丁二泉怔了半天，伸指头试了试张道山的呼吸，又把指头伸到张道山的眼前，张道山的眼睛终于动了一下。丁二泉大叫起来：哟哟，张先生，你这不是还喘气吗！

张道山仍是那个姿势。

丁二泉在张道山面前哈下腰来：我说张先生，你把崇德堂的牌子还给了马天成，我那些股呢。啊？我那些股也打了水漂儿了！

张道山仍不动窝，他咳嗽了一声，姜药师从药房那边走过来。丁二泉又蹦到姜药师跟前：老姜你来了正好，说说，我那些股怎么办？

姜药师走到张道山面前：东家，你看这事怎么办好？

张道山长出了一口气：取一千银票股金，外加现洋一百块的利给丁二少爷。

姜药师犹豫着。

丁二泉摘下警帽：老姜，没长耳朵吗？

姜药师仍然不动。

张道山：姜师傅，破鼓乱人捶，破墙乱人推。去办吧。

姜药师一副无可奈何的神态。

姜药师：二少爷，跟我来。

丁二泉戴上警帽，跟在姜药师屁股后边走了。

随着中国抗日战争胜利形势的发展，州城内外不断有抗日力量出现。端炮楼炸敌车，时而有出城的日伪军被歼灭。丸山造的宪兵队虽然主要负责州城以内的保卫，但有时也随着大股日伪军出城对抗日武装进行"围剿"。这天，丸山

295

造率队抓捕"抗日分子"回到队部，因为整日疲于奔命，感觉劳累至极。他摘下军刀，脱掉军服，一个人默默地坐在办公室里喝茶。

正在喝茶的丸山造听到后堂门口响起脚步声，一回头，原来是前些日子返回东临道开会的山田一郎又回来了。丸山造赶紧立起身相让，问山田何时到的。山田摆手让丸山造坐下，自己也坐在对面。山田告诉丸山造，他这次回来仍是想从崇德堂或颐寿堂两家堂主手里弄到自己想要的东西。特别是听说马天成重掌崇德堂的消息后，这个想法就更坚决更直接了。

丸山造对于山田的消息灵通感到惊讶，明白州城特务股里有日本间谍随时向他报告情况。丸山造问山田到底想要什么，山田避而不谈，只说自己负有厚生省的特殊使命，要会会马天成这个中国医生。丸山造说：这太容易了，我通知公署警务局把他带来就是。山田听了连连摇头，丸山造问他有何高招，山田说他要前往崇德堂就诊，亲自见识一下这位州城第一名医的本领是真是假。丸山造说：上次马天成治疗胆道蛔虫时的医术阁下不是已经看到了吗？山田笑说：那种病是明摆着，也可能是他的独门绝技，我要亲自体验一下才了解他的医学功底。丸山造问是否提前安排安排，免得出现意外。山田说：绝对不行，所幸上次他被抓捕刑讯时我没太露面，马天成肯定不会认出我。这次仍要乔装成一个普通的外地客商住进店里，明天上午只身前往崇德堂找马天成"瞧病"。

丸山造听山田这么说，也就不再张罗了。他知道山田是个中国通，一口流利的京腔华语很难让人看出他是日本人。决定不再多手多脚，免得妨碍山田的计划。

是日，马天成和马洪良父子重坐医堂，就诊的病人越来越多。在众多病人中，一个留着小胡子迈着八字步的中年男人笑嘻嘻地走进医堂，中年男人就是东临道日本卫生官山田一郎。山田走进医堂后礼貌地向人们打个招呼，和其他病人一样按顺序坐在凳子上候诊。山田见病人总是先到马洪良的医案前诊断、开方，之后又到马天成的医案前复诊、定方。山田搭讪着身旁的一位病人，医堂里一老一少轮番诊病，这是为什么？那病人听口音知道这是个外地人，就告诉他这是崇德堂的规矩。山田略略欠身：哦，谢谢指教。

轮到山田就诊，山田没去马洪良那里，径直走到马天成医案前。山田朝马天成躬躬身：先生，我是外地客商，来州城商号做生意的，不想偶感风寒，特来医堂求先生诊治，请先生照顾一下吧。

马天成似乎一惊，但瞄了瞄山田也没说什么。那边的马洪良指指山田想说什么，马天成接过话头说：这位是外地客商，我来诊治吧。马天成神情专注地看了山田的面色、口鼻甚至头发，又让山田张开嘴巴看了舌苔，然后问他感觉哪里不适。

山田回道：头疼，燥热，口渴，四肢酸软无力，大约是伤风了吧。

马天成：还有什么不适？

山田摇头：没有了。

马天成微微一笑，开始为他诊脉。

马天成按脉的指头忽重忽轻，有时三个指头同时按脉，有时只用一个指头在左侧腕横纹处长时间地按压。马天成一边切脉一边不时看看山田，山田低着头，一副难受的样子。马天成给山田把完脉，稍稍想了想，眯起眼睛细细打量面前这位长袍马褂的外地客商。山田不动声色地看着马天成，静等这位州城第一名医给自己做出诊断。不料等了半晌，却听马天成慢声细语地说：先生根本没有伤风感冒，刚才所言只是先生自己想象的。你只是长年头晕目眩。您不只头晕目眩，平时还伴有胸满胁痛、口干口苦、易怒多梦等等。

山田晃动着身子，有点儿坐不住了。山田抻了半天还是不由自主地点了头。就听马天成又问他大小便情况如何，山田毫不犹豫地回答：大小便正常啊。

马天成又摇头：先生大便干小便赤，您是来医病的，为何不说实话？

山田一惊：马先生是怎么知道的？

马天成说：我看你面色稍赤显绛，舌红苔黄，闻你说话时声音稍哑且有苦味外泄，肝胆脉象弦而又数，知是胆实热症。而胆实热症的症候就是以上所说。另外，先生还有一症，逢到冬春相交之际，必有眼珠暴突欲出，头脑涨大之感，只待口中苦味发散而出时方能减轻。

山田被说得目瞪口呆，对这位中国医生已是发自内心的敬佩，当然更多的是惊讶。他左思右想好长时间，这才口服心服地说：马先生神断，这病症我每年都要发生一两次，痛苦极了。请问是什么原因所致？

马天成说：此症名倒胆症，是胆经实热常年积火而成。

山田身不由己站起身，向马天成哈了哈腰：请马先生开方医治为盼。

马天成问他以往吃过什么药，山田说了几样药，马天成笑一笑说：这就是了。山田听出马天成话中有话，面现后悔之色。马天成盯着山田看了一会儿：我明白了，先生远道而来，我当认真调治。这样吧，我给你开一清泻肝胆的方子，逢到冬春相交之际，就用上三五剂。然后双脚上竖少半个时辰，待口中觉得苦味后，再正行一百步，倒行一百步，此病就可痊愈。

山田接过马天成开的药方，再次哈腰致谢。

山田辞别马天成，轻轻摇着头走出崇德堂。山田从医堂里出来时，马洪玉正站在穿堂门前和邱管家说着什么。因为山田一身中国人的打扮，马洪玉只是看了他一眼就继续和邱管家说话。山田在迈出崇德堂门口时下意识地咕噜了一句日本话，说：这位马天成真是不可思议。马洪玉听到此话急忙赶过去，看到那个说日本话的人走路一撇一跛的。马洪玉闹不清这个身着中国服装却说日本话的人是什么来历和目的,不敢轻易询问,只是看着那人渐渐走远,才又回到穿堂门前。

当然,山田一郎做梦也不会想到,这家医堂里竟有位精通日语的女人。更让山田想不到的是,马天成已经识破他日本人的身份,缘于不便言明的原因,没有当面戳穿也就是了。山田走后,马天成看着马洪良压低声音,说:刚才那人是个日本人。马洪良一惊:爹,你怎么看出来的?

马天成说:行谢礼时,中国人是脱帽鞠躬致敬,你没看到他刚才是日本式的哈腰致谢吗?另外,他所说吃过的那几样药是日本汉方里的,这就无意间露出了他的身份。马洪良说:那您老人家为何不点破他?

马天成说:这个日本人修为不浅,能说一口流利的中国话。既然打扮成中国人模样,自有他的图谋,我们何不将错就错而非要让他尴尬呢。

马洪良点点头:幸亏他没找我看。

午饭时,马天成一家坐在餐桌周围,洪玉端起碗吃了几口又撂下,她问父亲上午是不是接治了一个日本人。马天成问洪玉是怎么知道的。洪玉说:我到西院仓库去配药,刚和邱管家聊了几句就听到一句日本话——等我赶过来时,那人已经走出门去,我只来得及看到他的背影,这人就拐过墙角消失了。当时我并没认为那是个日本人,因为光从背影上看,很像州城国立高小的宋校长呢。

马天成笑笑:这就对了嘛。

洪玉问那日本人患了什么病,马天成说:他患的是胆实热症,我给他开了药方也告诉了他用药的方法。马洪良接口说:咱爹让他冬春相交之际,就用上三五剂。然后双脚上竖少半个时辰,待口中觉得苦味后,再正行一百步,倒行一百步。

洪玉说:这种胆实热症的症状和治疗药方《天方秘籍》上都有记载,可那双脚上竖半个时辰和正行一百步倒行一百步又是为了什么?马天成说:倒竖双脚是为了控一下胆中之火,胆气出则口中苦,此时再正反倒行百步,则余热可除。

洪玉问为何秘籍中所记药方非要在冬春相交之际才能服用,马天成解释说:冬春相交之际正是凉逝燥临之时,这个季节用上此方,会收到事半功倍的效果。洪玉说:《天方秘籍》上可没有这一条啊。马天成吃着饭说:等你日后熟读《天方秘解》后就明白了。洪玉端起饭碗似有所悟:中国医学,医理药义深奥难测。

山田返回到日本宪兵队时天已正午,他和丸山造身穿和服席地而坐。两个人一边举杯对饮一边聊着今天上午的收获。丸山造问山田这次到崇德堂探询情况如何。山田摸着小胡子说：这个马天成医术高超，医理深厚，难以捉摸。幸亏那次你没有杀了他，否则，损失太大了。我装病不但没瞒过他，竟连我二十多年的痼疾他也诊断出来了。你说，这个中国医生了得吗。我还听刘知事说，前些日子他没有重掌崇德堂时，曾帮助另一个名医张道山治过一名小儿急惊风，所用瓶中药面效果神奇，至今不知是如何配成的。

丸山造不知什么是小儿急惊风，山田给他解释，说：急惊风就是西医所讲的脑脊髓膜炎，厉害得很呢，许多小儿都在这个病上丧命。丸山造说：阁下最好听我的，把他抓起来，严刑逼供，不怕他不把秘方说出来。山田阴阴一笑说：武力不行，得慢慢侦察，同时要利用他们中国人之间的相互嫉妒和中医间的互不服气来制造是非，我们从中渔利。丸山造点点头说：阁下高明。他问山田上次说的负有帝国特殊使命的话到底是什么。山田想了想只好告诉丸山造。原来，为了发展日本的医疗事业，厚生省特命散居在中国各地的日本医生，尽量搜集所在地的单方、便方、验方和秘方，特别是古代典籍带回日本，以供日本医学人员研究。山田来到山东后考察了所属道县，了解到州城一带在明清及民国年间出现过许多名医，感觉这里似乎隐藏着他们所需要的东西，故而再次来到州城，打算长期住下去，把这里的中医精华尽行搜集到手。

丸山造说：原来如此，倘若需要武力相助时，阁下可随时指示。山田说：好的，并告诉丸山造，警务局特务股副股长藤野是特高课的人，他也会随时协助。

丸山造问山田是不是仍旧准备住在宪兵队，山田说他过两天就搬到公署，暂时的身份是日医诊所医生、公署卫生顾问。

丸山举杯：阁下，祝您事业成功！

29

月光之夜，周二虎抄起棍棒走出屋门，他看准一处墙下紧跑几步，借着墙砖墙缝的摩擦力嗖地蹿上墙头。周二虎从墙头跃上房顶，身子一缩隐在烟囱后边，这样从最高处往四周看，丁家院内院外的情景一览无余。

周二虎先是往院外各个阴暗所在逡巡了一遍，然后收回视线，静静地注视着内院的各个角落。此时天交二更，全家大都睡下，但寡妇罗玉芬的屋里仍旧亮着灯。罗玉芬屋里时常亮灯，有时甚至亮到半夜。周二虎也总是朝那里看一眼移开视线，自言自语道：唉，一个寡妇家，天这么晚了，不赶紧睡觉磨蹭啥呀！

周二虎的眼光按照院落的布局分块分片地扫着，当他的目光再次扫到罗玉芬院里时，不由得吓了一跳。月光下，账房先生李世伦又蹑手蹑脚从他们所住的院子里走出来，看看周围没有动静，便悄悄地潜入寡妇院里。李世伦不敲门也不进屋,只是趴在罗玉芬的窗台上朝屋里瞅。周二虎暗自嘀咕:哟,李先生这举动,已是第一、第二、第三、第四……次了!

二虎初时以为李先生和罗玉芬有一腿,李先生年纪三十上下,平日里文质彬彬挺让人喜欢的,常年守寡的罗玉芬看上这样一位文化人也是正常的。然而几次观察之后,二虎否定了自己的看法,因为李先生只是趴在窗台上往屋里瞅,除此之外并无任何越轨之处。二虎很疑惑,莫非罗寡妇屋里有什么西洋景? 难道李世伦有什么怪癖不成? 二虎混沌初开,好奇心大,他决定也找机会到罗寡妇窗前瞧瞧,看看她屋里到底有什么蹊跷让李先生如此着迷。

周二虎摁着房顶烟囱的底座,身子一纵一旋落在房脊上。周二虎虽然已经年近二十,仍是一股孩子脾气,他在房顶上摸起块小小瓦砾,运用腕力照准李世伦身后打去,瓦砾打在李世伦的屁股上,李世伦吓得跳到一旁。跳到一旁的李世伦看看周围,急忙离开罗玉芬的窗子跑回自己院里去。

周二虎一乐,用自己刚能听到的声音问道:喂,李先生,你看到了什么?

天亮后,周二虎提着哨棒回到套院,走进自己的房间。周二虎放下哨棒又走出来,他要去趟厕所。周二虎看到李世伦正站在墙边漱口,想起夜间趣事,禁不住哧地笑了。李世伦回过身来看到周二虎笑相奇怪,忽地想起夜里屁股上挨的那一下,迷糊了一阵儿,忽然若有所悟,一口凉水喷到地上,立时黄脸变得煞白。二虎看他慌张的样子哈哈大笑,李世伦被笑得心里发毛,没头没脑地问二虎是不是一夜没睡。周二虎见李先生面容尴尬,赶紧转身往厕所那边走。没想到李世伦往前赶他两步又问:周武师,您一夜没睡啊?

周二虎回过头来冲李世伦做个鬼脸,李世伦手中的口杯掉在地上发出清脆的爆响。郑管家从屋里跑出来,问:李先生出了什么事? 李世伦没回答,拾起地上的口杯就往自己屋里跑。郑管家奇怪地在背后望着李先生出神:见鬼了!

这天又到夜深人静时,二虎照例攀上高房,隐身在烟囱后边,专注地注视着各个院落。三更过后,除罗玉芬的屋子亮着灯外,其余三个院子的人都睡了。周二虎下意识地朝罗玉芬的套院里看了一眼,憋不住又乐了。因为他看到李世伦又走进罗玉芬居住的套院,蹑手蹑脚朝罗玉芬的窗前走去。李先生潜到寡妇窗前后一如既往,朝里瞅着,久久地瞅着。周二虎天生孩子脾性,感到好玩,他想靠近了看个究竟,便从烟囱后边转出来,施展老道士教给自己的蹿房越脊本领来到罗玉芬的院子房顶上。周二虎伏在房上留神观察,抻了好长时间见李世伦仍在窗前趴着。周二虎打算纵身下房给李世伦一个惊吓。转而一想不行,这样干有点儿促狭儿,账房先生是个文化人,会下不了台的。

待了一会儿,又待了一会儿。周二虎注视着房下窗前的李世伦,看他到底要做什么。当然,以周二虎的性格,即使李先生和罗玉芬有那个什么什么,他也不会狗拿耗子的。还是那句话，他只是感到好玩。终于，李世伦蹑手蹑脚返回去了。又抻了一会儿，二虎看到前边套院里李先生房间里熄了灯。

好奇心驱使着，二虎纵身跳到罗玉芬的院子里，和李先生一样蹑手蹑脚潜到罗玉芬窗前。二虎看到窗纸上有个指尖大小的洞洞，便将眼睛对准洞洞往屋内瞅。只瞅了这一眼，周二虎立时便心中乱跳浑身酥麻。

正是夏季，天气很热。窗户里面灯光之下，罗玉芬侧歪在炕上脱得只剩肚兜和一条裤头。罗玉芬整个身子雪白鲜亮，如同羊脂油蜡。罗玉芬左手往后拢着头发，右手拿着一本书，一边拢发一边看书，那形象如同画里人似的。二虎赶紧闭上眼睛，二虎眼睛刚刚闭上又不由自主地睁开，十分贪婪地往屋内炕上看着。也不知看了多长时间，二虎感到脖子酸麻，裤子里湿漉漉的，这才意识到自己做了什么。他赶紧离开窗口跃出院子，虽然手提哨棒各处巡视，但满脑子尽是罗玉芬那雪白的身子。周二虎没再上房，就在各处转到天亮。天亮后他回到自己的住处时，恰好又遇到李世伦晨起漱口，二虎禁不住仰脸大笑。李世伦迷糊了一阵儿，又是一口凉水喷到地上，立时黄脸煞白了。

周二虎自从那晚之后有了心事，每次夜巡时坐在房顶上总是不由自主地朝罗玉芬院里看。罗玉芬院子里静悄悄的，窗子上的灯光依旧亮着。周二虎这时总把目光转向另一套院李世伦的房间，李世伦房门紧闭，再也没见这位账房先生溜出来潜往罗玉芬的窗前。他明白，这个精明过人的李先生一定知道了自己的行径被他发现，一时半会儿不会再去罗玉芬窗前偷看了。

十来天后，坐在高房烟囱边的周二虎听到院外有轻微的脚步声，周二虎矮身欺到房顶最外侧。二虎所在的房顶下面就是正厅，正厅最外是个大胡同。周二虎探身朝胡同里一瞧，立即缩回了头。因为他发现紧靠夹墙的胡同处站着两个人，这两个人一边指划着连接正厅和厢房间的墙壁，一边嘀咕着。周二虎跟随道长练功数年，道长教他常于夜深人静时到村外野地里听夜风之声，之后再趴在枯井边上细听井中虫鸣。所以，练就了听力极佳的"功夫耳"，虽然那两个人对话时声音低微，还是被他听了个一清二楚。

周二虎细听。

一人：此处尚可。

另一人：不知水深水浅？

一人：有点子在，老大定吧。

两个人相互碰了下额头，分别朝南北方向走了。

周二虎一旋身，回到烟囱后边，明白这是有人来踩点了。

次日下午，丁大户坐在室内与账房李先生核实城中各店铺的收入情况。门口一个家人说：周二虎说有事要见东家。家人说着，周二虎已经出现在门口，丁大户说:来都来了,还报什么呀,进屋吧,进屋吧。

周二虎走进正厅,看到李世伦在座,迟疑着不说话。

账房李先生见周二虎看到自己在侧而不说话了,立时紧张起来。他用乞求的眼神看着周二虎,周二虎却对他报之一笑。这一笑与那天早晨没有什么区别,李世伦更慌了,以为二虎是来告发他,如不是丁大户随后跟上的一句话,他可能得给周二虎跪下了。丁大户说:二虎,你夜里巡更,白天怎么不睡一觉啊?

周二虎说他上午已经睡过了,下午已经恢复了精神。李世伦见二虎没有告发自己的意思,连忙讨好周二虎:东翁,二虎这人真是忠义双全,管家老郑虽然安排他白天睡觉晚上巡夜,可是二虎身体强壮精力旺盛,巡查一夜后依然精神百倍,往往帮着长工短工和丁府上下的人们干些零碎活。里里外外,没有不喜欢他的。

丁大户说:还是白天多睡些觉好,免得打不起精神,夜里让歹人瞅了空子闯进院。周二虎说:我来见东家,就为此事。丁大户问是什么事,周二虎说:昨夜巡院发现院外有来踩点的。丁大户明白什么叫踩点的,就是强人打劫前都要派人踩点,说俗了就是探路。李世伦插进话来,问二虎在哪里发现的,二虎指指东边紧贴正厅的夹道说:就在正厅和东厢房间的短墙下。

丁大户慌忙站起来:你看是打劫还是绑票?

二虎说:这就不清楚了。不过东家请放心,有二虎在,十个八个毛贼搅不动水。

丁大户:搅不动水?

周二虎:哦,就是伤害不了你的家。

李世伦说:丁家现有长工短工店铺打杂的伙计十几个,要不把他们集合起来防着?周二虎笑笑说:鸡多不下蛋,人多瞎胡乱,叮嘱他们各自紧闭屋门就行了。

李世伦说:人多气势大呀,二虎你自己行吗?

二虎说:李先生啊,凡是进这大院的,都不是生坯子赖货,要是弄些人呐喊抵挡,搞不好就给你放了明火。到那时,丁家的损失就不是三千两千了。丁大户连说:二虎所言极是,听二虎的。二虎叮嘱东家将值钱的细软藏好,自己和夫人把屋门闩牢顶上,外边无论多大动静,务必不要出声,一切事故由他应对。听到二虎这么说,丁大户心里稍安,但他仍旧惦着粮仓被抢。周二虎大笑起来:东家,劫匪盯上您这么个大户,绝不是奔着几口袋粮食来的。

丁大户仍旧担心地说:二虎啊,丁家这么个大院……

周二虎明白丁大户是请自己尽量照顾整个院落。他告诉丁大户,自己从小练就高来高去的本领,这院到那院,虽不能说片刻之间,也只是一会儿的工夫,请丁大户不必过虑。丁大户松了口气说:这我就放心了。哎,二虎啊,我家二泉在警局里混事,是不是报告警察……

周二虎当即连连摇头,说:警察里人员混杂,要是有人趁火打劫呢?丁大户一哆嗦,马上记起了兵匪一家的俗语,连说:对对对,别引狼入室,搞不好劫匪没到,他们先干上一票。李世伦仍在讨好周二虎:周武师年龄不大阅历极深,佩服!

这之后的几天,周二虎总是天黑后就上房,上了房就在丁大户家正厅高房顶烟囱后边隐藏着,随时注意院外情况的变化。这天是一个漆黑夜,有小风轻轻地刮,到了下半夜,二虎听到正房与厢房之间的夹道墙上传来轻微响动。二虎眯起早年夜间练成的功夫眼细看,夹道的墙头上出现了一柄飞虎钩。二虎暗暗吃惊,心想这可不是寻常窃贼,一定是专绑肥牛票的江湖高手。别看丁家房大墙高难以逾越,只消一个人拽着飞虎钩的绳子上了墙头,然后顺下软梯,后边几人就会鱼贯而入。周二虎按照道上的习惯必须先软后硬,他从烟囱后边蹿出来欺身向前,盘腿挂棒坐在正厅的斜檐转角上。

周二虎不动声色地朝下探着头,墙外好几个黑衣人。为首一人身背软梯拉紧绳索正要攀缘而上,猛抬头看到檐脊顶上坐着个人。黑衣人吓了一跳,随即站直身子朝上双手抱拳,压低声音道:檐上英雄,同路,还是对头?

周二虎朝下叉叉手大声道:非同路,不对头,是朋友。

黑衣人:七十二行皆朋友,哪山哪水讲清楚!

周二虎:不坐衙门不食禄。

黑衣人:知否江湖水多深?杨木橛子敢出头!

周二虎:江湖水深终有底,无非是三丈三尺三寸六!

黑衣人:水深水浅都想试。

周二虎:倒插竹篙船相候!

周二虎放下哨棒,双手撑着烟囱拿起了大顶。

墙下黑衣人见状垂下手来:快滑了,丁家雇了护院的,不是善茬。

黑衣人手腕一抖,飞虎钩从墙头弹起来落下去,钩柄正好落入他的手中。黑衣人把飞虎钩连同软梯装进兜里,带领同伙轻手轻脚地拐进西边的胡同。

没有吵闹,没有打斗,周二虎只凭几句江湖话就把绑票的打发走了。因为他挂着哨棒坐上檐脊,就是为了敲山震虎。对方看他如此身手,又深晓江湖交谈之道,明白不是一般三脚猫四门斗的功夫,自然就不会拿着鸡蛋碰石头。

自从周二虎告知丁大户有贼人踩点后,丁大户和夫人夜间就躲进最里边的套间小屋里睡了。套间外闩着两层门,靠夹房胡同的窗子虽为花格,但却是槐木做成的无扇窗户,粗壮结实,并且牢牢嵌入厚厚的砖墙里。莫说外边有二虎保护,即使放任贼人用锤敲,也不是一时半会儿能砸开的。

正因为小套间的窗子在夹道中,窗外房上刚有响动丁大户就被惊醒。丁大户拽拽夫人的被子,说:醒醒,有事了! 丁夫人并没睡着,说:我一直听着呢。

丁大户:你听到二虎和外边的对话了吗?

夫人说:听到了。二虎真行,没有吵闹,没有打斗,只凭几句话就把贼人打发走了。丁大户说:也许二虎露了几手,对方看出他不是一般的功夫,这才知趣撤走。

夫人奇怪地说:黑道上人都有枪,他们怎么害怕个拿木棒的?

丁大户:妇人之见。城里作案比不得乡下,绑票的绝对不敢动枪,因为枪声一响,会引来城里的警察,如果再惊动了日本宪兵队,那麻烦可就大了。

夫人说:我小时,娘家爹就让人绑过票,他们悄没声地潜进我家院里,拨开屋门,用短刀将我爹挟持出村。过了三天,他们到村头喊票,让我家花钱赎人。

丁大户说:是啊,送钱放人,不送撕票,这手段最狠,能把富户家产敲空。我听说过,那回还不赖,你哥哥托人说项,只卖了八十亩好地。

夫人:唉! 今年幸亏雇了二虎护院,咱得好好谢人家。

丁大户:明天中午置酒席,让全家陪着答谢他。

正厅房顶上,周二虎将绑票的打发走了以后仍不放心,他站在高处四周逡巡了一会儿,又手持哨棒在各院房顶上蹿来蹿去。天光渐亮,二虎终于松了口气,他挂着哨棒坐在檐脊上暗想,还算万幸,这伙人是老江湖,懂得道上利害,要是遇上些生荏子和我硬拼,虽然吃不了亏,也弄得结冤成仇。何苦!

二虎跳到院里,回房间歇息。

丁大户庆幸雇了二虎护院,尽管二虎已经把绑票的打发走了,他还是吓得一夜未能入眠。第二天中午,他特地置了酒席,让全家陪着答谢周二虎。席间丁大户说了许多客气话,丁二泉也破天荒地对周二虎点点头。可是,丁家人绝对没有料到,就因为这一席酒宴,弄出了一起风流大案。

正厅内摆上桌椅,丁氏全家围桌而坐。丁大户自然坐主位,周二虎坐在客位上,丁夫人、李世伦、郑管家、丁二泉、罗玉芬都来陪坐。陪坐的人都以钦佩的目光看着周二虎,丁二泉向周二虎露出难得一见的笑脸,周二虎心想,救了你全家,你丁二狗少也不再白眼涮我了! 周二虎扫了几个人一眼,罗玉芬在丁氏全家中显得格外艳丽漂亮。周二虎发现,他看罗玉芬时,罗玉芬也在定定地看他,罗玉芬和周二虎目光相对,面现羞涩。

厨娘把酒菜端到桌上,丁大户亲自把盏,说:昨夜若不是二虎护院,咱丁家必遭大祸。丁夫人插话,说:我和当家的在套间窗前听得清清楚楚,二虎真是英雄豪杰,三言两语,墙外前来绑票的那伙人就给吓跑了。

丁二泉冷不丁问道:爹,那天我就想问,你是怎么知道有人要算计咱家的?

丁大户说:二虎夜巡丁宅,看到了踩点的。所以我才告诉你,要防着。

丁二泉说:当时你该和我讲清楚,叫警局的弟兄来不就结了。

丁大户:你小子说得好听,谁知道这些人哪天哪夜来,你弄些不三不四的浑人来,整天泡在丁家打牌赌博蹭吃蹭喝呀。

丁二泉咧咧嘴。

罗玉芬:二弟,咱爹说得有理。咱爹怕家里人害怕,只告诉了你。

李世伦色眯眯地瞧着罗玉芬,继之接过罗玉芬的话:大少奶奶,这事我也知道,当时二虎点化东家时,我在场。

罗玉芬一笑:哦,李先生也不是外人。

李世伦满脸红光,屁股在椅子上接连拧了几拧,身子也跟着摇晃。

丁大户说:来,别人家父子不能同席,可丁家听政府号召,接受新生活运动,大人孩子管家先生今天都入席,向二虎致谢。

众人举起酒杯。男人们一饮而尽,丁夫人和罗玉芬只用嘴唇沾了一下酒杯。厨娘又端上菜来。丁二泉抄起筷子来:今天的菜真好,几年没见过这么丰盛了。

丁二泉喝一杯酒吃两口菜。丁大户看着不顺眼,又怕二虎或管家账房笑话,便呵斥儿子:二泉啊,你是大户人家的孩子,怎么像没吃过没见过似的。你看人家二虎,别看是个武人,却是温良恭俭让像个文化人似的,你也学着点儿嘛。

丁二泉说:爹,你看他好,认干儿子算了。

丁大户:呸,净他娘的胡说。

丁二泉放下筷子:二虎,你怎么能懂江湖黑话,是不是也干过这买卖?

二虎:少爷说笑了,练功的人没有不懂江湖黑话的,一入师门先学这个。

丁大户听出儿子在有意找碴儿,便说:二虎,这小子见识短,少跟他计较。

二虎说:没关系,少爷有时说话挺逗,听起来痛快。丁二泉听着二虎这话高兴,歪歪头说:不孬,人群里还有个懂得一二三的。

罗玉芬说:二泉,席上周二虎是爹的客人,下了席你再说浑话。啊?

丁二泉朝嫂子做个鬼脸,丁大户咧咧嘴,装作没看到。丁大户端起杯子:当着全家人的面,我丁某人发个话,从今以后都不要把周二虎当外人,因为二虎为人正直又有经验,只有这样的人才能保护我们全家。

听到公爹这话罗玉芬胆子大了,席间她不时地打量着二虎,但二虎想到那晚自己的所作所为,总是不敢抬头正视她。二虎越是不敢抬头,罗玉芬越是主动和他说话。当然,无非是说些感谢看家护院以使丁家老少得以平安的家常话。罗玉芬问二虎家是哪里的,二虎依然低着头:回大少奶奶,是城北周家营的。

罗玉芬:家里都有什么人?

二虎说:娘亲去世,只我孤身一人。

罗玉芬:娶媳妇了吗?

罗玉芬问到这里,脸上泛起一片红晕。丁夫人听儿媳问周二虎这样的话,脸色不悦,她涮了儿媳一眼,罗玉芬慌忙低下头。过了一会儿,罗玉芬再次抬起头,她鼓起勇气端起杯:二虎兄弟,敬你一杯。

丁氏全家呆了呆,同时端起杯来。丁大户打圆场:大伙一起敬二虎吧。

罗玉芬一仰脸,竟把整杯酒干了。自从大泉去世后,罗玉芬一直守身如玉,无论丁大户夫妇还是小叔子丁二泉,都不会产生别的想法。所以,罗玉芬才敢放胆,才敢尽量争取让周二虎看她一眼,哪怕是一眼,她也能凭女人的智慧让对方窥视到自己的心。周二虎此刻虽然不敢正视罗玉芬,但一想到那晚所见到的雪白如脂的女人身子,就开始走神,开始精神恍惚了。他终于鼓起勇气朝罗玉芬望过去,而此时罗玉芬也正在看着他,四目相对,二心怦然,两块质地相仿的生铁在火炉中渐渐熔合。这是一种意念的驱使、一种精神的升腾,情感上的事情只能意会难以言传,他和她都做到波段相同心有所悟了。而这点,是在座的任何人都难以体察到的。

这天,夜巡后的周二虎一觉醒来,天近正午。他走出屋门,看到管家老郑在院里转悠。二虎走上前拱拱手,说:管家今日得闲了?没想到郑管家看见二虎一下子乐了:嗨嗨,我正作难呢,有你在,解我之困也。

周二虎懵懵懂懂的,他问管家说些什么。郑管家说:专门给内院挑水的短工家里有事,今天没来。其他下力的呢,又不能进这内院,我正作难今天各院里的水怎么办,恰巧你出来了。周二虎明白了管家的意思:你是想让我给各院挑水啊?

郑管家讪着脸,说:周武师向来好说话,烦你今天给内院各处挑几担水,行吗?周二虎说:就这点儿事呀,好说好说。周二虎说着朝厕所方向走,走了几步又站住,他回过头:郑管家,恕我无礼,你不能给各院挑水吗?

郑管家看看自己的手,显得异常尴尬。异常尴尬的郑管家还是说话了:周武师,不怕您笑话,就我这身子骨,只配拿根秫秸往院外轰鸡。

周二虎哈哈笑起来。郑管家以为二虎不相信,追着二虎解释,说:真的呀,我常年不干活,已经是肩不能挑担、手不能拾柴了。周二虎摇摇头:可怜!

二虎从厕所出来后洗洗手,先给内院丁大户夫妇挑了两担水,接着又把各院及厨房的缸里也挑满,最后一担水就是送给罗玉芬的了。二虎挑水进院时,罗玉芬在院中树下纳凉。罗玉芬打个招呼:二虎,让你受累了,就倒进那边缸里吧。

二虎答应着走到水缸边放下担子,左右手各提一桶搭上缸沿,稍一拐腕,桶里的水就倒进缸里。罗玉芬目不转睛地看着周二虎的动作,二虎挑起担子要走。罗玉芬立起身,迎着二虎站住。罗玉芬盯着二虎的脸喃喃道:高大的身材、宽阔厚实的肩膀、筋肉发达的胳膊和刚毅清秀的面庞,天生阳刚男子,世所罕见啊。

二虎吓了一跳:大少奶奶,你说话怎么文绉绉的。

罗玉芬望着二虎,忽然眼圈发红,声音哽咽:二虎,我本是州城南关的著名大户,祖上曾是大明翰林,爷爷也曾做到晚清知州,可以说是诗书礼义人家。玉芬我自小聪慧,跟随爷爷识字习文,虽然不曾进过学堂,但也足以胜过某些私塾学子了。嫁到丁家本是情非得已,丈夫婚后即殁更让我相信红颜命薄。虽然年纪轻轻不愿寡守空房,但像我这样的娘家我这样的婆家,又岂能重婚再嫁呢!我只能给丁大泉守寡,守到老,守到死,或者守到忍无可忍再自杀。

罗玉芬喃喃自语似乎已经走神了,周二虎惊慌失措:大少奶奶,你说什么呢!

罗玉芬继续自言自语:我长期难以入眠,所以掌灯夜读打发茫茫黑夜。这些你夜巡丁家大院,必是看到过的。如今,黑夜终于有了光亮,这光亮是兄弟你给我带来的。

周二虎挑起水桶仓皇而逃,周二虎逃到门外回回头,罗玉芬兀自站在原地。

周二虎挑着担子满头淌汗走出罗玉芬的套院,刚好郑管家从那边走过来。郑管家走到二虎跟前看看二虎脸色:呀!还武师呢,几担水就累成这模样了!

就在这天夜里,周二虎巡过各院,又在高房顶上的烟囱后隐身。周二虎终于有了心事,他的眼睛不时朝罗玉芬的套院里盯上一阵儿,再盯上一阵儿。罗玉芬的套院里很安静,没有人影,没有动静,只有窗上隐约闪烁的灯光。周二虎朝自己和管家账房同住的套院望去,李世伦和郑管家的房间里黑乎乎的,显然都已熄灯睡下了。周二虎又注视着院外的大胡同,大胡同里没有动静。周二虎转过脸再次朝罗玉芬的套院望去时,不由得吃了一惊。

夜色中,罗玉芬套院门口有个人影,人影试探着往院里走了几步好像听到了什么,停住脚步四周张望。待到确信并无危险时,人影试探着再次往前走。周二虎看出是账房李先生,捂着嘴暗笑,明白李先生又要故技重演了。周二虎恶作剧,顺手捡起一块小灰渣准备掷向李先生吓他一吓。可是,就在周二虎举

307

起胳膊时,李世伦转过身,回头朝罗玉芬的窗子看了一眼,紧走几步离开了套院。显然他意识到了某种危险。

李世伦出了罗玉芬的套院进了自己的套院后就进了屋里,屋里亮起了灯。周二虎有点儿吃惊:咦咦,他什么时候从屋里出来的,不是睡了吗?

周二虎把灰渣放在身边,两眼盯紧了李世伦的房门。李世伦的房间里依然亮着灯,但李世伦再也没有走出他的屋门。周二虎躬着腰,顺着房脊嗖嗖往罗玉芬的套院走去。他从这座房子蹿到另一座房子上,蹿到罗玉芬房间对面的房顶上不动了。周二虎稍稍立起身子注视着罗玉芬的窗户,此时上弦月已出,天上的云彩忽而飘来忽而飘走,月儿一会儿明亮一会儿暗下去。周二虎的身子越站越直。意识中想努力看到那晚罗玉芬的身子。只可惜窗纸遮住了视线,周二虎叹了口气返身要走,这时罗玉芬窗上的灯光倏地消逝。月亮从云彩里钻出,正好照着罗玉芬的窗户,周二虎一惊,凭着自己的功夫眼他看到,窗子里边有个人影。人影趴在窗台上,显然正注视着月光下的他。

周二虎怔了一下,赶紧蹿到别的房脊上去了。

三更过后,周二虎仍旧站在房脊上朝四处观望。这霎,罗玉芬窗子上的灯光忽然又亮了。周二虎怔了一怔,摸摸自己的心口暗自思忖,今晚是怎么了,心里总是怦怦乱跳呢!见到罗玉芬窗上灯光,周二虎好像被块磁铁吸引着,不由自主从房上径直来到罗玉芬住屋对面的房顶上朝窗子张望。忽然,窗里的灯又熄灭了,周二虎一惊,低声咕哝道:莫不是有什么意外吧!

周二虎轻轻跳到院中,经过房门口悄悄接近窗户。房门虚掩着,周二虎正纳闷,房门轻轻打开,罗玉芬伸出手来抓住了他的胳膊。二虎吓得一仰身子,罗玉芬此刻的力气好像出奇的大,只一拽,二虎就已经身在屋内了。罗玉芬一下子偎在二虎怀里,压低声音:二虎兄弟,求你了,别出声!

屋里光线黑而稍显朦胧,朦胧中的二虎和玉芬往屋内迈了几步并同时站住。因为靠得近,能够感觉到彼此身上的热气和一种说不清但能体会到的情感传递。两个人面对面站了足有半袋烟工夫,二虎一把将玉芬搂紧,拼命地在她脸上亲着,吻着。玉芬不动,也不说话,任凭二虎在她脸上、脖上和嘴唇上做着近乎炽烈的动作。二虎稍稍安静下来,玉芬却突然把他一把抱住,抱得紧紧的、死死的,生怕这霎他会跑了似的。二虎就势将罗玉芬抱得更紧、更牢,他们同时拥抱在一起——亲吻,抚摸,相互传递着情与火。秋水望穿彼岸已抵,俩人终于涉过了人生旅途中的那道天河,幸福的泪水流淌吧,交汇吧,为什么谁也顾不得去擦一下抹一把呢?是醉了,痴了,还是让不期而至的巨大幸福激晕了?罗玉芬喃喃着:二虎兄弟,自从那天见到你,我就忘不下了。我得了相思病,闭上眼面前就是你的影子。我没办法,我只能寻找机会抓住你。现在,世俗的芥蒂在咱们之间早已荡然无存,我再也不能让相恋相思一再煎熬了。

罗玉芬压抑着哭泣。罗玉芬的泪水落到周二虎的肩膀上,周二虎用手擦去罗玉芬脸上的泪。两个人相依相偎走进套间,同时滚倒在炕上。细小而意蕴明晰的响动之后,听得玉芬轻轻地叫了一声,随之就是接续连绵的呻吟和气喘。

几纵几逝,两个人终于长舒一息,渐渐地舒缓慵懒了。

二虎和罗玉芬相拥而卧。二虎抚摸着玉芬的头发,罗玉芬不停饮泣着:二虎,你悄悄带上我跑吧,咱们跑得远远的,好好过一辈子。

二虎说:好吧,容我想想办法。

二人相互宽解,相互安慰,听不清说些什么。

夜幕四沉,二虎恋恋不舍地穿衣离去。

罗玉芬拽住二虎:你可要常来呀!

二虎说:放心,我会的。

二虎提起木棍走出屋子。

罗玉芬闩上房门。

罗玉芬躺到炕上,瘫了。

30

那晚马天成和白云忠在书房里谈医论药,刘妮端着茶盘茶壶送进来。灯光下的刘妮腰身丰满亭亭玉立,出落成一个端庄清秀的大姑娘了。

白云忠看了一眼刘妮,赶紧低下了头。马天成看着白云忠出神,他忽然心中一动,已是中年的白云忠至今仍是单身,年近二十的刘妮仍无着落,何不将这两位同在外乡漂泊的人婚配撮合呢。刘妮走出书房后,马天成关上房门,坐回椅子上,抬头望着屋顶想了一会儿,把自己刚才的想法全盘托出,白云忠脸上溢满笑意,但转瞬间又面露愧色:马先生,刘妮是个好孩子,一眼就能看出来,老实、厚诚、端庄大方。可是,我和刘妮年龄差距过大了吧?

马天成侧过身子:白先生,老夫少妻自古有之,你虽然已届中年,但从未婚娶,与刘妮相配,也不算辱没了她。刘妮是个苦命的孩子,我是看白先生为人厚诚才代为托付。这事我或者是自作多情,还须征得那孩子同意方可。

白云忠起身施礼:我原想独身一生了无牵挂地游历江湖,但近年来世道一片乱象,也动了成家之心。如此,就有劳马先生费心了。

马天成做事一贯认真,他说:白先生虽然答应,但有一事我必须得跟先生说清,如果先生对此事心存芥蒂,那就不要再提。否则,我马天成就是欺骗了先生。白云忠笑了笑,说:什么大不了的事啊,还这么小心翼翼的。马天成说:为人要诚,做事要实。接着就把刘妮如何曾被高药工强暴,如何曾经怀孕打胎等事项一一说给白云忠。白云忠笑起来,笑得手中的茶杯乱颤,马天成奇怪地看着白云忠。白云忠止住笑说:马先生不必顾虑,这事我早听李天鹏说过了。

马天成见白云忠胸襟坦荡,便说明天就让夫人找到刘妮挑明这件事。白云忠说:马先生你可想好了,我和刘妮差着这许多年岁,你可不要做出以主欺仆、强人所难的事。那样的话,我白某人将要悔愧终生。马天成连连保证:倘若刘妮稍露无意之言,你我二人此时的话权当没说,这事白先生你放心好了。白云忠说:那就拜托马先生夫妇玉成,想我后半生该当身落此地了。马天成给白云忠和自己的杯子里斟上茶说:这孩子命苦啊,跟着母亲逃荒到了州城,母亲死在这里,她十几岁便是孤身。天成如能姻成这桩婚事,也算对刘妮去世的母亲有了个交代。

第二天,马天成把此事说给夫人,夫人当即找到刘妮提及。刘妮说自到马家之后,已将马家夫妇视为亲生父母,婆嫁婚配全由马天成夫妇做主。夫人将刘妮的意思转告马天成,马天成便从中作伐,促成了白云忠和刘妮的婚事。

早秋暖阳,天高气爽,麻雀们在街旁房檐上跳来跳去,孩子们也聚集到一块儿,在街筒子里跑着嚷着相互嬉闹着,死气沉沉的州城出现了少有的欢乐气氛。

杨家胡同的一所小院里搭了帆布棚,棚中摆了几桌婚庆宴席,席上的客人们一个个喜气洋洋欢声笑语。上首的棚壁上挂满丝绸缎棉质地不同的贺幛,棚外不远处的墙下设了红账桌,桌上摆着笔墨纸砚和一个红色的木匣,崇德堂的一位药房伙计一边不时地往匣中放置银洋铜钱,一边催促身旁戴花镜的老先生在红账上记下亲朋好友送来的贺礼贺仪。

小院门口,东街那位专管婚礼仪式的中年人老王身穿长袍马褂,不时地向前来道贺的人们作揖施礼说着喜庆话,随之按身份和辈分将来客安排到棚中相应的座位上。辰时刚过,胡同外传来嬉笑声,老王探头瞧了一眼,赶忙转身朝院中喊:白先生,白先生,喜轿到了,快来接着啊!

一招仙白云忠身上斜披红绶带从屋里走出来,在两个年轻人的陪同下笑嘻嘻地站在院门口。此时,喜轿已经顺着胡同来到门前,轿夫放下轿杆挡住轿门,呵呵笑着讨喜钱,老王赶紧撩起长袍掏出一串铜钱递过去,轿夫接钱在手掂了掂,嘴里说着小气,身子还是挪开了轿门。穿着红袄绿裤的刘妮从轿里走出来,在两位女人陪伴下朝门口一步一步地挪。虽然没有按照州城一带的习惯"走三步倒两步",可那步履那速度也真够慢的。好容易走到门口,两位陪伴又将刘妮拽住,门口两个陪同白云忠的年轻人会意,将老新郎往前轻轻一送,白云忠恰好与刘妮的半边身子相碰。一声"撞亲了"的呼喊后,两个女人当即拽起刘妮跑进了小院。一直待在院里寻机嬉闹的孩子们还未来得及下手,新媳妇已经跑进屋里去了。

门口老王这时又喊:老少爷们儿姑姑太太们接亲啊!

棚里的人在说笑声中相继涌出,室内几位年龄不同形象各异的女人也走出了屋。男女有别分列两旁,迎接女方送嫁的"上客"。

"上客"入座,亲朋入座,前来参加婚庆的街坊人等入座,老王陪着前来"送嫁"的客人坐在棚中的最上座后,婚礼开始了。

一切应有的或简化了的规定的婚礼仪式顺利完成,客人们在一片礼让声中吃着喜宴,喝着茶水,说着笑话。小院内喜气融融,布棚内外一片欢乐。

刘妮成婚时,因为来去不便,洪玉已经跟随于天佐搬到了济南。为了不显山露水,他们在广智院街一个比较隐秘的胡同里租赁了一个小院。洪玉打算暂时先照顾一下天佐的饮食起居,时间长了就再找份比如医院、学校一类适合自己的工作。自从那件案子发生后,马天成身体大不如前,洪玉惦记着州城的父亲,每隔十天半月就回来探望,有时是她自己,有时和天佐一同回来。洪玉不想耽搁于天佐的时间,那天非要单独回州城,于天佐说:这年月兵荒马乱的,你自己回去我能放心吗。洪玉说:这样也好,显得你这个女婿也孝顺。于天佐音调伤感,说:百善孝为先,为人两重父母,这道理我明白。唉!何时天下太平了,我也回老家看看父母啊。逢这时,洪玉就安慰丈夫:其实路也不远,抽空我陪你回老家看看。

天佐摇摇头:再说吧,你听我这口音,老家的人见了不得起疑心?

洪玉盯着天佐看,看了很长时间。

天佐:我脸上有银子吗?

洪玉摇摇头。

天佐:呵呵,那你怎么盯着我看起来没完?

洪玉:天佐啊,无论你说不说,反正我感到你的身份绝非一般。

天佐笑嘻嘻地看着洪玉:说说你的看法。

洪玉笑一笑,算是回答。

于天佐频频点头:洪玉啊,真是红颜不让须眉,别看你是个女的,照样可以叱咤风云傲视天下。要是路子走对了,日后定可干出一番大事业。

洪玉说:我的路子走得不对吗?自从跟了你,你说去哪儿就去哪儿。于天佐哈哈大笑:对,一直走得很对,我说去哪儿就去哪儿。

在济南居住的这些日子里,洪玉敏锐地觉察到天佐的身份真的绝非一般。天佐白天在警务厅上班,晚上经常外出,有时一直在外待到半夜。洪玉是个相当有教养有头脑的女人,对丈夫的事情一概不闻不问,从一个知识女性身份自然而然地把自己降到家庭主妇的位置上。

洪玉发现,省公署秘书处的张霁有时来找天佐。张霁自称是天佐的好朋友,两个人很早就认识了。张霁自1938年伪省公署成立之初就担任秘书,当时省公署设有秘书处、警务厅、参事室。秘书处只有秘书三人,张霁负责接纳处理全省各道、市、县公署发来的公文事务,虽然同样是在日本人的监视下,权力依然相对很大。张霁每次来找天佐时行动虽然坦荡无忌,但俩人之间交谈却透着几分隐秘。另外,天佐还和附近的一家清真饭店联系密切,这家饭店经常给天佐和洪玉送饭送菜,天佐每次收到饭菜都是当即付款。送饭的伙计接过天佐的饭菜钱也总是会意一笑,并和天佐低声交谈几句模棱两可的话。逢到这种情况,洪玉便借口有事或忙于家务而知趣地躲开。天佐和洪玉有时也到那家清真饭店吃饭。饭店老板名叫麻泉忠,是州城南边的人,为人豪爽侠义,交际很广,济南城的官商星宿五行八作中几乎都有朋友。有时在他们吃饭时麻泉忠过来和天佐低声交谈些什么,有时天佐找个借口也跟着麻泉忠去饭店的后院。时间一长,聪慧异常的洪玉渐渐看出了其中的端倪。看出归看出,但她从不说破。

爱和情是紧密相连的,无论是谁一旦陷入,便鬼使神差身不由己。虽然古往今来万千文人墨客探讨又研究,至今却也弄不明白个中缘由。也许这就是万物之灵的本质,为人之道的天性。在丁家护院的周二虎和罗玉芬已经深陷其中,除了相机亲密外,平日里他们也总是找各种借口相互看一眼或说几句私密话。倘有一天不见,她郁闷,他也失落。

这天夜里,罗玉芬和周二虎紧紧抱在一起。周二虎喘息稍定,说:姐,我真离不开你了。罗玉芬同样娇喘着,说:我就离得开你吗?一天不见,就郁闷,失落。周二虎说:这样的文化话我不会说,只是想见你,要是见不着,就跟丢了魂一样。罗玉芬动了下身子,说:二虎你想想办法,还是带着我远走高飞吧。二虎说:姐你放心,我不会舍下你的。两个人抱得更紧,炕上的床单和枕头被甩到了一边……

拂晓时,周二虎从罗玉芬套院走出来,走到院门口遇到如厕回院的李世伦。李世伦疑惑地看着周二虎,问他到那院里干什么呢。周二虎有点儿慌乱,慌乱了一阵儿还是勉强镇定下来。他望着李世伦笑笑,说:李先生,看家护院嘛,哪个院也得照顾到吧。李世伦冲周二虎眨巴着眼睛,周二虎也冲李世伦眨巴着眼睛,两个人相视良久,李世伦说:看家护院可以,可得少去那个院里。

李世伦提着裤腰返回所住的套院,周二虎看着他的背影心里怦怦乱跳。

其实,李世伦对罗玉芬真的垂涎已久,但他是个有贼心没贼胆的人。何况罗玉芬是个大家闺秀，是否看得上自己这个只能打打算盘写写账的穷酸先生尚在两可。万一失算闯祸，丢了饭碗事小，闹不好连小命也得搭上。因此，他努力忍着，实在忍不住就趁晚上没人时到罗玉芬窗前过过眼瘾，回到房中再做些心为媒人手为妻的活。那天早晨周二虎似乎毫无因由地冲他傻笑一阵后，他明白自己的行径被二虎发现了，再不敢轻易去玉芬窗前偷窥，因为二虎现在和丁家的关系很近，万一这小子有意告发或无意说漏，肯定要遭到丁大户的追查。

李世伦回到自己屋里，扎好腰带，落落寡欢地坐着。屋内墙壁上挂着一幅美人图，李世伦看着美人图发呆。李世伦自言自语：罗玉芬啊罗玉芬，自从你嫁进丁家门，就勾走了在下的魂。可是，有丁大少爷在，给我个胆子也不敢接近你。自从你成了寡妇，可就又勾走了我的心了。

李世伦起身走到窗前，望着正打扫院子的周二虎出神。他想，事到如今，自己只能竭力地忍忍忍……实在忍不住就趁晚上没人时到你窗前过过眼瘾。唉！难受啊，这心里真难受啊！李世伦对着室外发了会儿呆，就又回到美人图前，重新对着美人图痴痴地看着。正在这时，有人在外边敲门，李世伦急忙摘下美人图藏好，然后走过去打开屋门，一看，却是郑管家。

郑管家走进来，见李世伦神色慌乱，就想退回去。李世伦拽住他，说：郑管家请进，请进，管家到来，必定是东家有事吩咐吧？郑管家摇摇头，说：李先生，我来是有事和你商量。李世伦说：好，坐下说，坐下说。

李世伦把郑管家让到桌边椅子上坐下，郑管家抻了半天才开口，说：李先生，有件事不知当讲不当讲。李世伦神色紧张：东家是不是打算解雇我？

郑管家摇头说：李先生你想到哪里去了，我是为丁家的面子来找你商量事情的。李世伦一头雾水：面子，什么面子？

郑管家说：你知道，我有个五更泻的毛病，拂晓时必得起来大便。李世伦说：当然记得，这毛病您和我说过，不是张先生给您治好了吗？郑管家说：好了一年又犯了。李世伦笑笑：犯了再去找张先生啊。

郑管家说：那是以后的话题，咱们说眼前的。

李世伦坐到郑管家对面，说：管家你有事尽管讲。郑管家瞧瞧门外道：最近一段时间早起如厕，好几次碰见周二虎从大少奶奶院里出来，我是个文人，也是个粗人，粗人说话直桶大布袋，我想，这里边是不是有什么猫腻呀。

李世伦大惊，他不相信竟有这种事。因为周二虎只是个护院的，护院的就是个长工，丁家大少奶奶能看上一个长工吗？正思虑如何向郑管家解释，郑管家又说了：你瞧了没有，大少奶奶这些日子不再愁眉不展，脸色也变得红润了呢。

李世伦大怒：肥肉落到狗嘴里，是可忍，孰不可忍啊！

郑管家说:我只是这么猜测,找先生商量呢,是因你我都是吃丁家饭的。食君之禄,忠君之事。这事,咱们是不是知会东家一下。

李世伦走到门口朝外看了看又回到桌前说:不成,捉贼要赃,捉奸要双,这小子现在是东家心里的红人,万一被他斥为诬告,你我斯文何存?不如这样……

两个人脸凑到脸上,窃窃私语。

夜色中,周二虎悄悄地从房上跳进罗玉芬的套院,二虎在窗子上轻轻敲了两下,罗玉芬打开屋门,二虎身子一闪掩进屋。屋内灯光依旧亮着,屋外,夜虫在墙角处唧唧叫,除此之外别无声息。

过了一会儿,罗玉芬的套院门口出现了一个黑影。黑影蹑手蹑脚朝罗玉芬的窗前走去,脚下竟没有一点儿声息。夜光下可以看到,黑影光着双脚。而这位光着双脚的人,正是账房先生李世伦。自从那天听到郑管家怀疑周二虎与罗玉芬似有瓜葛的消息后,李世伦思念罗玉芬的欲望更加强烈。由于利害攸关,他只能忍了再忍,然而总是馋狗离不开肉桌子,今夜忍了又忍,末了再也难以忍下去了,终于舍生忘命地潜到了罗玉芬的窗下。

李世伦轻车熟路地从窗户纸上那个小洞朝屋内张望。李世伦刚望了一眼,便浑身哆嗦,他目瞪口呆妒火中烧。因为他看到,屋内灯光下,炕上的少奶奶光着身子和同样赤裸的周二虎拥抱在一起,正做着天上人间最最美妙的动作。李先生大怒,他当即决定冲进屋里捉奸,可走到门口又站住了,他想周二虎是个武师,年轻力壮正当年,自己冒冒失失闯进去,捉奸不成很可能要遭灭口。李世伦想对了,如果他真硬闯进去,周二虎为了保住玉芬很可能要弄死他。李世伦哆嗦了一会儿稳定心神,悄悄地离开窗前,踮着脚尖跑出了套院。

李世伦跑出去不一会儿,罗玉芬套院门口出现了两个人,前边的是李世伦,后边的是郑管家。两个人轻手轻脚走到窗前,李世伦让郑管家往窗子里看。郑管家看了一眼便躲开,压低声音对李世伦说:李先生,咱俩冲进去捉奸?

李世伦说声"好!"两个人轻手轻脚朝门口走。快要走到门口时,李世伦又把郑管家拽住,李世伦提醒郑管家,说:周二虎是个武师,咱俩恐怕堵不住他。郑管家说:这该怎么办?李世伦说:你在这里盯着,我去告诉东家。郑管家自己待在这里害怕,说他要是出来如何是好。李世伦指指门扇上的吊链:挂上!

郑管家点点头。李世伦悄悄溜出套院,一溜跟头朝内院跑去。

李世伦跌着跟头跑到丁大户夫妇的卧室窗下,拍着窗户压低声音说:东家,东家,出事了,出大事了!

窗内传出丁大户睡眼惺忪的声音:怎么,绑票的强人进院了?周二虎呢?

李世伦:东家啊,还找二虎呢,正是在周二虎身上出事了。

丁大户一头雾水不明白,问二虎身上出啥事了。李世伦结结巴巴地告诉丁大户,说周二虎把大少奶奶给睡了。室内一阵忙乱,丁大户披着汗衫打开门。丁大户问明情况,拔腿就和李先生往儿媳院中跑。

刚才李世伦走后,郑管家立在屋门口一动不动。不一会儿,屋里忽然出了动静。有脚步声朝门口处走来,郑管家手忙脚乱了一阵,听到屋里的人已在拉动门闩。郑管家急中生智,伸手抓住吊链挂在门楣的铁鼻上。吊链弄出了响声,屋里动静加大,郑管家听到传出二虎的声音,说:外边有人!接下来是罗玉芬害怕又焦急的声音:你快走,快走,别管我!

郑管家的身子开始哆嗦。郑管家哆嗦着拽住门吊链,屋内又传出二虎的声音,说:屋门让人挂上吊链了。又是罗玉芬的声音:抬开门,你快走!

周二虎低声说着什么,郑管家用上全身力气拽住吊链。用上全身力气的郑管家忽然觉得门扇摇摆晃动得很厉害,接着觉得双臂一阵发麻,门扇哗地给拽开了。郑管家双手拽着吊链跌进了屋里,周二虎慢慢走出屋门。周二虎站在郑管家跟前,手中的哨棒一甩一甩的,郑管家"哎哟"一声差点儿吓昏了。

李世伦和丁大户跑到罗玉芬套院外才发觉,身为公爹的丁大户还只是穿着一条裤衩。丁大户赶紧立住身子不再动,有点儿迟疑地问李先生所说事情是否确凿。李世伦说:李某如有谎言,天打五雷轰!郑管家一直守在门口怕他们跑了,东家宜速不宜迟,赶紧入室捉奸。丁大户仍旧站着不动,他低声说:让这内院里的上上下下听到动静必会引起轩然大波,咱们就堵在院门口吧。奸夫淫妇一旦出现,立即拿了送官。

李世伦拍着手说:不成啊,这不成啊!

院里忽然传出轰隆一声,紧跟着传出郑管家的号叫:快来人啊,淫贼要逃了!

丁大户蓦地睁大了眼,他以与自己年龄极不相符的威猛和快捷大吼一声冲进院里:妈妈的贼子,挣我银钱淫我儿媳,良心何在,天理何存!

丁大户冲进院里,只看到一个模糊的影子翻身到了连接外院的高墙。

郑管家手脸跌破。李世伦上前扶起郑管家:你咋就没看住他们呢?

郑管家指指被拉掉的门扇:这家伙,力气比头犍子牛都大。

丁大户问:郑管家,这事是你俩看到的?

郑管家哭咧咧地埋怨李世伦:我说和李先生入室捉奸,他偏偏要去讨好东家。

李世伦跳着脚叫起冤来:老糊涂了,不要命了!

鬼使神差，从丁家脱身后的周二虎顺街往东直奔马天成家。说来凑巧，因为天已渐亮，有晨练习惯的马天成恰好刚刚走出家门。他看到周二虎张皇失措的样子感到很奇怪，当即立住脚步问道：二虎，看你急匆匆的样子，出什么事了？

周二虎回头看了看：马叔，能不能到家里说？

马天成情知不妙，没犹豫便返身回家。周二虎跟进去连忙关上门，叫了声"马叔"就在大门过道里给马天成跪下了。

马天成大吃一惊：到底出什么事了？

周二虎说：马叔，我没出息，我惹了大祸！

马天成搂起二虎，一声不响地听周二虎说了事情的经过。马天成"哦"一声：明白了，你和丁家大少奶奶好，让人家发现了！

周二虎低着头一声不响，马天成不停地在过道里来回走动。他摇摇头又点点头再长长地叹口气，显然心里很矛盾也很难过。马天成急切间拿不定主意到底应该怎么办，这时天已大亮，家里的人们开始走出屋门支应一天的生活，走出屋门的马夫人首先看到了他们，十分不解地走上前来说：大清早的，你爷儿俩有话到屋里说呀，站在过道里干吗？

马天成说他们在商量点儿事，马夫人"哦"了一声走进厢房。

马天成愁眉紧锁，思量半晌才说道：二虎，事已做下就不要想三想四了，你暂时先到跨院里躲一躲，听听动静再说。

马天成把周二虎领进东南角上的小跨院，指指东房，说：里面现成的被褥，你先歇歇再说。周二虎疑虑重重：叔，事关重大，我真是六神无主。

马天成说：孤男寡女，在所难免，别想这些了。也许丁大户是个明白人，害怕丢人现眼不会声张，那么这件事就能不了了之。

周二虎叹口气：唉！这下我可给丁家大少奶奶惹祸了！

周二虎逃走后，丁大户并没善罢甘休，他首先让人把罗玉芬关起来，然后把郑管家和李世伦叫到屋里，商量处理罗玉芬的办法。州城虽是齐鲁与燕赵的结合处，但本地人受儒家传统影响很深，自古就把"礼义廉耻"挂在嘴上。特别是当时的财主大户和所谓绅士人家，出了丑事总是尽量遮盖，谁也不愿往外张扬。丁大户当然也是这样的人，他告诉李先生和郑管家，儿媳与周二虎私通之事只能天知地知我知你俩知，威胁说如果二人中谁往外传会让他吃不了兜着走。李世伦和郑管家诺诺连声，尽管心中想着将来一定把这事当作天大的新闻回去说给家里人，嘴上却忙着给丁大户接连出了几个可行可不行的主意。

二人所出的几个主意并不切实可行，丁大户闷声不响地只管听着。李世伦沉不住气，盯着丁大户说：到底咋办，东家你得拿个主意啊。丁大户捂着胸口喘粗气,说:家门不幸,出了这样的丑事,我都不知道脸往哪里搁了。主意?有主意我就不请你俩帮着想了。李世伦说:难道白白便宜了姓周的小子不成?丁大户憋了一肚子火,李世伦的话让他火气更大,他说:没那么便宜,我已打发人去叫丁二泉,让二泉去警局报案。唉!也怪你俩,你俩都是丁府的老人了,干吗把个丑事弄得这么沸沸扬扬啊?郑管家说:这是李先生出的主意。李世伦埋怨郑管家不该挑唆他。两个人你一言我一语打起了嘴架,丁大户压着嗓子吼道:行了,还嫌乱得不够瞧吗?

几个人正说着,丁二泉走进来,问他爹大清早找自己有事吗,丁大户让二泉先坐下。丁二泉坐在丁大户身边,怔怔地看着三个人。没有人和他说话,丁二泉纳闷了,说:你们这是干吗,跟发丧似的。丁大户跺了下脚,说:小子,你算说了句人话,今儿这事啊,跟发丧没大区别。丁二泉一惊,说是不是周二虎又看到踩点的了。郑管家这才接上话:嗨!事情就出在周二虎身上。

丁大户告诉二泉,说:周二虎夜间借巡夜之便占你嫂子的便宜,幸亏李先生和管家发现告诉了我。眼下周二虎已经畏罪潜逃,你看这事怎么办好?丁二泉一听就蹦起来:爹,我说啥了,那周二虎一看就知道不是好货,怎么样,你把他弄进家是往自己腔里插棒槌吧?

丁大户白着脸没回答,他朝二泉摆摆手示意他不要乱嚷,不着调的话更不要乱说,看看怎么办才能出了这口气又不至于丢人现眼。丁二泉翻着白眼一时拿不出主意,丁大户就说这事能不能悄悄到警务局报个案,请局长派人抓捕周二虎。丁二泉立时跳起来,说:我现在就去,晚了让周二虎跑远了就不好办了。丁大户叮嘱儿子报案时最好找个别的借口,千万不要实话实说。丁二泉这次很听老子的话,说:办这事我可不外行,到警务局报案时,就说周二虎勾结抗日分子什么的。李世伦害怕这么说警局不相信,丁二泉说:你和郑管家出来做证啊。李世伦眼里放出光来:咦,别说,二少爷这主意倒能一箭双雕。到了节骨眼上,还是二少爷办法多。

丁大户也点点头:二泉啊,带上二十大洋,快去警务局报案吧。

丁二泉:二十大洋?爹,你当是打发要饭的呢。

丁大户:那得多少?

丁大户:至少得二百。

丁大户咧着嘴叹气:唉!二百就二百。这才叫赔了夫人又折兵哪。李先生,写条子,郑管家,支钱。

丁二泉去警务局报案,丁大户三人继续商量处置罗玉芬的办法。最后仍是丁大户自己做了决定,让罗玉芬自缢了结。然而,罗玉芬娘家也是有名有姓的人家,丁大户发愁罗家追究起来如何应付。到底李世伦阴点子多,建议丁大户之后对外就说罗玉芬守空房多年想不开自己上了吊。这样一可保住丁家清白名声,二可应付罗玉芬娘家的追究。丁大户听李世伦想出这么个主意,连说:妙妙妙!

<h1 style="text-align:center">31</h1>

早饭后,马天成把周二虎安排在小跨院里暂避燃眉之祸,他独自一人走出门顺着大街往西遛,意思是想听听丁家有什么动静。可是,走到丁家大门口了也没看出什么异常,好像昨夜丁家根本就没发生这件事似的。马天成明白了,丁大户害怕丢人现眼没有声张,或许这件事就能不了了之。他想这应该是丁大户的明智之举,当然也是他所盼望的。

马天成所盼望的,也是丁大户所向往的。马天成盼望着息事宁人,丁大户向往着出一口恶气而又家丑不能外扬。因此,丁大户所采取的做法就和马天成所想的完全不一样了。现在,马天成只能静观其变,而丁大户的希望却在儿子身上。

丁二泉跑进警务局长办公室时,孟庆周正跷着二郎腿坐在桌后嗑瓜子。见丁二泉急匆匆闯进来,孟庆周大为不悦,说:大上午的,让疯狗撵了还是蝎子蜇了!这么急急慌慌,报喜还是报丧?丁二泉口眼耳鼻乱动弹,孟庆周看着想笑,问他:怎么了,要变戏法呀?丁二泉好容易挤出一句话:局长,我家护院的周二虎通匪。

丁二泉一连制造出许多麻烦,孟庆周烦他:通匪,通跑才好呢。

丁二泉说:我讲的是实话,有证人。孟庆周说:你嘴里有实话吗,上次你说马家窝藏抗日分子,弄得全警务局跟发丧似的,这会儿闲得屁眼痒痒,又来谎报军情了。丁二泉一脸苦笑,忙乱一阵儿忽然想起要紧事,二百大洋扣下一百,把另外一百大洋放在桌上:局长,我说的真是实话。

孟庆周看了看两封银圆,脸色和缓了些,他让丁二泉把过程讲一下。丁二泉说:我家账房李先生和管家亲眼看到周二虎在他屋里和抗日分子开会,其中一个是李先生的老乡。李先生和郑管家觉得事关重大,大清早就跑去报告给我,可是赶到周二虎住处时,三个人都跑了。孟庆周摇摇头:是不是你家账房先生和管家与那两人有仇,要借这机会报复人家?

丁二泉急了,说:局长你听着,信不信我去报告丸山太君?孟庆周打了个愣,重又稳定下来,摆了摆手说:丁二泉你快去吧,不怕挨耳光你就去找丸山造,他不是还欠你五百大洋吗?丁二泉吓了一跳,咧着嘴:局长,这事我可向你报告了,到时出了大事,可别说我没有尽责。

丁二泉说完回身向外走。孟庆周命令他站住，说：我让你走了吗？丁二泉站住，一时没转过弯来，自己的报告局长不听，还让他站在这里干吗？就听孟庆周吩咐他快回家把证人叫到局里来，说：这不是小事，得证实一下你的话。

局长准了报告，丁二泉高兴起来，他舞扎着两手还要解释，孟庆周吐掉一个瓜子皮：别黏缠了，快去。

既然主家不顾嫌疑出面举报，还叫来两个证人，周二虎呢，确实已经潜逃，警务局长就只能信其有不能信其无了。他问丁二泉估计这个周二虎逃往哪里，丁二泉想都没想就说他一定藏在周家营自己家里。孟庆周抓起电话接通日本宪兵队找丸山造报告，恰好丸山造没在家，他怕误了事日本人追究他责任，马上叫来崔麻子，让他带上几个警员和丁二泉一块儿赶往周家营抓捕周二虎。崔麻子答应着和丁二泉急忙走出去。孟庆周坐下来，用一支笔敲着脑袋思考起来。孟庆周正在想着什么，电话铃响了。孟庆周抓起电话：喂，哦，丸山太君啊，是的，我刚才找您了。是这样的丸山太君，丁二泉家的护院周二虎通匪，让丁家的人发现了。丁二泉把这情况报告给我，我找您没找到，恐怕时间长了罪犯潜逃，就自作主张派人去抓捕了。对对，去了十来个人呢，放心，没问题。

电话里传出丸山造的夸奖声，说：大大的好，警务局长的大大的好！抓到了马上送到宪兵队。孟庆周说：太君，要是万一抓不到的话，这个人可能还藏在城内，所以不能公开，不能张扬，以免打草惊蛇，我们可以派人在全城秘密搜查。

丸山造：大大的好，宪兵队的，会积极配合。就这样，孟的，不错。

孟庆周放下电话抬起头，发现特务股副股长藤野站在他桌前。藤野名义上是副股长，其实比他这个局长权力都大，所以孟庆周见了他就害怕。孟庆周刚要向对方说明情况，藤野却打断他的话说：孟局长不必多说，我知道了，你给丸山队长提的建议我也听到了。你应该长脑子，一个通匪的八路军地下人员，能等着你派人去抓他吗？全城搜查？全城好几万人上万户，你知道他藏在哪一家，用你们中国人的话说，这不明明是大海捞针吗？

孟庆周说：是是，藤野太君说得是。那我们怎么办，就这么等着？

藤野说：听听去周家营抓人的消息再说吧。孟庆周连忙点头听命。

崔麻子带人到了周家营，指挥警察们包围了周二虎的家。可是荷枪实弹的警察冲进院里后，里边除了那座空空宅院外见不到一个人。崔麻子丧气地带人退出来，此时林员外家的长工老曹推着一土车牲口粪站在街边上。崔麻子朝老曹走过去，老曹却主动和他搭讪：哎，长官，你们是不是找周二虎啊？

崔麻子说：你见过他？

老曹回答说：早晨出牲口栏时，看到周二虎匆匆忙忙跑回家，问他干吗呢这么着急，他也没说出个子丑寅卯来，从家里取了点儿东西，慌慌张张往北跑了。

崔麻子望着北边出神,他心想,既然早就跑了,还抓个鸟啊,回去!崔麻子带着人走上返回州城的大道,老曹望着远去的警察队伍,脸上泛起一丝讥笑的神色。一直注视着这情况的林员外从大门里走出来,说:老曹,你真看见周二虎往北跑了?老曹说:我给他们扯淡玩呢,省得他们到处去找,我哪里见过周二虎啊。

林员外说:不知二虎这孩子又摊了什么官司,让人悬心哪。

崔麻子带人回到警务局,拽着丁二泉直接走进局长办公室里。此时,孟庆周和藤野仍在办公室等消息,明知他们会无功而返,还是要照走程序。

孟庆周和藤野对坐在办公桌前,孟庆周仰着脸,藤野低着头。崔麻子和丁二泉站在两边,还没等孟庆周询问,崔麻子就自动报告,说他们到了周家营时,周二虎早已跑了。孟庆周看看藤野的脸色,责怪崔麻子为何不去追赶,崔麻子说:听周家营的人讲,周二虎一大早就从家里拿了点儿东西往北跑了,前后差着半天,我们去哪里追呀。孟庆周"哦哦"两声,说:往北百里之外有八路军新开辟的根据地,一定是逃往那里了。崔麻子问:怎么办?周二虎他娘死了,只他光棍一个,抓个人质也找不到主儿啊。孟庆周说:现在看来,在州城潜伏的八路探子绝对不止周二虎一个,我马上报告丸山太君,实施全城秘密搜查,看能不能找出他的同党。

藤野抬起头,小眼睛里闪着阴森森的光。藤野盯着崔麻子和丁二泉,崔麻子和丁二泉身子哆嗦了一下。崔麻子哈下腰:太君,我们尽了力了。

藤野龇牙一笑:崔股长不必紧张,孟局长也不必报告丸山队长,八路军做事缜密得很,周二虎已暴露,城中所有的线肯定马上掐断,不要胡折腾,由我们日本特务人员想办法弄清吧。

崔麻子和丁二泉连忙鞠躬:太君英明!

藤野不再和这几个人闲聊,他起身出了公署大门,径奔日本宪兵队。因为他的军阶比丸山造低得多,所以到了宪兵队照例直挺挺站在丸山造面前汇报。丸山造坐在桌后问他:孟庆周报的那个通匪的案子进展如何?

藤野身子一挺,说:报告队长,派人捉拿,纯粹胡闹,又不是牛羊,哪个会老老实实等你去捉呀。丸山造很失望:这么说是扑空了。

藤野说:崔麻子带人到了周家营时,周二虎早就向北逃走了。丸山造听说周二虎是往北跑的,起身查看后边墙上的地图。丸山造看了一会儿地图回过身来:北边,近了是巨匪张三太的地盘,再远就是八路军的地盘了。

藤野说:这就是我要向您汇报的关键。

丸山造:你的意思是……

藤野:听部下说,周二虎刚从丁家逃走,丁二泉刚报了案,丁家的大儿媳就上吊自杀。首先得弄清，其中是不是有关联之处。如果周二虎逃往张三太处，可能与丁家儿媳自杀有关；如果周二虎逃往了八路军的地盘，那我们就得考虑州城驻军的处境问题了。

丸山造让藤野讲清楚，藤野说：队长阁下还记得那年城东南角军火库的爆炸案吧。那次就是八路军派了奸细打入皇协军内部，搞清了仓库位置采取的行动。丸山造站起身来：藤野君不愧是搞情报的，想得周到。对，如果周二虎逃到了八路军地盘，说明他已得到皇军的某些情报。那么，目前我们除了加强戒备外，还得寻找给他提供情报的人。这些提供情报的人，有的可能在皇协军里，有的可能在警备队里。皇协军这边，我负责，警备队和警务局那边，你负责。

藤野说：丸山队长阁下，待我先弄清周二虎逃往哪里再说吧。

丸山造：好的，好的。藤野君去实施你的行动吧。

罗玉芬和周二虎相爱事发后一直待在屋里没出来，当然丁大户也不让她出来。罗玉芬知道二虎已经跳墙逃走，心里反倒没了牵挂。心上人既已安然无恙，自己还有什么可担忧的。和二虎一场相爱，她觉得作为一个女人来说也算够了。比起一辈子独守空房的滋味不知要幸福多少倍，纵然为了此事独赴黄泉，她认为也死得其所。她从早晨就没露面，丁家也没人来看她叫她，但她明白丁大户轻饶不了自己，心里做好了应付各种可能的准备。

丁大户派了两个女仆看着罗玉芬，罗玉芬坐在炕上，面无表情。饭菜放在罗玉芬面前，罗玉芬一动不动。一女仆说：少奶奶，你已经两顿没吃饭了，多少得用点儿吧。罗玉芬两眼含泪，仍是一言不发。一个女仆走出去，另一个女仆走过来坐在她身旁，口气很是同情：大少奶奶，其实，这事俺们下人挺同情你的。你看你年纪轻轻就守寡，守到哪年哪月是个头啊。男人死了老婆能再续，咱们女人就只能眼睁睁守着空房到老吗？

罗玉芬朝女仆点点头：妹子，你这话让我心里暖乎乎的，像我们这样的大户，像你我这样的女子，认命呢，一辈子可以清汤寡水地过下去，不认命就得遭殃。

女仆劝罗玉芬心里放宽亮些，说：也许老爷害怕家丑外扬就到这里为止，不再追究了。罗玉芬说：像咱们这样的女人，别指望太阳从西边出。女仆说：少奶奶别说丧气话，不会有事的。罗玉芬苦笑了一下：妹妹你年龄小，看不透别人的心，要是公爹肯饶我，就不让你们来看着我了。

女仆点点头：老爷是吩咐过，看住你，别让你抽空逃了。

果然，下半晌有个内院女仆悄悄推开了她的房门，说了句"少奶奶这是老爷给你的交代"，随之将一根麻绳扔进来。罗玉芬知道会是这样的结果，她坦然面对,丝毫不紧张不害怕。不害怕并非不难过,人在临死前大约总是想得很多很多,玉芬此刻想到二虎,想到娘家哥嫂,想到去世的父亲和身体欠佳的母亲,心中一阵酸楚,禁不住潸然泪下。

一直守在罗玉芬身边的女仆哭起来,罗玉芬从柜子里取出一对金手镯。罗玉芬把金手镯放到女仆手里,说:妹妹,留个念想吧。女仆收起手镯哭得更厉害了,她惊奇地看着罗玉芬说:大少奶奶,你的心好敞亮,一点儿也不害怕。罗玉芬说:妹妹,你错了,我也害怕,可是怕有什么用? 你出去吧。

女仆走出门去,把门半开着。

罗玉芬静了一下心,擦去脸上的泪,端坐在梳妆台前敷了粉,抹了面,涂上唇膏,然后打开那个精致的首饰盒,把戴过没戴过的金银首饰统统戴在头上。她要走得轻松,走得体面。一切打扮停当,罗玉芬跪下来,朝着南关家的方向磕了三个头,将一条春凳搬到房梁下。罗玉芬踩着春凳把那条麻绳搭在房梁上打个套,又朝周围看了一遍,嘴角上露出一丝像嘲弄又像遗憾的笑,便将脖子搭进了绳套里。人生就要结束,世界将成永远……

春凳被罗玉芬蹬翻。

罗玉芬两条腿蹬了几下,像两根蔫萝卜似的耷拉下来。

偶然也好,巧合也罢,千钧一发之际,那个送绳子的女仆进了院。女仆边走边喊,说:罗家大公子从北京回来了,今天特地到丁家看望妹妹,老爷让少奶奶速到后院正厅去见。一直待在门口的女仆听到喊声,立即一头撞进屋里,一边嘶声喊叫,一边用肩膀将上吊人的屁股顶起,绳套一松,罗玉芬的脖子从中脱出,罗玉芬身子迅速下落,连同女仆一块儿砸在了地上。

听到女仆不似人声的喊叫,院里院外的人相继跑进来,有的开始急救,有的跑去请医生,待到丁大户夫妇和罗玉芬的哥哥罗玉鼎闻讯赶到时,罗玉芬已经气绝身亡。这时,家人请来了张道山。张道山试着按了下死者的脉搏,又让人点上煤油灯,将煤油灯的灯焰凑到罗玉芬的鼻孔前,灯焰一动不动,显然是气息全无了。张道山摇摇头转向丁大户:丁翁,准备后事吧!

不大会儿扛活的长工送来了灵床,罗玉芬的尸首被抬上了灵床,罗玉鼎抱着妹妹的尸首放声大哭。丁大户夫妇也假意悲哀,丁大户跺着脚:孩子,你给大泉守了这两三年节,爹我心里也不好受啊!

丁家开始准备发丧。

罗玉鼎亲见妹妹上吊自杀,在丁家人的劝慰下,好不容易才从妹妹身边站起身。罗玉鼎站在妹妹的灵前仍旧泪流不止。李世伦在一旁劝慰:罗先生,令妹已逝,你也不要过于悲伤,免得伤了自己身体。发丧出殡还得好几天,许多事情丁家还要和您商议。

罗玉鼎不明白,妹妹为丁家守寡两三年,他每次从北京回来探家,总要来丁家看看妹妹,不是一直好好的吗,为什么要上吊呢? 他追问原因,李世伦赶紧解释:我听家里人说,大少奶奶从今年夏天开始精神就一直不正常,是不是守寡多年感到人生无望,还是独处一院中了什么邪祟了?

总之,没有原因就是原因。罗玉鼎说:这话不能自圆其说,定是丁家虐待了我妹妹,事过之后,我必追究。李世伦说:那是以后的事了,眼下还是商量发丧要紧。郑管家已差人到尊府报丧,丁家也已备好出殡时的有关事宜,只等丧期……

李世伦话没说完,院子里一阵大乱。屋里的人朝外看,只见南关罗家老少十几口一齐涌进了丁家,在这些人的背后,几个汉子手里的棍棒禾叉不停舞动着。

原来,消息报到南关罗家,罗家当即全体出动来到丁家,哭儿哭女哭妹妹,大有为罗玉芬"闹丧"之意。李世伦飞奔内院报与丁大户,说:罗家"闹丧"来了。一个陪丧的家人跑出院子散布消息,街上的人也闻讯赶到,十字街以西半条街都沸沸扬扬了。幸好罗玉鼎识大体顾大面,慌忙走出屋子,拦住继续往屋里涌的罗家男女,并和罗家人解释了些什么。罗家人终于渐渐安静下来。

此时,丁大户夫妇在李世伦的陪同下也赶到罗玉芬的套院,两亲家一阵你争我辩的交涉之后,罗家人最终被请到内院正厅中坐下。

正厅里,丁大户夫妇、李世伦、郑管家等坐在一侧,罗家人坐在另一侧。罗家人剑拔弩张,看样子准备大大地闹一场。丁大户很心虚,也很紧张,他亲自给亲家那边的人沏水倒茶,然后用十分委婉的口气说:亲家母,咱们就不多说闲话了,我丁家认了,亲家那边也就认了吧。谁家愿出丧事啊,可事情已经摊到头上,如能从阎王那里赎回孩子的命,我宁可变卖所有家产也得做。事到如今,只能是打发走了的孩子满意,咱准备出七天大丧,行吗?

罗玉芬的母亲满眼满脸都是泪:我闺女嫁到你们丁家,没留下一男半女,这披麻戴孝摔老盆的事,也得安排。

丁大户说:好好好,只要亲家母满意,不行就让老二代子执孝。

罗母的怒气消解了些,说:丁亲家你听好了,你虽然是州城首富,我罗家也是有根基的人家,要是这场丧事安排不好,我可是告诉了儿女们,两家的官司可就从县里打到道里,从道里打到省里,没完没了。丁大户连忙赔着小心:亲家母请放心,凡事让您满意就是了。

罗玉鼎最后提出,说人有时可以死而复生,他妹妹自缢不足半天,冤魂尚在,要请州城第一名医马天成来看看,请马天成做最后的诊断,如果马天成说人已死定,他们罗家也就认了。李世伦说:已经请过张道山张先生了,人已无望,还折腾什么。罗玉鼎来了气,说:张道山毕竟还是张道山,我要求再请马天成。

俗话说一口气百个指望,其实即使没了气仍然还有希望。否则,世上也就没有"死而复生"这个词了。李世伦知道罗玉鼎是有大学问的人,更不知此人在北京到底是什么职位,听他如此一说,连忙低了头噤若寒蝉。

郑管家嘴巴附到丁大户耳朵上,说:东家,有句话叫看出丧的都嫌丧局小,还是听了罗公子的话让罗家满意,否则出殡那天罗家再来个"闹丧",费了银子花了钱不说,事情也会闹得全城知道人人议论,真够丢人现眼的。更何况罗家并非小门小户,更何况罗玉鼎在北京做事,更何况罗玉芬毕竟为丁家守寡两三年了,反正事已至此,你就是请来神仙也不可能让罗玉芬重新复活……丁大户点点头:好好,就依罗公子之言,李先生,快差人去请马先生。

李世伦起身走出去。

也就两炷香工夫,马天成就从东街赶过来了。

丁家和罗家的当家人都来到罗玉芬的院子里。在众人的陪同下,马天成走进屋内。俗话说虎死如人,人死如虎,跟进屋里的人多,敢于走到丧帘后边看看死者的人却不多。掂量半天,只有罗玉鼎陪着马天成走进丧帘后边,走到躺在灵床上的尸首前。马天成掀开蒙面布看了看尸首的面色,不由得噏起了嘴唇。他又急忙走到尸体下首,伸拇食二指在尸首的脚踝两侧捏了捏,取出随身携带的三棱针在罗玉芬的手臂上扎了一下,马天成低头看了看针眼,脸上现出让人难以辨别的复杂神色。他又取出银针,在罗玉芬顶上扎了一会儿,在罗玉芬的颈后两侧扎了一下,转身朝跟在他身后的罗玉鼎摇摇头,说:人真的不行了。罗玉鼎见马天成断定妹妹已死,禁不住号啕大哭。罗玉鼎一哭,在场的人跟着乱哭。混乱中马天成将罗玉鼎扶到外边,低声对他附耳说了句什么,罗玉鼎回到灵床前哭得更凶了。马天成看到丁大户走过来,有意高声道:丁翁,亲家侄儿伤心至极,这样下去哭坏了身子可了不得。

虽然是自己逼死了儿媳,但一片哀号声中,丁大户也眼泪汪汪:是啊,不能搭上一个再饶上一个呀。

丁大户劝罗玉鼎:罗公子,罗公子,节哀,节哀!

李世伦走到丁大户跟前:东翁,他们是晚辈。

丁大户说:哦哦,罗公子,罗公子,别哭了,别哭了!

罗玉鼎只作没听见,哭得愈发厉害了。

丁大户手足失措。马天成挽起罗玉鼎的胳膊,像有意说给丁大户听,说:罗先生不要伤心过度,请到舍下喝杯茶静静心。丁大户见有台阶,马上说:对对,去马先生家静静神歇息一会儿,去吧,去吧。罗玉鼎仍旧哭泣,许多人赶过来劝慰,罗玉鼎在大伙的劝说下抽抽咽咽和马天成走出屋门。

天已近晚,暮色四合,回到家中的马天成把罗玉鼎让进自己的书房。他点上灯,关上门,给罗玉鼎沏上茶水。罗玉鼎此刻哪有闲心喝茶,他将茶杯推到一旁,声音低得刚够他们两个人听到:马先生,您方才暗示我放声大哭,我琢磨着这是话中有话,难道……

马天成摆手打断罗玉鼎的话:罗先生,实话相告,我察面色,试躁脉,令妹其实并未完全断气,是我马家一部祖传古医书上说的"尸厥",俗名叫假死,是因绳勒脖颈一时气壅所致。也是令妹命大,倘若再迟毫厘瞬间,也就没有指望了。这种情况只消放松静养,过几个时辰不用救治也可自行复活。

罗玉鼎忽地站起来:马先生不可胡乱说笑,在下心里已经非常难过了。

马天成皱皱眉说:罗先生不相信是可以理解的,不过我问你,如果人死了,无论针刺刀割,身上还能出血吗?当然不能。但我用三棱针刺令妹手臂时,令妹手臂上就出现了血点。仅凭此象,足可断定令妹为"尸厥"。

罗玉鼎起身要走,说:这样的话我必须守在妹妹跟前才保险,万一她醒了无人照管,岂不误了大事。马天成按了下罗玉鼎的肩头,说:罗先生别急,听我把话说完。方才察断之时,我已根据家传古书上记载的办法用银针刺了令妹的百会穴以通心神,刺了风岩穴以镇心智,一时半会儿她是醒不过来的。罗玉鼎很着急:马先生,妹妹有救,你为何还不让她速速醒来,我真不明白了!

马天成俯下身子:罗先生你有所不知,事到如今我把实情告诉你吧……

马天成把周二虎与罗玉芬如何相爱,如何被丁家人发现,罗玉芬如何让二虎速速逃走等经过一一说给罗玉鼎。罗玉鼎虽系阔少,但因常年在外,思想很是开放,早就对妹妹为丁家守寡一事极不赞同。如今出了这种意外,他并不感到惊异,也不觉得有什么难为情,他长长地叹了口气,点点头:唉!两个人如能走到一起,也是个不错的结局。谢谢马先生把实情告诉我,只是不知道周二虎现在何处?

马天成说:周二虎已经藏匿,让他走呢,还不走,说是玉芬如出意外,他要以命殉情。罗玉鼎摇摇头:难得这二虎一片痴情。

马天成说:我了解罗先生为人开明大义,才敢实话实说。当时之所以没有立救令妹,是怕她得了性命脱不了身,日后难免重复这样的下场。罗先生既然对此看得很开,我也就不再遮三掩四了,若令妹能够起死回生,不如让他们借机逃走。

马天成把声音压到最低,说出一个办法。他说一会儿,罗玉鼎点点头;再说一会儿,罗玉鼎又点点头。末了,罗玉鼎似乎口气犹豫:马先生,您有把握?

马天成依然声音很低:罗先生您就放心吧。

马天成从桌橱里取出一只小瓶,从瓶里倒出一撮浅红色药末。马天成将药末灌进一节苇管里塞上一点儿棉花交给罗玉鼎,吩咐说如此这般即可……

罗玉鼎晚上回到丁家后,始终不离罗玉芬灵床的左右。罗玉鼎坐在灵床前,两个家人在丧帷外和他做伴。郑管家走进来,说:罗先生,天不早了,您也到客房歇歇吧。罗玉鼎问郑管家看没看过《奇门遁甲》这部书,郑管家摇摇头:听说那是天书,一般人看不懂。哎,罗先生为何如此询问?

罗玉鼎说《奇门遁甲》中讲得清楚,但凡冤死之人,魂魄必不离院门,此时宜打开内外院门,让冤魂随意出入。否则,以后院中必有鬼怪作乱。郑管家面色如土,说:这得转告东家,院门大开,盗贼乘虚而入可了不得。罗玉鼎说:随你们吧,我也是为丁家着想。听呢,你们就听,不听呢,勿谓言之不预。

郑管家赶紧跑出屋门去禀告丁大户,丁大户对鬼魂之说向来深信不疑,他不敢不听,马上让人打开内院和外院的大门。为了防备贼人乘虚而入,丁大户想让丁二泉去警局找几个警察来守门,可是找遍各院,竟没有丁二泉的影子。丁大户明白儿子怕累嫌烦,早就躲到一边去了。他只好让李世伦带了一百大洋去警务局找局长,请求派几个警察在内外两个门口值班守门。

真是知子莫过父,丁大户猜得一点儿不错,罗家的丧局刚刚布置,丁二泉就假作值班跑到警务局,躲在当值室里与几个警察打牌赌博。白秃子从外边走进来,凑到丁二泉身边。丁二泉白了秃子一眼,说:你先等着,我这把牌正顺风呢。白秃子说:你还在这里顺风,你家出大事了知道不?丁二泉说:知道,不就是我嫂子上了吊吗?警务局的人全知道,用得着你闲操心。

白秃子龇着牙:你嫂子上吊你知道,还有件大事你知道吗?

丁二泉:不就是让我披麻戴孝捧老盆吗?

白秃子:你嫂子没养儿,你当你爹的孙子了,哈哈。

丁二泉正赌得入迷,并不理会白秃子的揶揄,说:当孙子就当孙子,这样我就能承揽另一半家产,你小子想当还不够格呢。白秃子呸了一声,骂他是没有男人种的狗少。丁二泉跳起来要和白秃子打架,另外几个人连忙劝架。白秃子趁势坐在丁二泉的位子上:慢着,今晚你小子不能惹我,否则你家里出了大事我不支应。

丁二泉在一边跳着脚地骂:驴嘴里放不出马屁来,我家还出什么大事?

白秃子说:刚才你爹托人送给局长一百大洋,说这几夜请警务局出几个人,到你家院门口警戒保镖。局长正和老崔商量呢,所派的人中,就有我一个。丁二泉拔腿就朝门外跑:我得问问,闩上大门不就得了,还用得着这些二号土匪吗?

入夜,大门二门全都敞开着,几个警察在内外两个门口值班守卫,警察们一边吸烟一边谈笑。白秃子说:死个人不打紧,可惜了是个美人。另一警察说:知道吗,崔股长早打这娘儿们的主意了,因为一脸大麻子,人家看不上他。又一警察反驳说:别你娘的胡呲了,崔股长的相好在北街吕家胡同呢。

白秃子:要说弄这娘儿们,还是我老白上手快。

一警察撇着嘴:又吹,你也就过过嘴瘾吧。

白秃子说:不是吹,这是死了,要是活着,我敢一百大洋和你打赌。

几个警察的声音高一阵低一会儿,丁家院里的女人都不敢出屋门。

天交亥时,守灵的罗玉鼎因为精力集中,似乎听到灵床上有动静。罗玉鼎掀开幕帘走到妹妹脸前,俯下身感觉到灵床上的妹妹有些轻微气息。罗玉鼎从幕帘后边走出来,看看陪他守灵的两个家人。两个家人困得前仰后合,罗玉鼎推推那二人,两个人打个激灵直起腰,问罗玉鼎有事吗。罗玉鼎说:夜深了,你们去歇着吧,我自己守在这里就行。他说他要独自守着妹妹,一是给妹妹壮胆,二是为妹妹送别。两个家人巴不得罗玉鼎说这话,千恩万谢,赶紧起身走出去了。

这时,罗玉鼎将马天成给他的苇管取出来,拔出棉花塞,看好里面的药面尚在,便将苇管口对准妹妹的鼻孔将药面慢慢吹入。过了约有喝杯茶的工夫,罗玉鼎看到妹妹的身子动了动,他看看屋外没人注意,忙哈下腰来,压低声音说:玉芬,我是你哥哥,你千万不要出声,光听我说……

罗玉芬蒙蒙眬眬望着面前的哥哥,但身子暂时还不能动,也说不出话,哥哥所说的话她听得一清二楚,难过,委屈,几滴清泪溢出了眼窝。罗玉鼎口唇凑到妹妹耳边,将马天成说给他的话对妹妹快速述说着。

大约子时时分,罗玉芬吸进苇管里的药面后渐渐有了意识,但她的身子暂时还不能动,也说不出话。虽然如此,刚才哥哥所说的每一句她都能记得清楚,她感谢同胞兄长为自己所做的一切,却不知这一切都是马天成一手安排的。罗玉鼎说完那些话后就走出了丧帷,这时两个仆人给罗玉鼎送来茶水,罗玉鼎没有喝,借口小解走了出去,室内只有两个丁家仆人暂时守灵。

罗玉芬微微睁开眼睛,灯影中看到两个丁家仆人在丧帷外悄悄地相互说着什么。罗玉芬深深地吸了口气,感到脑子清楚了,身子轻爽了,她猛然直挺挺坐起来,灵床嘎吱嘎吱乱响,罗玉芬一转身就蹦下了灵床,从幕帘后直着双腿蹦了出去。

两个仆人啊哟一声,一个当场吓昏,一个转身逃出屋外,立时,凄厉绝望的叫喊声充斥着丁家大院:诈尸了,少奶奶诈尸了!

叫喊声、逃跑声、关门声响成一片。罗玉芬在这一片混乱中走出屋子,双脚并拢往前直挺挺地跳着,跳着,跳出内院,跳到外院大门前,守在两个院门口的警察听到院里的叫喊声端枪站起来,吓得两手哆嗦,浑身冒汗,怔在原地拉不开枪栓。对面一个黑影直着双腿蹦跳而来,两个警察喊了声"妈呀"便一头跌进门房里再也不敢出来了。罗玉芬跳上台阶,一直跳到了大门外。又一直跳到了大街上,大街的拐弯处转出一个人影,人影什么也不说,上前拉住罗玉芬的手径直跑进一个胡同,然后将罗玉芬背起来,顺城墙根往北跑了。

丁家儿媳诈尸的消息不胫而走,街头巷尾,人们议论纷纷。城内城外,人们天不黑就关门落闩;日上三竿各店铺里才探出人头来,左右张望后确信安全后方才打开店门;乡下农户结伙成队才敢到地里干活;就连日本宪兵队和公署门口也加了双岗,刘知事和孟庆周出门也让警察持枪保驾。

公署后院卫生顾问宿舍里,山田坐在榻榻米上喝茶。藤野走进来坐在他对面。藤野坐下后仍旧低着头,山田敲敲茶几,一个当差的送来茶具,当差的又提来开水为藤野沏上茶,退出去。山田笑嘻嘻地说:藤野君,把您汇报给丸山队长的内容给我也说一下。

藤野抬起头:卫生官阁下,我的人日前已经送来情报,周二虎确实投奔张三太去了。那个女人也不是什么诈尸,而是崇德堂的医生马天成用奇术治好了,两个人现在张三太队伍里,周二虎当武术教练,罗玉芬在给张的部下办识字班。

山田:消息准确?

藤野:我的人同样也是张三太的人,只不过张三太不知底细。

山田:你通过什么途径得到情报的?

藤野:我的人化装到了张桥镇后,把指示放在一个只有他知道的地方,三天后再去取,那情报就是我所需要的内容了。我的特务股对付八路同样是这一手。

山田口中喃喃自语,说:能够让人死而复生,这实在难以置信。藤野对山田说他的人详细询问了罗玉芬,罗玉芬说这是她哥哥与马天成做的局。

山田说:你的人问清楚了吗,马天成用什么办法让罗玉芬死而复生?藤野摇摇头,说:没法弄清楚,因为罗玉芬也是在迷蒙中被救过来的,她实在记不起了。山田盯着面前的茶杯出神,好半晌才冒出一句话:马天成,神人!

藤野央求山田,说:这个消息绝对不能让外人知道,否则我的情报人员就会暴露。山田说:这我明白,藤野君尽管放心。藤野低头喝茶,山田沉思着。沉思之后仍是喃喃而语:马天成,马天成,我怎么才能得到你的医疗绝技呢?

藤野喝了口茶水,抬眼望着山田沉思的样子,眼里露出疑惑的光。藤野低下头又抬起头时,终于忍不住问道:山田阁下,你这话是什么意思?

山田从沉思中醒转,喝着茶水:藤野君,像马天成这样的中国医生,用什么办法才能让他甘心为帝国效力?我是说怎样才能从他身上得到我所要的东西。

藤野说:马天成无非是个中国医生,你从他身上能得到什么?

山田眯起眼睛说:神奇的中国秘方。

藤野低头考虑半晌抬起脸来:用中国人的话说,先礼后兵,赢得其心。

山田点头:不谋而合。

32

刘汉平正在知事办公室内看一份日文文件,山田咳嗽一声走进来。刘汉平赶紧放下手中文件起身相迎,山田笑笑坐在刘知事旁边的椅子上。对于山田的突然造访,刘汉平有点儿奇怪,因为自从山田住进公署以后,有事总是差人来叫他。此次屈尊纡贵亲临他的办公室,意欲何为他心中没数。刘汉平知道山田爱喝茶,便沏上一杯端到他面前哈着腰问:阁下今日造访,有何吩咐?

山田接过茶杯放在桌上,说:有件事想和知事先生商量一下。刘汉平诚惶诚恐,当即做洗耳恭听状。山田说:崇德堂那位马先生你我都熟悉,他手里到底有多少奇异秘方你知道吗?刘汉平讪笑:既是秘方,别人自然无从得知。您的意思……

山田喝了口茶水:我并没有别的意思,只是很看重这个人的本领和学问。我想,公署应该给这样的人一个职位。

刘知事听山田说出此话,终于放下心来。他说:我当年患肝硬化腹水,南京北平的大医院都束手无策,让我回到老家静养等死。当时的县长程煌举荐马先生和颐寿堂的张先生给我治疗,我半信半疑地接受了,先是张先生治疗一段时间起效不大,后来还是马先生用一种匪夷所思的办法给我治愈。给马先生一个职位,我早有此意,只是碍着上次那件案子,我不敢多说罢了。山田笑了,他很郑重地告诉刘汉平:以后做事不必过多顾虑,大日本帝国既然让你坐到这个位子上,就是相信你的诚实和能力。刘汉平问:那给马先生一个什么职位好呢?

山田:我想把州城卫生顾问的头衔给他。

刘汉平很惊奇,因为山田现在的头衔就是州城卫生顾问。山田见刘汉平犹豫,便给他解释,他说:我本来就是东临道卫生官,要州城卫生顾问这个位子只是为了行事方便。刘汉平松了口气:既如此,我就让郎秘书拟一份聘书。

山田:不,应该是委任状。

刘知事:对,政府职务嘛。

山田点点头:现在就办。

两个人办事还真讲效率,委任状写好后盖上公署的猩红大印,山田让郎秘书立即送往崇德堂。郎秘书不敢怠慢,招呼了两名庶务员,小跑步奔崇德堂去了。

郎秘书一行三人走进崇德堂时,看到马天成王在为一个腰疼病人针灸,马洪良在为一个病人诊脉。见郎秘书笑嘻嘻地带着俩人走进来,马天成给病人醒完针直起腰,说:郎秘书您怎么有空儿了。公署门前就是日本诊所,我想无论如何你不会是来找我看病的吧。郎秘书说:马先生您说准了,我还真不是来找您看病的,但我来找您这事比看病重要得多。

在马天成眼里,郎秘书一直是个难以捉摸的人。因为和刘汉平的交往,他有时去公署办事常常遇到郎秘书,交谈聊天中,感觉这人身上既有伪政府官员的虚假圆滑,但又较其他人身上多了分正气。这个人今日亲临医堂,说话虚中有实,实中有虚,不知到底是何目的。于是笑笑说:我这里忙着,请郎秘书快讲。

郎秘书说:那好,马先生您听着。

郎秘书看看在场的病人,展开委任状,像钦差宣读皇上圣旨一样大声念道:兹委任州城名医崇德堂堂主马天成先生为州城县公署卫生顾问。特此,州城公署知事刘汉平……

马天成听到这里变了脸:郎秘书,打住,打住。

郎秘书神色诧异:马先生,你不想接受?

马天成坐回到位子上说:郎秘书请回吧,我正忙着给病人诊治。

郎秘书笑了:本秘书原以为马先生会像迎钦差接圣旨一样对待这件事呢,没想到我是热脸蹭了个凉屁股。窘乎哉?窘也!

医堂里的病人都笑了。一个病人笑呵呵地看着郎秘书,说:到底是大文化人,能自铺台阶。马天成跟着众人笑了一会儿,又开始给病人切脉。马天成对他如此轻慢,郎秘书并不生气,反而笑嘻嘻地说:马先生,你是有意把郎某焊在这里吗?

马天成说:郎秘书休怪,天成毫无此意,只是不愿意接受这种册封。郎秘书说:又不是皇上的后妃娘娘,说什么册封啊。马天成连忙解释,说:郎秘书原谅,天成口误。郎秘书走上来说:马先生,你好歹得看看委任状吧,我回去也好交差。

马天成接过委任状看了一眼又抻了半晌。郎秘书劝他,说:里边的话还是挺有诚意的。马天成摇摇头说:本人只是一介俗人,医病的郎中,从来没想过去衙门当差,还是请郎秘书代为收回成命,把这委任状还给刘知事吧。

秘书遭到冷遇也不发作,捧着委任状重又凑上去:马先生你可看好了,这委任状不是任谁都能得到的,上面不光盖了公署大印,据说还是东临道日本卫生官山田一郎阁下亲自点名的。过了这个村,恐怕就没这个店了。你想想,好好想想。

马天成呵呵一笑:长官,别说盖了公署大印,你就是盖了皇上的玉玺我也不稀罕;更不要讲是什么狼亲自点名,就是日本天皇下诏书,这个委任状我也不接。还是那句话,我是个民间郎中,只会医人疾病。

郎秘书依旧笑嘻嘻的:既如此,我回去复命。

马天成站起身说:郎秘书,我这里正号脉呢,良儿,代我送送郎秘书。

马洪良起身往外送郎秘书。送到门口,郎秘书回过头说:你爹是条汉子!

马洪良一怔,想解释几句,郎秘书已经带着随从快步走出了医堂门。

郎秘书回到公署知事办公室时,刘汉平仍和山田对坐闲聊。郎秘书快步走进室内,刘汉平急煎煎地问:怎么样,马先生还高兴吧。

郎秘书说:不怎么高兴。

刘汉平:啊?!

郎秘书把委任状举在面前说:马先生说因为整天忙于治疗病人,没空接受公署的委任,请知事改委他人。

刘知事说:山田先生,这马天成敦厚憨直的性格,咱们也不好强人所难吧。

山田疑惑不解,小眼睛盯着郎秘书,又看看刘汉平说:怎么,难道要我学习你们的老祖宗"三顾茅庐"吗?

古人曾经总结过一段话,说是人到中年,回首往事,不悔者少,悔者多。可是,悔必心乱,不悔则安。再说,不悔虽难,悔又如何? 故而要心境宽,心态和,心气足,心意盛。失去的永远失去了,得到的也已得到,诸事不必再多计较。所以,还是无悔的好。

这段时间,张道山常用此话来自我安慰。自从崇德堂医牌被马天成重新收回后,心里就有股说不清道不明的滋味,好像走在阳关大道上突然给脚下的土坑绊了一下,腰身无碍,腿脚却给崴了。再走起路来,无论怎么逞强好胜,总难免一瘸一拐。平日里与人相处虽然其声朗朗,背地里却常皱起眉来,脸上浮现出难以为人察觉的落寞与惆怅。所幸名医周知,身份依旧,专心经营颐寿堂后,慕他之名前来求医的病人又渐渐增多。

众所周知,除非是亲朋旧知或者重病抢救,崇德堂和颐寿堂这两大医堂的堂主一般是不外诊的。为了谋得好名声,更为了广造声势,张道山一改往日遗风,只要稍有空闲,他必接诊外出。这天,城南一家妇人患了血崩,病家唯恐请不动这位名医,专门备了一辕双套的轿车前来接他。张道山很得意,也很风光,他穷尽医技,半天之内就把血崩之势止住了。主家千恩万谢原车送回,一直把他送到颐寿堂门口才让他下车。

张道山出诊回到医堂里时,医堂里已有几个病人在等他。张道山把医匣放在医案上,洗洗手脸,边向医案前走边说:哪位来得早,请到这边坐。

病人一个接一个地走到医案前,张道山望闻问切一丝不苟。病人相继打发走了,还有一个病人仍在凳子上坐着。张道山向他打招呼:先生,您哪里不舒服?

那个人不动,也不说话。

张道山奇怪地看着那人:先生,我问您呢!

那人抹抹眼上的泪走过来:张先生,您真认不出我来了?

张道山听到那人口音吃了一惊,看看门外又瞧瞧药铺门口,赶紧站起来走到那人面前。面前的人一脸麻子,黑黑的,瘦瘦的。张道山上下打量着这个人,想了半天才忽然想起来:老高,真是你吗?

这个一脸麻子的人正是去年被马天成辞退的高药工。

去年高药工被李天鹏赶到聊城弄成残疾后,养了好几个月才勉强康复。康复后的高药工在鼓楼以东开了间杂货铺,因为不善经营,过了半年多生意就垮台了。眼看着生计无门,便又拖着瘸腿来找张道山了。

高药工抽咽着说:张先生,在下现在走投无路,只好再来投奔您。

张道山连忙回身关上医堂门,然后拽起高药工走进医堂中的那个小套间里。张道山给高药工倒了碗开水放到他面前,高药工端起开水咕咚咕咚喝下去。张道山待高药工平静下来才问他:老高,我不是给了你一百大洋,让你回到老家做个小买卖吗,你怎么又回来了?还变成这个样子。

高药工抹抹眼泪,连说:张先生我一言难尽,回去后,还了赌债,本想做个小生意过安稳日子,不料昔日的那些赌徒见我有了钱,又三番五次找我赌。我不再搭理他们,他们就雇了黑道上的人半夜潜入我家,掏去了你给我的银圆,还把我打成残废。我养了好几个月才勉强康复。眼看着生计无门,只好拖着瘸腿来州城投奔先生您了。看在以往的情分上,万望先生收留我。

张道山皱着眉问他脸上的麻子是怎么回事,高药工说因为害怕回到州城再被人认出,就把炒热的黄豆扣在脸上灼成麻子了。张道山咧咧嘴,说:自己作践自己,可真够狠的。高药工一副可怜相:张先生,总比有一天让人弄死强吧。

张道山眼睛盯着高药工,脑子里在迅速琢磨着对付此人的办法。他想了很长时间没个结果,只好说:老高,我再给你几十块银圆,仍回老家做买卖,行吗?

高药工连忙摇头:不不不,我是不回去了,不光那帮人,我老婆的娘家人也在找我寻仇,回去后还免不了被抢被揍。就算赖,我也赖在张先生你这里了。

张道山在小套间里来回走了几趟,立在高药工面前说:要是马家有人认出你来怎么办?高药工说:我腿瘸了,脸麻了,连张先生你都认不出我了,谁还能认出我?

张道山侧侧脸：啧啧，狗皮膏药，糊上了。

高药工说：我就算作一张狗皮膏药吧，多少总还有点儿用。

张道山想了半天说：那好吧，你可以留下来，帮着姜药师料理药铺。不过，手脚干净点儿，也别再往北街那个暗娼家里跑了。

高药工站起身，朝着张道山一揖到地：谢张先生收留在下！

张道山说：你就别多情了，待在屋里别动，我出去一会儿就回来。张道山说着话走出小套间，过了一会儿，张道山没出现，姜药师却走进来。高药工连忙起身鞠躬：姜师傅，还认得我吗？

姜药师上下打量着他：若不是张先生到药铺那边知会我，还真认不出你老高呢。其实我早注意到你坐在医堂里，只是没认出来，还以为是来应诊的病人呢。

高药工连连称是，说：张先生已答应了，让他以后在姜药师手下应差。姜药师盯着高药工好长时间，忽然说道：老高，既然张先生收留了你，你就应该和他说实话。这腿，到底是谁给你打残的？你不说实话，张先生不放心。

高药工低下头：是李天鹏。

姜药师：你怎么知道是他？

高药工：我和他一个锅里抢马勺，一言一行熟得很，能看不出听不出吗？

姜药师：张先生早猜到了，那你为何不说实话？

高药工：我怕张先生碍着马家不收留我。

姜药师：这个马先生也真是的，把人辞就辞了呗，还让人赶去把人打成残废！

高药工拍着伤腿恨恨地说：忒狠了，我得报这个仇，一定得报这个仇！

姜药师说：老高，报仇之事以后半个字也别提，否则张先生只好打发你走。

高药工连忙堆起笑脸：姜师傅，我只是发发狠罢了。

在张道山的关顾下，穷途末路的高药工在颐寿堂安定下来，用他自己的话说算是找到了饭门。每天开门后，高药工帮着姜药师和伙计清洁药铺，炮煎炙焙各种药材，毕竟是把老手，倒也显得利索轻快。

这天高药工走进药库，用手划拉着麻袋里的药材，说这些药怕是半年没晾了，失了药性不说，病人服了还得泻肚。便和伙计把这些草药弄到医堂药铺的前门脸上，地上铺了席子，将受了潮的中药倒在上面晾晒。药铺内的姜药师频频点头：不愧是老药工，一搭手就知道药材的成色。

高药工摆弄好席上的药材走进药铺，姜药师指指仓库吩咐他把那些半成品的甘草切切。高药工搬出一捆甘草，坐在南边窗台下，用药铡将甘草切得碎碎的。这时，一个妇人从东边医堂门里走进药铺，高药工打了个愣，赶紧低下了头。妇人把药方递给小程，小程看着药单用戥子抓药称药。妇人的眼光从正在干活的高药工身上掠过,高药工始终没有抬头。

妇人把药钱交给姜药师,提着包好的药包身子一扭一扭地走出药铺门。

姜药师悄悄走到高药工身后,问他认得刚才那个妇人吗。高药工抬头望着姜药师,说:我看出来了,是她。因为对方没认出自己,也就没说话。姜药师笑一笑:说话也没用,她现在和崔麻子好上了。

高药工尴尬一笑,没说什么。

于天佐和马洪玉并肩往巷子里走着。洪玉说:天佐,你和麻家清真饭店掌柜很熟吗? 于天佐说:经常到他那里吃饭,渐渐就熟了。马洪玉说:饭店掌柜叫麻泉忠吧? 于天佐有点儿吃惊,问她是怎么知道的。洪玉说:刚才在那里吃饭时,你称呼他泉忠泉忠的嘛。于天佐佩服得直咂嘴:见微知著,了不得。

于天佐告诉洪玉,说:麻泉忠原籍州城以南不远,为人豪爽侠义,交际很广,济南城的官商星宿五行八作中几乎都有朋友。洪玉说:我们来这里吃过几次饭,有时吃饭时麻泉忠过来和你低声交谈,有时你也找个借口跟着麻泉忠去饭店的后院。所以我断定,你们认识很久了。于天佐点头:有两三年了吧。

马洪玉又问张霁在省府是多大个官,那次她从省公署门前过,看到站岗的都给他敬礼。于天佐介绍说:省公署设有秘书处只有秘书三人,张霁负责接纳处理全省各道、市、县公署发来的公文事务,所以呢,这省府里一般的人员都敬着他。

马洪玉笑笑:难怪我伯父常说,大小当个官,强似点水烟。可张霁在你跟前从没有架子,但你俩之间却透着几分隐秘。说着话已到家门前,天佐拍拍洪玉的肩头说:想当中国的福尔摩斯吗?

马洪玉说:我只是随便说说而已。哎,天佐,后天咱们回州城看望父母,你请假了吗? 于天佐:傻了? 这么冰雪聪明的人,怎么忘了后天是星期天了?

马洪玉咯咯笑着向于天佐伸出手:给我。

天佐:什么?

洪玉:傻了,这么冰雪聪明的人,怎么连老婆要大门钥匙也不明白啊?

天佐摇头:唉! 斗不过你。

颐寿堂药铺里刚送走两位抓药的病人,一招仙白云忠走进来。姜药师迎上前:哟,白先生,您轻易不登本堂药铺,今天是哪股风把您刮来了。

一招仙笑呵呵地说:我打丹呢,缺雄黄,偏偏这药崇德堂药铺里还没有,就来你这里求援了。你这里若再没有,只好去济南。姜药师说:你是打白降丹吧? 要多少,巧得很,我们这里存货还不少哩。一招仙说:半两即可,多亦无用。姜

334

药师吩咐小程称上雄黄交给一招仙,一招仙付钱,姜药师说:算了算了,半两雄黄而已。一招仙说:嗬,药铺又不是你的,我不交钱,你也得赔上。

一招仙取出五个大子丢到柜台上,朝姜药师拱拱手,回头走了。

高药工看着远去的一招仙问小程:这个人我怎么没见过?小程说:他是你走后来州城的,投着马天成马先生了。高药工说:看得出也是个药师。小程说:岂止药师,这个人能医能药,是青州出名的一招仙。那边张道山叫小程,小程答应着到医堂那边去了。高药工见姜师傅此刻不忙,便问道:马天成现在混得怎么样?

姜药师告诉高药工:马天成现在境况比以往强得多,赎回了崇德堂医牌,闺女马洪玉嫁了个在省警务厅做事的大官,心里有了顶梁柱,这气也显得壮了。

高药工说:马天成的闺女还是那么野拉巴叽的?姜药师告诉他:如今小两口已经搬到济南去住,不过经常回来看她爹娘,有时十天半月,有时一个月,两口子一块儿回来。高药工听了长长地"哦"一声道:还挺孝顺呢!

高药工呆望着街坊家几只母鸡在南墙根下啄食,似乎在琢磨什么。

说话的第二天,高药工在南墙根下照例仔细地翻弄着席上晾晒的药材。他累了,站起身活动腿脚时,一辆人力车从西边车站方向驶过来。人力车后跟着几个街上的小孩子,孩子们一边跟着车跑,一边吆喝着什么。

人力车越来越近,车上坐着一男一女。高药工认出女的是马洪玉,他慌忙低下头。高药工虽然低下了头,还是偷眼瞧了下那个男人。那男人虽然身着警服,但高药工看了他一眼就吃惊地张大了嘴:啊啊,竟然是他……他!

小程正好走出药铺门:怎么了老高,一惊一乍的?

高药工连忙掩饰:没,没什么,刚才看错人了。

虽然继续翻弄着席子上的药材,但高药工却不时地向东边张望着。

此时,张道山刚在医堂那边诊断清楚一个病人。这位病人所患的是慢性胃寒,虽然几服汤药可以止痛,但总也去不了病根。张道山决定让药房为他配一服药丸,说接连吃上一个月,也许就能消除病根了。张道山开好药方抬起头,叫药房那边过来个人。高药工走过来,问张道山有何吩咐。张道山吩咐他按照此方给病人配上一个月的药丸。高药工接过药方看了看,琢磨了一会儿对病人说:先生,这药丸的原料挺多,又研又磨,当时配不出,您后天来取吧。

病人答应着,冲张道山和高药工拱拱手,走出医堂。

高药工站着不动。

张道山端起桌上的茶杯喝了口水,看到高药工站在那里依旧没动。张道山奇怪地盯着高药工,高药工脸上的神态挺格别,张道山问他是不是还有别的事。高药工回头看看药铺门:张先生,我刚才看到马家小姐和她夫君回来了。

张道山说：人家两口子经常回来看望天成夫妇。

高药工眨巴着眼睛：你猜马小姐的丈夫是谁？

张道山愣了一下：谁？

高药工：就是那个藏在马家治伤的。

张道山手哆嗦了一下，茶杯差点儿掉在地上。

张道山板起脸来：老高，不要胡说八道了。

高药工赌咒发誓：我要是看错了，明天就得双眼瞎。

张道山暗自思忖，我在马家婚礼上看到洪玉的夫君眼熟，早已认出是那个人！张道山心里这么想，嘴里却叮嘱高药工：我说老高，无论看对看错，你可千万不要再惹是生非以免引火烧身，忘了上回的教训了！

高药工说：这个自然，我只是向您透露一下，不会再告诉别人。

高药工嘴里这么说，其实心里另有主意。自此闲下来时就到十字街上转着玩，他在踅摸一个人，这个人当然就是丁二泉。这天，高药工走出一家店铺，恰好看到丁二泉穿着警服从东边走来。高药工马上趋前几步冲丁二泉站住，可是丁二泉只是看了他一眼，径直走进一家杂货店。高药工摇摇头，就在杂货店前等。

不一会儿，丁二泉出来了。高药工迎着丁二泉说：二少爷，在下有事相求，请茶坊一叙，行吗？

丁二泉斜了高药工一眼，说：少爷我看见麻脸就生气，找我什么事，家里出人命了？高药工暗自叫苦，妈呀，连丁二狗少也认不出我了！但他依旧满脸赔笑：二少爷说笑了，不是人命，是闲事求二少爷帮忙。

丁二泉瞧瞧高药工的口袋：行，走吧。

高药工和丁二泉走进一家茶坊，高药工要了个单间。两个人走进单间，相对而坐。伙计端着茶盘走进来，丁二泉不耐烦：什么事，快说！

看到伙计斟上茶水走出去，高药工泪汪汪地看着丁二泉，不回答，也不说话，就那么哭丧着脸盯着。丁二泉见这个人举止挺怪，疑惑地瞧着高药工：哎，打刚才瞧着你面熟，在哪里见过？

丁二泉翻着眼睛思索。

高药工擦了下眼泪，说：二少爷，你真认不出我高药工了吗？丁二泉一愣怔：妈妈的，原来是你呀，我说瞧着眼熟呢。哎，咋弄成麻子脸了？

高药工又开始施展撒谎的本领，他说：回到老家后，仇家寻仇，逼我交出手中的钱，我没有钱，他们就把炒热的黄豆捂到我的脸上，结果呢，弄了一脸麻子坑。丁二泉说：连腿也给打瘸了？高药工说：对对，不用说二少爷也能看得出。

丁二泉问高药工：又跑回来干吗，是不是惦着北街那个浪妇？如果是这想法的话,就别傻狗撵飞禽了,那浪娘儿们早和崔麻子搭了伙。高药工摇摇头,说:就我这副德行还想什么娘儿们啊,回来只为讨口饭吃,好歹有这个手艺,颐寿堂张先生收留了我,让我在药铺里打杂。丁二泉一撇嘴:那你又找我干吗?

高药工关上房门,凑到丁二泉耳边,鼻子嘴巴乱动弹地向丁二泉述说着,声音忽高忽低,就听丁二泉一声尖叫:妈妈的,你可弄准了,别再把老子绕进去。

高药工抬高声音说:我可以出面做证。

丁二泉:那就行,上次丢了五百大洋又挨了丸山造一记耳光,至今二爷心中憋着火。更因为没能当上股长,正愁前程没有着落呢,你这个忙,我帮定了。

高药工说:这也是少爷升官发财的好机会呀。

丁二泉瞪起眼:你妈妈的不就是为了报仇吗,还给我戴高帽子。

高药工说:我这一脸麻子一条瘸腿,全是马天成作弄的,仇是肯定要报的,不想报仇的话,我来找你丁二少爷干吗。听高药工这么一说,丁二泉立马站起身拽了对方的胳膊:走,跟我去找警务局长。

这两个人说干就干,出了茶馆就直奔公署,进了公署直奔警务局长办公室。当值的告诉他们,局长去找刘知事商量筹粮派夫的事了,两个人马不停蹄直奔知事办公室,也没喊报告就径直闯了进去。刘知事和孟庆周正商议如何应对日本人派给的任务,见二人闯进来,吃了一惊。孟庆周问丁二泉急惶惶地干吗,是不是家里又出花花事了。丁二泉当然解不开局长的话中话,直瞪着眼睛说有个重要情报。因为接连生事,孟庆周对丁二泉很反感,要不是看在他经常送大洋的分儿上,早把他"递解"除名了。此刻见他又像煞有介事地来送情报,口气更不耐烦。他让丁二泉马上说,说完马上走。丁二泉反倒沉住气了,指指高药工,说:局长你还认得他吗?孟庆周瞥了一眼高药工:不就是个麻子吗?

丁二泉说:局长光看见麻子没认出人来,他就是以前在崇德堂打杂的高药工,回到老家后被仇人打伤还毁了脸,现在回州城找仇人来了。孟庆周问高药工的仇人是谁,丁二泉说:是马天成。孟庆周和刘汉平同时愣住,马天成把药工裁掉不假,可也不能反目成仇啊。丁二泉见两个长官同时发蒙,马上捅捅高药工:快说!

丁二泉和高药工站在两人面前,高药工把发现马洪玉现在的丈夫就是以往在马家治伤养伤的抗日分子一事详细说了一遍。此事非同小可,刘汉平和孟庆周一时有点儿不知所措。抻了一会儿,刘汉平问高药工:老高,你看清楚了?

高药工:那小子在马家住了差不多两个月,几乎天天能碰到,能认不清楚吗?

孟庆周说:丁二泉,上次你给大伙惹了那么多麻烦,这次你得谨慎行事,弄准了再下家伙,别动不动就乱嚷嚷,就像立了守疆大功似的。

丁二泉说：只要老高不说，我绝对不乱嚷嚷。

刘知事：好，你们去吧，我和孟局长商量一下。

高药工和丁二泉退出去，却见郎秘书站在门口，显然这个人已来多时，把他们的谈话听了个一清二楚。二人和郎秘书打个招呼走了，郎秘书直接进了屋。

见郎秘书走进屋，孟庆周终于缓过劲来，说：正好郎秘书来了，咱们三人策划一下，看这事怎么处理吧。郎秘书假作不知，问出了什么事，孟庆周把刚才丁二泉带着高药工来报告，说马家的女婿就是那个曾在崇德堂治伤养伤的人之事重复一遍。郎秘书听了一惊：可靠吗？

孟庆周说：高药工和那个人相处两个来月，看来不会错。

刘知事插话说：我看咱还是按部就班办事，先写个呈文派人送往济南的省公署汇报一下。孟庆周同意刘知事的意见，但又说这事耽搁不得，先由郎秘书写呈文，他要给宪兵队队长丸山造电话汇报。郎秘书劝孟庆周：最好呈文发走后你再向宪兵队汇报。孟庆周摇头：不行，万一误了事，丸山马上就会找我的麻烦。

孟庆周起身回他的办公室打电话，刘知事也随后跟出去。郎秘书回头看看门口，抓起电话：喂，接济南省公署秘书处。秘书处吗，麻烦您找一下张霁秘书。什么，张霁没在家，什么时候回来，哦，到晚上了，好好，谢谢。

刘知事走进来：郎秘书，你给谁打电话？

郎秘书神色坦然：给省公署的张秘书，想问问他这样的呈文怎么写。

刘知事会意一笑。

孟庆周生怕再出意外，回到办公室就给丸山造打了电话。丸山造听说此事后口气沉重，命令他立即赶往日本宪兵队当面汇报。

孟庆周赶到日本宪兵队时，丸山造已经坐在桌后等着他，说这是特别重要的机密，电话里说不清楚，所以让他来宪兵队。孟庆周恭敬地站在桌前，丸山造指指旁边的座位让他坐下：孟局长的，说说详细情况吧。

孟庆周欠着屁股坐在凳子上说：那高药工是被马家辞退的人，因为得罪了人被弄成麻脸打成瘸腿，这次回来投靠了颐寿堂张先生，无意中看到马家小姐和她的丈夫返回州城，这才认出那男人就是当年在马家治伤养伤的人。

丸山造觉得这事情有些挠头，因为这个案子去年已经折腾过了，不光没弄出子丑寅卯，还惊动了意大利教会设在济南的福音医院的院长罗西。他一时不知如何处置，便说了句模棱两可的话：看看说，我们的都看看说。

孟庆周：那我们介入还是不介入？

丸山造想了想，抓起电话：接华北特别警备队驻山东甲第1415部队武山部队队长兼宪兵队本部队长村上直枝阁下的电话。

丸山造一溜称呼说下来,孟庆周虽然懂些日语,却也没来得及听清他说些什么。不过,村上直枝这个名字他还是知道的。不大会儿,电话接通了,丸山造将情况向村上直枝一一汇报,两个人在电话里说了不长时间,丸山造就放下了电话。

孟庆周:村上长官怎么说?

丸山造思考了一会儿:村上将军说这个情报很重要,皇军这两次进剿胶东沂蒙一带的八路军和国民党军队,总是一再失利。这不光是战术失灵用兵不当,重要的是因为对方往往及时得到情报,能够有的放矢设下埋伏令皇军和警备队自投罗网。日军的特务机关早就怀疑内部有人泄露机密,如今得到这个消息,自然要重视更要加倍留意,将军准备马上和特务机关长花谷正联系。

孟庆周:那我们怎么办?

丸山造:村上长官让我们听他的指示,孟局长你先回去吧。

33

近几天,因为于天佐跟随日军和警备队到胶东一带剿灭抗日队伍至今没有消息,马洪玉几乎是茶饭不思,寝食难安。有时到街上买点儿东西就赶紧返回,唯恐天佐回来后进不了院子。有时焦急无奈中就站在小巷头上朝公署方向张望,盼着天佐突然从那条街上出现。

挨到第十天头上,正准备做饭的马洪玉忽然听到了敲门声。敲门声轻一下重一下,她马上意识到是天佐回来了。她趿着鞋到门口打开门,果然是天佐。天佐风尘仆仆,一脸憔悴,也黑了瘦了。洪玉看着心疼,一时却找不到什么可以安慰天佐的话。直到两个人走进屋子,她才眼泪汪汪地问:刚回来吗?

天佐脱去外衣摘下帽子:刚回来,没去警务厅,直接回家来了。

洪玉一下子抱住于天佐,抱得又紧又狠,她把脸偎在天佐怀里,泪水顿时淌满了面颊:天佐,天佐,这两天我提心吊胆,生怕你有什么意外。

天佐抚摸着洪玉的后背,说:洪玉,你多虑了,我随队出发只是在后边参与督察,并没有和对方交火打仗,能有什么意外呀。别小孩子似的,我渴了,烧壶水沏杯茶吧。洪玉答应着放开天佐到墙边脸盆里洗脸,她问天佐这次出去情况如何。天佐告诉她,胶东地区情况复杂,抗日烽火此伏彼起,日本人既要应付国民党,更要对付共产党。以往日军和警备队屡屡派兵屡屡损兵折将,这次同样。

洪玉松了口气:我以为你们还得过几天才回来呢。

天佐说:鲁北一带情况告急,得抽调兵力驰援,所以提前两天开回来了。

洪玉烧好开水沏上茶,用笤帚给天佐浑身上下清扫了一遍。天佐坐下来喝

339

了杯水,爱怜地看着洪玉。洪玉走过去坐在天佐身边,拉起天佐的手抚弄着说:你好好休息,今晚我给你做鱼吃。

天佐把洪玉揽在怀里亲吻着,娇妻爱侣更兼小别十日,心中那股甜蜜感觉不言而喻。两个人亲热了一会儿,天佐让洪玉快一点儿做饭,说是饭后还得去找张霁,有些事得向他交代。洪玉说:你稍等,一会儿就好,起身朝厨房走去。

张霁接到州城公署发来的呈文时,已经是天佐回到济南的第三天。张霁打开一看呈文内容,脸上的肉立时绷紧了,他当即拿起电话要接警务厅督察处,但马上又把电话听筒放下。张霁知道,公署很多官员的办公室电话都被日本特务机关监听,一旦说漏了话是会遭殃的。张霁起身走出办公室,恰好看到警务厅刘副厅长从前边匆匆走来。张霁打个招呼:刘厅长,行色匆匆,有什么要紧事啊。

刘副厅长站住,前后看了看说:张秘书,于督察被日本宪兵司令部带走了。

张霁大吃一惊,问刘副厅长为了什么,刘副厅长说:日本人说于督察通匪。张霁问是否抓到了确实证据,刘副厅长说:日本人做事要什么证据,怀疑二字足够了。张霁说:我们怎么不知道?刘副厅长看看左右:宪兵司令村上直枝找的特务机关长花谷正,花谷正派人查了查,说是于督察的履历可疑,也没经过省公署警务厅,就将于督察暗中抓捕。

张霁问于天佐什么时候被带走的,刘副厅长指指大门口,说:这不,我刚送他们出门。张霁眨了下眼睛:咦咦,他的夫人呢?

刘副厅长:夫人,他的夫人也在这里吗?

张霁说:于夫人刚从大门走出去,说不定看到她的丈夫被捕了呢。刘副厅长怔了一下,说:对了,是有个挺漂亮的年轻女人站在不远处,眼睁睁看着日本人把于督察押上了车,我还以为是停下来看热闹的呢。张霁摇摇头,说:宪兵司令部搞突袭,这对你们警务厅太不尊敬了。刘副厅长同样摇摇头叹口气,急匆匆走了。

张霁站在原地思索了一会儿,然后快步走出省公署大门。

原来,丸山造将高药工和丁二泉所说的情况向村上直枝电话汇报后,不料还真的引起了村上的注意。因为当时山东境内抗日烽火此伏彼起,日本人既要应付国民党,更要对付共产党。日军屡屡派兵屡屡损兵折将,日军的特务机关早就怀疑内部有人泄露机密,如今得到这个消息,自然要重视更要加倍留意。村上当即和特务机关长花谷正联系,没有经过省公署警务厅情报处,就将于天佐暗中抓捕。待张霁收到州城公署发来的公文时,天佐已被押进宪兵司令部。

张霁出了公署大门快步回到家里,顾不得危险随身,骑上自行车到了火车站,然后又骑车飞奔广智院街。说来也巧,他刚拐过街头,就见洪玉提着篮子从小巷里走出来,显然,洪玉是去街上买菜。张霁骑着自行车飞速赶到巷口,驰到洪玉面前,跳下车来就把洪玉推回小巷,推进小院里。张霁回身关上门:洪玉,立即赶回州城,带领全家出外避祸。这是车票,快,快!

见张霁急得满头冒汗,洪玉问是怎么回事。张霁告诉她,天佐被日本宪兵司令部抓了。洪玉的脸唰地变了颜色:这这,这怎么办,我能舍下天佐逃走吗?

张霁说:你在此只能给事情增添麻烦,天佐现在只是被日本人怀疑,我们自有办法营救,快走,你快走!张霁说完走出小院,骑上自行车飞驰而去。洪玉待了一会儿,赶紧回到屋里草草收拾了一下,返身出门,坐了黄包车直奔车站。

马洪玉赶回州城时,天已黄昏,她没走医堂,径直进了内院。马夫人见女儿忽然独自回来,有些惊奇,刚要问天佐为何没同来,洪玉便把母亲拽进套间,将天佐被日本人抓捕一事说给母亲。马夫人一听吓坏了,说:赶紧让天鹏去叫你爹。

此时马天成仍在给那位腰疼病人针灸。李天鹏走进来告诉他,说:小姐从济南回来了,有要紧事请您马上到内院去一下。马天成纳闷,前些天不是刚走吗,怎么又回来了,马天成依然给病人行针。李天鹏:马先生,小姐好像很着急。

马天成想了想:好吧。

马天成给病人起出银针,告诉病人明天下午再扎。

病人连连应着。

马天成快步出了医堂。

马天成回到内院走进屋里,马洪玉正和母亲说着话。夫人一副惊慌失措的样子,见到马天成就说:当家的,天佐出事了!

马天成一惊,问出了什么事。洪玉说:天佐被日本宪兵司令部抓了,原因目前还不知道,只是他的朋友让我赶紧返回来,让我们全家外出避祸。洪玉原以为父亲听了会万分惊骇,没料到老人家非但不紧张,反而说了句很有哲理的话:该来的,迟早是要来的。好吧,孩儿他娘,打理家财,下关东。

那个年代,当家人的话就是命令,洪玉和母亲忙着整理行李。

再看马天成呢,老人家却坐在椅子上喝起茶来,边喝茶边沉思,显然是在考虑下一步的行动计划。过了好一会儿,马天成忽然拿起毛笔,摊开纸写了起来。

刘知事汉平先生钧鉴:

　　在下马天成俯仰存慰。昨闻小婿在济蒙冤,恐一时难辩清白,为避去夏之祸,特偕全家暂趋东南乡下。想小女之婿冤情必解,我心坦然。云开雾散日,为我返回时⋯⋯

马天成将信装进信封,写上"刘知事汉平先生收"字样,不封口不按印。走到屋门口唤进李天鹏说:天鹏啊,天黑后,你把此信送到白云忠先生那里,嘱他明日上午转交公署刘知事。另外,做好准备,咱们全家今夜奔赴东北。

李天鹏接过信说:先生安排,自有道理,天鹏照办就是。

马天成又叫过洪玉,让她速去车站买票,买上半夜的。洪玉答应着走出去了。

当天深夜,州城的官商百姓都在梦中酣睡,大街上几乎阒无一人,崇德堂的医牌被一个身手敏捷的人悄悄摘下来。与此同时,从大门里走出五个黑影,黑影们并不犹豫,像事先安排好了似的一直往西。五个黑影往西走了一会儿,又一个黑影从崇德堂院中跃出院外,星光下可以认出,这人是李天鹏。

天鹏最后一个离开马家院子,是受马天成之托,将院门从里边闩上后才出来的。

接近半夜时分,打扮成农民模样的马天成和夫人、女儿、儿子、儿媳以及李天鹏上了北去的火车。车站上的日本兵看了他们几眼,和值班员咕噜了几句。洪玉听得清楚,日本兵是问:这几个人什么的干活?就听值班员哈着腰解释,说:太君,看这情景,又是活不下去的一家人闯关东了。日本兵点点头:开路!

火车一声长鸣慢慢开动,车窗处的座位上,马天成终于松了一口气。就在这时,车窗外传来一声类似呜咽的狗叫声,马天成探头看时吃了一惊,却是黄毛悄悄地跟着一家人到了车站。火车开动后,黄毛跟在火车旁边慢慢颠着,车站上的人跑过来想把它赶走,黄毛却灵巧地躲开,继续跟着火车奔跑。暗淡的灯光下,马天成探出头去吓唬黄毛:啾啾啾!

黄毛看见了马天成,嘴里发出一阵"呜啊呜啊"的怪叫声。马天成哽咽着,说:黄毛啊黄毛,我明白你是在招呼带上你,可是……火车越开越快,黄毛的叫声就被轰隆隆的巨响淹没了,但马天成看到黄毛越追越紧。火车跑得实在太快了,一会儿就消失在铁路的尽头。马天成从窗子里探出头,看到黄毛渐渐慢下来,慢下来。最后疲惫已极地趴在铁道旁,渐渐在黑夜里看不到影像。

马天成老泪横流:黄毛啊黄毛,事出无奈,我实在顾不得你了!

早晨的太阳照常升起,前来崇德堂治病的人照常相继拥到门前。大门紧闭,门上的医牌也不见了,只有马先生的爱犬黄毛脑袋伏在腿上冲门口趴着。

有人开始敲门,门开了,邱管家和药房伙计走出来。有病人问:马先生今天不侍诊吗?邱管家说:对不起诸位,我也不知出了什么事,早晨起来内院没有声息,我过去一看,屋门上锁,全家人一个也不见了。

几个平日与马家相熟的随邱管家走进院里去看,的确,屋门上锁,院子里空空落落的。人们在门里门外嚷动起来,消息惊动了邻居街坊,也惊动了一招仙夫妇。一招仙和刘妮赶过来,趴在门口的黄毛抬起脑袋朝他们看了看,重又趴下。一招仙很吃惊,说:刘妮你看了没有,黄毛一向亮晶晶的眼里渗出了泪花。刘妮说:你别玄了,快进院问问出了什么事。邱管家恰好走出来,一招仙走上前问邱先生,马家到底出了什么事。邱管家摊开双手:我也是一头雾水啊,一夜之间,全家都走了。闪下这么两个大院,让我怎么办!白先生,你进来看看吧。

白云忠摇摇头:那我就不进院了。

刘妮:进去看看嘛。

白云忠压低声音:我想起来了,昨日天黑后,李天鹏给我送了一封信来,说马先生让我今天转给刘知事。兴许看了那封信,就知道缘故了。

刘妮:那咱们赶紧回家。

昨天夜里上了火车,马天成一家总算松了口气。火车很慢,逢站必停。马天成很纳闷,问洪玉说:火车不是很快的吗? 怎么也是走走停停。洪玉告诉父亲,这条铁路是单轨,说不定到哪个车站就要停下来给对面而来的火车让轨。马天成问:这样何时才能到得奉天? 马洪玉说:怎么也得两天吧。

火车走走停停一路向北,天明时到了天津站。天津站是个大站,站上很乱,上车下车的人很多。上下车的人中,有生意人,有逃难的,也有混混小绺借人们上下车的机会进行偷窃。马天成从车窗里望出去,看到这番乱象,心里很是酸楚。他暗暗嗟叹,这河山,这世道,全让打进中国来的日本鬼子糟蹋烂了。

马天成一家六口对面而坐,老两口坐在靠窗处,洪良、天鹏和马天成坐一排,洪玉和秀贞紧挨母亲坐着。因为座位很宽大,三个女人又是挤在一起,靠车厢走廊的一个座位外沿有些空儿。上车的人看到这个座位满了,便找了别的空闲位置入座。这霎,车厢尽头走来一个汉子,汉子头戴礼帽,身穿浅黄色绸褂,脚蹬礼服呢布鞋,扎着裤脚甩着手。汉子朝车门口押车的鬼子兵打个呼哨递上一盒"三炮台"香烟哈了哈腰,鬼子兵轻轻哇啦了一句什么,汉子就甩拉着手走进车厢里。

显然,这汉子是车上的常客,连押车的鬼子兵都认识他。

汉子走进车厢转着眼珠到处乱看,汉子看到了洪玉这里,不远处有空闲座位他不去,却一屁股挨着洪玉身边坐下了。

火车开动后,汉子龇龇牙要往洪玉身上靠,洪玉赶紧往里挨挨身子,汉子竟又接着靠过来了。洪玉农妇打扮。农妇打扮的洪玉秀美的脸蛋、娇嫩白皙的皮肤和腹有诗书气自华的外表,在车厢里所有的女乘客中仍旧是鹤立鸡群风采奕然。

汉子不错眼珠地盯着洪玉看。汉子见过美女,却肯定没有遇到有着如此高雅清丽气质的女人。汉子一时神乱,就想与洪玉搭讪。洪玉因在逃难途中,害怕惹是生非,便一让再让地往里坐。洪玉的忍让和迁就马夫人和秀贞感觉到了,婆媳二人就随着洪玉的挪动不停地往里挪。可是洪玉往里挨一寸那汉子往里挤一寸。洪玉往里挨一拃那汉子往里挤一拃。洪玉忍无可忍,杏目立竖:你干什么?

汉子嬉皮笑脸:出门在外,相互照应嘛。

洪玉说:座位本来就满了,迁就你呢,你倒蹬鼻子上脸,看你挤到哪里来了?

汉子依然嬉笑:这不显得近乎嘛!

洪玉拽了对面哥哥一把,说:咱俩换换位置。洪良会意,站起身和洪玉对换了座位。汉子先是瞅了洪良一眼,随之嘴唇一绷愤怒了。汉子翘起左嘴角:哟嗬,小娘儿们,天津卫南北一百里还没有敢对四爷这么无礼的呢,给你脸不要脸啊,今儿四爷还偏要和你坐在一起亲热亲热呢!

汉子起身拽着对座的李天鹏让对方也和自己换座位。汉子抓着李天鹏往起拽,拽了几下没拽动。汉子大怒:娘的,也是个犟种啊!

汉子朝着李天鹏脸上就要扇耳光,李天鹏没起身也不躲闪,伸两指钳住这人手腕。立时,车厢内响起一声类似狗转筋般的哀号,汉子扑地跪下了。李天鹏松开指头,汉子从地上爬起来掏出刀子忽地朝天鹏刺出。天鹏仍旧不躲不闪,只用食指朝他胳膊上点了一下。汉子小刀脱手下落,天鹏左手接住刀,右手薅住那汉子的前胸顺出去。风声过处,汉子像一只草包似的躺在车厢走廊上。天鹏手中的刀跟着甩出去,不偏不歪插在汉子的面前。

躺在车厢走廊上的汉子似乎还没弄明白自己怎么会突然给扔了出来,惊恐地盯着闪亮的刀刃足足一分钟,接着爬起身冲着车厢尽头的鬼子兵号叫。押车的鬼子兵已经看到这里发生的一幕。鬼子兵大约是个喜欢看热闹的家伙,本来没有干涉的意思,听到汉子的号叫,这才端着大枪跑过来。

鬼子兵用枪指着李天鹏:你的,举起手,什么的干活?

洪玉站起身,用日语说了句什么。

日本兵当即将手中的枪放下戳在身旁,转身朝洪玉低下头连连“哈依”。

在人们惊诧的目光中,那个日本兵给洪玉等人行了军礼,并且端着枪站在不远处为他们警戒,半车厢的乘客都惊呆了。

谁也没想到一个乡下妇人会说日本话。

大喊大叫的汉子见此情景,惊得连连后退。

当时,很多执行特殊任务的日本特务化装成中国农民混在中国老百姓当中,这些人一般不暴露自己的身份,言谈举止与中国人几乎无异。因为他们就像日本皇家的亲兵,在日本军队里有着让人不可小觑的权力,别说是汉奸,即使是一般日本军队里的官佐对这些人也是敬畏三分。那个最初气势汹汹的汉子和押车的日本兵肯定把操着一口流利日语的洪玉当成了化装特工,所以这两人才对马天成全家一个变得非常害怕,一个变得非常尊重。

汉子暗想,妈的肯定遇到了化装的日本人,那个轻而易举把他掀翻在地的人说不定就是个日本武士,万一对方认真起来,我这位"四爷"算是活到头了。

汉子退到车厢尽头。

汉子看看洪玉等人并没注意自己,反身跌着跟头逃往另一节车厢去。火车驶到下一站尚未停稳,洪玉从车窗里望出去,汉子已仓皇下车。

马天成一家行至山海关需要换乘另一列火车,换车的人都要出站签字或者重新买票。洪玉一行下车后,那个日本兵也不声不响地跟着下了车。洪玉等人有些意外,但随之更让他们意外的事情发生了。到了出站口,那个日本兵向守在站口的日本兵交代着……洪玉听得很清楚,日本兵说这几个人是大日本国天皇陛下的子民,因为特殊原因不能暴露身份,请你们站口的守卫和检票员不要难为他们。

守站口的日本兵看看马天成一家,当即立正站着。洪玉对这个不请自送的日本兵报之一笑,日本兵轻轻点头示意,又返身赶紧跑了回去。

检票口处乱糟糟的,日伪军对进出的旅客都要进行搜身和行李检查。不时有人遭到日本兵的皮鞋踢踹或枪托乱砸,不时有旅客的财物被狐假虎威的二鬼子横加抢夺。就在这乱七八糟的环境里,马天成一家在日本兵的护卫下顺利地出了检票口,避免了日伪军的搜身和行李检查。马洪玉站在护卫他们出站的日本兵面前用日语说道:下士,我代表我们一行人向你致谢。

日本兵啪地一个敬礼:愿为各位效劳!

出了检票口,进了候车室,洪玉排队买票。洪玉买了票回到父亲身边说:爹,我去电报局给伯父发封电报。

马天成很惊讶,说:发电报?在州城就该发呀。洪玉笑一笑告诉父亲,也只有到了这里电报才敢发出,因为一家人从形势上说已经脱离险境了。

白云忠跑回杨家胡同的家中,取出马天成让他转给刘知事的信抽出信笺一看,是马天成写给刘汉平的告辞信。

看后,白云忠举首长叹:原来如此啊!

刘妮问到底马先生家出了什么事,白云忠口气沉重地说是飞来横祸。刘妮得知这封是给刘知事的,就问:给了刘知事对马先生有好处吗?白云忠说:难以预测,不过,马先生托我将信转交刘知事必有缘故,下午我就送到公署。白云忠让刘妮打点儿糨糊把信口封上,刘妮说:你想得真周到。白云忠说:不是我想得周到,是马先生有意这么做的。

当天下午,白云忠走进公署,刚进院遇到了郎秘书。郎秘书认识白云忠,问他来公署做什么。白云忠把马天成写给刘知事的信拿出来让郎秘书看,郎秘书说:我正要去刘知事那里,交给我捎着吧。白云忠听马天成谈到过,郎秘书这人还算正派,就把信交给了他。

白云忠走后,郎秘书拿着马天成的信送到知事办公室。刘知事接过信问是谁的信,郎秘书说是马天成给的。刘知事愣了半晌问郎秘书:不是马天成全家昨天夜里突然失踪了吗?郎秘书解释说:是马天成临走前,打发人把这信送到好朋友白云忠家,托白云忠转给你的。刘知事拆开信封,抽出信笺看了一遍,指头弹着信笺:唉!处置失当,恐误他人矣!

郎秘书说:省公署收到咱们的呈文后已回文。刘知事问:怎么说?郎秘书把回文递给刘知事,刘知事摆摆手说:我不看了,你说说内容吧。郎秘书说:省公署回文中谈到,此案系日本宪兵司令部直接查办,案犯虽已抓捕,但到如今尚未拿到证据,让我们在此随时予以协助。刘知事淡淡一笑:好啊,协助好办,让证人高药工和丁二泉证明就是了。

郎秘书与刘知事听到门外响起脚步声,把话头打住。只见警务局长孟庆周急匆匆地走进来。孟庆周无精打采地说:郎秘书也在啊,正好咱们商量一下吧,我刚接到省公署警务厅的行文,命将于天佐岳父马天成一家羁押,随时配合济南日本宪兵司令部的调查。孟庆周说着把警务厅的行文放到刘知事面前,刘汉平一边看一边摇头。孟庆周问道:这事怎么回复上峰?

刘知事说:人走财散,天涯海边,你问我,我问谁去?

孟庆周说:知事说得是,好歹应付一下吧,要不日本人追究起来,我们难脱干系。刘知事说:马家一行早就离开州城,这年月天下大乱,日本占领区、国民党占领区、共产党占领区,还有些身份暧昧背景不明的草头王霸着某些地方,马家真要找个地方藏起来,你到哪里去找寻?给省警务厅复函,就说案犯一家逃走,我们正在捕拿,一有消息,马上回禀报告。

警务局长心领神会,明白刘知事意在推辞。更何况,上次他收了马家许多大洋,这个案子一旦让日本宪兵队捉住把柄反复追查,自己也脱不了身。于是借坡下驴:好的,按照知事的吩咐给省警务厅回文,我马上去办。

孟庆周走出去后,刘汉平仰身靠在椅背上说:郎秘书,不是我有意袒护马家,幸亏马天成一家当机立断弃家逃走,否则这场灾难是脱不掉的。

郎秘书说:日本人真要追究起来怎么办?刘知事沉吟半晌一拍桌子:有了,我去找山田卫生官,让他看看马天成这封信。山田一心惦着马天成的秘方,说不定会在无意中帮上忙。

郎秘书:知事神算,这就去吧。

刘知事摇摇头:过两天说呗!

白云忠把信交给郎秘书回到家后,就和刘妮走到马家门前。因为主人失踪,邱管家和药房伙计也已离去,东边院门和西边医堂门全都上了锁。马家门前静悄悄的,只有黄毛像丢了魂一样趴在马家大院的门旁,眼神呆滞地沉思默想。

白云忠坐在它身边和它说话:黄毛啊,马先生一家走了,这座院子空了,你跟我走吧,我会像马先生那样照管你。行吗黄毛,啊?

黄毛伸出细长的舌头舔舔白云忠的手,嗓子眼里咕噜噜一阵儿响。

白云忠拍拍黄毛的头:你想说什么? 跟我去吧,去我家?

黄毛看看白云忠,仍旧在门口趴着。白云忠叹口气:难道这就叫丧家之犬吗!

几个邻近的孩子走过来,孩子们看看黄毛,低声商议了一会儿离去。孩子们返回时,有的搬着砖,有的抱着草,有的提着水和土。白云忠明白了,孩子们最了解狗儿的忠诚,知道它不会离开马家,所以决定给黄毛在墙边垒个窝。

从这天开始,天一黑,黄毛就离开门口顺着街筒往西跑,跑到快要出城时又折回来,约定俗成般地在门口趴着。

马天成一家走了,黄毛仍在为他们守门看家。白云忠和刘妮有时给黄毛送些吃食和水,邻里街坊也拌了狗食来喂它。黄毛虽无冻馁之忧,可很快就瘦了许多。

公署山田办公室里,刘知事拿着马天成的信和省公署回文坐在山田对面。山田手里摆弄着一支自来水笔,小眼睛盯着刘知事问这信是谁转给他的。刘知事告诉山田,是马天成的好友白云忠转给自己的,看来是忙于逃走,匆匆写就。山田说:济南距离州城二百几十里,坐火车也得三个多小时,马天成是怎么得到了他女婿被捕的消息? 刘知事回说:是马天成女儿马洪玉从济南赶回送的信。山田的眼睛眨了几下,脸上现出疑惑的神色:马天成的女儿又是怎么知道她丈夫被捕的呢?

刘知事说:卫生官阁下问得是,我们已向省警务厅探询过此事,于天佐被捕之时,他的夫人恰好刚刚离开省府大门,就站在路边看着于天佐被送上警车。

山田:有人证明吗?

刘知事:省警务厅刘副厅长说是他亲眼所见。

山田：如果是这样的话，马天成一家既然逃走，你们也不必再作追究。我想，马天成逃走是因为害怕，毕竟上次他经历过牢狱之苦，从情理上说得过去。至于他的女婿，那是宪兵司令部的事，你我都难以过问。如果事实证明于天佐确实冤枉，马天成听到消息后必定还会返回州城。

刘知事连忙恭维：山田卫生官处事条理分明，钦佩，钦佩。您说得是，马天成信上写得明白，云开雾散日，是我返回时……

山田摸了摸小胡子：说实话，我对这个中国医生还是很感兴趣的。

刘知事说：既如此，假若丸山队长或上边追查的话，请山田卫生官为我和警务局说句话。山田笑了笑点点头：可以！

34

马天刚坐在经理室里查看来往商务情况汇总表，商务分行的门卫领着邮差走进来，说是有从山海关发给他的电报。马天刚皱皱眉，商行和山海关没有业务联系呀，是不是发错了。拆开电报一看：弟已至山海关，明日午时接站。

马天刚赏了邮差几个钱，邮差和门卫退出去。马天刚倒吸了口凉气，天成的电报是从山海关发来的，很明显又出了非同小可的麻烦。

马天刚心里着急，次日上午就跑到了火车站，在车站出口附近走来走去。大约十二点，马天刚看到马天成几人相继走出检票口，一颗悬在嗓子里的心这才落下。兄弟相见顾不得伤感，马天刚赶紧招呼了附近的三辆人力车。三辆人力车载了七个人，顺着马路直奔铁西。马天成和哥哥坐在一辆车上，人力车夫用力拉着车小跑步向前奔。马天刚压低声音问马天成到底出了什么事。马天成把嘴附在哥哥耳边，如此这般……

马天刚眉头皱了好长时间，终于把自己的担忧说给了马天成。因为奉天早就是日本人的地盘了，日本人真要继续深究，第一个怀疑马天成藏匿的地方就是马天刚这里，因为凡是和马家接触过的人都知道，马天成在奉天有个手眼宽大的哥哥。只要山东的日本特务机关一道公文或一个电话传到奉天的特务机关，马天刚这里马上就会成为搜查重点。所以，眼下的当务之急是把他们转移，转移到一个安全隐蔽的地方，短时间内不能出头露面，待风头过去再说。马天成说自己已是六神无主，且又人生地不熟，全凭哥哥安置了。

马天刚说做就做，当天下午便托人在一个乡下屯子里租了所小院，当天晚上就雇了一辆马车把几个人送到那里。马天成看看空落落的院子担心这里是否保险，马天刚告诉他，这里距城十几里，是一个朋友代为租赁的，很安全。马天成见已有着落，便催促哥哥赶紧回城，以免外人生疑，说有事时让天鹏到商行找他。马天刚说:也好,屋里火炕炉灶锅碗瓢盆都是现成的,咱们随身还带了些熟食,以后的日子,再慢慢安排吧。

这年月,逃荒到关外的人非常多,这个屯子里就住了像他们这样全家迁来的好几户人家。他们有的给当地财主扛活,有的到距离不算太远的奉天城里打零工或拉洋车。马天成等人虽无衣食之忧,但为遮人耳目,还是要各尽所能。李天鹏给本屯一家富户打短工,洪良和洪玉改行不卖医药卖茶叶。至于马天成夫妇,自然是儿媳伺候着在家做饭养老了。

马天刚安排好马天成他们之后并未停歇,因为经商,山南海北都有熟人关系。几天后,马天刚处理完一宗业务,分行雇员进来报告,说有个山东青州的皮货商想找他谈笔生意。马天刚听说是山东青州的,连说:快请,快请。雇员走出去,不大一会儿和一位中年人走进经理室。马天刚起身拱拱手:先生请坐,从山东来的?

中年人赶忙还礼,自称:在下王儒清,山东青州人,听说马经理也是山东原籍,特来拜访求援。马天刚连说:应该的,应该的,吩咐外边伙计上茶。

伙计端上茶来,马天刚亲手给这位老乡斟满茶杯送到面前,开玩笑说:人言老乡见老乡,两眼泪汪汪。其实呢,是老乡见老乡,心里喜洋洋啊。

王儒清抱拳,连说:对对对,马经理思路与众不同,佩服,佩服。不知马经理山东哪州哪县?马天刚告诉王儒清:我原籍山东济宁府,后又迁居鲁北州城,因为喜欢结交,生性好动,家父便对我量才而用,给我足够资金出来做生意,一晃就是二三十年,算是在东北扎下来了。

王儒清说:马经理虽然出来二三十年,但仍有乡音余韵,听得出来的。马天刚呵呵笑着,说:乡音难改嘛。请问王先生,主打哪行?

王儒清:惭愧,小小皮毛生意。

马天刚说:大买卖都是小生意攒起来的,现在商境如何?

王儒清:青州有皮货作坊,商号一处,另在济南辟有分行。

马天刚说:先生宏图大展呀,怎么还说皮毛生意。哎,长住济南吗?

王儒清:常来常往。

马天刚想说什么,想了想咽回去了。抻了片刻,又问王儒清此次来奉天想做哪方生意。王儒清说:我想借老乡之便,建立长期合作关系。

马天刚说:好得很啊,说说打算。王儒清端起茶杯呷了口茶水,然后掰着指头数说起来:这第一嘛,东北盛产皮张,每年秋冬之际想请先生帮忙收购生皮。这第二嘛,因为东北天冷,皮货需要量大,敝处所产皮货,可否发到贵处代销。第三嘛,利润双方按例分红。不知马经理能不能答应。王儒清说完,马天刚当即竖起大拇指:先生宏图大略,在下敢不从命,这事就算是定了。

王儒清大喜:那么,这利润分红六四如何?也就是敝号占六,贵行占四。

马天刚笑呵呵的,说:王兄想到哪里去了,老乡就得有老乡的滋味,三七分红吧。你们要七,我要三。王儒清起身作揖,一揖到地:走南闯北,从未遇到过如此豪爽之人,谢谢马经理抬举。

马天刚赶紧还礼,二人复又坐下来喝茶叙话。马天刚说:王先生常去济南,可与官场有所交往?王儒清回说与官场无甚结交,但省警备司令部倒有个远房表弟在那里任职。马天刚问他表弟任何职务,王儒清说职务不详,好像专管往来文牍。

马天刚:哦,好好好,兄弟这里有一事相托,请王先生斟酌看能否帮个小忙。

王儒清说:马经理有事但讲,王某人无不鞠躬尽瘁。

马天刚起身给王儒清斟上茶水,放下茶壶,立在王儒清面前说:是这样,我有个远房亲戚,在济南误被日本人当作共党抓捕入狱,至今也没个消息。想请先生帮忙,随时打听到消息转告在下。

王儒清说:不过打听个消息而已,好说好说,我回去就找表弟,让他尽力而为。哎,贵亲名叫什么?马天刚说:大号于天佐。

王儒清说:好,好,于天佐,这名字好听,吉利,也好记。

马天刚说:如此,马某就拜托了。

王儒清说:马经理还和我客气?有了消息,我马上着人来奉天告诉你。

黄毛趴在门旁窝边,眼睁睁看着前边街上来去的人。黄毛眼睛里的光越来越淡,肚子里咕噜噜响着,显然是饿了。开杂货铺的周掌柜经过马家大门前,看到趴在门前的黄毛,犹豫了一下走到跟前:黄毛,你要是饿了,就跟我来。啵啵啵!

黄毛摇摇晃晃站起来,真的跟着周掌柜往街上走。周掌柜大惊,心想了不得,这狗能听懂人话。周掌柜把黄毛引到家里,让夫人端了干粮糠菜泔水的喂它。黄毛看看周掌柜夫妇并不马上下口,周夫人说:吃吧,吃吧,给你的。

黄毛这才低下头狼吞虎咽。黄毛吃饱喝足,就在周掌柜门口趴着。周夫人说:这狗通人性,知报恩,留在咱家看门吧。周掌柜说:我也是这么想,你看,它趴在门口,也不想走了。黄毛听到周掌柜夫妇的夸奖,站起身开始在院里溜达。周掌柜高兴地说:你看你看,真成了咱家的狗了。

天渐渐黑下来,黄毛朝周夫人看了一会儿,朝大门外走去。周掌柜此时恰好从店里回来,夫人就嚷嚷,说:当家的,黄毛又走了。周掌柜看着已走到院门口的黄毛一动不动。周夫人说:快截住它呀。周掌柜摇头:狗不是羊不是牛,拴不得留不住,黄毛的确是只知恩图报的狗。

350

黄毛走出周掌柜的院门,周掌柜跟在黄毛身后,眼睁睁看它跑上大街,跑向东街中段的马家。黄毛临到拐向马家门口前,扭头朝跟在身后的周掌柜望了望。黄毛抖抖身上的毛,甩甩蓬松的尾巴,那样子好像对周掌柜表示感谢。周掌柜拍拍手说:好一只通人性知人情的狗,以后我会常常喂你。

　　黄毛站在街角上,朝着西边"呕儿啊呕儿啊"地叫起来。叫声很伤悲,很凄凉,让人听了心中一颤一颤的。周掌柜擦擦眼里的泪:黄毛想它的主人了。

　　于天佐事发马天成一家逃走之后,丁二泉升了警务股副股长。高药工因为害人有功,在丁二泉的推荐下被留在公署打杂,同时兼着采买一类的活。

　　这天是州城大集,街上人来人往。高药工大摇大摆地走出公署门,身后两个厨子打扮的人推着平板车。高药工顺街买菜,身后的两个人把买到的菜放到平板车上。高药工看看车上的菜:差不多了,咱们回去吧。

　　两个厨子推着车往回走,高药工转脸间,忽然发现刘妮在不远处买菜。高药工想了想站住。厨子问他怎么不走了,高药工说:我想起一件事来,要到北街去一趟,你俩先回吧。两个厨子答应着,推起车走了。

　　高药工不远不近地跟着刘妮,刘妮走进一个胡同。高药工跟到胡同口,看到刘妮走进一个胡同的小院里。高药工拦住一个刚好经过胡同口的本街人,问:那个小院是谁家的?那人打量了一下高药工,说:你不是本地的吧。高药工操着聊城口音回道:我是外地的,想租家小院住下来在州城做买卖。

　　那人"哦"了一声:晚了,马先生家的刘妮嫁给了一招仙,已经租住了这个小院。你要是想租院落,到前边那个胡同里问问吧,那里有座小院闲着。

　　高药工躬躬身:谢谢老乡指点。

　　高药工倒背着手往回走,边走边自言自语:我不认识一招仙,既然人称一招仙,手中必有大量钱物,何不借机找上门去敲他一把。如果一招仙不肯"出血",就把刘妮拽出来当个证人,到那时,无论日本人还是警务局,都会更加相信我对马家女婿的告发属实了。日本人和警务局一高兴,说不定我还能继续升官发财呢!

　　就在高药工倒背着手往回走时,刘妮已经匆匆走进屋子,她已经发现了高药工在跟踪。因为随着马天成一家的出走,麻子脸的高药工也露出了本来面目。街坊近邻都明白了,原来颐寿堂新收的这个麻子就是被崇德堂逐出的高药工。更因为弄得满脸麻子,人们也就认得更清楚。所以,在他一转脸的瞬间,就被刘妮发现,刘妮恨死了这个坏蛋,但又不想给白云忠找麻烦,故而才躲着他。不想她走一步麻子跟一步,待走到杨家胡同口回头看时,姓高的并没有跟上来,刘妮这才放心地走进胡同回到家。可她哪里知道,就在她走进胡同时,高药工却从一堵破墙头后转出来,跑到胡同口再次盯住了她呢。

刘妮坐在炕沿上不动,一直坐到中午。白云忠从一招仙医庐回家吃午饭,迈进门槛看到刘妮坐在炕沿上发呆,就问:出什么事了,怎么连饭也没做?刘妮一愣怔,说:你看你看,我光顾寻思事了。刘妮急忙起身去做午饭,白云忠看着刘妮走出去的背影:嗯,怪呀!

午饭很快做好,刘妮把饭菜端到桌上。白云忠一边吃饭一边不停地看刘妮,刘妮仍是一阵阵地发呆。白云忠捺不住了:刘妮,到底出什么事了,快跟我说。

刘妮想了想:你说老白,要是有个坏人跟在身后,他想做什么?

白云忠吓了一跳:谁跟在你身后了?

刘妮说:上午我到集上买菜,发现那个孬种高药工跟在我身后。

白云忠:啊? 看清楚了?

刘妮说:那个孬种就是化成灰我也认得出来。

白云忠放下饭碗连连搓着手:我早听马天成谈过马家之案祸由他起,如今他卷土重来,且又发现了你,我老白久历江湖,明白其中的凶险,赶快,打点细软,逃出州城远走高飞。

刘妮问去哪里,白云忠说:去哪里也比遭了这个人的毒手强。

刘妮说:看来,又得四处逃荒了。

第二天上午,高药工甩着长袖走进杨家胡同"拜访"一招仙夫妇。高药工走到小院门前时,一下子怔住了,只见小院大门紧闭,一把铁锁在门楣的吊链上挂着。吊链上夹着一张字条,高药工取下字条展开一看:老高老高孬种孬,爷们儿远走高飞了。署名一招仙。

高药工气得撕碎字条,转身往胡同外走着,一边走一边不时地跺脚:娘那个眼,行动稍迟,快要煮熟的鸭子飞了!

高药工走出胡同口,不远处有人喊他:高麻子,干吗呢?

高药工扭头看时,丁二泉颠颠儿地跑到他面前。高药工撒谎说想到熟人家串个门呢,人家没在家。丁二泉问他是不是又勾上谁家娘儿们了,高药工说:丁股长就是会说笑,谁能看得上我呀。丁二泉说:这话我相信,听说你前两天去北街吕家胡同找旧相好,恰巧碰见崔股长在她家。崔股长抽了你两个耳光,你想争辩,结果让他三两脚踹出来了。是吗?

高药工说:哪有的事呀,我早就断了和那个娘儿们的来往了。

丁二泉说:甭犟,是崔股长亲口说的。

高药工低下头不再说话。丁二泉拍拍高药工的肩说:你猜咋的,我一想起这事就笑。高药工麻脸通红,说:有什么好笑的,不就是两人争一个娘儿们吗?丁二泉笑得更凶:想想吧,两个麻脸争一个暗娼,一个麻脸挨了另一个麻脸的耳光……

高药工连忙作揖:二少爷,不,丁股长,嘴下留情,我请您喝酒,行吧?

丁二泉依旧嘿嘿儿地乐。

高药工说:走,前边有个小酒馆,喝两盅去。

两个人嘻嘻哈哈朝前走去。

丁二泉和高药工因为马家一案成了州城名人,人们既骂又恨但更多的是怕,所以二人走进小酒馆时,酒馆主人连忙抢上前来伺候着。

两个人要了个小单间坐下来,店主立马上了几样小菜和一壶老酒,他们俩你一杯我一杯,喝酒吃菜说着悄悄话。一会儿朗声大笑,一会儿嘻嘻哈哈。高药工说:丁股长听说你早就惦着张道山家的千金? 丁二泉血红着眼:嗨,别说了,我老爹不中用,硬是让马洪良弄到他被窝里了。

高药工说:如今马家出逃,张秀贞也跟着跑了,你就死了这份心,再找个美人呗。丁二泉眯起眼,说:老爹已经托人去城北周家营,那里有个姓林的闺女,是城北一枝花。高药工啧啧连声,说:丁股长真有艳福,放下张美人,就是一枝花。在下相求,如有合适相对的,也给我划拉个媳妇,我也得成家呀。丁二泉呵呵笑起来:就你这张麻子脸,娶得上媳妇娶不了美人。

高药工不高兴,说:麻脸怕什么,有钱能使鬼推磨,大把银圆在手,《三国》里的貂蝉也得跟咱跑。丁二泉笑得更响:你每月就三块洋钱的薪水,还大把银圆呢。

高药工问道:你不稀罕钱?

丁二泉说:做梦都想钱。

高药工说:钱就在你眼前放着。

丁二泉咧嘴一笑:咋,去抢银号吗?

高药工说:马家的案子,不就是发财弄钱的好机会吗? 丁二泉瞪了他一眼说:我以为什么高招呢,妈妈的屁股,人都跑了,还发个屌蛋财呀。

高药工咂一口酒:跑得了和尚跑不了庙,不是还有他亲家嘛。没有捉到马天成一家,那就向马家的姻亲张道山要人啊。丁股长,这不是个天大的发财机会吗!

心有灵犀一点通,丁二泉眼睛里立时放出光来:咦咦咦,好办法,好办法。就找老张要人,交不出人就逼他交钱,敲他的竹杠,狠狠敲他!

高药工说:只要找上他,这老张得后悔八辈子。

丁二泉:后悔什么?

高药工说:当初他要把闺女嫁了你,哪会出这些天大的事非呀!

丁二泉说:难怪崔麻子说你心术不正,孬种点子就是多。

高药工阴阴一笑：无毒不丈夫。

两个人你一言我一语，说得唾沫横飞。进来送菜的伙计听到两个人的谈话，走出房间时和店主悄悄说了些什么。店主阴沉着脸向伙计低语了几句，伙计拿起抹布抽了抽身上，出门拐向西去。

张道山坐堂接诊，病人迤逦不断。药房里杵臼不停，抓药包药的人一个接着一个。有个病人讨好张道山，说：张先生，人言州城名医，非马即张。如今马先生全家外逃，您可就金鸡独立了。

张道山说：话虽如此，累呀！那病人说：张先生，累你也喜欢，小病小灾就地寻医，患上大病，就只有进颐寿堂或崇德堂。现在崇德堂塌了，您就得独撑州城的杏林大厦。张道山连说：过誉，过誉。张道山嘴里这么说，其实心里乐和着呢，因为现在即使没有了《天方秘籍》，他也可以独自享誉州城了。

张道山正忙着，酒馆小伙计走进来，附在他耳边悄悄说了几句话，张道山脸上泛起一丝怒意，但随之就消失了。他向小伙计点点头笑一笑，小伙计快步走出去。张道山起身走到药铺门口，和姜药师说了几句什么又走回来继续诊治病人。也就过了两支香的工夫，身穿警服的丁二泉和瘸着一条腿的高药工醉醺醺地走进来。张道山心里一阵乱跳，虽然满脸不悦仍是起身相迎：二位驾到，有何见教？

医堂里的病人见来了两个不良醉鬼，纷纷躲到外边去。

药铺那边听到声息，姜药师也慌忙赶过来。

姜药师见到高药工恕目圆睁：麻子，你真是坑人不浅。

高药工撇撇嘴：老姜，你以为当初我真是来投奔张先生混饭吃的吗，实话告诉你，皇军宪兵队和警务局始终对马家案子心有怀疑，我是接受派遣，暗中打探马家消息的，明白了吧？

姜药师：扯你娘的淡！

高药工：再骂，再骂我让警务局抓你。

高药工狗仗人势地跳着嚷着，姜药师不再理睬他，转身走到丁二泉跟前说：二少爷，您今日到来，为公还是为私？

丁二泉说：公私都有。

张道山把丁二泉让到座位上，没有理睬高药工。高药工左右看了看，自己找个座位坐下。张道山说：二少爷，有话直说吧。

丁二泉看看高药工，高药工看着丁二泉：先说公事，丁股长您说吧。

丁二泉把帽子拽歪着：张先生，马家案子案情重大，你是马家的儿女亲家，皇军宪兵队和警务局特别命令我和老高负责追查。我们想，你和马家既然是亲戚,马家跑到哪里去肯定事先得告诉你。俺俩这次来呢,就是让你说实话。

张道山:那么私事呢?

丁二泉看看高药工:老高,这私事你就说吧。

高药工咳嗽一声:张先生,当初来时,蒙你收留让我能够掩饰身份,这个情呢,我得搭。这么说吧,此案既然到了我和丁股长手里,可大可小,可有可无,就看你怎么借风使船。

张道山撇撇嘴:行了,你们说个数吧。

高药工和丁二泉听张道山说出这话,同时怔了怔,丁二泉又看看高药工。两个人暗中做了个手势,丁二泉抻了抻终于开口:张先生,你就出两千大洋呗。

一旁姜药师说:两百也没有!

丁二泉瞪起眼:你说什么?

姜药师重复道:我说两百也没有。

高药工站起来:老姜,你敢顶撞我俩!

姜药师:秋巴月里放火,豁出去了,你们爱怎么就怎么吧。

张道山连忙出来打圆场:别急,别急,有话好商量。

高药工龇了龇牙说:还是张先生识相。哼!

张道山说:二位,每人送十块银圆,买杯酒喝吧。姜师傅,到柜上取银圆来。

姜药师走向药铺那边。高药工跳起来,因为一条腿短,身子一歪差点儿跌倒,他舞扎着手说:每人十块,打发要饭的吗!

姜药师拿着二十块银圆走回来放在桌上。丁二泉看着高药工,高药工盯着桌上的银圆。张道山:二位请吧,还有许多病人等着我呢。

高药工坐下又蹦起来:张道山,你这是找死啊!

姜药师走到桌前指指银圆:要不要,不要我收起来了。

丁二泉起身把银圆抢到手里:咋不要啊!

高药工瘸着腿赶到桌前时,丁二泉已把二十块银圆揣进怀里了。

丁二泉前边往外走,高药工在后边骂骂咧咧一瘸一拐地跟着,两个人走出颐寿堂,可能为了争银圆,就在距颐寿堂不远的街面上吵起来了。姜药师看着他们吵了一会儿又窃窃私语,呸了一口说:孬种配浑球王八看绿豆,难怪成朋友。

张道山松了口气:多亏小伙计给送信,要不还真让这两个孬种敲一下子呢。

后院传来张夫人高一声低一声的哭泣,姜药师说:夫人想闺女,心里盛不下呀。张道山叹着气说:真是祸不单行,这当娘的思女心切,经常夜间哭醒,我看是有些精神失常了。姜药师说:东家,我有个主意,不知您听进听不进。

张道山:说说看。

355

姜药师说:既然马先生全家出走,说不定从此再不返回州城。两大医堂现在只剩了颐寿堂,为何不把医堂搬到十字街呢。那样的话,整个州城的医行,尽在先生掌控之中了。张道山想了想,也认为这是个好主意,但他惦着这所医堂如何处置。姜药师说:原来的店面统统改作药铺,药铺后边仍是内宅。

张道山沉思片刻:倒也是个办法。若是马天成没走之前,这么做有同行相斥争夺地盘之嫌。如今马天成失踪,正可借此机会大干一番。好,你马上着手办理这件事,越快越好。

五天后,原崇德堂斜对面新辟了一片门面,门面上方高悬"颐寿堂"招牌字号,张道山真的把医堂和部分药铺移到了十字街。为此,四街同行和街坊议论纷纷,有的表示赞成,有的说张道山乘人之危财迷心窍。

张道山坐诊医堂,病人时多时少。这天陶居正走进医堂,张道山慌忙起身礼让。陶居正刚坐在椅子上,张道山就问:陶先生大驾光临,有何见教?

陶居正看看医堂里的摆设,又起身到药铺那边看了一番,然后回到座位上说:张先生,恕老夫直言,你把颐寿堂挪到十字街来,距马先生的崇德堂只有几十步远,将来马先生返回州城,颐寿堂和崇德堂不就唱起对台戏了吗?

张道山讪笑着,说:陶老啊,马天成何日返回,还能不能返回,有谁说得准呢。他若在,我不挪医堂,他已出逃在外,我搬到这里谁也碍不到谁呀。

陶居正:老夫思来想去,甚觉不妥,望张先生三思。

张道山:做都做了,就不想那么多。陶老不必多虑,还是各行医道的好。

陶居正:你和马家可是姻亲加世交啊。

张道山说:这倒不假,正因为是姻亲,颐寿堂才接连受他拖累。倘若不是马天成收治那个抗日分子,并且娇纵女儿弄了个未结婚先进门的女婿,像丁二泉高药工这样的坏人即使吹着尘土找裂纹,也难以把事情搞得这么糟。这下倒好,城门失火殃及池鱼,你马天成先下大狱后逃走不说,连累我也遭了大祸,这真是无妄之灾啊!陶居正微微一笑:连累你也遭了大祸?

张道山说:是啊,闺女跟着马家一起外逃,内人想女心切,精神都不正常了。这还不算,丁二泉和高药工两个小人隔三岔五也到我医堂敲诈。唉!一言难尽啊!

陶居正说:张先生如此说,我也不再多话了。告辞!

陶居正起身,张道山把陶居正送出门去。

张道山回到医堂,脸色阴沉着。姜药师走过来:张先生不必烦恼,迁址事大,难免外人说三道四,您不放在心上就是了。

张道山:除了没有那真的《天方秘籍》,常见病多发病对我张道山来说算不得什么,半年之后,我颐寿堂在名气上和马天成的崇德堂便有一比了。

姜药师道：说真的，张先生在骨科和伤科治疗上，和马天成不相上下。

张道山横了姜药师一眼：不相上下？哼！

姜药师：甚至比马天成要强得多。

张道山说：皇帝轮流做，今朝到我家。州城第一医家的名头，我要定了。

姜药师赶紧顺情说好话：呵呵，即使那马天成在州城，这第一医家的名头早晚也得归张先生您呢。

张道山脸露红光，志满意得，晃了晃身子说：那是当然。

35

于天佐不幸被抓之初，济南与鲁北的地下组织就已着手营救。首先，张霁将州城发来的呈文重新整理了一下，运用自己的智慧和文字功夫，将呈文中有关丁二泉和高药工的告发避重就轻地处理了一下，让人看起来既是原文内容，又丝毫不露痕迹。张霁将重新整理的呈文交给办事员，让他直接送到省长办公厅。

第二天，中共鲁北特委书记刘侃来到济南，与时任济南地下组织负责人的麻泉忠联系好后，当晚就在饭店后院一间密室里开了个紧急会议。说是会议，也只有刘侃、麻泉忠和张霁三人参加。

密室设置得非常隐蔽，即使有意搜索也很难发现。密室有暗道与另一家宅院的地下室相通，紧急情况下可以迅速转移。这天晚上，密室里点着蜡烛，蜡烛的光亮照在密室墙上，三个人的身形影影绰绰的。刘侃传达了上级指示，说：营救天佐同志刻不容缓，我们必须立即拿出具体措施。张霁说：内部得到的消息证实，日本人还没掌握天佐的真实身份，我们可以趁此机会，走走日伪中的上层路线。刘侃很重视张霁的想法，让他说得具体一点儿。

张霁看了麻泉忠一眼说：您来之前，我已与老麻商量过，准备这几天采取措施，接近伪省长唐仰杜，然后见机行事，争取让这个伪省长为于天佐说几句话。

刘侃说：案子由日本宪兵队直接插手，营救过程非常艰难，唐仰杜能起多大作用实在难以预料。再说，他是日本人任命的省长，大汉奸，如此位置，怎么接近他？麻泉忠说唐仰杜是继马良之后的又一个伪省长，也是回族。而麻泉忠现在是济南回族中的名人，接触唐仰杜已经具备了方便条件。刘侃点点头，便请麻泉忠谈一下与唐仰杜具体接触的措施或者办法。麻泉忠说：前两天听到一个消息，唐仰杜马上要娶侄儿媳妇，我决定利用这个机会以特殊方式接近唐仰杜。

刘侃因为关系到天佐同志的生命，叮嘱麻泉忠要谨慎行事，千万不要引起唐仰杜的怀疑。麻泉忠知道事关重大，便讲出了这个想法的具体步骤。刘侃点点头说：虽然情况紧急忧心如焚，眼下也只有走一步看一步，就这么决定吧。

麻泉忠和张霁提出要求,请刘侃速与鲁北八路军部队首长联系,必要时请他们协助这次营救行动。刘侃说:这没问题,我可以随时赶回鲁北。

这天,日伪山东省省长唐仰杜的大院里笙歌齐鸣唢呐声声,唐仰杜侄子的婚礼正在举行中。前来参加婚礼的各路亲朋官员相继进院,相互施礼客套虚情假意地寒暄过后各自落座。省长的侄子办喜事,攀龙附凤前来祝贺的人很多,中院坐不下了,主事人便朝相继而来的参加婚礼的客人们吆喝:朋友们听着,为了答谢诸位,又在跨院置办了喜宴,坐不下的可到那里去。

一帮没有入座的宾客向跨院拥去。

红账桌上忙碌异常,收礼的人将一封封大洋放进铁皮箱里。一位长胡子老头笔走龙蛇,把来客的份子钱一一记在红账上。

唐家大院里,喜气盈门,高朋满座。

主事人走到账桌前看看红账上的名字,纳闷地问:怎么北大寺大阿訇没来呀?

忽听有人喊,说是大阿訇到了!人们的目光一齐射向大门口,只见大阿訇手端一方银樽走进府门。人们赶紧围上去看,银樽重约数斤,实料实心,周边雕花儿,上镌表示喜庆的阿拉伯文。银樽花边与阿文之间镶嵌楷书金字——大德望唐先生仰杜翁令侄花烛之禧,银樽正中凸起处刻着一溜回族名流的字讳。正在这时,唐仰杜从室内走出来,唐仰杜看后大惊:大阿訇,何以筹备这样的重礼?

大阿訇将银樽交与主事人放在红账桌的正中:唐翁,这是麻泉忠的提议,铸樽之资也是麻泉忠所出,其余人等只是叨了便宜挂个名,麻泉忠才是真正的功臣。

主事人说:呀呀!这麻泉忠在回族人中给足了唐府面子了。

唐仰杜欣慰又感激,他问麻泉忠怎么没来。大阿訇说麻家饭店宾客云集,他在张罗买卖。唐仰杜说:挣钱不在一时嘛,快去请麻泉忠乡老来赴喜宴。一个副官立即招呼:司机呢,开上轿车跟我去接客人。

正厅中央摆了一桌清真席,麻泉忠坐在主宾位上,唐仰杜亲自作陪。闲聊中唐仰杜问麻泉忠:听说麻乡老是鲁北人?麻泉忠礼貌地回答,说:对,州城以南五十里。唐仰杜说:鲁北一带古属燕赵之地,多慷慨悲歌之士,我对这地方印象很深。麻泉忠连夸唐省长好学问,转而问道:唐省长到过那里?

唐仰杜说:视察之时逗留过几天。鲁北地灵人杰,才俊辈出啊。麻泉忠说:在下只是个做生意的,对古代圣贤所知有限,倒是州城那个崇德堂里的名医马天成,在我心里算是个大能人。

唐仰杜来了兴趣,他问马天成是何等样人能让麻泉忠如此看重。麻泉忠说:那年父亲患了噎食症,吃后不久便吐,找遍了当地所有郎中,都是束手无策。最后,还是请到马先生马天成,三剂药服下去,再也不吐。唐仰杜夸奖说:真神医也。

麻泉忠说:我时时想着报马先生救父之恩,前些日子朋友从东北给我捎来三棵老山参,我想让他女婿回州城时顺便捎去,没想到他女婿出事了,真是让人惋惜。唐仰杜问马天成的女婿是干什么的,出了什么事。麻泉忠口气淡淡地说:据说是通匪,被抓进了日本宪兵司令部。

唐仰杜:哦? 这人叫什么名字?

麻泉忠说:我见过一回,名字嘛……一时真记不起来了,只知道是在警务厅当督察什么的。唐仰杜:哦,是于天佐的案子。这个案子我知道,如果是别的案子,我一句话即可了结。但这个案子是日本宪兵司令部直接介入的,不好说话。

麻泉忠似属闲聊地问于天佐是不是已经判了,唐仰杜说:前两天警务厅长向我汇报,说宪兵队百般用刑,于天佐始终没有招供。日本宪兵司令部只好把案子转到省公署警务厅,警务厅经过研究,现正准备发文到州城,将在公署里当差的丁姓和高姓两个证人带来济南对证,彼时证据确凿,姓于的死期也就到了。

麻泉忠一阵紧张,差点儿失声喊出口来。

麻泉忠尽力克制着自己的焦虑不安,席散,麻泉忠急匆匆离开唐家。

州城丁大户家正在筹办喜事,一番折腾之后,丁二泉还是和林员外的女儿订了婚。就在麻泉忠等人计议营救于天佐的同时,丁大户夫妇、丁二泉、李世伦和郑管家坐在一起商议成婚事宜。丁大户磕磕烟袋说:二泉啊,你也不小了,娶妻生子继承丁家香火,这是责无旁贷。

丁二泉嬉笑着,说:其实我早就有了成家的心,上次马家案子的了结,张秀贞已真正成了马洪良的人。当时我心里就已经凉了半截,张秀贞和马家一块儿外逃后,我更彻底死了这份心。现在你们还商量什么,我恨不得今天晚上就成婚。李世伦暗笑,说:二少爷是明白人,所以我已经和媒婆说好,马上就行过门礼。丁二泉听到这话沉下脸来:过门礼? 聘礼就花不少钱了,还接着往下花呀?

李世伦赶忙解释:可女家也有陪过来的嫁妆啊。

郑管家呵呵笑着:当然,和男家花的钱相比差得很远。不过,人家总不能把个如花似玉的大闺女白白送给你呀。你说是吧李先生。

李世伦点点头,说:丁家这么大的家业,还在乎三五百大洋吗? 丁二泉立愣起眼来:什么? 三五百大洋,这可是我家的钱啊,我老爹这么大岁数了,还能活多少年? 家业再大将来也是我的吧,能抠就抠,能省就省啊。

李世伦说：那边也是有名望的大户人家，这过门礼是必须交的。丁二泉连连摇头，说：这桩买卖不合适，我不娶了。丁大户在床沿上敲着烟袋大吼：家门不幸，生此逆子，你敢！

丁二泉发起疯来：爹，你要真逼我的话，办喜事娶媳妇那天我就逃到远处去，让你当公公的去与儿媳妇洞房花烛夜。

丁大户一口气没上来，"呕儿"一下昏过去了。郑管家赶紧给丁大户掐人中，好半天丁大户渐渐醒转，情绪渐渐平静。丁大户刚想说话，嘴里忽然又冒出白沫。丁夫人急得哭了：二泉啊二泉，你爹要有个好歹，我跟你没完。

丁二泉终于软下来：行行，爹，别傻了，别疯了，也别抽风了，我娶，我娶还不行吗。大不了娶到炕上后，我再逼着媳妇回娘家把钱要回来。

李世伦：东家一直惦着传宗接代，谢天谢地，二少爷你终于答应了！

丁夫人也破涕为笑：李先生，喜事宜快不宜拖，你明天就让媒人去周家营，后天交过门礼，婚期定在本月底。

李世伦说：好好好，我这就去找媒人说给她。

当天下午，丁家的短毛驴驮着媒婆前往城北周家营。第二天，丁家就用马车拉着过门礼送到了林家，与过门礼同时送去的，当然还有婚期喜帖。

同一天，两三个吹鼓班进了丁家……

张桥镇张三太家的正厅里，张三太和贾二爷、小陈和周二虎等人坐着喝茶。如今的张三太面色红润，身体壮硕，已与当时病中的张三太判若两人了。张三太端起自己面前的茶杯敲着杯沿，茶杯发出咚咚的脆响。周二虎说：张爷叫我们来一定有事，你就安排吧。

张三太放下茶杯，说昨天萧司令亲自找他，接到济南的情报，近几天省公署警务厅准备到州城提取丁二泉和高药工，让他们到济南和于天佐先生当面对证。如果这两个人真的到了济南，真的当面指证于天佐，天佐先生就可能执行死刑。时间很紧，我和贾二爷商量了个办法，准备先下手为强，掐断这根线。

贾二爷接上说：州城有消息传过来，丁家月底……哦，也就是后天要给丁二泉娶媳妇，咱们何不借机出手，来个瓮中捉鳖。

小陈：二爷你说说具体怎么办吧。

贾二爷说：闲话少叙，小陈和二虎带上两个手脚利索的，今夜潜入城内，到南街陶老先生家落脚。天明后，小陈可去城南关罗家找到我的徒弟罗斌，让他协助你们夜间动手到新房拿住丁二泉。至于丁家院落的路径，二虎自然熟悉了。

周二虎说：那个姓高的呢？

张三太说：我另有安排，你们放心干好这活就是了。

小陈说：好吧，我几个马上出发。

张三太右手敲着椅子扶手说：子时至寅时，我派人在东城墙的坍塌处接应。

小陈说：好嘞，咱们走。

丁家办喜事，场面非同小可。本地的响器班子请了四家，又从天津卫劝业场里叫来两个戏班。四个响器班安置在丁家外院，内院只有近亲女眷，外人照例是不能进去的。丁家东侧的空地上搭了戏台，两个戏班子演起了对台戏。

人流涌动，观者如潮。

喜宴统统设在外院。前来贺喜的宾客听一会儿响器班里的吹鼓手们捶鼓敲锣吹唢呐喝一会儿酒，管事的指使着，撤下旧席上新席，前客走了接后客。丁家大院一片喜庆，一片欢乐。丁大户出来进去乐不可支，李世伦走上前说：东家，恭喜恭喜，这场面，把整个州城都"镇"了。

丁大户连说：同喜同喜，还不是仰仗李先生内外操持吗。李世伦忙说：理当效力，理当效力。丁大户兴致很高，拉了李世伦的手说：走，李先生，这里有郑管家照应，咱俩也到内院喝一杯。

丁大户在前，李世伦在后，两个人朝内院走去。

高药工在丁大户家喝完喜酒听完戏，走出丁家大门时天色已近黄昏。意兴阑珊的高药工唱着刚刚学会的戏词踱着碎步回公署，走到十字街东杨家胡同口时，胡同里走出一位穿着体面的中年人和他打招呼。高药工不认识这个人，礼节性地站住。中年人看看前后无人注意，趋前低声说请他到胡同院里叙话。

高药工感觉奇怪，问那人认识自己吗，中年人说：我就是胡同小院主家，咋不认识您，您不是衙门里的高管家吗？

对方称高药工管家，高药工很受用，问那中年人说：你找我有事？

中年人说：是白云忠先生托我给你捎信儿，说是……

中年人低声和高药工嘀咕着。高药工渐渐喜笑颜开：哦，这么说那两口子感觉在外漂泊艰难去而复返，一定是怕本爷找他麻烦，托你求情说和来了。

中年人点头称是，同时暗示说：这可是不小的一笔钱财啊。高药工心里很滋润，冲中年人点点头，借着酒兴跟进了杨家胡同。高药工跟着中年人走到一招仙住的小院前，院门果然开着，高药工没犹豫，当即跟着那人进了院。中年人随手把门关上，室内传出轻轻的说话声，有人迎出了屋门。身后的中年人忽然一把揽住高药工的脖子，走出屋的人立马把一包东西捂住高药工的口鼻。高药工挣扎了几下，瘫在地上不动了。几个人把高药工装进麻袋抬进屋。

夜深人静,劳累欢乐了一天的丁家上下都回屋歇下。大门落闩,守门的坐在门厅里打瞌睡。夜色朦胧中,几个短衣打扮的蒙面人从外院墙上轻轻跳入内院。蒙面人悄悄进了丁二泉的套院,两个蒙面人留在套院门口望风,两个人接近了新房。新房里还亮着灯,两人戳破窗纸往里看了看,丁二泉正和林大小姐颠鸾倒凤。两个蒙面人悄悄走到屋门前,一个人凑上前去,麻利地将一只小瓶里的棉油灌进上下门轴,另一人随之毫不费力地用尖刀拨开门闩。门轴浸了棉油,推开时一点儿声音也没有,两个人滚小翻进入屋内,没有发出丝毫声息。

丁二泉正和林小姐缠绵,听到炕下微微响动,他翘起头来朝炕前看,炕前忽然立起两个蒙面人。正在天堂梦中的丁二泉此时又从明白变糊涂了,他不知死活地喝问你们干什么……丁二泉话没说完,脸上就中了一包"醉死驴"。

丁二泉的嘴张了几下,就软拉巴叽地躺在了炕上。

林大小姐惊恐万分,一个蒙面人掏出刀子指着林小姐不许她说话,另一蒙面人用一块粗布塞住了林小姐的嘴巴,接着掏出绳子捆住了她。林大小姐知道遭了入室打劫的,只好听天由命了。她躺在炕上眼睁睁看着,一个蒙面人在桌上放了一张写着字的纸条,另一人扛起丁二泉出了屋门。

丁二泉迷迷糊糊醒过来时,抻腿伸胳膊想活动一下,挣了几下没挣动,这才发觉自己手脚被捆躺在一张硬木床上。丁二泉看看周围,周围朦胧黑暗,黑暗中听到一种类似老驴掉进土井里时的吭吭声。丁二泉的眼睛渐渐适应了这种朦胧的光线,看到不远处的椅子上坐着一个人。那个人手脚被捆在椅腿椅背上,嘴里好像塞着什么,吭吭声就是从那里传来的。丁二泉想问问他是谁,这才感觉自己的嘴也被破布塞住。

丁二泉坐不起来,也说不出话,只能在朦胧光线中和那人对望着。过了很长时间,丁二泉终于由糊涂变明白了,妈妈的,看穿着瞧面相,那不是自己的好朋友高药工吗,他怎么也给弄到这里来了!

两个人隔着不远彼此相望,两个心里明白都说不出话,就这么老王八看花蛇,眼对眼地瞪着。两个人不知瞪了多久,门外传来开锁声,丁二泉侧目一看,屋门开处进来几个彪形大汉。一个中年大汉走到他面前:丁少爷你醒了?

丁二泉"吭吭"两声,算是回答。

中年大汉:丁少爷你听好了,随下我们有好戏给你看。

丁二泉瞪起眼睛注视着,另外两个大汉将捆绑高药工的椅子抬到他的木床前。中年大汉指头点着高药工的额头:多行不义必自毙,休怪爷们儿手黑!

一个大汉从门口端过盛水的脸盆放在地上,另一大汉从怀里掏出一叠糊窗纸搁在丁二泉身边,中年大汉摆摆手说:糊吧。丁二泉看到高药工顷刻间脸上显出惊恐万状的神色,身子也拼命地挣扎。端水的大汉拽出高药工嘴里的破布。高药工长长地喘着气:好汉爷,有话好说,有话好说!

一个大汉将高药工的头仰摁在椅背上,说:你小子临死还想打扑拉吗?于是,一张浸透了水的糊窗纸贴在高药工口鼻上。糊窗纸质地细密,浸了水的糊窗纸更是密不透气。丁二泉眼见着高药工憋得甩头摆脸,眼中的泪和纸上的水瞬间流在一起。当接二连三浸了水的窗纸糊到高药工脸上后,高药工浑身抽搐了一阵终于断了气。眼见高药工死得如此惨状,丁二泉惊恐已极。惊恐已极的丁二泉开窍于二阴,一溜响屁连屎加尿顺在裤子里。

中年大汉捂着鼻子看看丁二泉:也给丁家少爷来个焖糖葫芦吧。

另一大汉嗯了一声,拽出丁二泉嘴里的破布。丁二泉挣扎,一大汉摁住他,另一大汉闪手就用同样浸水的糊窗纸把丁二泉的鼻子嘴巴贴住。丁二泉一口气没喘上来,第二张又跟上。丁二泉憋得满脸青紫,连连抽动身子,眼泪像下雨一样往外流。看看丁二泉快要断气了,中年大汉揭下他脸上的糊窗纸问道:怎么样少爷,是不是挺享受?

丁二泉绝处逢生地大口喘着气说:好汉爷手下留情,要钱要物要什么都行,只求好汉爷留我一条命。大汉说:爷们不要你的钱也不要你的物,更不想要你的命,只要你听话。丁二泉眼中放出希望的光来:快说快说,让我磕头认爹我也答应。

屋内响起几个人的窃笑。

中年大汉看了他一会儿,不说行也不说不行。丁二泉心里发毛,左一眼右一眼地看身边那叠糊窗纸。中年大汉终于开了口,说:要想活命也不难,只要你按爷们说的办。丁二泉慌忙答应:好好好,快说吧,让我做什么。

中年大汉:过几天呢,省里可能会来人提你,到时你必须如此这般……

丁二泉仔细地听着,他连连点头:一定,一定!

中年大汉又从水盆里提起一张糊窗纸,双眼盯紧丁二泉说:要是有半点儿欺诈,你也领教了爷们的手段,随时随地都能拌(办)你的馅子。

丁二泉瞧了瞧高药工仍旧歪在椅子上的尸首,眼睛闭上又睁开:爷们,你就是借我十个胆也不敢啊!到时我要是说错一个字,你们灭我全家。

中年大汉点点头,转身吩咐:把那个筒子(高药工的尸首)埋到村外乱葬岗子上去。另外给二少爷换条裤子,再送些吃的,夜里送他回家。

第二天早晨,丁大户夫妇端坐正厅,等着新娘子来拜公婆。可是等到太阳已经三竿子高了,还不见二泉和新娘子前来。丁大户打发人去二泉院里看看,过了一会儿,打探的人跑回来:东家,二少爷屋里还关着门。

丁大户绷着嘴唇嘟念,白眼狼,白眼狼,娶了媳妇忘爹娘。他指着那个家人喝道:你再去,把这两个没出息的叫起来见我。

丁夫人说:孩子们新婚,差人去叫不好吧。

丁大户叹口气:那就坐着等。

天近正午,丁二泉和新娘子还没来。丁大户沉不住气了,是不是出了别的事了?丁夫人也说:不行,得去看看。丁大户和夫人以及家人匆匆走出正厅。

丁大户走到儿子屋门前,屋门依然关着。丁大户大怒,喝令家人砸门,被夫人拦住。夫人打发一个女仆去敲门,女仆走到门前刚要举手,忽听屋里传出女人的哼哼声。女仆推了下屋门,屋门竟毫无声响地打开了。女仆进去一看,嘶叫着跑出屋:东家,出事了,出事了。

按照俗礼讲究,公公不进儿媳的屋。丁大户站在屋门口抓耳挠腮地问出了什么事。丁夫人和两个女仆跑进屋,只见新媳妇手脚被捆躺在炕上,嘴里塞着东西。不大会儿,女仆跑出来告诉丁大户屋里的情景,同时把一张纸条递给丁大户。丁大户见纸条上写着字:我本山中豹,生性只爱财。要想保儿命,速送金条来。

丁大户一腚坐在地上。

屋里传出林小姐的哭号。

丁大户脸色焦黄,念叨着"了不得了不得",爬起身回内院去了。

丁大户夫妇回到内院,和李世伦、郑管家坐在室内商量着此事如何处置。李世伦看着纸条说:这明明就是绑咱的肥牛票嘛,还是快去找陈半吊子拉线吧,晚了怕出大事。丁大户此时心里紧一阵松一阵,也顾不得账房先生的话里有多大水分,立即拿出大洋吩咐李世伦,事不宜迟,就按你所说的,速去找陈半吊子打探消息。只要给我放回孩子,要多少金银都行。

李世伦说:好,就按东家所说,我马上去办。郑管家,快让人套上马车。

郑管家起身跑出去又跑回来,说:广安桥那儿新近驻了日本兵,看见车辆就逼着给日本军队运军粮,李先生你不如骑驴去,走得快也方便过桥。李世伦说:也行也行,你们快快筹钱吧。李世伦说着站起身,急匆匆地出了门。

就在这天夜里,黑暗中两匹快马来到州城北门不远处停住,两个骑马人下了马,动手把一个硕大的布袋从马背上卸下来。骑马人解开袋口抖出一个人,又解开这人手脚上的绑绳,轻轻踢了那人一脚:小子,醒醒,你到家了。

骑马人迅速跳上马背消失在茫茫夜色中。

从布袋里抖出的这个人躺在地上活动了一下手脚,拽去蒙在眼上的黑布朝周围看了看,跌跌撞撞朝城门跑去了。此人跑到城门口时,天交寅时,城门已开,他踷开长腿,像出笼的狗獾一样直奔十字大街。早起的人见一个人亡命狂奔,有的赶紧重新关上街门,有的慌忙闪到街边躲开。

这个人就是丁二泉。

丁二泉跑到十字街上又往西拐,很快就找到了自己的家门。他跳上门台手脚并用敲砸门板,大门被砸得砰砰响,守门人从梦中惊醒,懵懵懂懂就朝院里喊:快来人呀,劫匪打上门来了!

院内各屋起了骚动。

门外丁二泉高声叫骂:放你娘那个狗臭屁,什么劫匪,是二少爷我回来了。

守门人听听果是丁二泉的声音,慌忙跑过去打开门。丁二泉一头撞进来,把守门人撞了个趔趄,守门人爬起身朝着院内大喊:快来人呀,二少爷平安回来了!

丁大户夫妇、李世伦、郑管家和众男女衣服也没穿好就一齐跑到内院门口,只见丁二泉业已进了内院。丁大户披着衣服趿拉着鞋,丁夫人的小脚飞快地颠着地,夫妇二人没命地朝儿子跟前跑。可是,丁二泉转身走进自己院里,众人只好随后跟进去。丁大户赶上几步:儿啊,儿啊,可吓死爹娘了!

丁二泉面无表情:怕什么怕,我这不是回来了吗?

丁夫人说:这一天一夜,他们把你弄到哪里去了?

李世伦走上来:大约是陈半吊子托上人了。

丁二泉大骂:托你娘个蛋,是我自己冲出匪门跑回来的。

丁大户说:好好好,不管怎么说,我儿总是回来了嘛。

丁夫人说:二泉啊,快跟爹娘去内院,我和你爹守着你,吓怕了,吓怕了!

丁二泉瞪了爹娘一眼问:我媳妇呢?

丁夫人说:你媳妇为了你一天没吃饭,在炕上躺着呢。

丁大户走上来要拉二泉的手,丁二泉甩开丁大户,一头撞进自己的屋里。

36

一个星期后从济南驶来一辆汽车,汽车径直开进州城公署。刘知事把从车上下来的省警务厅陆科长接到自己办公室,陆科长向刘知事和警务局长出示了手中的公文说:省警务厅要我把高药工和丁二泉马上带走。

刘知事说食堂司务长向他报告,高药工已经失踪好几天,有可能厌烦了打杂的活跑回聊城老家去了。警务局长说丁二泉也已好几天没上班,因为办婚事仍在休假。陆科长说:真麻烦,那就赶紧派人把丁二泉叫回来吧。孟庆周当即派人去丁家唤丁二泉。丁二泉来到公署时,刘知事和孟庆周正陪着陆科长和司机吃午饭。陆科长看着丁二泉问:你就是丁二泉?

丁二泉哈腰说:正是在下。陆科长马上放下饭碗,说:事情紧急,厅长坐在办公室立等,我得马上带人走。刘知事和孟庆周也不敢留,只好说:陆科长任务要紧,那请吧。陆科长不由分说,命令丁二泉上了汽车。

丁二泉被带走三天后,一份对"证人"丁二泉的审讯报告放到宪兵队本部队长村上直枝的桌子上。村上看后批给济南特务机关长花谷正,花谷正看后转给了省公署警务厅,警务厅经秘书处最后转给了唐仰杜。

唐仰杜仔细阅读着审讯记录。

问:你认为马洪玉的男人就是那个被马天成收留疗伤的人吗?

答:让马家治伤的人我根本没见过,只是那次陪皇军搜查时到过马家,看到马洪玉的未婚夫感到怀疑,这才掏出十块大洋让高药工打听的。

问:你为何让高药工打听?

答:高药工这个人心术不正爱财如命,给他好处他什么都干。另外他一直待在马家,我想肯定知道实情。长官,这也是属下对皇军的一片忠心啊!

问:高药工打听后又是怎么说的?

答:高药工很阴,说不管是真是假,先让我告发,到时他再出来做证。还说要是告倒马天成,马家肯定由他出面花钱活动,到时他拿到钱和我平分。也是属下贪财,就糊里糊涂地报告了警务局。

问:这么说高药工是陷害了?

丁二泉点点头,没说话。

问:高药工为何要陷害东家?

答:高药工在州城北街养着外宅,急需银钱呗。

问:案子本来已经结了,你和高药工为何再次告发?

答:因为老高强奸了马家的女佣刘妮,马天成把他开销了。老高临走时卷走了马家的账簿还有柜上的几百大洋,马家差人前去索要不给,双方打了起来。马家差去的人一时失手,把高药工打残了。高药工怀恨在心,就重回州城报复马家。

问:那高药工回到州城为何又是先找你呢?

答:因为高药工知道第一次案子是我引出来的。

问:这次高药工怎么和你说的?

答:他说告倒马天成就能发财,皇军还能提拔我。另外,还可趁机到颐寿堂讹他的亲家。

问:你知道高药工现在哪里吗?

答:我也正找他呢,他和我借了二百大洋,说是这几天就还的。

唐仰杜看罢审问记录,抬起头盯着墙上一副对联想了半天。

唐仰杜提笔在审讯记录首页写了一行字:此案关系重大,尚有疑点未解,暂关押待查,如确无实据,秘书处与警务厅商议酌处。

警务厅长去了鲁西,刘副厅长主持厅里工作。张霁拿着唐仰杜的批件走进来,刘副厅长赶紧起来让座。刘副厅长看着张霁手里的文件:批下来了?

张霁点点头,把批件放在刘副厅长办公桌上,刘副厅长看了唐仰杜的批复,嘟哝着说:让我们商议酌处,我们怎么处?张霁没好气地说:大懒靠小懒,一靠靠了个白瞪眼。折腾了好一阵子,就这结果呀!

刘副厅长说:短短一句话,说明省长有了态度。省长有了态度,咱们商量着办就是了。张霁告诉刘副厅长,说:唐省长的态度很重要,他对日本人十分忠心。你还记得吗,1941年7月,日本政府陆军大臣东条英机曾给他发来署名感谢信;日本"中国派遣军"司令部也曾赠给他一枚银质奖牌和一把指挥刀。只要他有了态度,我们就好应付。

刘副厅长说:张秘书,你我都是吃日本人饭的,说实话,于督察这两年干得挺好,和我们处得都不错,仅凭一人检举就被重处,这以后……

张霁:你是说这以后谁还会卖力干对吧?

刘副厅长:不不不,我是说唯恐寒了同事们的心。

张霁点点头:刘厅长言之有理,那我们……

刘副厅长:于天佐属抗日分子证据不足,暂押待查。

张霁心中暗喜,立即接上说:那就这么决定吧,于督察算是保住命了。

两人立即在批件上签字,盖章。

丁二泉从济南回到家,丁大户夫妇把儿子叫进屋里,以异乎寻常的爱怜抚摸着丁二泉的头问:二泉,警务厅那些人没把你怎么了吧?

丁二泉低着头不说话,丁大户心慌:孩子你挨打了吗?

丁二泉摇摇头。

丁大户:那你为什么愁眉不展?

丁二泉抬起头,眼里满是悔恨和怨尤,他看了老爹好半天才说出心里的话,他想辞去警务股长这差事,好好帮着老爹料理家务。丁大户平生第一次听到儿子说出如此贴心的话,他呆看着儿子,好长时间没回过味来。丁二泉以为老爹没听懂,又解释说:爹,我想从今以后好好过日子,再不出去惹是生非了。

丁大户"哇"地哭出声来。丁大户哭了许久才被夫人劝住,他颤抖着嘴唇说:我儿说出这话,是老祖宗的阴德啊。从小到大,这是我听到你说的第一句人话。

丁二泉说:爹你别哭,我说到做到。出了这一连串的事,我算想明白了,当什么官也不如白天守在爹娘跟前,夜里和媳妇睡在一个炕上好。

丁大户走上前把二泉抱在怀里:儿啊,你要早想开,爹可省多大心啊。叫郑管家,叫郑管家快来,我有话说。

家人跑去叫郑管家。

郑管家赶过来,进了屋:东家,有何吩咐?

丁大户擦着两汪老泪:二泉回心转意,这是祖宗的阴德。我要把西街尽头的闲地捐出来,建一座小庙,让人们时不时地祭祀香火。

郑管家:好的东家,我这就去办。

人的心性改变过程往往很奇怪,有的经过半生磨砺后悟出了世事的真谛,有的经历一件事或几件事后就顿悟般世事洞明了。因此,在行为方式甚至性格上都有所变化。丁二泉便属于后者。他从济南回到州城后,一改昔日的浪混之气,辞掉警务局的差事,专心帮着老爹打理生意,和林大小姐踏踏实实地过起了夫妻生活。几年后,丁大户年老气衰因病去世,丁二泉承袭了这一份大家业。日本投降后共产党实行土改,他家城外的田产被没收,但城内的店铺仍被保留。又过了两年,丁二泉因为当过汉奸被逮捕,政府调查时发现他在营救八路军重要干部时立过功,因此从轻发落,判了三年徒刑。丁二泉刑满释放回到州城,恰逢社会上实行"公私合营",他家的店铺也理所当然地"合"进去,而他和林小姐走进商店当起了营业员。

几个月后,唐仰杜坐在宽大的办公桌后,张霁和刘副厅长站在他的对面。唐仰杜说日本宪兵队本部队长村上直枝将军电话问他,于天佐月前释放后有何反常举动。他问刘副厅长是否安排对于天佐实施例行监视了,刘副厅长一个立正:禀省长,我们一直派人监视。于天佐被释放后,只是去州城找过他的妻子,发现妻子一家失踪马上回到济南,其间除了上街买菜买米外,并无其他异常。前天他托门卫给我送来一张寻人启事,请我帮忙分别登在天津《庸报星期画刊》、北平《现代日报》、山东《鲁东日报》和《华北新报》上。这是底稿。

刘副厅长把于天佐托他刊登寻人启事的底稿呈上,唐仰杜戴上眼镜看寻人启事底稿:贤妻洪玉见字须悉,夫婿已无罪释放,现仍住原处,速回相聚。于天佐。

唐仰杜看完底稿:如此说来,他一直住在广智院街小巷里?

张霁、刘副厅长一齐说:是,唐省长,他一直没有搬家。

唐仰杜点点头:并无心虚之举啊。

唐仰杜拿起电话，用日语和村上直枝通话。唐仰杜和对方通完电话后告诉张霁和刘副厅长，说：你们的监视结果与宪兵队的监视结果一样，撤除监视吧。

刘副厅长说：禀省长，于天佐还能回来履职吗？他曾托人问过我。

唐仰杜挥挥手：他不是以前跑东北贩中药吗，让他还去干自己的老本行吧。

刘副厅长苦笑了一下说：是，我就这样回复他。

在麻泉忠饭店后院的密室里，特委书记刘侃和于天佐对面而坐。刘侃隔着桌子握住于天佐的手，说：天佐同志受苦了！天佐也说了几句感谢组织搭救的客气话，就听刘侃告诉他，说是已得到情报，日伪已解除对他的监视。但从目前情况看，于天佐已不适于留在济南，组织上鉴于他的能力、经历和才干，决定派他去东北协助党的地下组织开展军事工作。刘侃让他准备一下，说这几天便可出发。

于天佐回到住处后，给刘副厅长写了封信，他没托人去送，而是从邮政所寄出的。这封信送到刘副厅长手里时，刘副厅长坐在办公桌后看文件，他打开信封看了下边的署名：于天佐！刘副厅长细看信的内容：刘厅长仁兄台鉴，吾本欲效力皇军，在唐省长麾下干一番事业，无奈小人诬陷，遭受不白之冤。弟出狱之后，心灰意冷，决意返回南方原籍。他日如有缘相会，你我弟兄再叙。于天佐顿首。

刘副厅长抖着信纸：看看，白白误了一个人才！

刘知事和郎秘书坐在办公室里议论着于天佐的案子。郎秘书口气遗憾，说：于天佐案情弄清，可他夫人与岳父一家至今杳无音信，想告诉一声也办不到。刘知事说：当初看了马先生那封信我就说过，处置失当，恐误他人。现在兑现了吧。

山田一郎忽然走进来，刘知事和郎秘书赶紧让座。山田坐下来问他们二位是否在商议公署事务。刘知事坦诚相告，说：不是公署事务，是有关马天成一家的去向。郎秘书说：到现在也不知道马天成一家去了哪里。于天佐之案已结，马家恐还不知此事，仍旧在外边躲着。山田说：只有等了，等到马天成听到消息后自己返回。

刘知事从抽屉里取出马天成那封信念：云开雾散日，是我返回时……

山田说：嗯？马先生好像未卜先知。

刘知事给山田解释，说：大凡名老中医，都对中国的古典哲学《易经》有所研究，像马先生这样的名医，当然对《易经》也有所涉猎。山田说：我心里倒一直惦着马先生呢，很想结识他，向他学习你们中国医学的精华。郎秘书说：山田先生，马先生失踪，颐寿堂的张先生与他齐名，阁下何不去颐寿堂看看？

山田说:马先生走后,我曾两次去过颐寿堂,也得到过一些中国医学知识,只是,看起来张先生在诊断医治方面和马先生尚有差距。一旁刘知事点头笑笑说:阁下所言极是,你也看出来了?山田躬躬身:都是同行嘛。

郎秘书插进话来:听说山田卫生官有时也到日医诊所里坐诊,对前来就诊的无论是日本人还是中国人都很谦和客气,这是不是为医者的共同性格?

山田点头:只有与病人接触,才能掌握更多好的东西,这叫实践。好了,你们聊吧,我还得去前边诊所看一看。

山田说着站起身,刘知事和郎秘书把山田送到门外后返回室内继续聊天。郎秘书说:山田卫生官最初来时就说要在州城住一段时间,他还确实在这里一直待到现在,不知什么目的。刘知事压低声音告诉郎秘书:专门伺候山田的办事员告诉过我,这个日本卫生官经常向公署里的人员打听州城一带民间医生的情况,回到办公室就在自己的记录本上写写画画。看来,他有自己的打算。

郎秘书:出于日本人的精明和阴鸷,他的目的或打算自然不会对任何人说。

刘知事点点头:所以说,我们也不要多问。

于天佐被释放已经是第二年的暮春时节了。这期间,山东青州的皮货商王儒清一直通过他在警备队任职的表弟打听于天佐的消息,得知此讯,马上赶赴奉天,把这个好消息带给马天刚,并给马天刚带去一张登有于天佐寻人启事的《鲁东日报》。马天刚大喜过望,立即赶到屯子里,要把这天大的喜讯告诉弟弟,他们早也盼晚也盼,盼望的不就是这一天吗。马天刚急匆匆地走进院子时,正在院中喂鸡的马夫人赶紧朝屋里喊:大哥来了!

马天成从屋内迎出来,弟兄二人说着话走进屋里。马天成问:哥哥今天怎么有空了?马天刚一直捺着心中的喜悦,此时再也捺不住,不由得脱口道:再没空今天也得来,喜讯,天大的喜讯啊!

马天成做梦都不会想到会有什么好消息,他给哥哥沏上茶水端到面前,仍是口气平静地说:什么喜事呀哥,看你乐得这样子。马天刚告诉他,说是天佐出狱了。马天成一时没解过味来,喃喃着:出狱了,出狱了。马天刚又补上一句:天佐无罪释放了呀。马天成似乎不大相信这突如其来的好消息,呆愣愣地望着哥哥出神,直到马天刚把一张《鲁东日报》递到他面前,看到上面于天佐的寻人启事,这才突然醒悟似的"哦"了一声:这么说,天佐他是自由身子了!

马天成连连絮叨着:天佐出来了,天佐出来了。在屋内不停地走过来走过去,听到两人谈话的马夫人这时也跑进屋里问:天佐没事了?

马天成抖着手里的报纸:没事了,没事了,放出来了!

马夫人一下子坐到炕沿上,呜呜地哭起来。马天刚赶紧劝慰:玉儿她娘别哭啊,这是好事,应该高兴才对。别哭了,快把消息去告诉玉儿和洪良。另外,天鹏呢,快让天鹏知道这消息,上次我来时他就一直惦着天佐。

马天成好不容易让自己镇定下来,说:玉儿她娘啊,快到茶叶铺里告诉良儿他媳妇,让她去医堂里叫回洪良和洪玉。原来,洪良和洪玉唯恐时间长了有误医道,两个月前在屯子前街开了一处诊所,兄妹俩白天在诊所里给人看病,晚上回到这所小院里歇息,茶叶店就交给秀贞打理了。马夫人跑到茶叶店说给秀贞后,秀贞又马不停蹄赶往诊所告诉洪良兄妹,三个往回返时顺便又告知了在财主家打短工的李天鹏,四个年轻人听到这个喜讯几乎同时跑回家里,与伯父、父母相互祝贺,就像全家聚在一块儿过年似的。

中午,按着东北的习惯,炕上放了一张桌,桌上摆着酒菜,马天成夫妇、马天刚、马洪良和李天鹏坐在炕桌周围,而秀贞和洪玉仍在锅灶前继续张罗。马天刚招呼洪玉和她嫂子也过来说说话,别只顾忙活。洪玉说:你们先吃着喝着,我和嫂子炒完这两个菜就过去。

炕上几个人喝酒说笑,洪玉在这边灶下暗自垂泪。秀贞就劝导妹妹,说:玉儿,听到天佐出狱的消息应该高兴,别哭哭泣泣的,让大人们看了心里不是滋味,啊?洪玉说:嫂子,我不是想别的,只是想象着天佐在狱里受了多大罪呀。

洪玉说着说着终于哭出了声,炕上几人听到洪玉的哭声停止喝酒。马天刚从炕上下来走到灶前:玉儿,好孩子,伯父知道你心里难过。可是,眼前一天云彩全散去,咱们一家又可以安安生生过日子。听伯父的话,别哭,过来吃饭。要不然你一哭,你爹你娘你哥和天鹏就都吃不下去了。

洪玉擦擦眼泪站起身:伯父,我只是一时心酸,没事了,吃饭,大家吃饭。

马天成:哥,你过来吃饭吧,我跟你商量个事。

马天刚走回到炕前,坐回到炕桌边,秀贞和洪玉也走过来坐到炕沿上。一家人相互劝让着,欢欢乐乐地吃饭聊天。马天成说:哥,我打算过两天就回去。

马天刚一向做事心细,他想了想,说:天成你别着急,我上午已经派了个知己伙计前往济南,待他弄清天佐目前的真实情况后,你们再考虑回州城的事。日本人比鬼都"鬼",咱们不得不小心。马天成确实着急,问哥哥那位伙计何时能回来,马天刚说:至多十天吧。马天成说:每每想起咱家的崇德堂,我就归心似箭啊。马天刚说:半年都等了,几天等不得吗?马天成点点头:也好,再等些日子。

上午,阳光明媚。身子虚衰的黄毛从墙根的窝里钻出来,黄毛照例走到街边朝着西边张望了一会儿,就又回到门前。窝边还有昨天街邻送给它的吃食,可黄毛好似没有食欲,闻了闻那些吃食就走开了。

黄毛在门口趴了一会儿又站起,黄毛站起来时晃了晃身子,好像四条腿撑不住躯干的重量。门前街上行人不断,黄毛朝着行人不停地耸动鼻子,有时还翘起耳朵,似在聆听着什么。黄毛这样重复数次,忽然"呕儿"地叫了一声,小跑步颠儿到街边,十分专注地朝西凝望着,嗓子里的"呕呕儿"声始终不停。

来往行人奇怪地看它几眼又慌忙躲开。

一位邻居走上来不安地瞧着黄毛:这狗,今天是怎么了!

马天成一家走出州城车站,正在候客的人力车夫见一家人携行李带包袱的,纷纷拥上前来。领头的一个看到马天成忽然失声惊叫:咦咦,这不是马先生吗,回来了,你老人家可回来了。

领头的马上叫过几辆车,有的载人有的拉行李,把马天成一家一直送进城里,送到马天成家的大门口。马天成掏钱付车费,领头的车夫把马天成的手推开说:马先生回到州城是一大喜事,我们凭什么要你的车费!

领头那人带着几位车夫回车站去了,马天成一行数人慢慢走向自己阔别多日的家。听到马家门前的动静,街坊邻居纷纷赶来,有的问候,有的宽慰,有的因为激动而流了泪。

马天成一一道谢,回头间看到站在他面前的黄毛。黄毛见了马天成好像并不十分激动,只是轻轻地摇动着尾巴。马天成声音颤儿颤儿地喊了声"黄毛"!黄毛愣了片刻,朝主人的裤腿上慢慢蹭着身子。马天成俯身扑拉着黄毛的头颈脊背,眼睛渐渐潮湿了。

黄毛跟着众人将马天成一家送进院子送进屋。众人帮忙打扫整理了屋子,屋子里很快就绪了。马天成坐下和前来看望的人们互道离情别绪,黄毛钻人空子凑到马天成面前,身子一软就倚在了马天成的腿上。黄毛仰头望着马天成,舌头在嘴边涮来涮去,眼睛瞪一会儿又眨一会儿。

黄毛,你想说什么?是问候还是盼望,是思念还是惦挂?可爱又可怜的黄毛,忠诚又重情的黄毛,世间无二的黄毛啊,有什么话你就尽情地说吧。

黄毛对马天成眨着眼睛,摇着尾巴,看来它是有话要说,但也的确说不出来。周掌柜走到马天成跟前:马先生,你我邻居,夜里常听到黄毛撕心裂肺的"呜啊"声,我就和内人说,这是黄毛想马先生了。

马天成看着寸步不离身边的黄毛,努力克制自己。马天成和黄毛互相对视半分钟后,脸部肌肉突然紧缩,继之颤动、抽搐,人们只来得及看到马天成哈了一下腰,他的身子就和黄毛融为一体了。马天成似乎不顾州城名医的身份和体面,竟然抱起了黄毛,如同抱起一个思念已久的娃娃,亲吻,搂抱,泪流如瀑,浑身哆嗦,终于放声大哭。人们被这突如其来的变故弄得呆了,傻了,愣在屋里一时竟不知说什么,做什么。黄毛也像孩子见到父母一样,把整个的嘴脸伸进马天成的脖子里,轻轻地舔着,吻着。

黄毛嗓子里发出一阵阵难以听清的咝咝声,像呻吟,也像诉说。

马天成的泪水流在黄毛的身上,浮在黄毛额头的细毛上,像颗颗晶莹剔透的露珠儿沾在草梢上,一颤儿一颤儿,良久方逝。

人们从激动和迷蒙中清醒过来,把黄毛从马天成的怀里抱下来。马天成坐在椅子上,仍旧将黄毛拢在腿前,双手一下一下给它梳理身上的细毛。黄毛微张着嘴,眯起眼睛,不时舔一下马天成的手背,样子舒服而神往。马天成梳理着黄毛身上的细毛说:以前,这狗儿身上的皮毛细白光滑,像绸缎一样发出荧荧光波,可才半年时间,有的地方成绺,有的地方黏结,有的地方已经开始干枯稀疏了。

马天成梳理着黄毛的皮毛,口中不时地叹气。

马天成擦擦脸上的泪水:街坊邻居父老乡亲啊,日月轮回人生苦短,这世间的忠义二字我是再也弄不懂了!

崇德堂的医牌再次挂在门楣上方,门前聚集着许多人。

周掌柜拿来一挂鞭炮,小孩子们抢上去点燃鞭炮,噼噼啪啪的鞭炮声引来更多人。鞭炮的烟雾弥漫开去,夹杂着叫好声和鼓掌声顺风刮向大街。有一位街坊按捺不住激动,站在马家门口朝两边街上喊:马先生回来了,崇德堂又开张了。

走过穿堂门,闻讯回来的邱管家正指挥着也是闻讯回来的药房伙计们打开药房门,把药橱、药包一一搬到院中太阳光下晾晒。马天成一家逃走后躲到一位街坊家避祸的刘嫂也回来了,帮着马夫人和秀贞拾掇厨房。

马天成回家后的几天里,前来看望的亲朋好友络绎不绝,有的街坊走到院里帮忙干活,有的则陪着马天成叙话,马家父子忙着接来送往。不管是真心还是假意,州城的一些官员也来安慰他。忙乱之际,门口又有人喊,说:县公署刘知事到了!马天成赶紧迎出门来,刘汉平已到屋门前,朝着马天成拱拱手:马先生,受惊了,敝人前来探望马先生,愿马先生福星高照,人财两旺!

马天成作揖:谢谢刘知事惦挂,请进室内用茶。

两个人说说笑笑走进正厅,厨娘刘嫂把茶具端进屋里。

马天成与刘知事分左右坐下,刘嫂斟上茶水。寒暄几句后,刘汉平取出马天成当日托白云忠送去的信交还马天成。马天成起身一揖:区区陋字,知事还留着?

刘汉平竖起大拇指:马先生高人神算,高人神算哪!当日便知能有今天。

马天成说:我自己的孩子,自己心里有数嘛。哈哈。

两个人说说笑笑,室内气氛融洽。刘知事说:有件事要给马先生说,你们出走之后,省公署和警务厅先后来文,要把阁府上下羁押。我想此事必有蹊跷,马先生有以往教训,害怕再遭刑讯身心受累而避祸他乡,此举当可谅解,就和孟局长郎秘书等人商议,草草遮掩过去了。

马天成站起又是深深一揖:多谢刘知事眷顾,马天成感激不尽。

刘知事连连摆手,说:马先生曾经救我一命,莫道明白马家冤枉,即使真有疑点,我也得设法报恩啊。马天成说:刘知事深明大义,我之福也。

刘知事告诉马天成,听郎秘书讲,于天佐出狱后,曾来州城探望,见马府大门紧锁,询问左右,方知马先生一家不知去向。于天佐让郎秘书转告,说是暂回南方老家以避是非,待天下太平风雨过后,他再来州城与阁府相会。

马天成说:刘知事此讯来得及时,我与拙荆、玉儿正为此事发愁。今得知天佐下落,也就放心安生了。哎?敢问刘知事,给您送信的白云忠白先生而今何在?

刘知事:信嘛,是郎秘书转给我的。白先生人嘛,也是听郎秘书告诉我,你全家走后不久,他便偕妻外出游历江湖,至今也没个下落。

马天成嗟叹不已:白先生实乃义士,此一去,不知今生还能不能相见!

刘知事说:马先生不必伤感,我与各道县同僚联系,有探得白先生下落者,转告您的思念之情也就是了。

刘汉平和马天成聊了一会儿,说是另有公务,须回公署办理。马天成当然不会强留,将刘汉平一直送到大门外。

真是前宾接后客,刘汉平刚走,天色已晚,张道山又来马家探望亲家。其实马天成全家回来的当天,张道山就来过了,一是看望马天成一家,更要紧的是惦挂女儿。当时,秀贞见到父亲悲喜交集,父女二人抱头痛哭。张道山坐了一会儿,就领着女儿回到西街,因为秀贞母亲思女心切,都快哭疯了。今天张道山再来探望,马天成有些感激不尽,说:道山兄那日已经来过,何必又劳尊驾。

张道山说:天成客气了,近几天病人骤多,那天来了也只是稍稍一站,今晚有些空闲,特来找你多说会儿话。医堂药铺整理得怎么样了?

马天成说:谢道山兄惦挂,近几天便可开诊。

张道山脸上掠过一丝阴影:好好,崇德堂一开,病人必是蜂拥而至啊。

马天成说:事在两可,半年赋闲,手已凉了。

张道山:天成,这几天病人越来越多,我看很像那年瘟疫流行之状。

马天成点点头:春冬相交,不可不防。

张道山说:天成言之有理,近日热病发展很快,连一些日本人家属和公署官员也给传染上了。我这里忙不过来,许多人就进了城东教会医院和几家日本人开办的西医诊所诊治。可是,送医的病人总是一连几天高烧难退。你说这情景……

马天成抬头看着张道山:热病骤起,迅速蔓延,这不是明显的瘟疫流行吗。道山兄不可大意,速速报与刘知事,明日必须张罗预防措施。

张道山说:那天日本卫生官山田到医堂找我,探讨中医治疗等事,这情况我已和他说了,身为卫生官,他却好像不以为意。这事……

马天成暗想,唉,纵然我们中国人死尽了,又与他日本人何干,你还指望日本卫生官带头出来防治瘟疫吗!马天成犹豫了一下,把想说的话咽回去。

洪玉坐在炕沿上一直没有说话,过了一会儿,洪玉走过来给亲家伯斟茶,像是提醒似的说:张伯伯,你和我爹应该去教会医院和日本人诊所查查看看,如果是瘟疫,应迅速防治,以免殃及大片,造成生灵涂炭。

张道山连说"对对对",但他说每天一开医堂门,病人便涌进来,自己是没有闲空的了。马天成听张道山这么说,马上回道:好,好,明天我去看一看。

37

第二天上午,马天成从城东教会医院回来后没有进家,径奔颐寿堂去找张道山。马天成走进去时,只见医堂内几乎是人满为患,病人们有的坐着,有的躺着,有的干脆靠在墙上。医堂内一片病人的呻吟声,张道山埋头诊治,迅速给病人们诊断、开方。病人一个接一个地从医堂这边走向药房,药房那边戥砣相碰,杵钵乱响。见马天成快步走进来,有病人立刻迎上去:马先生来了,马先生来了!马先生崇德堂开诊了吗?

马天成朝病人们拱拱手:诸位乡亲父老,崇德堂近日即可开诊。眼下有一急事,我得找张先生商量商量。

张道山早已站起身:天成,有什么事快说,我这里忙得已是脚不在鞋里了。

马天成指指小套间说:道山兄暂停诊疗,三言两语,这边说话。不等张道山回答礼让,马天成竟自快步走进去。张道山朝病人们摆了下手,说:诸位稍等片刻,随后也走进了小套间。

两人先后走进小套间里,马天成和张道山面对面站在室内,一个不想坐下,一个不想让对方坐下,因为各有各的事情各有各的打算。马天成告诉张道山,城东教会医院和日医诊所他都去过了,现在又到这里看了看,发现到处都是症候大体相同的病人,这证明,瘟疫又一次在州城爆发,而且比上次爆发时的情况要严重得多。张道山频频点头,说:你我看法相同,但是,怎么应对这突如其来

375

的瘟疫呢？马天成想了想说：道山兄你看这样行不行，咱们仍像上次瘟疫流行时那样，两家联合在十字街上支起几口大锅。

张道山打断马天成的话，面露难色：那已经患病的人呢？

马天成说：咱们可以边治边防，只有这样才能避免瘟疫大流行，否则，州城一带必然死人无算。张道山沉吟不做决定。马天成说：道山兄你就别犹豫了，我马上回去准备。你快让人告诉陶先生、吕先生等同仁，下午到我家商议具体措施。

马天成说完，没等张道山回答就走出小套间，和病人们打个招呼转身出门。

在马天成的背后，响起病人一片的惋惜声。

事实上，瘟疫流行，日本医生早就发现了这种苗头，但他们只是治病收钱，根本不想给予预防。不过，对于他们自己的办事地点或驻地还是非常注意。公署内外，几个日本人身穿隔离服，背着喷桶在喷洒药雾。日医诊所内外，日本医生在地上撒下一层白色药末，还喷上什么来苏水，说是讲卫生，实则是预防瘟疫的。山田也戴着口罩，到各街日医诊所巡查。

各日医诊所门口患者进进出出。进出日医诊所的有日本眷属、公署人员和部分州城百姓。马天成急匆匆地走过街道，把一切都看在眼里，正思考应该施用何种预防药物时，听到汽车声响，抬头间，只见从城南门顺街开进几辆汽车来，车上满是日本兵和省城警备队的人。载着日本兵和警备队、皇协军的汽车从十字街拐向西门，很明显是过广安桥到运河以西的兵营驻扎。另有一辆载着警备队士兵的车开进了公署院里。马天成心中一惊，难道这里又要开战吗？果如此，可真应了那句话——天灾人祸！

马天成回到家后，坐在椅子上想了一会儿，看着进进出出的夫人，说：玉儿她娘，你在外边给我把门锁上。夫人问他干吗，你不出去了？马天成所答非所问，说：有人问我时，就说不在家。我敲门时，你再给我打开锁。马夫人疑惑地看着马天成，马天成挥挥手，夫人只好走出去。

门外，马夫人一边上锁一边低声埋怨：干吗呀神神道道的！

马天成回身之间，把迎面条山几下一个机关打开。马天成从一个非常非常隐蔽的抽斗里取出《天方秘解》。他伏在桌子上，专注地翻看着《天方秘解》中的某些章节。看了好长时间，又把《天方秘解》放回原处，然后取过毛笔在一张纸上写出好几个成方，这些成方都是他根据秘籍和秘解记载，加上自己多年的治疗预防经验独创而成。有天赋的医家都明白，按图索骥无异于食古不化。

下午以张道山、陶居正、吕之铭为首的十多位州城名医坐满了刚刚收拾好的马家客房，马家的内眷和刘嫂忙得不亦乐乎，出来进去沏水倒茶。马天成看看能够撑起门面的人差不多到齐了，目光朝张道山看过去，张道山只顾低头喝茶,似乎没有主持这次聚会的意思。马天成只好开口:道山兄,你说说吧。

张道山打个愣怔抬起头:天成,让我说什么?

陶居正心中有数,他早已看出,马天成返回州城非张道山所愿,此刻看张道山的神情,分明不是和大伙聚会议事商量办法的架势,便连忙插话说:马先生,张先生,接到您二位的传话我们都来了。眼下温病骤起,防更重于治,还是请二位像上次一样做个领头雁,迅速拿出办法,拯救生灵要紧。

众人齐声附和。

马天成连说:好好,有各位相助,瘟疫也就不可怕了。道山兄可能因为病人太多还没来得及考虑应对之策,那我就代他说吧。我是这样安排的,已经患病者,先治后防;未曾染病者,先防后治。我们可如此这般……

马天成细述治疗方略。

众郎中频频点头。

间或有郎中提出某项建议。

马天成立即记在纸上。

大伙议论半天,终于达成协议。马天成做了总结:事先我已和道山兄商量过了,街上施药的费用先由我们两家垫付,前往各医堂药铺就诊的病人,由诸位自行斟酌。我已让药房伙计按卫、气、营、血症候调配药面,一个时辰后,诸位同仁可到马某的药房里分头领取,以备诊断明确后配合汤剂之需。

众郎中点头称许。

第二天上午,州城四街空场上用土坯垒起大灶,灶上大锅里添上水,锅中投以预防瘟疫的各类中药材。大锅烧开后稍稍一凉,仍然像那年一样,孩童半碗,成人一碗……人们排队饮用药水。药水虽苦,可为了防病,人们还是争相来喝。

与此同时,各医堂里的郎中仍旧坐堂侍诊。因为已经染病的人喝此药汤作用不大,所以只能到附近的医堂另行就诊服药了。

崇德堂医堂里,马天成父子坐诊。仍是以往的规矩,马洪良初诊,马天成复诊。马洪良每诊断开方后,都在药方后边注以卫、气、营、血字样。

颐寿堂医堂里,张道山坐诊。

张道山每诊断开方后,也都在药方后边注以卫、气、营、血字样。

居正医堂,吕家医堂,赵家医堂……四街六门的医堂都是按照这种方式开方施药。各家医堂药铺里,抓药的药师或伙计看到药方后边注以"卫"字,便从旁边的大瓷钵里取白色药面分成若干份一一包好。看到药方后边注以"气"字,便取黄色药面……看到药方后边注以"营"字,便取黛色药面……看到药方后边注以"血"字,便取红色药面……

药师向病人讲述汤药与药面配合服用的办法,病人频频点头。

出人意料的是,竟有身穿和服的日本家属走进崇德堂,接着身穿公服的公署人员也走进崇德堂。进出崇德堂的日本家属和公署人员相互点头,有的出出进进时竖起大拇指——这是无声的夸奖。

　　城东教会医院派来了消毒人员,消毒人员在马洪玉的带领下在重点街区喷洒药水和药粉,人们不再抵制,不再阻拦,有的还主动出来帮忙。

　　此时,山田一郎戴着口罩站在远处望着崇德堂大门出神。

　　马天成将伤寒、温病学说熔于一炉,经方、时方合宜而施。他辨症论治,独辟蹊径,用《天方秘籍》和《天方秘解》中治疗瘟疫的验方,结合自己多年治疗中积累的经验配药熬汤治愈了大批病人。连几个日伪官员的病也是药到病除,其中包括刘知事。刘知事感激不尽,就到处宣传。一时间,崇德堂患者云集,续续不断。马天成倾资施药,扶困济贫,洪玉结合西医消毒方式处理环境卫生,疫情很快扑灭。此举让马家的医德医术名满城乡,宪兵队长丸山造见马天成医术高超,中药如此神奇,也通过州城公署表示赞许。刘知事给马天成送来了"仁心佛手"的匾额,州城内外的老百姓纷纷自发前来道谢。

　　瘟疫扑灭后,各医堂的病人渐渐少了,崇德堂当然也不例外。这天,马天成以少有的雅兴看一部传奇小说《峻岭奇侠传》,邻居周掌柜走进来。马天成放下小说挪过脉枕,开口就问周掌柜哪里不舒服。周掌柜怔了一怔笑了:马先生,都说三句话不离本行,您是未曾开口先入本行。我来找您,是有事相求。

　　马天成也笑了,推开脉枕说:习惯成自然了,周掌柜可别见怪呀。周掌柜笑笑:你我近邻,马先生何必客气。我找您呢,是因城北舅爷病了,百般延医,总不见好。今儿表弟来找我,想让我出面请马先生劳顿一趟,不知可有空闲。

　　马天成说:医人疾病,给人康乐,医家之责嘛,说什么空闲不空闲。明天上午你我同去城北舅爷家,如何?周掌柜作揖:马先生太给周某人脸面了。

　　黄毛悄悄走进屋,趴在马天成脚下,一张脸几乎躺在马天成脚面上。周掌柜低头看到黄毛:马先生,您一家走了这半年多,黄毛真可谓寸步不离马家门。初时我本欲收养,可它至多在我家院里待上一天半日,天一黑立刻回到马家门前。

　　马天成说:我已听人们告诉过,黄毛之所以没有饿死饿疯,全是仰仗周掌柜等邻里街坊照顾。周掌柜连说:不不不,他说皆因这狗聪明厚道。再说这狗比一般狗有灵性,常到城外浅水泡子里抓鱼吃,也常在地边沟崖上扒茅草根,茅草根是甜的,它连根带梢嚼烂吃下去,能解渴也能充饥。

　　马天成惊叹竟有这样的事情,说:黄毛看来一定是跟人学的,饥荒年月里,人们不是也去地里挖茅草根充饥吗?周掌柜说:黄毛有时饿急了眼,也到左邻右舍讨吃的。但无论到了谁家,即使人家正在喂鸡喂鸭,也从不趋前一步抢食一口,只是蹲在一旁贪婪地瞅。直待鸡鸭吃完,它才眼瞧主人,犹犹豫豫地朝食盆跟前挪。主人点头,它便猛地蹿至盆前,大口大口地在盆底盆沿上舔。

马天成俯身抚弄着黄毛的脑袋:仁义之犬呀。

黄毛懂事似的抬起脸来,眼睛一眨一眨的。

第二天上午,马天成就陪周掌柜去了城北他舅爷家,诊断清楚开了药方后,他们就急急地往回赶。天近正午,马天成和周掌柜已返回崇德堂。

马天成走进医堂,病人们纷纷起身相迎,马天成客气地一一回礼答谢。正在给一位病人诊治的马洪良站起身:爹,刘知事家差人来请,说是他母亲病重。

马天成问是什么时候,马洪良说:也就是你和周掌柜刚出诊城北,公署就来人了。大约一个时辰之前,刘府邢管家又来,见你未回,急匆匆走了。马天成听洪良如此说,朝病人们拱拱手:对不起诸位,两次来人,必定病危,我得去看看。

病人们七嘴八舌地说:马先生请便,医堂有少先生在就行了。

马天成转身匆匆出了医堂,脚步匆匆地走到西街刘汉平家门前时,就见门前人来人往,显然有什么大事发生了。马天成一惊,快步走进大门,只见刘汉平院中乱成一片,州城有名的"白总"陈先生和张道山坐在院中阴凉处的桌子后边,正在乱糟糟的声响中吩咐安排着什么。

被吩咐过的人有的取来早已准备好的寿衣,有的从外边抬来寿材放在院中。院子很大,陈先生没有看到马天成走进来,马天成却听到了陈总接下来的吩咐声。陈先生指着一个青年人:老二,你带人去北街购买香烛,赶扎纸牛纸马。

被呼之为老二的青年人答应着往外走,抬头看到马天成走到院中间,连忙上前招呼,说刘知事的母亲驾鹤西归,刘家摊上丧事了。青年人说着指指院子东南角,见刘汉平已经身着重孝,率领一家老少准备随时迎接前来吊丧的。嗡嗡营营中,马天成快步朝桌子前走去,张道山在桌子后边和陈先生说着什么,抬头看到马天成走到近前,就从桌边走出来,迎着马天成说:天成,老太太患的是伤寒病,现已亡故,咱们回家吧。

马天成想,中医伤寒的范围很广,包括中风、伤寒、湿温、热病、温病。其中的"伤寒"是人们普遍认知的外感风寒之邪引起的伤寒病。风寒之邪虽因天气变化或人的体质原因四季都可出现,但重点还是在冬季,起病很快,正所谓"感而即发"。老太太这个季节患伤寒,情况肯定特殊,就问老太太当时的病势病因如何。张道山说:听刘家人讲,病人头痛发热、身疼腰痛全身骨节疼痛,怕风无汗而且气喘。发病很急,昨天刚看出老人身体不适,今天他来时人已经不行了。因为天气炎热,现在亡者已准备提前入殓。马天成沉吟着,此时他忽然想起自

379

已昔日看一部杏林典故的闲书，其中记载了一个夏日伤寒患者的奇特病例，就说：哦，恶风无汗，这属手太阳小肠经之症，难怪老太太这个季节患伤寒了。道山兄，咱们再进屋看一看老太太好吗？

张道山连连摇头：天成，人既已死，何必再折腾呢！

马天成说：还是看看再走吧。张道山连连摇头，说：大可不必。两个人争执着，刚好从那边走过来的刘汉平听到了他们的争论，三两步走到近前说：张先生，马先生要看，还是让他看看吧，反正家母尚未入殓。

张道山见刘汉平这么说，只好让步，说：天成请便吧。

刘汉平前边引路，马天成和张道山随他走进屋。刘老太太已经行在灵床上，马天成先朝灵床上的老太太深深一躬，随之走到灵床前掀开病人的遮面纱仔细观察。马天成观察了一会儿把遮面纱盖上，刚转身要走忽然又站住，他想了想，再次把老太太的遮面纱掀开，查看得更认真更仔细。接着，马天成用拇食二指捏紧亡者的脚跟两侧细细体味着感觉。过了一会儿，又过了一会儿，马天成对站在一旁的张道山说：道山兄，你看老太太面色。

张道山仔细查看老太太面色，倒吸了一口气。心想怪哉，怎么面现微红呢？马天成说：老太太的面色奇怪，哪有亡故之人面色显红的。张道山说：是不是因为季节的关系？马天成摇摇头没说话。刘汉平凑上来：两位先生，老太太到底如何？

马天成低声对刘汉平说：看样子老太太其实并未气绝，是因为汗不能及时排出而昏厥，幸亏没有入殓。张道山摇头：天成老弟说得也太悬乎了吧！

刘汉平握握张道山的手，转身朝马天成拜了几拜：马先生，无论老太太是否还活着，务请用药一试，否则做儿子的将抱憾终生。

马天成点头不语，稍沉，才对一直伺候在旁的家人说：端杯温水来。家人端来温水，马天成从一把鸡毛掸子上拔下一根羽毛，蘸了温水往老太太的嘴唇上涂抹。老太太的嘴唇并无反应。张道山摊开双手摇摇头，做了个无奈的动作。马天成见无效，又让家人取来蒜瓣，他将蒜瓣切开，反复涂擦老太太的牙龈。大约擦了十几下，老太太的嘴唇轻轻一动，马天成脸上露出喜色。再用羽毛往老太太嘴里滴水，老太太的嘴唇竟然能够翕动。马天成继续用羽毛给老太太往嘴里滴水，老太太嘴唇翕动的幅度渐快渐大，小半杯水滴入后，可以看到老太太在慢慢吞咽。马天成大喜，起身往屋外走，刘汉平和张道山随后跟出来。

马天成走出屋子，"白总"陈先生赶紧给他让座。马天成也不客气，落座后随手取过用来记白账的纸笔，不大会儿就开完药方。马天成把药方递给张道山，说：道山兄请过目，此方可否一试？张道山接过药方看了一遍点点头，刘汉平马上派人跑步到颐寿堂药铺抓药。

家人跑去抓药,马天成吩咐在墙根处放上两块砖,并赶紧找煎药的砂锅来。

刘家人按照马天成吩咐准备好后,抓药的人也已飞奔而回。马天成吩咐把砂锅放在两块砖上,锅下点上柴火。火苗升腾中,马天成亲手煎药滤汁凡三次,然后把凉好的药汁端进屋里。马天成用汤匙给老太太一滴一滴地喂下,初时老太太并不吞咽,十来滴药汁滴入口中后,老太太的咽喉开始翕动了。马天成滴药的速度渐渐加快,老太太也渐渐有了吞咽动作。

刘知事感激得原地打转,张道山脸色煞白,跟进屋里的刘家人目瞪口呆。

陈先生不知何时站在人们背后,此时一句话脱口而出:神了,马先生真神了!

一茶杯药汁给老太太灌下后,马天成吩咐把老人抬下灵床。刘汉平亲自动手,和家人把老太太抬到炕上。马天成叮嘱刘汉平着人注意保护,说:夜半老太太大泻后必能复活。马天成朝刘汉平拱手作别,刘汉平一揖到地:马先生救了家慈一命,恩同天地,汉平当铭记在心,永生不忘。

马天成辞别刘汉平后,和张道山一块儿进了颐寿堂。张道山吩咐伙计沏茶,然后拽起马天成走进小套间里。不大会儿,姜药师亲自端着茶具走进来,三个人避开时有时无的病人,坐在小套间里喝茶叙话。张道山问马天成:当时为何能够如此肯定刘老太太并未气绝?马天成说:道山兄记得吗,这种情况早见于宋代洪迈所著的《夷坚志》里,我今天看到刘家老太太病象极似,无非是古为今用罢了。

张道山摇摇头,说:天成,你之诊治用药一定来自《天方秘籍》,所谓古籍记载只是为了敷衍为兄罢了。马天成叹口气说:道山兄,你呀!

刚刚熄灭不久的欲望之火又重新点燃,张道山决心将早已抄录下来的《天方秘籍》细细钻研琢磨——当然不会像上次那样急于施用了。其实,他只要查查《夷坚志》,也就不会对马天成有此误解了。但事情就是这样,人们遇到问题不去追根溯源,却全凭自己的想当然去判断,这就造成许多误解,产生许多本不该产生的祸患。

翌日,刘汉平亲到马天成家致谢。两个人坐在马家正厅里,聊着老太太死而复生的过程。刘汉平说:马先生您真是料病如神,诚如先生所言,到了半夜,家慈大便喷泻污满被褥,随之便睁开了眼睛。马先生,您真乃神人也!

马天成说:我也是借古人之便罢了,令堂仍须再服几剂汤药,方能康复如前。

刘汉平赶紧颔首:汉平唯马先生所命是从。

马天成又给老太太开了"保合汤",他把药方递给刘汉平,说:此剂平抑胃气,以便老人家饭后消化。刘汉平起身作揖,连连道谢。

几天后刘母康复,刘知事又备了厚礼到崇德堂拜谢马天成。此事震动州城并传到外地,一时间街上竟流传起"要想不起灵(灵柩),就请马天成"的民谣。

陶居正和吕之铭出了颐寿堂,顺着大街往东走,吕之铭边走边嘟哝,说:陶老,私欲和褊狭让张先生变得不可理喻了。陶居正说:是啊,马天成重返州城,对于姻亲张道山来说本是一件值得庆幸的事,可是你看他,却无论如何高兴不起来。

吕之铭说:也难怪呀,张道山原以为马先生从此一蹶不振,只要没有了真正的对手,凭他的医术威望,几年内就可稳坐州城医界头把交椅。没想到马天成竟然再次峰回路转——不光重回州城,而且开市大吉。

陶居正呵呵笑着说:天成回来后,先是联合州城同道扑灭瘟疫,前几天又令刘汉平的母亲起死回生,崇德堂名气一时如日中天,张道山苦心经营多半年的名气再度处于下风了。吕之铭说:要说这事也是天缘巧合,刘知事的母亲患病,刘知事原是差人来请马天成的,但恰逢马天成出城外诊不在,就请了张道山前去医治。马天成回来后听说此事,顾不得劳累,以医家的德行主动赶去刘家诊视,这才无意中救了刘老太太一条命。

陶居正说:这叫善行威伟,神明佑之。

原来,自从马天成一家逃难外地后,之前在文庙大殿定期开讲的州城国医互学会就再也没有进展。如今马天成重返州城,陶居正和吕之铭打算让互学会重新开张,特地找张道山商议来了。然而,出乎两人的意料,张道山说他不再参加文庙国医互学会的讲演,要让马天成独自承担。陶居正和吕之铭明白张道山想让马先生金鸡独立的意思是在怄气,所以弄得个高兴而去扫兴而出。

两个人顺街东行,要去崇德堂找马天成商议停了许久的互学会怎么恢复,因为张道山故意推辞,也只好请马天成拿个主意。陶居正和吕之铭走到崇德堂前时忽然立住,因为听得东门外响起汽车声。二人驻足观看,不大会儿,几辆汽车拉着伤兵顺街驶过来,伤兵中有日本兵、皇协军,也有警备队的人。汽车驶过十字街,往西门外兵营去了。又过了一会儿,零散步行的日本兵和警备队随后走过来,有的吊着胳膊,有的瘸着腿。在这些步行的伤兵后边,是大队的日本兵和警备队。

日军和警备队刚刚过去,城东关的胡保长挎着盒子枪走过来,胡保长身后跟着三个让人搀扶的人。在他们身后,还有两个人躺在平车上被人推着。胡保长带着这些人走进崇德堂,显然是去疗伤。见此情景,陶居正说:之铭啊,我们回家吧,看今天这阵势,八成是打仗了。

吕之铭问:那我们何时来找马先生?

陶居正说:明天看看城里情况再说。

陶居正猜得没错,在驻济南的日军和警备队支援下,州城的日本驻军和警备队征剿张桥镇的张三太,激战数日虽然占了张桥镇,却是得不偿失地伤亡好几百人。张三太在八路军渤海军区的支援下先是打了日伪一个埋伏,之后与敌人相持三天后往北退去。日伪军除了占了一座空镇子外,几乎一无所得。他们留下部分人马驻守张桥镇,大队人马于昨天向州城撤回。死亡和重伤的官兵用汽车拉着,轻伤或稍轻的步下行走。就这样走走停停,走了差不多两天才回到州城。

日伪部队撤到东关休息时,鬼子兵要捉鸡,伪军要抢东西,村中百姓为保护自己的财产和他们打起来。无奈空手打不过棍棒,棍棒难敌洋枪,搏斗中有两个村民丧命,有几个村民受伤。日伪部队走后,保长只好带着几个保住命的村民到城里疗伤,而进城首选第一家当然就是崇德堂。

马天成父子给几个受了轻伤的乡下人敷药包扎,挎着盒子枪的保长站在他们身旁。有个受伤的村民害怕,说:胡保长,要是日本人来查,你可得给我们作保啊。胡保长说:这情况已经向警务局报告了,证明你们是被皇军和警备队误伤的。

就在这时候,郎秘书忽然又出现在医堂门口。郎秘书径直走进医堂告诉马天成,说:东临道日本卫生官山田一郎阁下前来拜访。马天成吃了一惊,问郎秘书日本当官的在哪里,为何拜访自己。郎秘书说:卫生官已经在您的客房了,是邱管家接待安排的。至于拜访你的原因,也没什么事,只是慕名拜访而已。听说日本卫生官已经进了自己家,马天成只好点头说:那好吧,我包好这个人的腿就过去。

郎秘书就在门口站立相等,一直等到马天成包扎完那个伤者跟他走出医堂。

西服革履的东临道日本卫生官山田一郎坐在马家客房里,看到郎秘书和马天成走进来,山田笑嘻嘻地站起身。他朝马天成躬躬身子又伸出手,但马天成好像不懂握手的意思,只是朝他微微躬身算是还礼。马天成神色平静,见了山田也没有多余的话,开口便问:卫生官阁下,找我马天成有何吩咐?

山田一郎躬身向下:久闻马先生大名,今日特来拜访,打扰了。

马天成说:卫生官阁下不必客气,有事吩咐就是了。

山田说:马先生,我们坐下说好吗?

马天成点点头,和郎秘书坐在山田对面。

山田首先自我介绍,说他本人早年也是医家,推崇西洋医学,醉心于日本的东洋医药,自从来到中国,又爱上了中国的传统医学。所以,才让郎秘书带路引见,想与马天成相识相交,从中学习点儿中国的医药。马天成吃惊地说:卫生官一口流利的中国话,如不自我介绍,马某还真看不出阁下是日本人呢。

山田说:我喜欢中国医学,也喜欢学习中国话,自打年轻时就常来中国的北京后来的北平,有时待一年,有时待两年,所以说起中国话来就很流利。马天成笑笑说:原来是这样,阁下此来,有什么要问的吗?

山田见马天成性情直率,也就不再拐弯抹角,他问马天成:中国医学和日本的汉方相比,孰优孰劣?马天成痛快回答说:怎么还相比呢,日本汉方就是源自中国的传统医学呀。山田大笑,说:这怎么可能!马天成立即举证,说:民国十七年日本出版了一部日本汉方名著《皇汉医学》,那部书里就写得明明白白。山田吃了一惊,问马天成怎么知道这部书。马天成笑笑说:是小女留学国外带回来的。

山田:哦?马先生是诗书人家呀。您可记得那部书是谁写的?

马天成说:是一位叫汤本求真的日本医学家写的。

山田问马天成怎么记得这么清楚。马天成说:别的不敢妄言,要说医学书籍,在下实有过目不忘之力。我还记得,自从《皇汉医学》出版后,一度没落的源自中国的"汉方"才又重新受到日本国内医药界的重视。山田不由自主竖起大拇指:马先生真是奇人,难怪能让刘知事的母亲起死回生。当我得知此事后,十分震惊,因此也对崇德堂的主人格外尊敬。马天成拱拱手:谢卫生官先生夸奖。

山田说:治疗刘知事母亲疾病所用的办法,马先生能谈谈所用何方,出自哪部医书吗?马天成说:我只是借古人之技,现眼前医事。阁下如果对此事感兴趣的话,可查一下古书《夷坚志》。山田连说:好的好的,我抽空一定查查此书。山田还想从马天成嘴里得到自己想要的有关中医学里的东西,可马天成却客气地说:医堂里现在病人很多,咱们抽空再聊可以吗?山田无奈,因为对方是在下逐客令了。

山田本想从马天成那里探听出中医的某些奥秘,没想到对方不卑不亢予以应答。一席话说下来,非但没有向他透露任何有价值的东西,似乎并没把他这个日本卫生官放在眼里。山田感到很窝囊,也很生气。可马天成是本地名医,他只好咽下这口恶气,站起来朝马天成再次躬躬身说:马先生您忙,改日再聆教诲。

当天晚饭后,马天成放下饭碗就把洪良和洪玉叫到面前,同时让马夫人和刘嫂暂时先到门外去。洪玉和洪良走到马天成跟前,相互看看,眼巴巴地盯着父亲。

马天成压低声音说:那天来崇德堂就诊的日本人今天又来了。

马洪良说：这个人走时经过医堂门，我已认出是他。

马天成说：我很意外，这个人竟是日本东临道的卫生官山田一郎。人言夜猫子进宅无事不来，这个日本人两次造访崇德堂，内中必有名堂。

洪玉奇怪地问道：爹，他两次到崇德堂来，会是什么目的？

马天成说：这就是我纳闷的原因，一时间难以预测。你兄妹二人以后要事事小心，因为咱们马家毕竟两度与日本人结下"梁子"，必须时刻提防。洪玉说：爹，你放心，我们时时谨慎行事，处处提防就是了。

马天成低头想了一会儿，忽然似有所悟，说：你俩看《天方秘籍》时千万注意保密，不要让任何人看到。洪良说：我和妹妹都是夜深人静时才看这书的，爹您尽管放心。马天成点点头：小心无大过，去忙吧。

38

"要想不起灵，就请马天成"这句民谣在州城传开后，最为震惊的就数山田一郎了。因为这民谣并非空穴来风，马天成的确曾让刘汉平的母亲起死回生。所以，山田始终记着藤野那句话，要想让这样的名医为己所用，就必须首先赢得他的心。上次前往拜访马天成，山田从内心里来讲是想和马天成交个朋友。当然，日本人无论和谁交朋友，都不会忘记他们发自骨子里的一句话——为我所用。

然而出乎山田所料，马天成并没有和他"交朋友"的意思，非但如此，看那情景甚至连和他说几句话都觉多余。山田心里很恼火，但多年养成的性格使然，他还是以超出常人的控制力把这股火隐忍了。他要忍下去，走下去，用他自己的方式达到攫取他人长处的目的。

第二天上午，山田一郎独自从公署走出来，顺着大街一直往前，走到崇德堂前站了站又继续前行，一直到十字街以西，进了张道山的颐寿堂。

自从山田公开州城卫生官的身份后，州城医界的人差不多就都认识他了。张道山看到卫生官走进医堂，搁下正在诊断中的病人站起身。山田朝他摆摆手说：张先生继续待诊，我只是随便走走。

张道山说：好的卫生官，您请坐。

山田在一边的椅子上坐下来，张道山招呼药房那边的小伙计送过茶来。山田一边喝茶，一边打量着医堂里的摆设。那边张道山给病人诊断、开方，最后一个病人拿着药方到那边的药铺抓药时，他才有空走到山田的跟前，先端起茶壶给山田的杯子里斟上水，这才坐在山田的对面问道：卫生官阁下今天怎么有空了？

385

山田说:除了偶尔在诊所应诊外,我每天大部分时间都闲着。

张道山说:卫生官生活得好自在。

山田喝了口茶水,说:张先生,我感觉你和崇德堂的马先生不一样。张道山一笑说:当然了,我俩不是一个姓,更不是一个性格。山田同样报之一笑,说:马天成性直固执,而张先生你呢,比他圆滑。张道山一惊:卫生官这是夸我还是损我?

山田说:不是夸也不是损,是实话。张道山心中一沉,不知作何回答,他连忙低下头来以掩饰自己的尴尬。山田的话继续在他耳边响起:张先生,我知道你虽然和马先生是亲家,但面和心不和。

张道山说:卫生官切勿听别人随便乱说,治病疗伤上,马天成确实比我高明。山田连连摇头,说:不全是,你们各有所长,你精于伤科骨科,而马天成精于伤寒杂病。张道山的心稍稍静下来,他再次端起茶壶给山田斟茶,放下茶壶后说道:伤科骨科方面张某虽谈不上精到,但一般来说也能做到药到病除。

山田借话引话,说:大日本帝国出兵中国的目的是营造大东亚共荣圈,所以我们不光要在政治军事上争取合作,在传统文化上也要争取合作。比如你们的中医,就有许多值得借鉴的嘛。张道山明白了山田一郎今天来他医堂的目的,连忙说:卫生官需要哪些东西,道山当竭尽全力。

有两个来看病的人走进门,两个病人看到有穿西服的日本人在,接着退了出去。山田说:很好很好,本人山田一郎卫生官和州城公署,可以对你提供帮助。我们全力合作,你从中借助我们的力量,抗衡崇德堂的马天成绝对没有问题。

张道山听山田说到这里,心中咯噔一下,他想这样也可,先和日伪当局相交,以此制约马天成的崇德堂,继而再把《天方秘籍》学好看透,假以时日,不愁压不过崇德堂。张道山心里想着嘴里却说出另外的话:卫生官,其实我并无意与马天成抗衡,只是略尽医道而已。

山田呵呵笑起来:张先生,与我们合作,对你而言,好处大大的。

张道山尴尬一笑:在下明白,明白。

山田说他们兵营里有些伤兵,医生一时忙不过来,想请张道山出手相助。张道山抻量着不说话,抬头看看山田,发现山田原来温和的眼睛渐渐变得阴鸷了,目光直视,像子弹头一样盯着他。张道山一凛,后背开始嗖嗖地冒凉风,连忙说:好的,好的卫生官,我晚上去兵营看看。

山田笑了:好,我派人来接你,张先生要带上你们专治伤疾的中药哦。

公署门外日医诊所里,两个日本医生闲极无聊地坐着。公署卫教科科长的老梁领着自己十来岁的女儿走进来,日本医生认识他:哦,你,梁科长的?

梁科长也是从东北过来的,日语很好,他向日本医生解释,说自己的女儿得了种怪病,特来就诊。日本医生很惊奇:梁的,你的日语的会?

梁科长说:我和警务局孟局长都是从满洲调过来的,所以懂日语。日本医生很高兴,点头"哟希",问他:你女儿什么的怪病?梁科长把女儿领到日本医生跟前,两个日本医生俯身细看。女孩鼻中凭空生出一椭圆赘物,赘物差不多已经堵住鼻孔。鼻孔深处有一细长肉线连接着赘物,稍稍戳动便痛彻心肺。日本医生看罢对梁科长说:这是鼻息肉,治起来很简单,但必须手术。

梁科长问:非得手术不可吗?日本医生做个手势:刀子的切开,切断,取出。

梁科长表示同意,说:只要治好就行。他转向女儿说:乖孩子,医生给你割出来就好了,别怕,啊?

女孩子大哭不止:我不割,我害怕!

日本医生:麻药的给,不疼的。

女孩挣扎着往诊所外跑:不割,就是不割!

梁科长很疼爱女儿,问日本医生:能不能用别的办法治疗?日本医生摇头不止,说:只能手术,只能手术,没有别的办法。梁科长作难地摊开双手,一时不知如何是好。山田一郎忽然走进诊所,日本医生和山田交谈了几句,梁科长听出是在介绍女孩的病情。山田听后走到小女孩面前俯身细看:嗯,鼻息肉。

梁科长说:卫生官阁下,除了手术,还有没有别的办法?

山田想了想说:这种鼻息肉其实并不复杂,我想颐寿堂的张道山可以很容易地消除它。梁科长说:太好了,我不认识张先生,卫生官阁下能给介绍前往治疗吗?山田说:没问题,明天我陪你们父女二人去找张道山。

梁科长躬身相谢:卫生官阁下多多关照。

就在这天晚上,颐寿堂后院客房里,马天成满面怒容地和张道山说着什么,张道山则坐在灯下一语不发。就听马天成说:道山兄,我知你伤科骨科方面有绝活,可是,这绝活不应该用在日本人身上啊!

张道山嗫嚅着,说:那晚我见日本人的医院里人满为患,看着一个个伤兵龇牙咧嘴的,就动手给他们治疗。日本人也不小气,一出手光大洋就赏给我五百块。马天成说:咱缺这五百块钱吗?要知道,你给他们治愈越快,我们中国人的伤亡就越大。这点儿道理,道山兄难道不懂?张道山解释说:救死扶伤,医家本色,并无敌我之分吧。马天成:你身为州城名医,是故意为之还是装糊涂?

张道山:依你之言,咱们行医之人就见死不救了?

马天成说:这是两码事,你应该想清楚。

张道山皱着眉站起身来：天成，你也不必教训我，我不是三岁孩子，什么都得听你摆布。你若再这样干涉我的事，别怪为兄不认你这个世交兄弟。

马天成怔了一下，叹口气：朽木难雕也！

张道山：怎么，你想与我公开反目吗？

马天成说：我只是来劝劝你，千万不要丢了中国人的良心。张道山说：这年头，人的良心早让狗吃了，还谈什么良心热心啊！

马天成问张道山这话从何说起。张道山指着马天成的鼻子说：天成，这些年来，你一直在州城医界压着我，我说过什么？其实，你不就是仰仗一部《天方秘籍》吗？这也罢了，你急需钱时，把部秘籍作价让给我，我用之后非但无效，反而生出许多祸端，那秘籍分明就是假的嘛。还凉心热心，亏你也说得出口啊！

马天成气得脸色煞白：你不听我告诫，擅自施用书中秘方，如今反倒将屎盆子扣到我头上。罢了，你走你的阳关道，我走我的独木桥。

马天成起身离去。

自从那晚和马天成公开反目后，张道山一直坐立不安。由于脑子里反复想着马天成说过的那些话，在诊治病人时一走神，差点儿弄出大错。所幸又是姜药师及时提醒，这才避免了一场医疗事故。今天病人不多，张道山很快就诊治完毕，一个人在室内走来走去，脑子里总是响起马天成那愤愤的声音——罢了，你走你的阳关道，我走我的独木桥。正在这时，却见山田一郎领着梁科长和他的女儿走进医堂，张道山赶紧站起来让座。山田没坐，转身指指梁科长的女儿：张先生，这孩子鼻生赘物，想你必有办法除掉吧。

张道山细细查看后微微一笑：这种病中医称为鼻痔，在中医典籍《圣济总录》中早有记载，说其物附着鼻间，生若赘疣，有害于息，故名息肉。

山田竖起大拇指：怎么样梁科长，张先生果然是名医，诊断与我们日医同样。

老梁大喜，赶紧问张道山这病怎么治疗。张道山侃侃而谈：说治宜宣肺开窍，可用苍耳子散或辛荑清肺饮加减，外用硼砂散点于痔肉，不消半年，其物必会自行消解。

张道山话没说完，女孩"哇哇"大哭着跑出颐寿堂：妈呀半年？过上半年说不定就长成茄子大了。不等它消解，我先就死了。不治了，不治了！

老梁随后跟出去，门外传来梁科长的声音——孩子，州城最有名的马先生就在附近，再去他那里试试嘛。张道山从门口望出去，女孩被父亲拽着胳膊，走进斜对过的崇德堂里。山田站在张道山背后：八格，就不能少说些日子吗！

张道山低下头：是，卫生官阁下，我失口了。

张道山转向药房:小程,过来一下。

小程应声走过来问张道山有何吩咐,张道山说:你到崇德堂去瞧瞧,看马天成有什么神术妙招能把那孩子的鼻痔治好。

小程答应着去了。

此时,卫教科长老梁带着女儿已经走进崇德堂,正在给病人诊疗的马天成父子并不认识他。马天成见他穿着公服,点点头算作打了招呼。梁科长领着女儿找个凳子坐下,静静地看着马天成父子给一个接一个的病人诊治。马天成给前边几位病人诊断开方后朝梁科长点头示意,让他带着孩子到医案前边来。梁科长走到近前,说:马先生您不认识我? 马天成皱皱眉头:哦? 先生一开口我就想起来了。

老梁听马天成说得奇怪,就问为什么。马天成给他解释,说:那次我被警务局带进公署时,先生恰好从我身旁经过。先生说了句东北话,"我他妈还是头一回见着这位马先生呢",所以我就记住你了。

梁科长吃惊地打了个战:马先生记性超群,了不得!

马天成问他怎么称呼,梁科长忙说:我是警署卫教科的,叫我老梁吧。马天成问老梁有何不适。梁科长把女儿领到马天成跟前冲马天成哈哈腰:马先生,我家闺女得了一种怪病,请您给看一下,能治呢我们就等会儿,不能治我们就回家。

马天成俯身细看:哦,鼻痔啊。

梁科长说:颐寿堂的张先生也这么说。

马天成:张先生没给施方?

梁科长说:张先生说治愈起码得半年,闺女害怕半年后长得更多更大,说啥也不治。马天成说:这是因为肺经湿热壅结鼻窍所致,治宜清肺宣气,泻湿散结。老梁听马天成和张道山一样说了些让外行感到云山雾罩的话,很失望,便试探着问道:马先生,能否从速治愈,请明白告诉我好吗?

马天成摆摆手让女孩坐下。

女孩:爸爸,和那边一样的,咱们走吧。

医堂门口忽然挤满了看热闹的人,小程也混在这些人里。为了稳住孩子,老梁指指门口说:孩子你看,门口让人堵住,想走暂时也走不了啦。

女孩忽然笑了:这里的人真有意思,人家看病他们看热闹。

女孩说着笑着坐在医案前的凳子上。因为有刚才颐寿堂里那一出,街人围观,嘘声不已。马天成重又查看了女孩鼻中的息肉,然后轻声问道:孩子,你怕针吗?

女孩性格爽快:怕刀,不怕针。

马天成说:好好,这就容易了。

马天成从医匣里取出两柄长针,让女孩转过身子闭上眼,旋以长针直刺其脑后"风池"穴。马天成边刺边问:孩子,有何感觉?

女孩沉吟着说:有股酸麻胀疼的感觉。马天成用手指快速捻动针柄,问这种感觉传到了哪里。女孩试量着说:传到了眼眶,又传到了脸上。马天成继续醒针,女孩忽然说:先生,酸麻胀疼已经传到鼻腔了。

马天成"哦"了一声,停止醒针。

马天成慢慢走到墙角一个木橱前,在众多瓷瓶中挑出一个。马天成从小瓷瓶里倒出一撮细白药面,将药面装进早已备好的苇管里,用苇管从鼻痔间隙将药面轻轻吹入女孩鼻孔。看热闹的人盯着,望着,就见女孩打个愣怔,忽然一个喷嚏将鼻中赘物喷出。女孩鼻孔里先是流出绵绵红血,随之淌出红黄相间的浑水来。

老梁一惊,急忙俯身问:孩子,感觉如何?

女孩说:多少有点儿疼痛。

马天成转到女孩身后起出风池穴上的长针,又把几包黄色药面递给老梁。老梁看着马天成递给他的药面,神情呆板而茫然。马天成指着药包说:梁先生,每日用苇管给女孩吹入鼻孔一包。如此三五日,红血可止,黄水可停,此病可愈。

老梁连连点头,带着女儿千恩万谢离去。

几天后,老梁正坐在自己办公室里,山田派人来叫他。老梁以为女儿赌气跑出颐寿堂惹得山田生气了,心中不免七上八下。他赶紧整理衣冠跑步到山田办公室,站在门前喘了口粗气才喊"报告"。室内传出山田"请进"的声音,老梁悬着的心才稍稍实落。他很清楚日本人的性格,"请进"说明对你挺客气,如果是气恼或愤怒,肯定是"八格"。

老梁走进山田办公室,山田一改往日对中国人的傲慢,竟然起身让座。老梁被山田这种少见的谦恭弄得不知所措,他乍手乍脚地走到山田面前立定后问:卫生官阁下,找属下有什么事情吩咐?

山田指指凳子:坐下,你先坐下。

老梁欠着半边屁股坐在凳子上,山田竟又破例地给他倒了一杯水来。老梁慌忙去接杯子,手一哆嗦,杯子里的水洒了。山田说:梁科长不必紧张,我叫你来只是问问马天成给你女儿治病的经过。老梁暗暗地舒了口气,心里说:妈呀可把我吓死了。山田坐下后说道:马天成以举手之劳治愈你女儿的鼻息肉,这消息不胫而走,现在几乎满城的人都知道了,说你们中国医术比我们日本医术强得多。

山田一口流利的中国话几乎让老梁忘记对方是个日本人。他暗暗观察山田的神色,山田表情平静,态度和蔼,面带笑容,毫无怨恨或生气的意思。老梁放下心来,正想说说自己对此事的见解,只听山田接下来问他:梁科长,听说那位马先生先用针刺了你女儿脑后的穴位,又用药面吹入鼻孔?

老梁诚惶诚恐:是这样的,山……太君阁下。马先生不愧名医,我第一次亲眼见他治病,太利索,太神奇了。张先生说半年治好的病,人家只用了不到半个时辰就把病根消除,孩子感激得了不得,非得要去认马先生干爹呢。

山田笑了:认干爹,就是说你的孩子想有两个爸爸。很好,很好,你们中国早有这个习惯,清朝肃亲王的十四格格就是送给我们大日本帝国的川岛先生做养女,也就是你们说的认干爹吧。

老梁说:差不多是这么回事。

山田说:马先生给你的吹鼻孔的药面还有吗?能不能取一点儿来让我看看。

老梁说:没有了,已经用完了。

山田有点儿失望:真遗憾!你女儿不是要认马先生干爹吗,很好,马上去认,认了干爹后再跟他要些药面来,到时无论如何要给我留出一点儿。啊?留出一点儿。

老梁躬躬身说:好的,好的太君,一定照办。

这天下午,张道山和药房伙计小程对面坐着,听小程述说马天成治疗小女孩鼻痔的经过。小程说:东家,我回来后你没问,当时我也没敢和你说说。真神了,那马先生先用银针刺了女孩脑后的穴位,接着取出一瓶药面,放在苇管里那么一吹,你猜怎么着?张道山专注地听着。小程抻了抻,绘声绘色地道:就听嗖的一声,鼻子里那个肉蛋蛋就噌地窜出来了。

张道山的脸随着小程的讲述一会儿变红,一会儿变白,一会儿又成了酱油色。小程还要继续说下去,张道山挥挥手:行了行了,你快去帮姜药师切生地吧。

小程讪讪告退。小程还没走到药铺那边,山田从外边走进来,张道山连忙起身迎接。山田走进医堂没说话,张道山有点儿紧张:卫生官请坐!

山田看看张道山,问他的脸色咋这么难看。张道山很坦诚,说刚才听小程讲马天成治疗鼻痔的经过,心里正为自己的医术总是比马天成稍逊一筹而难过。

山田坐下来,小程送来茶水,张道山端起茶壶给山田斟茶。

山田端起茶杯:张先生,看来你的医术是比马天成要差。

张道山说:卫生官阁下,那天你带着那爷儿俩来找我,我明白是给我个露脸的机会,满以为可以大显身手让您满意,没想到一句话造成马失前蹄。

山田摆摆手,说:张先生不要多虑,我不是为那天的事来找你发泄,随便转转,啊? 随便转转嘛。张道山刻意留神着山田的脸色,但看不出山田说的是真话还是假话。这时有病人走进来。山田很和气,摆手让张道山去诊治病人,自己则喝着茶水观看墙上的字画。张道山松了一口气,急手忙脚去诊治那个病人。

张道山给病人开完药方,顾不得颐寿堂的声誉生意,大白天就关了门。

张道山走到仍在全神贯注看字画的山田跟前施了个礼,问山田今日前来是不是又有什么吩咐。山田转过身,说:张先生不要多想,我是随便出来转转,不由自主就转到你的颐寿堂来了。张道山见山田对墙上字画很有兴致,便瞅机买好:山田阁下,这墙上的绢轴字画是一个前清举人送的,喜欢的话你就拿去。

山田笑起来,说:上面是赞扬你的医术精到,还写上了你的名字,我拿去算哪回事呀。张道山脸一红,把头低下:惭愧惭愧!

山田只看字画不说话,张道山坐也不是站也不是。张道山终于鼓起勇气问道:卫生官阁下,我想你一定是为那天我治疗不力而生气。可是……

山田说:张先生不必为此自责嘛,他马天成可能是碰巧了,也可能在治疗这种病上有自己独到的办法,治疗其他病就不一定比你强了。不过那次你我也谈到过,马天成治疗刘知事母亲竟然能起死回生的那件事,可就真是当场把你张先生比下去了。张道山听了满脸涨红,他终于坐不住了:卫生官阁下,马天成之所以能治各种异病怪疾,全靠他家那部祖传的《天方秘籍》,敝人如有此书,那……

没等张道山说完,山田立起身:秘籍,快说,什么的秘籍?

张道山见山田口气如此紧张迫切,顿时感到自己可能是话多有失了。他赶忙掩饰,说:马家的秘籍只是一部民间流传的医书,里边记载了一些疑难杂症的治疗办法,其实也就是一部平常的医书,没什么稀奇。可是山田的神情口气已经是迫不及待了:张先生,你既然说出来,就不要有意遮掩,说实话,我现在就想看到这部《天方秘籍》。

张道山说:真的是一部民间古籍而已。山田问他是否见到过这部书,张道山见事已至此,只好硬着头皮承认,说自己年轻时晚上跟随父亲去马家串门,看到马家医案上有这么一部古籍。山田大喜:张先生,你马上去找马天成,告诉他,我,大日本帝国山东省东临道卫生官山田一郎,需要马上看到他家的《天方秘籍》!

张道山连连摆手:阁下,这是完全不可能的,我们中国特别是山东乃礼仪之邦,州城更是仁孝之郡,向来谨遵"宁卖祖宗田,不忘祖宗言"的古训。既为"秘籍"，马家先辈定有遗训，此书当然就断无轻易示人之理。

山田听张道山这么一说，也犹豫了。山田在医堂里转了个圈子，他心想，是啊，既为秘籍，马天成能轻易给外人看吗，特别是我这个日本人，更不可能有这样的机会。他立住身说：作为日本卫生官，我想得到秘籍也简单，只须给宪兵队打个招呼，丸山造就能派日本宪兵到马家去搜出这部书。

张道山紧张地听山田说着，头上的汗也下来了。但是山田接下来的话终于让他心绪稍定，山田说：不过，这位马天成是州城名医，是有影响的人物，用你们中国人的话来说是有头有脸的，如果因为一部书引起崇德堂的骚乱，那么地方上的治安就得"强化"了。

张道山说：卫生官阁下言之有理。

山田继续说道：另外，既是秘籍，马天成肯定得放到隐蔽处，万一搜不到怎么办？抓他，打他，严刑逼供，可总得有个借口吧。马天成的个性我已经领教，要是逼急了，他一怒之下把秘籍烧掉也是完全可能的。

张道山已隐隐感觉到，山田对中国民间秘方情有独钟。他赶紧接下这个话题：是啊，那样其他藏在民间的秘籍或散著也会随之被藏匿得踪影不见。

山田点点头，说：所以呢，我在这件事上要特别突出大和民族所固有的人道精神，派人去崇德堂找马天成先生借阅《天方秘籍》。

张道山松了口气：阁下大度，还是慢从宽来吧。

山田一郎点点头没再说话，转而辞别张道山走了。山田走后，张道山怨天尤人尤其怨恨自己这张嘴。他搌着嘴巴自嘲地说：真该缝上它！

山田一郎回到公署后，立即又把老梁召来。他问老梁：想不想知道马天成怎么会有那么大本事治好你女儿的病？老梁说：当然想知道了。山田微微一笑说：告诉你吧，我已查知，马天成治病，全凭一部祖传医书《天方秘籍》。

老梁说：一部祖传医书竟有如此神奇？山田说：秘籍里记录的全是专治各种疑难怪症的秘方，所以马天成就显得医术超群。老梁说：卫生官阁下，在中国，这种那种的便、单、验方和秘方比比皆是，马天成不会仅凭一部《天方秘籍》就能成为州城第一名医吧。

山田摇摇头：不不，从他扑灭瘟疫、让刘知事母亲起死回生和给你女儿治疗鼻息肉这几件事来看，这部《天方秘籍》绝对不会是平常的便、单、验方和秘方，一定是大有来历的医学典籍。因此，我特地委托你去崇德堂向马天成借阅这部书，告诉他，看完之后我马上还给他。

老梁思索片刻：卫生官阁下，总得找个借口吧。

山田说：你女儿不是认了马天成干爹吗，既然认了干爹，你和马天成就是亲戚，可以利用这一点拉近与他的关系，然后再提出借阅医书之事，他肯定会答应的。

梁科长说:阁下真抱歉,我们的干亲没做成,马天成说他从不收干儿干闺女。山田脸色突变:梁科长,你在满洲待过,知道大日本帝国铁一样的纪律,这是日本卫生官交给你的任务,你无论如何也要想办法完成。

老梁见山田变脸,吓得发抖:是是是,我一定竭尽全力。

山田的脸色缓和下来,说:这就对了嘛!他叮嘱梁科长千万记住,要特意强调一个"借"字,因为"借"比"要"温和得多,也容易让对方接受。老梁说:是啊,只要把秘籍弄到手,或借或要还不是咱们说了算吗。

山田的脸再次沉了下来。

老梁慌忙告辞。

马家客房里,陶居正和马天成压低声音议论着眼下局势。陶居正说:马先生,你听说了吗,日本人和警备队出兵城北讨伐张三太,张三太在八路军的配合下,把日本人和警备队打了个惨败。马天成说:那天东关几个前来包扎伤口的人暗暗给我说过,不知张爷现在情况如何?陶居正说:据说张三太唯恐孤掌难鸣,事后就归顺了八路军渤海军区,被编成了一个支队。

马天成咂咂嘴:张爷也算有眼力。

陶居正说:另外还有个消息必须得告诉你,那天张道山找到我,说日本卫生官山田已经知道你藏有《天方秘籍》,估计近日要派人来索取。

马天成吓了一跳,纳闷这消息是谁传给日本人的。陶居正也纳闷,说:咱们州城医界不会有这种卖友求荣的败类呀。马天成有点儿焦虑,起身在屋里来回踱步。陶居正劝他也不必着急,走一步算一步,车到山前再找路。道山把这消息告诉我的目的,不就是为了让你提前知道有所准备吗。马天成停下来口气沉重地说:此事非同小可,我得酌兑个保险的应对办法。

陶居正说:日本人烧杀抢掠无所不用其极,小心他们逞强用横来搜查呀。马天成说:山田已和我见面两次,这个日本人非常阴险狡诈,逞强用横暂时还不可能,最让人担心的是他采取软办法。比如收买州城中的某人,比如暗中派人盗窃,再比如……陶居正打断马天成的话说:要紧的是先把秘籍藏好,防他派人突然搜查。

马天成说:这个自然,别说他派人强行搜查,就是要了我马某人的命,《天方秘籍》他也休想得到,大不了到时一把火烧掉。陶居正连说:别别,如此奇书,断不可随意销毁。马天成说:与其落入敌手,莫如毁于己手。

陶居正:你曾说过,《天方秘籍》来之不易,是那位老太医和前辈几代人的心血,不能因为一时性焦就把它毁了呀。

394

马天成说:如果我执意不给山田呢?

陶居正说:他必用强。

马天成说:我已遭难两度,难道要打破再一再二不再三的旧例?

陶居正说:世间乱象,纷纷纭纭,不可多虑,也不可不防。

马天成说:莫非还要逼我全家出逃不成?

陶居正说:马先生说哪里话呀,你我不过是议论议论罢了,说不定我是庸人自扰呢。马天成忽然哈哈大笑起来:骑驴看唱本,走着瞧呗。

陶居正也哈哈大笑。

39

马天成午饭后稍事休息,整理了衣帽走出屋,准备到前边医堂里坐诊。刚出屋门,只见黄毛趔趄着走到他面前,身子一歪趴下了。这是黄毛的习惯,每逢身上刺痒得难受,就走到马天成身边蹭痒,今天看来是没力气了。

马天成找来那柄长齿木梳,蹲下身给它轻轻梳理着,黄毛眨着一双眼睛,神情疲困地看着马天成。马天成回过头:玉儿她娘啊,把狗食端过来。

马夫人从屋内取出早已备好的稀食,放到黄毛嘴前,黄毛只是闻了闻,就又把头伏在前腿上了。马天成对夫人说:你看出没有,这些天黄毛变得越来越懒散,越来越无精打采。马夫人说:看出来了,经常卧在地上喘粗气,半天不动窝。

马天成很焦急地叮嘱着,说:你们小心着点儿,每天至少两次看它、喂它。马夫人接过他手中的梳子答应着:行,你甭管了,我照顾它。

看到夫人继续给黄毛梳理皮毛,马天成到屋里洗了洗手,前往医堂。

一下午的时间很快就过去了,傍晚,马天成在院里守着黄毛玩。黄毛此刻好像有些精神了,不停地向马天成摇着尾巴。洪玉走过来:爹,药房里又该进药了。

马天成说:都缺哪些药,你让药房里开出单子,后天请邱管家和药房伙计去济南进药。洪玉跟上问:爹,咱们药铺里能不能进些西药?

马天成摇摇头说:我一个中医进西药,同行听了不笑话我啊。洪玉说:西药现在越来越流行,你得接受新东西才行。马天成哂道:都是些药片药水的,能治什么病!

洪玉劝父亲不可小看了药片药水,其中很多也是从中药里提炼出来的。马天成问什么是从中药里提炼出来的。洪玉想了想:比方说麻黄素。

马天成摇头,说:自古以来药灌满肠,小小药片吞进肚里能起多大作用。洪玉继续盯着父亲,说:金刚钻虽小能钻大瓷缸。马天成说:丫头,爹说不过你,随你的便吧。洪玉看着父亲给黄毛梳理皮毛感觉可笑：爹，这黄毛算长到你心上了。

马天成说：黄毛是只忠义之犬，比有些人都强。

黄毛趴在马天成脚旁，仰起脸朝爷儿俩看着。洪玉低头看了黄毛的情况，说：这狗已经老了。马天成点点头，从贾二爷把它抱进家里算起，也有十来年了。洪玉谈兴很浓，有点儿卖弄学问的意思，她告诉父亲，有个西方人叫达尔文，写了部书叫《进化论》，说千万年之前，狗、狼、狐狸曾是一个祖先，到后来，狗被人类驯养了，较之狼和狐狸的寿命就短了。

马天成问女儿，一个祖宗的畜类，为何狗的寿命就短了。洪玉说：大约狼和狐狸生活在野外，为吃喝逃命整天东跑西窜活动量大。常年锻炼身子骨就壮，寿命相应地就长。狗呢，整天守家护院，很少外出活动，身子就比狼和狐狸差了呗。

马天成笑了，说：兔子同样生活在野外，为何寿命却只有几年？洪玉分析说：可能是兔子每天都得防备人捉狗撵老鹰抓，即使吃东西时也要竖起耳朵提防着。这样的紧张状态，必然让身体受损啊。

马天成说：玉儿的学问是没的说，记性好也随我，无论谈到什么事和物，都不由自主地中西结合。只是说了半天，最后你才说到点子上，外因六淫是次要的，最要紧的是内因七情啊。洪玉不由得笑起来，说：无论谈到哪件事上，爹都会和中医学挂上钩。马天成：集思广益，方能深入学问。

洪玉笑了笑：爹，你早就说过，病越少越好，学问越多越好。

马天成站起身道：玉儿，我听你爷爷说过，一只狗的寿命通常只有十多年，最多二十年，看这狗的情形，恐怕是来日无多。

的确，黄毛近来的表现越来越离奇了，常常独自趴在一个僻静处上气不接下气地喘息。每当马天成从医堂那边走过来看到黄毛的样子就难过。这天邱管家看到马天成又蹲在黄毛身边，就问：这狗是不是病了？马天成点点头，说：看样子黄毛是病了，病得很重。邱管家说：狗在临死前的一段时间都这样，总是默不作声地找个僻静地方躲起来，蜷起腿，缩起身，一边气急喘息，一边等着死的降临。

马天成说：中国词典里的"苟（狗）延残喘"可能就是因此而产生的。邱管家不由得一怔：马先生，难怪你学问通天，常常睹物思义，出语惊人。

马天成说：当年家父曾和我说过一些稀罕事，并让我在行医过程中时时注意。父亲说一些垂暮老人有个奇怪的行径，他们在临终前的一段时日里，总是令人不解地盯准了一个地方，有时轻笑，有时自语，像在回忆什么。如果发现这种情况，施医用药就要格外小心了，因为药虽医病，却不能挽回一个自然衰老的生命,倘若不留意细节,有可能会铸成大错。

邱管家连连点头,说:人畜同理,如今的黄毛就是这样,近一两个月来,无论是趴在院中墙根下,还是趴在大门口屋门口,总是头朝西尾朝东,不时地抬起头来,盼望什么似的"呜啊"两声。这"呜啊"之声可以传到很远的地方,有时来就诊的病人听到它的叫声,会惊奇地走到它身旁看,咦!这狗在叫谁呢?

黄毛抬头看看马天成和邱管家对话,抬头时很费劲,脖颈上像压了沉重的东西,得费很大的力气才能仰起脸。就在马天成和邱管家说话间,黄毛趴在院里又朝西"呜啊"两声之后,突然急剧地咳喘。马天成赶忙给它轻轻地揉搓喉头。黄毛咳喘稍息,从嘴里吐出两块小骨。马天成很吃惊,因为并没喂它肉骨一类呀!马天成拾起地上的小骨头仔细看:咦,是两颗牙,两颗已经变黄的牙。

邱管家也蹲下身来:畜类和人一样,老了也是掉牙的。

可能是掉了牙的缘故,黄毛吃东西越来越费力,走路也越来越费力。有时趴在地上准备起来时,总要将身子挺上几挺才能站起。黄毛走路时间长了,还一下一下地打别腿。看到黄毛的情况一天比一天糟,马天成真有点儿忧心如焚。

黄毛迅速虚衰,走路费力,吃东西勉强,只能从窝外挪进窝里,从窝里挪到窝外。马夫人和李天鹏每天将棒子粥掺上肉末喂它,它也只是舔食几下,然后就对了食盆发呆。黄毛的饮水量越来越大,有时竟能一气喝下半盆。

因为越来越瘦,黄毛喝水后肚子就显得更大。

近些日子病人在不断增多,早晨马天成还没吃完饭,医堂里就已坐得满满的。尽管如此,马天成看完一拨病人就回到内院看看黄毛。马天成整天屋里屋外地串,洪玉看在眼里劝他:爹呀,不就是一条狗吗,我替你照管着。

马天成摇摇头:不行,我惦着它。

洪玉说:你总是这句话。

马天成说:这是条通人性知人情的狗,只要有一口气,就好好养着它。

洪玉有些不理解。洪玉看看父亲,父亲的神情很坚定,洪玉不知说什么好了。押了一会儿道:爹,对一条狗这样的不弃不舍,搁一般人身上还真办不到。

马天成说:世间万物,只要是真诚的,就能不弃不舍。

洪玉哭笑不得:我的重情重义的好爹啊!

老梁因为马天成治好了女儿的鼻痔,这天晚上特地到马家致谢。马天成把他让进客房坐下。老梁把礼物放到桌子上,还有两封银圆的谢仪。然后朝马天成拱手:马先生,我家闺女算盯准了,非要认你做干爹,听说你不答应,那孩子哭了。

马天成笑起来,他请梁科长和孩子解释:不认干亲是我家祖上立下的规矩,我不能破例。梁科长说:我和她讲了,可孩子还要闹着来给你磕头呢。马天成仍是呵呵一笑:免了,免了,不就治了一点儿小病吗。

老梁说:我已代您推辞掉,可她妈过意不去,这不,买了礼物让我送来。

老梁说着把桌上的礼物和两封银圆推到马天成面前。收下礼物,马天成把两封银圆推回到老梁面前。老梁吃惊地看着马天成:马先生嫌少吧?

马天成说:梁科长误会了,那点儿药其实只值几文铜钱,你送来这么多银圆,这不是置我马天成于贪天财为己有的境地吗。带回去吧,啊?

老梁犹豫不决,马天成站起身,把两封银圆强行塞进对方怀里,然后委婉地说:梁科长如无他事,请回府安歇吧,天也不早了。

老梁仍犹豫着,马天成问他是不是还有别的事,老梁面露难色。马天成看着欲言又止的老梁,说:梁科长有事尽管讲,马某定当尽力。

老梁朝马天成鞠了一躬:如此,梁某人就冒昧了。昨天下午山田卫生官把我叫了去,说是要我向您借阅一部祖传医书,叫作《天方秘籍》。我知道咱们中国人重祖训,不可能把祖传之物轻易露给别人,于是百般推辞,岂料山田恼羞成怒,给我下了死命令,非要让我来借不可。

马天成问:山田卫生官是从哪里得到这样的消息?老梁摇摇头说:我敢问吗?马天成皱着眉头想了一会儿,说:梁科长啊,马家早年的确是有这么一部书,我小时候也曾见过。但此书年代久远,当时就已残破不全,如今恐怕已是连张纸页也找不到了。老梁面露惊异:山田说你现在用的一些秘方,就是《天方秘籍》里的。

马天成说:这倒不假,现在我行医施治有时会用到《天方秘籍》里的药方,不过这全是靠当年阅读时留下的记忆。老梁点点头,说:马先生,我相信你的话,山田未必相信。我和日本人打交道多年,深知这些人非常狡诈残暴,如无妥当的说辞,他们会软磨硬泡永无休止。马天成说:谢谢梁科长指点,马某说的的确是实话。老梁抻了一会儿:既如此,我就不再打扰了。

马天成把老梁送出门去。

这天黄昏,马天成提着几包药从外边走进院里,洪良正好走到屋门口,他问父亲天色已这么晚干吗去了。马天成说:我去找西门外的老兽医了。洪玉闻声也从东厢房走出来问父亲找老兽医干吗,马天成把手中的几包药提起来晃了晃:给黄毛弄了几服药吃吃看。

洪玉扑地笑了。

马天成说:玉儿你笑什么?

洪玉说:爹,你给人治病可以妙手回春,就不能自己给黄毛开药吗?

马天成很干脆地告诉洪玉,因为狗不会说话,所以他没法诊断用药。诊病医病凭的是望闻问切,人可以回答哪里不舒服,狗却不能。洪良说:既是为狗求药,你吩咐一声我去城西或打发药房伙计去就行了,非得自己跑这么远。马天成说:你们谁去我也不放心,因为你们谁也不清楚黄毛的病情。洪良说:那个老兽医脾气怪得很,只给大牲口治病,你说给狗抓药,他不烦吗?

原来,马天成也是提着两包点心硬着头皮去找老兽医的。老兽医八十来岁了,医术高超,脾气最倔,平生只治骡马驴牛等大牲口,不治鸡狗兔羊一类的小动物。谁要冒冒失失找他给小动物看病治病,轻则把你轰出家门,重则不三不四一顿乱骂,说你作践他,看不起他。因为是马天成去找,可能出于尊敬,竟没发作。听完马天成的陈述和请求,说:马先生其实你心里很清楚,黄毛是自然衰老,肯定得老死,就是太上老君的仙丹也治不好它,你还是把点心捎回去吧。

一旁洪玉听父亲说到这里,笑笑说:老爹你是不是给他拉了四诊八纲啊。马天成嗔道:鬼丫头还开你爹的玩笑!洪玉说:要不老兽医能给你这几包药?马天成讲,老兽医听他说得恳切,只好哭丧着脸包了几包药,还开玩笑说:为了一只狗,你州城名医也有求着我的时候啊。

洪良说:这个人出名的倔,不错,他还真给了你面子。

马天成说:也许是看在那两包点心的分儿上。

洪良和洪玉都笑起来。

马天成把药包递给洪良,让洪良马上煎出来。

马洪良接过药包,咧着嘴走向厨房。

洪良煎好草药端过来,马天成把药汤用牛角筒给黄毛灌下去,黄毛摆摆脑袋,肚子里咕噜噜一阵响。就这样三天连服三剂,可黄毛虚衰依旧,情况并未转好。马天成失望,沮丧,心情也变得沉重了。第四天黄昏,马天成又在院子里招呼洪良,洪良应声从自己的屋里跑出来。马天成说:你把另一服药也熬出来,一并给黄毛灌下,可能是药量不足。马洪良:爹,畜类用药也和人一样,得掌握个剂量啊。

马天成面露愠色:让你去你就去,争辩什么!

马洪良赶紧走向厨房。

药熬出来了,洪良把药汤端到黄毛跟前。马天成接过药碗,用手指试了试凉热,走来帮忙的李天鹏拽着黄毛的脖子,马天成将牛角筒往黄毛嘴里插。黄毛扭头望着马天成,喉中似有一物在咕噜滑动,那双迷离的眼睛里,闪出一种奇怪的光波。马天成赶紧抽出牛角筒:黄毛,你想说什么?

洪良:爹,它要是会说,你就不必去找老兽医了。

马天成侧侧头,眼圈红了。

黄毛朝马天成凝视良久,重又转回去,下巴依旧贴在地上。马天成劝,李天鹏拽,黄毛就是坚决不喝这剂药。邱管家走过来,说:马先生,瞧这光景,黄毛是在等死。再看黄毛,它变得很安静,疲乏,也不头西尾东地"呜啊"呼叫了。黄毛虽然很虚弱,但看上去很舒适,很满足。它趴在院子里,眯起眼睛,注视着蹦来跳去的麻雀,时而朝面前爬过的蚂蚁呱唧嘴。

邱管家:黄毛是在苦中取乐。

马天成搬个小凳守在它身旁,轻轻给它梳理身上的毛。

吃晚饭了,一家人都坐在正厅餐桌旁,虚弱已极的黄毛趴在屋门口的灯亮下。

门外天色阴暗,黄毛看着马天成一家吃晚饭。饭菜的香味导致了奇迹的出现,黄毛出人意料地抬起头来看马天成,看了片刻,竟然晃着身子站起来走路。

黄毛走到马天成跟前立住,马天成惊喜万分,一块举到嘴边的地瓜也忘了吃。马天成看看全家:真想不到啊,黄毛突然间就恢复了,可能前三服药起了作用。

黄毛的眼睛这霎很有神,抬起脸望定了马天成,形色枯燥的尾巴一下一下甩动着。马天成待了半晌,好像忆起了当年贾二爷把黄毛抱回来的情景。马天成好像忽然明白了黄毛的意思,不迟疑,马上掰了一小块儿地瓜送到它嘴边。

黄毛张口叼住,嚼了嚼往下咽,咽得挺费劲,但还是勉强咽下去了。

第二块,第三块……

马天成一家大喜过望,黄毛终于能吃东西了!

马天成再次将一小块儿地瓜送过去时,黄毛却不再张嘴。黄毛费力地摇着尾巴,贪婪地盯着他手里剩下的那半块地瓜。马天成笑笑:要吃大块的呀?

马天成把手中的地瓜整个儿送到黄毛的嘴边,黄毛果然张嘴叼住,几乎没嚼就硬硬地朝肚里吞,拼命地吞。黄毛吞咽时十分费劲,几乎是很痛苦的动作。它伸直了脖子,闭紧了嘴,用力地咽着,咽着,口角边渐渐渗出了白沫。

马天成一家看到,黄毛喉头脖颈处鼓起个大大的包,这包十分缓慢地往前移动,黄毛嘴角口边的白沫也越渗越多。黄毛嘴边的白沫忽然变暗,变红,很快成为棕褐色。黄毛嘴边棕褐色的液体开始往外流淌,马天成惊叫:啊呀,是血!

黄毛脖颈处的大包再不移动,像个瘤子一样停住,鼓起。它虚衰无力地趴在地上,张开嘴长长地吐出一口气。黄毛双目微睁,呆滞无神地朝马天成望着,眼睛里微弱地闪动着一丝光亮,忽明忽灭。黄毛眼中星芒般的亮点在它眼里跃了跃倏地消失,随之猛地张开嘴来,吐出一个鸡蛋大小圆溜溜的东西。

黄毛吐出的圆东西略呈灰黑色,在灯光下隐隐泛着光泽。

黄毛竭尽全力将这个东西吐出,随之身子就慢慢地软软地塌下去。马天成惊叫一声俯下身子,变音变调地喊:黄毛,黄毛!

黄毛眼里滚出两颗浑浊的泪滴,眼皮像两片薄薄的蚌片,悄然而迅速地合上。

黄毛死了。

马夫人说:黄毛是自己把自己噎死的。

洪玉说:它死得很痛苦,但很坚决。

马天成搬了一个小凳走到黄毛的尸身边,一声不响地坐着。马夫人走过来,准备把黄毛吐在地上的脏物打扫出去。马天成制止了夫人,捡起地上的圆物问家里的人们:知道这是什么吗?家里人纷纷摇头,马天成哽咽起来:这是,这是黄毛留给咱家的狗宝,无价之宝啊!

洪良、秀贞、洪玉一齐走上来,出神地看着那东西。

洪良说:狗宝是贵重药材,我只是听说过,没见过。

马天成叹口气说:因为贵重,医家有的称它为狗黄金,有的称其为金蛋子,与牛黄、马宝并称药中三宝。药用时既能降逆风解热毒,又可理逆气解郁结。噎膈疗疮或胸胁胀塞等症,断断离不了。它的药用价值远在牛黄、马宝之上,所以这东西是可遇不可求的。

洪良说:可是,听说自古都是杀狗取宝,从未听说狗能自己吐宝啊。

马天成抚摸着黄毛的躯身:知恩图报,人畜同理,可有时人不如狗啊!

马天成守着黄毛的尸体,一直守到半夜。最后邱管家找来一个木箱,马天成亲自动手,把黄毛的尸身装进木箱里。马天成让洪良和他抬着木箱走进跨院,亲手给黄毛在大杏树下挖了个土坑,然后把盛着黄毛尸体的木箱埋在跨院的杏树下。临埋之前,马天成想了想,剪下黄毛的一撮尾毛认真地包起来。

洪良说:爹,你这是干吗?

马天成哽咽着:实在想黄毛时,捺不住我就看看这个。

那晚老梁从马天成家回去后,第二天就到山田办公室汇报此行的经过。他直挺挺地站在山田对面向山田表明,为了借到《天方秘籍》,自己买了礼物专门去找马天成了。山田坐在办公桌后边,眼睛打量着梁科长的全身上下,脸上漾出满意的神色,眼睛里似乎也放出光来:哦,梁科长:结果如何?

老梁汇报说:马天成承认自己家早年的确是有这么一部书,他小时候也曾见过。但此书年代久远,当时就已残破不全,如今已是恐怕连张纸页也找不到了。现在自己行医施治时用到的药方,不过是靠当年阅读时留下的记忆。山田拉下脸来,说:马天成狡猾狡猾的,你身为卫教科长,竟然让个郎中骗了。老梁不明白他的意思,又不敢追问,只是眨巴眼睛傻站着。山田瞪着老梁:你为何不想想,马天成说:他小时候也曾见过这本书,小孩子光见过怎么就知道是《天方秘籍》呢?即使见到的真是《天方秘籍》,一个小孩子能认多少字,能看懂你们中国的百家姓就不错了,怎能读懂医理非常深奥的秘籍呢?并且,他还说现在用《天方秘籍》里的药方全靠当年阅读时留下的记忆,除非白痴,谁能相信这些骗人的鬼话!

老梁让山田说蒙了:咦咦,卫生官阁下,我当时咋就没考虑到这些道道呢!

老梁像根树橛子一样立在山田面前,结结巴巴无所适从,既后悔没想好托词就来汇报,也不知应该如何应对面前山田接下来可能的追问。老梁面色灰白,眼光可怜,正准备继续承受斥责,却见山田挥挥手:你是个书呆子,快走吧!

老梁如获大赦,赶紧哈腰告辞。老梁出了山田的办公室,嘴里轻声嘀咕:日本鬼儿日本鬼儿,真他妈的"鬼"呀!

山田骂走了老梁,起身去找刘汉平,刘汉平处事谨慎,学问广博,虽是自己可以任意驱使的奴才,但山田对这个人还是有几分佩服的。他走进知事办公室时,刘知事在处理手头的一件公文,见卫生官忽然驾临,慌忙起身让座。山田客气地与刘汉平打了招呼,坐在办公桌对面的椅子上。刘汉平已经摸清了山田的生活习惯,无论到了哪里或做什么,面前总离不开茶。所以,刘汉平先给这个日本卫生官沏上茶水端到面前,然后才哈下腰来,毕恭毕敬地问道:卫生官阁下,您屈尊来到我的办公室,是否有重要指示?

山田摆摆手:谈不到指示,和知事您随便聊聊。

刘知事坐直了身子,顺手拿起桌上的笔准备做记录。山田笑笑,说:刘知事,我刚才说过,只是找你随便聊聊嘛。刘知事遂把记录本和钢笔放在一旁,山田盯着刘汉平面前的钢笔出神,因为自从他来到中国,见到的多是毛笔,使用钢笔的知识分子可以说少之又少。当然,山田此时的用意不在钢笔上,他有自己的盘算、自己的计划。山田的目光由钢笔转移到刘汉平的脸上,刘汉平赶紧笑脸相对。山田喝口茶水润润嗓子,像咨询也像追问:刘知事,据说中国的知识分子有个信条,叫作"不能为良相也当为良医"。是这样的吗?

刘汉平连忙点头:山田卫生官对中国的文化真是了如指掌,的确是有这种说法,自古以来,中国的老知识分子对中医多少都有些了解。

山田说:这么讲的话,由于知识阶层喜文爱医,中医的古典名著一定很多吧?

刘知事说:身为知识分子一员,我也略知一二,比如《内经》《伤寒论》《金匮要略》《温病条辨》,至于后来的《医宗金鉴》《针灸大全》等,更是枚不胜数了。

山田说:真遗憾,如果刘先生不走仕途,也会成为一代大医郎中。

刘汉平连说:抱歉,刘某只是略知皮毛而已。

山田问道:除了医学名典外,中国民间也藏有大量验方秘籍吧?

刘汉平说:应该是这样,医者在治病救人过程中,喜欢根据医书中的医理结合自己的经验,写成一种类似心得的文字,久而久之,集文成集,也就是一部医书。不过,这样的医书一般会被视为某人某家的镇宅之宝,很难让外人知道。

山田问为什么,刘汉平说:因为这种集子是某医家的看门本领,衣食饭碗啊。

山田点点头:刘知事头脑清晰,分析得鞭辟入里。

刘汉平说:卫生官您高抬了。

山田转动眼珠,看着刘汉平的面色变化。山田忽然"咝哈"了一下:刘知事,像州城名医马天成、张道山他们,家中也一定藏有这种集子或者说是秘籍吧?

刘汉平怔了一下,心想这个山田,真会绕圈子,绕来绕去,这才是他的真实目的。为了掩饰自己的内心活动,他只好回答说:在下尚不清楚。山田接下来便切入正题,说自己听人讲马天成家就藏有一部祖传医书,名为《天方秘籍》。

刘汉平不是假装糊涂而是真的不知,他说:是吗,家在州城这些年,我真没听说过马家有过这部书,不知卫生官从哪里得到这消息的?山田犹豫了一下没说消息来源,只告诉刘汉平,他也是从州城医界某些人那里听到的。刘汉平说:马天成医术高超人所共知。至于家中藏有什么《天方秘籍》,还真是少有人知。

山田说:马天成医理浑厚,行医认真,加之做事地道,又有《天方秘籍》相助,所以稳坐州城医界头把交椅。我对中国医学渴慕已久,十分想看看这部奇书。刘汉平听山田这么讲,却把事情想得简单了,他并没有把《天方秘籍》看得有多重,心想不过一部医书而已,既然卫生官如此渴慕,何不借机拍拍日本人的马屁。想到这里,刘汉平口气轻描淡写地说:不就一部医书吗,卫生官放心,在下差人给你要来看看就是了。

山田连连摇头,说:事情并非这么容易,你不是医生,不了解医生的心理。行医者对于家传秘籍或自己多年积累的秘方、验方视若珍宝,不会轻易送给别人看。你还是想想办法,既要弄到书,还不能闹出什么动静。也就是说一切要在隐秘中进行,不能让外界听到什么风声。

刘汉平微微摇头不以为然。

山田朝前探着身子:刘知事,你把此事看得太简单了。

刘汉平说:卫生官阁下言重了,还是刚才那句话,不就一部医书吗,马天成在皇军和公署的治下,我身为知事要是亲自出面,这个面子他会给吧。山田打断刘汉平的话:刘知事,事情并非那么容易,我事先已经差卫教科长老梁去马天成那里"借"过,马天成敷衍搪塞了几句,就把这个书呆子糊弄回来了。

刘汉平:哦? 马先生是怎么说的?

山田说:马天成对梁科长讲,他小时候是曾见过这部书,你想想,小孩子光见过怎么就知道是《天方秘籍》呢? 即使见到的真是《天方秘籍》,一个小孩子能认多少字,怎能读懂医理药方一定非常深奥的秘籍呢? 并且,他还说现在用的《天方秘籍》里的药方,是靠当年阅读时留下的记忆。这话你信吗?

刘汉平瞪着眼说不出话,因为山田分析得句句在理。山田接下来说:马家确有这部传世秘籍,但要想得到哪怕是真的借来一阅,也会费很多周折。所以才来找你赶紧想想办法拿拿主意,你应该懂得中国"夜长梦多"这句话的含义。

刘知事心中一紧,他也认真起来,就连说话的腔调也变了:我试试吧。

山田说:你可以告诉马天成,如果他有诚意,作为日本卫生官来说也算医中同道,我愿出一万大洋买他的《天方秘籍》。同时我也保证,绝对不会强取豪夺。

马洪良坐诊医堂,一妇人坐在他面前,问马老先生怎么没在家。马洪良说:家父正在内院接待一位客人,一会儿就来医堂。请问大婶,得病有年了吧?

妇人蒙了一下,说:少先生医道真深,怎么搭眼一看就知道我得病有年了? 马洪良笑笑,说:一看二听三问四切嘛,从前三项已经看出,大婶患病时间很长了。妇人连连点头:少先生说得是,我在城南三十里的黄家店,已经患病好些年,在城乡各地请了许多郎中治疗许久,至今仍然不见效。这才让儿子套了牛车来崇德堂请马老先生医治。开头我不大相信少先生的医道,听你这一说,我放心了。

马洪良问妇人哪里不舒服,妇人回说吃了饭不一会儿就吐,肚子里几乎存不住东西,看过的郎中们都说她得了噎膈。洪良仔细打量着病人,病人骨瘦如柴,身体虚弱。洪良暗暗点点头,心想这病人大半是患了膈症,她还算有些福气,我家刚刚得了狗宝她就找上门了,有此良药相配,即使不能完全痊愈,也可以减轻大半。洪良心里想着,着手望、闻、问、切。可是四诊之后,洪良心中犯了嘀咕。洪良看着病人,犹豫不决。妇人见洪良神色有变,就说:少先生,若真是噎膈,您也不必瞒我,反正也活了四五十岁了,不算少亡。

洪良摇摇头说:大婶,我看你不像噎膈。

妇人说:饭后就吐,肚子里几乎难以存住东西,不是噎膈又会是什么病呢?

洪良说:大婶不必忧虑,我给你开几剂药,如果服后见轻,那就肯定不是噎膈。妇人面露喜色:有劳少先生多费心,我算有了指望。

洪良犹豫了一会儿开出药方,但洪良开完方并没让病人立即去药铺那边抓药,而是站起身,说:大婶稍候,我去去就来。马洪良起身走向内院,不大一会儿,洪良跟在马天成身后回到医堂。妇人见着马天成,立即起身。马天成示意病人坐下。马天成坐在自己的位子上,洪良站在父亲身旁。马天成仔细打量病人,他没开口,病人倒先说话了:马先生,少先生说我不像噎膈。

马天成点点头说:小儿所言好像有理,大妹子你虽然形体消瘦,但精神尚可,言行举止也不像大伤元气的样子,待我给你号号脉再说。

马天成细细诊脉,诊完脉想了很长时间才说道:大妹子,我看也不像噎膈。你患的是例并不多见的病症,是因脾胃虚寒和过饱过饥出了毛病,所以像牛羊驼那样反刍嚼沫。每每进食以后不长时间,胃中的食物就再次经食道返回到嘴里,有的反复咀嚼后重新咽下,有的就吐出来了。

妇人连说:对对对,马先生说得对极了,就是这样,就是这样。

马天成继续说道:食物返回即吐的病人就以为自己患了噎膈,其实症似噎膈而不是噎膈。因为噎膈是胃里长了瘤子,这种情况只是虚寒饥饱造成的。

妇人大喜:这么说,我还有救。

马天成点点头,说:若寻到良医,可以很快治愈,遇到庸医,也就像病人自己一样认作了噎膈。妇人眼里溢出泪来,哭哭泣泣地说:早知这样,年前我就该来崇德堂。那么,少先生开的这药方……

马天成看着药方说:温补虚寒,降逆理气,就按此方服药吧。

马洪良低声告诉父亲,说:这是秘籍上治疗"反胃"的方子。因您曾嘱咐我和洪玉秘籍只可熟记不能临床施用,所以此刻就有些犹豫。马天成摆摆手说无妨。

洪良说:既然如此,我就干脆实方下药。他把之前的药方放在一边,刚刚举笔重写又停住。洪良看着父亲:爹,秘籍上讲男不离四君,女不离四物,但据这妇人所患疾病来看却宜用四君子汤加减,是否可以适当调节呢?

马天成点点头:实热症中有"阳极似阴、阴极似阳",虚实症中自然也会有"虚中有实、实中有虚"了。你一定记得秘籍中"八纲辨症,四象整合,君臣佐使,万勿偏颇"的口诀,怎么会不能调节呢!

马洪良颔首称是,伏案开方。洪良在专注开方,马天成也在俯首写字。马洪良开完药方,马天成也写完了。妇人接过洪良手中药方千恩万谢地朝药铺那边走。马天成叫住她,问她是否认字。妇人说:乡下女人,大字不识。马天成听到这话,便将手中字纸揉搓了。马天成告诉病妇,药熬出滤汁后暂不要服,先将一块羊脂油放在铁锅里化开熬热,再加进二两红糖,待羊脂油和红糖熔化后舀出,稍沉一块儿喝下。因为喝了糖油,半炷香后必然口渴难耐,此时再把汤药服下。这样连服三剂病可减轻,连服六剂就能痊愈了。

妇人点头称是,但眼神中所透出的仍是一半信服一半疑惑。马天成洞悉其情,问妇人还有什么顾虑,妇人回道:马先生,不瞒您说,这个病我已经到处寻医治疗,有些郎中也是这么说的。

马天成笑笑:药服三剂,你就相信了。

病人走后,洪良的脸上透出喜悦的神色。

医堂里暂无病人。洪良问道:爹,既然您让我大胆开出《天方秘籍》上的药方,随后又嘱咐病人特殊用药方法。这用药方法一定是"秘解"里的吧?

马天成点点头。

洪良大喜:据此判断,你老人家很快就会让我和妹妹接触《天方秘解》了。

40

马天成被马洪良叫去医堂之前,一直在客房里和刘汉平聊天叙话,山田派来跟随刘汉平的两名公署庶务员也一直在门外站着。刘汉平正自喝茶,马天成回到客房,他首先端起茶壶给刘汉平斟上水说:抱歉,刚才一个病人病情麻烦,小儿一时不敢做主,就把我叫去了。让刘知事久等,实在对不起。

马天成放下茶壶冲刘汉平深深一揖。刘汉平说:马先生总是这么客气,治病救人要紧,你我不过闲话而已,何来抱歉之说。马天成坐下来说:刘知事您刚才谈到家传秘籍一事,马某顿觉心神不宁。刘汉平压低声音:马先生,你对老梁说的那些话,实为不妥。不论老梁是真愚昧还是假糊涂,当时算是搪塞过去了。但是,山田这个日本人并非等闲,那些话可以哄骗老梁,要想瞒过这个日本人办不到。

马天成叹口气说:那天送走老梁后我就醒悟到话中漏洞,所以一直考虑对策,万一山田识破我的假话再次派人找上门来,我如何应对呢?还真是不出所料,这不你来了。刘汉平看看门外说:马先生家传秘籍之事,别看我假作糊涂敷衍山田,实是深信不疑。马先生用异方救得家慈,当初马先生也多亏此书才救得刘某性命,否则我的肉躯早已化作泥土。从山田派了老梁又差我来看,这个日本卫生官恐怕已和《天方秘籍》"摽"上了。中国成语中有"情急智生"这句话,眼下已是情急,就看你马先生的智慧了。

马天成手背敲着手心,一时不知如何是好。刘知事说:马先生是个聪明人,刘某不能在您面前说假话。山田卫生官找到我办公室去,最后竟说要出一万大洋购买马家医书《天方秘籍》。可以看出,对此书他是势在必得了。

马天成说:黔之驴,我真成了黔之驴了!

刘知事说:不过山田也信誓旦旦,说绝对不会强取豪夺。

马天成苦笑:安抚之言,我当然不会相信,他们说话算话吗。

刘知事说:这便是关键所在。

406

马天成凝眉思索,刘汉平在一旁耐心等待。马天成站起来在室内走了个来回,忽然呵呵大笑,门口的两个庶务员探进头来。马天成抬高声音:刘知事,不就是一部破书吗,哪能让卫生官阁下出这么大的价钱,拿去看看就是了,看完后能还呢就还回来,不想还让卫生官留下收藏即可。

刘汉平很吃惊。但刘汉平看到两个庶务员探头探脑,不点自明,便立即接上话说:马先生你也真是的,老梁来时你要这么办的话哪还用得着费这些周折。

马天成说:科长能和知事比吗?何况你我又是街坊。再说,梁科长走后,我思来想去还是找找吧,果然,翻箱倒柜找了半下午,还真在一堆书里找到了。

刘汉平也提高嗓音:马先生果然仗义豁达。这么说,那天梁科长来时,马先生所言属实,我回到公署一定要对山田卫生官多作解释。

马天成:仰仗刘知事了。

两个人假作谈论《天方秘籍》,刘知事说:既然如此你马先生赶紧把书拿出来,我好去山田卫生官那里交差。马天成慨然应允,他让刘汉平稍等,自己出了客房走向书房。马天成回到客房时,手中多了一部早就破得没了皮的医书。马天成把破书递给刘知事,刘知事捧书在手细细观看:我说嘛,区区一部医学典籍而已,不过就这样送到山田先生面前不大好看,是不是重新装潢一下?

马天成连声说好,他找来了一张黄绢纸包在破书外面,用糨糊粘好。刘汉平看看新包好的医书,又让马天成速取文房四宝来。马天成拿来笔墨纸砚,刘知事挽起袖子执笔在手,用柳体在封面上端端正正写了四个字"天方秘籍"。

就在同一天上午,张道山再次到了河西陈庄,与林先生一同诊治病人。以张道山为主,二人商量合计后开出药方。张道山将药方递与林先生过目。林先生看后连连点头,说:张先生,但凡林某有作难之处,总要烦劳你来相助。林某实在于心不忍,今天中午能否到舍下置酒小聚,林某也当略表寸心。

张道山说:医堂里多有病人,久等不回,宜生焦躁,以后有机会再去相扰。林先生说:那就请张先生稍坐片刻,略叙几句。两人闲聊中,张道山听林先生讲,近年以来城中日本医生多次下乡,专门搜集中国医生的土方、验方、单方、经方和秘方。只要稍有意蕴的医书,竟不惜花钱购买也要收入他们囊中。张道山听到林先生这话,忽然顺口道:咦咦,有这种事,看来我还真是莽撞失口了。

林先生奇怪地看着张道山:张先生此话何意?

张道山赶紧掩饰,说:有个日本医生问我是否家有秘方,我说秘方多在乡下郎中手里,城内医生只是以中医典籍为准,轻易不用那些另类秘方。林先生做恍然大悟状:日本人大约就是听了张先生的话,这才频繁到四城乡下搜集秘方的吧。

张道山连说"也许也许"。

那天张道山出于妒忌说出马天成家藏有一部家传秘籍,看到山田喜形于色,知道这个日本卫生官盯上秘籍了。他想,日本人要是弄去《天方秘籍》的真正版本,自己便再也没有机会。得抽个空儿知会马天成一下。可是,他与马天成已经反目,找个什么借口呢?所幸两天后遇到陶先生,张道山便找了个因由把这情况告诉陶先生,并委婉地让陶先生转告马天成。这会儿听林先生说到日本医生一直到乡下搜集中国医方,才明白日本人对此事早就蓄谋已久。张道山虽然心胸褊狭贪欲成性,毕竟还是个中国医生。他再也坐不住了,他要赶回城内悄悄告诉四街同行,让他们小心行事,如有秘方验方,万勿轻易透露。

张道山立起身,林先生说:张先生这就回城?张道山说:天不早了,医堂中病人一定很多,我必须马上返回。病家主人朝院里喊:老高,套车送张先生!

刘汉平不辱使命,带着"天方秘籍"高高兴兴回到公署。刘汉平赶到山田住处"复命"时,山田正在翻看从其他地方弄来的中国医学典籍。山田一见刘汉平捧着"天方秘籍"走进来,高兴得手舞足蹈。连连夸奖说:刘知事践行诺言,做事效率真高。刘汉平照例要谦虚一番,说:这是刘某人应该做的。

山田看到医书封面上墨迹刚干的"天方秘籍"四个字,疑惑地问刘汉平这是怎么回事。刘汉平说:卫生官阁下,因为医书破得没了封皮,是我在马天成家当场粘好写上的。山田转忧为喜:不错不错。

山田将"天方秘籍"端端正正放在书案上,不错眼珠地久久盯望着。他心里很激动,也很滋润,因为一件向往已久的宝物终于到手了。山田盯着"天方秘籍"很长时间,这才意识到刘汉平仍旧站在自己面前。他"哦哦"了两声道:刘知事,请派人转告马先生,改天我将亲自到马家登门拜谢。

刘汉平告诉山田,说:马天成表示,不就是一部破书吗,让卫生官阁下尽管看就是了,看完后能还呢就还回来,不想还让卫生官留下收藏即可。山田大感意外,禁不住竖起大拇指:爽快!

刘汉平告退,跟随刘汉平前往马家的两个庶务员走进来。山田询问二人,说:刘知事与马天成借书一事,你俩一直在场吗?其中一个庶务员说:我们始终就在马家客房门口,听得清清楚楚。山田问马天成是怎么说的,另一名庶务员重复了刚才刘汉平的话——马天成说,不就是一部破书吗,让卫生官阁下尽管看就是了。看完后能还呢就还回来,不想还让卫生官留下收藏即可。

山田点点头,挥挥手,两名庶务员退出办公室。

室内只剩山田一个人,他坐在桌子后边全神贯注翻看"天方秘籍"。山田越看越来精神,书中内容果然奥妙无穷,有许许多多离奇古怪的疾病治疗办法。

山田不由得念出声来:酒徒如嗜酒如命至奄奄待毙,可先服浸黄鳝白酒早晚各一两,四天后将酒徒捆住手脚,将一盛有十年老酒的坛子放在他的脸前。坛子下生火加热,老酒香气外泄,酒徒欲喝不成,馋极挣扎。须臾间,酒徒必张嘴大叫不止,此时可有一口血污喷出直接落进坛中酒里。那血污在酒坛里的酒中必定滴溜乱转,继之凝结成团成形,鸡蛋大小浑身有孔,此物谓之"酒鳖"。逼出酒鳖后,酒徒虽未戒酒,但已经不再嗜酒如命,身体也便渐行康复。

山田很兴奋。

山田拿起笔来抄下此方。山田边抄药方边嘟哝:我哥哥就是这样的酒徒,多年治疗一直未果,如今有这样的秘方,真是天之助也。

山田原方照抄并写了一封信,随之他叫来庶务员,让庶务员马上拿着此信去邮政所寄回他的日本老家北海道。

刘汉平取走"天方秘籍"的当天晚上,马天成把李天鹏叫进书房悄悄吩咐说:天鹏啊,上半夜你不要睡觉,注意院中各处动静,我有事和洪良洪玉商量。李天鹏说:马先生只管放心,有我在,谁也休想潜入咱们院中。

马天成点点头:待会儿你把洪玉和洪良叫到书房里来。

天鹏答应着走出去。

夜深人静时,洪良和洪玉走进书房,马天成坐在桌子旁的椅子上,兄妹二人站在父亲面前。马天成问道:《天方秘籍》你二人可曾背过?

洪玉说:我是背过了,不知哥哥……

洪良说:我已倒背如流,不知妹妹……

马天成说:别斗嘴了,你们二人一齐背。

洪良、洪玉:医之初,脏腑详,未入室,先升堂。曰肝心,脾肺肾,此五脏,五行蕴。胃膀胱,大小肠,三焦胆,六腑囊……灯影下,兄妹二人一齐背诵《天方秘籍》的开篇,兄妹二人不负父望,《天方秘籍》倒背如流。马天成颔首称许:你们习医已到火候,今晚我把《天方秘解》交给你兄妹二人。你二人暗中分抄《天方秘解》留存熟记,以便临床施用《天方秘籍》时对照解析。

洪玉说:爹爹但请放心,我们在学好中医基础之际,一定悉心攻读这两部奇书,争取早日医术大进。

十月怀胎一朝分娩,秀贞马上就要临盆,马家老少沉浸在欢乐幸福的等待中。傍晚,马天成从医堂出来走进内院时,马夫人便笑眯眯地迎接着他,一边往屋里走一边说:良儿他爹,秀贞"见红"了。马天成乐得往前张了好几步,站稳后问夫人:我前几天在东门外采集的草药呢?

马夫人说都在套间放着,马天成又问白布、麝香和一应用品都准备好了没有。马夫人说:放心吧,一个月前就准备好了。

　　晚饭后,马天成在屋内走来走去,焦急地等待着洪良屋里的消息。一会儿问南街陶家胡同的接生婆来了没有,一会儿又叮嘱刘嫂提前烧好开水,同时要求开水须凉得不凉不热,以便给婴儿洗浴。此刻好像屋里空间小了,马天成又走到院子里,从东走到西,从南踅到北,不时地打听洪良房里的消息。马夫人见他焦虑不安,就劝他:你别操这些心了,去睡一会儿吧,恐怕得到下半夜了。

　　马天成说:这么大的事,你让我睡,睡得着吗。

　　马天成沉不住气,继续在院子里走来走去。院子里风清月明,马天成一会儿看看明月,一会儿听听动静,激动得夜不能寐。也不知他在院里走走停停转了多少遍,拂晓时分,洪良屋里终于传出响亮的婴儿哭声。马天成期盼已久的喜事终于到来,一个白白胖胖的大小子降生到人间。当这消息从屋内传到院中时,马天成望着高空明月喜极而泣:上苍慈悯,马家终于后继有人了!

　　一直待在自己屋里不出门的洪玉跑出来,洪玉看了爹一眼,想说什么没开口。马天成看着洪玉提着个小包跑进洪良的屋里,禁不住问她手里拿着些什么。洪玉也没回答,径直奔哥嫂房中去了。

　　马洪良坐在外间屋里,洪玉走进来见他笑眯眯的,打趣说:哥哥得了儿子看把你乐的。洪良说:你不乐像风一样跑来干吗?洪玉没和哥哥多说什么,三几步走进套间里。婴儿降生后,接生婆此时正按照传统做法,先用干净白布蘸着温水轻轻为孩子擦洗三遍,接着又用干净棉花蘸着温水清洗口鼻和耳内污秽之物。这些程序做罢,接生婆摸起剪刀在火炉上烧烤了一下回头问:麝香呢?

　　马夫人拿着个小纸包走上前:在这里,麝香在这里呢。

　　接生婆举着剪刀走到婴儿跟前哈下腰正要剪脐带,走进产房的洪玉拦住了她。洪玉打开她手里提着的小药箱说:婶子,让我来吧。

　　接生婆向洪玉投来不信任的目光,说:玉儿,我知道你精通医道,可是,这活你行吗?烤过的剪刀依旧擎在手里,接生婆迟疑着不肯交给洪玉。洪玉笑一笑说:婶子,我不用你的剪刀,你看着吧。

　　洪玉从药箱中取出雪亮的不锈钢剪刀和一把止血钳,先用碘酒把剪刀和止血钳擦拭了一遍,又用酒精擦拭了一遍,然后用止血钳夹住小家伙的脐带下端,用剪刀把脐带和胎盘从中剪断。洪玉在婴儿脐带的伤口处撒了些白色药面,又从药箱内取出两块预先消毒并叠成小方块的纱布摆弄着。

　　马夫人、接生婆和刘嫂都惊奇地看着洪玉,只见洪玉将其中一块中间剪出个小洞套在肚脐上,又用另一方纱布盖在上面。洪玉扯下几条胶布固定住纱布,乐呵呵地拍了一下婴儿屁股说:没事了,包上吧。

洪玉已经开始收拾药箱,接生婆手里的剪刀还一直举着。接生婆看看婴儿又看看洪玉咝哈了几下说:他姑姑,你这办法保险吗?

洪玉合上药箱盖:婶婶,这是西医接生法,最保险了,您老放心吧。

接生婆摇摇头:断脐后在伤口上敷上麝香,再用白布包裹后能够预防脐风发作。你这倒好,省事了。

接生婆举着剪刀走到外间,走出屋去。洪玉从门口看到,接生婆找到仍在院中转圈的父亲小声说了些什么。接着就见父亲急匆匆地往产房这边走,她赶紧迎出去,爷儿俩在门前碰了个面对面。马天成口气焦虑,呵斥女儿这种接生法太冒险了。洪玉笑一笑:爹,你放心就是了。

事情已经做了,马天成知道争下去也不起作用了,便不再责怪洪玉。马天成稳稳心神,递给夫人一包草药说:快让刘嫂熬熬。

马夫人:甘草汤?

马天成说:明天就给孩子灌吸,疏通消化道,以防转肠风。

马夫人说:二十多年了,你还记着呀。

马天成说:良儿、玉儿不都是用的这药吗。记着,把我采的野外百草煎煮汤水,每隔三天给孩子洗洗全身,如此可以百病不侵。

站在一旁的洪玉暗暗嬉笑,说:老爹虽然医术精湛,就是认道跑到黑不好。

马天成在享受着得孙之喜,山田却一直闷在宿舍里看"天方秘籍"。书中的奇术异方让他大开眼界,这让山田常常自言自语:真是奇书,真是奇书! 只是……只是有些东西怎么查不到呢? 特别是马天成给老梁女儿治疗鼻息肉的配方,他查遍全书也没找到。于是,他让人把老梁叫过来,想从老梁身上弄到他所要的东西。

老梁自从上次挨了山田的训,再见到山田就一阵阵头晕。他知道日本人对中国人是反复无常的,生恐哪件事办砸了或哪句话说错了摊上灾祸。所以进了山田办公室就已战战兢兢。老梁哈着腰说:卫生官阁下,您叫我有何吩咐?

山田只顾看书,并没抬头,只是问他那次马天成治疗鼻息肉时用的药面是什么颜色。老梁回答:千真万确,黄色的,用苇管吹进鼻腔里。

山田说:我曾让你留下一点儿药面,你留了吗? 老梁回答说:当时你说得晚了两天,药面用完,我恐你另有用途,只好再去找马先生索取。岂料马先生说不必再用,再用反而导致鼻腔过于通达,冬天受冷不过而酸疼不止。

山田终于抬起头来,疑惑地看着老梁。老梁很紧张:我说的全是实话,卫生官阁下可以去问马先生。

山田原想弄到药面后让日本医生化验一下药物成分,知道了药物成分,这

411

秘方也就不能称之为秘方了。见老梁如此说,他深感失望,还想问些别的,没料到一着急忘了问什么了,只好挥挥手让老梁走,老梁擦着额头上的汗退了出去。

老梁走后,山田继续翻看"天方秘籍"。山田不断皱起眉头:我怎么就是找不到配制这种药粉的办法呢,难道此方不在"天方秘籍"里?

山田放下"天方秘籍",又翻开日本医生从民间弄到的《针灸大全》。山田仔细查阅,这上面果真有治疗包括鼻息肉在内各种疑难病症的针刺穴位和行针手法。他拍拍脑袋暗自思忖:明白了,马天成往病人鼻孔里喷的药在另外的医书里记着,马家的秘籍绝非仅此一部。

马天成的孙子满月了,亲戚朋友纷纷来马家庆贺。马家正厅、南房和洪玉的东厢房摆了几桌酒席,马天成一家和亲朋分坐在各屋里。

张道山虽然已和马天成反目,但外孙满月他无论如何也得和夫人来庆贺。俗话说大事解百仇,借着孩子满月这件喜事,马张二人算是重新和好了。马天成夫妇陪着亲家坐在正厅,其他屋里的亲朋好友纷纷过来向马天成夫妇和张道山夫妇贺喜。首先走过来的是陶居正等郎中朋友,他们一起捧着酒杯先走到马天成夫妇跟前说:五十得子乃大喜,五十得孙喜上喜,我等恭贺马先生夫妇了。

马天成夫妇举杯致谢。

众郎中朋友又举杯走到张道山夫妇跟前念喜歌:内孙外孙同是孙,恭贺张先生夫妇喜得外孙了。

张道山夫妇同样起身致谢。

陶居正问马天成孩子可曾取名,马天成笑呵呵地说:我想了一个月了,马家到州城已历四代。正道是"州城事事皆如意,如意事事在州城",就叫马如州行吗?

众人齐声叫好。

马天成夫妇和张道山夫妇又分别到各屋子里向来宾致谢,张道山和马天成里里外外并肩而行,两个人因为有了小如州,彼此间隔阂也稍有消除。张道山凑近马天成的耳边说:天成,有一事我得告诉你,日本卫生官山田那次到颐寿堂找我,不知从哪里得到《天方秘籍》的消息,听口气必欲取之,你可得小心注意。

马天成叹着气说:唉!定是哪个贪欲成性的业中人透露给了山田。道山兄警示于我,天成实在感谢。不过,山田已先后差了梁科长和刘知事到来,向我索取《天方秘籍》了。

张道山大吃一惊:你把《天方秘籍》给了山田了?

老成持重的马天成微微摇头,张道山松了一口气。

小如州过"满月"的这天晚上,张道山正在灯下查看姜药师送过来的购药单子,外边有人敲门。张道山从窗户里望出去,见一名男子挂着拐棍站在门廊外。张道山走到门前说:外面的先生,天已太晚,若非急症,明天再来诊治吧。

门外的声音低微而痛苦:张先生,我跌伤了,眼下疼痛难忍,听说张先生精于骨伤,特地从城外跑来找您治疗。请张先生开恩,暂时给我止住疼就行。

张道山只好打开医堂门,男子一瘸一拐勉强走进室内。男子坐到凳上后,张道山端灯查看,果然趾跗红肿已及脚面。张道山用手摁了一下男子的脚踝,男子疼得龇牙咧嘴。张道山盯着男子的伤脚说:先生,你这并非一般跌伤,而是自高处下落时踩到脚下异物挫伤的。

男子连连点头:张先生果然名不虚传。

张道山问跌伤几天了,男子回说两天。张道山问找没找人治疗过,男子说找了位郎中,脚上敷了些药膏,又让我热敷,没想到越治越厉害了。张道山说:敷药膏是对的,热敷却错了。一般郎中都认为热可活血,却不知挫伤跌伤者血瘀难通,越热越重,倘若当时冷水敷之或许还好些。男子连连点头:张先生所言极是,现在,脚踝肿得快赶上腿肚子粗了。

张道山把油灯放回案上,返身走到男子跟前问他家住哪里。男子却所答非所问:哎哟,张先生,赶紧给我止止疼,实在受不了了。

张道山虽然纳闷这人为何不说住址,但也不好多问,便迅速开出药方。张道山叫过药铺那边的小程,告诉他按方抓药,然后置铁锅中煮上两开两落倒进盆里端过来。小程答应着,拿起药方回药房去了。

张道山从一只浸着中药的大瓷坛里倒出半碗药水,找了块棉布递给男子说:先生,别人动手不知轻重,你自己蘸了药水慢慢擦拭患处。

男子遵照张道山的话慢慢蘸着药水擦拭脚踝,擦了一会儿说:疼得轻多了。张道山让他继续擦下去,自己转身走向那边的药房。张道山从药房提了一只木盆放在男子脚下,小程随后端着熬好的中药锅进来了。小程把药汤倒进木盆,张道山伸手试了下凉热,就让患者把碗中的药水也倒进木盆,把伤脚放进盆里,随口又问他家住哪里。问了之后又后悔,因为行医多年的郎中都有经验,凡是病人所避讳的就是不想让人知道的,自己怎么一时口顺,又问人家呢。果然,男子想了想说了句模棱两可的话:家住城南,距此数十里。

张道山一怔,心想伤得这么重,距城几十里还能走到颐寿堂?支支吾吾不说实话,这个人的来历必然大有文章。张道山细细打量着男子,不再追问了。他告诉患者,说:脚伤甚重,除服舒筋活血丹外,每天必须用这药水泡脚两次。你如有方便住处,可让药房伙计每天给你把药熬好送去。男子摇摇头说暂无住处,张道山只好给他安排了:这样吧,待会儿泡完脚后,我让伙计送你到悦来客店住下,客店距我医堂很近,早晚之际,先生可来我这里泡脚服药。

男子连连点头:如此,我就听先生的。

男子的伤脚在药水盆里搅动了几下,说:疼是轻得多了,只是仍旧肿着。张道山说:病来如山倒,病去如抽丝嘛,你这脚侧的几块小骨受伤裂了,须待肿胀消退后慢慢治疗。这就是说,先生得在客店里住一些时日了。

男子说:只要治好这只脚,但住无妨。看看木盆里的水渐渐凉了,张道山说:今晚就泡到这里吧。他叫过小程,让小程把此人送到悦来客店住下,同时叮嘱,这位患者的账记在自己名下。男子定定地瞧了张道山半晌,绷紧嘴唇点点头,在小程的搀扶下拄着拐棍出门去了。

张道山关上医堂门坐回椅子上:瞧这光景,来者不善啊!

转眼间,张道山给脚踝挫伤者治疗已经半个多月,因治疗得当及时,伤者恢复很快,半月头上时,已能扔掉拐棍自立行走。又过了一些日子,张道山把伤者脚上的膏药揭下来,摁摁脚踝外侧,说:骨缝已愈,再无顾虑,你可以自由活动了。

伤者穿好鞋袜,轻身跃起,眨眼间原地打了个旋风脚。伤者双脚落地后看着张道山,单腿跪地,双手抱拳:张先生,大恩不言谢,在下有礼了。

张道山赶紧扶起伤者,连说:不谢不谢。伤者从衣襟内取出两根金条放在桌上:张先生,些许小礼,权作药资,望张先生笑纳。

张道山吃了一惊,旋即又镇静下来。至此他断定,此人是大有来头的。张道山把金条送还伤者说:先生言重了,张某人治病救人不单单为得钱财,我看您气宇不凡,必非弩辈,结交犹恐不及,哪敢收此厚礼。

伤者轻轻点头:张先生如此豪侠仗义,在下也不隐瞒,我实是鲁北有名的飞天大盗高伦。因在他乡作案露形,翻越高墙时踩到地上异物,不慎跌倒,以致脚踝骨裂。幸得张先生诚心尽力,施治及月,方得痊疴。今晚作别,他日如有用得着在下之处,只消找到河西陈庄的陈半吊子捎个信儿,半日之内我必来见您。

张道山惊出一身冷汗。飞天大盗民国年间即已名满鲁北,官府屡屡派人捉拿,却总是影儿也见不到。他连忙深深一礼:原来是高伦壮士,张某失礼。久闻高壮士大名,日本人占据这一带后,再不闻壮士威名,敢问壮士匿于何处躲避?

高伦轻轻一笑:谈何躲避,我如今只是不盗民财取官财而已,但凡日本洋行,官宦衙门,高某如果愿意,来去从容。

张道山说:高壮士真乃侠义之人,佩服。

高伦拱手说:张先生,在下今晚别过,他日相遇,定然厚报救治之恩。

张道山说:多承壮士美意,张某心领了。

张道山打开医堂门,高伦走出去。张道山低头作揖送别,抬起头时,高伦已经踪迹不见了。

41

日本人为了得到更多的中医资料,召开了全省卫生官会议部署新的行动计划。省公署会议室里聚集着全省各道的卫生官,省城卫生顾问吉野主持会议。

山田一郎坐在会议室的前排座位上,不时地摸摸自己的衣袋。山田的衣袋里装着"天方秘籍",他几乎是走到哪里带到哪里。

两天的会议就要结束,卫生顾问吉野做了总结。吉野谈到近一段时间以来,各州县府道搜集到大量的中国民间医方秘方,成绩很大,为大日本帝国的医药卫生事业立了大功。希望他的同仁们继续努力,争取搜集到更多有关中国医学方面的民间医方和有着参考价值的典藏古籍。他说:这次会议到此为止,期盼下次会议召开时,我们会有更多的收益。

吉野是皇族成员,在当时的日本医界来讲可以算得上名高望重。他和同为医者的山田及日本医学现代派大师山崎正太郎的传人长谷川同为好友,三个人在日本国内时就常有来往。吉野和山田跟随侵华日军踏入中国,长谷川则一直在欧洲进行医学考察,所以三人的联系时断时续。散会后,吉野照例邀山田到家中做客,两个人坐在榻榻米上饮茶。吉野说:山田君,东临道的州城搜集到的中国民间医方很多,某些医书和秘方有着较高的研究价值,这与您的不懈努力是分不开的。

山田俯首致谢,说自己在鲁北一带除了搜集到许多中医经方、验方和秘方外,还得了一部宝书叫作"天方秘籍"。吉野问这"天方秘籍"里都是哪些内容,山田便取出衣袋中的"天方秘籍"递给吉野看。

吉野在一页页翻看着秘籍,山田面露得意之色。吉野看了一部分后忽然皱起了眉头。山田很吃惊,问吉野何故如此,吉野站起身来说:山田君请等一下。吉野走进内室找出一部明朝版本的古书递给山田。山田接过古书看时,书名《奇病异方》。山田不解地望望吉野,吉野指指《奇病异方》:山田君请看。

山田打开此书仔细翻阅,翻看了几页脸色就阴沉了:吉野阁下,我上当了!

吉野说:这是部类似医学故事的著作,根本没有实用价值,是中国医生们闲时看着玩的,我这里已经收到好几本这种书了。山田这才知道,原来刘知事给他弄来的所谓"天方秘籍"竟是在中国流传多年的医学故事啊!山田连说:上当了上当了,马天成戏弄了刘知事,也戏耍了我。

吉野问这部书的主人是什么人,山田说:一位在州城名望最高的中国医生。他把自己所知的马天成对疾病的治疗成就一一说给吉野,吉野听后说:像这样的中国医生,手中肯定会有价值不菲的中医古籍,你下下功夫吧。

山田把《奇病异方》扔到一边,连茶也喝不下去了。

他说:我实在咽不下这口气,下午我就回东临道州城。吉野劝他克制,说:得宝不在一时,何必如此着急,还是住两天吧。山田连连摇头,说:我现在恨不得马上弄到真正的《天方秘籍》,不顾一切地弄到。吉野说:据我考察,这样的中国医生性格多为偏执型,想弄到他们手里的东西,怕是不那么容易。

山田咬咬牙做了个砍的手势:必要时和日本宪兵队联系,或要求军方的特务机关给予帮助,不信就弄不到这部书。

吉野又摇头:山田君,自从太平洋战争爆发以来,我军节节败退,大日本帝国当局为稳定人心,制造盛世气氛,命令在占领区实行外松内紧。在此情况下,您不能来硬的。否则,前方兵败,后方民乱,就不可收拾了。

山田叹口气,说:要早下手就好了。

吉野:硬的不行来软的,软的不行来暗的。我这里有个人,似乎可以帮帮你。

山田眼露光亮:是吗,那太谢谢阁下了。

吉野拍了下手,后堂里走出一个日本人来。吉野说这是皇室派给他的随身卫士之一,是出名的日本忍者。吉野说:这个人的忍术或许对你得到《天方秘籍》有所帮助。山田拍手说:太好了,太好了,谢谢我的好朋友顾问阁下。

几天之后,夜深人静,马天成在灯下研读《天方秘解》。天交三更,马天成忽觉天窗上白光一闪,他抬头望去,却什么也没看到。

窗外残月余光,在窗棂上照出许多影影绰绰的东西。马天成摇摇头,唉!人老眼花了!他藏好秘解,欲进卧室。门外有人轻轻敲门,马天成喝问是谁,门外李天鹏的声音:马先生别怕,是我。

马天成打开门:天鹏,这么晚了,找我有事吗?

李天鹏低声告诉马天成,自己刚才巡夜到此,见有人攀附在屋下廊檐上用千里眼(望远镜)向屋内窥探。他稍稍弄出动静,此人受惊越墙而去。因怕惊吓到阖院眷属,天鹏也没出手擒拿。马天成吓了一跳:我说觉得外边白光一闪呢,还以为自己眼花呢,是不是贼人踩点?

李天鹏摇头说:这个人身手不像一般盗贼,轻灵神秘中透着一股邪气。再说盗贼也不会使用千里眼往屋里看呀。不管是什么人,明天要晓示全家注意防范。

马天成说:好的,我知道了,天鹏你累了一天,也去休息吧。

李天鹏说:先生只管好好歇息,天鹏还须继续巡夜。

李天鹏走出去,马天成心中咚咚直跳。

马天成和李天鹏恐怕都没有想到,今晚这人并非踩点的盗贼,而是山田派

416

来的日本忍者,企图查清《天方秘籍》的放置之处,伺机窃取或豪夺。

城东教会医院勃兰特办公室里,马洪玉坐在沙发上,勃兰特坐在桌旁椅子上。

两个人谈论的是中医和西医究竟哪个更先进的话题。勃兰特说:马洪玉小姐,你原是学西医的,为何现在也接受了中医理论呢? 马洪玉回答说:勃兰特先生,我虽然学的是西医,但家庭世传中医,无论心里接受还是不接受,客观上我一直在中医理论中接受着熏陶。自从父亲建议我从中医理论学起时,我就看出,无论西医还是中医,都有其长处和短处,也都有其必然性和偶然性。

勃兰特让马洪玉讲得透彻一点儿。马洪玉说通过前段时间的研读,她明白中医的理论体系是以阴阳、经脉等为主,西医的理论体系是以解剖学、组织细胞学等学科为基础。其差异呢,中医是从整体的角度看待疾病,西医是从微观的角度看待疾病。而这两种理论体系都有其优劣之处。

勃兰特说:这理论我曾经听小姐讲过,能否举个比较切实的例子? 马洪玉说举个最简单的例子吧,有个人因为气恼变得郁郁寡欢饮食不下,造成胁痛腹泻等症状。面对如此状况,西医有什么好办法可以做到立竿见影吗?

勃兰特摊开双手耸耸肩。

马洪玉说:可是,这种状况中医谓之肝气郁结,先从整体上分清虚实,或补或泻,施以柴胡舒肝汤之类,却可以让病人迅速康复,西医做得到吗?

勃兰特摇摇头,说:西医必须先查肝脏功能,再做心肺检查,然后对症用药。马洪玉说:这就是中医"对症"、西医"对症"的区别。但反过来,有个病人牙疼不止,中医从整体上辨症得先分清寒牙和火牙,然后采取或补或泻的措施。西医呢,查明是因炎症所致,用上消炎药即可;如果查明牙根已坏不能保留,打上麻药拔掉,再镶颗假牙也就是了。

勃兰特竖起大拇指:马小姐中西对比,分析精到透彻,本人心服口服。

马洪玉说:勃兰特先生,医学的作用是救死扶伤,这是一个公认的结论。既然如此,中医能治病,西医也能治病,中西医都是医学的一个组成部分,都是为了减少死伤,提高人的生活质量,为什么非要舍此取彼而不能兼蓄并容呢。

勃兰特连连点头,说:马小姐,以后我也要在中医理论上下下功夫,还望能得到您的帮助。洪玉点点头:我们共同努力,让两种不同体系的医学理论齐头并进。

马洪玉辞别勃兰特从城东医院回到家时,马夫人正帮着秀贞照顾小如州。秀贞给孩子换上褛子,开始喂奶,马夫人把如州的褛子泡在水盆里。秀贞见洪玉从内院大门走进来,就对婆母说:娘,玉儿这是又到城东医院去了吧,你得劝劝她,经常和那个外国男人接触,时间长了会让人说闲话。

马夫人说:我也这么想过,也说过她,可玉儿说要去城东医院找那个勃兰特商议中西药结合的事呢。秀贞说:玉儿性格倔强,最好让爹说说她。马夫人沉默片刻:我和你爹说过两回了,可你爹说玉儿天生男孩性格,随她去吧。

洪玉走进屋里,马夫人和秀贞都不作声。洪玉笑笑:说我呢,是吧?

秀贞笑了:玉儿,天是老大你是老二,谁还敢说你呀。

洪玉走到如州跟前逗着侄儿乐。

洪玉和小如州逗闹了一会儿,转身对着秀贞说:我的好嫂子哎,你和咱娘都要放下心来,别整天提心吊胆的。爹那天也说过我,怕我闹出是非,教我与勃兰特疏远。可是,我和勃兰特只是交流医学,又不是一般男女的偷情苟且,你们到底担的是哪门子心呢!

秀贞说:玉儿既然这么说,就证明你主意很正,心有所防,我和咱娘也就不管不问了。马夫人接上道:玉儿,你嫂子也是为你好,别依着自己性子来。

洪玉并不在乎,她对母亲和嫂子说自己生性豁达,态度坚决,一心向医,才不管那些闲言碎语呢。马夫人连说:好好好,算我们娘儿俩多嘴了。

这天,秀贞带着如州到西街走娘家。晚上,张道山、张夫人在灯下逗着小如州玩,秀贞告诉爹娘,说:那天夜里马家院里进去人了。张道山一惊:什么人这么大胆,马家可是有个李天鹏啊。

秀贞说:这个进院窥探的人就是天鹏哥发现的,听如州他爸爸讲,天鹏哥说那个人身手不像一般盗贼,轻灵神秘中透着一股邪气。张道山倒吸了一口凉气,说:我听找我看病的梁科长说,山田卫生官从省里开会回来后,身边忽然多出个随从来。那个随从就像天鹏说的那样轻灵神秘中透着一股邪气。秀贞吓了一跳:爹,我在济南育英中学读书时,听一个日本女同学说她们日本国有类武士叫忍者,气质行踪跟别人不一样,莫非这个人就是忍者?

张道山点点头:我明白了,这个贼夜入马宅有可能是别人派去暗地里侦察的,他的目的可能不为钱财而为马家的《天方秘籍》。

秀贞笑笑:这个贼人也够愚鲁的。

张道山定定地看着女儿说:孩子,刚才你好像话中有话。

秀贞压低声音告诉父亲,说自己从洪良那里知道,《天方秘籍》必须有《天方秘解》中的诠释方能实用,即使有人盗去也是白搭。

张道山一下子愣住了。

张道山恍然大悟,原来"天方"实为两部啊!他终于明白,昔日自己施用书中秘方时为何屡屡失误了。好好好,幸亏自己当初将《天方秘籍》抄录了一部,此时只消再想法弄到《天方秘解》,则大事可成,目的可达。

张道山因为知道了秘籍底细,对此书的渴望忽然变得更加强烈。此刻,他盘算的已经是如何弄到《天方秘解》而不是《天方秘籍》了。

张道山盘算着弄到《天方秘解》，而山田却想的是如何弄到真正的《天方秘籍》，两人的目的虽说是殊途同归，但其间尚差一步，而仅仅这一步之差，也让他们分别谋划和采用着不同的办法。

山田把刘汉平、马天成、老梁请到自己的宿舍。一席榻榻米上，山田、刘汉平坐在一侧，马天成、老梁坐在一侧。刘汉平和马天成神色镇定，只有老梁始终战战兢兢。一个侍从送上茶具，在每个人的面前摆上茶盅，山田亲手端起茶壶先给马天成斟上茶水，之后侍从接过茶壶，分先后给山田、刘汉平、老梁斟上。

山田笑眯眯地看着马天成说：马先生，今天的茶是专门为您准备的，是日本茶的最高品级。此茶采摘茶叶的前二十天，也就是茶树刚刚开始出芽的时候，茶农就在整个茶园里铺上苇帘子遮挡阳光，以培育嫩叶。采摘蒸茶之后，用人体温度的开水泡上，芳香浓郁，您就享受一番吧。

山田带头端起茶盅，慢慢啜饮。刘汉平连连点头：以往只听说日本茶味似甘露，今日品之，果然不同凡响，不错不错。

山田说：日本的茶道与你们中国是不一样的，讲究的是气氛与品位。你们中国人只知道大口喝茶，却不懂饮茶品位的真谛。马天成笑着问山田可知日本茶的原产地。山田给问得一怔一怔的：原产地？原产地就是产自日本啊。

马天成说：恕马某冒昧，其实日本茶源自中国，日本的茶树是在平安时代末期，荣西禅师从中国宋朝携茶树的种子回国，植于肥前平户后才开始生产的。

山田：哦？马先生不光精通中国医学，对茶叶也深有研究啊。

马天成说：阁下夸奖了，因为茶叶也是一味药，比如苦丁茶、儿茶等。山田连忙转移话题，说：今天请马先生来，也让刘知事和梁科长作陪，想必马先生明白在下的意思吧。马天成：天成愚昧，还望山田阁下明示。

山田看看刘汉平，又看看老梁，小眼睛最终死死盯住马天成：马先生，以往的过程不提了，直接开门见山吧，请马先生赏脸，借《天方秘籍》供在下一阅。

马天成一听，知道事情败露，只好硬下心来"假作真时真亦无"了。他口气镇定地说：那天送给刘知事的那部书就是我小时见过的，如果说马家真有什么《天方秘籍》的话，就是那部没了封皮的破书了。山田阴阴一笑：马先生，实话相告，您的姻亲张道山透露给我，他年轻时曾亲眼见过这部书，岂能有假？

马天成一惊，他没料到这消息竟是张道山透露的。所幸脑子转得快，忙说：阁下，也许张道山先生年轻时看过的那部书早已失传，如果阁下非要那部书的话，马某愿意倾家中全部藏书供阁下鉴别。

山田怔了半天又转转眼珠：马天成先生，我想，你们中国人向来喜欢以物易物，如果马先生能借我《天方秘籍》一阅，在下可以奉上老朋友日本医学大师山崎正太郎传人长谷川所赠的秘方《汉方制作》。

马天成学着山田的样子也向前俯俯首:山田阁下,日本的"汉方"药其实源于华夏医学《伤寒杂病论》中的成熟处方,这些处方马某早就烂记于心。虽然汉方制作的片剂易于携带服用,效果颇佳,但只能算作"医术""医药",而不是汉医中讲究"四诊八纲"辨症施治的"中医学"。马某冒犯了,我对长谷川先生的《汉方制作》不感兴趣,日本人对"医症"而非单纯"治病"的中医理论也难以掌握,双方还是各宗其道、互不相扰的好。

山田碰了一鼻子灰,他阴鸷地看着马天成,口气柔中带刚:这么说,马先生是不肯把《天方秘籍》拿出来示人了? 我看咱们还是合作的好,中日亲善嘛! 啊?

马天成苦笑了一下:阁下,你就是给马天成十个胆子,我也不敢这么做啊。

山田的目光盯紧了马天成:马先生,我是个不达目的不罢休的人,您好好想想,还是与我合作的好。

马天成:阁下容我回家仔细找找,如果真有此书,一定奉上。

山田说:好的,来来,咱们今天的目的是为了品茶嘛。

马洪玉不顾父母嫂子的劝阻,仍是经常去找勃兰特研讨中西医学的有关问题。这天黄昏过后,马洪玉从教会医院回来,边走边回想着今天下午和勃兰特的谈话。勃兰特告诉她,几种新兴西药的产生和效果,特别是青霉素的作用之强大是明摆在面前的,作为一位新女性来说,应该接受这种新的科学成果。洪玉说自己对几种新兴西药也十分神往,曾经试着说服父亲让她能够开一家西医诊所,那样就可以施展自己中西结合的才能了。可惜父亲不准她这么做,中国世传的父命难违,她也就无可奈何了。

勃兰特口气遗憾,他讲:中医神奇,西医先进,这两样马小姐你都掌握了一些,虽然不能说相当精通,但比起一般医生来说强得多。如果就这样不中不西地抻下去,马小姐的多年所学不是白白浪费了吗? 马洪玉脑子里浮现出自己当时的无奈,她说父亲似乎在这方面挺固执,好像有意让她弃西就中,以便将来和哥哥一样继承家学。那次和父亲谈到一种新药青霉素在抗菌消炎方面的强大作用时,父亲竟然不屑地摇摇头,说:这并不稀奇,咱们中医早就知道这个办法了。民间妇女在被菜刀或剪刀伤了手时,就常用糨糊里冒出的绿苔抹上,不但伤口痊愈快,还不落疤,这和你说的什么素的作用是一样的。

马洪玉记得勃兰特听到这话哈哈大笑。她便连忙解释,说自己不想伤了父亲的自尊,也就不再犟嘴,打算慢慢说服老人家。

洪玉脑子里想着事情的经过,不觉间进了东门。虽然已经进了城,可脑子里仍旧不停地思索着西医新药，脚步也时快时慢。看看天已渐黑，街上行人已很稀少，洪玉加快了脚步。就在洪玉越过一个胡同时，胡同口里忽然窜出三个陌生人。两个人架住她的胳膊，洪玉未及叫喊，另一人便非常麻利地用块软不啦唧的东西堵上她的嘴，又有一个人顺势用块黑布把她的眼睛蒙上了。洪玉被脚不沾地架进胡同，拖进一个院子，拖进屋里，捆上手脚，给扔在了墙角处。

洪玉想动不能动，想喊出不了声，洪玉听到几个人嘀咕了些什么相继走出去。听到屋门关上，外边门吊链哗啦响动，显然是上了锁。

洪玉明白，自己被绑架了。

洪玉蜷缩在墙角处，手脚身子不能动，她侧起耳朵谛听，门外的脚步声渐渐远去。小院的大门响了一下，显然是倒关上并挂了锁。

洪玉心中暗忖，从三个人的举动看，我是有目的地被绑架。是土匪、仇人还是另外的什么人？父亲、哥哥和我从未得罪谁呀！洪玉凝眉思索，一时想不清，也就干脆不想，只好在墙角处躺着。唉！是福是祸很快就知道了，听天由命吧。

身边有轻微的动静，一只老鼠悄悄凑上来，闻了闻洪玉的手又走开。洪玉再次侧耳谛听，屋外静静的，没有了任何声息。

快吃晚饭了，洪玉还没回来，马夫人急得连嚷带说，打发洪良前往城东医院去找洪玉。马天成也很着急，一个人在院子里走来走去，一是要稳住心神，二是在等马洪良的消息。天已完全黑下来，马洪良脚步踉跄进了院，说：勃兰特讲，洪玉在太阳偏西时就回来了，怎么还没到家，莫不是到别处串门去了。马天成大惊，这年月，白天尚可，晚上一个女孩子出门在外可是相当危险的。他立即让天鹏、邱管家和药房伙计分头去找，又让洪良马上赶到西街颐寿堂，看看洪玉是不是去了那里，因为张家毕竟是亲戚。女儿至晚不归，马夫人坐在门口哭哭啼啼，马天成走到夫人跟前：玉儿她娘，你先不要哭嘛，我不是已让人分头去找了吗。

马夫人抽咽着说：都怪我，平日宠着她惯着她，由着她的性子来，这下可好，夜不归家，要是出了什么丢人现眼的事，让我怎么活呀。

马天成说：别想那么瞎账，兴许玉儿到别处串门给留下吃晚饭呢。

马夫人依然哭泣，秀贞抱着小如州，站在婆婆面前不知说什么好。这时门外响起急促的脚步声，洪良匆匆跑进院里，说：洪玉也没去岳父家。一家人正着急，勃兰特也来了，马天成赶忙让勃兰特说说洪玉去他那里的前后经过。勃兰特说他和马小姐谈了半下午的中西医学，马小姐早在黄昏前就进城了，没进家还找不到，真奇怪。马洪良想了想说：妹妹大概出意外了。

马夫人失声痛哭，马天成急得来回乱转：这可怎么办，啊？怎么办！

邱管家和李天鹏也回来了，说：找遍小姐应该去的各个地方，始终没有小姐踪影。见马天成急得眼都红了,李天鹏又赶紧安慰他,说:马先生勿躁,我到四街转转看看有无疑点,回来后咱们再商量应对办法。

李天鹏急急忙忙走出去,邱管家走到马天成跟前:东家,光急没用,得赶紧想办法。靠山吃山,靠官倚官,刘知事和你是朋友,赶紧去求他帮忙啊。

马天成说:对对,人慌无智,我怎么没想到呢。

马天成顾不得换衣服,急忙走出家门。

院子里,马夫人依然在哭泣,秀贞陪在婆婆跟前不停地劝慰。

马天成找到刘汉平家,刘汉平见马天成神色慌张,就让马天成先坐下。马天成说:顾不得了,站着说吧,我家女儿洪玉去城东教会医院,傍晚回来时半路失踪,请知事帮个忙,派人城中各处查查,看有没有个下落。刘汉平听了一惊,心中立刻想到了各种可能。为了缓解马天成的紧张情绪,先是安慰马天成放心,接着立即赶回公署找到孟庆周,让他派人各处打探,只要有了消息,立即报告。

马天成跟着刘汉平从家里赶到公署,当面看到刘汉平向孟庆周交代要办的事情,心里这才稍稍安稳了。马天成向刘汉平施礼致谢,刘知事又是重复以往的话:马先生曾救我命,又让老母亲死里逃生,就这情分,我一辈子也还不过来呀。说什么费心受累,这不是羞我吗。

马天成说:刘知事,那我回家听消息了。

刘汉平说:好的,你快回家吧,也许你到家一看,女儿此刻已经回来了呢。马天成摇头说:洪玉外出,回家的时辰从不超过太阳西落。今日之事,定是意外了。哎,刘知事,我还有个担心,派警察四处寻访会不会令贼人狗急跳墙。刘汉平看看左右压低声音:马先生有所不知,当今警务中,兵、匪、警、痞钩挂多方,可谓耳目通达。只要警务局长找来特务股的人火速到城内各个"线点"去查看,无论州城的哪股势力绑了马小姐,都没有胆量撕票。马先生您尽管放心就是。

马天成告辞,和刘汉平一同走出公署大门。刘汉平边走边说:我告诉孟局长,无论哪个匪伙绑了小姐,限天明前送到公署,再由公署派人把小姐送回家。如有拉票联络、唱票讹诈或意图撕票毁证的,一旦查出,灭其全家。

马天成连连作揖。

马家人一夜未睡。马夫人担心女儿安全,又怕乱了丈夫心旌,暗自躲在一旁悄悄垂泪。洪良和秀贞一会儿坐在屋内,一会儿又走到院子里。

马天成始终在院子里走来走去。李天鹏走到他面前:马先生,遇到这种事,急不得躁不得,光这么手忙脚乱不行,你得歇歇,别把身子折腾坏了。

马天成和李天鹏商量,是不是再出去寻访寻访,若是绑票打劫,只要不伤害洪玉,花钱多少我不在乎。若是其他意外,我也就认命了,谁让丫头特立独行不听话了呢。李天鹏说：马先生，我不能再出门了，如果小姐真是被歹人绑了票，江湖道上有些不懂规矩的匪徒总是趁乱而入出事的主家，我得时时提防着。

马天成听天鹏讲得有理，也就不再多说。

天明后，有人敲门。李天鹏打开院门，却是崔麻子走进来。崔麻子走到马天成跟前看看左右，欲言又止。马天成说：崔股长有话尽管说，都是我家里的人。

崔麻子仍然声音很低：马先生，孟局长派人把州城内外凡是有疑点的地方和人物都查了，没有发现马小姐的踪影。局长说他估摸着马小姐是遭了外地匪伙的绑架，今天上午他就派人到各县传送公文，让各县警务局协助侦查。

马天成感觉头晕，差点儿跌倒，身边的人赶紧扶住他。

马天成擦擦头上虚汗：请代我转告孟局长，待事情有了眉目，我再登门道谢。

尽管闹不清警务局长的话是真是假，马天成还是强抑惶恐和心中悲痛，向崔麻子连声道谢。此时此情下，这个一心向医的老郎中，只能面西而坐，以百分之百的虔诚，祈求神明保佑自己的爱女了。

洪玉被扔在潮湿阴暗的墙角落里，说不能说，动不能动，不时有小虫爬到身上脸上，叮叮咬咬又痒又痛。洪玉身陷于此，只能忍耐着等待着，等待着意外的幸运降临或奇迹发生。大约到了半夜，洪玉听到门外哗啦响动，接着屋门被推开，听脚步声进来好几个人。这几个人相互说着什么，其中夹杂着日本话。其中一人用日语下着命令：你们快动手，把这个女人弄到队长指定的地点。

洪玉心中一惊，明白自己可能落到日本特务手里了。

这几人把洪玉装进麻袋抬到院子抬出院外，院外停着一辆三轮摩托，他们把洪玉装进摩托车厢里，驾驶摩托的人一踩油门，马达声响，摩托车驶出胡同。

摩托车厢里，洪玉努力凭意识辨别着方向，她感觉摩托车驶出胡同，驶上大街，朝着城西北角的日本宪兵队方向开去。

摩托车左弯右拐，洪玉感觉过了大约半个小时才停住，几个人把她架下车来带上一个台阶，迈过一道门槛，洪玉感觉是进了一座院子。有个人吩咐拽去她眼上的黑布和嘴里堵的东西，洪玉长长地呼了口气，这才看到自己的确是身处一所大院之中。几个人随后跟上来，把洪玉送进了一个屋子。

屋里灯火通明，一个头戴瓜皮帽肩搭毛巾，好像饭店伙计模样的人走进来。这个人解开洪玉手上脚上的绑绳又走了出去，屋门并没关，有两个挎枪的便装人员守在门口。洪玉活动了一下手脚,揉揉眼睛环顾四周,这是一处两明一暗的屋子,室内布局是外屋两间,西头有个套间,套间的木门虚掩。室内摆设很讲究,正面一架油漆锃亮的宽大条山几,条山几上摆着一座铜钟,铜钟两边安放着一对绘有麒麟送子的花瓶,瓶中插着鸡毛掸子。条山几前是一张同样油漆锃亮的八仙桌,桌周雕花镂边,透着古朴庄重。桌上摆放着一应江西景德镇的细瓷茶具,桌子两边是同样雕花镂边的太师椅。一部打开着的线装古籍放在桌上,分明是主人昨晚没有看完的什么书。

洪玉向来胆大,所以此时并不害怕,她在想,看样子房主人很有身份,也许还是一位文人,这伙人把自己绑架到这样的房子里,究竟目的何在?洪玉实在累了,也实在困了,便坐在椅子上打了个盹。

天亮后,夜里那个给洪玉松绑解捆的人又走进来。这个人给洪玉送来了洗脸水,折腾了一夜,素有洁癖的洪玉干脆不再多想,她仔细地洗了脸,梳了头,努力让自己打起精神。就在洪玉洗漱的时间里,那个人很麻利地沏上了茶水。洪玉梳洗后坐回到椅子上时,一杯冒着清新芳香之气的茶水已摆在她的面前。那个人冲洪玉躬躬腰,一口还算标准的中国话:马小姐,请喝茶。

洪玉看了那人一眼,说:我不渴。那人再次躬躬腰,说:渴不渴都得喝呀,你们州城人不是有早饭前喝茶的习惯吗?

那人说完又走出去了,洪玉看着那人的背影,眨动眼睛思索着。她从刚才这人的话中听出,这伙人对自己知根知底。连州城人的生活习惯都清楚,那么这个幕后主使人到底是何许人呢?他们绑架自己的目的单单是为索要钱财吗?面前的茶水清香诱人,洪玉端起茶杯喝了,并且接连喝了两三杯。

过了一会儿,那个男人又走进来,男人给洪玉送早饭来了。早饭放在桌子上,饭菜并不丰盛,两个馒头一盘炒鸡蛋,另有一碗稀饭。洪玉看着早饭出神,中年男人走上来说:久闻马家小姐是位走南闯北见过世面的知识女性,绝非那种遇到灾祸就垂头丧气或哭天号地的小女人,怎么对着饭菜发起呆来了?

洪玉轻轻一笑:先生,看得出您是位貌似文雅其实能够叱咤风云囊括世事的人物,为何也做起这般鸡鸣狗盗的事情来了?

那个男人同样报之一笑:马小姐风趣幽默,我不是鸡鸣狗盗之辈,之所以请您到此,是为商量一件事不得已而为之。

洪玉说:但请先生直言,你们绑架我是为了什么?那男人说:马小姐勿急,人以食为天,先吃了早餐再说。洪玉不屑地看他一眼,拿起筷子抓起馒头,说:这顿饭吃与不吃都是同一种结果,为何不吃!她执筷夹菜,馒头入口,如风扫残云,不大会儿就把饭菜吃光了。一直在旁伺候着的男人看得目瞪口呆,眨巴着眼睛竖起大拇指:都说马小姐生性聪敏,心底宽阔,果然名不虚传,真格的女中豪杰!

中年人说完,朝院子里叫了一声:来人!

一个随从模样的人走进来,男人吩咐他收拾碗筷,上茶。随从收拾了碗筷走出去,另一随从紧跟着送来了新茶。这个男人朝马洪玉拱拱手说:小姐喝茶小憩,我有事还得出去。

洪玉喝了两杯茶,感觉精力有所恢复,不禁取过桌上的书来看了看,竟是中国的古典名著《绿野仙踪》。心中暗笑,这个人莫非也像小说的主人公一样想着得道成仙吗。洪玉看了一段后抬头望望院里,此时已是日上三竿,院子里悄无声息。洪玉起身要到院子里转转,刚到门口就让那两个挎枪的拦住了。洪玉看着那二人说:你们既然对我以礼相待,为什么不让我出去?

那两个人不发脾气不要横,只是笑嘻嘻地在门口堵着。

洪玉说:我要到院子里换换空气透透风。

那两个人相互望望眨巴着眼,谁也不说话。

洪玉和那两个人解释的当儿,大门口传来脚步声。洪玉抬头看去,一个头戴礼帽穿着长袍马褂的绅士模样的中年人走进来。这人冲两个守门的人摆了摆手,两个人慌忙哈腰退到一边。洪玉心中纳闷:咦,他们怎么酷似日本人的礼节!

中年人和两个守卫看了看洪玉,没说话。

洪玉只好退回到屋里。

绅士模样的中年人跟进屋里,对已经坐回到椅子上的马洪玉稍稍一揖说:马小姐您受惊了,如果马小姐感到疲惫,可到套间歇息歇息。

马洪玉摇摇头说:本小姐一向精力充沛,熬上个三天两夜的没关系,只是纳闷你们把我绑架到这里到底何意。中年人很自然地笑了笑:如果小姐不感到劳累,那就喝茶叙话吧。

中年人坐到桌子一侧的椅子上,取过《绿野仙踪》有一搭无一搭地翻看。马洪玉细细打量着装扮成绅士模样的中年男人,心想这应该是他们的幕后人。果然,中年人看了一会儿小说停下来,操着一口还算标准的京腔说:不瞒马小姐,鄙人是北平城的一个闲人,受前清宫廷名医蒲辅周的委托,也是为了提高医术,拯救生灵,特地遍访天下名医,尤其希望能得到民间秘方、验方一类的医学典籍。

马洪玉轻轻一笑讥讽对方,说:原来先生是个黑道上的帮凶啊。中年男人并不恼怒,反而借话说话:说帮凶也行,叫掮客也中,横竖我们就是吃这碗饭的。

中年人不说受蒲辅周之托洪玉或许还能相信一二,一说此话,洪玉当即明白其中有诈了。因为她听父亲说起过这个人,蒲辅周是当时名医不假,但他并不在北平,而是在四川成都的同济施医药社,哪来的宫廷名医呀。但听这个人的口音,看他的举止,又的确像是北平人。洪玉毕竟天资聪慧,她生怕引起意外麻烦,也就以讹就讹,口气平静地对中年人说:哦,原来先生是受人之托啊。可是,你找你们的医学典籍,绑我一个弱女子干什么?

中年男人说:打听到崇德堂马家有部祖传的《天方秘籍》,本来想登门求读,但听说许多人包括日本人都在打这部书的主意。本人做事向来是快刀斩乱麻图个利索,为了避免节外生枝,所以才买通本地黑道上的朋友,秘密绑架了马小姐,意在请马小姐给父亲写封信,交出《天方秘籍》以换取自己的闺女。

洪玉故作惊慌:怎么,你们要拿我换取马家的《天方秘籍》?

中年男人连说:不不不,如果本人看到的确是真正的秘籍版本,定当出重资求购。为了表示诚信,愿先出两千大洋以作保证金。

洪玉心想这人说得有条有理,看来《天方秘籍》经过张道山之手后,已经闹得满城风雨,这不,连北京的人都找上了门。为了迷惑对方,她故意倒吸一口凉气:我早就听说过,北平和天津一带有你们这么些混混闲人,猥琐无赖又凶残阴狠,专门"受人钱财为人消灾",由于你们属于帮会性质,人数众多组织严密,连官府也不敢轻易招惹你们。如今我落到你们手里,甘认倒霉。

中年男人笑呵呵地说:你可以给你父亲写信呀,你父亲为了救出爱女,肯定得拿出秘籍。洪玉又故意板起脸来:如果我不写信呢?

中年男人说:那我们肯定不会放你。黑道上鱼龙混杂,不乏劫财好色之徒,马小姐花容月貌,就不担心自己的后果吗?洪玉沉吟半晌,故意装出作难的样子:先生啊,马家有这部书不假,可早在上个月就交给了公署的刘知事,你们来晚了。中年人大幅度地摇着头:我们来到州城二十多天了,早就做了调查,令尊将书交给刘知事,其实刘知事是为日本人讨要的。后来日本人查出此书并非秘籍,只不过是早在咱们民间流传的《奇病异方》罢了。这就是说,《天方秘籍》仍在令尊手里,我们接受了日本人的教训,才对小姐采取这种非常手段的。在下把话说到这里,也是请小姐谅解,我们也是不得已而为之呀!

洪玉真的惊讶了,这些人真是神通广大,竟然连父亲与日本人的事情都弄清了。中年男人见洪玉神态异常,很是得意:小姐,这世间没有我们打听不到的消息,你就不要再想瞒哄谁了。

洪玉开始犹豫,琢磨。

中年男人静静地注视着洪玉的神情变化。

中年男人见洪玉面露沉思之色,轻轻一笑站起身,声调依旧那么平静、温和:早就耳闻马小姐是个女中丈夫,人和书之间孰重孰轻,您掂量掂量,我想马小姐是不会因为一部书而自毁玉身的。我们这种人做事讲究一个义字,若是义字上过不去,可就休怪我们拢不住缰了。您考虑考虑,我等您消息,不急,啊?不急!

中年人说完,起身朝门口走去。

就在这刹那间,洪玉望着中年人的背影打了个激灵,她十分吃惊地站起来。对方以为她是礼貌行为,连说:小姐留步,免送免送。马洪玉也借风行船,说:好的好的。其实,她是想起了当日那个去找她父亲诊疗"倒胆症"的日本人,因为从后边看,这个中年人和那个日本人走路姿势完全一样,是撇着双腿迈着八字步走出门去的。洪玉知道自己落在了谁的手里,也明白了事态的严重性。洪玉禁不住自言自语:看来,他为了得到《天方秘籍》,已经开始不择手段了。

洪玉静下心来,细细盘算着每一个可行或不可行的办法。

洪玉盘算了好长时间,微微点头,抿嘴笑了。

日本宪兵队队部里,丸山造和山田相对坐在榻榻米上慢慢品茶。丸山造问那个女人怎么样了。山田说:对付这种性格的女人,只能是不温不火,熬到一定程度,她精神支柱自然就垮了。丸山造狠狠地说:一顿皮鞭,她保证写信。

山田摇头说:这事不宜公开,也不能闹大。吉野顾问官叮嘱我,说大日本帝国前线吃紧,作为占领区的后方一定要确保稳定。如果用刑,我这个"北平闲人"的身份就暴露了。丸山造说他也接到了相同的命令。他问山田:那部什么秘籍真的如此重要?山田点点头:丸山君,舞刀弄枪是阁下的长项,一部祖传秘籍的分量,就不是你所能理解的了。也许,从一部秘籍里,我们可以研究出更多更好更深奥的医理,让我们大日本帝国的医学也同样站在世界最前列。

丸山造:我们从中国人的发明里再研究?

山田说:是的丸山君,中国人只发明不创造。比如他们在历史上的四大发明,还不是传到外国后才得到进一步发展提升的吗?例如军事上用的火药。丸山造说:有道理。可是,警务局那边来报告,说昨夜刘知事命令警务局的人彻夜巡查,一旦事情闹大,想包也包不住。阁下毕竟是个卫生官,无论在军队或在政府里,都没有什么实权。到时闹出大事上边追究,真不知我这个宪兵队长如何应付。

山田安慰丸山造,说:这次蒙宪兵队相助绑架了马洪玉,之所以求您相助而不让公署和警务局知道,就是怕走漏消息。他请丸山放心,说此事做得滴水不漏。

丸山造连连点头说:本人相信卫生官阁下的组织能力。

天将正午,山田依旧长袍马褂地走进屋,洪玉仍然坐在椅子上不动。山田朝马洪玉点点头坐在桌侧椅子上:小姐想通了没有?

洪玉抻了一会儿:让我给父亲写信可以,可你们怎么给他送去呢?

山田稍一迟疑。

洪玉抢先说话了:先生,我是从教会医院勃兰特先生那里回城时被你们绑架的,我估计现在父亲正在逼着勃兰特先生要人。我是这样想的,我给勃兰特先生写封信,让他把我的意思转给我的父亲,这样一可让勃兰特先生摆脱干系,又可达到你们索要《天方秘籍》的目的。

山田说:我们来到此地不久便打听到,那个勃兰特曾经帮助过你们马家。你这么做也许有道理,不知那个勃兰特愿不愿意为你跑这个腿。洪玉说:勃兰特先生是我的好朋友,他的为人我知道,相信他会乐于助人。另外,我父亲不可能相信你们这种人的诚意,你还可借机请勃兰特先生做个中间的保人。

山田眯起眼睛想了半天,点点头说:这样也好,你现在就写吧。

山田让人送进笔墨纸砚。

洪玉留下信纸,把毛笔砚台推到旁边,从兜里掏出一支自来水笔。山田怔了怔:哦? 我忘了马小姐是位新女性了。

洪玉执笔在手,正要写信又停住。山田神情焦急:马小姐,怎么停下了?

马洪玉说:我父亲做事精细,光一位勃兰特作保他恐怕不会放心,你得在州城找个手眼宽大最好是我父亲信任的人。山田想了想:这好办,你们州城公署卫教科的梁科长和我是旧相识,我可以托他作保。如果马小姐还不放心,可以再请上颐寿堂的张先生同为保人,听说你父亲和张先生是亲家,这下他总该放心了吧。

洪玉点头说:有这三位保人,我父亲足可消除顾虑。山田的脸色舒展开来:那马小姐就赶紧写信吧,写完我立即让人送到教会医院交给勃兰特。

洪玉点点头,伏案疾书。洪玉先用中文给父亲写了一封信,又用意大利文给勃兰特写了一封信。洪玉将两封信一并交到山田手里,山田拧着眉头先看那封给勃兰特的信。山田不懂意大利文,越看越糊涂,他试着用英语拼起了意大利字母,拼着拼着抬起头,见洪玉脸上一副嘲笑的神色。

山田有些尴尬,赶紧改看给马天成的那封中文信。

山田看着,脸上露出喜悦之色,连说:这就对了嘛,这就对了嘛。山田收起两封信的同时脸上也收起了笑容:马小姐,在我没有拿到《天方秘籍》之前,你不能走出这个院。每天都会有人定时送水送饭,饿了就吃,困了累了就到套间去睡,绝对不会有任何人打扰你。

洪玉笑嘻嘻地看着山田:谢谢!

马洪玉被绑架的这天,不断有病人站在崇德堂前等候马天成到医堂坐诊。崇德堂的门打开了,病人们刚要往里走,邱管家在门口拦住:诸位,实在对不起,马先生今天家中有要紧事,不能应诊。诸位请多跑几步路,到其他医堂就医吧。

病人们听说马天成家出了意外,纷纷问道:马先生出了什么事,我们能帮上忙吗?

邱管家说:多承美意,如有用得着的地方,定当前往请援。病人们说:谁家门前能整天放着无事牌呀,马先生既然有事在身,我们日后再来。

病人们相继散去,邱管家刚要关上堂门,勃兰特骑着自行车匆匆来到。勃兰特跳下自行车就问邱管家马先生是否在家,马小姐有消息了吗。邱管家一时不知如何回答,朝门内伸手说:勃兰特先生,请院里说话。

勃兰特推着自行车跟随邱管家走进崇德堂大门,马天成把勃兰特让到客房里刚刚坐定,邱管家又来告诉他,说刘知事也来了。马天成又连忙迎进刘汉平,三个人坐在客房里共同商议寻找马洪玉一事。勃兰特对刘汉平说:马小姐是从我那里出来后失踪的,如果出了意外,不但对不起马先生,也没法向你们州城人交代。希望知事先生多多费心,待马小姐平安回家,我必重谢。

刘汉平说:勃兰特先生的心意我领了,马小姐的意外失踪的确令人费解。据警务局一个警员报告,说是进东门不远的那个胡同里夜间曾有电驴子(摩托车)声,有人隔门张望,看到几个人把一只装着什么的麻袋放进车厢里,是不是……马天成听到这话,说:城里除了警务局只有日本人和警备队才有电驴子,难道是他们所为? 刘汉平说:我也正在思考这件事,且已让孟局长发文到各县警务局打探消息。如果有了结果,我会派人第一时间告诉你们。

勃兰特问山田卫生官在不在公署,他想去找找山田。刘汉平说他来马家之前到山田办公室去看了,庶务员告诉他,说卫生官昨天一夜未归,办公室的门至今锁着。马天成一听此话,拍手说:麻烦了!

勃兰特和刘汉平同时把目光望向马天成,问他是不是怀疑山田从中做了手脚。马天成迟疑着,说:只是猜测而已。勃兰特很着急,说:找不到山田我就去找丸山,州城如今是在日本人治下,名医之家出了大事,日本人难脱责任。马天成慌忙拦住,说:勃兰特先生慢着,事到如今,只能慢慢想办法,操之过急须防意外。刘知事更是话中有话,说:马先生啊,要谨防狗急跳墙,兔急蹬鹰。

性直的勃兰特依然沉不住气:我心里愧疚难当,恨不得立即找到马小姐。

天近正午,刘汉平和勃兰特先后告辞,马天成送走二人后已是六神无主,只能听之任之。因为他从刘汉平所言山田昨天一夜未归中判断,这事是山田干的。而山田这么做的目的,恐怕仍是他的《天方秘籍》。

勃兰特回到医院,仍然为马洪玉失踪一事自责。午饭后,他在办公室里走来走去,不时地絮叨着什么。主管敲门走进来:院长先生,有个陌生人说要见您。

勃兰特说:请他进来,主管朝门外说了声"请进"。一个头戴瓜皮帽好像饭店伙计模样的人走进来。勃兰特看看这个人问:您要找我,有事吗?

饭店伙计模样的人说:你是勃兰特院长吧?勃兰特点点头。这人便双手送上两封信说:这是马洪玉小姐写给您的,托我送来面呈阁下。

勃兰特听到这话大喜过望,两只手用力搓着。一旁的主管提醒他快快接收人家递给的信,他这才如同梦中醒来一样哦哦着说:乐糊涂了。勃兰特接过信看看信封上的笔迹,连说:没错没错,是马小姐写的。请问先生,马小姐现在哪里?这人说:勃兰特先生,您看了信就知道。

勃兰特转身吩咐主管给这位先生赏钱,主管取出两块大洋递给送信来的人。送信人笑嘻嘻地摆摆手说:谢谢,不用了,然后就转身离去。主管大惑不解:竟然还有不要赏钱的饭店伙计!

主管再看勃兰特。勃兰特看完信,忽然三两步走到桌前,打开抽屉取出一个皮套封,将手中的两封信装进去。勃兰特提着皮套封径奔门口,主管说:院长先生,你这是去哪里?勃兰特没回答,头也不回地走出去了。

午饭后,马天成正焦虑不安,张道山来了。张道山说是梁科长找到颐寿堂,要他马上到这里来,某人有要事与他相商。张道山话音刚落,勃兰特骑着自行车再次来到马家。马天成见勃兰特去而复返,觉得十分蹊跷,忙问勃兰特怎么了。勃兰特一声不响地取出套封中的信递给马天成,一夜显老的马天成哆嗦着手拆开勃兰特转给自己的信,最先看到的是下面的署名——不孝女洪玉。

马天成眼圈一红,泪水夺眶而出,他哽咽着看不下去,也说不出话。勃兰特在旁催促说:马先生,看完此信,快拿主意要紧。

马天成强抑悲痛,模糊着泪眼看信的内容——

父亲大人钧鉴:

　　女儿不听父言,擅自外出,致遭意外。今被挟居某处,虽无人身自由,亦无陷身之忧。挟女者乃道上常客,颇懂礼数,言行温和,举止颇有国立高小宋校长之风。挟女者意在《天方秘籍》,欲请父亲以此书换得女儿归。吾想秘籍虽贵,有魄无魂,与人之失灵躯壳无异。当行否,请父速酌。

马天成看完信,手指轻掸信纸,半晌无语。邱管家走进来,说:公署梁科长前来拜访。马天成本想拒见,可他还没说话,老梁已是不请自进了。马天成无奈,只好起身相迎,让座。岂料老梁并不坐下,而是看看勃兰特说:马先生,有人给我传信,说让我叫上张先生,与勃兰特先生一块儿去赎马小姐。在下不敢怠慢,马上就来了。

马天成抹了下眼上的泪,说:果如此,那就有劳三位速去与对方接洽。他把信放在桌上说:我儿冰雪聪明,莫道一部医书,纵然要我老命亦在所不惜。

屋里的人长长松了口气。

马天成起身走进内室,老梁借此机会把张道山叫到一旁低语了几句。马天成取来新抄录的《天方秘籍》交给勃兰特,勃兰特看了一眼转手交给老梁,老梁一眼未瞧就塞到张道山手里。张道山满头冒汗,因为此时的他最紧张了,他害怕马天成赎女心切,连同《天方秘解》一块儿拿出来,如果如此,自己就再也没有指望了。待接过来看到只有《天方秘籍》时,这才擦擦头上的汗,长长地舒了口气。

张道山刚刚从梁科长那里听到了实话,所谓"绑架"只是山田卫生官导演的一出戏,耍弄的一个障眼法,目的就是弄到《天方秘籍》。老梁说这话时异常紧张,告诫张道山纵知真情也不许说出,因为山田去找他时就曾叮嘱过,有谁走漏了消息,杀他全家。张道山接书在手,首先翻开扉页,见马天成书写的"初学此书者只许牢记内容暂勿轻用经方以免酿成祸端"字样仍旧历历在目。便朝老梁点点头说:应该就是这部书吧。

老梁站起身说:我们走吧,免得时间长了出现意外。让我作保的雇主曾和我约定,秘籍到手后立即转给他。勃兰特问哪里是接头地点,老梁说:跟我走就是了。

马天成起身送出三人。老梁说:马先生请留步,在没有得到我们的消息之前,您千万不要外出。马天成问他这是为何,老梁低声说:门外有狗。

马天成说:那么,小女……

老梁说:马先生放心,我一定和张先生、勃兰特去那个秘密地点接洪玉回来。

马天成站在门口深深一揖:拜托三位!

老梁领着张道山和勃兰特左转右转,张道山和勃兰特紧跟老梁,几乎是寸步不离。三个人正行之间,勃兰特看到那个给他送信的人在一个巷子前出现。老梁走上去与那人低语了几句又返回来,他让张道山和勃兰特就在这里等他,自己要拿着《天方秘籍》去和雇主交换洪玉。勃兰特从张道山手里要过《天方秘籍》说:这不行,既然让我们同做保人,我们必须跟你同去。

老梁说:雇主是这么讲的,让我自己去。

勃兰特说:我知道你的雇主是谁,瞒不了我。

勃兰特说的不假,幸亏洪玉机敏,在给勃兰特的信中已经暗示,这次绑架是日本卫生官山田一郎策划所为。之所以请勃兰特同为保人,是唯恐这个日本人再弄出别的是非。山田知道勃兰特和洪玉是朋友,本想避开勃兰特再把洪玉扣押一段时间,以便翻阅研究一下这部书的真假。

老梁无论怎么说就是甩不掉这个意大利人,时间一长,那个给勃兰特送信的人在巷子口前再次出现。老梁走过去和那人低声交谈了几句,就见那人重又走进巷子,而老梁在巷子口前等着。那个人再次出现后,和老梁低语着什么,过了一会儿,就见老梁朝张道山和勃兰特招招手。二人会意,走过去跟着老梁走进巷子,走进一家大门。

几个人走进院里,步入正厅,果见山田在正厅里坐着。正厅很宽大,山田、勃兰特、张道山、老梁等人散坐室内。山田从勃兰特手里接过《天方秘籍》认真查阅,他终于找到了配制治疗鼻息肉的秘方,也查到许多令他喜出望外的奇特疗法。勃兰特从旁催促:山田先生,应该放人了吧?

山田点点头,那个饭店伙计模样的人走了出去。勃兰特当面责问道:山田先生,您身为日本卫生官,为了一部医书怎么干起土匪绑票的勾当来了?

山田满脸通红:勃兰特先生,不是我之所为,是几个黑道上的人愿意为大日本帝国效力,我们两国是盟国关系,你我也应该是朋友才对。

勃兰特说:山田先生,你是个卑鄙小人,根本不配医生这个神圣的称呼。

山田脸色越来越难看,梁科长连忙从中周旋:勃兰特先生,相互之间既已达成协议,何必再为了些小事伤了和气。

这时,那个男人把洪玉带进屋来,勃兰特、张道山一齐走上去:洪玉!

洪玉神态安详镇定,没有和屋里的人多做寒暄。

洪玉看着山田:卫生官先生,我现在可以回家了吧?

山田大惊:你知道我的身份?

43

马洪玉平安回到家中,和父母抱头痛哭。

老梁、张道山一力劝慰,勃兰特只是眼睁睁地站着。这个外国人对情感的理解方式与众不同,他认为痛苦了就应该尽情发泄。洪良和秀贞也在一旁安慰父母,风有停,浪有静,马天成夫妇和洪玉的情绪渐渐平复。看到一家三口安静下来,勃兰特终于说话了:没想到这些人如此卑鄙,竟然采用绑架手段获取一部医书。

老梁称赞勃兰特,说:先生你以西方人的直率在众人面前指责山田卫生官,就不怕承担由此引起的后果吗？勃兰特问：什么后果？我主张的是正义，说的是真话，他不喜欢听就算了，难道还派人杀我不成？

老梁苦笑：不敢杀你，还不敢打你吗！

马天成平静下来，赶紧对三人道谢。接着口气郑重地告诉勃兰特，以后要是再商议什么医学上的事情，可来我家，他是再也不敢放玉儿出门了。勃兰特说：马先生放心，我可以派马车接送小姐。马天成摇摇头：就是派汽车也不行，一朝被蛇咬，十年怕井绳，请勃兰特先生理解。

勃兰特点点头：好的，以后我就到你家来，顺便也向马先生学习中国医学。

张道山从马天成那里回到颐寿堂后就照常接诊，但心里总惦着马天成的那部《天方秘解》。他想，《天方秘籍》已被山田强行掳去，如果日后山田像自己以往那样发觉其中另有曲情的话，肯定还要找马天成解释。倘若马天成被逼不过再交出《天方秘解》，自己纵有偷抄下的《天方秘籍》在手，不还是像上次一样知而无用吗！先下手为强，自己必须得防患于未然了。

张道山想到这里，立即拿起毛笔在一张纸上写着：陈先生，你的高姓朋友当日曾在我医堂疗伤，因当时手头不便，药费至今未清。高朋友临行曾言，不日你来偿还。我想此事不妥，请转告高朋友，请他速来颐寿堂，有钱还钱，无钱说在当面。张道山拜托。

张道山把信纸折叠起来用手掌压了压，转向药房门口喊：小程，来一下。

小程应声走进医堂，问他有何吩咐。张道山说：你还记得那个住在悦来客店治疗脚伤的外地人吗？小程说：当然记得，我还伺候过他呢。张道山说：药费至今未清，连面也不见了。小程问那人住在哪里，自己去找他讨账。张道山将手中信纸递给小程说：不必去讨账，你速去河西陈庄，找一个叫陈半吊子的人。陈半吊子是那人的朋友，让他捎信给那人尽快来见我。

小程答应着走出去，医堂里又有病人进来，张道山专心行医。

山田得到《天方秘籍》后，当晚查阅研究。看到奥妙处，禁不住拍席敲几，高兴地嚷嚷着，说：找到了找到了，这才是真正的《天方秘籍》。

住在他隔壁的忍者武男正夫走过来，武男看着山田手舞足蹈的样子感到奇怪，问：卫生官阁下找到什么了？山田指指《天方秘籍》里的一段文字：看看，这里有马天成治疗老梁女儿针灸治疗鼻息肉的方法。

山田认真查阅方中针刺穴位、行针手法……

武男在他面前站了一会儿，说：阁下如无吩咐，我去练功了。山田好像忽然意识到武男的存在，抬起头说：武男君，你们忍者果然不凡，扮什么像什么。你今天扮装的那个饭店伙计,真是惟妙惟肖啊。

武男摇摇头:还是让马洪玉看出来了。

山田惊异地看着武男,问怎么知道洪玉看出来了。武男说:阁下听听她说的那番话就明白,我已被她识破。山田问洪玉说了什么,武男回答说:这个女人对我说,先生,看得出您是位貌似文雅其实能够叱咤风云囊括世事的人物,为何也做起这般鸡鸣狗盗的事情来了?山田不停地嗟叹:这个女子果然不凡,到现在我还觉得奇怪,她怎么也知道了我的身份呢?

武男说:是不是与意大利人有关?山田拍了下茶几:对,这个勃兰特,几番坏我的大事,今天又当面对我进行人身侮辱,不能轻饶他。武男君,过几天你到城东医院搅他一番,让他知道我们大日本国民不是好惹的。

武男说:帝国和意大利是联盟国,搅他们医院,是否欠妥?山田吩咐说:找藤野要上几个人,不打勃兰特,砸他的医院,让他丢脸。

武男答应着正要退出,山田又叫住了他。原来,山田在接下来查阅《天方秘籍》时发现了问题。就拿治疗鼻息肉一病来说吧,针刺何穴,什么手法,记载得一清二楚。但之后的药方中却只有药名没有配方,或者有配方而无用法,如此眉目不清的医书,算什么秘籍呢?山田不时地皱起眉头,但仍继续查阅。山田又查了好长时间,书中所列治疗方略几乎都是这种形式,勉强投药也无不可,只是给人以有头无尾的感觉。山田不由得脱口骂道:八格!

因为张道山是最先透露给他马天成手中藏有秘籍的,之后山田又了解到,马天成曾将秘籍抵押给张道山,张道山后来又不明原因地把秘籍归还回去。既如此,那么《天方秘籍》中的蹊跷之因张道山必然了解。山田吩咐武男今晚到张道山的颐寿堂走一趟,想法弄清其中的奥秘。武男说这个容易,当下换上忍者夜行衣,不走大门走房顶,几个蹿跳从公署墙上翻了出去。

此时,张道山正坐在灯下看书,忽听身后响了一下,回过头,一个蒙面人立在面前。张道山站起身道:高壮士,您来得好快呀!

可是,被他称为高壮士的蒙面人并不回答,也不说话。张道山愣怔间,蒙面人掏出尖刀抵住张道山。张道山低声责问:高壮士,你难道恩将仇报吗?

蒙面人说:听着,我问什么你回答什么,若有半点儿差池,我先剁你三根手指,让你今生今世再不能给人号脉。

张道山吓得直哆嗦:原来你不是高壮士。大侠请问,道山必当知无不言。

蒙面人说:你还算识相,公署梁科长你认识吧?张道山说:当然认识,他找我看过病嘛。蒙面人说:梁科长讲,马家的《天方秘籍》曾经抵押给你。张道山连说:对对对,但那是两年前的事了,我已折价还回去。蒙面人问他:为什么要还回去?张道山回说:书中秘方虽多,但用起来不尽如人意,有的还适得其反。

蒙面人说:这就是了,你是不是弄清了原因? 张道山迟疑着,蒙面人的刀子压在张道山中指、食指和无名指上。张道山赶紧道:壮士息怒,我说我说,听我女儿讲,《天方秘籍》之外还有一部《天方秘解》,前者布方,后者设解。记熟《天方秘籍》之后,还要用《天方秘解》中的方子补充和解释。否则,即使将《天方秘籍》背个烂熟,治疗过程中仍会出现意外。

蒙面人问:马天成将《天方秘解》藏在何处?

张道山说:这只有去问马天成。

蒙面人的刀用力下压,张道山的指背上渗出了血。张道山咬着牙没叫出声来,他哀求说:侠士,你即便杀了我,我也答不出那秘籍藏于何处呀。我若知道,还用得着把《天方秘籍》再还回去吗。

蒙面人:说得对。

蒙面人放开张道山,张道山一抬头,眼前升起一片烟雾。烟雾散去,人已无影。张道山吓得牙关发紧:莫不是看到鬼了!

山田仍在仔细研读《天方秘籍》,窗外黑影一闪,山田打开门,武男走进来。山田问情况如何,武男说:卫生官所虑不错,《天方秘籍》是真,但并非最完备的。

山田点点头:预料之中,弄清根源了吗?

武男说:张道山胆小,一吓唬全说了。马家除了一部《天方秘籍》,还有更重要的一部《天方秘解》。没有《天方秘解》,你就是把《天方秘籍》记熟背烂了也难收到理想的治疗效果。山田松了一口气,咬着牙道:那次张道山透露马家有此异书时遮遮掩掩的口气,我就考虑张道山在有关《天方秘籍》这部书里一定还有什么秘密没有说出来,至此终于明白了。

武男:阁下,有什么事可随时叫我。

山田点点头,武男退出去。山田冷笑,马天成啊马天成,有了第一部就不愁第二部,软的你不吃,我就来硬的。

第二天晚上,张道山三个手指包着白布,心神不定地在椅子上坐着。昨晚那个蒙面人的突然出现把他吓坏了,那人一提梁科长,他就明白是山田派来的。日本人做事阴狠凶残,昨晚他没有给当场杀死已是万幸,所以,把《天方秘解》弄到手的想法此刻已几乎打消,所期盼的是山田不要再派人来逼他,同时也盼着山田找到马天成索要《天方秘解》时,千万不要提到是他提供的消息。

坐在椅子上的张道山两手捧着头,样子很痛苦。

痛苦中的张道山忽听身边有什么东西响了一下,抬头看,蒙面人又出现在他的跟前。张道山张着嘴半天没说出话来,蒙面人慢慢走到张道山跟前时,张道山才缓过这口气来:侠士,我不是把什么都和你说了吗,你怎么又来了?

蒙面人怔了怔，捯去脸上的面纱。张道山差点儿哭出来：高壮士，原来是你呀！

高伦说：张先生不是捎信让我来吗？张道山连忙请高伦入座，他用毛巾擦了下脸：高壮士，昨天晚上也来了个蒙面人，用刀子逼着我。

高伦神态从容：抢劫还是绑票？

张道山说：一不抢二不绑，只是逼我说出崇德堂马天成家一部医书的隐秘。这部书名叫《天方秘籍》，是马家的祖传宝贝，多年来我欲得之，不料却让他人得手了。高伦轻轻一笑：张先生不必多虑，只要你说出是谁得了医书，家住哪里，我早晚给你取回来就是了。

张道山说：高壮士本领没的说，但得书之人却非同小可，只怕壮士难以得手。高伦撇撇嘴，说：这天下的东西，还没有我想要而得不到的。张道山这才低声告诉高伦，马天成家有部祖传医书叫《天方秘籍》，前些日子被日本卫生官山田一郎弄到手了，他住在公署，防范森严，高壮士纵然本事齐天，也无可奈何。高伦说：先生放心，不就是州城公署吗，上个月我曾到得那里，在他们院中房上串了个遍，临走时打了个呼哨，他们的卫兵才端着枪到处撒拉。

张道山的情绪渐渐安定下来，张道山给高伦端来一杯水。高伦把水杯推在一边说：张先生，今晚我且去踩踩点，弄准那个什么田的住处，之后伺机下手。不出三两天，那什么秘籍就是张先生您的了。

张道山连连摆手，说：高壮士不必去冒这个险了。实话相告，《天方秘籍》我已在先手抄。但光有此书不行，得有它的姊妹篇《天方秘解》相辅才成。山田并不知道这秘密，可能施用中感觉到《天方秘籍》多有碍手之处，所以我断定，那晚蒙面持刀逼我说出因由的人，必定是他派来的。

高伦沉思片刻：鲁北一带，除了李天鹏、周二虎，再没有这般身手之人啊。

张道山连连摇头说：绝对不会是这二人，可能是山田从外地请来的飞侠。高伦说：这么讲，那部什么《天方秘解》还在马家？

张道山说：现在不敢断定，谁知那飞侠逼我说出真情原委后，山田是不是已经下手了。高伦说：先生放心，今晚疏云遮月，恰好夜行，我到马家探探，只要秘解还在就好办。张道山说：高壮士途中劳顿，先歇歇腿脚，明晚再说吧。

高伦说：区区数十里路算得什么，我今晚就去。张道山告诉高伦，医家都有夜读的习惯，要去也要晚一点儿去。

高伦说：夜读有灯光，正好借机窥探。先生稍等，我去去就来。

高伦起身走出后堂门。

张道山跟出，只见西墙上人影一闪，高伦已翻出院外了。

自从救回洪玉之后,李天鹏唯恐再出意外,所以每晚隐身在房顶烟囱后边,静静地注视着院内院外。今晚天地寂寥,苍穹高阔,不时有流星拖着或短或长的尾巴从高空倏忽划过。一阵阵小风不知从哪个方向刮来,散落街上的柴草树枝被吹得飘一飘停一停,始终像幽灵一样轻轻跃动着。又一阵小风过后,崇德堂内院东侧正屋与厢房所邻的夹墙外出现了一个黑影。黑影身手矫健,腿脚灵活,在不到几尺的距离内小跑几步便蹿上墙身,抠住墙沿,身子往上一提就扒在墙头上。

　　李天鹏暗暗叫好,内行人一看便知,这是个有着特殊禀赋又久经砥练的"跑墙"高手,无论砖墙坯墙还是平顶起脊,他都可以轻而易举地蹿上跳下。然而李天鹏并不动作也不声张,只是双眼紧盯着黑影不放。

　　黑影顺着正屋前檐向西略略瞄了一眼,听听并无动静,身子一挺上了墙。黑影轻轻一跃,整个人就像猿猴一样落在厢房顶上。李天鹏看得明白,这个黑影正蹲在房顶往院里逡巡着,此时院中内室里的人已经熄灯睡下,只有正厅和南边书房仍有光亮。黑影逡巡片时,哈腰一溜小跑先是来到南房下,金钩倒挂垂下身子,朝南房洪良的窗子里望了一望身子一提就缩上去了。黑影缩身脊后,似在犹豫,就在这时,正厅的房门打开,马天成用手搓着脸走出来。黑影转动头脸,盯着马天成一直走到院子的东南角厕所小解。

　　李天鹏看到,借此机会,黑影旋身下房潜入正厅,身子一矮不见了。李天鹏尾随黑影之后,轻轻从房顶跳到墙上,跳到院子里,溜到正厅前,轻轻纵身一跃攀住正厅厦檐。李天鹏双腿钩住厦檐檩梁,垂下身子朝窗内细瞧。厅内,潜入的黑影藏身于一张桌下。煤油灯亮度有限,桌子所处正是灯光死角。李天鹏暗暗称奇,真是行家,如果不是刻意执灯来寻,无论如何也不会想到桌下藏个大活人。

　　听到马天成小解走回来的脚步声,李天鹏身子一缩贴在檐顶上。贴在檐顶上的李天鹏暗自庆幸,庆幸师父传授了自己"铁板桥"的功夫。

　　马天成回到正厅里,坐在桌前。李天鹏再次垂下身子,从外边往室内张望着。只见马天成按了下条山几底下的一个机关,条山几内侧一块木板动了一下。马天成摁着木板角慢慢翻开,露出一个隐蔽的屉匣。屉匣异常隐蔽,从外面看既无缝隙也无痕迹。李天鹏暗道:如果不是木匠师傅里的顶级高手,断断做不成这样的活计;倘若不是茶几的主人,也断断不会想到这个地方会有屉匣。这里面大约就是马先生匿藏秘籍的地方。最明显的地方最安全,难怪有"灯下黑"之说。

　　李天鹏手上顺出飞刀,注视着盗贼隐伏的桌底,如果此刻盗贼逞凶,他马上就会从窗缝里给他致命一击。然而,桌底下毫无声息。却见马天成从屉匣里取出两部书看了看，一部摞在桌子上，另一部仍旧放回到屉匣里。

李天鹏平静地盯着桌子底下那个看不见的黑影，黑影一直没有动静。李天鹏只好继续倒挂在窗外，以防桌底下那个人突然出手伤害马天成。

马天成秉烛读书直到深夜，这才打着呵欠站起身，将书放回到茶几屉匣里走进内室关上门。不大会儿，内室里熄了灯，李天鹏侧耳细听，室内桌底仍无动静。李天鹏的耳朵贴在窗顶墙壁上，过了大约一袋烟工夫，内室传出马天成的鼾声。

桌底下终于有了动静，那人悄悄爬出桌底，蹑手蹑脚走到茶几前。李天鹏知道桌底下爬出来的人正在寻找茶几下面的机关，不再犹豫，用手在屋外檐下弄出了动静。李天鹏听到室内的人停止了动作，悄悄潜到门口屏息静听。

屋外的夜风仍是一会儿刮起一会儿停，黑影大约凭直觉判断出屋外有人一直在监视自己的行动，便轻轻拉开门闩。李天鹏悄然提气，身子紧贴厦顶。李天鹏看到，黑影从自己身下闪身屋外，随手将屋门关上，左右看了看，借着惯力跑上夹墙胡同的墙头翻了出去。

李天鹏轻轻跃到地面上，然后再次上了房顶朝院周看了一遍，仍是小风阵阵，没有人影。李天鹏暗想，看来此人是个盗贼，并非入室打劫的匪人，否则马先生取出医书那霎，正是出手抢劫的好时机，但他并没有这么做。因为他是大盗，不是强盗。大盗只偷不抢，强盗以抢为主。人言"盗亦有道"，看来颇有道理。

李天鹏也不追赶，转而开始巡视东西两院。

为了不致主人一家恐慌害怕，李天鹏一直没有惊动任何人。

天已破晓，马天成起床晨练。他朝小跨院门口走时，遇见正从西院往这也走的李天鹏。马天成纳闷地看着李天鹏说：天鹏啊，是不是人老了就爱犯糊涂啊，昨晚小解回屋后竟然忘记了闩门！

李天鹏笑笑：谁都有疏忽之时，以后睡前想着关门上闩就是了。

就在这同一天夜里，天黑蒙蒙的，几个黑影潜入城东教会医院。黑影们分头行动，有的进诊室，有的进病房，有的踹开检验室的木门。刹那间，医院里乒乒乓乓之声四起，许多门窗被砸，仪器被毁，病房里的病人被打，整个医院乱了套。主管冒着被打的危险冲出值班室，嘶声高喊：有贼进院了！

医院的两个守卫顾前难以顾后，急得前后乱窜。

梦中的勃兰特跳下床，穿着睡衣端着手枪跑出卧室，喝问：贼在哪里？主管上气不接下气地说：跑了，好几个全跑了，把医院里里外外砸了个遍。

勃兰特让主管赶紧检查损失情况，主管答应着四处查看。只见院务部主任捂着脸瘸着腿跑过来报告,说:六个病房砸了五个,有四个病人被打伤,正在急救。

两个守卫也跑来报告,说:门窗设施很多都给损坏,有的根本不能用了。主管这时从走廊那头跌跌撞撞走过来:院长,检验室的仪器全被砸坏,包括刚从意大利进来的高倍显微镜。

唯一没有被砸的病房里住了日本人,病房里的日本病人听到外边的喧哗声也走出来,走到勃兰特面前。勃兰特问这几个日本病人:你们很安全?

一个日本病号用日语向勃兰特说幸亏自己还没睡,否则也免不了一顿暴打。勃兰特问他看到或听到了什么,这个日本病号说:两个贼人刚闯进病房门,我喊了句"你们干什么!"他们怔了一下就退出去了。可是,我却看出,其中一个是公署特务股股长藤野的部下。勃兰特一惊:您确定?

日本病号:我在公署里见过他。

勃兰特对这位日本病人道了谢,他吩咐病人回病房,医院里的守卫、杂役包括医生护士,立即开始收拾被砸坏的东西。

第二天一早,勃兰特就坐上火车直奔济南,他找到自己的老师罗西先生,把州城最近发生的事情和教会医院被砸的经过一一说出。罗西听后很惊异,也很愤怒,他领着勃兰特找到意大利驻济南领事馆,请领事对这件事出面做主。

济南意大利领事馆办公室里,罗西和勃兰特一脸怒容坐在沙发上,等候领事的接见。不大会儿,意大利驻济南领事走进来,和二人客气几句坐在他们侧面。罗西在胸前画了个十字说:领事阁下,东临道卫生官山田一郎为了得到一部医书,绑架了我几十年的好友马建霖先生的孙女马洪玉,还派人把我们属下的州城教会医院砸了。我以一个意大利公民的身份,请求领事阁下为我们做主。

领事吸着雪茄说:罗西先生,在弄清事实之前,我得明白绑架您好友的孙女与山田派人砸我们州城教会医院之间的关系。

罗西转向勃兰特:这问题你来回答。

勃兰特说:领事阁下,罗西先生是我的老师,我老师的朋友马建霖先生的孙女马洪玉是我的朋友。马洪玉小姐到教会医院找我探讨研究中西医学后傍晚回家途中,山田为了得到马家的一部祖传秘籍,派人绑架马小姐作为人质,以此要挟马家交出秘籍。这种盗匪流氓手段暂且不谈,可马小姐是从我那里出来后失踪的,马家必然要找我要人。我在得到马小姐被日本人关押的地点后,以马家的秘籍作为交换,帮助马小姐顺利脱身。由于我的介入,山田想继续扣押人质的计划落空,他怀恨在心,就派人砸了我的医院。

领事把雪茄放在烟盒边上说:请勃兰特先生拿出证据或证人。

勃兰特说:在我们医院住院治疗的有日本人,其中有一病员认出一名打劫者正是公署特务股的人。另外,六间病房其中五间被砸,也仅有这一间因为住着日本病人得以幸免。勃兰特说着递上一张写满日文的纸,说这是日本病人写的证言。

领事接过日本病人的证词看了好一会儿,又顺手拿起雪茄吸着说:哦,事实已经很清楚了,请勃兰特先生把事情的经过写成文字交给我的助手,我马上向日本驻济南特务机关长花谷正交涉此事并提出抗议。

罗西和勃兰特起身致谢,两个人出了领事馆,一个奔医院,一个奔火车站。

由于意大利驻济南领事馆向日本特务机关长花谷正提出抗议和交涉,特务机关长花谷正打电话给丸山造,指出事件的严重性,并将山田召到济南大为训斥。山田遭到训斥后心存不满,回到州城又派人骚扰勃兰特的教会医院。勃兰特异常愤怒,与老院长罗西二进领事馆……两家沸沸扬扬闹了十多天,差点儿没有引起日意两国的直接争端。

高伦盗书受挫,觉得有失飞天大盗的威名。几天后的晚上,他在同样的时间以同样的方式再进马天成家。高伦脚踏墙头跃上东厢房的房顶时不禁怔了一下,他看见南边房顶烟囱后边也隐藏着一个人,那个人只顾举着个单管望远镜朝着正厅灯亮处窥视,没有注意到他的光顾。高伦迅速下卧缩身以使自己目标变小,他隔着半个院子和那人较劲,看那个人到底有何举动。

正厅与南房里依然亮着灯,高伦眯起夜鹰一样的功夫眼,透过正厅天窗的窗缝看到马天成此时正在灯下看书。高伦再看南房顶上那个人,举着的单管望远镜也是朝着正厅灯亮处窥视。高伦心里一激灵,如此看来,这个人可能就是张先生所说拿刀逼他说出《天方秘籍》隐秘的那个人,而上次惊动自己的那个人大约也是他。高伦来了精神,决定和这人较较劲。高伦盯了那人半个时辰,那人始终没有发现他。这时,东院西院的人都已熄灯入睡,在南边书房看书的洪良也回到自己的房间里,而马天成仍在正厅桌子上守着两部医书反复对照查阅着什么。

高伦盯紧南房顶,高伦见那人收起望远镜,倒卧式双手撑住房檐,身子轻轻一荡落进院里。落进院里的这个人并不迟疑,径直朝正厅马天成那里扑去。高伦当即明白,这个人也是冲着秘籍来的。如果如此,自己岂不是白费心神了吗!高伦心想要跃下房顶拦截已经来不及,伸手从背囊里摸出一块探路石"嗖"一声冲那人打去。那个人只顾专注于正厅,没提防从上面斜刺里飞来的东西,猝不及防,探路石正中他的肩头。那人大吃一惊,猛回首犀牛望月看到了厢房顶上的高伦,随之闪电手掏出一把飞刀甩上去。高伦躲过飞刀跳下房,和那人打起

440

了交手仗。

看来那个人被高伦的所作所为激怒了，一边恶狠狠地出尽怪招，一边嘴里不停地骂着什么。院里的响动惊醒了马家人，马天成全家和药房伙计们都躲在窗前屏住呼吸往外看。而此时，李天鹏却抱着膀子立在不远处，有点儿幸灾乐祸地看着二人龙虎斗。

高伦精于盗窃却武功平平，打斗中被对方一拳击中胸膛，踉跄几步仰面跌倒。那人正要上前取高伦性命，李天鹏身影一晃来到两人中间，三几下就把那人逼得手忙脚乱。李天鹏看准机会，一掌将那人击倒在墙边。那人见遇上了真正的高手，不敢恋战，爬起来往后退着。李天鹏正欲上前擒拿，那人一个懒驴打滚逃出好远，李天鹏只见面前腾起一阵烟雾，透过烟雾看到，那人狸猫爬树蹿上东南角的厕所，翻过厕所顶上的半截墙头逃跑了。

无论强盗还是窃贼，只要逃出院去，一般护院的都不会继续追赶。因为他们的职责是护院不是擒贼，最重要的还是唯恐贼人搞调虎离山。所以，李天鹏眼睁睁把那人放走了。

李天鹏及时出手救下的高伦此时仍旧躺在院子里。高伦伤得很重，奋力挣了几挣没能坐起来，干脆双眼一闭等着束手就擒。李天鹏走上前正要下手捆绑，正厅窗子里传出马天成的声音：天鹏手下留情，赶紧救他性命！

话音落地，马天成开门走出来。马天成招呼药房伙计们点起灯笼来帮忙，李天鹏见此情景，当即扯下对方一块衣襟盖在他脸上。马天成问天鹏这是为何。天鹏附耳告诉马天成说：马先生，既然救他性命，就不能让别人看到他的真面目。这是江湖规矩，不与为仇，便不能让对方"露相"。

马天成点点头，让把高伦抬进了医堂。

高伦被抬进医堂后半靠背躺在春凳上，喘咳着，呻吟着，嘴里淌出的丝丝血沫几乎把盖在脸上的布片浸透。尽管如此，高伦仍是用双手捂着脸上的布。

马天成摸摸他的脉：伤得太重，得急救。

马天成从抽屉里取出一个盛着云南白药的小瓷瓶走到灯下，倒出瓶中白药中的红色药丸保命子。马洪良端来开水，马天成把保命子给高伦吞了下去。马天成口述药方，伙计一一记下。马天成吩咐：照方抓药，马上煎制。

伙计应声跑进药房里，一袋烟的工夫，药房伙计端来了药汁。马天成接过药碗，俯下身来用汤匙一口一口地给高伦喂下去。

名医神效。

高伦感觉痛苦减轻，身上也有了点儿气力。

李天鹏蹲在高伦跟前：朋友，夜入马宅，所为何来？

高伦咬牙不说，马天成朝李天鹏摆摆手，天鹏退到旁边不再问了。马天成说:我一不欠命,二不欠债,英雄此来,断不是害我的,何须逼他太甚呢!

下半夜,高伦的伤势大大减轻,已经能够下地活动。为了不暴露自己的真面目,高伦将脸上的布片系在脑后,布片就像门帘似的挂在高伦的脸上,随着他的喘气声一动一动。马天成又让伙计给他熬了碗薏米稀粥喝下,高伦感到身上活泛也有力气了。高伦终于说话了:马先生,如果您开恩放我的话,我必须在天明前离开马家,离开州城。

马天成点点头说:朋友如果感觉身体可支,马某断不强留。

高伦作揖致谢。马天成吩咐马洪良,让他取两服人参保命丸让朋友带上,免得落下咳喘。马洪良取来丸药交与高伦:早晚各服一丸,可保朋友不落痼疾。

高伦千恩万谢,掏出随身携带的金条放在马天成医案上作为谢资。马天成坚辞不受,说:朋友你留着养伤吧,看眼下情况,完全恢复至少十天以后。灯光下,高伦抽动了一下肩膀,接着两行清泪就顺着口角流下来了。

高伦跪地三拜:马先生,在下素闻您名医大德,今夜得遇,实为不假。实话相禀,在下已两番入宅行窃,所窃为何,规矩所限,不便明说。如今被他人所伤遭擒,马先生非但没有把我送交警局,反而以德报怨为我精心疗伤。在下悔愧无地,在您面前指天发誓,自此金盆洗手,再也不做这鼠窃狗偷之辈了。

马天成连忙扶起高伦说:朋友好自为之,我也不送了。

马天成让人开门,李天鹏摆摆手,高伦走进内院,走到墙下,跃上墙头,眨眼间消失。马天成奇怪地看看李天鹏:这是何故?

李天鹏说:这是个盗贼中的绝顶高手,行盗贼中规矩,走来时的路。

马天成"哦"了一声:还有这许多规矩?

李天鹏说:马先生,您今夜又行一善事。

马天成:你是说救了他?

李天鹏摇摇头:他已决心金盆洗手了。

马天成问何以见得,李天鹏说:做贼的从来不放空手,哪怕是一把土。这人走时丝毫没带马家的东西,说明他决心已定。马天成颔首道:也算是个汉子了。

李天鹏问马天成:还记得几天前睡觉忘记关门上闩的事吗?马天成想了想说:记得。李天鹏告诉他:那天夜里这个人就曾入室行窃,看他的行窃目标好像是您桌上的书。当时害怕家里人惊恐,我没有出手擒拿,只是小示警喻让他脱身离去。今夜去而复返,却又遇见了另一个窃贼。这第二个窃贼目标非常明确,也是先生每夜必看的医书。这两人潜入院中时我便已发现,只因防备顾此失彼才没出手。那南房上的贼人在扑向正厅时被这个人突施暗器,说明二人此来目的是一样的。

马洪玉一直没有说话。

马洪玉待哥嫂和天鹏回到各自房里后才走到马天成跟前,压低声音说:爹,我在窗内观望贼人搏斗时,怎么听到其中一人骂的是日本话呀!

马天成点点头说:我明白是怎么回事了。经此变故,除你和洪良万勿透露秘籍手抄本一事外,即使晚间睡觉,我也要将书带入卧室藏于被褥之下。

马洪玉:爹,俗话说,不怕贼偷你就怕贼惦,恐怕是防不胜防啊。

马天成说:我也想到了,今夜既有大盗也有日本人,双双潜入咱们家里,看来山田和本地的某位同道一直在觊觎着咱家的两部秘籍。马洪玉说:所幸有天鹏哥在,帮了这个大盗一把。否则,那个日本人把这个大盗打死,案子出在马家院里,明天咱家就得摊上人命官司。

其实,马天成现在更担心的是山田已经了解到秘籍与秘解的关系,因为秘籍到手后,山田肯定要施用和验证书中药方,如果也像张道山施用时效果不佳或适得其反,这个精明的日本人当然不会善罢甘休。他把自己的担忧说给洪玉,洪玉说:父亲的担忧很有道理,如果真是这样的话,山田到底是从哪里得到消息的呢? 会不会是哥哥跟嫂子说了什么,嫂子回娘家时不慎说走了嘴。马天成摇头:秀贞是个秀密孩子,知道深浅轻重。

马洪玉说:这么看来,还是天鹏哥说的前不久那个夜间隐身檐下的人用千里眼窥到了。马天成和洪玉走进屋里,马天成坐下喘了口气:目前不得而知也无须细究,事实是那两个人都已二入马家,毫无疑问也都是为了得到秘解或秘籍。

马洪玉说:爹,秘密藏匿只是暂时的、防御性的,我最担心的还是今后山田等会使出更极端的手段。

天已大亮,马天成揉揉眼说:不行,几乎熬了个通宵,我得去睡觉,今天怕是不能集中精力坐堂侍诊了。玉儿,你也去歇会儿吧。

张道山被那晚的持刀人恐吓之后,因为毫无思想准备,高伦的出现又随之让他惊出一身冷汗。连续两次的意外凶险让张道山的心里产生了阴影,因此整日战战兢兢,思虑忧郁,很快就精神过劳而造成心脾血虚。心脾血虚的主要症候就是失眠,所以张道山躺下后只要闭上眼,面前就是一把雪亮的短刀摆来晃去。他常常刚想入睡就噢的一声惊醒,接着就额头冒汗嘴唇哆嗦,口中连连嘟哝说:吓死我了,吓死我了! 由于夜间时睡时醒,张道山白天更觉体倦神疲,面色也由以往的红润变得苍白无华。张道山明白自己病因何在,便开了归脾汤每晚睡前煎好服下。虽然服药后可以按时入眠,但却落下了心悸、头眩、目重、厌食的毛病。

不独如此,那天夜半张夫人一觉醒来,点灯小解上炕后见张道山大睁着双眼,就问:你怎么还没睡着?连问几声,张道山没有回答,张夫人提高嗓门又问了一声,张道山打个激灵坐起来:我睡得正香,嚷什么嚷!

张夫人说:你明明大睁双眼,怎么还说睡得正香啊?张道山说:这不可能,我不光睡着,还做了个梦呢。张夫人这才知道夫君不是说瞎话,吃惊地说:当家的你以往可是从不这样啊,只听说《三国》里的张飞是睁着眼睡觉,你是怎么闹的?张道山这才意识到自己患了瞪眼病,又赶紧吃了三几服药。然而,先后用了治疗各种症候的补心丹、朱砂安神丸和黄连阿胶汤后,夜里睡觉时仍旧大睁双眼。张夫人害怕了,以为夫君中了邪,接连央人去请跳大神的来驱鬼镇邪,被张道山吼了几嗓子这才作罢。张道山心想难道真的是"医不自治"?于是请陶居正等名老中医给予治疗,几番用药,仍不起效。无奈之下,他只好请陶居正转求马天成了。

张道山求医于马天成,这在州城地面上算是一件稀罕事。听到这消息的吕之铭等几位郎中也跟着来到张道山家,一是慰问,二是看看马天成如何治疗这种千载难遇的怪病。张道山虽然心里不痛快,可也不能把众人拒之门外。碍于都是州城同道,还得让家里人在客房里沏茶端水地招待。

马天成已从陶先生那里知道张道山患了瞪眼病,进了张家客房后和几位寒暄几句就为张道山诊脉。六脉切罢,马天成又看看张道山的舌苔,笑笑说:道山兄,这么大年纪了怎么还受了惊吓?

张道山虽然不便说明缘由,但对马天成的诊断却是非常认同,他点点头说:天成不要开我的玩笑了,看看用什么药吧。吕之铭向来嘴快,听了两个人的对话后呵呵笑着说:一般人受了惊吓都是开窍于二阴,张先生竟然证见双目。怪哉!

几个人同时笑起来。

马天成在众人的笑声中想了想开出医方——郁李仁一两,以酒置罐中煮,然后连同热酒服下。在场的郎中哑哑呵呵地看着马天成,因为他们压根没想到马天成开出的医方竟然如此简单。然而,因为药方是马天成开的,就无人怀疑也无人诘问,只是将目光投向病人张道山。出乎他们的意料,张道山看了此方却频频点头,连连说:天成啊天成,你到底是医中高手。

当天晚上,张道山照着此法服下酒煮郁李仁,须臾大醉。张夫人把他搀到炕上睡觉,脑袋沾着枕头不一会儿便已酣睡。张夫人秉烛相陪,见张道山已能够闭上双眼并且睡得很香。第二夜、第三夜……张道山竟然完全恢复,再也不像三国里的猛张飞那样睁着眼睡了。张夫人惊喜异常,那天在场的几位郎中更是感到神奇,他们纷纷跑到崇德堂询问医理,马天成解释说:人的眼睛开窍于肝胆,肝胆因惊恐而致气结,胆气横逆不下,郁李仁能散气结,以酒为引直入肝胆,结消而气下,眼睛自然可以闭上了。

几位同道听了,大呼神医。

张道山虽然不再睁眼睡觉,但依然心里紧张,也很烦躁,多年来养成的夜读习惯不再坚持,晚上也不看书,只是在医堂里走来走去。他不睡,夫人也不好强催,只能在卧室里亮着灯等他。这晚天过亥时,张道山仍无睡意,一边在医堂走着一边自言自语:高壮士啊高壮士,成或不成,你可露露面啊。至今已经十来天,听不到你的消息,也见不到你的人。倘若再出意外,我可真承受不起了。

张道山从桌后走到桌前,皱着眉头坐在椅子上,愁肠百结,心乱如麻。天近子时,他觉得困了乏了,便起身想回后院室内就寝。刚刚抬腿转身,后堂门口有轻微的脚步声,眨眼间,高伦忽然出现在他面前。张道山又惊又喜,说:高壮士你可来了,我是又着急又惦挂,这么长时间去哪里了?高伦没作解释,也没多说什么,只是躬身下拜:张先生,高伦有辱所托,在此谢罪。

张道山打个愣怔,连忙说:无妨无妨,只要高壮士没出意外,我张道山也就心安了。高伦坐下后说:张先生,那晚我潜入马府,不意遇到一个十分神秘的人物,看得出,那人也是奔着马家的两部书去的。

张道山面现焦虑:等等,高壮士,你看出那是什么人了吗?

高伦说:我与那人打斗,对方功夫十分怪异。高某不才,敌敌不住,被那人击中倒地,若非马家护院的李天鹏出手相助,我命已休。打斗中那个人叽里哇啦,好像说的是日本话。张道山咬牙道:一定是山田派去的。

高伦问张道山怎么断定是山田派去的,张道山说:我和你讲过,因为山田曾派了这个功夫怪异的人来逼我。高伦点点头:如此看来,算是对上号了。张先生,马先生大仁大义,对我入宅盗书不但不予追究,反而费了半夜工夫为我救治。若非马先生留我施治,出了马家门我恐怕就得暴尸街头。张先生曾为我疗伤,马先生却救我性命,你俩都是我的恩人,高某虽非正人君子,也明白应该不逾我们这行的规矩,事凭良心,快意恩仇。

张道山起身作揖:高壮士,张某一时利令智昏,让高壮士冒险犯难。今晚壮士一席话,让张某无地自容。还望高壮士看在我们相交一场的分儿上,为张某守口。

高伦说:张先生放心,此事我一定守口如瓶。不过,也劝张先生打消窃取马家医书的念头。倘若张先生不能兑现承诺,高某甘冒一死,公开去官府自首报案,彼时,恩仇难以两全。

张道山吓得脸都白了,他一揖到地:高壮士务请放心,张某绝对不再有非分之想。我明白，像高壮士这样的江湖人物说到做到，万一真将事情捅出去，我张道山别说在州城行医，就是走在街上也会遭同行唾骂。

高伦说：张先生说出这番话，高某离去也就放心了。从今晚起，飞天大盗已从鲁北消逝，拜别！张道山转脸的瞬间，高伦已经离去。张道山一屁股坐回到椅子上，大口大口地喘气。

因为马天成家的一部《天方秘籍》引起的风波，表面上看是告一段落了。不知有意还是偶然，接下来州城四街六门却先后出现了好几家日本诊所和药店。这些日本诊所和药店为了拉拢本城百姓，把他们日本国的汉方药片大批进到此地，服用方便，价格便宜，时间不长，便渐渐得到了人们的认可，有的竟公开夸奖赞美这些日货。这种情况下，州城除了崇德堂、颐寿堂等几家较大的医堂外，多数郎中都让日本人和外医药行挤得喘不过气来。

作为好朋友的陶居正和吕之铭来找马天成，商议如何应对州城医药行业面临的窘境。马天成照例把他们让进客房，一边喝茶一边议论眼前发生的事情。陶居正说：入秋以来，州城的日本诊所和药店快速增加，四街新添了日本大药房，有的日本诊所都把门面摆到了城门口，大有把本地中医药排挤殆尽之势。

马天成很纳闷，日本人这是干什么，即使在省会济南，他们也没投入这么大的医药力量啊！吕之铭分析说：州城是九达天衢，日本人当然不会放过这块风水宝地。就像当年日本人在高丽半岛一样，占了领土不说，还得让高丽人在生活习惯和医药文化上追随他们的国家。久而久之，便将他国变为日本国了。日本人首先选择咱们州城，肯定是想通过在这里的试验和宣传，有计划有步骤地向全省或全国蔓延。马天成一时半会儿琢磨不透，于是就安慰二人：告诉州城的同仁们，人有人道，猫有猫道，他开他的日本诊所，我行我的医堂，不予理睬也就是了。

吕之铭说：这是日本人有意为之，总感觉心头压着一口恶气。他和陶先生计议，打算也学学济南宏济堂，成立个医药行会，用以抗衡越来越多的日本人开设的诊所和药店。陶居正点头说：济南的医药行会虽是以生产中成药为主，不过这却给咱们启示。建立起医药行会，既可壮大本地中医药的声势，扩大市场，也能给我们中医药争回一口气。马天成沉思了一会儿：不过，这得有官府的支持，我也听说宏济堂成立了医药行会，可人家是省公署批准的，咱们呢？

吕之铭说：如果马先生有意的话，只要你带头，州城医界就可一呼百应。我多年到宏济堂进药，结识了他们的襄理何先生，此事可通过何先生暗中给予运作。陶居正接上道：是啊，找到宏济堂，要求在他们的下面设个医药分会，这对他们来说有百利而无一害，宏济堂的人肯定同意。

马天成看着吕之铭:要不咱们就试一试?

吕之铭说:那么,明天我就去济南找何先生。

几天后,"济南宏济堂医药行会州城分会"真的要成立了。以往举行过州城医家互学会的文庙大殿里坐下几十号人。有以马天成和张道山为首的十几位中医郎中,有以丁大户为首的十几名州城富豪、士绅名流和商贾。济南"宏济堂医药行会"派来的襄理何先生在座,州城公署卫教科梁科长也前来祝贺。

人员到齐,梁科长起身致辞:各位先生,宏济堂医药行会是省公署批准建立的,因此要建立各地医药分会。州城医药行会就是济南宏济堂医药行会的分会,州城公署特地派兄弟前来参加并予以祝贺。下边,就请宏济堂医药行会的襄理何先生讲话。

一片掌声中,何先生走到前边向大家鞠躬。何先生看着大家拱拱手:各位同仁,各位名流士绅,我谨代表宏济堂医药行会向大家表示祝贺。医药行会包括医生、商贾和地方富户,是个有技以身作典无技投资为股的组合。在座的都是事先联络报名加入州城医药行会的股东,股东们齐聚一堂,除了诸位相互沟通外,还要选出一位医药行会会长。先时兄弟与刘知事、梁科长商议,提出马天成先生、张道山先生、陶居正先生、吕之铭先生作为候选人,大家议一议看哪位合适。

何先生话音刚落,陶居正站起来:诸位,人有名树有影,还用大伙费心选举吗,就是马天成先生当会长算了。

大殿里掌声四起。马天成连忙起身推辞:马某才疏学浅,不敢当此大任。

梁科长从一旁开口了,说:马先生,既然大伙共推您为会长,您也不必推辞了,就这样,我代表公署教育卫生科,支持马天成先生为州城医药行会会长。张先生、陶先生和吕先生为副会长。马天成侧侧头,只好入座。

何先生继续说:事先兄弟曾和刘知事、梁科长商议,打算将州城医药行会进一步改进,不光建立药坊制作成药,还要分期行医治人疾病;既要广结善缘,也要盈利分红,是公益也是商业。药坊生产出来的药品,要以低于当时的市场价批发给周围各县的药铺和医生。诸位同意否?

又是一阵掌声。

何先生:既然诸位一致通过,今天的会就算胜利完成了。兄弟谢谢大家!

何先生朝在场的人们施礼入座。马天成站起身:各位同仁,各位名流士绅,既然诸位看得起我马天成,我即责无旁贷担起此任。不过我还有个想法,医药行会成立后,须每月一次股东会商议投资运营的新举措,每十天集中五到十位医生,由会长或副会长带领到四街、城外某乡某地义诊。

吕之铭高声说:这是善举啊,通过,通过!

文庙大殿里一片掌声。

第二天,城隍庙前的空地上扎了彩棚搭起戏台。戏台上挂着横幅——庆祝济南宏济堂医药行会州城分行成立。州城医药行会成立时,这里连续唱了三天大戏。从济南请来的戏班子在唱《四郎探母》;从天津劝业场请来的戏班子在唱《霸王别姬》。行会成立后,中医药的声势和影响,在崇德堂主马天成的带领下在州城一带发展壮大。与此相比,日本人的诊所和药店渐渐显得冷清萧索了。

吕之铭分析得完全没错,日本驻山东特务机关长花谷正就是这么想的,他借鉴日本占领朝鲜和中国东北后的经验,先在某地进行文化渗透,进而推向全省全国。这是一种意识的占领,文化的侵略,而其中最直接也是最适合占领地老百姓口味的,莫过于医药卫生行业了。之所以选择州城为起始点,一是看上这里的地理条件和民风民俗,二是有山田这样一个既能谋划又能实施的卫生官坐镇。山田在搜集到大量中国医学典籍和民间秘方验方后,满以为此次举动也会顺理成章,但州城突然成立起医药行会,这无疑对他来说是迎头一击。不过,花谷正对山田的"政绩"仍然予以肯定,时间不久,山田就升为东临道民政长官了。

山田接到委任以后并没马上返回东临道,这个看似圆滑其实固执的日本人"夙愿"未遂,他还没有弄到马天成手中的那部《天方秘解》。这成了他的心病,他的盼望,所以他决定在州城继续待下去。这天山田来到日本宪兵队队部找丸山造闲聊,说是闲聊,其实他和每个人的接触或谈话都有一定的目的。所谓闲聊只是借口,只是手段,闲聊中自有另外的内涵。山田一郎和丸山造相对而坐,丸山造举起酒杯:祝贺山田阁下荣升东临道民政长官。

山田举杯:谢谢丸山君,山田不过一民政长官而已,谈什么荣升啊。

丸山造说:虽然民政长官的顶头上司是道尹,但道尹是中国人,是摆设,而我们日本人任命的行政长官才有实权。山田摇摇头:天皇陛下的子民不为荣升,只为建功。花谷正机关长与吉野卫生顾问建议我为东临道民政长官,只因我搜集中国民间秘方、验方有些成效,在州城扩展咱们日本医学的影响,从而让日本文化渐渐浸润到全省和全中国走在了前头。然而,真正的有着秘方内涵的《天方秘籍》和《天方秘解》至今未曾到手,我有负帝国,深感内疚。

丸山造和山田碰杯。

丸山造放下酒杯,亲手给山田斟上日本清酒。

丸山造:听说阁下派了你的随身侍卫前往马家探寻了?

山田叹了口气说:不是侍卫,是我曾和你说过的日本忍者武男正夫。忍者本是我大日本帝国武士中的精英,岂料进到马家院里,非但没有探到秘籍和秘解的消息,还差一点儿被马家的护院武师擒住。武男被对方重手击伤,至今还在我宿舍里疗养。丸山造面露愠色:堂堂日本忍者,会被一个护院的武师击伤?

山田说:我原来也不敢相信这是真的,后来找到刘知事打听,才知这护院的是山东武林名宿毕玉升的关门弟子。丸山造:哦,难怪难怪,我在国内时和武士同道议论武功,就有人说到过这个毕玉升。

山田:所以呢,在我离开州城赴任之前,想请丸山君再次助我一臂之力。

丸山造说:阁下有话请讲。

山田举起酒杯一口喝干,轻轻拍着茶几说:丸山君,我如今是迫不得已,想请宪兵队出面,到马家以通匪罪名搜查,逼着马天成交出《天方秘解》,不知丸山君能否帮我。

丸山造也举杯干下清酒。

丸山造朝山田倾倾酒杯:来,阁下,咱们斟上酒再说话。

丸山造给山田和自己的杯子里斟满清酒,山田看着丸山造,盼着对方快快回答。可是,丸山造并没说话,丸山造沉默了一会儿立起身说:阁下稍等。

丸山造走进办公室,不大会儿取出一份文件。丸山造将文件递给山田,山田接过文件,看到封面上印着军事机密的字样。山田迟疑着:我方便看吗?

丸山造说:阁下已是东临道民政长官,有权力拆阅。

山田拆开文件细看,原来是日本驻军的一道命令:兹命令各道州县宪兵队,鉴于目前战局,你们的任务是确保地方稳定,尽量避免别生事端,以免引起地方骚乱影响占领区的治安。署名:华北特别警备队驻山东甲第 1415 部队武山部队队长兼宪兵队本部队长村上直枝。

山田放下文件,定定地看着丸山造:如此说来,我只能另想办法了。

丸山造说:是啊,马天成的"崇德堂"名气很大,现在他又有了州城医药行会会长这个人们公认的头衔,这种情况下我们是不能再行相强了。

山田的宪兵队之行实在失望,回到公署后独自坐在办公室里,双手抱着头发呆。他仍在挖空心思想办法,冥思苦索运筹计谋,《天方秘解》已经长到他心里,他必须看到这部书,得到这部书。要么成功,要么成仁,他虽然不是武士出身,但却有日本武士的性格。只是他比真正的日本武士更阴狠、圆通、油滑。

电话铃响,山田懒洋洋地抓起听筒问是哪里,电话里传来一个日本人的声音。山田听到这声音忽地站起来:是吉野顾问啊,顾问阁下好!有新的指示吗?

电话里的吉野呵呵笑了两声,问他为何还不去东临道上任。山田回答说帝国政府交给自己的任务还没圆满完成,现在不能走。吉野问他是不是惦着那部书,山田骄傲地回答说:是的,我们大和民族的特性,不达目的不会罢休。

吉野说:这件事我是爱莫能助,不过,另外有件事我必须告诉你,咱们的老朋友,日本"昭和神医"山崎正太郎的传人长谷川访华并特意来到山东了。山田大喜:什么,长谷川君来了,我们可是从小的好朋友。他现在哪里?

吉野说:我本想让你到济南来见他,他说不必,要去州城见你叙旧。山田回答说:好的好的,是顾问阁下送他来,还是我这里派车去接?吉野说:花谷正机关长说了,由他派车送长谷川去州城。山田说:一定要保证长谷川的安全,因为鲁北一带很乱。吉野说:这事你放心,一路上有宪兵保护警戒不说,长谷川还带了一位贴身护卫,这护卫是大日本帝国有名的武士,名叫河野一雄。

山田说:那好,我就在州城坐等老朋友。

当天晚上,山田坐在榻榻米上,武男站立一旁。山田招招手让武男坐下,武男摇头不坐。山田说:坐吧,我们一块儿聊聊。武男这才答应着坐在山田对面。

山田笑嘻嘻地看着武男,问他身体康复情况如何,武男说:已无大碍,只是胸部有时隐隐作痛。山田说:那个李天鹏下手真狠,竟然把你打成这样。武男窘迫地低下头说:那个人用的是中国有名的铁砂掌。

山田说:中国人有句话叫作君子报仇十年不晚,等待时机,除掉那个李天鹏。

武男摇摇头:不容易。

山田:大日本忍者岂能气馁!

武男说:山田阁下,武男并非气馁。大日本忍者有自己的专门规范,重实力更重实际。我们忍者分阳忍和阴忍,阴忍重在刺探暗杀,阳忍专习击技。武男属于阳忍,忍术训练几达极限,故颇有搏击之力。即便如此,还是败在了李天鹏手上,对方实力若何,阁下可想而知了。

山田说:我的老朋友日本医学家长谷川就要来州城,他随身护卫叫河野一雄,是日本有名的武士,也许到时他能为你复仇。武男说他知道这位河野一雄,他是日本剑道大师小野的弟子。我们忍者的忍术与武士的武士道有所区别。武士道以技取胜,忍者除勇力外还要注重智谋。不过以我和李天鹏交手的经验判断,即使合我们二人之力,也难有把握胜他。山田点头:智谋?对,智谋!中国《孙子兵法》上说过,不战而屈人之兵,为上上策。

武男听不懂山田的话。

武男低头目视桌面:阁下,您的朋友长谷川是位很重要的人物吧?

山田说:武男君怎么会这么问?

武男说:若非如此,帝国怎么会派河野一雄这样的知名武士护卫他呢?山田点头:长谷川君是日本大医家山崎正太郎的传人。山崎正太郎是日本古方医派的代表,被视为东洋医学的正宗传人。长谷川得其真传,尤善外科,后又自创草药制成全麻草药"樱花粉",以进行全身麻醉手术而闻名于日本。

武男问长谷川何时到达州城,山田好像并没听武男说什么,反而问道:武男君,刚才您曾提到忍术里也重智谋?

武男仍旧目视桌面,微微点头。

山田说:武男君,你的话启发了我,如果运筹得当,可以利用长谷川的医术和威望给州城医药行会以震慑,从而把马天成的信心击垮。领头羊马天成失了锐气,医药行会也就离散摊不远了。收拾残局是需要精力和金钱的,那时再乘虚而入,兴许就能将两部秘籍弄到手。

武男说:阁下为了两部秘籍,真可谓费尽心血。

夕阳西下,暮色四合,街上行人渐渐稀少,一辆马拉轿车驶进州城北门。守城门的日伪士兵拦下轿车,一个伪军掀起轿帘。见车里躺着的是一个满脸皱纹胡子拉茬的老头,挥挥手说走吧。

车帘垂下来,车把式坐在辕上赶着马匹顺街南行,行至十字街拐向东去,最后在崇德堂前停下。车上下来两个人。一个年轻人搀扶着一位老人,显然是来崇德堂看病的。搀扶老人的年轻人吩咐把车赶到客店里去,车把式点点头,赶起轿车驶走。年轻人扶着老人走进崇德堂,但并没入医堂,而是经过穿堂门径直走到内院去了。

老人头戴遮阳帽,口脸用布蒙着,老人问年轻人说:提前告诉天成了吗? 年轻人低声说:您老人家放心,前天就派人来告诉马先生了。老人朝身后看了几眼,松了口气,在年轻人的搀扶下,步履蹒跚地走进内院里。

马天成正在院里走来走去,一看就知道是在等人。见年轻人扶着老人走进来,赶忙迎上去说:跟我来吧。

马天成把老人带进跨院,关上院门,然后亲自搀扶着老人走进屋内。

搀扶老人的年轻人是张三太的管家小陈,老人是已经离开州城很久的贾二爷。贾二爷被搀进屋里坐在炕上,喘息稍定,马天成握着老人的手说:二叔,一别数载,想杀天成了。

贾二爷明显见老,说话也有些上气不接下气,他紧握着马天成的手说:天成,没想到咱爷儿俩还能见面,要不是三太强行把我弄到车上,说啥我也不来给你添麻烦了。已是七十几岁的人,就是不生病长灾,还能有几年活头啊。

马天成宽慰了贾二爷几句,就不再让老人家说话。这时,洪良走进来,马天成让他见过贾二爷后,就马上着手给贾二爷治疗。马天成父子坐在炕的对面凳子上,贾二爷脱下上衣转过身去。马天成和马洪良仔细查看贾二爷的背部,贾二爷颈项左侧生一瘩背疮,周围红肿,中间化脓破溃,疮口也不凸起,只是许多小脓头在疮中显露着。马天成轻轻摁摁疮周,贾二爷发出压抑着的呻吟声。

马天成让贾二爷转过身来号脉。

马天成号完脉问贾二爷：二叔，开头这疮是什么情况？

贾二爷说：开始先痒后痛，我让人看了看，说脖子上生了小疮，颜色黑暗。当时这小东西虽然不是多么痛，可整天身子沉重，困倦想睡。

马天成：二叔，这是阴痈。

贾二爷说：生疮还分阴阳？

马天成说：二叔，疮也有阴阳之分。颈项之上，是肾督脉行的部位，其地属阴，所生痈疽，多属阴痈，而非阳疽。若是阳疽，必高寸许，红肿发光，疼痛难忍。不过，无论阴痈阳疽，初时二毒都可内消，皮破肿溃再治，就得费些气力了。

贾二爷看看马洪良勉强笑了笑：洪良，你爹说得对吗？

洪良也笑一笑：二爷开孙儿的玩笑了，我爹说得当然对了。凡疮初起之时，不须分别阴阳，可用内消之法，投以几剂排毒化瘀之药就可痊愈。现在二爷疮痈已经破溃，则必须分清阴阳，若胡乱投药，必生意外之祸。

马天成说：良儿无知，胡乱在二爷爷面前卖弄。

贾二爷说：洪良，别在乎你爹说的话，给我讲讲这瘩背疮怎么治吧。

马洪良看看马天成。马天成说：既然二爷爷宠你，你就说呗。马洪良道：二爷爷，阳症溃烂者，以三星汤治之；阴症溃烂者，就必须用七圣汤。这是有秘诀的。三星汤可治阳痈，二两银花一两英，甘草三钱服三剂，自然脓尽好肉生；七圣汤中归与参，一两白芍二两金，桂一荆三水煎好，阴痈六剂可回春。

贾二爷拍手：天成，我看洪良将来医道不在你之下。

马天成说：托您老人家的福吧。

马天成取出双乌水给贾二爷痈部清洗止疼，又敷上八功膏涂好。然后说道：二叔，您刚才听洪良说了，阴痈用七圣汤，现在就让他开出方子，当晚煎给您服下。明天继续煎服七圣汤，我再另外想个办法，力争让您老人家早日康复。

贾二爷说：在北边时，三太他们也曾找了几位郎中给我医治，可就是不见轻。没办法，只好冒险跑到城里来找你。哎？陶大哥最近还好吧？

马天成说：二叔，陶老如果知道你到了这里，必定天天来探视。您老是日本人要抓的重犯，倘若引起警务局特务股的注意，反为不美。我看，还是不要告诉陶先生了。日后你们总能见面的。

贾二爷点点头说：也对，也对。

马天成和马洪良处理好贾二爷的背痈之后，又给贾二爷熬了药粥。到底是人老体衰，贾二爷喝了药粥说累了，也困了，马天成安排老人家睡下，请管家小陈到正厅用餐。小陈说：临来时三爷再三叮嘱，保证贾二爷的安全最为重要，为避免人多暴露，他得马上赶去客店和车把式碰头，就不在这里吃饭了。小陈还告诉马天成,明天一早他们就赶回去,专门伺候贾二爷的人后天就能来到。马天成听小陈说得在理,也就没再强留。小陈辞别马天成,提着两包事先准备好的中药,从崇德堂正门大摇大摆地走出去了。

晚上,马天成把洪良和洪玉都叫到屋里,爷儿仨商量如何尽快治好贾二爷的背痈。马天成问洪良:刚才你看贾二爷的病况如何?洪良说:二爷得的是瘩背疮,且是偏口,秘籍上说生于对口者轻,偏口者重。况且,二爷痈已化脓破溃,由阳转阴,治疗起来尤为费力。

马天成说:那你刚才为什么口气那么轻松?

马洪良说:爹,《天方秘籍》里说过,大凡施治之先,必要立病人心内之气。病人心中气虚,则无望;病人心中气壮,则可愈。

马天成连连颔首。又听洪良接着道:《天方秘解》上还说,发于正者是督脉所生,偏者乃太阳膀胱所司。由膀胱发者难治,以膀胱之脉起于巅顶,贯脊两旁,顺下而行,与痈毒交会下流。先时不发红肿溃烂,易流注于两肩。若十五日无脓者,必然变阳归阴,故多难治也。

马天成说:良儿所言不差,贾二叔这病,是得费些周折了。

马洪良:爹,我看无妨,秘籍上说,七圣汤连服六剂。一剂而血止,二剂而肉生,三剂而口小,四剂而皮合,再服两剂则痊愈矣。

马洪玉搭话说:爹,瘩背疮就是背痈,从西医角度来讲,这疮因为生在背部肌肉和脊椎神经密集的地方,破坏性较大。初起红肿热痛,以后逐渐化脓凸起直至破溃。只消内服消炎药,外敷拔毒膏就行了。

马天成看着洪玉也点点头,说:玉儿讲得同样有理,不过,你兄妹二人犯了同一个错误。洪良、洪玉直盯着父亲:什么错误?

马天成说:贾二爷年逾古稀,体内元气已是由阳转阴。如不先行固元存阳,只以猛药攻其体内之毒,必然造成阴气堆积。倘若不加调理,则病愈之日,也是他归天之时。洪良、洪玉同时张大了嘴:是啊,秘解里说过啊。

马天成说:所以呢,学医不精,无异于谋财害命。你二爷这病虽然只是一例瘩背,我也得细心琢磨,好好揣度一个治疗办法。

45

山田的好朋友长谷川来到州城,山田陪他先到宪兵队坐了一会儿,之后就落脚州城公署。山田让长谷川和自己住在一起,晚上二人一个睡东间一个睡西间,白天则在一起聊天吃饭。

这天上午,山田宿舍的榻榻米上放着茶几,茶几上摆着精致的茶具。山田和长谷川席地而坐,一边品茶一边叙话。武男正夫和河野一雄抱着膀子立在各自主人的身后,二人以日本保镖惯常的方式各尽自己的保护之责。

喝了几杯茶后,长谷川谈起了当今医学,特别提到西洋医学正在突飞猛进的发展中。相比来说,日本医学就显得落后了。山田说:只要我们大和民族奋斗不息,无论社会科学还是自然科学,迟早会位于世界前列。长谷川迟疑了一下,最终还是点点头。他目光直视:山田君,你弃医从政,实在可惜,依你的天赋资质,如果二十年前不中途改行,现在医术名气必在我长谷川之上。

山田说:为天皇陛下效力,不分工作性质。就目前来说,你我也是殊途同归。长谷川说:医学这门学问,特别是我们东洋医学,研究越深,兴趣越浓。我现在每天都要看看以前所学的要点,再结合如今的医学发展,力争悟出更新的东西。山田了解这位老朋友是个医痴,为了医学,他可以不吃不喝,可以抛家舍业,便笑笑说:长谷川君是温故而知新,知新而创新,如此持之以恒,将来必有大成。

长谷川说:这也正是我所追求的。山田说:长谷川君的作为,颇似这州城的一个名医。长谷川很惊奇:什么,这小小州城还有名医?

山田说:州城虽小,这位中国医生的名气可是大得很。长谷川问这个人叫什么名字,住在哪里。山田告诉他此人叫马天成,是州城崇德堂的堂主,一个地道而极有学问的中国医生。

长谷川对崇德堂这个名词不理解,山田解释说:这地方习惯把诊所叫作医堂,把药店称作药铺或药房。这个马天成就是崇德堂坐堂的堂主,用我们大日本帝国的话说就是主治医生。长谷川来了兴趣:这么说,我倒要会会这位中国名医。

山田频频点头,说:确实值得会会这个名医。马天成医术高超,其诊病用药之术令人匪夷所思。不要说我这个半拉医盲,即使像您这样的医学专家,对他的医术恐怕也是闻所未闻。

长谷川坐不住了:山田君,您在讲述《天方夜谭》吗?

山田连连摇头:长谷川君,说来你可以不相信,不讲外边风传,只说我亲眼所见,这个马天成不用手术能摘除鼻息肉,不用西药可以治愈肝硬化腹水,仅凭几剂中药,能让一位死去半日的老太太复生。

长谷川先是怀疑后是兴奋继之就有些不受用了,他听到州城名医马天成能够让人起死回生,双腿跪了起来。山田接下去说:马天成还是州城医药行会的会长,他带领这里的中国医生,硬是把我们在州城开诊所的医生排挤得几无用武之地,使得花谷正机关长策划实施的以州城为点进而全面拓展的战略部署近于流产。

长谷川已经站起了身：山田君，小小州城竟然有这么一股力量和日本医生抗衡？我要亲眼见见这位您所说的神医，试探一下这位中国医生的医学修养。

山田让长谷川沉住气，他说：长谷川君，您怎么还是年轻时候的急性子，不要激动嘛，坐下，请坐，听我说。长谷川只好重新坐下，但仍旧口气固执地说：我一定得见见这位中国医生，至迟在明天。

山田给长谷川斟上茶说：长谷川君，州城的名医很多，如果只为见到一个马天成就专程前往崇德堂，太失大日本国医学家的身份了。

长谷川说：那就让他到这里来。山田眼珠一转：不不，我要提前准备一下，和州城公署联系好，让州城知事出面把有名有分的医生叫到一起，让这些中国医生一睹日本神医的风采。

长谷川说：山田君，您知道的，我是个医痴，见面只为探讨中日医学，不是展示个人风采的，还是单独会会这位中国医生吧。

山田说：这正是我们为日本医学争气的机会，因为中国医生一向高傲，不把东洋医生放在眼里，到时可能会发生有关汉医与日医孰优孰劣的争论，长谷川君你要有个心理准备。日本文人一向孤傲，长谷川作为名家尤其清高。长谷川听山田如此说，早就按捺不住了，他改了口气：山田君，现在我对您的提议极表赞同，倘若争论起来，我有足够的把握击败这群不知天高地厚的家伙。

山田脸上露出幸灾乐祸的笑容。

山田当天下午就做了安排，他把刘知事叫到自己办公室，把长谷川要见州城各位名医的打算细细告知。刘汉平弄不清山田又搞什么花样，但又不敢违抗他的命令，便依照山田的意思去找张道山，打算先搞一份参加这次会面的医生名单。刘汉平明白去颐寿堂有诸多不便，就写了一封信让庶务员送到张道山处。张道山接信后立即来到公署，问刘知事传唤自己有何吩咐。

刘汉平让张道山坐在自己对面，认真而又慢条斯理地说：张先生，日本大医学家长谷川先生到了州城，要和本地名医们见见面，您当然是其中之一了。所以呢，汉平想和您商量一下，看州城地界上哪些医生有此资格。

张道山：还用说吗，马天成自然是第一个了。另外，陶居正、吕之铭，还有四街与州城六六三十六巷的十几位郎中，都够这个格儿呀。

刘汉平说：知道有这许多郎中，但并不清楚他们的名字。他让张道山说着，自己在一张纸上一一记下。张道山说完这些人，又想了想，说：河西还有几位，比如林先生、杜先生、韩先生……

刘汉平又一一写出。

张道山说：如有遗漏，刘知事可另找他人查询。

刘汉平说：这些人足够了，足够了。张道山询问是不是要自己通知这些人，刘汉平摇摇头说:那是秘书科的工作,怎么能烦劳张先生呢。张道山听刘汉平这么说,就起身告辞。刘汉平说:哎,张先生,烦请转告马先生,这位日本大医学家此番举动,目的就是找州城郎中们理论中日医学,你和马先生都得有所准备才好。

张道山嗫嗫嘴:哦,呵呵,我明白了。

张道山辞别刘汉平回到颐寿堂,显得心烦气躁。他失去了往日诊病的耐性,草草处理完几个病人就开始在屋里踱着步子低头沉思。刘汉平的话不断在他耳边回响——哎,张先生,烦请转告马先生,这位日本大医学家此番举动,目的就是找州城郎中们理论中日医学,你和马先生都得有所准备才好。这话中意思,不明摆着是让自己和马天成打头阵吗。医辩胜败张道山并不在乎,反正丢了面子也不是他张道山一个人担此败名,关键是他不愿得罪日本人。张道山想了好长时间,决定还是去找马天成的好,到了要紧关头,就让马天成顶着。张道山迈出医堂门又退了回来,他仰着脸思忖半晌,最终还是坐下了。

张道山改变了主意,此刻他想,你马天成不是比我强吗,好,这次让你在日本医生面前丢丢人现现眼,也杀杀你的锐气。憋在胸中的闷气让别人替自己出,这才是高招。不去了,不告诉他了,以后刘知事问起来,撒个谎就说告诉他了呗。

张道山脸上终于露出了笑意,这时门外有轻轻的脚步声,张道山打起精神准备应诊。可是当他回过头时,却见山田出现在自己面前。张道山赶紧立起身,嘴里重复着每次见到山田总是问询的那句话——长官阁下你怎么有空了?山田笑嘻嘻地说:我不是和你讲过吗,我天天有空,随便出来转转,就转到你这里了。

张道山擦了下本来很干净的椅子:长官请坐。

山田眼望四周,慢慢坐下。山田抻了一会儿问张道山:张先生,日本大医学家长谷川先生要和州城中国医生见面的通知你收到了吧?

张道山给山田端上茶水说:收到了,收到了,到时我一定去参加。

山田说:张先生只是参加见面可不行。张道山问他还要自己做什么,山田说:到时如果在医学方面发生争论,你得站在东洋医生这一边。张道山听山田说出此话,苦着脸说:山田长官,我是中国医生,这、这……这实在让我左右为难。

山田说:你是中国医生,还左右为难?可你早就是我们日本医界的人了。

张道山一怔:山田长官,这话怎么讲?

山田说:你以往给我们干的许多事,包括透露关于秘籍和秘解的消息,难道不是在为我们日本医界服务吗?张道山说:那是在下迫不得已呀!山田说:船到河心再想下,是不是晚了!张道山擦着额头上的汗,犹豫不决。山田喝口茶水,转转眼珠:张先生,只要你肯答应这个条件,我们日本人是最讲义气的,可以为你以往的诸多行为保密。

张道山脸上闪过一丝喜悦,但转眼间又愁眉不展了。张道山起身哈腰站在山田面前:那样的话,长官阁下,我就没办法在州城混了。

山田用手指弹着茶杯,说:我还可以考虑提拔你为州城的卫生顾问,有这个公职在身,你和马天成的身价起码扳平了。张道山一惊:让我当卫生顾问?

山田点点头,得意地朝周围画了个半圈:这样的话,州城所有的中国医生,甚至包括我们日本医生,都在你的指导之下。

张道山说:一个顾问有这么大面子? 山田说:我以往不就是卫生顾问吗? 张道山迟疑半天:好吧,我不一定站出来为你们说话,但我可以给你们出个好主意。

山田认真地抬起头:哦? 张先生请讲。

张道山压低声音:我可以给你们找一个无赖混混,到时如此这般……

山田听着听着笑了。

山田冲张道山竖起大拇指:张先生,这主意太妙了。

天将正午,医堂里病人渐少。马天成给一位病人诊脉,洪良在给一位老妇人拔火罐,公署的一个庶务员走进医堂,双手呈给马天成一封请柬。马天成欠欠身子:先生请坐,公署有事吩咐便是,还送请柬干吗。

庶务员说:马先生拆开柬封一看便知。

马天成让庶务员坐下说话,庶务员说:不坐了,还得到其他医堂去送请柬。

庶务员转身走了,马天成看看柬封:崇德堂马天成先生谨启。马天成拆开请柬一看,是请他后天上午参加在文庙大殿举行的中日医生恳谈会。他用指头掸掸请柬,心想与一个日本医生见面,这有什么意思啊!

马天成刚看完请柬,西街刘四楞子走进医堂。马天成示意让刘四楞子坐下,又给刚才那位病人开方。马天成开完药方转脸问:刘街坊,怎么了?

刘四愣说:发烧头痛。

马天成看了他的舌苔号了他的脉,笑笑说:刘街坊,你没病。

四楞子很惊异的样子:马先生,没病我还装病吗?

马天成依然笑着说:没病就是没病,我可不能拿着好人当病人治。你呼吸均匀,脉象平和,根本没有发烧啊。你要实在觉得不舒服,回家喝碗姜糖水就行了。

刘四楞子歪头看着马天成:马先生,这话可是你说的。

马天成点点头说：对，我说的。

刘四楞子双手捂着头走了。

马天成看着他的背影直纳闷，心想真怪呀，这家伙怎么没病装病啊，是不是又和谁怄气打架盘算要讹人家！

吃午饭时，马天成对洪良洪玉说起接到公署请柬，后天上午八点日本有个医学家叫长谷川的要和州城中国医生在文庙大殿见面一事，心中感觉颇为疑惑。日本人来州城开诊所开药店非止一年，从来不和中国医生打交道，为什么这个日本名医长谷川刚到州城就和我们约见？洪良说也闹不清山田别有用心还是出于礼节，马天成说自己一时也有些摸不着头脑了，到时再看吧。洪玉放下饭碗：爹，我们马家毕竟吃过日本人的亏，毕竟经历了太多的灾祸，小心一些的好。

马天成说：日本人行事诡谲，有时让你防不胜防啊。可是，既然以公署的名义给送请柬，还不能找借口不去，走一步算一步呗，也只能如此了。

第三日上午辰时刚过，山田引领着以长谷川为首的十多个日本医生走进文庙大殿，刘知事等公署官员也跟进来。不大会儿，马天成等中国医生也陆续来到。文庙大殿里摆了两溜椅子，一排在东，一排在西。马天成等中国医生坐在东边，日本医生坐在西边。上首放了一张长桌，山田、刘知事、梁科长和长谷川坐在那里。

马天成坐在同行们中间，吕之铭靠近马天成身边，说：马先生，我有个预感，今天好像在演一场戏。马天成笑笑说：没有戏台啊。吕之铭侧侧头没再说话。

人已到齐，刘知事起身致辞。一番例行的"中日亲善相互交流"的开场白后，戏台上主角易人。山田站起身，指指坐在上首中间位置上的长谷川哩哩哇啦说了一通日本话。长谷川站起来朝众人哈腰行礼，哈腰行礼后的长谷川并没重新落座，却出乎所有人意料地改用了熟练的中国话：在下长谷川，精于东洋医学，也了解中国医学，但通过多年来对日本医学和西方医学的研究，证明中国医学是落后的。当然，有些一般病和常见病中医可以治疗，但像本地流传的有关州城马天成能够起死回生的医术肯定只是一种传说。我希望中国医生以后要尊重科学，积极向日本和西方医学学习，不要再相信这种无聊的巫术了。

长谷川说完后，文庙大殿里一片寂静。

大家不约而同地将目光投向马天成。

马天成没有发蒙，没有着急，更没像一般人那样恼羞成怒。马天成面带笑容环视殿内，慢慢站起了身：长谷川先生的话是对是错，我且不论，在这里，我只想先说一下药王孙思邈在《大医精诚》里再三告诫学医者的话——由于疾病有内在的病因相同而外在的症状不同，以及内在的病因不同而外在的症状相同的

458

缘故,因此,五脏六腑是充盈还是虚损,血脉营卫之气是畅通还是阻塞,不是单凭人的眼睛耳朵所能了解得到的,所以一定要诊脉。但寸关尺三部脉象有浮沉弦紧的不同,腧穴气血的流通输注,有高低深浅的差别。肌肤有厚薄,筋骨有强弱,只有用心精细的人,才可与之谈论这些道理。

长谷川脸上显出惊异之色。他没想到这个中国医生知识如此渊博,更没想到这个看上去文文静静的人说话竟是暗藏杀机柔中带刚。刚才对方一席话中,分明在暗喻他是那种"不可与之谈论这些道理"的人了。

门外文庙台阶上,瘦小的武男与身体壮硕的河野身穿便服,怀抱短剑立在那里。台阶下,许多州城百姓聚在一起悄声议论着什么。离台阶下不远,马洪玉打扮成男人模样混在人堆里认真听着文庙里的动静。

武男与河野在悄悄说着话,马洪玉凑近一些。两个日本人看了洪玉一眼,不说话了。马洪玉把脸转向别处,两个日本人又开始低声说话。洪玉听得清楚,身体壮硕的日本人说:你既已知道两部书的藏匿处,我们抢进去取来就是了。身体瘦小的日本人说:那个护院的非常厉害,上次我就是被他打伤的。身体壮硕的日本人说:你我联手,我敌住护院的,你进屋里去夺。他若不给,拿刀逼着。瘦小的日本人说:河野君,小心我们的话让人听到。壮硕的日本人呵呵笑道:小城的中国人哪里听得懂咱们日本话。

马洪玉偷眼瞧了瞧两个日本人,两个日本人仍旧嘀咕着。

这时,文庙大殿里,马天成面色和缓,神态平静,声音仍是不急不缓:世上有些愚蠢的人,读了三年医方书,就夸口说天下没有什么病值得治疗;等到治了三年病,才知道天下没有现成的方子可以用。所以,学医的人一定要广泛深入地探究医学原理,不能道听途说,一知半解,就说已经明白了医学原理。如果那样,就大大地害了自己也害了病人! 你们东洋医学和西方医学不懂我们中医的四诊八纲,和你们说这些作用不大,我看咱们还是各宗其道互补短长的好。

长谷川张了张嘴,话还未出口,马天成又接上了:两千多年前,我们山东长清出了个名医叫扁鹊。那年扁鹊路过虢国,得知太子暴毙,不待切脉,仅以听声、望形、观色这三诊,就判断出虢国太子为"尸厥"。尸厥者,假死也,如果医者不能善察阴阳,明辨表里,仅凭表症就断人生死,这世上不知会有多少病人被当成死人活埋了呢! 话得说清楚,无论一个人医术多高,真正死了的人你是救不活的。否则,这世上不是早就人满为患了吗? 古人就已能够察疾病而做到所谓的"起死回生",今人如何不能?

文庙大殿里鸦雀无声,连以山田和长谷川为首的日本人都听得痴痴入神。

马天成的声音依旧:所以,细察机危,明辨生死,是一个为医者应该首先做到的。《内经》上说"病家往往死于医家",难道不是这个道理吗?

山田打断了马天成的话：马先生，中药里的草根树皮矿石动物骸骨里含有化学物质，经熬制提炼后做药可以理解。但是，凭着三个指头按按手腕就说诊断出什么病来，我想你们一定是凭着猜测和多年的琢磨吧？

马天成走到双方中间位置上，他要让双方都能听清他的话：山田先生，脉搏跳动的细微变化，是我们中医判断病患身体状况的主要依据。精通脉法的医师，摸一会儿脉，能把你身体所有的疾病和不适一一说出，有些甚至连患者自身都不太注意的情况也不会遗漏。但是要学会这样的脉法，首先要有名师指点，还得是绝顶聪明的人再经过多年的磨炼才可获得。懂得脉法的人不少，但芸芸众医中能达到那种境界的并没有几个。所以，为了保证病人的诊断治疗，我们不是像你说的那样只凭三个指头按按手腕就能诊断病症，而是望闻问切四诊并用，绝不会单用脉法。据说你也是医行名家，不能连这样的常识也不懂吧？

以这种口气和日本民政长官说话，马天成的同行们紧张得手心冒汗，有的喘气也不匀了。吕之铭上去拉住马天成：马先生，听日本同行们说说。

陶居正也跃跃欲起，要劝马天成不要再说下去。因为谁都明白，日本人一旦翻脸，要一个中国人的命就跟拔掉一棵小葱似的。他心中暗道：马天成啊马天成，你这是等于拿着茄子朝刀刃上碰啊！

中国医生们提心吊胆。

文庙外忽然传来哭喊声：亲爹呀，痛，痛死我了！

人们的目光投向门口，只见刘四楞子扭扭歪歪闯进来。别人想靠近文庙门口都不易，刘四楞闯进来时，两个日本护卫竟然没有阻拦。刘四楞子一头抢到马天成跟前：马先生啊马先生，你可把我害苦了！

刘四楞子抱住马天成的腿，马天成竟难以挪动了。这突如其来的变故让文庙大殿里举座皆惊，中国人和日本人同时站起身，目不转睛地盯着眼前发生的情景。

因为毫无思想准备，马天成也慌乱了一阵。马天成稳住心神低头注视着几乎就要跪在自己面前的刘四楞子：你怎么了，慢慢说。

刘四楞子拍拍头又拍拍腰：我昨儿头痛找你看病，你说我没病，让我喝碗姜糖水就行。我照你的吩咐喝了两碗姜糖水，头是不疼了，可今天，哎哟，我操他妈的……这腰，这腰把我痛死了，怎么就从头转到腰上了呢！哎哟哟……

文庙大殿里乱了套。

有吵的，有笑的，还有尖声怪叫的。

无论中国医生还是日本医生，谁也没有遇到过这种事，大殿里的人都被刘四楞子逗乐了。陶居正说：这算哪门子事呀，不去医堂，却找到文庙里来。

吕之铭问刘四楞怎么知道马先生在文庙这里的，刘四楞还没回答，张道山抢上说:刘家街坊,昨天你从东街回来路过我的医堂门,还竖着大拇指夸奖马先生医道高。今天呢,当着大伙儿又来这一套,这让马先生面子上太过不去了。

山田面露惊喜之色,长谷川显得莫名其妙。

马天成不生气也不乐。马天成仰脸想了想,其实昨天刘四楞子因为一点儿小病越过颐寿堂的张道山跑到东街崇德堂,他就揣摩着其中必有蹊跷。今天在这种场合下又忽然出现,张道山和山田又是这样的神情,便肯定这是有人故意安排的。

马天成想到此,轻声说:刘街坊,您站好了,先不要动。

刘四楞子从地上爬起来站好,马天成在刘四楞子的腰际处摸、摁、推、敲鼓捣了一阵。马天成头上冒了汗,刘四楞子身上也湿了。马天成拍拍对方的背问:还痛吗? 刘四楞子咧着嘴:怎么不痛啊,妈妈的更痛了,哎哟哟!

一直静观事变的张道山忽然三两步跑到二人面前,摸摸刘四楞子的腰,又按刘四楞子的脉,尖声尖气地嚷起来:肝连胆,脾连胃,肾脑相通。而肾病的外在症状就是腰痛,这是明显的"传经"。马先生是不是大医家疏忽小症候了?

山田挥动着手臂:用你们中国话说,马先生自恃州城第一名医,只想到过五关斩六将,没提防也弄了个夜走麦城。

山田带头,日本医生那边响起一片耻笑声。

马天成低头沉思了一下,重又对刘四楞子望、闻、问、切。

马天成口气决绝:这个人没有病!

陶居正等三四位颇有声望的老医生走上来,几位老医生轮番给刘四楞子检查切脉,然后合计了一会儿。陶居正说:我们几个都看了,和马先生的诊断一样,这个人的肾经很壮,说句有伤大雅的话,房事上几乎可以夜不虚度。

山田看看长谷川。长谷川朝一名日本医生招招手,说:川岛君,您给这位先生检查一下。川岛说:长谷川老师,这怎么有些现场较技的味道了?

长谷川说:正因如此,你必须凭日本医生的职业道德,认真检查。

川岛医生很慎重。他让刘四楞子躺在一张条桌上,十分认真地进行了望、触、叩、听。川岛例行检查完后,再次重重叩击着刘四楞的后腰部,川岛一边叩击一边歪头看看刘四楞,刘四楞没有反应。川岛检查完后摘下耳朵上的听诊器,冲山田和长谷川摊开双手。

长谷川问:您的诊断结论?

川岛说:抱歉,本人检查不出这位先生有什么毛病。

长谷川见状亲自出马,他和那个川岛一样仔细检查了刘四楞子的全身后,皱起了眉头发愣。山田走到长桌前,用日语和长谷川说了几句什么。长谷川虽然眉头渐舒但仍然犹豫着。山田并不在乎长谷川的表情,立即指示刚才那个日本医生从药箱中取出两颗汉方药片,当场给刘四楞子服下。

文庙大殿里的中日医生都静静地看着眼前的这一情景。

几分钟后,刘四楞子从长条桌上坐起来,一翻身跃到地上。刘四楞在地上蹦着高:哎哟,真灵,不痛了,一点儿也不痛了,还是日本医生医道高啊!

吕之铭说:刘街坊,就是神仙灵丹也不会这么快吧?

中国医生开始议论纷纷。刚才还痛得龇牙咧嘴的刘四楞子此刻眼睁睁在众人面前活蹦乱跳了一番,朝马天成涮了一眼,撇着嘴离开了文庙大殿。

刘四楞出了文庙,站在门口大声嚷嚷,说:你们看看,啊?看看,人家东洋医生只让我吃了两片小小的药,这病就好了,就好了。哪像咱们这些老先生,动不动就大包小包的让人喝药。一位老人走过来:四楞子,你是不是早晨吃多了撑的?你小子记事钟不大,忘事钟不小,怎么不想想你的孩子得急惊风是怎么治好的。

四楞子一下子愣住了。

老头走到他跟前:啊?说呀!

四楞子跳下台阶:三叔,一码归一码,我说的是今天。

老头抢起拐杖抽过来:码你娘个眼,小婊子生的,我敲死你个舔洋鬼子腔的。

刘四楞躲过老头拐杖,飞快地跑走了。一街坊走上来,说:三爷,也就您是亲叔侄爷们吧,能降住他。老头顿着拐杖:我不认这个王八犊子是亲侄儿!

再看文庙大殿里,在场的中国医生相互议论着,一时间都有些傻眼了。山田借题发挥:刚才我们的医生和长谷川先生给病人做了仔细诊断,病人的确是患了肾综合征,幸亏发现得早,否则进一步发展会很快加重,直至危及生命。因为是初期,我们暂时给他用了速效镇痛剂,接下来还得慢慢医治调理。这说明什么呢,说明你们中医中药无论诊断还是治疗,都已大大落后于现代医学了。

中国医生感到受了侮辱,相互商量着如何反击和由谁反击,文庙大殿里议论纷纷,人声四起。可是,更让中国医生感到受辱的事情又发生了,这种侮辱不是出自日本人,而是出自张道山这位几乎是公认的州城名医。张道山走到大殿中间,伸出手掌朝两边压了压:诸位诸位,我张道山也算是看过几部医书治过几个疑难病症的,自认为医术不在诸位之下。可是通过今天的事情,我看出了咱们中国医药的不足和落后。我在这里做个声明许个愿,日后将主动向东洋医学靠近,在已届天命之年重新起步,争取早日得到东洋医学的真传,做个合格的郎中。

旁边吕之铭忽然嚷道:住口住口,张先生你住口。

张道山吓了一跳,转身盯着吕之铭,问他想干什么。吕之铭站起来说:实话讲,我比诸位州城医家多看了几部西医的书,是从马家小姐和教会医院勃兰特先生那里借阅的。所以,肾综合征的症状还是知道一些。西医书上说得清楚,肾综合征除腰疼头痛外,首先是全身水肿。这个刘街坊壮得跟牛一样,全身哪里有半点儿水肿?另外,我看到西医书上说,最重要的是要检查病人的尿,请问日本同道,这些起码的检查你们都没做,怎么就判断他是肾综合征呢?

陶居正见了日本人就有气,跟上说:是啊,糊弄我们中间没有懂西医的呀!

惶惑、愤怒、羞愧、怨恨一齐涌上中国医生的心头,文庙里几乎乱了。

几位白胡子老先生须眉抖动,哆嗦着手上前揪住张道山的衣领:张先生呀张先生,你可是咱们州城医行里的人头,从你嘴里说出这样卖祖宗的话来,让我们以后何以为生!啊?何以为生!

张道山两只手挓挲着,一时不知说什么。山田眼珠一转朝门外喊了句日本话,两个便装日本人举着短剑冲进文庙大殿。刘汉平连忙劝解:坐下,坐下,有话好说嘛,都是长袍马褂的老先生,怎么动起粗来了!

有刘知事的劝解,有日本刀的威胁,老先生们终于松开张道山,气喘吁吁地回到座位上去。老先生们生气,缄默,低下头去不再说话。山田一郎却又顺水推舟:张道山先生的话很中肯,而且牵扯到中医药是否值得存在的问题。如果大家没有意见,我准备以东临道民政长官的身份和刘知事商议,制订一部发扬东洋医学渐次废除中医药的议案,召开当地医药代表会议通过,先在州城试点,继而在东临道和山东省推广开去。

马天成蓦地涨红了脸,他不顾死活地起身拨开日本人的刀,和正在恣意发挥的山田站了个面对面。马天成虽然气愤但却明显的临危不乱,他问山田,说:民政长官阁下,我想您对医学历史不算陌生吧。山田问他是说中国医学还是日本医学的历史。马天成道:你认为这中间能截然分开吗?

山田不屑地一笑。

马天成面向日本医生:如果诸位看过医学史,就知道自隋唐开始,中医药经高丽传入日本,其后日本派遣的隋使、唐使中的僧侣们直接把中土医学传入日本。到了日本镰仓时代普及民间、江户时代汉方基本形成、江户时代日本汉方医家研究中国医籍蔚然成风,但后来却将中医药学改名东洋医学……直至明治四十三年和田启十郎的《医界之铁椎》与民国十七年汤本求真的《皇汉医学》的出版,才重使汉方恢复并得到重视。这段历史足以说明日医在一直师承汉医的事实。故而我马天成得出结论,如废汉医,必先废日医。

文庙大殿里一片寂静,中国医生和日本医生都目不转睛地看着马天成。长谷川问山田:马天成这样一个地方郎中,怎么会对中日之间的医药史如此熟悉?

山田撒谎说:他女儿曾经留学日本。

长谷川说:这个人讲的医药史很正确,我们欲争无辞,欲驳无据。

山田心中暗想,本来设计好的一场压中医兴日医,从而挤垮州城医药行会,把日本医学进而推广到全省全国,同时借机攫取《天方秘籍》和《天方秘解》的计划看来是要流产了。正在思考怎么挽回这种局面,却见崇德堂的管家邱诚在文庙大殿门口探头探脑。他认识邱管家,认为找到台阶可以暂时缓口气了,就招呼邱管家进来,邱管家进了文庙大殿,山田问他有事吗,邱管家说:崇德堂里来了个公署的官长,抽风吐白沫,快要死过去了。

大殿里乱起来。刘汉平看着山田,说:民政长官阁下,救人要紧,今天是否暂时到此? 山田一脸沮丧,挥挥手:散吧!

原来,这个意外场面是马洪玉设计的。当时,马洪玉站在文庙门口,文庙前的人越聚越多。马洪玉见邱管家和李天鹏也从大门走进来,她赶紧迎上前去截住邱管家和李天鹏:天鹏哥,看到文庙门口抱着短剑的人了吗?

李天鹏点点头说:看到了,是两个日本人。马洪玉说:你好好看看那两个人,我听他们暗中嘀咕,说要到咱家抢那两部秘籍。李天鹏问洪玉是否听清了,马洪玉说:我懂日本话,听得一清二楚。李天鹏说:我就知道日本人贼心不死,不过你放心,我早有准备。马洪玉说:这种日本武士行踪诡秘,你可得提防着啊。李天鹏笑了:我睡觉都是睁着一只眼,别怕!

马洪玉又朝文庙内看了看:邱叔叔,你站在门口注意着,要是里边争论声过大,或者要出是非的话,你就闯进去叫我父亲,说是医堂来了重病人。邱管家答应着走向文庙门前。故而文庙大殿里一乱,邱管家就跑上了台阶。

46

贾二爷来到马家十几天后,小陈再次前来看他。跨院室内,马天成端着药碗走到炕前,小陈接过药碗问:马先生,不是分两次服下吗?

马天成说这次的药一次服下,贾二爷接过药碗咕咚咕咚喝下去,放下碗擦擦嘴说:天成啊,这药怎么和以往的味道不同,甜丝丝的。

马天成说:二叔的舌尖真灵,汤剂变了,味道就不一样了呗。贾二爷笑问:不是洪良说的七圣汤吗? 马天成说:我和洪良商量了一下,按照秘籍和秘解所示,将七圣汤与三星汤加减混用。凡属痈疽未破者,服之可消;已溃者三剂脓尽而肉生。

贾二爷说:肉生就是好了呗。

马天成呵呵一笑:肉生不等于痊愈,痊愈须得封口。

贾二爷说:现在就已经差不多了,我摇了摇脖子,不再发轴。

464

马天成坐在炕沿上,说:二叔,有句话不知你信不信?贾二爷说:只要是你讲的,我就信。马天成问他信不信这世上真有因果报应,贾二爷吸了口气,问他这话从何说起。马天成问贾二爷:还记得黄毛吗?贾二爷说:我抱给你的,怎能不记得?马天成说:前不久黄毛死了。黄毛死前吐出一样东西,今天看来,这东西就是给二叔您准备的。您一生不杀狗不熟狗皮,遇狗则待,这是对您老人家的回报。

贾二爷说:天成,你说得云里雾里,到底是什么?

于是,马天成将黄毛一直病了许久,那天晚上忽然精神起来,也开始吃东西,不料后来吃下东西噎死,死前吐出狗宝的经过说了个一清二楚。马天成说着说着,眼里流出了泪,他擦了下眼上的泪说:二叔,你所患瘰背,其实很难治疗,不但需要内服药,还得使用外敷药。这外敷药中,最最离不了的就是狗宝。而狗宝这种药,往往是可遇不可求,黄毛留下这颗狗宝,不正是为你所患瘰背准备的吗?

贾二爷和小陈听得目瞪口呆。

贾二爷说:莫非这世间还真有恩仇相报,德怨往来啊!

马天成点头说:二叔,是得相信因果报应,要不是有这狗宝,你的病要想恢复到如今的成色,起码还得三个月。

又过了两天,贾二爷已经行动自如。这天上午,贾二爷出了屋门,在杏树下走来走去,马天成则坐在旁边的石凳上和贾二爷闲聊。贾二爷对马天成说:自从吃了配的小丸子,这瘰背疮几天时间就好了大半。他问:这小小丸子效力咋就这么大呢,用什么药配的?马天成告诉贾二爷,就是以黄毛留下的狗宝为主药,加以鲤鱼胆、蟾酥、蜈蚣、硇砂、乳香、没药、轻粉、雄黄、乌金石、麝香等十数味药,同为末。用首生男儿乳、黄蜡等熬膏和丸而成的。

贾二爷纳闷地说:还要首生男儿乳?

马天成说:就是第一胎小男孩儿母亲的乳汁。

贾二爷叹口气:难为你了,还得到处去淘换人家孩子母亲的奶。

马天成呵呵笑起来,他说:不用去淘换,洪良他屋里就有。贾二爷"啊"了一声:这么说,天成你得孙子了?马天成笑嘻嘻地点着头:都快两岁了。

贾二爷双手作揖,连说"恭喜恭喜",说:只是一时没法准备贺礼。说着说着忽然停住,哎?等等,等等。贾二爷说着走进屋里,再走出来时,手里多了样东西。贾二爷把手里的红绢包放到马天成手里,说:就拿这玩意儿当贺礼吧。马天成接在手里觉得沉甸甸的,打开绢包一看,竟是一鼎金"怀牌"。

"怀牌"用一条纯金链系着,怀牌上刻着麒麟送子,镌着福禄祯祥四个红金小字。怀牌下面用稍细一些的金链吊着一只小金印、一枝小莲花、一条打狗棒和两个金铃铛。"怀牌"透着一股玲珑气,在阳光下金光闪烁。马天成吃惊地说:啊呀,这么贵重的礼,孙儿如何担当得起。

贾二爷指着绢包:就像你马家的宝书一样,祖传的。我老奶奶传给我爷爷,我奶奶传给我爹,我娘又把它戴在我脖子上。七十多年了,我一直揣在怀里保存着。我贾二内人早逝,膝下无子,就当是我传给重孙儿吧。

马天成说:如此贵重的物品,侄儿真的不敢接受。贾二爷摆摆手有点儿烦,说:天成啊,你何时变得啰里啰唆呢!马天成抻了片刻,朝贾二爷深施一礼:那,我就代小如州收下曾祖传给的金怀牌。

贾二爷伸了伸胳膊:天成啊,我来的时日也不少了,多待一天,给你多添一日的危险。我打算今天就回到北边,有你给我的药吃着,你踏实我也心安。

马天成说:二叔你在这院里也不出门,谈何危险,还是多待几天完全康复后再走的好。贾二爷回说:此事小陈前天走时就已定下,只是事前没对你说。天黑后你让天鹏送我到北边坍塌的城墙边出城,那里有三太派来的车接着。

马天成看着贾二爷:二叔,你还是年轻时的脾气,说话做事,斩钉截铁。

贾二爷仰天轻笑:天生的性子,到这把年纪,再也不想改了。

贾二爷笑罢,忽然压低声音说给马天成:以后如遇非联系不可的事,只须找悦来客店许掌柜说一声即可。马天成点点头,说:侄儿记下了。

张道山自医辩后感觉没脸见人,一直闭门不出。马天成看在秀贞分儿上,打发儿媳带着孙儿去颐寿堂看望外公。

天近正午,张道山走进医堂后院,忽见秀贞娘儿两个从边门走进来,正好与张道山在院中相遇。秀贞放下儿子:爹!

张道山呵呵笑起来:我闺女回来了,哟,小如州也来看姥爷姥娘了。

小如州跑到张道山跟前,张开双臂:姥爷,想你了,亲亲我。

张道山连忙抱起小如州亲着,吻着,秀贞则先行走进屋里看望母亲。

张道山把小如州抱在怀里亲不够。小如州说:姥爷,你的胡子可扎人呢。张道山说:是吗,乖孩子,你长大了也要长胡子的,到时你可别扎姥爷哟。小如州说:到时我要发明一种药,抹到嘴唇上胡子就不长了。张道山哈哈大笑,说:天下要有这种药,那就把卖剃刀的饿死了。

小如州说:这天下不是有许多秘方吗,准能找到。

张道山的脸皮紧了一下:秘方!

人的心思就是怪,有时瞬间就会出现完全相反的变化。张道山听到外孙这句话的刹那间,脑子里一种邪魔的念头又出现了。他的眼前又闪现出能够成为州城第一名医的惬意和自豪,眼前总是晃动着自己只是听说却从未见过真正内容的《天方秘解》。他想无论如何也要得到这部书，而得到这部书就得不择手段了。

秀贞和母亲从屋里走出来，秀贞说：小如州，别光让姥爷抱着，姥爷累了，快下来让姥爷歇歇。小如州扭动着身子不下来，说就让姥爷抱，让姥爷把他抱到屋里去。张道山连说：行行，抱着孩子朝屋门口走去。

就在同一天，马天成坐堂侍诊，病人们进进出出。

医堂门口悄悄地走进一个人来，背着褡裢，戴着礼帽，打扮得不城不乡的。来人进门后也不说话，只是定定地朝马天成父子望着。

马天成专注于诊断病人，抬手指指旁边的长凳：先生，请坐下。

来人并不入座，依旧站在原地。

马天成开完药方抬起头，来人摘下礼帽嗓音颤颤：马先生，您不认得我了？

马天成一怔，忽地站起身来：白先生，是你，是你呀！

马天成三两步就走到一招仙白云忠跟前，稍一迟疑，便紧紧地将这位老朋友抱住了。两个医行名家就像两个小孩子，相互拥抱在一起失声痛哭。

候诊的病人有认识一招仙的，连忙走上来劝慰，说：老友相见应该高兴才对呀。马洪良也走上来搀住两位前辈，而马天成和一招仙此时已经哭得浑身哆嗦。马洪良眼里也满是泪水，他想，这是生死离别后的激动，再次相逢后的喜悦，可以说是乐极生悲，更可以说是喜极而泣。

马天成止住哭泣，伸手为一招仙擦擦眼泪。马天成嘱咐洪良先照顾着眼前的几位病人，说：我和你白叔到内院聊一会儿。洪良答应着，医堂里候诊的病人们也说：老朋友相遇，是喜事，你们尽管去叙就是了。

马天成拉着一招仙的手进了内院，走进屋子，一只脚刚迈进屋门便大声喊：你们看谁来了，这是谁来了！

坐在屋内闲聊的马夫人、马洪玉、刘嫂站起身，几乎同时惊呼，哟，这不是白先生吗，您是从天上掉下来的吧！马夫人走到白云忠跟前：白先生啊，俺们一家自从回来后就找你们，你们到底跑到哪里去了。刘妮呢，刘妮为何没来？

马天成朝椅子伸伸手：坐下说，让白兄弟坐下再叙话。

一招仙白云忠坐在椅子上，刘嫂赶紧给白云忠沏上茶水端过去。马夫人一直跟在他身边：白家兄弟，你还没说清楚，俺们全家逃走后，你和刘妮去了哪里？

白云忠说：你们全家逃走后，我知道在州城再也待不下去了，就和刘妮一路南下，每到一处先安排好栖身之地，白天我手摇虎撑串乡行医，至晚就回到住处歇息。马天成说：你们夫妇就这么走走停停居无定所吗？白云忠叹口气：是啊，我们并不长住某地，而是三两天就转移到另一县或另一地。去年冬天，我夫妇二人转到了黄河北边一个叫安家集的村，我用自己的拿手绝活治好了安家集一个大财主的瘩背疮,老财主感念救命之恩,带头恳请我留居安家集。

马夫人道:这么说你现在居住安家集?

白云忠说:是啊,想想自己业已中年,今后也不宜再行走江湖,于是不拂乡亲们的好意,答应留在安家集。老财主赠给我几亩好地和一座小院,自此,我和刘妮便安居于此了。

马天成说:一边行医,一边种地,倒也不失为文人们说的农家乐。

原来,白云忠之所以此次能够前来州城探望马天成一家,是因前几天邻村一个在州城卖烧饼的生意人回家探望患病的母亲,恰好他正在给这家老太太侍医,说起州城近况,这才知道马天成全家已经返回。当时白云忠就激动不已,几乎一夜未睡,安排刘妮在家留守,次日自己就步行赶来探望至交好友了。马天成说:你现在虽然居有定处,令人欣慰。不过还是回来的好,遇到什么疑难病症,你我之间也可多个商量的人。白云忠解释说:安家集老少爷们一片诚心,我实在不忍拂了乡亲们的好意。马天成听一招仙说得有理,也就不再劝解。他转而又说:既如此,你就在我这里多待些时日吧。

白云忠:好的,我多住些日子,白天没空,晚上和马先生拉拉也痛快。

就在白云忠到来的这天晚上,晚饭后不长时间,住在姥姥家的小如州开始昏迷不醒。秀贞看到儿子患了病,急得满脸通红:爹,爹,你看如州怎么了!

张道山急忙赶过来,掰着小如州的食指看指纹。张道山看了一会儿说:这是一种怪病,俗话说一关轻,二关重,三关过后要了命。孩子食指上的紫纹已经过了最后一节,病得太重了。

秀贞急得语无伦次:爹,这,这可怎么办哪!

张道山说:别着慌,昔日我在马家的《天方秘籍》里见过这种病的治疗药方,可是所用药引并没有写,秀贞你得赶紧回婆家,让洪良带着秘解过来,我查对一下再给孩子下药,得紧着快着,孩子性命堪忧啊!

秀贞听父亲说了这番话,吓得哭了。稍沉,秀贞擦擦眼泪说:既然《天方秘解》里有办法治,宜早不宜迟,我还是赶紧抱着孩子回婆家吧。

张夫人吓得掉了泪,连说:对对对,路程不远,只是东街西街,赶紧抱上孩子,天这么晚了,我陪你娘儿俩一块儿回去。

娘儿俩把孩子包好,张夫人提着灯笼前边开路,女儿抱着孩子身后紧随。

张道山站在门口,望着走出边门消失在夜色中的娘儿三个,忽然拍拍脑袋说:大意失荆州啊,我这是怎么了,啊?怎么了!

张夫人陪着秀贞娘儿俩到了马家门前时,马天成正在客房与白云忠叙话。大门口忽然传来敲门声,而且很急。马天成走到门口叫洪良快去看看,说这么

468

敲门的肯定不是外人。不大会儿,客房外传来马洪良的声音:咦,天这么晚了,你娘儿俩怎么回来了,还让娘陪着。

马天成情知出了事,说:云忠兄弟你先在屋里坐一会儿,一定是孩子病了。他走出客房,白云忠也跟出去。这时,洪良和秀贞等已把孩子抱进厅里。马天成和白云忠跟进去,见洪良、洪玉、张夫人和马夫人聚在一起,小如州躺在炕上昏迷不醒。马天成吓坏了,跑上去摸摸孩子的脉,又看看孩子食指上的指纹,翻看了孩子的眼睛,奇怪地摇头说:没什么病啊。

张秀贞:爹,瞧您说的,没什么病孩子怎么不省人事啊?

马天成看看秀贞低头想了一会儿说:看来孩子是中了"醉三仙"了。

张秀贞说:如州自从进了姥姥家,一直就没出门呀,怎么中了毒呢?

马天成无语。

秀贞又哭:爹,有办法治吗? 快点儿,我都要吓死了,急死了。

马天成说:没关系,好治,咱们的《天方秘籍》里有个秘方叫醒世逍遥汤,熬熬给孩子灌上就醒过来了。

全家人长长地松了口气。

马天成问洪良和洪玉还记得那个秘方吗,兄妹两个说记得。马天成说:那就去按方抓药吧,点上炉子生上火,一会儿就熬好了。

白云忠站在一旁:孩子没事吧?

马天成说:没事,中了一般性的迷药,喝上解药就会醒过来。

张秀贞问:爹,这是怎么回事啊?

马天成说:八成是有人让邪魔鬼祟迷了心窍。

听马天成说出这句话,全家人都怔住了。

秀贞好像悟到公爹话中有话:爹,您老人家咋这么说?

马天成看看儿媳,欲言又止。马天成摆摆手叹口气:走,白家兄弟,咱们回去接着聊。

张秀贞愣住。

张秀贞忽然双手捂脸,哇地哭了。

长谷川在公署后院的临时住所里走来走去,距他几步之遥,山田一郎坐在榻榻米上一边饮茶,一边阴阳怪气:长谷川君,你是日本有名的医学专家,按说不该败在一个中国郎中的手里呀。你是不是有意让着他,要这样的话,帝国的荣誉可就大大受损了。

长谷川停下脚来,说:山田君,那个中国医生的确知识渊博,连我们日本医药的历史他都了解。遇到这样的知识人士,你不得不由衷佩服啊。山田说:长谷川君你有所不知,马天成之所以成为州城名医,是因为藏有一部《天方秘籍》和《天方秘解》,因此,他有恃无恐,全不把日本医生放在眼里。

长谷川摇头说:不就是两部医学典籍吗,只靠两部医学书籍就能誉满全城,这不可能。我看这个中国老医生属于异禀天赋的那种人,加之勤恳好学精益求精,这才超越他人独享盛名。山田说:马天成现在嚣张得很呢,即使日本国的顶尖医生来了,他也不会在意。长谷川说:这么看来,此人也太不知天高地厚了吧。

山田转转眼珠说:是啊,我在想,如何压下马天成的气焰呢。

长谷川说:水满自溢,这个人如果真的如此傲气,早晚会自食其果。山田忽然起身道:如果由长谷川君把他的气焰压下去,那才给我们大和民族争气呢。

长谷川说:我不想和人怄气。山田连连摇头,说:这不是怄气不怄气的问题,是关系到帝国医学的荣誉。长谷川走到他跟前:山田君有什么好办法吗?

山田说:我想倘若由长谷川君您来出面,与马天成较技斗医,肯定能取得胜利。到时,不光马天成这个所谓的州城名医一败涂地,其他郎中也不得不服气。

长谷川摇头:这样有失医家风范。

山田说:此举还有另外的意思,我想通过你和他较技斗医取胜后,得到他的两部奇书,以完成厚生省交给我们的任务。长谷川问厚生省到底交给他们什么任务。山田想了想说:是啊,我一直没和你明说,厚生省命令在华的日本医生要大力搜集所在地区的医学古籍和单方、验方、便方、秘方,以为我国医学发展所用。

长谷川沉默了。长谷川思忖再三说:我倒有个一石二鸟的主意。

山田让长谷川说清楚。长谷川说:我认为此举应在两个中国人之间举行,我可助代表日方的人一臂之力。山田想了想说:那个张道山您还记得吧。长谷川说:当然记得,不就是在医辩时帮你演戏的那位中国医生吗?山田讪笑了一下:呵呵,张道山对两部秘籍也是垂涎三尺,如果以秘籍相诱,这个人必定卖力。

长谷川点点头,表示同意。山田叫来一个庶务员,让他立即去唤张道山。

公署距颐寿堂虽然挺远,但张道山接到山田的传唤,还是不大一会儿就急匆匆赶到了公署。他走进山田办公室时,山田已在这里等他。当山田将自己的打算和长谷川鼎力相助的许诺说给他时,没想到张道山这次却再也不逆来顺受了。他摇头头说:不行不行,马天成这个人不好对付。

山田说:不是让你想法对付他,只是想让你代表日方与马天成较技斗医。张道山苦笑道:较技斗医?连你们日本医生都辩不过他,我就更不可能取胜了。

山田说:张先生,我们的条件很优厚,如果马天成胜了,日医日药退出州城一带;如果马天成输了,解散州城医药行会,并交出他手中的《天方秘籍》和《天方秘解》。到时,这两部奇书归张先生您所有,日方只需将书抄录即可。

张道山仍然连连摇头:我和马天成较技胜出的可能几乎没有,多年来或明或暗的较量,我知道自己根本没有这个实力。

山田说:你可以用自己擅长的外伤骨科与马天成相比试啊。我还可以告诉你,如果你挑战马天成,长谷川愿用自己独创的口服麻醉药"樱花粉"助你一臂之力。

张道山说:民政长官先生,自从那天我与你们合作后,虽然表面上看不出什么变化,可颐寿堂的病人却是一天比一天少了。走在街上,人们看我的眼神都不对劲,真说不定哪天从某个胡同角落里飞出一块半头砖砸在我头上,到时连自己怎么死的都不明白。

山田说:张先生真的执意不肯?

张道山说:请山田先生谅解。

山田看着张道山出神,他心想,如此胆量的人还真的上不了阵,无论长谷川的樱花粉功效多大;若让一个胆怯之人去使用,最大的可能就是败北。山田想到这里,只好摆摆手说:既然如此,我也不再勉强张先生了,我再和长谷川先生商量一下,如果长谷川愿意亲自出马,到时你做个中间人如何?

张道山转忧为喜:一定效力,一定效力。

张道山走后,山田马上回到公署后院长谷川的临时住所。长谷川仍旧习惯地在室内走来走去,见山田回来了,停下脚步问:山田君,结果如何?

山田说:这个人实在无能,我也只好把长谷川君您搬出来了。

长谷川说:我已是骑虎难下,只好亲自出马了。

山田大喜。

山田把早已准备好的《较技协议》念给长谷川听。

长谷川只听不语。

山田念完协议书:长谷川君,您还有什么要补充的吗?

长谷川说:就这样吧,为了帝国医学的荣誉!

山田说:那么,我就让张道山把这份协议给马天成送去了。

山田吩咐庶务员把协议书送到颐寿堂,请张道山转给马天成。庶务员走后,山田和长谷川对面而坐:长谷川君,您对这次较技有几分胜算?

长谷川:六成吧。

山田:为何这么悲观?

长谷川:自从那次文庙医辩之后,我细细想了想,感到这个中国医生非同一般,他不但精通中医医理,对于日医也知之甚多。遇到这样的对手,你不得不给自己留有余地。

山田说:这关系到大日本帝国的尊严,长谷川君一定要有把握。

长谷川沉思:我忽然感觉这不是较技斗医,而像两个集团在有意怄气。

山田说:这种话是不应该从长谷川君嘴里说出来的。事到如今,您必须去争取,争取击败对方,击败中国人引以为豪的中医。

长谷川说:大和民族从不言败,也许这正是我们的悲哀。

山田说:长谷川君您在日本是一流的医学家,难道连战胜一个普通的中国医生都没把握?长谷川回答山田,说:任何事情都不能讲得太绝对了,我只说,尽力而为。山田以忧郁的眼神看着长谷川,长谷川在闭目养神。过了很长时间,长谷川站起身,睁开眼,此时的长谷川虽然一言不发,但眼神却已变得坚定了。

张道山再次造访马家。马天成依然客气:道山兄这次来又有什么吩咐?

马天成取出一张写满日文和汉文的纸递给马天成。

马天成问这是什么,张道山说:长谷川那次医辩输给你,心中不服,特地让我来给你下挑战书。马天成叹口气:唉!我一心向善潜心于医,碍着谁惹着谁了,怎么这事连着那事,没完没了呢!

张道山说:这也是日本医界看得起你,他们怎么不给我下挑战书?马天成看着挑战书的内容,没回答。马天成看完挑战书,久久没有说话。张道山见马天成沉默,就催促说:天成,这个帖你接也得接,不接也得接,狗皮膏药,糊上了。

马天成心一横:接!

张道山说:那好,明天要在城隍庙戏台上和长谷川较技斗医。挑战书里写得很清楚,你胜了,日医日药退出州城一带;你输了,解散州城医药行会,并交出你手中的《天方秘籍》和《天方秘解》。

马天成点点头:这挑战书是你写的吧?

张道山说:山田口授,由他执笔。留下空余地方,日文由山田填上。

马天成问:日本人说话算数吗?张道山说:你看呀,挑战书写好后,长谷川在属于日方的位置签了名,另一位置是留给你的。你既已同意,也签上名吧。

马天成:你的身份是什么?

张道山:中人。

马天成说:我估计也是中。说着,在中方一栏提笔签上自己的名字。

张道山收起协议书说:使命完成,我得走了。

马天成说:道山兄慢走,我心里堵得慌,不送了。

张道山走后,马天成在屋里叫苦不迭。马洪玉走进来:爹,你这是干吗呢?

马天成说:长谷川给我下了挑战书,要在城隍庙戏台上和我较技斗医。其实呢,这是山田为得到咱家的两部奇书而搞的阴谋手段。我不想和日本人进行这样的"决斗",因为这直接关系到州城医药行会的命运,还有我那两部家传的宝书。再说,较技斗医我从来没经历过,能否胜出实在没有把握。

马洪玉说:爹,既不想冒险还要顾及中国人的脸面,对吧?

马天成说:玉儿,你真是聪明绝顶。

马洪玉说:这样行吗,我去找张家伯伯,托他去日本人那里通融一下,如果能取消这次较技斗医,你可以让出州城医药行会会长之位。马天成眉头舒展了,说:如果刚才你在这里就好了,现在已无可能。马洪玉问为什么,马天成说:我一时气盛,就在挑战书上签了名。签了名就等于接受挑战,认了吧。

马洪玉说:这么看来,你老人家已是再无退路了。

马天成跺跺脚:舍命一搏!

按照协议规定,当天下午,长谷川和马天成如约来到警务局监狱,日本人要拿两个受了枪伤关在监狱里的犯人作为试验品。马天成走到监狱门前时,山田和长谷川已经等在那里。长谷川对马天成还算客气,主动上前向马天成先鞠躬后握手以示敬意。山田告诉马天成,长谷川已先行保证,他绝对不用现代麻醉及外科手术,专以日本传统医学手段治疗,以此验证中国医学和东洋医学孰优孰劣。今天先是查验病人,明日正式医治。马天成点头表示赞同。

查验完毕,马天成匆匆赶回家里,白云忠正在焦急地等着他,见面第一句话就问情况如何。马天成说:无论情况如何,明天必须得去参加这次争斗了。白云忠说:该来的,早晚会来,先好好休息养足精神,明天上阵也好集中精力。马天成和白云忠走进客房,马天成说:白老弟,我越想越觉得背脊发凉。

白云忠说:先生你怕了?

马天成点点头,承认有点儿心虚。原来,受伤者已是伤口感染,余毒附骨,如强行剔肉刮毒,病人必将痛昏甚至毙命。对方有麻醉药方"樱花粉",而马天成只能依仗针刺麻醉和双乌水。但双乌水时效不长,针麻尚需口服的麻药配合,体针又需耳针辅助。口服的麻药倒是清楚明白,可针刺麻醉在《天方秘籍》中虽有详细记载,无奈自己不甚了了,且长期不用,穴位和行针手法并不熟悉。

白云忠安慰马天成说:马先生不必多虑,到夜深人静时,我与你一起按点索穴。我可以以身犯险,让你在我身上反复试验。

马天成打了个愣怔:不行,这多凶险!

白云忠说:无妨,你我都是医家,总比外行要说得准吧。你针刺,我体验。你找穴,我感觉。你我彼此配合,天下还有攻不破的难题吗? 对于秘籍中有关针灸的入针和行针手法,你是不是记得很清呢?

马天成点点头,开始背诵《天方秘籍》中有关针刺的描述:"医之'意'也,须当谨记。人之肌肤,微妙奥秘。失之毫厘,差之千里。气血之状,心手洞明。经气运行,针随气动。专注领悟,言莫能清。深浅有度,时辰握定……"

马天成背罢长舒一口气:如无白先生相助,我马天成必将落败颜面尽失!

当天晚饭后,白云忠把全身上下洗得干干净净,等到鸡不叫狗不咬的子时,和马天成走进客房,关上房门,一个用针,一个体验,不时地交换着各自的感受。两位名医经过一夜琢磨,终于找准了《天方秘籍》中针刺麻醉的秘径。

47

昨夜虽然睡得很晚,但马天成与白云忠仍旧一大早就起床了。两个人继续研究着《天方秘籍》中的针灸一节,身边准备了治疗伤口与疮疡的器械和药物。白云忠给马天成鼓劲,并提醒他时刻想着《天方秘籍》中的针灸要点。马天成说:秘籍中说得很明白,除腐疗毒重在快捷,在这方面我有把握。

白云忠说:还要始终让伤者神志清醒,免得伤治好了,人也昏死过去。马天成说:是啊,那样的话,就让日本人看了笑话。白云忠说:假设输给对方,我们也不必羞愧,可以从中吸取教训,以利今后。马天成微微一笑:白先生的意思是知耻而后进,这是你的真心话?

白云忠说:在你面前,我用不着作假。

马天成昂起头:老弟,你也太小看我了。上次医辩中,我已窥到了长谷川的软肋,此次较技,我不光有了经验,更有了底气。行前宜壮英雄胆,如果心中先是怯敌三分,那实际是首先自己败给了自己。

白云忠点点头:仁兄所言极是,气可鼓而不可泄也!

桌上的自鸣钟响了八下。白云忠说:马兄,时间到,走吧,免得对方耻笑我们怯阵。马天成朝门外喊李天鹏,李天鹏应声进屋。马天成说:时间到了,我们去城隍庙前的较技台吧。李天鹏说:好的马先生,行前天鹏有一句话想说。

马天成:天鹏请讲。

李天鹏说:如果你赢了对手,日本人不会放你走。或明或暗,他们可能要下毒手。到时,你一定要听我的,始终躲在我身后。只要有我在,一二十个小鬼子算不了什么。白云忠说:天鹏啊,你功夫了得人人知道,可是你挡得了拳脚刺刀挡得了子弹吗?李天鹏说:先生放心,日本人不会开枪。

白云忠说:你怎么这么有把握?

李天鹏笑笑:因为当他们要下毒手时,日本的那个医学家早就在我手里了。

白云忠拍拍手道:妙!

马天成说:二位都不必担心,我判断,日本人不会怎么样我,因为当着万千观众的眼睛对人下毒手,他们会更丢人的。

三个人正准备出门,公署的梁科长忽然如飞赶到。梁科长上气不接下气地说:马先生,原定比试撤销,山田卫生官让我转告,请你速去城东教会医院勃兰特先生那里,有五六个重病人在那里等着,他和长谷川先生已提前赶去了。

事出突然,马天成一时不知如何应对,沉思半晌才说:那好吧!

原来,昨天晚上山田和吉野通电话,把长谷川要和马天成比试医术的事情对吉野说了。让他没有想到的是,这位多年的朋友如今的上司听说此事后竟然大发雷霆,说让大日本帝国的医学家和一个区区小城的中国郎中比试,实在是小题大做太丢人了。无论胜败,以后都会在日本医学界被人们当成笑话传播。再说,眼下日军前线吃紧,如果因为这件事闹起乱子来,无论他们三人中哪一个都难逃其责。一直被《天方秘籍》和《天方秘解》搅得头昏脑涨的山田听了这话如梦方醒,他也意识到了问题的严重性,所以今晨才决定取消这次比试。然而他仍然贼心不死,经与长谷川商量,同时也为了避免引起中国医生的讥笑,这个精明的日本人马上又安排了另外一幕,决定转移地点,缩小影响面,谎称教会医院有重病人需要救治,把马天成引到那里再见机行事。

为准备马天成与长谷川当场比试医术,公署派人将城隍庙州城医药行会成立时搭起的戏台改成了比试台,而警务局也派了警员在台子上下持枪看守。

因为消息已经传出,从早晨起,州城内外的人就纷纷赶来,台子被人们围得水泄不通。台前两排椅子,第一排是准备给丸山造、刘知事和警务局长等军政人物坐的,第二排则专为照顾州城士绅和部分中日医生。

辰时之前,陶居正、吕之铭等州城有名望的十多个医生已经来到,他们坐在后排椅子上交流着,议论着,说:今日这场中日医界较技之战,实属千古奇观。有人说长谷川是日本医学泰斗的传人,在日本也是屈指可数的医学奇才,今日并非单单是中日医界之争,还暗喻着中日医学之争;有人开始猜测今日较技斗医谁的胜算最大,多数人说是马天成。也有的说那日本医生长谷川也不是等闲之辈,谁输谁赢现在真的不好断定;有人说要是马先生输了,可就坏了半世英名。有人则说州城老少都给马先生祈福,那马先生一定能赢;有人说中国人就得有中国人的骨气,有的人说光骨气不行得有实力……陶居正说:诸位不要争论,请问你们希望谁赢?很多人都笑了,说:当然是盼着咱们中国医生赢。陶居正说:那就安静下来,一会儿马先生到了台上,咱们下面的人一起给他鼓劲。

吕之铭看看台上台下的人,说:得有个准备,万一马先生输了,台下非得乱起来。到时,日本宪兵队开到,弄不好就得杀人。陶居正说:马先生不会输。吕之铭讲:还真说不定,因为好马也有失前蹄的时候。立刻就有几个人指着吕之铭问:这个人是州城的吗? 旁边有人回答:你没看到他坐在中国医生这边吗? 一定是州城的了。那几人说:是州城的怎么光说丧气话! 刚才回答的人说:你寻思全中国的人都一个心眼吗? 嗨! 汉奸卖国贼也有啊。吕之铭回头看了看,那几个人口气轻蔑地说:看什么看,这话不中听是吧? 吕之铭连忙回头拱拱手:吕某口无遮拦,请谅!

台子周围挤满了人。台上四角站着岗哨,岗哨端着大枪,警惕地注视着黑压压的人群和四处的情况。前排的座位依然空着,后排的中国医生和日本医生不时地向场外张望。吕之铭说:时间到了,该来了。陶居正说:也许正在途中。

吕之铭压低声音:陶老前辈,你说马先生……

陶居正轻松一笑:你忘了自己曾经说过的那句古人的话了?

吕之铭问道:什么话,忘了。

陶居正说:心如雷霆而面如平湖者,可拜上将军。

吕之铭:哦? 可是,我这心里就是翻江倒海的沉不住气。

陶居正说:所以你成不了将军,也成不了州城第一名医。

吕之铭端坐不语:老前辈说得是。

台角上的岗哨伸着脖子朝远处看,日本医生、中国医生、周围的人都站起来往外看。陶居正说:比试的人来了,一定是来了!

来的不是比试的人,而是新任公署卫教科科长老梁。

老梁走上台去,朝人们招招手说:各位,因为特殊原因,今日的比试取消!

台下立时乱了,嚷的、骂的、质问的、斥责的叫喊声响成一片。老梁并不理会这些,他跳下台往东而去。与此同时,一队日本兵端着长枪刺刀也"呱呱"地往东跑,人们意识到,可能真有意外情况发生了。

促使山田决定取消这场比试的原因不只来自吉野的警告,也是因为随日军征剿抗日武装而受伤的部分伪军发生了骚乱。伤兵从北边运回来后,日本伤兵轻的住进了州城军营医院,重的则直接送到了济南。而那些受伤的伪军无论轻重则一律留在此地军营医院,草草处理后就任其自生自灭。后来有几个伪兵伤情越来越重,日本人干脆逐渐把军营医院里的伪军送到了城东勃兰特那里,让勃兰特手下的医生给这些人继续治疗。勃兰特的医院容纳不下,只好安排临时病房。由于缺乏有效的治疗措施和卫生条件,几个重伤的伪军眼看就要丧命,那些轻伤的伪兵愤怒了,他们冒着被日本人刺刀穿胸的危险,于昨天扣下一辆仍往那里送伤兵的日本汽车,准备今天把几个重伤弟兄送往济南。

日本军营和宪兵队得到此讯十分震怒,本打算立即镇压,但考虑到一旦事情闹大造成影响不好向上交代,就先派了部队把城东医院围住,然后看看情况再说。山田得到这消息后,眼珠一转计上心来,打发老梁去比试现场宣布取消比试又让他火速赶往崇德堂,请马天成赶紧去城东医院,只说有五六个重病人等着他。随后,他叫上中人张道山,邀了长谷川等一同前往勃兰特的教会医院。

马天成三人走进城东医院时,看到警备队的几十个伤兵坐在大院里,周围是端着刺刀监视他们的日本兵。里边房间里不时传出痛苦的呻吟和凄厉的哀号,显然医生在给伤兵动手术。三人站在院子里,一时不清楚应该做什么。正犹豫,忽然发现山田等人站在院落的一角,正与一个手扶刀柄的日本少佐商量什么。山田的身边站着长谷川和张道山,宪兵队长丸山造也在一侧。一个警备队长模样的人走到山田跟前哈哈腰说:民政长官阁下,局面已经控制,有什么指示请阁下吩咐。

山田点点头指着院里的伪军:院里你负责,室内的伤员我们负责。

山田一转脸看到马天成三人,脸上立时现出笑容。他走到马天成跟前微微一躬,说:马先生,请到室内和我们一同为伤员治疗吧,长谷川先生也来了。马天成已看到了长谷川,两人相互点头致意。这时,勃兰特从门诊病房的出口处往外看,见到院中情景先是喊了声"主啊",接着就奔出来了。勃兰特没理睬山田,却跑到马天成面前说:马先生,伤员除了手术,你们中国医生还有没有更好的办法? 如果能够让他们保住自己的腿或胳膊,上帝会感谢您的。

马天成说:勃兰特先生,既然你有这美好愿望,就让我们试试吧。

勃兰特在前引路,马天成等人径直朝病房内走去。山田着实别扭了一阵子,和长谷川低声交谈着,犹豫片刻也跟上去。

勃兰特引领众人步入一个房间,这里住着两名危重伤兵。马天成和长谷川几乎同时走到两个重伤者跟前,在他们身后,是山田一郎、武男正夫、河野、李天鹏、白云忠以及长谷川的助手。

马天成和长谷川在众目睽睽下各自走到一张病床前。他们相互望了一眼,心中同时产生了一个想法,未能在较技台上出现的事情,看来要在这里发生了。张道山此时心生灵犀,他附耳山田面前,说:何不让马天成与长谷川先生在这里比试一番! 山田双眼一眨:我就是这么安排的。山田一郎说罢,不顾勃兰特白眼相涮挤到跟前,对马天成和长谷川说:二位都是医界名流,能否像刚才张道山先生所说,各自施用本国传统医学而不动外科手术为这两个伤者治疗呢?

马天成和长谷川同时朝山田点点头。

山田大喜,说:那么就请医院派人把伤员送进手术间吧。虽然不动外科手术,到底手术间的卫生条件要比病房里强得多。勃兰特愤怒地说:手术间早让坏人给砸烂了,要想恢复原状,起码还得半年。长谷川很惊奇,说:居然有强盗来砸手术室,这些人是不是有精神病啊! 勃兰特没出声,只是对山田怒目而视。

山田一脸尴尬,连忙掩饰说:那就在这房间里治疗吧。他向马天成和长谷川哈哈腰:二位请!

马天成和长谷川掀开伤员的被单查看伤情,其他人目不转睛地在一边盯着。这两人一个伤在大腿,一个伤了小腿肚。马天成请白云忠做助手,二人共同验看眼前这个小腿受伤的伪兵。白云忠看了看说:马先生,伤势本不严重,只因当时没有采取有效的治疗措施,枪口都感染了。

马天成说:是啊,创口流着脓血,周围红肿炀热,咱们商量个施治措施吧。

那边长谷川俯身到大腿负伤的人跟前看了看,朝身边的助手说了句日本话。助手从药箱里取出一瓶药水两包药面,长谷川让伤者服下半包药面,不大会儿,伤者头一歪好像睡着了。长谷川翻开伤者的眼皮仔细看了看,拧开瓶盖,将瓶中药水洒在他的伤口上。伤者的伤口处冒起一堆白沫,长谷川用药棉拭去白沫,将另一包药面的一半均匀地撒在伤口处。长谷川看看助手:等一等吧。

长谷川一连串的施治措施,马天成都看在眼里。他暗暗点头,悄声对白云忠说:你看了没有,长谷川的樱花粉效用极佳。

不远处的张道山向马天成投来既嘲讽又担忧的目光,他慢慢走到马天成跟前压低声音说:天成,今日的比试,依我看,你就服气认输算了。

马天成思索着。

瞅这机会,长谷川走到马天成这边观看,他催促道:马先生,动手啊!

马天成在病床前哈下腰来,轻轻擢一下伤者伤口周围的皮肤,脑子里迅速闪现着治疗办法。马天成原想针刺麻醉后,以双乌水加强麻醉效果,然后剔除腐肉敷以八功膏,数天后再敷生肌散。长谷川晾着伤口不包扎令他猛然醒悟,对手这是要当场验看效果。如果再以原来的治疗办法,因为生效很慢肯定要为他人讥笑。

马天成直起腰来对白云忠说了几句话,白云忠走到李天鹏跟前叮嘱了些什么,李天鹏答应着快步离去了。此时马天成才打开药匣,取出双乌水。马天成用一支散头毛笔蘸着药水淋在伤者的伤口处,伤口处随即冒起轻轻的烟雾。烟雾渐渐散尽,马天成复又淋洒一遍,伤口处又是一阵轻轻的烟雾……凡三次,伤口里的腐脓及周围的溃烂红肿已是界限分明。

一直待在他身旁的长谷川和张道山暗暗称奇。

长谷川盯了马天成一眼,目光中流露出难以诠释的惊讶。长谷川的助手说了句日本话,长谷川如梦方醒,赶紧走回到那边病床前。

长谷川仔细查看施术对象的伤口,伤口处的溃烂红肿也已界限分明。他从助手那里接过早已备好的钢匙,刮除伤口里的腐脓烂肉。一些带着脓血的烂肉被一匙又一匙地剔出来放在一只搪瓷盘子里,长谷川一边摆动手里的钢匙,一边不时地朝马天成这边瞅。长谷川将伤口清理干净,随之又取出半包药面撒在清创后的伤口上,不遮不盖,长谷川仍旧晾着创面。

长谷川侧身看看马天成,马天成仍未往下行动。张道山走过来,说:天成,长谷川那边已经完活,该你了。马天成现在已是全身心投入,根本不再注意身边情况的变化。张道山见马天成不说话,心想是不是心虚了吓傻了,你可继续动手啊!

马天成侧目而视,忽然轻轻一笑。

他从医匣里取出两根特制的金针,这金针为赤金制作,长约三寸,针身寸余,就像女人纳鞋底的钢针差不多粗细。金针尖端细如绣花针,以慈竹为柄,十分精致。马天成让白云忠将伤者上身扶起,他双手并用,在同一时间内将金针刺入伤者脑后的"风岩穴"。眼前的白云忠悄声说:马先生小心,风岩穴距风池和风涌仅差毫厘,稍稍一偏就会效果相反。马天成说:放心吧,平日里细细琢磨反复试验,早已踏雪无痕如履平地。白云忠说:还需要技艺、胆量、聪明和智慧。马天成点点头:这些秘籍上的话我已熟读百遍,牢记在心。

随着金针的刺入和手法的变化,伤者就像刚才服了樱花粉的人一样,头一歪渐渐睡着了。此时,马天成才把注意力返回到伤者的小腿上。他用手指压压捏捏伤者的皮肤。白云忠问他这是干什么,马天成说:仔细体会一下皮下有无硬结以及温度变化,以判明穴道。

白云忠听说后也开始帮着观察。马天成凝神观察了一会儿说:有了,皮肤上的颜色变化情况让我确认有"穴道"了。马天成说着又取出银针,他眼如鹰隼,手如闪电,进针准确而迅捷。马天成在伤口周围"辨症取穴"后又"循经取穴",上面分内外封住箕门、血海、阴陵泉、阴包、阴谷、环跳、风市;下面截住三阴交、中封、照海、陷谷、内庭……

马天成一应针刺手法完成,取出三棱针试刺伤者皮肤。

伤者已是毫无反应。马天成松了一口气,起身望向门口。

门口已经聚集了医院的好些医护职工,都在眼睁睁看着室内的情景。丸山造和那个日本少佐也来了,因为是病房,无处可坐,这两个日本军官也只能站着。门口这些人看看长谷川,又瞧瞧马天成,悄声细语相互嘀咕。勃兰特的主管也在场,看到马天成如此镇定,禁不住称赞,说:马先生好沉得住气呀,真是大医风范。另一个在教会医院打杂的说:长谷川气势不减,终归还是日本名医嘛。

就目前情景说,人们不光是在看名医疗伤,更把这看作一场日本医生和中国医生之间的医术较量。所以就格外关注,格外有兴趣。可是马天成迟迟不动,有人就开始窃窃私语了,首先是山田,他附耳丸山造,说:您看出来没有,这个中国医生心虚了,胆怯了,全然不知道如何下手治疗了。长谷川君的手术已经基本完成,他那里八字还只一撇。丸山造点头,说:看得出这个中国医生正在发呆。

山田想了想又走到张道山跟前,问他带没带着那份协议。张道山说:我从昨天就带在身上,今早想去城隍庙戏台呢,长官却把比试取消了。山田连说:好好好,必要时可以在这个场合宣读一下。张道山说:看得出马天成已是束手无策,是不是现在就宣读? 山田说:这事由你看着办,张道山当即掏出协议书,转身面对在场的人说:这场两国医生的比试,本来今天是要在城隍庙前进行的,因为特殊情况暂时变更了时间。巧合得很,偏偏两位医生在这里又相遇了,那么,就以眼前的这次医术较量取而代之吧。一切按程序来,一切照协议书中写好的内容做。

张道山也没征求马天成的意见,竟然当众宣读了比试协议书。勃兰特大怒,上前指着山田的鼻子责问他们到底是来治疗伤员还是来打比赛的。山田已经领教了勃兰特的犀利直率不留情面,不敢惹他,只是讪笑着说:巧合,完全是巧合。他赶紧躲开勃兰特走到张道山那边去,张道山问他是不是可以宣布比试结果已定胜负。山田狡诈一笑:再等一等吧,不要过早地伤了这位马先生的自尊。

一直为军事失利焦头烂额的丸山造此刻意外兴奋起来:这些中国医生总以为自己的针灸是万能的,他们恐怕没想到,针灸在我们大日本国同样也有人使用,哪有所谓的神奇效果啊。不自量力的自信,就像他们的中国军队。

山田窃笑。

马天成望着门口显得有些焦急,白云忠说:是不是洪良没给天鹏找到药啊? 马天成说:放置药瓶的地方他天天看见,岂会找不到? 白云忠忧虑地说:这么看来是有事耽搁了。张道山走上来:天成,长谷川先生那边的手术已经结束,是不是应该宣布……

马天成:伤者苏醒了吗?

张道山走到西侧看了看伤者,回头说:倒是还没醒过来呢。马天成说:没醒过来怎么知道效果? 按照协议,提前宣布结果的一方等于先认输。

张道山不再说话,此时在场的人都把目光盯向了张道山。张道山感觉不自然,赶紧走过病床绕到后边。

门里门外有些乱,在场者开始交头接耳。就在此时,李天鹏满头大汗地赶回来,分开众人挤到前面。李天鹏把两只小瓷瓶递给马天成,马天成接过小瓶晃了晃,依然神态平静。白云忠说:天鹏啊,你可回来了,差点儿没把马先生急杀。天鹏说:还真怨不得我,日本兵不知在干什么,把崇德堂往这里来的街道给封了,我是绕道爬墙穿过各处小胡同过来的。

白云忠走回到马天成跟前,马天成已将其中一只小瓶里的药水倒在茶杯里仔细察看着。看了一会儿,便将另一只小瓶里的药面倒进茶杯里,用三棱针把药水和药面相拌搅和。茶杯里的药面越搅越稀,越搅越失去颜色,最后竟和清水一般无二了。白云忠悄声问:这就是清泠散?

马天成点点头说:没想到有备无患,真用上了。白云忠说:制作方法一定很难。马天成笑笑:不难,是《天方秘籍》里的方子。药水谓之三伏雪,是在三九时节收藏夜间落雪埋于避光遮阳的南墙根下,到三伏天取出沉淀备用的。药面你已经知道是何药物,这就不必解释了吧。

白云忠轻笑:二方相掺,名为清泠露。只差了一个字啊。

马天成继续搅动茶杯里的药水,门口内外一片疑惑不解的目光。马天成取出一只形如汤匙的竹片,蘸着清泠露轻轻刮除伤口上的脓血腐肉。马天成清创完成,又取双乌水淋洒在创面。双乌水引起的烟雾消失,马天成将余下的清泠露均匀地洒在伤口处。马天成站在一边,望着张道山。

张道山走过来:一应治疗过程结束了?

马天成点点头:请各位内行过目。

勃兰特和好几位中外医生走过,山田引着他们先走到长谷川所施治的大腿负伤的病人跟前察看,伤者的伤口虽然扩大了,但感染溃烂后的脓血腐肉已无。不但创面清洁,周围的红肿血瘀也消散了许多。山田脸上漾起胜利的笑容:几位都看到了,长谷川先生的医术要比马天成高明得多。伤口处理得多么好,只要继续消毒敷药,过几天伤口会自然愈合。

白云忠走上前:山田先生,不知你注意到没有,病人目前仍旧处于昏迷状态。

山田瞥了白云忠一眼没好气地说:恢复知觉是需要时间的。

白云忠说:这没错,我虽是中医,却也粗懂西医,知道麻醉药对健康人害处不大,因为健康人的身体有抵消麻醉药的能力。可是,对于一个伤情过重而又继发感染的病人,那就不一样了。麻醉药可以继续吸收,因排泄不及可以在体内存留,倘若不能及时使之清醒,患者的抵消和排泄能力就会越来越差,这样的后果是不难想象的吧。

山田吃惊地看着白云忠:你是哪位?

白云忠:本人青州一招仙。

勃兰特又开始发话了,他声音很高:是的,病人没有醒来之前,手术不能算作成功,我们再来看看马先生那边伤者的情况吧。

不知不觉间,这位意大利医生也认可了这是一场中日两国间的医术较量了。

勃兰特领头,带着几人又走到小腿负伤者的这一侧,他们仔细验看。长谷川的助手看后很吃惊,说:这个伤者的创面恢复情况几乎和长谷川治疗的那一个伤者并无差别。中医中药治疗外伤同样奏效,实在让人惊奇。

听这位日本医生如此说,跟在身边的山田显得手足无措了,其他几个人同样大眼瞪小眼,一时间倒不知如何判定谁胜谁负。山田俯下身来,以挑剔的目光看着这个伤者的伤口忽然阴阴地笑起来:诸位,光看创面两人是不相上下,可你们怎么就没注意创面周围呢?

几个人同时俯下身去细看,马天成治疗的这个伤口周围红肿血瘀虽有减轻,但明显不如长谷川治疗的那个伤口的消散情况好。山田看着张道山悄声说:张道山先生,看来你想要的两部秘籍即将到手了。

张道山脸上露出了喜色。

张道山看了一眼山田,山田冲他点点头。

张道山宣布:较技结果,长谷川先生……

张道山话没说完就被马天成打断,马天成走到众人面前:诸位,诸位,马某人有话要说,大家请静一下!

张道山只好停止宣布比试结果。而山田、长谷川和他的助手开始庆祝胜利。

张道山面露怨愤之色:天成,输就是输了嘛,你还想说什么?

马天成没有理睬张道山。他说:长谷川施医在先,在时间上占了优势,请再给我三袋烟的工夫最后决断。长谷川听不懂什么叫"三袋烟",张道山告诉他也就是一刻钟吧。为了制造优势形象,山田站出来说可以答应马天成的要求。张道山再次说话了:山田先生为了使比试公正,答应马天成的要求,延长三袋烟的工夫。

勃兰特自动做起了中人,他站在病床跟前,不时地看看怀表又看看伤员。随着时间的延伸,马天成的脸色越来越好。一刻钟之后,勃兰特声音放低却明显透着惊异:诸位快来看啊,奇迹,简直就是奇迹!

山田等人走过去,俯身低头。只见伤者小腿创面周围的红肿血瘀改善情况已经完全不比另一个伤者差了。

这情况是山田和长谷川始料不及的,二人你看我,我看你,谁也不知应该说什么,怎么说。张道山很丧气,无奈地朝山田扁着脸:山田先生,打平了!

马天成走到伤者跟前,起出了伤者脑后的金针及腿上的银针。

不大一会儿,伤者神志转醒,病颜渐退。

山田呆若木鸡。

　　长谷川所治的伤者仍是神志昏迷,久唤不醒。伤者病势加重,性命处于垂危之中。长谷川摸摸脉搏,听听心跳,侧头对助手说:准备打强心针。助手打开药箱取出注射剂,正准备给针管针头消毒,马天成走过来:我可以试试吗?

　　长谷川看看助手,助手看看山田,三人相视无语。

　　马天成说:行则成,不行则止,两位请讲。

　　长谷川看着面无表情的民政长官:山田君,就请马先生一试也可。

　　山田没说话,他转身看看旁边,周围人的眼睛一部分看着病床上奄奄待毙的伤员,一部分死死地盯着他。山田被周围的人盯得心里发毛,转过身来:马先生,你可以试一下,不过,伤者如出现意外,你得负责。

　　马天成并未承诺什么,他先摸了一会儿伤者的脉搏,随之向勃兰特讨要厨房里烧柴时的锅底灰。勃兰特这些天来已对中药有所认识,听马天成一说,立即吩咐杂役到厨房去取。杂役出去之后,马天成手握银针,反复针刺伤者头顶上的百会、颈后的风涌和足大趾中趾的甲侧。杂役很快返回,马天成将锅底灰用水冲了给伤者灌下。马天成做完这些后又从医匣中取出一个小瓶,打开瓶塞,一股麝香冰片的气味瞬间溢满室内。马天成将瓶口置于伤者鼻下,伤者嗅有片时,渐渐苏醒。又过了一会儿,意识便完全清楚了。

　　长谷川摇摇头,躲到旁边,张道山却当厅宣布:比试结果互无胜负!

　　长谷川走过来:张先生,是马先生胜了,怎么能说互无胜负?

　　张道山再次大声宣布:比试结果互无胜负!

　　山田来了精神:既然互无胜负,长谷川对挑战书里的相互承诺也就无须兑现了。

　　张道山高声说:州城医药行会照常运转,日医日药也不必退出。

　　山田压低声音对张道山说:本人心里明白,这个"平手"是赖张先生所赐,为了感谢张道山的判定,也是为了稳住人心,我决定任命您为州城卫生顾问。明天,我将上报省府,征得省卫生顾问吉野先生的同意。

　　张道山脸形扭曲:山田先生,这样的话,我的日子可是越来越不好过了。

　　教会医院比试之后,长谷川虽然对马天成的医术心悦诚服,但也深感马天成的《天方秘籍》与《天方秘解》是部稀世奇书。他想,哪怕能够看上一遍呢,也许能从中悟出更多医学精髓。闲聊时,他把自己对此秘籍的渴盼之情说给山田,其实山田心里也是这样想的。山田背地里与武男商议如何才能窃得两部秘籍,武男说盗窃是很丢人的事,不如叫上河野一块儿去抢,反正他已探明马天成藏书的秘密地方。山田暗中偷笑,是啊,盗窃丢人,硬抢堂皇。那么,就来个硬抢。

可是山田哪里知道,无论盗窃还是硬抢都非易事。

这天夜里,武男与河野潜入马家内院,径直奔了正厅而去。不想刚到厅前,就被早有防备的李天鹏截住了。两个日本武者左冲右突就是进不了屋,河野性起,抽出倭刀劈向李天鹏,天鹏赶紧躲避,武男抽冷子就往厅内窜。所幸天鹏自幼练成八步赶蝉功,脚下一蹬插过去,再次把武男阻住。到底双拳难敌四手,时间一长,加之河野以刀代手,天鹏渐渐左右难支。这时,房顶上又忽然跳下一个蒙面人,天鹏心中一惊,对付两个已然费力,再添上一个势必要败了!刚要招呼药房伙计赶快取他的兵刃来,不料那蒙面人腾身跳到跟前,和他并肩力战两个强盗。天鹏大喜过望,立即凝聚心力接连出手,他闪过对方倭刀,迎头就是一掌,河野躲避不及被打中肩头,哇啦叫着往后跌去。武男见势不好,生怕河野被擒回去难以交差,当即掏出一个小包掷在地上,烟雾起处,他搀上河野狼狈逃走。

天鹏久战力疲,难以去追,正要拜谢这位蒙面大侠及时拔刀相助,岂料蒙面人已跑上墙头跳上房顶,转身冲天鹏一揖说:李大侠,放生救命之恩已报,从今晚开始鲁北已无飞天大盗,只有一个老实巴交的庄稼人了!

李天鹏这才知道助他一臂之力的是飞天大盗高伦。正欲邀他下房叙话,却见房顶上人影一闪,眨眼间飞天大盗踪迹不见。

崇德堂内,马天成一个接一个地诊治着患者。天近正午,病人依旧络绎不绝。有位病人问道:马先生,看您忙得头上出汗,公子为何不来帮你呢?

马天成说:城北有人套了轿车来请诊,因为病人太多,一时难以抽身,就让洪良代为出诊了。这位病人夸赞说:公子医道越来越精,外边纷纷传言,说在某些病的治疗上,公子已经超过您了。马天成听了非常高兴,呵呵笑道:要是这样的话我就放下心来,可以养足精神准备抱孙子了。

一堂的病人纷纷向马天成祝贺。

马天成一边道谢,一边认真望闻问切。

就在当天晚上,马天成坐在室内喝晚茶。马洪良在父亲旁边坐着,一副欲言又止的样子。马天成奇怪地看着儿子:良儿,你是不是有什么话要说。

马洪良抻了抻还是说出来,他悄声告诉父亲,自己今天去城北看的那个病人是个枪伤,受伤的人是一个八路军分队长。洪良说幸亏是穿透伤,体内没留下子弹,自己给他敷了止血粉,留下生肌散就回来了。

马天成俯下身子问:没人留意这件事吧?

马洪良回答说没人留意,因为听说现在日本人盯得很紧,所以他让轿车送到城北就返回,自己走回家来的。马天成说:你做得很对,现在战事一天比一天紧,出外行医得处处小心。

马洪良说:给这个分队长治伤时,他们的大头目支队长过来看了。这个大头目好像和您很熟悉,对您近来的情况打听得特别仔细。马天成问洪良:这个人什么长相,什么口音? 洪良回答说:这个人长得身材魁梧,大脸卷须,一半本地口音,一半东北口音。马天成一惊:莫非是张三太!

马洪良说:时常听人讲,州城东北方向有支抗日队伍,活动于距城五十里左右,打得日伪军亡魂丧胆,非得聚集上千人才敢往那地方去。马天成眯上眼睛想了半天,又问了其他情况,叹口气:唉! 可能是故人!

让马天成没想到的是,爷儿俩只顾议论那支抗日队伍,而马洪良这次出诊却被日伪特务跟踪侦知。第二天,警务局特务股的人就找上了门,日伪特务把洪良带到警务局里,反复询问那支游击队的情况。洪良只好假装糊涂,说自己只知诊病疗伤,根本不知道对方是什么人。

更让马天成父子处境危险的是,马洪良外诊的详情山田已经知道,因为那个特务股副股长藤野会随时向他报告。那日山田独坐室内,藤野低着头走进来坐在山田对面:山田先生,您让我们监视马家的崇德堂,现在终于有了新的收获。

山田问是哪方面的收获。藤野说:我们监视到马家和城北的抗日武装有联系。山田慢慢站起来:藤野君请说得详细一些。

藤野说:我们的人监视到,马天成的儿子马洪良去给城北抗日武装的伤员疗伤。山田问是什么时候,藤野说:昨天上午。山田来了精神:怎么发现的?

藤野说:我们的人正在城北活动,发现一辆轿车载着马洪良往北而去。我们的人急忙跟上,一直跟到一个大村里,看到轿车进了一所大院。我们的人化装成乞丐走进那家大院,才发现那是八路军渤海军区一个支队司令部。但奇怪的是,那个部队的人并不穿八路军的服装,看那样子是才投靠八路军不久的地方武装。

山田问那个支队司令部里有些什么情况。藤野说:有武装人员,有后勤人员,还有伤员。作为医生,马洪良去那里不给八路伤员疗伤难道会是去探亲吗?

山田点点头,问藤野他们准备怎么处理这件事。藤野说自己已报告给丸山队长,因为省宪兵司令部有指示,只要和抗日力量有关系的人,无论什么理由,都要定为"通匪"。通匪是要杀头的,起码先要扣押。

山田沉思半晌:可是,这是马天成的儿子,马家已是经历了两次与抗日分子有关的官司,而两次又都化险为夷,所以公署和警务局对此很是慎重。藤野君先不要介入此事了,待我找到丸山和警务局长还有刘知事商量后再做决定。

藤野说声"好的",起身低着头走出去。

藤野刚离开,宪兵队就给山田打来电话,打电话的是丸山造。丸山造说:山田阁下吗,您虽然已升为东临道民政长官,请允许我继续这样称呼您。山田在电话中轻轻笑着说:没关系,丸山君找我有事吗?

丸山造:藤野报告,发现马天成的儿子与八路军关系密切,我准备实施逮捕惩办,请问阁下还有什么指示没有?

山田说:丸山君,我们大日本皇军在太平洋战争中败势已定,为了安定人心,高层命令各地的官员加紧在本地实行"宽民"政策,以营造我们的"皇道乐土"气氛。马天成是州城中医药界的领袖,为顾全大局,可以暂不追究。

电话那边明显抻了抻,只听丸山造说:好的阁下,您是东临道的民政长官,有权力做这样的决定。山田说:为了帝国的长期利益,我们有时不得不采取点儿安抚措施,希望丸山君谅解。

丸山造说:理解阁下意思,我坚决执行您的命令。

山田放下电话,垂头丧气地坐在椅子上。

山田在思考他下一步的策略。

中途岛海战中,日本海军几乎全军覆灭,紧接着,东京也遭到美军飞机的轰炸。中国国内由南到北展开全线大反击,日军元气大伤。为了稳定人心鼓舞士气,日本人在占领区开始搞中日亲善活动。山田坐镇州城,要带头在这里搞个所谓的"日中亲善联盟协会"。

山田在公署会议室里召开"日中亲善联盟协会"成立事宜商讨会议。山田、丸山造和几个日本军政长官坐在一边,刘知事、孟庆周和各科室长官坐在对面。郎秘书坐在室内一侧,面前放着个记录本和一支钢笔。当然,这样的会议应该有卫生顾问参加,张道山走进来看看哪里也不适合自己坐,就坐到墙角处的椅子上。

山田说话了,他说今天请大家来此开会,是为了商讨即将发生在州城的一件大事。经公署和宪兵队研究,决定在州城成立"日中亲善联盟协会"。他本人已将这个决定上报到省,大日本国驻山东特务机关长花谷正听到这消息很兴奋,要亲自来州城宣抚嘉奖。为欢迎花谷正机关长造访州城,决定就在机关长阁下到来那天召开"日中亲善联盟协会"成立大会。当然,协会必须有会长,有委员,有工作人员和秘书等等。现在,最要紧的是赶快选出协会会长。会长是需要人望的,大家议一议,看哪位担此重任最合适。

孟庆周说:依我看呀,没有比州城医药行会会长马天成更合适的人选了。

刘汉平说:依我看,还是请州城卫生顾问张道山担任吧。

山田的目光朝张道山望去。

张道山连忙摇头,说:我不行,担任这个头衔的人必须德高望重。孟庆周说:就是嘛,马天成最合适了。山田说:好的,就依孟局长的意思,请马天成担任协会会长。张道山顾问,由公署出一聘书,你将聘书送到马家。

张道山犹豫了一下:好的,好的。

会议开得快,散得也快。散会后,山田和刘汉平两个做参谋,由郎秘书起草了一份聘任马天成为"日中亲善联盟协会"会长的聘书。几个人商议了一会儿,决定这聘书还是由马天成的亲家张道山去送为好。

用张道山自己的话说,他已经坐上了贼船,船到中流,想下来已晚。所以,对于日本人和公署安排的任务,他几乎是无不接受。

张道山怀揣聘书走进马家后,被马家人直接让进了正厅。两亲家分坐两边椅子上,马天成说:自从道山兄当了州城卫生顾问后,轻易也不到我这里串门了。张道山说:你是不知道,我这点儿闲职根本就不算个职务,每天治病救人仍是我的根本。自从外孙那次生病之后,你我之间有些误会,我若来呢,又怕看你的脸色。所以,还是眼不见心不烦,免得从你这里走后好几天缓不过精神。

马天成说:那么,今天道山兄怎么有空来了?

张道山说:昨天公署里开会把我也叫了去,说是要成立"日中亲善联盟协会"。参加会议的各方官员一致表示,由你担任会长。今天,我就是来送公署聘书的。

张道山取出聘书递给马天成,马天成接过聘书看了一眼放回到他面前,冷冷一笑:道山兄,这个会长还是你做吧。

张道山:天成啊,这个决定可是山田民政长官和刘知事亲自批准的,你若不接,我怎么交差啊。识时务者为俊杰,兄弟你还是接了吧。

马天成摇摇头说:什么日中亲善,还不是挂羊头卖狗肉,让咱们中国人替他卖命吗?张道山大惊:天成啊,你吃亏就吃在这个犟上,你让我回去怎么跟山田说?协会成立在即,山东特务机关长花谷正要亲自来州城宣抚嘉奖。这个节骨眼上,咱可不能拿个南瓜脑袋往刀刃上碰啊!

马天成说:道山兄,你回去就明白告诉山田,马天成一心只想治病救人,不愿耽误自己的时间去干这会长那会长的。

张道山无奈地收起聘书:我知道也没法说服你,既如此,我走了。

张道山回到公署交差时,听到山田正在刘知事的办公室里打电话。他按照公署规定喊了声报告,室内刘汉平说:你进来吧张先生。张道山走进办公室,山田也恰好放下电话。山田见张道山哭丧着脸,问是怎么了。张道山说:报告山田长官,马天成不接聘书。山田口气平静地问为什么。张道山转告马天成的话,说:他一心只想治病救人,不愿耽误自己的时间去干这会长那会长的。山田说:你不想法说服他? 张道山:好话说尽,差点儿翻了脸。

山田:哦? 用你们中国人的话说,往他嘴里抹蜜,他还咬人家手指头?

张道山无奈地点点头。

山田说:看来这个协会会长只好由我自己兼任了。张顾问官,你去忙吧。张道山答应着退出去,山田重又抓起桌上的电话:接宪兵队。

电话接通,山田口气坚决:喂,丸山队长吗,对,我是山田民政长官。马洪良那个案子有变化,对对,抓起来,送进刑拘所。

电话里丸山造的声音:为什么不直接送进监狱?

山田说:刑拘所不同于监狱,它是专门关押尚未定罪的嫌疑犯的。

丸山造:这么说,山田长官还有另外的打算?

山田说:是的,我有自己的计划。马天成是州城医界的精神领袖,有影响,对我们稳定地方秩序作用较大,我之所以这么做,目的还是诱迫马天成妥协。

山田放下电话:马天成啊马天成,我看你到底就范还是不就范。

当天下午,马洪良以"通匪"罪名被日本宪兵队抓走。但日本人并没把他带到宪兵队,反而送进了公署警务局的刑拘所。马天成全家顿时慌了,稍稍商议后,决定分工合作。马天成去找刘汉平,秀贞去找张道山,洪玉则去城东医院寻求勃兰特的帮助。

张秀贞慌慌忙忙跑进颐寿堂,张道山吓了一跳,问女儿怎么了。秀贞哭哭啼啼,让父亲快救救洪良,说洪良让日本人抓起来了。张道山问为什么,秀贞说:闹不清,白秃子带着日本宪兵闯进家里,说是洪良私通八路,不由分说就抓走了。

张道山说:私通八路,洪良怎么可能私通八路? 秀贞哭得满脸是泪,说:谁知道呢,爹,快想办法吧。张道山长长地叹口气:唉! 只听说二进宫这出戏,没想到马家竟演起了三进宫。这下可好,又得托人、送礼、花钱想办法了。

张道山问女儿她公爹的意思怎么办。秀贞说:公爹和婆婆急得都要疯了,这不让我赶紧来找你想办法吗。张道山说:这样的话你先回去,我到山田那里问问到底咋回事。秀贞临走叮嘱父亲要快一点儿去,因为听说这种案子抓着就处决。

张道山身子一哆嗦:我知道了,知道了,你先回去告诉家里人,都想办法。

与此同时,洪玉也找到了勃兰特。

仍是惯例,马洪玉坐在沙发上,勃兰特坐在椅子上。勃兰特听说洪玉的来意,直率地问洪玉:你哥哥是不是真的跟八路军有联系? 马洪玉说:这我真的说不清,但他有时出诊,是不是接触过八路的人就难说了。

勃兰特说:要想弄清原因,得问问山田。

马洪玉:这事只有再次麻烦您了。

勃兰特问洪良现在哪里关押,马洪玉回答说押到了刑拘所。勃兰特松了口气:哦,暂时没有性命之忧。这么办,我去问问山田,弄明白后想办法。

马洪玉起身鞠个躬:多次麻烦勃兰特先生,真是不好意思。

勃兰特说:你我是同业嘛,互相帮助是应该的,不必客气。马洪玉说:家里现在乱成一团,我得赶紧回去。勃兰特往外送着马洪玉说:好的,我马上去找山田。

女儿走后,张道山就跑到公署找到了山田。山田早已明白张道山的来意,他让张道山坐在自己对面,故意磨蹭着不说话。张道山沉不住气了:山田太君,您也知道,马洪良是我张道山的女婿,女婿被抓,对我全家影响很大。马洪良到底犯了什么罪,请太君告诉我。

山田假装惊讶:是吗,您的女婿被抓,我怎么不知道?

张道山问山田:您真的不知道? 山田说:知道的话我能不告诉你吗,你明白,我是很相信你的。张道山:那麻烦山田太君为我问一下行吗?

山田连说:可以可以。山田当着张道山的面拿起电话拨通警务局:喂,孟局长吗,是我是我,查一下,马家的少爷马洪良为何被宪兵队抓起来了。哦,是通八路。在哪儿? 城北……哦哦,那是八路军渤海军区支队的司令部? 好的好的,注意关押中别太难为了他。

张道山全神贯注地听着。

山田放下电话:张顾问官,你女婿是给八路军渤海军区一个支队里的分队长疗伤,被特务股的人员暗中跟踪发现的。这事归宪兵队直接管,很麻烦。

张道山说:能不能请山田太君给小婿求个情? 山田说:大日本皇军有严明的纪律,我是爱莫能助啊。张道山唰地出了一身汗:这,这可怎么办?

山田说:如果当初马天成答应担任中日亲善联盟协会会长的话,看在这层特殊关系上,令婿或许能够从轻处罚。现在嘛,你想想,我有什么借口为他说话呢?

张道山站起身朝山田深深一躬:山田太君,您是东临道民政长官,比州城宪兵队长官衔大得多,请看在我一直为你们日本人卖力的分儿上,帮小婿说说好话。山田不阴不阳地说:好的好的,我试试看吧。

张道山躬着腰走出去,山田暗自发笑。门外的助手进来报告给山田,说城东教会医院院长勃兰特先生求见。山田听到勃兰特这个名字就来气,可自己又不能不见他,想了想恨恨地说:哦,肯定也是为马洪良来说情的,让他进来吧。

助手走出去不一会儿,勃兰特似乎早就忘了前些日子的恩怨,走进来先问山田先生好。山田也起身相迎:勃兰特先生您好!

二人握手。山田直接问勃兰特来此何干。勃兰特说:马家小姐马洪玉找我,说她哥哥洪良被你们宪兵队抓了,我想问问原因。山田轻轻一笑,说:马洪良的岳父张道山刚走,他也是为这事找我的。实话相告,马洪良是因为给八路军伤员治疗枪伤,以通八路罪名被抓的,案情很严重。

勃兰特问能不能帮忙化解一下。山田沉吟着,当他看到勃兰特期待的目光时,眼珠一转,嘴唇翘了一下:可以帮忙,但有个条件。

勃兰特说:您请讲。

山田说:只要马天成交出《天方秘籍》和《天方秘解》,可免他儿子一死。

勃兰特说:这是马家传世之宝,若是马家不肯交出呢?

山田说:很快就执行死刑。

勃兰特说:那好,事不宜迟,我去告诉马小姐,争取让马家妥协。

山田说:好好,我马上要召开一个会议,不送了。

勃兰特出了公署大门直奔马天成家,进门看时,见张道山也在马家坐着。三个人聚在一起,商议如何救出洪良。张道山提出让马天成赶紧接受聘书,勃兰特则直接请马天成交出两部秘籍。马天成凝眉结思,心中虽然汹涌如潮,脸上却看不出有什么表情变化。他沉吟着,考虑着,末了开口,说:二位让我想一想,明天把结果告诉你们行吗?勃兰特和张道山同时应道:可以可以。

当天晚上,马天成让天鹏往悦来客店许掌柜那里送了一封信,自己则把洪玉叫到书房里。洪玉为哥哥被抓急得两天两夜没有睡觉,此时觉得头脑昏沉。蒙眬中听到父亲问她手抄的两部《天方秘籍》和《天方秘解》是不是藏好了。洪玉一听此事,脑子立即清醒了,她肯定地点点头,说:你放心吧爹,如果不是做了记号,藏书的地方恐怕我也找不到。马天成放心地眯起眼睛:以后你和哥哥要发奋钻研,争取青出于蓝而胜于蓝。

洪玉听父亲话中隐含着其他意思,正想问个仔细,却见父亲挥挥手说:好了没事了玉儿,你去歇歇吧。

马洪玉疑疑虑虑走出书房,看到父亲随后也回到了正厅。

回到正厅的马天成闩好屋门顶上插杠,看看已是十分牢固这才走进套间。马天成掀开地上的一块青砖,把刚刚挪藏到这个暗道里的原版《天方秘籍》和《天方秘解》取出来放在一张小桌上。桌上放着煤油灯和一碗煤油,碗旁一把兔毛刷子。马天成看看煤油碗,嘴角上泛起一丝苦笑,喃喃自语道:无奈之举,无奈之举呀!

马天成坐在桌前,看着两部秘籍久久无语。稍沉,他拿起兔毛刷子蘸上煤油,在两部秘籍里轻轻地刷擦着。灯影下,只看到他忙碌的双手在不停摆动,却看不到他的神色变化。一直忙到夜半,马天成用手抖抖两部秘籍,拿起来走到床下。床下早有一碗药水,马天成将药水涂到秘籍封面上,又撒上薄薄一层白磷,然后在昏黑的床下先用红布包了,又用两层黑布裹好,将两部秘籍小心翼翼地重新放进青砖盖口的暗道里。马天成在青砖上轻轻踩了几下,放心地走出去了。

第二天上午,张道山和勃兰特几乎同时来到马家。马天成沏茶倒水很是热情,与昨天的情绪相比判若两人。张道山看在眼里心中暗道:还是儿女连心呀,他马天成为了救儿之命,看样子是认了。

张道山虽然看出端倪却不说破,反而故意问道:天成,一夜思虑,可曾想好了,那边民政长官还等着你回话呢。马天成点头说想好了,为了救出自己的儿子,他决定妥协。他可以答应接聘,也可以交出两部秘籍,但有个条件得必须答应他。这就是先放出洪良,并由勃兰特的马车把洪良一家三口送去离此不远的一个乡下亲戚家。收到亲戚回信后,"日中亲善联盟协会"成立那天他一定亲自赴会并当场交出两部秘籍以示诚意。张道山和勃兰特听马天成如此之说,相互点点头说:我们赶紧去找山田吧,只要山田答应了马天成的条件,这问题不就等于解决了嘛。

两个人不敢迟疑,马上赶往公署。山田听到马天成提的条件一点儿也不惊讶,反而借用了中国的一句古语——舐犊之情嘛,可以理解。他答应了马天成提出的条件,却又提出了自己的条件,马天成从今天起不许离开州城,日本军营如有伤兵需他治疗,他必须随叫随到。张道山和勃兰特把山田提出的条件返回到马天成那里,马天成竟毫不迟疑地答应了。

当天下午,马洪良从刑拘所里放出来,和秀贞、小如州一块儿乘坐勃兰特的马车出了东门。山田暗暗派了藤野的手下在后跟踪,确认马洪良一家在距城二十里的一个村庄住下来后,终于相信马天成妥协是真。就在送走马洪良一家的同时,马家门前派上了岗哨,两个日本兵端着枪站在两个门口,不许人进,也不许人出。

送走洪良一家的马车回来后,车夫把一封信交给勃兰特。勃兰特和张道山先把此信交山田过目,才又转交到马天成之手。马天成打开看时,上面写着几句话:二姑父见字放心,千真万确,表弟一家已到舍下。假的真不了,真的也不会假。

马天成暗暗点头,他知道这是贾(假)二爷写的。

49

这天,城隍庙前再次搭起了台子,台子上方扯着一条横幅——"州城日中亲善联盟协会"成立大会。

州城的中国医生和日本医生坐在台下,台上坐着州城的日伪官员和宪兵队及日本军营的军官,济南特务机关长花谷正和卫生顾问吉野坐在正中间。

看热闹的州城百姓在这些人后边站着,人们议论算计,数说着自从日本人进州城以来,城隍庙前这是第几次搭台子了。

坐在台上的山田此刻很恼火,因为已经答应担任协会会长的马天成早晨打发人让张道山转告自己,说昨夜偶感风寒,清晨刚刚服了药,正躺在炕上盖着被子出汗。这就是说,马天成反悔了,他不打算参加今天的会议,更不要说当场交出两部秘籍。但是已经定下的会又不能不开,否则没法向花谷正与吉野交代。他咬着牙发狠,散会后他要亲自到马家以探真假,如果马天成胆敢欺骗日本民政长官,马上把他抓起来,同时还要派宪兵到城东那个村子里把马洪良一家三口重新押回。因为这是一个体现中国人对日本"亲善"的大会,必须由中国人主持,马天成不到,州城卫生顾问张道山就顺理成章地给推了出来。

张道山先是以主持人的身份站在桌前宣布"州城日中亲善联盟协会"成立大会开始,紧接着又代表医药行会向大会致辞。台上台下响起明显应付的掌声,张道山向台前的人群摆摆手,展开写着致辞的红纸准备诵读。张道山低下头看了一眼红纸忽然又抬起头,并且吃惊地朝前边大街上瞅。台上的人朝张道山看的方向望过去,台下的人也随之回过头。人们看到,就在此时马天成令人意外地手托一个四角整齐的黑色包裹出现在会场里,并且朝着主席台稳步向前。

台上的山田大喜,他想,马天成终于还是回心转意了。这肯定是风寒服药后感觉身体尚可,勉强支撑着前来参加会议的。山田急忙起身相迎,还伸出手来将马天成扶上主席台。马天成登上台后只是似属无意地瞥了坐在中间的日伪官员们一眼,随之就转身朝着台前看热闹的州城老少深深一躬。马天成直起身来,声调不急不缓:父老乡亲们,日中亲善与否大家心中自有一份明细账,在此我不多说,只是声明,担任这个会长是马某人情非得已,而日本人的真实目的……

山田听马天成说话有些路数不对,刚要阻拦,却听马天成的话拐了弯……而日本人的真实目的也不言自明。我来此的目的只有一个,那就是践行我们中国的一句古话——君子一言,驷马难追。我答应将家传秘籍交出来,说到做到,现在当着大家的面交到山田先生手里,至于结果如何,就看他与秘籍的缘分了。

马天成说完,把手中的黑布包裹双手递给山田。山田喜不自胜,也伸出双手接过去,他先把包裹冲山东卫生顾问吉野亮了亮,接着就把外面的黑布结扣解开。解开外面的黑布里面还有黑布打着结扣,他便继续往里解。黑布揭去后又有一层红布,山田仍然不厌其烦兴致勃勃地解。除去红布又揭掉最里面的白绢,两部已经颜色发黄的古书立时呈现在他的面前,一部封面上写着《天方秘籍》,下面一部写着《天方秘解》。

山田兴奋难抑,把两部古书向台上台下的人们尽情展示着,就像取得了一次重大战役的胜利。展示过后,山田把两部秘籍捧在面前,想再仔仔细细看上几眼。此时,太阳当头,光焰正烈,阳光照在两部古书封面上,薄薄的纸质封面忽然冒出了轻轻的烟,一阵小风吹来,冒出的轻烟却又变作小小的火苗,火苗越着越旺,刹那间就把两部古书全部点燃了。山田指挥在场的日本人企图将纸火扑灭,一阵刺鼻的煤油味弥漫开来,两部古书转瞬间便火光冲腾了。山田吃惊地嘶叫着,把烧成火球的书掷向台下。张道山大惊,跳下台去抢救,不想失足撞在台角上,手磕破了,头磕破了,台上台下都是血。

台下的中国医生见状,赶紧把张道山救起抬走进行抢救包扎。

山田盯着仍旧站在台上的马天成说:你戏弄我!

马天成神色安然,笑眯眯地瞅着山田,就像狸猫瞅着一只被戏耍得精疲力竭半死不活的耗子。山田大怒:丸山队长,立即将马天成逮捕。

几个宪兵拥上来,把马天成捆绑押走。

山田甩着两手纸灰站在台前:日中亲善联盟协会成立大会照常开始!

散会后,山田派了宪兵和警员,开着摩托车前往城东抓捕马洪良一家。可是,到村中一问,原来那天接收马洪良和他妻儿的人家是前两天才到这村子来的。马洪良一家三口来后,这家人当天夜里就悄悄搬走了。至于搬到哪里去了,没有人说得清。宪兵和警员回城复命,山田连呼上当,他恨死了马天成,第二天就贴出布告,马天成反对大日本帝国,儿子私通八路,五天后对马天成执行死刑。

处死马天成的布告贴出后,惊动了阖城百姓。半天时间,州城医药行会会员和州城百姓联合签名写了"万民书"送到公署里,要郎秘书和刘汉平转给了特务机关长花谷正。花谷正坐在他的临时办公室里,把山田召来,问这个马天成为何有这么高的威信。山田说:这个人是州城中医界的头号人物,是医界的精神领袖。在州城人的眼里,他医术高明到几乎无所不能。您看,刚宣布了对他执行死刑,大批州城人就上表求情。

花谷正和山田谈论马天成一事时,助手走进来报告:机关长先生,民政长官先生,公署前有大批人请愿,请求免去马天成死刑。就连那个曾为咱们大日本帝国奔走卖力的张道山,也头缠纱布加入到请愿的行列。

花谷正说:山田君,您看这情况如何处理?

山田有点儿慌了:当前以稳定局势为要,一切听机关长的安排。

花谷正说:您的决定很正确,当前世界局势和全中国的军事形势对我们越来越不利,为稳定地方秩序,他们的要求可以考虑。山田看着助手,无奈地垂下头说:起草一份布告,为尊重州城人的意见,马天成的死刑暂缓执行。

助手答应着退出去。

就在此事发生半个月后的八月十五日,日本宣布战败投降。

消息传来,州城内外一片欢腾。热泪盈眶的人们敲锣打鼓放鞭炮,扭秧歌的、踩高跷的、顺着大街唱歌宣传喊口号的,人们欢呼雀跃,庆祝这来之不易的胜利。接着,先是周二虎率领一支八路军骑兵部队在州城街上出现,随后八路军独立团也开进城中。城隍庙前重又搭起了戏台。戏台上,器宇轩昂的八路军独立团团长接受了州城日军的投降。这位独立团团长就是张桥镇的张三太。

在接受日军投降的同时,周二虎已经率人包围了公署,逮捕了公署知事和警务局长,从死牢里放出几乎奄奄一息的马天成。

马天成被抬出死牢的当天,张三太和周二虎就前去看望。三位老友六只大手紧紧地握在一起,泪水在刹那间淌满了各自的脸颊。周二虎顾不得军人规矩,他把马天成扶坐在椅子上,伏在恩人面前结结实实磕了三个头。马天成和张三太与周二虎说着聊着,一直聊到太阳西斜。

马天成从张三太和周二虎那里知道,罗玉芬现在是区妇救会主任,洪良现在八路军后方医院任职,秀贞也在医院当了护士,孙儿小如州已是边区小学二年级的学生。当问到贾二爷时,张三太和周二虎同时沉默下来。马天成再三追问,他们只好实话实说了——贾二爷把马洪良一家三口接走后,暂时安排在距张桥镇二十里的李林村。这个村子里的一小股土匪曾被张三太兼并,日伪特务机关收买了里边的两个人以做内应,专门为州城的敌人探听消息。张三太的那个家厨是日本人安插在三太身边多年的暗探,三太那里的消息就是他提供给藤野的。藤野和他建立固定联系,这个家厨借出外买菜或购物之机,把情报放在藤野指定的地方,再取回藤野给他的指示……周而复始好几年,竟没有被三太的人发现。

马洪良一家三口在李林村安顿下来以后,两个仍然住在村里的土匪就赶到张

494

三太部队的驻地向那个家厨报信儿。练武之人，耳目机敏，贾二爷看出蹊跷，就跟踪这个家厨。至晚，发现家厨和两个形迹可疑的人正在密谋前往李林村绑架洪良一家三口，赶回张三太那里报告已经来不及，贾二爷只身犯险，赶到李林村去救洪良全家。贾二爷赶到李林村时，那三人也已赶到，贾二爷让洪良抱着如州拽着秀贞赶紧逃跑，自己以七旬高龄力敌三匪。洪良全家得救，贾二爷在击杀三匪中的二匪之后，也被其中一人用刀刺死。

马天成得此噩耗，口中喊着"二叔二叔"当场哭昏过去。幸亏洪玉竭力抢救，老人家才慢慢苏醒。马天成勉强支撑着爬起来面北而跪：贾二叔啊贾二叔，你英雄一世，却为小儿一家送了性命，我马家四代欠你的情分，只有来世相报了！

马天成说罢又哭，额头触地，鲜血淋漓。张三太、周二虎等竭力劝慰，马天成依然抽咽不停，泪流不止。

当天晚上，马天成让邱管家找木匠制作了"大恩人贾二爷之神位"的牌位摆在正堂，从此以后，马天成天天叩拜，日日烧香。

张三太因有任务在身，在州城驻扎没几天就率领部队出发了。后来听当地政府的人说，他和周二虎都奉命到东北集结，与其他兄弟部队分片合力打天下。

州城成立了新政权，出乎所有人的意料，新县长竟是原来公署的郎秘书。人们这才明白，郎秘书一直是做地下工作的。郎县长上任后立刻面临又一个出乎所有人意料的问题——刘汉平不承认自己是汉奸，说自己是国民政府有意留在后方潜伏的地下人员。郎县长请示上级，上级又接连请示上级，最终弄清这个刘绅士隶属国民党中统。抗日方胜，国共尚在合作中，州城政府只好放他先回重庆。刘汉平临行前，特地到崇德堂拜见了马天成。然而，马天成在狱中身心受到极大伤害，自从张三太他们走后便已闭门谢客，不再坐堂行医了。

尾 声

1949年夏天，马洪良和张秀贞从战地医院转到后方医院，城东的教会医院已经归属现政权，洪良现在已是那家医院的院长了。洪良和秀贞天天在后方医院值班，小如州就在城内小学读书，战乱中落下的课，回到家里就由姑妈洪玉代补。洪玉照料医堂，伺候父母，但时常发起怔来出神地望着自己当日的新房，眼睛里泛起一颗颗晶莹的泪珠。

这天上午，一男一女两位解放军军官在崇德堂前下了马，两个人将马缰递给随身警卫，三脚两步进了崇德堂。正在代父坐堂的马洪玉吃惊地站起身，凝视半晌突然惊呼：啊？是你们，你们两个啊！

男军官是周二虎,女军官是罗玉芬。

两个人走上前去,朝仍然怔住的马洪玉行了军礼后交给洪玉一封信。马洪玉问是谁给她的信,罗玉芬说:洪玉你拆开看看不就知道了!

原来,这封信是于天佐写来的。周二虎随张三太到达东北后不久便遇到了于天佐,天佐听说洪玉一家安然无恙,激动得半天说不出话。那以后,张三太和周二虎就在天佐的指挥下转战东北。辽沈战役胜利后他们挥师进关,平津之战后正在休整,随着淮海战役的胜利,于天佐所率部队将指日南下。瞅了这个空儿,于天佐写了信并打发二虎夫妇前来州城,请洪玉一家火速到北平会面。

马洪玉看完,将信捧在胸前泪如雨下。一直隐身内院的马天成听到外边动静,拄着拐杖走进医堂。马天成已经老眼昏花,站在医堂门口问他们说些什么。周二虎和罗玉芬双双上前,以当时共产党人少见的礼仪扑地给老人跪下。

马天成老泪纵横:孩子,你们,是你们,你们还活着!

周二虎和罗玉芬同时哭了。

罗玉芬:当年要不是马先生想出奇方搭救了我们,我们早不知魂归何处了!

马天成赶紧扶起二人:进内院坐,进内院坐。

马洪玉将于天佐的信递与父亲,马老先生接过女儿手中的信看了一遍,忽然仰脸大笑:苍天慈悯,如我愿也! 去看看,我们全家一块儿去看看天佐!

入夜,火车的隆隆声在广袤的华东大地上鸣响着。

车内,马天成一家坐在车窗前。小如州仰着小脸天真地问马洪玉:姑姑,我姑父是大将军吗?

马洪玉笑了笑,轻轻抚弄着如州的头,没回答。

马洪玉看看凝思的父亲:爹,咱们的老家是什么样子的?

马天成的泪水顺着双颊流下来:已经五十多年了,我也正在想呢。从北平回来,我们就回老家!

火车拐弯了,一道强光直直地照在发着寒光的铁轨上。

新中国成立后,马天成被调入中国科学院中医研究所,马洪良继续担任州城医院院长。马氏父子将新抄的传承了一百多年的民间古籍《天方秘籍》和《天方秘解》一并献出,为中国的中医药事业做出了重要贡献。马洪玉跟随丈夫于天佐率大军南下,后任江南某医院副院长。

图书在版编目（CIP）数据

崇德堂主 / 杨英国著. —— 北京：中国文史出版社，
2020.1

（中国专业作家小说典藏文库·杨英国卷）

ISBN 978 - 7 - 5205 - 1275 - 6

Ⅰ．①崇… Ⅱ．①杨… Ⅲ．①长篇小说 – 中国 – 当代
Ⅳ．①I247.5

中国版本图书馆 CIP 数据核字（2019）第 189659 号

责任编辑：卢祥秋

出版发行：**中国文史出版社**

社　　址：北京市海淀区西八里庄 69 号院　邮编：100142

电　　话：010 - 81136606　81136602　81136603（发行部）

传　　真：010 - 81136655

印　　装：北京新华印刷有限公司

经　　销：全国新华书店

开　　本：720 × 1020　1/16

印　　张：31.5　　　　字数：583 千字

版　　次：2020 年 1 月第 1 版

印　　次：2020 年 1 月第 1 次印刷

定　　价：75.00 元